saga sigrun

Elżbieta Cherezińska

Saga Sigrun

Północna Droga

ZYSK I S-KA
WYDAWNICTWO

Projekt okładki
Anna Dusza

Redaktor
Agnieszka Bosacka

Opracowanie graficzne i techniczne
Paweł Uniejewski

Wydanie I w tej edycji

ISBN 978-83-65676-23-8

Zysk i S -ka Wydawnictwo
ul. Wielka 10, 61 -774 Poznań
tel. (0 -61) 853 27 51, 853 27 67, faks 852 63 26
Dział handlowy, tel./faks (0 -61) 855 06 90
sklep@zysk.com.pl
www.zysk.com.pl

Ja jestem Sigrun, wdowa po Reginie. Matka Bjorna i Gudrunn, córka Apalvaldra.

Jestem w jesieni życia. Opadły ze mnie liście. Kora nadkruszona. A jednak pień niezmurszały, wciąż trzymam się prosto. Może korzenie, którymi wrastałam w tę ziemię, bez pośpiechu, powoli, są aż tak rozległe, że wciąż mnie w niej trzymają, choć już nie ma po co. Soki krążą we mnie coraz wolniej i wolniej, i nie wiem, czy dostrzegę chwilę, gdy ustaną. Więc stoję. Czekam, aż mgły opadną. Wtedy syn mój jedyny znajdzie drogę do domu. Co dzień patrzę w stronę fiordu, lecz mgła wciąż trzyma się mocno. Wokół mnie pędzą wichry, śnieżyce i burze, a ja stoję bez drgnienia. Liście straciłam dawno, więc o cóż się lękać? Z wiosennymi wiatrami przylatują ptaki. Tulę je do wyschniętych piersi, kołatanie serduszek coś mi przypomina. Dotyk lekkich piórek ogrzewa palce jak niegdyś dotyk żywych. Chyba ściskam je zbyt mocno, bo szamocą się i, kwiląc, uciekają.

Widać czasy, w których wszystko, co żyło, lgnęło mi do łona, odeszły bezpowrotnie.

Mój ojciec nie miał synów. Hołubił mnie, odkąd stanęłam na nogach. Zwoził z wypraw najdelikatniejsze futra, najpiękniejsze błyskotki. Każdej wiosny, po pierwszej pełni Księżyca ofiarowywał mi pierścień. Gdy wydawał mnie za mąż, miałam ich szesnaście. Byłam jasnowłosa, a on mawiał, że moja twarz to klejnot oprawiony w złoto.

Apalvaldr był wielkim wojem. Król mianował go jarlem*. Zawsze przewodził thingowi**. Mawiał, że męża sama sobie wybiorę, ale tylko spośród tych, których on wyznaczy. Matka śmiała się, że ojciec cofnąłby czas, by sam mógł nim zostać. Gdy dorastałam, po każdej zwycięskiej wyprawie wołał mnie na ucztę i stawiał na ławie. Pokazywał swym wojom, wołając: oto mój rodowy pierścień! Ten go włoży, kto dwakroć bardziej niż wczoraj zasłuży! A im błyszczały oczy i zęby i ze śmiechem przezwali mnie: „Jutro". Matka, kobieta cicha i praktyczna, wyuczyła mnie wszystkiego, co powinnam umieć: snucia przędzy, tkania, szycia, warzenia piwa, gotowania strawy. Pokazywała zioła, które leczą rany i spędzają gorączkę. Najbardziej lubiłam tkanie i zdobienie koszul. Cieniuteńką igłą haftowałam głowy jeleni splecione tak, by zawsze w górę patrzyły. Rękawy ojca koszul wyszywałam w węże cieniutkie, że ledwie oko mogło rozróżnić, gdzie głowa jednego, gdzie ogon. Gdy Apalvaldr miał płynąć na północ, na wyprawę długą i żmudną, uszyłam mu koszulę podbitą od środka najdelikatniejszymi futerkami zajęcy. Płakałam z igłą w ręku, tak

---

* Jarl — pierwotnym znaczeniem tego słowa (ang. earl) było „człowiek wybitny", ale w IX stuleciu jego zastosowanie w Skandynawii zostało ograniczone niemal wyłącznie do ludzi wysokiej pozycji, którzy mogli być niezależnymi władcami lub ludźmi podporządkowanymi jedynie królom. Nazwa jarl była zarówno tytułem dynastycznym, jak i nadawanym przez króla wybitnym sprzymierzeńcom lub dowódcom. Istniały dwie długie dynastie skandynawskich jarlów, jedna w Norwegii, a druga w koloniach. Pierwsza z nich, Hladajarlar (jarlów z Lade), trzymała w swoich rękach północną Norwegię (od Trondelagu na północ) od co najmniej końca wieku IX, a okresami rządziła całym krajem. Przetrwała aż do XI wieku, a potem, przez jakieś sto lat w Norwegii nie było jarlów, póki tytułu tego nie wskrzeszono w roku 1159 i odtąd czasem nadawano wybitnym ludziom.
W prawach jarl figuruje w hierarchii na tym samym poziomie co biskup. Zajmuje miejsce mniej więcej w połowie między „nadzielonym ziemią" a królem, z główszczyzną dwakroć większą od pierwszego, a o połowę mniejszą od drugiego.

** Thing — publiczny wiec ludzi wolnych, stanowił forum, na którym jedni ludzie składali skargi przeciwko drugim. Istniały thingi specjalnie zwoływane w celach rozpatrzenia jakiejś pojedynczej sprawy, ale regularne wiece sięgały w swojej rozpiętości od wieców okręgów po ogólne wiece danej dzielnicy lub regionu, jak np. Frostathing, który sprawował jurysdykcję w Trondelagu i innych związanych z nim dzielnicach.

bałam się o niego. Na każdej skórce zajęczej wyhaftowałam znaki ochronne, najsilniejsze runy*, a potem tak je do materii przyszyłam, by ich widać nie było. Nie chciałam, by ojciec je zobaczył. Zwykł mawiać, że nie zaklęcia, lecz tarcza chroni wojownika. A ja wiem, że i tarcza go chroniła, i moja żarliwość. Więc zdobiłam tamtą koszulę, haftując głowy smoków i wilków, a ich oczy i kły wyszyłam, nawlekając zamiast nici swe włosy, by lśniły jak złoto. Ojciec wrócił z wyprawy cało, choć trwała dwie wiosny. Przywiózł łupy niezwykłe. Futra białych niedźwiedzi, fok, renów i srebrzystych wilków. I przywiózł brankę. Była drobna, ciemnowłosa, skośnooka, policzki miała okrągłe i błyszczące. Cichutka. Długo nic nie mówiła, nie znała naszej mowy. W swoim kraju była żoną władcy, którego mój ojciec pokonał. Ale jej mąż miał żon sześć, więc nie było jej lekko. Matka dokuczała brance, nazywała ją Foką, szturchała i złościła się, że ta niewiele rozumie. Ale ja pokochałam ją od razu, gdy zobaczyłam, jak troskliwie pierze odzież mego ojca w rzece, jak tkliwie ją suszy i delikatnie składa. Zaczęłam uczyć Foczkę naszego języka. Była łagodna i zdolna, pojmowała szybko, choć nigdy jej mowa nie umiała być dość dźwięczną, dość twardą. Uczyła nas szycia skór i futer, jak to robią na północy, w jej kraju. Towarzyszyłam Foczce stale, była niewiele starsza ode mnie i miłą mi była jej obecność, przy braku siostry i innych rówieśniczek. Latem łapała mewy w sidła. Patroszyła je, by wyciągnąć z nich sine włókna przełyku. Przyglądałam się temu z odrazą, prosząc, by wyjaśniła, na co jej ptasie wnętrzności, ale ona tylko śmiała się i mrugała oczami. Truchła mew rzucała psom, więc wkrótce łasiły się do niej wszystkie, a matka przezwała ją psią siostrą. Suszyła mewie przełyki na wietrze, aż zrobiły się z nich cienkie, twarde sznureczki. Wtedy spytała mnie, czy jej pomogę i zaczęła je gryźć, częstując mnie z uśmiechem. Zwymiotowałam z obrzydzenia, patrząc, co robi, i uciekłam. Nikomu nic nie powiedziałam,

---

* Runy — dosłownie: szept, tajemnica. Pismo staroskandynawskie złożone ze znaków runicznych (run). Pierwotnie, oprócz funkcji piśmienniczej, runom przypisywano znaczenie magiczne, używano ich jako zaklęć i wyroczni.

bo bałam się, że ojciec odtrąci Foczkę, gdy dowie się, że żuje ptasie wnętrzności. Unikałam jej potem długo. Po pewnym czasie Foczka przyszła po mnie, łagodna i uśmiechnięta jak zawsze, i zabrała do swojej izby. „Nauczę cię szyć buty" — powiedziała i zobaczyłam rozłożone wszędzie skóry focze. „Patrz i zapamiętaj". Więc patrzyłam zaczarowana, jak układa podeszwę ostrym włosem w stronę palców — „żeby się nie poślizgnął", jak wszywa suszoną trawę między warstwy skóry — „żeby go ogrzała", jak delikatnie nakłuwa dziurki w dwóch warstwach podeszwy osobno i zaślepia je cienką nicią. „To mewa" — powiedziała z dumą, pokazując na tę nić.

Powstały z tego buty zimowe, jakich nie widziałam dotąd, ciepłe i lekkie, a tak dopasowane do nogi ojca, że aż dziw, iż ich wcześniej nie mierzyła. „Tu moja miara" — pokazała na swoje czoło, śmiejąc się jak zwykle. Ojciec zabrał te buty, idąc na następną północną wyprawę.

Gdy wrócił, podarował Foczce ciężki, srebrny naszyjnik i posadził przy sobie podczas pierwszej uczty. Wielu z jego najlepszych wojów nie wróciło do domu. Zamarzli w śniegach Północy. Nie mieli butów szytych ścięgnem mewy.

Wkrótce brzuch Foczki się zaokrąglił i wczesną wiosną stało się jasne, iż spodziewa się dziecka. Matka chodziła chmurna, ale wiedziała, że ojciec nie darowałby jej, gdyby skrzywdziła Foczkę. A ta, pogodna jak zawsze, szyła odzież dla mającego się narodzić. Przygotowała sobie kaftan z miękkich zajęczych skórek, w którego plecy wszyła wielką i długą kieszeń. „To dla małego". Wtedy zrozumiałam, ile siły jest w tej kobiecie, która żyje między nami, z dala od swoich i nigdy nie stara się być nikim innym, niż była. Gdy przyszedł jej czas, ojca nie było w domu. Nie zdążył wrócić z wyprawy, choć bardzo mu zależało, by być przy narodzinach. Foczka odprawiła wszystkich, zamknęła się w swojej izbie z jedną tylko niewolnicą. Ale późnym wieczorem posłała po moją matkę, a ta po pomoc. Wszystko nadaremnie. Foczka nie dała rady urodzić tego dziecka. Zmarła, zamykając je na zawsze w swym brzuchu.

Po jej śmierci ojciec zamknął się w sobie. Nie chciał widzieć ani mnie, ani matki. Pił ze swymi drużynnikami od rana, po zmroku szył z łuku do słomianego chochoła na podwórcu, a nocami kazał sobie i swoim przysyłać kobiety. Matka chodziła blada, z zaciśniętymi ustami, ale co rano wstawała, wydawała polecenia służbie, rozdzielała pracę i sama siadała do krosna. Tyłem do światła. Któregoś dnia nie przysłali rano po piwo. Nie wołali i w południe. Poszłam więc cicho do halli*. Drzwi były uchylone. Wewnątrz ogień dogasał zupełnie. Wojowie spali na ławach i pod ławami. Miecze odpasane, koszule wymięte. Woń sfermentowanego piwa i zjełczałego tłuszczu. Eryk, przyboczny ojca, najstraszliwszy z jego wojów, spał z głową we własnych wymiocinach. Więc to są ci, z którymi mój ojciec wywalczył sławę, bogactwo i ziemię. Oto drużyna wielkiego jarla Apalvaldra! Najdzielniejsi wojowie na północy Namdalu, kwiat Roveste! Leżą pijani i bezbronni niczym wieprze! Ojciec spał, siedząc na swym dumnym krześle**. Głowa bezwładnie opadła mu na ramię. W świetle sączącym się przez dymnik wyglądała jak odlana ze srebra. Podeszłam bliżej, cicho omijając leżących na ziemi. Stanęłam przed śpiącym. Był srebrny. Był siwy. Był stary. Wczoraj tego nie widziałam. Bezwiednie uklękłam u jego kolan i oparłam o nie głowę. Ojciec położył mi rękę na szyi.

— Nie śpisz?

— Nie śpię, Sigrun.

Wieczorem wezwał matkę i mnie i spytał, czy jestem już kobietą.

— Tak Apalvaldrze, od ostatniej jesieni.

— Więc czas ci za mąż, Sigrun. Chcę doczekać wnuka.

Pójście za mąż zdawało mi się wówczas nowym rodzajem zajęcia.

---

* Halla — komnata, główna izba w domostwie. Długa, obszerna, z paleniskiem i ławami do siedzenia i spania. W niej odbywały się uczty.

** Wysokie krzesło — król lub jarl siedział na podwyższeniu, jego drużynnicy niżej, na ławach. Krzesła te były bogato zdobione. Według mitologii Odyn i Frey siedzieli na wysokim krześle (tronie).

Pójść do lasu, pójść nad rzekę, pójść za mąż. Mężczyźni ciekawili mnie. Ciekawiło mnie prawie wszystko: zbieranie i warzenie ziół, szycie skór przez Foczkę, haftowanie coraz piękniejszych koszul, młode jelonki podglądane w lesie, suki karmiące szczenięta. Lubiłam patrzeć, jak wojowie szkolą chłopców. Jak uczą ich walki drewnianymi mieczami, rzucania toporem do wielkich beczek, władania oszczepem. Uwielbiałam chwile ich powrotu z wypraw, wkraczali ze śpiewem, zawsze zwycięzcy, z bogatymi łupami. Nawet jeśli nie wszyscy, nawet jeśli obdarci i brudni, to błyszczały im oczy patrzące spod hełmów. Podczas uczt sławili swe męstwo. Z otwartymi ustami słuchałam opowieści o dalekich wyprawach, o dziwach, które spotkali, pokonanych wrogach. Nie znałam innych powrotów. Nie u jarla Apalvaldra. Lubiłam patrzeć na ojca pośród jego wojów. Wysoki, dostojny, miał bardzo jasne oczy. Cenił piękne ozdoby. Nosił na szyi młot Thora* tak misternej roboty, iż trudno uwierzyć, że go ludzka ręka mogła zrobić w złocie. To był dar od króla Hakona. Gdy sam został jarlem, kazał zrobić w srebrze dwanaście pierścieni z wyobrażeniem węża i dwanaście w złocie z głowami niedźwiedzia. Srebrne rozdał swym przybocznym i najlepszym drużynnikom w czas uczty, mówiąc, iż dzieli między nich swą radość, a złote dostaną, gdy wygraną bitwą potwierdzą królowi, że dobrze mianował jarla. Darował je szybko.

Wielu wojów ojca przyciągało mój wzrok. Gdybym miała wybierać, chciałabym Eggnira. Był wysoki i smukły, jasnowłosy, jasnooki jak ojciec. Pięknie mówił, świetnie władał włócznią. Znał najwięcej pieśni. Podczas uczt śpiewał je, a ojciec dolewał mu miodu do rogu. W jego pieśniach ożywały smoki, gnały watahy wilków, wzlatywały w niebo orły, a łodzie po wzburzonych falach zawsze szczęśliwie przybijały do brzegu. Miłym mi był także Einar, daleki kuzyn

---

* Thor — syn Odyna. Najsilniejszy i najbitniejszy z bogów skandynawskich, patron burzy i samotnie walczących, obrońca. Jednym z jego atrybutów był młot bojowy — Mjóllnir (Miażdżyciel) — który rzucony sam wracał do Thora. Młot Thora jest powszechnym symbolem w sztuce skandynawskiej, był noszony na szyi przez mężczyzn w postaci niewielkiej zawieszki.

matki, całkiem inny niż wszyscy mężczyźni, których znałam. Gościł u nas dość długo, nim wypłynął do Anglii. Był ode mnie starszy, chyba o dziesięć wiosen, ale choć byłam dzieckiem w czasie, gdy u nas przebywał, rozmawiał ze mną poważnie, prawie jak z dorosłą. Ojciec Einara Tjostar był najsłynniejszym godim* w Trondelagu. Przyjeżdżali do niego wodzowie i król słuchał rad jego wyroczni. Nie rozpoczynano obrad thingu bez obrzędów Tjostara, nawet król Hakon, choć wyznawał nową, obcą wiarę, bardzo go szanował. Einar jako dziecko został przygarnięty przez króla, bo jego ojciec zginął, nie pamiętam dlaczego. Wychowywał się blisko króla, to mi się bardzo podobało. Rozmawiał ze mną tak dorośle, opowiadał o królu Hakonie** i o jego bogu, który nazywa się Chrystus. Gdy Einar wyjechał, brakowało mi jego towarzystwa, chyba właśnie wtedy poczułam się bardzo samotna, bez brata, bez siostry, jakaś taka pusta. Gdybym miała choć takiego boga, jak mi mówił Einar, mogłabym o nim rozmyślać. Ale ojciec powiedział, bym o nim zapomniała, bo Chrystus to bóg dla niewolników. Nie nosił miecza, nie umiał walczyć i zginął jak prostak, bo się nie obronił.

— Taki bóg jest za słaby, Sigrun, by w niego wierzyli wojowie. A ty będziesz matką, masz wychować dzielnych chłopców, takich mi trzeba wnuków. Moi ojcowie i dziadowie, i ojcowie ich ojców szli w życie z imieniem Odyna. Z nim rodzili się i umierali. Z nim zbudowali potęgę rodu. Odyn jest naszym bogiem. Mam tylko ciebie, Złota Sarenko, nie mam synów, wiesz o tym. To ty przeniesiesz w nich moją pamięć, nie zaśmiecaj sobie głowy głupstwami. Czasy są coraz gorsze, życie trudne, wypełnione pracą i biegnie tak szybko, że brak w nim czasu na mrzonki. Człowiek odchodzi, zostaje po nim sława, niech będzie jak najlepsza.

Apalvaldr, mój ojciec, miał czasami takie światło w oku, jasny błysk jak promień. To światło widziałam ledwie parę razy w życiu.

---

* Godi — skandynawski kapłan — wróżbita.

** Hakon I Dobry (Haakon I Adelstensfostre den Gode) — król norweski, żył w latach 920–961.

a nigdy go nie zapomnę. W tamtej chwili zobaczyłam je żywo, jakby w tej jasnej smudze z jego oka do mego przeszły postaci wszystkich tych świetnych krewnych, których nie poznałam, a o których śpiewano pieśni w całej północnej Norwegii. Przy ich wielkich sylwetkach postać boga Chrysta zmalała i skurczyła się jak jesienny listek. A oni szli pod sztandarami Odyna i jego kruków wprost z oka ojca do mego i zachłysnęłam się ich siłą i dostojeństwem. Chyba od tamtej pory wiedziałam już, że być córką jarla Apalvaldra to coś zupełnie wyjątkowego.

Jednak najmocniej sprawa tradycji i ciągłości rodu dotarła do mnie przy okazji wydawania mnie za mąż. Gdy ojciec oświadczył, że pragnie wnuków, a ja zaczęłam przyglądać się twarzom jego drużynników, zatrzymując spojrzenie na jasnych oczach Eggnira, matka wzięła mnie na bok.

— Sigrun, nie miej złudzeń. Nie jesteś chłopską córką, byś mogła pójść za tym, który ci się spodoba. Ojciec od dawna szuka dla ciebie męża, ale żaden nie jest dość dobry. Czasy są teraz ciężkie, w Trondelagu niebezpiecznie, nie może podjąć lekkomyślnej decyzji. Ja mu nie dałam syna, który przejąłby nasze ziemie i trzymał to wszystko w garści. Możemy stracić wszystko, rozumiesz, dziewczyno? To, na co tak ciężko pracował twój ojciec, to, co wywalczył Alfarr, twój dziad. Już zeszłej zimy Asolfr dopytywał się, co z jego częścią spadku. Wszyscy wokół wiedzą, że jesteś tylko ty i wszyscy już wiedzą, że Apalvaldr nie doczeka się syna, następcy. Ludzie są gorsi niż wrony, bo te czekają, aż człowiek umrze, i dopiero zimnego trupa rozszarpują. Twój ojciec ma wielu przyjaciół, ma oddaną drużynę, ma wielką władzę, ziemie, statki, stada, ale ma też silnych wrogów. Tym mocniejszych, że ukrytych. I musi podjąć decyzję szybko. Właśnie teraz, gdy jest silny, gdy wszyscy się z nim liczą. Potem nie będzie co ratować. Jeden chybiony krok i po nas. Jak ojca zabraknie, kto nas będzie chronił? Drużyna bez wodza się rozpierzchnie. Dlatego bądź cicha i posłuszna. Nie utrudniaj mu. On i tak nocami nie śpi. A gdy dojdzie co do czego, staraj się o syna. Staraj się o syna, Sigrun. Córki cieszą oczy, ale bez synów życie rodziny jest zagrożone.

Kończąc, matka ścisnęła mi rękę, jej była zimna i wilgotna, ale odchodziła, nie patrząc mi w oczy. Wiedziałam, że cierpi. Że siebie obwinia o brak chłopców w rodzinie, że boi się o nas. Ale też wtedy uświadomiłam sobie, że ojciec nigdy, nigdy nie dał mi odczuć, że żałuje, iż to tylko ja. Przeciwnie. Zawsze byłam jego Złotą Sarenką, Kwitnącą Gałązką albo Zorzą. Albo Klejnotem, albo Smukłą Łódką, albo Pochodnią. Nazywał mnie też Podarunkiem. Do tamtej chwili byłam pewna, że jestem dla niego wszystkim i że tak jest dobrze.

Ojca znalazłam w halli. Był z nim tylko Eryk. Przysiadłam przy jego kolanach i poprosiłam, żeby powiedział mi o Asolfrze.

— Sigrun, gdy byłem dzieckiem, krajem władał król Harald*. To był bezwzględny człowiek. Nie szanował ani prawa, ani ludzi. Kto nie chciał być mu posłusznym, miał do wyboru: zginąć albo uciekać. A my, Panowie Północy, mamy sztywne karki!

— Co to znaczy, ojcze?

Eryk roześmiał się w głębi halli, w głosie Apalvaldra też się roziskrzyło.

— To znaczy: nie umiemy ich zginać, nie nauczono nas pokory. Bardzo cenimy swą wolność. I kiedy chcą nam ją odebrać, walczymy.

— Więc walczyliście z tym królem?

— Tak, ale był silniejszy. Kto nie chciał stracić głowy i majątku, uciekał wtedy z kraju. Jedni ruszyli na wiking** i szukali bogactwa na wyprawach, inni popłynęli na Islandię i tam osiedlali się na skalistej wyspie. Tak zrobili moi dwaj starsi bracia. Ja zostałem z sędziwym już wówczas ojcem nad rodzinnym Vellfjordem. Alfarr, mój ojciec, li-

---

* Harald Pięknowłosy (Harald I Harfagre), pierwszy historyczny król Norwegii, żył w latach 855–933. Po objęciu władzy w 872 roku zjednoczył Norwegię, znacznie uszczuplając władzę i pozycję jarlów. Wynikiem jego rządów była fala wielkiej emigracji na Wyspy Owcze i Islandię.

** Ruszyć na wiking — ruszyć na wyprawę. Słowo „wiking" początkowo nie oznaczało człowieka, lecz zajęcie. Vik — zatoka.

czył na to, że zdąży mnie wychować do wieku męskiego, a może i na to, że czasy się zmienią. Król Harald miał tak wielu wrogów, że mógł w każdej chwili zginąć. I tak też się stało. Po nim rządy objął Eryk*. Był jeszcze większym szaleńcem niż Harald, przezwaliśmy go Krwawym Toporem. Wszędzie szukał kłopotów. Nim przypomniał sobie o naszej rodzinie, byłem już dorosły. Mogłem wziąć udział w pięknej wojnie, dzięki której wyprawiliśmy Eryka na tamten świat.

— I to był koniec kłopotów? Dlaczego twoi bracia nie wrócili z Islandii?

— Starszy zmarł, a młodszy miał tam kawał ziemi. Przyzwyczaił się. Odwiedzałem go parę razy, nim jeszcze ty przyszłaś na świat. Królem był już wtedy Hakon, dobry władca, choć wychowany w Anglii i choć chrześcijanin. Szanował nasze zwyczaje, prawa Panów Północy. Przywracał majątki tym, którym Harald bezprawnie je zabrał. Wtedy też zawarłem z bratem układ: zgodnie z prawem braciom należy się część ziemi po ojcu. Więc podzielę ziemię między siebie i syna swego brata — Asolfra, gdy ten wejdzie w wiek męski.

— I to się już teraz stało?

— Stało się dużo gorzej. Nie w rodzinie, lecz w kraju. Dobry król Hakon nie żyje. Nie zostawił syna. Ma tylko córkę. Więc, zgodnie z prawem, tron objął jeden z jego bratanków: Harald, syn Eryka.

— Co w tym złego?

— Sigrun, dziecko, władza jest taka, jak człowiek, który ją sprawuje. A my nie mamy szczęścia do królów. Hakon był dobry, chociaż chrześcijanin. Harald jest zły, choć niby naszej wiary. Zły władca, więc idą złe czasy. Zwłaszcza dla nas, Panów Północy.

— I waszych sztywnych karków?

Śmiech Eryka, śmiech ojca.

---

* Eryk Krwawy Topór (885–954) — syn i następca Haralda Pięknowłosego. Zaczął rządy od krwawego konfliktu z braćmi i zabójstwa czterech z nich (stąd jego przydomek). Jego rządy były krwawe i despotyczne, stracił tron w wyniku buntu ludności, na rzecz swego młodszego brata Hakona I Dobrego, ale po ucieczce z kraju przez wiele lat próbował walczyć o tron.

— Jak ty wszystko szybko pojmujesz!
— Więc co będzie z nami?
— To zależy, kiedy ktoś nowemu królowi przypomni mój udział w wypędzeniu jego ojca z kraju. Potrzebujemy sojuszy.
— Dlatego ślesz mnie za mąż?
— Dlatego też, ale i z racji wieku — jesteś już kobietą...
— A nie mogę być kobietą bez męża?
— Sigrun, nie przewracaj świata.
Ucałował mnie w czoło. Odesłał do matki.

Gdy nie umiem czegoś zrozumieć, chodzę na łąkę. Idę daleko, tak by nie widzieć zabudowań Roveste, by patrzeć tylko na trawy. Jest takie miejsce na wzgórzu, na zachód od grodu, gdzie ciągnie się łąka, daleko po horyzont okolony sinym ornamentem gór. Chciałabym mieć takie nici, by móc kiedyś wyhaftować ten widok na zielono barwionym płótnie. Nosiłabym go zawsze przy sobie i wyciągała, kiedy będzie trzeba. Góry są w tym miejscu zawsze daleko. Tak odległe, że przestają być groźne, a wręcz się wydaje, że to ich obecność, tworząc ramę świata, pozwala mu zostać nienaruszonym. A ponad nimi pasek nieba i niezmierzoność trawy u dołu. Współistnienie nieskończoności i kresu. Trawy falują, gdy wiatr, kwitną wiosną, złocą się jesienią. Czasami gobelin niczym naszyte drobne paciorki inkrustują jasne plamy owiec lub ciemne, pasącego się bydła. Więc stoję tak i patrzę. Wzburzenie ustępuje, a myśli przepływają mi przez głowę jak pchane wiatrem obłoki. I zawsze staje się cud ukojenia. Niepokój odchodzi. Już nie boję się, że Asolfr, jak krwawy Eryk w rodzinie króla Hakona, przypłynie z Islandii, by upomnieć się o nasze ziemie, a mnie wygnać. Już nie myślę o wrogach ojca. Już nie myślę o niczym. Wracam do niego ukołysana łąką, znajduję go u wrót stajni wsiadającego na konia w otoczeniu dwunastu ludzi z drużyny. Wcale nie jest zatroskany, a może tylko na mój widok oczy rozjaśniają mu się bardziej. Jaki jest piękny! — zauważam — wcale nie jest dziś stary! Ma na sobie ciemnoniebieską koszulę, jakby wybrał ją, patrząc na niebo. Uśmiecham się, bo to moja ulubiona, haftowałam ją długo czerwoną nicią w smoki. Zsiada z konia, obejmuje mnie i mówi:

— Wyjeżdżam na krótko do Namsen, a ty? Gdzieś byłaś, Złota Łodyżko?

— Na łąkach, poszłam pomyśleć.

— O czym rozmyślałaś?

— O mężu, którego mi szukasz.

Ojciec zmrużył oczy i przyjrzał mi się w skupieniu.

— I co wymyśliłaś?

— Że wezmę każdego, którego wskażesz, byleby... byleby był choć trochę podobny do ciebie.

Ręka ojca stężała na chwilę na moim ramieniu, a w oku przez ułamek zapaliło się światło. Przez usta przebiegł skurcz, który zaraz stał się uśmiechem i unosząc w górę wąsy odsłonił białe zęby.

— Postaram się, Sarenko, nie zawieść twoich nadziei. Dziękuję, Sigrun! — krzyknął, siedząc już w siodle, a chwilę wcześniej mocno mnie pocałował.

Następnego dnia przypłynął posłaniec z Islandii, zaufany Asolfra. Mieli kłopoty z wpłynięciem do fiordu, uszkodzili łódź, ale szybko zauważyła ich nasza straż nadbrzeżna. Pod nieobecność ojca zwykle w Roveste dowodzi Eryk, jego przyboczny, tym razem ojciec zabrał go ze sobą do Namsen, a ochronę grodu powierzył Bodvarowi. Bodvar, świetny łucznik i wytrawny sternik, bez trudu wprowadził łódź przybyszów do zatoki, a ich samych przytrzymał pod strażą, nim nie potwierdził z moją matką, że są oczekiwani. Potem pchnął gońców do Namsen, by powiadomić ojca, i ten następnego dnia wrócił. Tymczasem obie z matką przyjęłyśmy ich godnie, ale z ucztą powitalną kazałyśmy poczekać na przyjazd ojca. Bodvar posłał po szkutnika i dwóch ludzi, by zajęli się naprawą ich łodzi, a Eggnirowi polecił towarzyszyć gościom, póki Apalvaldr nie wróci. Najwyraźniej byli zaskoczeni naszą gościnnością, ale chyba i niezadowoleni, że nie mogą rozejrzeć się po Roveste sami. A Eggnir nie odstępował ich na krok, wieczorem zaś tęgo dolewał im miodu. Przez całe to zamieszanie ani matka, ani ja nie mogłyśmy zamienić z ojcem spokojnego słowa po jego przybyciu z Namsen i nie wiedziałyśmy, co tam ustalił. Ojciec przywitał gości serdecznie, powiedział, że czekał na ich przybycie i wieści od Asolfra. Podarował im piękne rogi ze srebrnym okuciem i od razu napełnił je miodem, który wypili za powodzenie rozmów. Oni przywieźli ojcu w darze od Asolfra skrzynię z czerwonego drewna, rzeźbioną w wijące się pędy roślin. Gdy spełnili toasty i nasycili głód, ojciec poprosił nas, żebyśmy wyszły, został sam z Erykiem i islandzkimi gośćmi. Rankiem Bodvar doniósł, że ich łódź jest gotowa i Islandczycy, nie zwlekając, ruszyli w drogę. Ojciec pożegnał ich serdecznie i zabrał mnie z matką do halli, by powiedzieć nam, co trzeba.

— Mam dla ciebie męża, Sigrun. To Regin, syn Thorbjorna, władca Namsen.

— Więc u niego wczoraj byłeś?

— Tak. Ich ród ostatnio ucierpiał od króla Haralda, Regin zbiera siły, potrzebuje wsparcia. To dobra, stara, jarlowska rodzina, ale tych właśnie najbardziej nienawidzi w Trondelagu Harald, stąd i nasze kłopoty. Gdy ojciec Regina, stary Thorbjorn, żył, nie zawsze nam się układało, on był despotyczny, a patrzył krótkowzrocznie. Kiedyś, jeszcze dawnymi czasy miał zatarg z mym ojcem na thingu, potem nie pomógł moim braciom, gdy walczyli z Haraldem i uciekali na Islandię. Ale to dawne czasy. Regin myśli inaczej, jest mądrzejszy od starego. Zawarliśmy układ. Puszczamy w niepamięć: co było złego, tego nie ma. A ty jesteś naszą pieczęcią. Poślubisz Regina, zamieszkacie w Namsen, a ja podzielę moją ziemię na dwie części. Północną, z Vellfjordem i Roveste, przekażę Asolfrowi jako należną mu część spadku. A południową, z grodem Vira, w którym się urodziłem, dam tobie, a ty włączysz ją do ziem Regina po mojej śmierci. Granicą ziem będzie Wilcza Rzeka. W ten sposób dzielę ziemię przodków, ale i zostawiam swoje imię w każdej z nich. Północna, przez Asolfra będzie przedłużała życie naszego rodu, a w południowej ty z Reginem zasiejesz nowe nasienie. Połączysz nasz ród z jego rodem, nie niszcząc związków krwi, jakie nas łączą z Asolfrem. To dobre rozwiązanie. Asolfra zobowiążę do zawarcia układu z twoim przyszłym mężem, byście zachowywali się wobec siebie jak najbliższa rodzina. Już mu to wszystko przekazałem przez posłańców, teraz czekamy jego zgody. Obaj z Reginem wiemy, że w dzisiejszych czasach jarlowie muszą trzymać się razem, inaczej nas Harald wytłucze, rozpędzi i zgniecie. Dziś nie pora na zabawy w wojnę, nie czas na próżne wymachiwanie mieczem. Tylko jedność może nas ocalić. Albo sobie zaufamy i dotrzymamy przysięgi, albo ten wściekły pies Harald naśle na nas Duńczyków, którym się wysługuje. Wiesz, że Gunhild, jego matka, to rodzona siostra króla Dunów? Opętana rządzą władzy suka wciąż szczuje na nas swe szczenięta, Erykowych synów.

— Na nas? Na naszą rodzinę?

— Nie, nie tylko na nas. Na wszystkich Panów Północy. Jest nas ośmiu. I kto chce władać Norwegią, musi mieć do czynienia z nami. A Gunhild i jej synom marzą się nasze ziemie, łodzie i nasze srebro. Z tego nic dobrego nie będzie.

— Dlatego ojciec w takim czasie nie chce zrywać więzi rodzinnych i wydziedziczać Asolfra z tego, co mu się wedle prawa należy. Rozumiesz już, Sigrun? — matka odezwała się pierwszy raz w tej rozmowie.

— Na zawiści i wrogości braci powstała taka sytuacja w kraju, jaką mamy. Nie będę jej powtarzał w mojej własnej rodzinie. Myślę, że ustępując, zyskuję więcej, a jeśli dobrze widziałem, będąc na Islandii u brata, to sądzę, że i on wychował Asolfra w poszanowaniu zasad. Nie mieli tam lekko. Rozszerzyli nasz ród na wyspę, ich ziemię weźmie starszy syn Arnbjorna i będzie budował dalej, a Asolfr wróci tu, na ziemie przodków. Tak musi być. A ty, Sigrun, staraj się o synów. Potrzeba nam dzielnych i mądrych ludzi, którzy poprowadzą nasze rody dalej drogą, po której my kroczyliśmy. Którzy nie będą się kundlić przed królem o chwilowe wpływy i pozorne względy. I którzy nie pozwolą się wysadzić z siodła, na którym dane im było siedzieć. Jak tylko przyjdą wieści od Asolfra z Islandii, poślubisz

Regina. A teraz idź pomyśleć na łąki. I ciesz się ostatnimi chwilami dziewczyńskiego stanu!

Byłam pod tak silnym wrażeniem ojcowej opowieści, rozpiętości i dokładności planu, jaki mi przedstawił, że zapomniałam wypytać go o Regina. Dopiero gdy stanęłam na wzgórzu i zatopiłam oczy w falującej w jaskrawym słońcu łące, pomyślałam o tym. O Reginie z Namsen, synu Thorbjorna. O mężczyźnie, z którym mam niedługo zamieszkać, z którym będę dzieliła łoże, dom i stół. Poczułam strach, jakiego jeszcze nigdy nie zaznałam. Po pierwsze chyba nie dorosłam. Po drugie nic nie wiem o mężczyznach. Po trzecie nie chcę wyjeżdżać z Roveste, od ojca i matki. Spojrzałam na moją łąkę w ramie skalistych, sinych gór. I zamknęłam ten obraz w swoim oku.

W ciągu następnych dni rozpętała się krzątanina wokół przygotowania mojej wyprawy. Matka od rana do zmroku goniła dziewczyny, które szyły dla mnie nowe ubrania. Przymiarki sukien, płaszczy, koszul. Szewc i nowe buty. Jedne, drugie, następne. Zamawiała u stolarzy skrzynie i sama nie wiem, co jeszcze. W każdym razie biegała, aż dzwoniły klucze u jej pasa.

Ja zamknęłam się w małej tkalni, która już jakiś czas nieużywana służyła za składzik, i wyszywałam, przenosząc na zielone, cienkie płótno łąkę zamkniętą w mym oku. Nie wychodziłam na wzgórze za Roveste, żeby się lepiej przypatrzeć. Potrzebny mi obraz miałam w głowie. Jak kiedyś Foczka miarę stopy mego ojca. Gdy skończyłam, schowałam tkaninę do najpiękniejszej małej skrzyneczki, jaką miałam. Dostałam ją kiedyś od Apalvaldra, cała była ze srebra i już od dawna za mała, by przechowywać w niej klejnoty, których mi nie żałował. Więc teraz, z łąką w środku, stała się mym najcenniejszym skarbem.

Kolejne dni były pasmem ciągłych przygotowań. Przyjeżdżali ludzie, których ojciec gdzieś powysyłał, i przywozili mu wieści. Jedne były pomyślne, bo wychodząc z halli przeciągał się i z uśmiechem klepał psa po potężnym karku. Inne pewnie nie, wtedy zamykał się z Erykiem, wołali piwa i siedzieli długo w noc. Co prawda działo się tak i przez wiele ostatnich lat, ale wtedy zupełnie nie zwracałam na to uwagi, przyzwyczaiłam się do tego, że ojciec wypływa na wyprawy albo wychodzi z drużyną, albo wyjeżdża gdzieś, albo siedzi do późna. Tak pracuje, myślałam. W końcu jest tu jarlem. A teraz, gdy wprowadził mnie w swoje sprawy, gdy pokazał, jak wiele rzeczy naraz musi ogarnąć jego umysł, zaczęłam obserwować każdy jego krok i zła byłam, że dopiero tak późno. Matka nauczyła mnie szycia i gotowania, a ojciec nie zdążył nauczyć mnie myśleć. Pozazdrościłam chłopcom, których szkolił, bo gdy uczył ich władania mieczem, mogli słuchać, jak do nich mówi. Przekazując im reguły walki, odkrywał im tajniki swych myśli.

Znalazł dla mnie chwilę któregoś wieczora, usiedliśmy w halli. On na swym wysokim krześle, ja jak zawsze u jego kolan.

— Jaki on jest, ten Regin?

Westchnął głęboko.

— Poznasz go niedługo. Jest starszy od ciebie.

— Dużo?

— Piętnaście lat. Tyle samo jest młodszy ode mnie.

— Więc jest w połowie drogi.

— Drogi?

— Między mną a tobą.

— Ach, tak. W połowie drogi. Tego nie wyliczyłem — i roześmiał się.

— Nie bój się, Sigrun. Regin to dobry człowiek i bardzo dzielny wojownik. Jest prawy, honorowy i szeroko myśli. Będzie dobrym wodzem.

— Ale nie tak dobrym jak ty.

— Tego jeszcze nie wiemy. To się dopiero okazuje w różnych okolicznościach. Czasami mężczyzna ma wszystko, co trzeba — dobre urodzenie, siłę, odwagę, a nie sprawdza się jako przywódca. Ale, wydaje mi się, że Regin dobrze się spisze. Inaczej bym cię za niego nie wydawał. Musisz być mądra przy nim. Gdyby nie to, że czas nagli, nie puszczałbym cię jeszcze od siebie, nauczyłbym cię więcej.

Mam o to trochę żalu do siebie. Ale widzisz, cały czas liczyłem na to, że doczekam się syna i jego obarczę tą całą trudną wiedzą. Twoja matka to wciąż młoda kobieta, chciała mi go dać, a jednak tak się nie stało. Były też i inne, jak wiesz, nie stroniłem od kobiet ...

— Nie wiem.

— No tak... nie wiesz, skąd masz wiedzieć. W każdym razie pamiętaj, by starać się o syna, to wiele ułatwia. I bądź mądra przy Reginie, tak jak kobiety mądre być potrafią.

— Czyli jak?

— Hmm... porozmawiaj z matką.

Nie zrobiłam tego. Nie wiedziałam jak. Matka była surową kobietą, raczej zamkniętą w sobie. To ojciec rozpieszczał mnie od dziecka. Nie umiałam z nią rozmawiać o niczym innym niż o sprawach domowych. Gdyby żyła Foczka, porozmawiałabym z nią. Była niewiele starsza ode mnie i kochałam ją jak siostrę. Ona powiedziałaby mi, jak jest z mężczyznami. Po raz drugi już poczułam żal, że nie zdążyłam się czegoś nauczyć. Czegoś ważnego. Ale przypomniałam sobie, że jak przyszedł na nią czas i zaczęła rodzić, pytałam ją, jak będzie to robić, to przecież jej pierwsze dziecko. Pytałam, czy potrafi. A ona wtedy, wykrzywiając się z bólu, odrzekła, że kobiety umieją robić to same z siebie, nie muszą się uczyć. Widocznie się pomyliła, bo zmarła z tym dzieckiem w brzuchu. I nie mam z kim porozmawiać. A następna myśl, która przyszła wprost za tą, powiedziała mi, że Foczka miała tylko dwóch mężczyzn, o których mogłaby mi powiedzieć. Tamtego, dalekiego wodza z Północy, od którego zabrał ją ojciec, i jego samego. I poczułam niskie ciepło. I nie wracałam nigdy do tej myśli. Uciekłam od niej. Daleko.

Niedługo po tym pojechaliśmy wszyscy do Vira. Ruszyliśmy dużą grupą. Pięćdziesięciu drużynników ojca, służba, wozy, sprzęty. Wcześniej ojciec zawiadomił załogę grodu w Vira, by byli gotowi na nasz przyjazd, bo, jak mówił, tam przez lata mieszkała jedynie drużyna, więc było surowo i skromnie.

— Trzeba wymościć gniazdko na przyjazd małego ptaszka! — krzyknął z uśmiechem i kazał służbie zabrać więcej futer. Roveste została pod pieczą Eryka. Konno zajechalibyśmy na wieczór, ale ojciec kazał matce i mnie wsiąść do wozu, a do tego ciągnęły się wózki z bagażami. Nocleg mieliśmy w niedużej osadzie, w chłopskiej chacie. Nigdy nie byłam w tak małym i tak ciemnym domu. W nocy było duszno i źle spałam, wolałabym nocować w namiocie, miałabym czym oddychać. Rankiem ruszyliśmy w drogę i krótko po południu stanęliśmy w Vira. Gród położony był wysoko. Od wschodu, schodząc w dolinkę, otaczały go poletka uprawne. A od zachodu, za pasem skał rozciągał się widok na morze. Zachłysnęłam się tym obrazem. Vira była jak medalion, który kryje dwa całkiem odmienne obrazy! Patrząc na wschód, zdawał się wsią, brakowało tylko chłopów na skoszonych już polach, ale i tak emanował z nich spokój, sielskość i niemal ospałość. A od zachodu jakby zmieniał się świat! Skały i ciemna smuga morza. Po doskonale widocznej drodze z wybrzeża krążyli ludzie. Patrolujący zbrojni, robotnicy. Załadowane wozy. Chciałam jeszcze raz dostać się od wschodniej strony, by sprawdzić, czy te pola tam jeszcze są, czy istnieją, czy mi się tylko zdaje. Ale Apalvaldr, widząc moje pytanie w oczach, roześmiał się i powiedział:

— Tak, to właśnie jest moja Vira! Tu się urodziłem, między wsią a morzem — i pochylając się, bym tylko ja słyszała, dodał: — więc gdy chciałem pomyśleć, chodziłem na tamten skraj wzgórza, bo stamtąd widać i jedno, i drugie naraz.

Po chwili usłyszeliśmy dźwięk rogu, którym Vira witała Apalvaldra i przez szeroko otwartą, wielką drewnianą bramę wjechaliśmy do grodu. Domy tam były o wiele mniejsze niż w Roveste i uliczki węższe. Wszystko znacznie surowsze niż u nas. Ale wiele domów było całkiem nowych, jaśniały świeżym drewnem, nie wszystkie jeszcze wykończone. Musieli budować je niedawno, pomyślałam, ale zaczęli to wszystko na pewno wcześniej, niż ja się dowiedziałam o ojcowych planach. Sam dwór był stary, mniejszy i dużo ciemniejszy niż w Roveste, ale miał przepięknie rzeźbione kolumny u wejścia i drzwi tak misterne, jakich jeszcze nie widziałam. Prócz drużyny i mieszkańców przywitał ojca wielki, rudy pies, łasząc się do jego kolan i domagając pieszczoty. To dziwne, ojciec ma tutaj dom, w którym nawet pies na niego czekał. Od czasu gdy wprowadził mnie w swoje plany, codziennie dowiadywałam się o nim rzeczy zupełnie nowych, jakbym dopiero go poznawała. Więc Apalvaldr, który był dla mnie uosobieniem wszystkiego, co kochane i ważne, miał jeszcze inne życia, których istnienia wcześniej nawet nie przeczuwałam? Poczułam i lęk o to nieznane, i podziw jednocześnie! Od dziecka wiedziałam, że ojciec jest kimś wyjątkowym, był najważniejszy w Roveste, był jarlem. Przyzwyczaiłam się do tego. Nie znałam innego życia. A teraz każdego dnia dowiaduję się, co to oznaczało! Podczas gdy służba rozpakowywała przywiezione rzeczy, z ojcem i matką oglądaliśmy Vira. Towarzyszył nam Flosi, straszy już mężczyzna, który był tu zarządcą, i ten rudy pies, co powitał ojca. Flosi był siwowłosy i miał długą brodę starannie splecioną w warkocze. Nie mogłam oderwać oczu od tej brody. A ode mnie oczu nie mogli oderwać ludzie, których wszędzie spotykaliśmy. Ojciec zatrzymywał się i rozmawiał prawie z każdym. Przedstawiał nam ich i o większości umiał coś powiedzieć. Kim jest, co robi, jak się zwali jego rodzice, w jakich bitwach walczyli razem. Zdawał się ze wszystkimi zaprzyjaźniony.

Ale ja nie mogłam się na niczym skupić. Moje myśli rozpierzchały się i nie mogłam ich połapać. Uparcie powracała tylko jedna, że oto teraz poznaję prawdziwe życie, świat większy niż rodzinne Roveste. Świat myśli i planów mego ojca Apalvaldra, który jawił mi się nagle kimś tak wielkim i wspaniałym, człowiekiem, o jakim nie miałam pojęcia, i oto właśnie teraz muszę ten świat opuścić! Opuścić, by wyjść za mąż za jakiegoś Regina, którego wcale nie znałam i którego poznawać akurat teraz nie miałam najmniejszej ochoty. Wszystko się we mnie burzyło. Dochodziliśmy do zachodniej części grodu, a w mojej głowie panował chaos. Myśli tłukły się o siebie i nie mogłam ich zrozumieć. Jedna z nich próbowała się przebić, ale taki miałam zgiełk w głowie, że nie słyszałam nawet, jak matka coś do mnie powiedziała. Weszliśmy na niewysoką, otwartą wartownię. Włosy rozwiał mi zimny, słony wiatr. Zobaczyłam w oddali ciemną połać wzburzonego morza. Zobaczyłam zachodzące słońce ostre jak nóż, raniące promieniami oczy. I wtedy ta myśl przyszła do mnie z całkowitą jasnością, przepędzając wszystkie inne: przecież ślub z Reginem to mój udział w życiu ojca! Wstęp do jego planów. Pieczęć, jak to wtedy powiedział. Więc to jest początek drogi, a nie żaden koniec. Odetchnęłam. Głowa była czysta, a serce spokojne. Rozejrzałam się wokół. Znów zaczęłam być ciekawa wszystkiego.

Kolejne dni były niczym sen, barwne i zaskakujące. Każdego ranka wyjeżdżaliśmy z grodu, a ojciec pokazywał nam okolicę. Pozwolił matce i mnie jeździć konno, więc poruszaliśmy się szybciej. Zresztą w wiele z tych miejsc nie dojechalibyśmy wozem. Zbaczaliśmy z utartych traktów i wygodnych dróg. Trochę bolały mnie pośladki, bo w Roveste rzadko dosiadałam konia, ale to o wiele bardziej przystawało do uczuć wolności i ciekawości wszystkiego, jakie obudziły się we mnie, niż kolebanie się w wozie. Podróżowaliśmy z dwanaściorgiem ludzi, był wśród nich Eggnir, który ubarwiał nam postoje pieśniami i opowieściami. W jego dużym, dzielnym ciele mieszkał głos tak melodyjny, że czasami zastanawiałam się, czy Eggnir mógłby kogoś zabić. To było pytanie dla pytania, bo doskonale wiedziałam, że zabił niejednego w wielu potyczkach, które stoczył u boku mego ojca; ale patrząc na jego jasne, pięknie wijące się włosy i słuchając melodii w jego głosie, nie mogłam go nie zadawać. Sam Eggnir zdawał się mnie unikać, zwłaszcza ostatnimi dniami. Gdy pojechaliśmy oglądać zlewisko Wilczej Rzeki, znalazłam chwilę i podeszłam do niego.

— Zobacz, Eggnirze, brzozy tutaj znacznie później zrzucają liście niż u nas w Roveste. Spojrzał na mnie i milczał. I milczał. I kolejną chwilę milczał.

— Ale teraz te brzozy mają liście prawie tak złote jak twoje włosy, Sigrun.

Teraz ja nie wiedziałam, co powiedzieć. To znaczy chciałam powiedzieć, że jego koszula ma tę samą barwę, co wody Wilczej Rzeki, ale nie wiedziałam, czy mogę. Więc nic nie mówiliśmy. Aż do wieczora. Gdy ojciec po wieczerzy kazał wszystkim wypocząć, bo kolejnej nocy nie puści ich spać przed świtaniem, wojowie zaczęli się zbierać, a Eggnir wychodząc z halli, wsunął mi coś do ręki i gestem nakazał milczenie. Dłonią wyczułam, że to kawałek drewna. Poszłam do siebie jakaś niespokojna, by bez cudzych oczu obejrzeć to dokładnie. To była kora brzozy z wyrytym napisem: *pragnę pić z ciebie, brzozo**. Wzdrygnęłam się. Niespodziewanie matka dotknęła mego ramienia i nim zdążyłam się odezwać, wyjęła mi z ręki korę. Przebiegła oczyma runy. Twarz jej stężała i z szybkością, o którą bym jej nie podejrzewała, wrzuciła korę w ogień. Do izby wszedł ojciec.

— Wrócił Flosi z Wilczego, tam wszystko gotowe, więc my ruszymy skoro świt, a wy dojedziecie do nas w południe. Sarenko, postaraj się pięknie wyglądać, matka ci pomoże. Jutro poznasz Regina. Zostawię Eggnira, pojedzie z wami.

— Eggnira zabierz ze sobą, nam się na pewno nie przyda — głos matki lekko drżał — ...a tobie pieśniarz jak znalazł. Zostaw nam Olafa.

— Racja. Dobranoc.

Gdy wyszedł, matka podeszła do ognia. Sprawdziła, czy kora dokładnie spłonęła. Wstała i nie patrząc na mnie, odezwała się głosem tak miękkim, jakiego u niej nie słyszałam:

— Wiem, że między wami nic nie zaszło, choć Eggnir od dawna wodzi za tobą wzrokiem. Ale za moich czasów to by wystarczyło, by odwołać twój ślub, a chłopaka przegnać. Uważaj na siebie, Sigrun. Będziesz żoną władcy, wszyscy będą na ciebie patrzyli od rana do nocy. Także tacy, których ty nie zobaczysz. Zanim jego dom stanie się twoim domem, upłynie dużo czasu. Mężczyźni są nieufni, a jedno złe słowo potrafi zatruć ich miłość do żony. Nie ufaj zwłaszcza służbie, bo to on im płaci. Zjednaj sobie ich miłość cierpliwością i wyrozumiałością. Spraw, by cię pokochali wszyscy, od jego dorad-

---

* Erotyczna dwuznaczność napisu: w kulturze skandynawskiej brzoza oznaczała kobietę (runa berkano — brzoza).

ców, przez wojów, aż do najpodlejszego niewolnika. Niech nawet jego ukochany pies łasi się do ciebie. Ale niech cię kochają z daleka. Niech cię czczą niczym Freyję, ale nie ważą się ledwie słowem spoufalić. Jesteś piękna, twoja uroda zjednuje ci ludzi. Ja... tego nie potrafiłam. Choć wierz mi, bardzo się starałam...

Zrobiła krok w moją stronę, jakby chciała mnie przytulić, ale popatrzyła tylko na mnie i ciężko podeszła w stronę drzwi. Odwróciła się jeszcze na chwilę.

— Dziad Regina miał trzy żony, jego ojciec dwie. Regin obiecał Apalvaldrowi, że żadnej prócz ciebie nie poślubi. Ale niewolnice lub branki są przydatne, zwłaszcza na wypadek śmierci. Nie dopuść tylko, by którąś za bardzo wyróżniał. A teraz śpij. Jutro ważny dzień.

Ważny dzień zaczął się wcześnie, bo ojciec i jego ludzie narobili takiego zgiełku, wyjeżdżając przed świtem, że i ja się obudziłam. Potem przyszła matka z kamienną twarzą, jakby nie było wczorajszego dnia, brzozowego pisma i tego, co opowiedziała. Zaczęłyśmy wybierać stroje.

— Dlaczego spotykamy się z Reginem w Wilczym? Dlaczego nie tutaj?

— Ojciec zaprosił Regina z drużyną na walki. To, jego zdaniem, najlepsza okazja, byś zobaczyła przyszłego męża. Do Vira zjedziemy wszyscy wieczorem. Weź tę niebieską suknię i płaszcz z lisami.

— Nie. Skoro mamy się pierwszy raz spotkać w Wilczym, na polanie, wśród rudziejących drzew, chcę wyglądać jak jesień. Na spód założę jasnozieloną, na nią żółtą z szelkami, czerwony płaszcz i narzutkę z lisów, tę, co dostałam przed wyjazdem od ojca, ale tych rudych, nie srebrnych. I kapturek wyszywany bursztynem. Jeśli pozwolisz...

Matka spojrzała, jakby pierwszy raz mnie widziała. Jej oko zawisło na chwilę na moim i roześmiała się nagle.

— Jak chcesz, Sigrun. To twój wybór.

A ja w myśli dodałam: tyle mojego wyboru — w co się ubiorę. Chwilę potem przybiegli po matkę, mówiąc, że Eryk, przyboczny ojca, przyjechał z Roveste z wieściami. Musiało być to coś ważnego, skoro przyjechał sam Eryk. Wychodząc, kazała mi się przebrać i czekać w gotowości, że zaraz ruszamy. Nie wracała jednak długo. Siedziałam nad skrzynką pełną klejnotów i co rusz zmieniałam zdanie. Najpierw założyłam dwie kryte złotem brosze w listki koniczyny i sznur bursztynu między nimi. Potem pomyślałam, że lepiej naszyjnik od ojca, taki z trzech rzędów rzeźbionych płytek, był z kości morsa, bardzo misterna robota. Ale bransolety do niego zostawiłam w domu, więc wróciłam do bursztynów. Tylko wzięłam te mniejsze, a za to zmieniłam zapinkę przy narzutce. Złota była drobna i ginęła w puszystym futrze. Wybrałam srebrną z dużą szpilą, też ozdobioną bursztynem. Tak! Teraz bursztyny spod spodu kończyły się jakby wielką kroplą na szpili zapinki. Tak było dobrze. Zmieniłam bransolety na srebrne i byłam spokojna. Matka przyszła po dłuższej chwili, już ubrana do drogi, zaniepokojona, że tak to się wszystko przeciągnęło i dotrzemy później, niż było zaplanowane. Eryk i Olaf z ludźmi czekali na nas.

— Do Roveste przybyli posłańcy od Asolfra z Islandii. Zgadza się na warunki ojca — powiedziała matka. Ruszyliśmy bez zwłoki.

Przypomniałam sobie dawną opowieść o kamieniu trąconym nogą w górach, który wywołuje lawinę. Tyle tylko, że tym razem nikt nie trącił go przypadkiem. Ojciec trafił nim celnie. Oto jadę na pierwsze spotkanie z Reginem i w tej samej chwili przybywają posłańcy z Islandii. Przepełniła mnie świadomość ładu tego świata. Kimkolwiek okaże się Regin, zostanę jego żoną. Nawet jeśli będzie miał brzydki głos, jeśli będzie niski, jeśli będzie przeklinał. Wytrwam przy nim. Będę żoną. Nawet gdyby był pijakiem, gdyby był mrukliwy i utykał, wytrwam przy nim, bo taki jest plan ojca. Wielkiego Apalvaldra. Najukochańszego mężczyzny. Byleby tylko nie był prostacki. I żeby nie cuchnął. To wszystko, czego chcę.

Droga przeszła mi szybko, choć zapewne minęło już południe, bo słońce stało wysoko. Olaf uspokajał nas, że zdążymy, nim sam Regin stanie do walki, bo zaczną od pokazów strzelania do celu; Apalvaldr kazał przygotować słomiane chochoły. Potem walczyć będą najmłodsi wojowie, a najważniejsi stają ostatni. Koło Roveste mieliśmy specjalny plac za grodem, gdzie odbywały się walki; ustawiało się wtedy ławy, na wielkich rusztach pieczono sarny i dziki, czasami grali muzykanci. Zwycięzca każdego z pojedynków dostawał od ojca nagrodę, a od dziewcząt pęki kwiatów. Podobało mi się zawsze, że wojowie walczyli, jakby to było naprawdę, ale żadnemu z nich nie działa się krzywda. Chociaż niezupełnie — któregoś razu dwóch młodych chłopców tak zwarło się na topory, że jeden i drugi mieli krwawe rany. Ale doświadczonym nie zdarzało się to nigdy. Odkąd sięgam pamięcią, pod koniec walk moja matka mówiła półgłosem: szczęśliwą jest kobieta, która nigdy nie widziała swego męża w walce. Ale rozumiem, że miała na myśli prawdziwe bitwy. Nim usłyszeliśmy dźwięk rogów i okrzyki wojów z Wilczego, minęliśmy straże. Najpierw jedne, potem drugie. Drzewa przerzedziły się i wjechaliśmy na Wilczą Polanę. Prosto w oczy zaświeciło mi słońce i dopiero po chwili mogłam obejrzeć wszystko. Jakże tu było pięknie! Zachłysnęłam się widokiem okalającego rozległą polanę lasu. Jesień stała tego dnia w najdostojniejszych odcieniach złota, czerwieni i brązu. Zakole rzeki lśniło srebrzyście. Jasne płachty namiotów, barwne proporce i tarcze wydawały się częścią natury. Kątem oka spojrzałam na rażąco niebieski płaszcz matki i nie mogłam powstrzymać błysku zadowolenia, jaki przemknął mi przez twarz, potwierdzając słuszność mojego uporu w kwestii stroju. Byłam zaskoczona, że nikt nas nie witał. Zsiadłyśmy z koni i podeszłyśmy bliżej, wojowie rozstąpili się, przepuszczając nas do samego przodu. Dwóch ludzi walczyło na miecze. Przebiegłam wzrokiem dookoła, szukając ojca, ale wysokie krzesło stojące pod jego proporcem było puste. Obok stało drugie, równie wysokie i też puste, a nad nim proporzec ze smoczą głową. Przeniosłam wzrok na walczących i dopiero teraz domyśliłam się, że jednym z nich jest mój ojciec. Poznałam go po hełmie i pasie, bo widziałam tylko jego plecy. Nacierał na niego mężczyzna z potężną tarczą, z której wielkim, błyszczącym okiem szczerzył się smok. Gdy poruszał nią, słońce odbijało się od smoczego oka i raziło promieniami w moje. Równie błyszczący hełm osłaniał mu twarz, co wraz z uderzającym wciąż z niepohamowaną siłą mieczem dawało obraz przerażający. Szczęk żelaza o żelazo i chrapliwe, głośne oddechy obydwu były jedynym odgłosem towarzyszącym tej walce. Nagle uświadomiłam sobie, że nie słyszę okrzyków wojów, które zwykle zagrzewały walczących. I poczułam zimno w okolicy serca. Zlękłam się o ojca. Co tu się dzieje? Czy oni walczą naprawdę? Ten przerażający człowiek nacierał coraz mocniej, a ojciec cofał się wciąż, najwyraźniej bardzo zmęczony. Nagle tamten jednym potężnym uderzeniem podbił miecz ojca od dołu tak, że z głuchym jękiem żelaza wytrącił mu go z ręki. Ale w tej samej chwili Apalvaldr błyskawicznie pochylił się i od dołu natarł na niego samą tarczą z takim impetem, iż od łoskotu dwóch zwartych ze sobą tarcz zrobiło mi się słabo. Przewrócił przeciwnika na ziemię, wytrącając mu miecz z zakutej w rękawicę dłoni. Że już mogę odetchnąć, powiedziały mi gromkie okrzyki wojów i dźwięk rogów. Ojciec i jego przeciwnik wstali z ziemi, podnosząc miecze. Chciałam się wyrwać do ojca, ale matka przytrzymała mnie za ramię. Nie mam kwiatów, pomyślałam ze łzami w oczach. Nie mam kwiatów! Tymczasem ojciec zdjął hełm i rękawice, podchodząc do tamtego. Podali sobie dłonie i uścisnęli się. Apalvaldr przysłonił dłonią oczy i rozejrzał się po zgromadzonych. Zobaczył nas i przywołał ruchem ręki.

— Nie biegnij. Idź powoli — zdążyła szepnąć matka, nim ojciec powiedział głośno:

— Sigrun, poznaj Regina z Namsen, syna Thorbjorna.

Poczułam gorąco, nim spojrzałam mu w oczy. Choć w sercu wciąż pulsował mi obraz olbrzyma, którego smok na tarczy omal mnie nie oślepił, mężczyzna, jakim okazał się po zdjęciu hełmu, był chyba najpiękniejszym, jakiego widziałam. Wysoki jak mój ojciec, miał jak on jasne, faliste włosy i krótko przystrzyżoną brodę. Patrzył na mnie oczami o barwie przejrzystego bursztynu i od tego spojrzenia topniałam niczym garstka śniegu w ciepłej dłoni.

— Witaj, Reginie. — Nic więcej nie mogłam powiedzieć i dopiero gdy spuścił ze mnie wzrok, byłam w stanie wziąć oddech.

Dobrze, że namioty stały dość daleko, bo po drodze mogłam zebrać myśli. Ojciec z Reginem szli przodem, matka i ja za nimi.

Patrząc na kraj swej sukni, układałam w głowie wszystko. Zobaczyłam całe swoje przyszłe życie u boku Regina. Jak urodzę mu czterech synów, albo lepiej pięciu. Jak zwycięski i w chwale będzie wracał z każdej wyprawy, jak razem damy początek najsławniejszemu rodowi Norwegii, jak wspólnie zbudujemy potęgę, tam, w dalekim Namsen. Jak bardzo będziemy szczęśliwi. I zdałam sobie sprawę, że odkąd na mnie spojrzał stał się moim światem. Światem, który w jednej chwili, od pierwszego bursztynowego spojrzenia ułożył się w długie lata przyszłego życia. Ale to stało się w moim sercu. A co dzieje się w jego? A jeśli jego serce milczy? Jeśli nie przyspieszyło bicia na mój widok? Wystraszyłam się. Nagle wszystko zawisło na cieniutkiej nici. Po raz pierwszy doświadczałam takiego rozchwiania. Zostałyśmy same z ojcem, Regin poszedł się przebrać do swojego namiotu. Matka szybko przekazała Apalvaldrowi wieści z Islandii. Uśmiechnął się, słysząc, że wszystko idzie po jego myśli.

— No to do dzieła, Sigrun! Teraz czas na ciebie! Coś taka zatroskana? Nie spodobał ci się Regin?

— Jest piękny, ojcze. Ale… nie wiem, czy ja jemu się spodobałam…

— Musiałby być ślepcem, żeby nie oszaleć dla ciebie, moja Smukła Łódeczko! Taka jesteś dziś piękna, matka wspaniale cię ubrała!

— Ale czy on mnie pokocha?…

— Nie wątpię. A nawet jeśli nie, jakie to ma znaczenie, skoro zawarliśmy układ.

— Dla mnie… ma.

Ojciec spojrzał na mnie bacznie.

— Rozumiem…

Matka milczała.

— No. Idziemy coś zjeść, sarnina pewnie już upieczona. A potem ruszamy do Vira na wielkie ucztowanie.

Byłam jak w letargu. Chciałam znów na niego spojrzeć, ale lęk był silniejszy. Rozmawiał z ojcem o walkach. Chwalili nawzajem sprawność i dzielność swoich ludzi. Ale właściwie to mówił niewiele, rozmowę wiódł Apalvaldr i jakiś towarzysz Regina. Poza tym siedziałam tak, że aby go zobaczyć, musiałabym się wychylić, a na to na pewno nie miałam odwagi. Na szczęście szybko skończyli posiłek i ojciec ogłosił, że jedziemy do Vira. Gdy odchodziłam od ławy, nasze oczy się spotkały. Spłonęłam, bo wpatrywał się we mnie mocno, tak mocno, że zabolało. Matka ujęła mnie za łokieć i szepnęła:

— Skiń mu głową.

Skinęłam. Ale już nie podniosłam oczu.

Droga do Vira minęła nie wiem kiedy, lecz gdy stanęliśmy w grodzie, musiał być wieczór, płonęły pochodnie. Poszłyśmy z matką do siebie, by odświeżyć się przed ucztą. Matka zdjęła ledwie płaszcz i wyszła, by sprawdzić, czy służba wszystko dobrze przygotowała. Zostałam sama. I rozpłakałam się. Płakałam i płakałam. Rozmazywałam łzy w szare smugi na twarzy i nie miałam żadnych myśli. Nawet najmniejszych. Ale miałam pragnienie. Jedno. Największe. Niech Regin mnie pokocha. Niech pokocha. Niech pokocha. Zanosiłam się szlochem. Zachłystywałam łzami. Niech Regin mnie pokocha. Nigdy niczego nie pragnęłam tak bardzo. Nigdy tak nie płakałam. Ale w końcu łzy mi się skończyły. Zasnęłam. Chyba nie na długo, ale skąd mi to wiedzieć. Obudziła mnie matka.

— Sigrun, tyś nie gotowa? Dalej, szybko, wszyscy już się zeszli. Czekają tylko na nas.

Przemyłam twarz zimną wodą, przeczesałam włosy. Wprost na suknię wzięłam narzutkę z lisów, mocowałam się z zapinką, jakoś ją upięłam. Wciąż w półśnie weszłam do halli. Było tam dość jasno i wystarczająco gwarno, by zagłuszyć kołatanie mego ogłupiałego serca. Ojciec posadził matkę przy sobie, a mnie wskazał miejsce obok Regina. Regin miał czerwoną koszulę i jasne futro narzucone na szerokie plecy. Tak jasne, że topiły się w nim krańce jego włosów. A na włosach miał skórzaną przepaskę nabijaną srebrem. Srebrem przetykane były bursztyny na jego szyi. A te w oczach lśniły, gdy spojrzał na mnie. I przebudziłam się. Siedziałam sztywno, bojąc się poruszyć. Całą lewą stroną czułam ciepło płynące od niego.

— Skosztuj mego miodu, Sigrun.

Drgnęłam, gdy usłyszałam, jak pięknie wymawia me imię.

— Przywiozłem go z Namsen, byś posmakowała, jak słodka jest moja ziemia.

Odwróciłam się w jego stronę wolno, wyciągając rękę z kubkiem. Patrzyliśmy na siebie. Regin dotykał wzrokiem mojej twarzy, niespiesznie. Muskał czoło, brwi. Zatrzymał się na oczach. Po rzęsach wolniutko przesunął się wzdłuż nosa. Dotknął policzków. Ja bezwiednie robiłam to samo. Gdy zeszłam poniżej wąsów i zatrzymałam się na jego ustach, zobaczyłam, że mówi.

— Podaj kubek, Sigrun…

I przytrzymał kubek, obejmując moją dłoń. Poczułam dotyk ciepły i twardy. Nalewał mi miodu, nie odrywając oczu od moich ust. Jakby go już z nich pił. Jednocześnie uśmiechnęliśmy się, bo miód płynął nam po palcach. Nie można nalewać, nie patrząc na kubek! Odstawiłam go i szybko oblizałam mokrą rękę, a on równie szybko złapał mnie za nią i przycisnął do swoich ust. Byłam jak wosk. Puścił moją dłoń i podniósł swój kubek, spełniając toast, który wznosił mój ojciec. Ja też przechyliłam swój i ciepło rozpłynęło się po całym ciele. Teraz wstał Regin i podniósł nowy toast:

— Niech żyje możny Apalvaldr, jego dobra żona i piękna jak zorza córka!

— Niech żyje! Niech żyje! Niech żyje!

Wstał mój ojciec. Napełnił kubek Regina i swój:

— Niech rosną nasze rody i ziemie, niechaj przymierze między nami wzmacnia się każdego roku!

— Obyśmy ufali sobie jak bracia, a pomagali jak przyjaciele!

— Niechaj moja siła będzie twoją siłą!

— Niech moja tarcza chroni i ciebie!

— Niech mój miecz stanie się twoim mieczem!

— O, tego jarlowie dowiedli, wytracając je sobie wzajem podczas pojedynku! — to Eryk krzyknął ze swego miejsca, a ojciec i Regin wybuchli śmiechem i jednocześnie spełnili toast.

— Chwała! Sława! — halla rozbrzmiała okrzykami.

Ojciec otarł usta, kazał znów nalać miodu i uciszył zebranych.

— Aby przypieczętować braterstwo między rodem Regina z Namsen i Apalvaldra z Roveste, daję mu moją jedyną córkę Sigrun za żonę. Czy przyjmujesz, Reginie?

— Nigdym nie dostał cenniejszego daru! Jeśli ty, Apalvaldrze, uważasz mnie za godnego swej córki, zawsze pozostanę twoim dłużnikiem!

— Sigrun, czy zgodzisz się zostać żoną Regina?

— Tak, ojcze.

— Zatem zaślubimy was sobie zaraz po pierwszym zimowym thingu! Wypijmy za to!

— Sława! Chwała! Zdrowie!

Zgiełk zapanował tak wielki, że nie sposób było rozróżnić słów. Gdy ojciec wypuścił Regina z uścisków, ten odwrócił się do mnie. Oczy mu płonęły. Były teraz ciemnobrunatne jak bursztyn oglądany nad ogniem. Drgały mu nozdrza.

— Więc chcesz mnie, Sigrun?

— Jak nigdy nikogo, Reginie.

Chwycił obydwie moje dłonie swoją jedną, a drugą dotknął lekko moich włosów.

Uśmiechnął się:

— Odkąd cię zobaczyłem, chciałem to zrobić. Masz włosy jak płynne złoto, dziewczyno. Rację miał twój ojciec, nazywając cię skarbem.

Jak na złość w tej chwili puściła zapinka i narzutka zsunęła mi się na ziemię. Schyliłam się po nią, ale Regin był szybszy. Nasze dłonie spotkały się znowu, w lisim futrze. Jego włosy musnęły mnie po twarzy. Poczułam ich zapach. Wyszeptał mi prosto w usta:

— Nie wiem, czy doczekam zimy, Sigrun! Nie chcę czekać na ciebie ani dnia!...

— Reginie...

— Sigrun, czas na nas — to matka dotknęła mego ramienia. — Dobranoc, Reginie. Pożegnaj gości, córko.

Ojciec i Regin wyszli z nami i odprowadzili do izby. Jak cudownie chłodne było powietrze! W całym swoim życiu nie wypiłam tyle miodu ile podczas dzisiejszej uczty! Ale pijana byłam już, nim na nią przyszłam. Apalvaldr przytrzymał mnie, puszczając matkę i Regina przodem.

— No i jak, Sarenko? Jeszcze jakieś wątpliwości?

— Żadnych ojcze.

— Dobrze ci wybrałem?

— Dobrze, ojcze — westchnęłam. — Aż za dobrze...

— To pocałuj ojca! Mocno!

Dotknęłam ustami jego policzka i wzdrygnęłam się. Każdy dotyk prócz dotknięcia Regina ranił mnie teraz. Zrobiło mi się przykro, ale ojciec nie poczuł tego, wypił dość miodu, chwiał się nawet lekko.

— Dobranoc, Sarenko! Pożegnaj się z Reginem, bo rano ruszają do Namsen, a nam czas do Roveste!

— To nie zobaczę go jutro?

— Nie. Spotkacie się na swoich zaślubinach! A co, już ci tęskno?

— Ach...

— No dalej, pożegnajcie się! Żono, chodź do mnie, dawno cię nie całowałem, chodź szybko, niech cię ścisnę! Daj się młodym pożegnać!

Ojciec pociągnął matkę mocno i zaczął ją ściskać, mrucząc coś niezrozumiale. Bałam się, że ją przewróci, chyba był dość pijany.

— Sigrun... — to Regin dotknął mojego ramienia, odwracając mnie lekko, bym nie patrzyła na rodziców. Miał twarz tak smutną i tak poważną, a oczy znów jasne, jakby nie pił wcale. Poczułam gorąco.

— Sigrun, maleńka...

Unosiłam głowę, by patrzeć na niego. Odgarnął mi włosy z czoła, okrył lisami. Wszystko robił wolniutko, wtulając we mnie spojrzenie.

— Od chwili, gdy cię ujrzałem, myślę tylko o tobie. Niczego tak nie pragnę, jak wprowadzić cię do domu jako swoją żonę. Ale choć serce mi skowyczy, będę czekał na ciebie, ile będzie trzeba. Czekaj i ty na mnie. Sigrun, najsłodszy miodzie... będę śnił o tobie aż do dnia, gdy się przy tobie obudzę... Dobranoc. Do przebudzenia.

I pocałował mnie w czoło. Tak, że poczułam odcisk jego warg.

Gdy odchodził, krzyknęłam:

— Będę liczyć dni, Reginie!

I tak właśnie było. Aż do dnia naszych zaślubin odliczałam dni, a noce cieszyły mnie tylko dlatego, że dawały pewność, iż czas będzie się skracał. Mało spałam, w dzień chodziłam jak we śnie. Niewiele mnie ciekawiło, co nie miało związku z Reginem. Po wielokroć odtwarzałam w myśli każde jego spojrzenie, powtarzałam słowo. I byłam wdzięczna ojcu jak bogu, że wybrał mi Regina.

Tymczasem w Roveste wrzały przygotowania. Pakowano nasze rzeczy i stopniowo przenoszono je do Vira. Każdego niemal dnia wyjeżdżały wozy, na których wszelakie dobra przykrywano sporą ilością słomy. Jednocześnie od strony rzeki Velfsna zwożono niewielkimi transportami rzeczy, które, jak się dowiedziałam, należały do Asolfra. Ojciec był tak zajęty, że nie miałam sposobności z nim porozmawiać i zapytać, dlaczego zwożą to od północy rzeką, zamiast wygodnie dobrą drogą z portu przy Vestfjordzie. Przygotowywano też moją wyprawę. Kilkakrotnie ogłupiała tym zgiełkiem służba myliła się, znosząc rzeczy do niewłaściwych magazynów. Powstały bowiem trzy: jeden to dobra przygotowane dla ojca, matki i ich ludzi, które trzeba zabrać do Vira, drugi to rzeczy Asolfra przybyłe z Islandii, a trzeci to moje, które zabiorę do Reginowego domu. Tylko matka nad tym wszystkim panowała, nie gubiąc rachunku, co gdzie należy umieścić. Dopiero później dowiedziałam się od ojca, że tak zaplanował wszystkie przenosiny, by oczy niepowołanych nie dostrzegły wzmacniania grodu w Vira ani objęcia Roveste przez Asolfra. Powiedział, że tak ustalili z Reginem, iż na thingu ogłoszą swój układ jako już spełniony. Król Harald, jak wcześniej Eryk, jego krwawy ojciec, jest bardzo nieufny, a nas, Panów Północy obserwuje szczególnie. Minionej wiosny Hakon*, najpotężniejszy jarl Trondelagu, zawarł w imieniu Panów Północy układ z królem Haraldem i resztą synów Gunhild i Eryka. W myśl tych postanowień oni mają dać nam spokój, a my im gwarancję bezpieczeństwa. Więc szpiedzy Haralda mogliby wziąć powrót Asolfra i nasze wzmacnianie Vira za łamanie pokoju i przygotowania wojenne. Nie trzeba nam teraz waśni, to sprawy rodzinne. Im ciszej, tym lepiej, róbmy swoje spokojnie, bez zwracania uwagi. Chyba już jednak dość poznałam ojca, by w drganiu jego wąsów, gdy mi to tłumaczył, dostrzec ukrytą prawdę. Ale to ona właśnie bardziej niepokoiła mnie, niż uspokajała. A jeśli słusznie serce mi podpowiada, że ojciec i Regin szykują się wspólnie do wojny? Nie chcę, by wprost ze ślubnego łoża Regin poszedł do walki. Zdobyłam się na odwagę i spytałam ojca wprost. Apalvaldr uśmiechnął się i przygładził moje włosy:

— Podoba mi się to, co myślisz, Sigrun, Ptaszku Malutki! Aż żal, że teraz wyfruwasz mi z gniazda. Gdybym wcześniej wiedział, że nie będę miał syna, wychowałbym cię na mężczyznę, dość masz ku temu rozumu. Ale wtedy nie miałbym zięcia i układu z Reginem. Poza tym, czy byłabyś wciąż taka piękna, gdybyś się wzięła za rządzenie? Patrz na Gunhild, matkę Erykowych synów. To ona faktycznie rządzi, a Harald tylko wkłada koronę. Ale to już nie jest kobieta. To zimna wiedźma, jej rady i knowania są gorsze od miecza, bo śladów nie widać, a człowiek umiera. Kobieta u władzy traci urodę od jadu, który zatruwa jej serce.

— Nie wiedziałam, że są kobiety, które walczą.

— Walczą mieczami swoich mężów i synów.

— Ale się nie boją.

— Ty też przestań się bać wojny, Sigrun. Walka jest naturalna

---

* Jarl Hakon — syn jarla Sigurda. Najmożniejszy z ośmiu jarlów, miał władzę zwierzchnią nad całym Trondelagiem. Jego ojciec jarl Sigurd był przyjacielem i sojusznikiem króla Hakona Dobrego. Był przywódcą opozycji skierowanej przeciwko rządom synów Gunhild i Eryka Krwawego Topora. W przyszłości zostanie faktycznym władcą Norwegii (976–995).

dla mężczyzny, a dla wodza jest powinnością. Nie byłbym jarlem, gdym siał zboże i łowił ryby. Nie stworzono mnie na chłopa ani na rybaka. Regin też ma krew Asów*, a nie niewolników. Gdy zaczniesz bać się o niego, zdusisz jego siłę, a tego ci nie wolno. Kochamy kobiece łzy, ale ich nie słuchamy. Ucztowanie z rodziną i przyjaciółmi, radość z pełnego skarbca i stołu smakuje tylko dlatego, że ciężko wywalczona. Kocham Vira i Roveste, nieba bym im przychylił, ale nigdy nie pomyślałem, że mógłbym tu umrzeć. Nie po to całe życie noszę miecz, żeby życie skończyć w łożu. A wojny prowadzić należy w świecie, nie na własnym podwórzu. Do domu się zwozi, a nie podkłada ogień. Na tym pokolenia naszych dziadów zbudowały potęgę i tak trzeba żyć. Dlatego nie w smak nam zakusy Erykowych synów, wojny domowe nie przynoszą chwały, zrobimy wszystko, żeby je oddalić. I robić swoje.

— Czyli wojować w świecie?

Ojciec roześmiał się, aż zalśniły mu zęby:

— No tak, Ptaszku, żyć trzeba!

— A miłość to nie życie?

— Im dłużej mężczyzny nie ma w domu, tym mocniej kocha, jak wróci. Im więcej śmierci zobaczy, tym bardziej pragnie miłości. Po niewygodach i trudach słodko jest spocząć w kobiecych ramionach. Zobaczysz sama, już niedługo. Tylko się nie bój, by mąż nie wzgardził twym strachem. Regin ma stalowe ramię i nieustraszone serce, a ty jesteś moją córką, nie przynieś mi wstydu.

Poszłam przemyśleć to wszystko na wzgórze. Trawy zbrązowiały i zszarzały zupełnie, niebo było sine i wiatr przenikliwy. Pasmo gór znaczyło się na horyzoncie ledwie ciemną kreską. Nim spadną pierwsze śniegi, moje serce musi być gotowe. Ale jak mogę, kochając Regina, nie bać się o jego życie? Jak to zrobić? Kobiety jednak jakoś

---

* W mitologii nordyckiej: Asowie i Wanowie (Aesirowie i Vanirowie) — dwa najszlachetniejsze rody, z których wywodzili się wszyscy bogowie. Asowie zamieszkiwali Asgard pod wodzą Odyna. Należeli do nich; Thor, Baldur, Frigg, Tyr, Hajmdal. Wanami (Vanirami) byli: Freyja, Frey, Njord. Tu: krew Asów, czyli jest najszlachetniejszego rodu, pochodzi z arystokracji jak Odyn.

sobie z tym radzą od pokoleń. Może jest jakaś tajemnica, jakiś czar, który można zamówić, by zahartować serce, nie zamrażając w nim miłości? Jeśli jest taki, odnajdę go.

Tymczasem przygotowania trwały i matka zastanawiała się, kogo ze służby dać mi do domu Regina.

— Ludzi nie może być wielu, bo to by obrażało twego przyszłego męża, mówiąc, że wątpimy w dostatek jego domu lub mu nie ufamy. Dlatego nie możesz wziąć wojów. Ale same kobiety, choć najbardziej ci się przydadzą, to jednak za mało. W razie gdyby coś się działo, potrzebny byłby mężczyzna. Niech to będzie rzemieślnik, taki, który jakby było trzeba, mógłby nas powiadomić, a nikt by się nie dziwił, że jeździ do Vira. Więc weźmiesz dwa małżeństwa. Rogownika Falgi z żoną, która ci będzie za służkę, i stolarza, zwie się Tove, pójdzie z nim żona Hela, wiesz, ta, co zna się na ziołach. Hela jest młoda, ale leczy wszystkich w grodzie. To dobra kobieta, żal ją będzie tracić, ale tobie bardziej się przyda niż nam. Mają synka i córeczkę, chłopaka ojciec nauczy stolarki, a małą pewnie Hela z ziołami poznajomi. Więc bądź dla nich dobra, a dla małej szczególnie, jak matki zabraknie, ona cię będzie leczyć. U Regina wyproś dla nich osobne izby, damy im trochę srebra, za to domy sobie pobudują, ale dbaj, by byli blisko. Trzeba też, byś wzięła dziewczyny służebne, cztery, więcej nie. Jak się zadomowicie, dwie wydaj za miejscowych, a dwie strzeż przed zamęściem, potem się je wyda za kogoś z naszych. Będziesz wtedy miała zawsze wieści ze wszystkich miejsc i od różnych ludzi, jakby co się działo, w porę się o tym dowiesz. Postaraj się szybko męża służbę sobie zjednać. I znajdź kilkoro, których od dziecka sama, własną ręką wychowasz. Tacy będą ci najwierniejsi. I weźmiesz Olfi, jest wprawdzie stara i trochę schorowana, ale nikt lepiej niż ona domu ci nie ułoży. Olfi uczyła mnie jeszcze, co to znaczy nosić klucze*. Jej nie trzeba wiele czasu, by się zorientowała,

* Nosić klucze — być gospodynią.

co i jak trzeba. Słuchaj się jej we wszystkim, ona tak umie patrzeć i mówić, by nikt tego nie widział. Powiecie, że to twoja piastunka, co po części jest prawdą, a na pewno nie kłamstwem. Tyle da radę pożyć, by ci tam pomogła, resztę dopowie ci serce i własny rozum, a ojciec mówi, że masz go, ile trzeba.

Mój rozum jednak w tamtych dniach był na usługach serca, które pęczniało wraz z nastającym mrozem, wyczekując na połączenie z Reginem. To utęsknienie wielkie kołysało mną mocniej niż sanie, którymi sunęłam na spotkanie z przyszłym mężem. Dzień ślubu nadszedł, udaliśmy się do Vira, gdzie wszystko miało nastąpić. Siedziałam w saniach z matką i Olfi, otulona futrami, a byłam tylko czekaniem. Mróz był siarczysty, śnieg biały, a miód, którym powitano mnie w grodzie, gorący i słodki. Regin z ojcem już byli w Vira i gdy zobaczyłam go wreszcie — wysokiego, dumnego, pięknego niczym sam Baldur*, zachłysnęłam się wszystkim. Uścisk ramion, gdy podniósł mnie, by wysadzić z sań, czułam przez wszystkie warstwy futer. Poszliśmy do halli, tej samej, w której rozlał miód na moje palce. Wokół wszyscy mówili, były głośne śpiewy, dźwięk rogów i piszczałek, gorąco biło od ognia, zapachy mieszały się jak głosy ludzi, jednych i drugich nie mogłam rozróżnić. Wznoszono toasty, lano miód dla bogów, posążki Freyji** i Freya błyszczały między dymem z ziół, byłam pijana tęsknotą, którą topiłam raz po raz w bursztynie jego oczu. A te były jasne, niemal złote, rozświetlone jak nigdy. Ściskał moją dłoń tak mocno, że obie były mokre. Staliśmy pośrodku halli sami przed wszystkimi, gdy mój ojciec i matka nam błogosławili, a kiedy spełniano toast, Regin nachylił się i wprost do mojego ucha wyszeptał:

— Dzisiaj cię wypiję, Sigrun, i napoję sobą.

---

* Baldur — najpiękniejszy z bogów. Kochały go wszystkie żyjące istoty.

** Frey i Freyja — boskie rodzeństwo. Frey uosabiał męską płodność, Freyja kobiecość.

Paznokciami przytrzymałam się jego palców.

Wiedziałam, że nie wolno nam odejść od stołów, nim nie wstaną goście, a ci pili i jedli, i wstawać nie chcieli. Wszystko się ciągnęło do granicy bólu. Miodu popłynęło tyle, że pszczoły wiele lat nie odrobią zapasów. Ale ja z każdym spełnianym rogiem widziałam coraz jaśniej, trunek kołysał moje ciało, ale rzeźwił serce. Rozumu nie miałam. Na cóż byłby mi rozum! Gdy zasnął na stole Eryk, przyboczny ojca, wiedziałam, że to nie potrwa długo. Apalvaldr chylił się na ramię sztywno siedzącej matki. Wykruszali się wszyscy. W końcu padł ostatni. Spojrzeliśmy na siebie z Reginem, umilkli muzykanci. Regin wstał i pomógł mi się podnieść z ławy. Prowadził mnie za rękę do mojej alkowy. Chciałam, byśmy tak szli i szli, i by ciągle parę kroków było jeszcze przed nami. Ale to było już. Weszliśmy. Tam wszystko było gotowe. Płonął lekki ogień podsypany ziołami, łoże wysłano futrami z najdelikatniejszym włosiem. Zamknął drzwi. Zostaliśmy sami. Ciszę przerywał jedynie daleki sygnał rogu straży wokół Vira. Więc tak, więc to teraz, więc to się już stanie. Staliśmy naprzeciw siebie. Dotknął ustami mego czoła, dotknął policzków, zatopił dłonie w mych włosach. Ledwie chwytałam powietrze. Rozpiął zapinkę przy płaszczu. Płaszcz opadł na ziemię. Zdjął obydwie brosze, zsunęła się suknia. Stałam przed nim w koszuli. Zdjął ją ze mnie jak z dziecka. I zostałam naga. Odsunął się i całą dotykał mnie wzrokiem.

— Sigrun, Złoty Posążku, dziewczyno ty moja! Jakżeś piękna... — nie wiem, czy mówił, czy tylko myślał do mnie.

Chwycił mnie w pasie i przeniósł na łoże. Oddychałam ciężko i czułam ciepło w ciele, jakiego nie znałam. On stał nade mną, zdejmując pas i koszulę. Plecy zobaczyłam pierwsze. Były gładkie i szerokie, gdy odwrócił się zobaczyłam piersi i brzuch jak odlane z brązu. Jasne włosy spadały mu na ramiona. Zaczął mnie gładzić, a ja trzęsłam się, choć nie z zimna. Przymykając oczy, poddałam się jego dłoniom i mocnym palcom. Najpierw poczułam oddech na twarzy, potem na szyi, a wraz z nim cały ciężar jego ciała wprost na moim ciele. Złączył się ze mną ustami. I cała byłam tym złączeniem. Poczułam twardość jego ud między swymi. Otworzył mnie mocno i wdarł się we mnie. Rozwarłam powieki. Usta przytrzymał mi dłonią. Zobaczyłam nad sobą jego oczy ciemne. Oddychał głośno i wsuwał się pomiędzy moje uda rytmicznie.

— Więc jesteś, Sigrun... tak długo na ciebie czekałem... nie chcę cię zranić, kochana, choć muszę twoją krew przelać, byś należała do mnie.

Odsunęłam jego rękę z mych ust.

— Nie boje się, Reginie... powiedz mi, co mam robić...

— Nic nie rób. Otwórz się na mój miecz, muszę wbić się w ciebie, rozchyl nogi jeszcze, opleć mnie ramionami...

Pchnął mnie mocno raz i drugi, uda mi zadrżały, potem poczułam ciepło. Ciepło płynęło i stygło. Regin nie przestawał, jego oddech narastał, a ruchy były coraz szybsze, krzyknął krótko i upadł między moje piersi, a jego ciało bezwładne drgnęło konwulsyjnie i zasnęło na moim. Ja też chyba zasnęłam. Gdy się przebudziłam, leżał obok, na boku, gładząc moje plecy. Pocałował mnie w usta.

— Przygasa nam ogień, ale nie wpuściłem służby.

Przeciągnęłam się lekko. Jakże pięknym był Regin. Westchnęłam cichutko. Kleiły się moje nogi. Dotknęłam, żeby sprawdzić. Więc to krew zastygła.

— Umyję się, dobrze?...

— Nie... nie zmywajmy tego... — Regin pochylił się i wtulił twarz w moje łono, gdy ją podniósł, na brodzie miał ciemne smugi krwi — nie nasyciłem się jeszcze, Sigrun, za długo czekałem...

I znów rozchylił mi uda, wchodząc pomiędzy nie twardo. Pchnął mocno i zdecydowanie. Uniósł się na ramionach, patrzyliśmy na siebie. Za każdym pchnięciem przymykałam oczy, bo rozchodził się po moim ciele ból tak gorący, że bałam się, iż mnie rozsadzi, ale nie chciałam, by przestał. Jego włosy łaskotały brunatne szczyty moich piersi rozpinając pajęczynę między pochwą, Reginem we mnie a nimi. Kołysał naszymi ciałami, łagodnie zwiększając prędkość uderzeń. Coś podeszło mi do gardła i nagle poczułam, że jeśli teraz przestanie, to umrę i nie obudzę się nigdy. Reginie, nie przestawaj,

Reginie, nie zostawiaj mnie teraz! Ale on ani o tym myślał. Oddech znów w nim potężniał i dorównywał siłą i prędkością pchnięciom. Błyszczały jego obnażone zęby. W uszach mi dudniło. Wibrował jakiś dźwięk, narastał do granicy bólu. Pękł, okazując się brzmieniem rogu straży. Krzyknęłam, choć nie wiedziałam, że krzyczę. Opadł ciężko na mnie. I przewrócił się na bok.

— Grają pobudkę, Sigrun…

— Tak, ale nie dla nas.

— Pamiętasz, jak ci mówiłem, że będę śnił, aż się przy tobie obudzę? I słyszysz? Grają pobudkę!

— Tak, ale ty jeszcze nie spałeś!

Ułożył mnie na swoim ramieniu i okrył szczelnie futrem. Niepewnie wyciągnęłam rękę, chcąc objąć jego piersi. Przytrzymał ją i tak zasnęliśmy. Wybudziło nas zimno. Ogień całkiem przygasł. Zawstydziłam się swojej nagości i zaschniętej krwi na udach. Regin oglądał mnie bez skrępowania, z zadowolonym uśmiechem jak dzieciak zabawkę. Miał całkiem zmierzwione włosy i roześmiane oczy. Narzucił na nas jeszcze dwa wielkie futra i zabrał się do całowania moich piersi. Chciałam go odpędzić, bo wydało mi się to całkiem niepoważne, ale już po chwili nie miałam na to siły. Nie miało dla mnie różnicy, czy dotykały mnie jego oczy, palce czy usta, taką samą falą gorąca napełniało to moje ciało. A on im więcej mnie miał, tym bardziej pozostawał spragniony. Ale jedno pytanie od przebudzenia drążyło mój umysł i musiałam je zadać, szybko, szybciutko…

— Reginie… czy teraz, po tym, co zrobiliśmy… będę miała dziecko?

Roześmiał się serdecznie, przewracając mnie na bok.

— Teraz? Czyli jutro, dzisiaj czy wystarczy na jesień? Och, Sigrun, sama jesteś dziecko.

Ale widząc łzy w moich oczach, scałował je i obiecał:

— Będziemy mieli na pewno. Teraz albo później.

Chwilę potem zasnął głęboko, wtuliwszy się w moje plecy. Ja nie spałam. Nie mogłam. Czułam się… tak dziwnie, tak dziwnie, że nie umiałam nazwać tego stanu. Była we mnie jakaś pustka. Bolała mnie głowa, w ustach miałam zły smak. Więc to już po wszystkim. Zostałam żoną Regina. Regin mnie posiadł, popłynęła krew, wszystko było, jak trzeba. A we mnie coś płakało. Przez te nieskończenie długie dni od chwili, gdy ujrzałam go na Wilczej Polanie, do wczoraj coś we mnie rosło. Oczekiwanie, tęsknota, lęk, umiłowanie. Przecież od razu wiedziałam, że kocham Regina. Nigdy nikogo nie czekałam tak bardzo. Gdy na mnie patrzył, topiłam się jak wosk w płomieniu. Myślałam, że gdy zostaniemy sami i gdy weźmie mnie jak mąż żonę, spłonę, wybuchnę, drgnie ziemia, tak to wszystko potężniało! Tymczasem nic takiego się nie stało, a gdy brałam go w siebie, nie byłam gorętsza niż przedtem, kiedy na niego czekałam. To było jak wielka fala, która idzie, narasta, wznosi się i zatrzymuje nagle, choć mogła sięgnąć nieba. Dlaczego tak się stało? Może zawinił miód, który wczoraj wypiłam? Było go, prawda, dużo. Ale w nocy nie czułam upojenia. A teraz boli mnie głowa, jakby chciała pęknąć i ten posmak w ustach… Tak może być. A Regin, czy on czuje tak samo? Może go zapytam? Może jednak nie. Jeśli on jest spełniony, pytaniem go urażę, pomyśli, że nie kocham tak, jak powinnam. W nocy mówił, że się nie nasycił za pierwszym razem i brał mnie jeszcze potem. Tak, więc on czuł się chyba podobnie. Teraz doznałam tkliwości wobec tego mężczyzny, którego ciało grzało moje plecy. Taki był w nocy dla mnie dobry, troskliwy i czuły. Przekręciłam się delikatnie, by go nie wybudzić. Spał na boku, odgarnęłam jasne włosy zasypujące mu twarz. Z zamkniętymi oczami wyglądał inaczej. Twarz miał spokojną, był na niej jedyny w swym rodzaju wyraz siły w mocnym zarysie szczęki i prostej linii nosa, połączony z jakąś łagodnością w falistym łuku brwi. Piękne miał ramiona, widziałam je już wczoraj, ale wciąż byłam niesyta ich oglądania. Więc dotykałam wzrokiem mocnej szyi, okalał ją srebrny łańcuch z młotem Thora i drugi z misternie splecionym smokiem. Piersi, ramiona i brzuch, choć uśpione, emanowały mocą. Wydawał się ogromny, pięknie był rzeźbiony. Dopiero od pępka w dół miał skórę owłosioną, ale włosy były ciemniejsze niż jasne skręty wokół jego twarzy. Zadrżałam leciutko, bo w nocy nie widziałam jego męskości, czułam ją jedynie mocno, gdy wdzierał się we mnie. Jak wygląda ta część Regina, którą mężczyźni nazywają mieczem? Do tej pory widywałam nagich jedynie małych chłopców. Wolniutko przesunęłam jego rękę, którą się we śnie bezwiednie osłonił. Potężne, silne udo, zagięte w kolanie zasłaniało mi dalej. Widziałam jedynie gęstwinę wijących się ciemnych włosów. Wsunęłam tam ostrożnie rękę. Dotknęłam skóry tak delikatnej, że sama takiej nie mam! To, co chwyciłam leciutko, było nieduże, miękkie i mieściło się w dłoni. To nie może być to samo. Tym by się we mnie nie wbił, nie zranił aż do krwi. Ale po chwili poczułam, że to rośnie mi w dłoni. Pęcznieje pod palcami, napinając miękką skórę do gładkości jedwabiu. Niezwykłe, im mocniej trzymałam, tym bardziej rosło. Po chwili było twarde, gorące i większe od dwóch dłoni. O tak, to może być to. Nie minęła chwila, jak się przekonałam. Regin przebudził się, mrucząc jak wielki kot i nie pytając o nic, przewrócił na plecy i dosiadł mnie, wbijając się głęboko. Jęknęłam, ale ból ustąpił i napłynęło ciepło rozchodzące się falą od miejsca, w którym łączyły się nasze ciała. Poruszał się rytmicznie, rozchylając usta w głośnym oddechu, drżały mu skrzydełka nozdrzy, wciąż miał zamknięte oczy. Spał? I robił to we śnie? Ciepło we mnie rosło, łącząc się tak samo jak w nocy jakąś niewidzialną linią ze szczytami piersi. Czułam wyraźnie, że pochwa, w którą wsuwa swój miecz, jest coraz bardziej wilgotna, chyba nawet mokra. Znów płynie ze mnie krew? Nawet jeśli, niech nie przestaje, pragnę by był we mnie mocno, coraz mocniej i szybciej… ta fala wzbiera, unosi się, potęguje z każdym jego pchnięciem. Rozmazuje się obraz Regina, nie mogę powstrzymać powiek, same się zamykają, mój oddech też jest głośny, przecinany jękami, a przecież nie chcę jęczeć. Jest mi dobrze, że we mnie uderza. Tracę kontrolę nad sobą, rozpierzchły się moje myśli, jestem tylko tym jednym, sobą i nim nade mną. Nagle pchnął mnie mocniej raz albo trzy razy, albo więcej i jego ciałem wstrząsnął dreszcz. Jęknął i otworzył oczy. Były nieprzytomne. Czy w ogóle mnie widział? Opadł ciężko, bezwładnie na posłanie obok, wyciągnął po mnie ręce i przycisnął do siebie. Moje ciało drżało, fala, co przedtem rosła, odbijała się we mnie dalekim, lecz wciąż mocnym echem. Jakby wcale ze mnie nie wyszedł, wciąż czułam go w środku, w grocie między swymi nogami. Długo trwało, nim się uspokoiłam. Gdy doszłam do siebie, ból głowy minął. Była we mnie jasność, radość i chęć patrzenia na niego. I bardzo byłam głodna.

Jeszcze dzień spędziliśmy w Vira i przyszedł czas, by ruszyć do Namsen. Matka miała łzy w oczach, a ojciec ściskał mnie mocno. Ja też płakałam. Z żalu, ze szczęścia, sama już dzisiaj nie wiem. Ruszyliśmy. Siedziałam w saniach okutana w futra, przy mnie stara Olfi. Regin jechał konno. Raz po raz dostrzegałam jego sylwetkę, wysoką i mocną, i wtedy tęskniłam jeszcze bardziej za ciepłem jego brzucha. Olfi mruczała jednostajnie:

— Jak wprowadzi cię do dworu, rozdaj podarki domowej służbie, są naszykowane, ciemna skrzynia z przodu sań, ta mniejsza z okuciami. Nie bądź dla nich wyniosła, ale rozkazuj pewnym głosem. Żądaj z uśmiechem, ale nie ze śmiechem, bo nie posłuchają. Ukarz, jak będzie trzeba, ale sprawiedliwie, nie za mocno, ale też nie za słabo. Na uczcie, którą wyda pierwszego wieczoru, wznieś toast za drużynę, za dom, za nieboszczyków, zwłaszcza za ojca i matkę, że go wychowali. Pochwal gród, że piękny, dwór, że dostatni, wojów, że dzielni. Podnieś, żeś Apalvaldra wielkiego córka, stary ród w Namdalu. Że dwa rody więcej niż jeden, że siła z siłą to potęga, że układ zawarty i nierozerwalny. Że synów swoich z Reginem dla ich ziemi wychowasz. Drugiego dnia każ się prowadzić na kopce*, złóż ofiarę za męża przodków, przy kurhanie powiedz, żeś teraz jest ich córą. Szybko poznaj przybocznych Regina, każ sobie przywieść ich żony, dowiedz się, jak zwą dzieci i ile ich mają. Żony niech poczują, żeś ty teraz panią, ale miej dla nich miłe słowa, mężów chwal i domy. A ja się po dworze rozejrzę, co i jak tam trzeba. W jeden księżyc** wszystko ustawimy, będzie chodziło, jak należy. Męża w al-

---

* Groby przodków. Powinny być niedaleko miejsca zamieszkania.

** W jeden księżyc — w jeden obieg księżyca, miesiąc księżycowy, 28 dni.

kowie nie zaniedbuj, bądź mu posłuszną, uległą, od rana noś jakiś klejnot, który ci podarował. Ja zadbam o naszych ludzi, umieszczę, rozlokuję, ty ich potem miejscowym przedstaw, rzemiosło ich pokaż, żeby się z nim liczyli. Nigdy bez pytania mężowego miecza nie dotykaj ani żadnej broni.

Zaśmiałam się cichutko, bo Olfi rzekła „miecz", a ja nie o broni pomyślałam. Jej mruczenie mnie uspokajało. Że dam sobie radę, że nie zawiodę Regina. Serce i ciało mi się wyrywało, by znów być z nim w ciepłym łożu, kosztować siebie wzajem. Wciąż nie miałam dosyć, wciąż byłam go ciekawa. Chciałam z nim rozmawiać, śmiać się, patrzeć w tę jasną twarz i być jego oczyma oglądaną. Ale życie biegło, sanie wiozły mnie do Namsen, gdzie mam zostać panią. Ja jego w walce widziałam, pokazał siłę ramion, biegłość we władaniu bronią. Teraz kolej na mnie. Chcę mu dowieść, że nie jestem już dzieckiem, że będę dobrą żoną nie tylko w alkowie.

Namsen leżało nad rzeką. Jechaliśmy po zamarzniętej rzece saniami niczym po drodze szerokiej. Doprowadziła nas niemal do samych wrót grodu, otwartych na wschodnią stronę. Dotarliśmy tam drugiego dnia w południe. Od zachodu łagodne wzgórze, na którym stał gród, porastał las, od północy rozlegle pola, od południa rzeka. W niewielkiej odległości stało kilka strażnic wyniesionych wysoko. Powitał nas dźwięk rogów, donośny i czysty. W jasnym słońcu i śniegu wszystko wyglądało pięknie! Regin zsiadł z konia, wysadził mnie z sań i trzymając za rękę, wprowadził przez bramę. Witali nas ludzie, domy wzdłuż drogi, którą szliśmy, ustrojone były zielonymi gałęziami jodły i jałowca. Byłam oszołomiona wrzawą tak, iż niewiele widziałam. Drużynnicy uderzali w tarcze obnażonymi mieczami, wykrzykując imiona Regina i moje. Wtem wybiegł naprzeciw wielki szary pies podobny do wilka i skoczył do nóg Regina, który wyciągnął doń rękę. Szybko wysunęłam z rękawa kawałek suszonego mięsa i na otwartej dłoni podałam psu. Wziął, ani się zawahał, pochłonął go jednym kłapnięciem potężnych szczęk i już łasił się do moich kolan. Wojowie zakrzyknęli jeszcze głośniej moje zdrowie. Uśmiechnęłam się w duchu. Rady Olfi są dobre.

Dwór w Namsen był bardzo obszerny, dorównywał naszemu w Roveste urodą, a plac przed nim był nawet większy. W drzwiach stała stara gospodyni, zbyt dostojna na służbę, dostatnio odziana, z rogiem pełnym miodu i plackiem.

— Sigrun, poznaj Thorę, siostrę mego ojca, zajmuje się u nas domem.

— Witaj, Thoro. Ręce dobrej gospodyni potrafią zagnieść ciasto, ale w jego smaku wyczuwam twoje serce. Jestem wdzięczna, że to ty mnie witasz.

W bladych oczach Thory zobaczyłam lśnienie łzy, a jej pomarszczona twarz rozjaśniła się uśmiechem, w którym zobaczyłam daleki cień uśmiechu Regina. Otworzyła ramiona i wzięła mnie w nie jak córkę.

— Prawdę mówił bratanek, żeś piękna jak łąka w kwiatach, złota jak słoneczko i jak jego promyki ciepła. Zaświecisz nam tu w Namsen, będzie wszystkim jaśniej. Ten dwór czekał na kobietę. I oto jesteś. Nareszcie! No wchodźcie, pewnieście głodni! Reginie, wprowadź żonę!

Regin wziął mnie pod ramię mocno, wprowadził w progi domu i przechyliliśmy róg, który podała Thora, raz jeszcze oboje. Ucałował mnie w obydwa policzki, głośno mówiąc:

— Mój dom jest twoim domem.

A do ucha szepnął: a łoże naszym łożem. I zębami łagodnie uszczypnął płatek mego ucha. Zagryzłam wargi, by się nie roześmiać, on śmiał się oczami. Dostałam obszerną izbę pięknie wyścieloną wszelkimi futrami, od renów po lisy. Pokazał izby mojej służbie i oprowadził mnie po rozległym dworze. Weszliśmy do halli. Ogień płonął w niej nie wprost na ziemi, lecz w wielkim żelaznym koszu, ozdobnie kutym, przepięknej roboty. Na szczytowej ścianie wisiała tarcza większa niż ta, którą noszą wojowie, z wyobrażeniem smoka — znak rodu Regina. Ławy i stoły były mocne, dębowe. Krzesło Regina stało u ich szczytu, wysokie z misternie rzeźbionymi słupkami.

Przewieszona przez nie była skóra, jakiej w życiu nie widziałam. W kolorze zachodzącego słońca, ciemno pręgowana. Zapatrzyłam się na to nieznane futro, oczu oderwać nie mogłam.

— Po prawej stronie jest część dworu, w której śpią moi ludzie. Tam też jest moja alkowa. Zobaczysz ją wieczorem, nie pokażę ci teraz, bo byśmy stamtąd nie wyszli, a tu uczta czeka!

Uczta powitalna była huczna, przekonałam się, co nos już wcześniej mi podpowiadał, że w Namsen ludzie są bardziej otwarci, niż u nas, na północy. Więcej mówią, szerzej się uśmiechają. Po powitalnych toastach Regin wezwał skalda, który w pieśniach chwalił dzieje jego rodu. Śpiewał na cześć Thorbjorna, ojca, i Asbjorna, dziada, śpiewał o głośnej bitwie w Hafrsfjordzie, w której dzielny Asbjorn walczył burta w burtę u boku króla Haralda. W kolejnych kunsztownych strofach hufce najdzielniejszych wiodły Walkirie wprost do Walhalli, gdzie witał je sam Odyn w złoty hełm odziany. Drżał w posadach jesion Yggdrasill wyniosły, krwiożerczy Fenrir w wilczym głodzie pożerał słońce, potwory żywiły się ciałami zmarłych, drugie niosły trupy w piórach swoich skrzydeł. Rzeka płynęła od wschodu, z krainy Oszronionych Olbrzymów, a z wód Slid kipiały oszczepy, miecze i topory z lodowatej stali. Utopił skald ziemię we krwi, osunął ją w morze i, tonąc, płonęła, ognia słup strzelił w niebo i w gasnącym promieniu kolejną strofą skald ziemię na powrót obudził. Z morza ją wyłonił zieleniejącą czystą trawą, światłem wodospadów skąpaną, wraz z wszelaką zwierzyną, złotym słońcem i orła lotem ożywił. Pola rodzić zaczęły, szczęk siekier oznajmił budowę nowych, jasnych domów, śmiech dzieci nowo narodzonych, w czystej wodzie rzek kąpanych*. Dla jednych synowie będą szczęściem, innym przyjaźń je przyniesie, a trzecich serca tylko bogactwo połechce.

Ale wszystko przemija, synowie zginąć mogą, przyjaciel zawiedzie, bogactwo sczeźnie, a pamięć jedynie i sława czynów nigdy nie przeminie. Tu skald skończył pieśni i skłonił się, a ja łzy wzruszenia

---

* Pieśń skalda opowiada skandynawski mit o Ragnarok — zmierzchu bogów i końcu świata.

łykałam. Nigdy w domu ojca tak doskonałej pieśni nie słyszałam. Eggnir owszem, znał piękne, ale gdzie im do tej, która mi serce wyrwała i wraz z duszą do krain swoich strof powiodła! Regin nagrodził skalda pierścieniem i wzniósł toast za jego pieśni, a ja w miodzie wzruszenie utopiłam i ukoiłam serce. Teraz najlepsza była pora na wskazane mi przez Olfi toasty. Wstałam i poprosiłam o napełnienie rogów. Byłam spokojna, myśli miałam jasne:

— Przychodzę do was z Roveste, gdzie mój ojciec wielki Apalvaldr włada krajem na północy. Przychodzę tutaj za mężem, dzielnym Reginem, który zawarł przymierze z mym ojcem. Owocem owego przymierza niech staną się nasze dzieci, synowie, których urodzę Reginowi na cześć waszej ziemi. Chcę, by byli dzielni jak wy, drużynnicy Regina. By przynosili chwałę wam, jemu i wszystkim waszym przodkom. Ich prochom kłaniam się nisko z wdzięcznością, że mnie do tej rodziny włączono. Obyśmy wszyscy dni swoje wiedli w dostatku, a życie kończyli w chwale!

— Sława! Chwała! Zdrowie! — okrzyki obecnych i podziw w oczach Regina powiedziały mi, że ludzie otworzyli dla mnie swe serca.

Uczta trwała huczna i wesoła, rozwierając drzwi do nowego życia. Oto, pomyślałam, spędzę pierwszą noc w moim nowym domu. W domu mego męża, w którym mam być panią i gospodynią, żoną i matką. Niczego się nie lękałam. Miłość Regina, pogodne spojrzenia jego wojów, dostatek tego domu, jego sławne dzieje i moja własna młodość dodawały mi wiary i jasności. Przyszłość jawiła się w barwach wiosny.

A ta rychło nadeszła. Nim stopniały śniegi, znałam Namsen na pamięć. Jego proste uliczki, domy, warsztaty, bramy, place. Przewodniczką po domu Regina okazała się Thora. Wprowadziła mnie we wszystko. Pokazała spichlerze, kuchnie, tkalnie, przędzalnie, suszarnie ziół. Ona też wiodła mnie po dalszych zakamarkach miasta. Prowadziła do wszystkich rzemieślników, zapraszała dzierżawców pól, żebym ich poznała. Dni miałam wypełnione od rana do wieczora. Olfi gderała początkowo, że Thora mnie urobi po swojemu, ale przestała szemrać, gdy się okazało, że jej spostrzeżenia zgadzają się z tym, co pokazuje i mówi mi Thora. I skupiła się na zorganizowaniu życia naszych ludzi, tych, których przywiozłam z Roveste. Zresztą z początkiem wiosny Olfi zaniemogła. Powykręcane stawy nie dawały jej spokoju. Hela parzyła jej zioła i robiła okłady na bolące miejsca, ale tyle pomagało, że stara nie jęczała z bólu i mogła spać spokojnie, ale wstawać wkrótce nie dawała już rady. Zostawiałam ją pod opieką służby, a sama z Thorą przemierzałam Namsen i szerokie izby Reginowego dworu. Zamówiłam drugi komplet kluczy od izb, spichlerzy i warsztatów i dałam je Thorze w miejsce tych, które wcześniej nosiła, a które przekazała mi pierwszego dnia naszej wspólnej pracy. Była zaskoczona, wzruszona i prawie płakała*.

— Thoro, nośmy razem klucze, nie widzę powodu, abyś ich mieć nie miała. Tyś tu była gospodynią przez długie lata, teraz jesteśmy razem. Jestem za młoda i daleko mi do twojej wiedzy i doświadczenia, które się latami pracy zdobywa, bym miała się próżno chlubić, że sama wiem lepiej, czego domowi trzeba. Jeśli tylko zechcesz mi pomóc domem kierować, będę wdzięczna.

Thora przycisnęła mnie do swej piersi i ucałowała.

— Sigrun, mój promyku! Całe życie chciałam mieć córkę taką jak ty, ale los nie błogosławił. I oto teraz, na stare dni, los przywiódł tu ciebie jak promień słońca na wysuszone ciało! Myślałam, że oto przyjdzie Reginowa żona, dumna i władcza, z kraju na północy i wzgardzi moimi radami. A ja całe życie temu dworowi oddałam. Thorbjorn wcześnie stracił żonę, druga też długo tu nie rządziła, zmarła, rodząc mu dziecko, które za sobą ze świata zabrała. Matkowałam Reginowi, pracowałam od świtu do zmierzchu, każdego dnia błogosławiąc bogom, że mam tu dom i poważanie. Regin mówił mi wprawdzie, że mam się ciebie nie lękać, że jesteś inna niż zimne córki

---

* Klucze, które nosiła kobieta, były symbolem jej władzy w domu. Tu oznaczały władzę nad dworem, więc i nad gospodarstwem całego grodu.

jarlów, że niesiesz w sobie światło. Ale ja i tak się obawiałam, że nie zechcesz starej spracowanej Thory trzymać w domu. A od pierwszej chwili, kiedy cię ujrzałam, otworzyłaś moje serce. Pomyślałam, że nawet służąc dla ciebie, byłabym szczęśliwa. Ale nie śmiałam sądzić, że mnie przy kluczach zostawisz. Możesz liczyć na moją pomoc i dozgonną wdzięczność.

Za sprawą miłości i oddania, którymi otoczyła mnie Thora, wielce tu u ludzi poważana, oni przelali swój szacunek na mnie, a prócz tego otwierali przede mną swe serca. Moje tym samym rosło, widząc oddanie, którym otaczają Regina i moją osobę. Mając w pamięci rady Olfi, poprosiłam do siebie żony przybocznych Regina. Ich samych poznałam podczas pierwszej uczty we dworze. Jeden zwał się Bodvar, drugi Rosketill, trzeci Orm, i tego najbardziej Regin miłował.

Bodvar dowodził załogą w Namsen. Krępy, niewysoki, nosił bliznę nad okiem. Był małomówny, ale życzliwy. Gunhild, jego żona, podobnie jak mąż nie robiła nigdy niczego na pokaz. Nosiła się skromnie, choć byli zasobni. Z racji wieku zaprosiłam ją pierwszą, a wpierw przygotowałam trzy podarunki równej wartości, lecz różnego przeznaczenia. Ustawiłam wszystkie trzy na ławie i poprosiłam Gunhild, by sama sobie prezent wybrała. Bez wahania wskazała drewnianą skrzyneczkę z igłami z kości morsa. Uśmiechnęłyśmy się do siebie i wyznałam jej, że ze wszystkich prac domowych najbardziej lubię wyszywanie. Pytała mnie o Roveste, więc jej powiedziałam, że mężczyzna, który tam pod nieobecność mego ojca i Eryka grodem dowodził, też zwał się Bodvar — jak jej mąż. Druga była Thordis, Rosketilla żona. Jej mąż sztandar w bitwie przy Reginie nosił, był wysoki i miał głos tak doniosły, że nawet gdy szeptał, dudniło. Thordis nie była ładna, ale bardzo serdeczna. Nawet gdy milczała, oczy jej się śmiały. Opowiedziała o dzieciach. Mieli trzech synów, rudych i ruchliwych, a ona wołała na nich pochodnie albo żywe ognie, tak im czupryny w biegu połyskiwały. Wszyscy troje byli już szkoleni, choć najmłodszy miał pięć ledwie wiosen, ale, jak mówiła Thordis, w domu utrzymać się nie dał, więc go wzięli na plac, do chłopców, by choć strzały w czasie ćwiczeń zbierał. Z podarków wybrała pasek moją ręką tkany, bo, jak powiedziała, to tak, jakbyś dla mnie, Sigrun, go robiła. Jako trzecia weszła Fridgerd, młoda żona Orma. On i mój mąż byli prawie jak bracia. Regin, gdy mi go przedstawiał, mówił, że nie boi się żadnej bitwy, gdy jego Wąż* jest przy nim. Sam Orm był wesoły, dużo mówił, chętnie śpiewał, ale w oczach miał coś niepokojącego, twardego jak błysk metalu. Gdy ujrzałam Fridgerd, aż się uśmiechnęłam, wiedząc, że na ławie została dla niej brosza. Była młodziutka, może troszkę starsza ode mnie, ładna, stworzona do strojenia! Zdziwiłam się nieco rezerwą, którą w niej wyczułam, zważywszy na zbliżony wiek i przyjaźń między naszymi mężami. Ale zaczęłam z nią rozmawiać, poprosiłam, by mi opowiedziała o swojej rodzinie. Pochodziła z sąsiedniej dzielnicy, na południe od rzeki Namsen, gdzie władał jarl Helgi. Gdy mówiła o swoim domu, rozjaśniły się jej oczy, nabrała rumieńców. Kochała Orma bardzo, ale tęskniła za rodzinnymi stronami, nie zdążyła w Namsen zżyć się z ludźmi. Ja też jej powiedziałam o moim Roveste, o zielonych wzgórzach i górach zawsze w horyzoncie. I zbliżyłyśmy się w swojej tęsknocie. Gdy wychodziła ode mnie, była rozpogodzona.

Choć dni wraz z odchodzącą zimą stawały się dłuższe, czasu wciąż mi było mało. Wciąż byłam czymś zajęta. Wyjęłam skrzynkę z nićmi i igłami i zaczęłam wyszywać koszulę dla Regina. Barwnym ściegiem haftowałam moją miłość do niego. Koszula była zielona i chciałam, by przy szyi oplótł ją smok. Chłonęłam każdy szczegół tego, który zdobił jego tarczę, by oddać go jak najwierniej. Ale mało miałam czasu na tę robotę, więc i szła mi powoli. Za to gdy już siadałam do wyszywania, robiłam to z lubością. Dotykając wycięcia koszuli, czułam, jak muskam jego szyję. Tutaj, w Namsen, mężczyźni

---

* Imię Orm znaczy: wąż.

nosili się strojnie, podobnie jak w Roveste, ale zwróciłam uwagę, iż nie mieli koszul tak zdobionych jak te, które robiłam niegdyś dla Apalvaldra. Tym bardziej się starałam. I jeszcze dlatego, że tak mało mieliśmy dla siebie czasu z Reginem. W ciągu dnia czasem nie widywaliśmy się wcale, gdy wraz z Thorą przemierzałam zakamarki Namsen, migała mi czasem jego wysoka sylwetka gdzieś w okolicy placu, gdzie szkolili chłopców. Poza tym często wyjeżdżał. A to do fiordu doglądnąć budowy statków, to znowu do stanic, których miał kilka. To znów wyprawiał się z drużyną na łowy, gdzieś na wschód swej ziemi, w okolice jezior. Czasem więc nie widywaliśmy się wcale, bo wracał po kilku dniach. Ale zwykle nasza święta pora zaczynała się przy wieczerzy. Był wtedy z Ormem, Rosketillem i Bodvarem i jeszcze kończyli omawiać swoje sprawy, ale już mogłam być przy nim. Słuchałam pilnie tego, co mówi, mając w pamięci, jak późno zaczęłam się uczyć u ojca. Ale musiałam walczyć ze sobą samą o uwagę, bowiem bardziej niż to, co mówi, ciekawiło mnie to, jak mówi. Lubiłam barwę jego głosu. Szybko nauczyłam się z niej czytać, podobnie jak z odcieni jego oczu. Regin rzadko okazywał wzburzenie, ale umiałam je odnaleźć w twardych końcówkach słów, przygryzaniu wargi i ciemnych błyskach oka. Za to gdy był zadowolony, promieniał.

Czułam strumień płynący z czubków jego palców, gdy witał się ze mną, zanurzając je w moich włosach. Nawet jeśli przyszedł chmurny, ze szczękiem w głowie i zgiełkiem w sercu, szybko go wyciszałam. Czasami jedliśmy wieczerzę sami, bez jego ludzi. Wtedy odprawiałam służbę i karmiłam go sama. Powoli, z czułością. Podawałam mu do ust kawałki mięsa, brał je delikatnie, żeby mnie nie ugryźć. Potem poiłam go wprost z kielicha. Myłam mu dłonie w misce z wodą trzymaną na kolanach. Wycierałam palce do sucha rąbkiem swojej sukienki. Poddawał mi się chętnie. Zamykając oczy, szukał mnie ustami. Znajdował dłońmi. Wyłuskiwał z sukni dopiero w alkowie. Wciąż nie byliśmy siebie syci. Każdego razu, odnajdując go nagiego, poiłam się jego widokiem. Zdawał mi się coraz to piękniejszym i coraz to bardziej we mnie rozkochanym. Nasza miłość miała wiele odcieni. Ciała kołysały się w sobie lub walczyły dzielnie, łączyły w jedno i rozpadały. Potrafił być ostry i wymagający, brać mnie gwałtownie, na granicy bólu, to znów zdobywać czułością bez granic. Odkrywałam, jak różnie mogą pachnieć nasze ciała, jak inną jest barwa oddechu, ciepło skóry. Jak odmiennie przeżywam rozkosz — od szlochu do śmiechu. Jak zaczarowany jest świat łoża i alkowy.

Jeśli nie zasypialiśmy od razu, wyczerpani miłością, rozmawialiśmy leniwie. Opowiadałam mu, co we dworze, on mi, co w drużynie. Chwalił moją zaradność, biegłość w prowadzeniu rozległych spraw domu. Obiecał, że po roztopach pokaże mi wszystko, co najważniejsze na swojej ziemi.

— Przedstawię cię lasom, fiordom, rzekom, będę krzyczał w górach z radości, że Sigrun jest moją!

Życie płynęło nam nurtem wartkim, pogodnym, szczęśliwym. Nie tęskniłam za domem. Pewnego wieczora podczas wieczerzy, a Orm był wtedy z nami, Regin oznajmił, że zaprosił gości.

— Poznasz południowych sąsiadów, jarla Helgi i jego żonę Halderd. Mieszkają w grodzie Ynge, nad Płaskim Jeziorem, kraje nasze oddziela rzeka Namsen. Helgi jest tęgim wojem. Widzieliśmy go z Ormem w walce. Tnie toporem szeregi wroga, nie cofając się nigdy nawet na pół kroku. Jego serce nie zna litości…

— … a umysł myśli…

— Orm! Sądzę, że się mylisz! Słyszysz, Sigrun, Orm uważa Helgi za niezbyt bystrego.

— Ale za to mocnego w gębie i ramionach! Widzisz, Reginie, że go jednak doceniam!

— W każdym razie Helgi jest wojem dawnego porządku. Dużo pić, ostro bić, łupy brać, nie zostawiać świadków. Choć słowo ma ciężkie, nie pamiętam, by je złamał. Nasze rody od zawsze darzą się szacunkiem, ale nie sympatią. Szacunek wypracowaliśmy w czasie wspólnych wojen jeszcze u boku dobrego króla Hakona. Dla niego walczyliśmy z Erykowymi synami, było i tak, że wspólnie stawaliśmy do bitwy przeciw Haraldowi. Hakon zginął i teraz królem zwie się Harald, jego matka duńska Gunhild dobrze pamięta, którzy z nas przeciw jej synom się bili. To nasze nieszczęście i powód, dla którego

Harald nienawidzi całego Trondelagu. Nie ma tu sprzymierzeńca. Północ nie ugnie karku przed nim, nie odda wolności. Zaraz po tym jak Harald został królem, zjednoczyliśmy się wszyscy pod wodzą jarla Sigurda z Lade. Jak zamordowali Sigurda, jak go podstępnie spalili żywcem wraz z całym domostwem, obraliśmy przywódcą jego syna Hakona. Erykowe szczenięta liczą się z nim, wiedzą, że stoimy za jarlem Hakonem jak jeden mąż — ośmiu Panów Północy. Zawarli nawet tamtej wiosny pakty pokojowe, ale to tylko słowa. Tu nikt nie daje wiary zapewnieniom Haralda, bo też i nikt naprawdę nie uznaje w nim króla. Musimy być w każdej chwili gotowi, że Harald z braćmi na nas uderzy. Stąd potrzeba twardych i pewnych sojuszy. To przyrzekliśmy sobie w wielkiej świątyni Odyna w Lade trzy zimy temu. Apalvaldr, twój ojciec, też przystał do układu. Każdy z nas wziął na siebie pewne zobowiązania i musi je wykonać. Planowaliśmy jeszcze wzmocnić sojusze gwarancją na dzieciach, układając, że albo dajemy sobie wzajem synów na wychowanie, albo wydamy córki między rodami za mąż, ale ten warunek nie został jeszcze przez wszystkich uznany.

— A ty i ja?

— To krok w stronę układu, lecz chcieliśmy tego z Apalvaldrem i z osobistych przyczyn, to zresztą wiesz.

— Orm, twoja Fridgerd też jest z kraju Helgi?

— Tak, na wyprawy przeciw Haraldowi szliśmy na południe, więc zawsze w domu Helgi zatrzymywaliśmy się z noclegiem. Tam ją poznałem i przywiozłem do nas.

— Dobrze. Sigrun, wiesz już, ile trzeba. Przygotujcie z Thorą ucztę i miejsce dla gości. Staną tu za sześć dni, zostaną ze trzy noce najmniej.

I tak od poranka wzięłyśmy się z Thorą do pracy. Byłam rozradowana, to pierwsza uczta, jaką sama wydaję. Thora narzekała, że późno nam znać dali, ale prócz służby wzięłyśmy do pomocy dziewczęta z tkalni i dwie prządki. Dałyśmy radę. Były pieczenie z dzika i sarny, ptactwa dużo, w tym kuropatwy o delikatnym mięsie. Świeżych ryb niewiele, bo na morzu od dawna rybakom się nie wiodło, gadali ludzie, że rządy Haralda nieurodzaj dają. Ale, to takie gadanie, co on rządzi rybami? Chleby jasne i miodowe placki, sery kozie, owcze i krowie, naprawdę dostatek. I piwa kadzie, i miodu beczułki. Wszystko jak trzeba. Każdą wolną chwilkę pośród przygotowań spędzałam na kończeniu haftu na zielonej koszuli. Myślałam dać ją Reginowi przed przybyciem gości. Gdy była już gotowa, przytuliłam się do niej. Chciałam wpleść między nitki jeszcze więcej uczucia, niż dały moje palce. Niech Regin czuje moją miłość, gdy się nią okryje — szeptałam do rękawów. Mogłabym dać mu ją dzisiejszej nocy, gdy znikniemy w alkowie, ale źle się przytrafiło, bo zaczęłam krwawić. Od dnia naszego ślubu to już piąte krwawienie i każde przyjmowałam jak porażkę. To znak, iż nie jestem brzemienna, że nie noszę dziecka. Już parę razy chciałam z tym iść do Heli, zielarki, którą dała mi matka z Roveste, ale ciągle nie było spokojnej chwili, a i wciąż miałam nadzieję, że to ustanie tym razem. Byłam rozdrażniona. Uspokoiłam się podczas wieczerzy, Regin był tak pogodny, jego wejrzenie jasne. Kończąc jeść lewą dłonią, już szukał w fałdach sukni mojego kolana.

— Chodź! — pociągnął mnie za rękę w stronę swej alkowy.

— Reginie, dzisiaj nie mogę... — wyszeptałam, gdy zamknął za nami drzwi.

— Nie możesz? A to dlaczego?

— Krwawię... — rozpłakałam się niespodziewanie.

— Sigrun, Ptaszku Złoty... Krwawisz jak kobieta, czy coś się złego stało?

— To kobiece krwawienie, ale źle się stało, bo mówi, że nie noszę dziecka...

— Ach, o to ci chodzi! Chciałabyś mieć dziecko?

— Chciałabym dać ci syna...

— Powoli, Ptaszyno... myślisz o mnie czy o sobie?

— O tobie. Tak cię kocham, tak wielbię, a dziecka ci nie daję!...

— Sigrun, przestań szukać zgryzot tam, gdzie ich nie ma! Jesteś młodziutka, trzeba poczekać, dziecko przyjdzie z czasem, nie musimy się spieszyć! Gdyby każdy strzał był trafiony, ziemia nie wyżywiłaby ludzi!

— Tak myślisz? Naprawdę? W głębi serca?

— Tak myślę.

Otarłam nos i oczy. Regin potrafił mnie uleczyć z najczarniejszych myśli. Podałam mu koszulę. Musiał podejść do światła, by zobaczyć misterne ściegi mojej igły.

— Sigrun, to twoja robota?

— Tak.

— Nie miałem piękniejszej. Smok, znak mojego rodu, tak dobrze oddany! Masz złote włosy, złote serce, a teraz wiem, że i złote paluszki! Daj, niech ucałuję! Kochana Mała Sigrun! Mmm... mocno krwawisz?

— Mocno, kochanie, nic więcej prócz całusów dać ci dziś nie mogę.

— To uciekaj do siebie, bo jeszcze chwila i nie ręczę, że usłucham! Przywołaj mi tu Orma. Jeśli poszedł do domu, to poślij, niech go przywołają. Dobranoc, Kwiatku Pachnący! Zostaw mi jeszcze całusa.

— Masz. I śpij dobrze.

— Orma wołaj.

— Dobranoc. Nie siedźcie za długo. Jutro przyjadą goście, będzie uczta, picie do rana, musisz być wypoczęty.

— Nie martw się. Orm zostanie tu na noc.

Od rana źle się czułam, ale trzeba było wstać, ostatnich przygotowań dopilnować. Thora przysiadła u mnie na chwilę, gdy się naradzałyśmy, co jeszcze należy zrobić.

— Sigrun, bądź ostrożna wobec Halderd. To kobieta całkiem odmienna niż ty. Spotkałam ją ledwie parę razy, ale zawsze w jej obecności doznaję dziwnego uczucia. Nie wiem, jak to wyrazić, zobaczysz sama, ale ona nie nastraja mnie nigdy do zbytniej otwartości.

Helgi, jej mąż, jest człowiek prosty, chociaż dobrego rodu, ot, wielu jest takich, których chowała wojna, nie rodzice. On mówi, co myśli, albo nawet nim pomyśli, czasem mało zgrabnie, lecz do bólu szczerze, obrażać się nie ma o co. A ona chyba dużo myśli, za to niewiele mówi. Regin na to nie patrzy, on ma swoje powody, żeby ich przyjmować, ja to szanuję. Ale zwracam twoją uwagę na Halderd z Ynge. Przyjrzyj się żonie jarla swoim okiem.

Wzięłam sobie słowa Thory do serca. To pierwsi równi nam goście, jakich będę przyjmować. Skoro Regin przykłada taką wagę do trwałości układów, to muszę i ja o nie zadbać. Podbiegłam do swoich skrzyń z biżuterią. Zaczęłam szukać. Znalazłam. Foczka dała mi kiedyś zawieszkę kościaną, która, jak mówiła, ma siłę tajemną. Zrobił ją dla niej jakiś znający się na czarach rzemieślnik w kraju, z którego pochodziła. Foczka mówiła, że zawieszka ta daje przyjaźń osoby, której się ją daruje. Patrząc po mnie, zadziałało, bo ja pokochałam Foczkę. Podaruję więc tę zawieszkę Halderd. Trochę będzie szkoda, ale przyszłość ważniejsza niż przeszłość, a ja i tak Foczkę w sercu zachowam. W południe ubrałam się pięknie, w suknię jasnozieloną i naszyjnik, który od Regina niedawno dostałam. Wzięłam też swoja narzutkę z lisów złotych, mąż mój bardzo ją lubił od czasu uczty w Vira, często ją wspominał. Gdy Regin po mnie przyszedł, aż się rozpromieniłam. Miał na sobie koszulę, którą wczoraj mu dałam. Na ramiona zarzucił futro cętkowane z rysiów, Thora je szyła, wiem od niej. Jakże był pięknym! Jakże biła od niego dostojność, siła i męskość! W spojrzeniu, którym mnie obdarzył, wyczułam dumę zbliżoną do mojej i podobne pragnienia, bo znalazł moje usta i całował je długo, a ja zatopiłam się w woni jego włosów. Do świata wrócił nas dźwięk rogów, który niechybnie oznajmiał zbliżanie się gości. Wyszliśmy powitać.

Helgi był niskim, ciemnowłosym mężczyzną. Spod wykwintnej czapki błyszczały policzki i oczy jak dwa paciorki. Brodę miał nierówną, rzadką i bardzo grube dłonie. Natomiast Halderd była piękna. Wysoka, smukła, blada. Nos długi i wąski, włosy kasztanowe, ogromne, ciemne oczy i brwi jak dwie równe kreski. Cała okryta była futrem w brunatnoszarym odcieniu, które pogłębiało wrażenie mroku, jakie ją spowijało. Podała mi dłoń wąską i chłodną i przez ułamek chwili spojrzała w oczy. Zabłysła w nich ciekawość. I zgasła. Zasiedliśmy w halli.

Muzyka, zgiełk, toasty, wymiana podarunków. Ze swoim poczekałam, aż się uspokoi. Potem wręczyłam go Halderd, mówiąc, iż sojusze mężów żony przyjmują jak własne, ale poza układami jest w życiu miejsce na przyjaźń i swoją chcę jej ofiarować. Przy stole nieco ucichło. Halderd podniosła na mnie swoje wielkie, ciemne oczy. Zalśniło w nich zdziwienie. Po czym zwinnym ruchem ręki wypięła srebrną zapinkę z futra i podała mi, mówiąc:

— Prawdziwa przyjaźń więcej znaczy niż kruszce, ale dobrze, gdy można wzmocnić ją podarunkiem — i uśmiechnęła się do mnie samymi oczami, które zdawały się mówić coś jeszcze, ale wtrącił się Helgi i Halderd zacisnęła powieki.

— Tyś, Reginie, świeżo wziął żonę, tylko patrzeć, jak urodzi ci dzieci! Może w końcu się z resztą naszych dogadamy i przyjmiemy warunek świadczenia sojuszu małżeństwami! W takim razie, Sigrun, daj mu córki, ja mam już czterech synów i nie zamierzam kończyć! Halderd mi się udała! A teraz spodobało mi się płodzenie dwóch za jednym razem!

— Halderd powiła bliźnięta … — szepnął mi Orm do ucha — a jakoś przed sianokosami kolejnego syna, a ten młot ją od niemowlęcia oderwał i zabrał tu ze sobą w tak daleką podróż, nie bacząc na jej zdrowie, byle pochwalić się żoną. Zerknij na nią, jaka jest blada. Maluje powieki, by nikt nie widział jej zmęczonych oczu. Wiem to od mojej Fridgerd, jej matka jest przy Halderd we dworze.

— To dlatego… wydawało mi się właśnie, że jest zmęczona i jakby nieobecna — cicha rozmowa z Ormem była jedynym, czym mogłam sobie czas umilić.

Siedziałam tak, że nic nie widziałam, chciałam zbliżyć się do Halderd, ale dzielił nas Regin i Helgi, a wstawać nie wypadało. Dopiero następnego dnia, gdy ruszyliśmy z grodu na piękną polanę w lesie na południe od Namsen, bo tam Regin przygotował plac do walk, była krótka chwila, gdy mogłyśmy pomówić. W ostrym świetle słońca twarz Halderd wydała mi się bardzo szczupła i przeraźliwie blada. Była wczesna wiosna, ale choć śniegi odeszły, jeszcze nie znać było zieleni. Tylko w powietrzu, między balsamicznymi woniami jodeł, świerków i sosen mglił się cień zapachu zwiastującego jej nadejście. Gdy ludzie Helgi i Regina rozkładali broń, gotując się do zmagań, wraz z Thorą dopilnowałyśmy ognisk ze strawą. Ławy były wcześniej ustawione, rozkładano tylko na nich skóry baranie, stawiano krzesła dla wodzów, a na drewniane szkielety namiotów naciągano płótna. Wszystko było tak przygotowane, że niewiele miałam do roboty. Mogłam więc przysiąść przy Halderd.

— Opowiedz mi o swoich synach. Masz ich czterech, prawda?

— Tak, czterech.

— Jeden ponoć całkiem malutki?

— Tak. Urodził się w sianokosy, więc jeszcze roku nie ma.

Mówiła cicho, lecz stanowczo, kończąc każdą odpowiedź tak, iż trudno było zadać kolejne pytanie. Zastanowiłam się, ile może być ode mnie starsza. Jej gładka twarz nie zdradzała wieku. Nagle się ożywiła.

— Sigrun, ta zawieszka, którą mi dałaś, to kość morsa? To cenny klejnot.

— Ojciec miał brankę z bardzo dalekiej Północy, była mi jedyną przyjaciółką, od niej ją dostałam. Ponoć nawet w jej kraju taka robota to rzadkość. Chciałam dać ci to, byś wiedziała, że nasze spotkanie traktuję wyjątkowo. Pewnie życie nie pozwoli się nam spotykać zbyt często, ale lżej by było, gdyby te spotkania nie były tylko sztywnym potwierdzaniem sojuszy.

Policzki Halderd zaróżowiły się nieco, spojrzała na mnie oczyma tak zmęczonymi, że aż mi się serce ścisnęło. W ciemnych źrenicach zalśniło coś dalekiego i ciepłego.

— Dziękuję, Sigrun… Jesteście chyba szczęśliwi z Reginem?

— O tak! Bardzo! Co dzień błogosławię ojca, że mnie za niego wydał!

— Na bagnach między odnogami rzeki Namsen mieszka stara

kobieta. Ma sławę wielkiej volvy*, zwą ją Urd. Zna się na ziołach, naparach i magicznych zaklęciach. Rozmawia z duchami. Widzi przyszłe losy. Niejednej kobiecie podobno pomogła. Trudno tam trafić, ale jak spytasz miejscowych zielarek, to wskażą ci drogę. Gdybyś za długo miała na dziecko czekać, idź do Urd. Pomoże.

Byłam tak zaskoczona tym, co powiedziała, że słowa nie mogłam wydobyć. Ale zadęto w rogi na rozpoczęcie walk i nie było jak się do siebie odezwać. I okazja taka, by pomówić w cztery oczy, nie nadarzyła się aż do ich wyjazdu. Przy pożegnaniu uścisnęła mnie mocno swoją szczupłą dłonią. W głowie miałam zamęt. Nawet Regin, nim mu wprost nie powiedziałam, pojęcia nie miał, że martwię się brakiem dziecka. A Halderd w jedynej myśli, jaką ku mnie skierowała, odkryła całą mą tajemnicę. Thora miała rację. To nie była kobieta, jakie znałam. Obraz jej bladej, umęczonej twarzy i przenikliwych oczu został we mnie na długo.

Ale rytm życia biegł dalej. Wraz z wiosną przyszedł czas na prace polowe i Thora zaczęła mnie wprowadzać w zarządzanie nimi. Ostatnimi laty dużo plonów wymarzło, lecz nieurodzaje nie były aż tak znaczne, jak się powszechnie mówiło. Aby nie wchodzić w spory z dzierżawcami co do wysokości należnych nam zbiorów, trzeba było sprawować kontrolę nad zasiewami i szacować wielkości plonów, zresztą pamiętałam jeszcze z Roveste, że matka też planowała co roku zasiewy. Ziemie nasze trudne, praca chłopa niewdzięczna. Ale kraj Regina miał dużo terenów pod zasiewy zdatnych, tyle że ziemie były rozrzucone. Teraz poznawałam tutejsze pola, gdzie żyto, gdzie owies, ile będzie jęczmienia. Pokazywali mi zagony warzywne, długie rzędy cebul, rzepy, maleńkie jeszcze listki przyszłej kapusty, wijące się pędy grochu. Byłam przytłoczona nowymi obowiązkami, ale Thora pocieszała, że po kolejnych żniwach nabiorę wprawy. Dziękowałam bogom, że mam ją

---

* Volva — wróżka, wieszczka.

przy sobie, tym bardziej że Olfi już nie wstawała z posłania, choroba złożyła ją całkiem.

Regin coraz dłużej przesiadywał z przybocznymi, posłańcy przybywali do Namsen prawie co dnia, a on ich dalej wyprawiał. Czułam, że zanosi się na wyjazd. Szukałam okazji, by porozmawiać z mężem. Ale gdy odnaleźliśmy się w ciemnościach alkowy, zamykał mi usta pocałunkami tak gwałtownymi, że tchu nie mogłam złapać. Brał mnie zachłannie z łapczywością głodnego wilka. I to podpowiedziało mi, że naprawdę szykuje się do drogi. Resztę dopowiedział później, gdy uspokajaliśmy ciała.

— Ruszamy na wyprawę. Hakon zbiera jarlów. Popłyniemy na południe, daleko, za Viken. Chcemy dotrzeć do wysp wokół Jutlandii, a jak wiatry będą dobre, to i do wybrzeży Bałtyku. Wrócimy jesienią przed sztormami. Jak Odyn i Thor pozwolą, z bogatymi łupami. Możliwe, że w porze żniw zjedzie na nasze ziemie Erling, brat króla Haralda. Odkąd pomiot Erykowy został królem, cały Trondelag nie zapłacił mu daniny ani razu. Mamy wieści, że Gunhild, ich matka, skutecznie synów na nas podszczuła i cierpliwość stracili. A najechać mogą kraj właśnie w czasie zbiorów, by mogli wskazać, ile się im należy. Od dawna utrzymujemy pogłoski o nieurodzajach, by swą krnąbrność wytłumaczyć. Fakt, że zbiory nie są tak obfite jak dawniej, ale nie jest tak źle, jak krzyczymy. Mamy na tę okoliczność podwójne spichlerze. Jedne w grodach, a drugie ukryte w borach. Thora wie wszystko, wtajemniczy cię. W każdym grodzie zostawiamy załogę i trochę ludzi przebranych za chłopów. Nawet gdyby chcieli brać siłą, będą szli od południa, do każdego kraju z osobna, więc nasi ludzie zdążą się przemieszczać. A gdyby nie brali gwałtem, to będziecie płacić z tych zapasów w grodowych spichlerzach, dlatego trzeba dobrze zaopatrzyć ukryte i dbać, by nikt ich położenia nie odkrył. Dowództwo obejmie Bodvar, z nim i Thorą poradzisz sobie. Trudno mi cię zostawiać w takich okolicznościach, wiedząc, że te kundle mogą nadejść, ale nie ma wyjścia. Już poprzednie lata przez nich mieliśmy zmarnowane, bo zamiast bogactwa zdobywać, musieliśmy bić się z nimi. A ten plan jest dość chytry i wystarczająco szalony, by miał szansę się powieść. Król Harald nie popłynie za nami na wody duńskie, bo ma dług u ich króla, też mu podatków nie płaci. Więc nawet jeśli się dowie, gdzie jesteśmy, to i tak za nami nie pogna. A ziem nam nie spali, bo wdałby się z nami w otwartą wojnę, a na to go przy pustym skarbcu nie stać.

W pustej skorupie głowy obijało mi się zdanie wypowiedziane przez ojca: „ty się wojny nie bój, Sigrun… męża swym strachem nie obciążaj… nie bój się, Sigrun…".

— Kiedy ruszacie?

— Najdalej za trzy dni.

— To mamy dla siebie trzy noce?

— Dwie, Sigrun.

— Trzy. Bo tę też liczę. Jeszcze się nie skończyła. Chodź, chcę się tobą nacieszyć, musi mi starczyć na długie dni…

Choć serce miałam ściśnięte lękiem, moje ciało działało według sobie tylko znanej reguły, a ciało Regina było gotowe zawsze, więc już po chwili kochaliśmy się. Cień odbytej rozmowy zawisł gdzieś nad nami odgradzając jego i mnie od całego świata. Byliśmy tak bardzo sami, tylko ja i on, a nasze ciała stały się światami, które zapragnęliśmy poznać i sobie ofiarować. Odgarniał z mojej twarzy trawy włosów, by znaleźć pagórek brody. Wspinał się na niego ustami. Zębami chwytał płatki uszu, zraszał je językiem. Szyję, jak konar drzewa oplatał palcami, jakby chciał się go uchwycić i podciągnąć. Przemierzał puste plecy wolno i z uwagą, niczym tropiciel szukający śladów. Zatrzymał się na brzuchu, stamtąd obserwował piersi, ich rozchyloną na boki nierówność. Gdy po ich szczytach przebiegał, spadł pierwszy deszcz. Ciepły. Po deszczu ja ruszyłam na łowy. Doliny pach zdawały się parować. Prosta grań żeber. Niska łąka brzucha. Cienistość lasu tuż poniżej niego. Ominęłam na chwilę cel swojej wędrówki. Poszłam bokiem. Szlakiem ud, kolan, łydek znaczonych linią wilgotnego palca. Drżała ciepła ziemia, którą przemierzałam. A drżenie przenosiło się między ciałami, dochodziliśmy kresu. Kołysanie łąk, lasów, dolin i pagórków. Ulewa.

Dużo później pomyślałam, że skoro oboje tak kochamy, skoro to, co czujemy, jest właśnie całym światem, to dlaczego pozwalamy temu drugiemu, innemu światu nad sobą zapanować? Po co płynie? Po co będzie walczył, przywoził więcej srebra, broni i niewolników? Czyż nie wystarczy nam to, co mamy? Mnie by wystarczyło. Nie potrzebuję więcej. Ale Regin jest jarlem i tę swoją pozycję musi wciąż potwierdzać. Musi utrzymywać drużynę, stanice, wartownie, łodzie. Tak, tak, wiem. Znam to wszystko jeszcze z domu ojca. Ale tam przyjmowałam to jako naturalny bieg rzeczy. Bałam się o Apalvaldra, ale nie kochałam ojca tak, jak kocham Regina. Każdą tkanką ciała, każdym oddechem i myślą. A jeśli Regin zginie? Co wówczas? Nie mamy dzieci. Kim będę? Wrócę do domu ojca? A komu przekażę Namsen? Regin nie ma braci. Gdy byłam mała, bawiłam się żuczkiem na łące. Splatałam łodyżkę trawy w kółko i żuczek chodził po niej dookoła, dookoła. Nie umiał zejść. Bał się zeskoczyć. W końcu, gdy nazbyt się zakręcił, spadał na ziemię i po chwili, gdy leżał bezbronny i oszołomiony, przewracał się i uciekał. Byle dalej od moich rąk i morderczego kółeczka ze źdźbła trawy. Ale ja nie mogę zeskoczyć, bo to by oznaczało, że muszę opuścić Regina. A on jest jedyną pewną rzeczą w moim życiu. Być z nim. Przy nim. Więc jedyne, co mogę, to kochać go i chodzić po swoim kole, czekając, aż wróci. Mogę jeszcze składać ofiary bogom i zaopatrzyć go na drogę w runy ochronne. I wyszyć mu nową koszulę. Wzięłam się więc do pracy. Zostały mi dwa dni.

W grodzie wrzało. Kobiety kompletowały ubrania swym mężom, a ci przeglądali i czyścili broń. Łodzie, jak się okazało, były już od jakiegoś czasu przygotowane. Uliczkami rozchodziła się woń rybiego tłuszczu, jakim smarowane są skórzane okrycia żeglarzy. Śmierdziało. Ale Orm, jeszcze bardziej ożywiony niż zwykle, śmiał się, że pachnie wyprawą. Jego Fridgerd przemykała tu i tam, smutna, chmurna, nic dziwnego, teraz nie widywała Orma prawie wcale. Wychodził od Regina późną nocą, gdy wślizgiwałam się tam ja. Ale za to zostawałam do rana. Ostatnia noc była najkrótsza. Oboje byliśmy bardzo zmęczeni całodzienną bieganiną i ciągłym brakiem snu, ale gdy dotknęliśmy się, gdy zajaśniała nagość, znużenie ustąpiło. Pragnęliśmy się tak gwałtownie, że z połączonych ciał spłynął pot niczym miód z plastra. Krzyczałam. Tak. Chyba krzyczałam w głąb łoża, krztusząc się sierścią z futra, w które wbiłam twarz. Szybkość, z którą Regin wciskał się we mnie, dochodziła do granicy obłędu. Jak słodki może być ból. Byłam pewna, że uszło z nas życie. I ucieszyłam się, że w taki sposób. Długo dochodziliśmy do siebie. Chciałam z nim pomówić, ale nim zdążyłam wyrzec słowo, zapadłam w sen. Gdy się zbudziłam, Regin się ubierał. Byłam nieprzytomna, nie miałam pojęcia, jaka jest pora dnia. Pozbawiona myśli zapatrzyłam się, jak sznuruje spodnie.

— Prawie zaspałem, Sigrun. Ludzie są już gotowi. Nie. Nie odprowadzaj mnie, nie chcę patrzeć, jak płaczesz. We wszystkim zawierz Bodvarowi i Thorze, ale miej oczy i uszy otwarte, słuchaj też swego rozumu. Pilnuj ładu w Namsen. Uspokajaj ludzi. Wrócę, jak zaczną opadać liście. I o to składaj ofiary bogom.

Dotknął mnie pocałunkiem pospiesznym, prawie nieobecnym. I wyszedł. Po prostu wyszedł. Nie zdążyłam mu powiedzieć tych wszystkich rzeczy, które układały mi się w głowie od chwili, gdy powiedział, że wyruszą. O miłości, o zaufaniu, zatraceniu, tęsknocie, oddaniu, szczęściu. Nic. Po prostu kochaliśmy się, zasnęliśmy, on zaspał i pospiesznie wyszedł. Już pewnie wsiada na konia, za chwilę wyjedzie przez bramy Namsen, potem wsiądzie na łódź i wypłyną z Foldfjordu. Jeśli wiatry dopiszą, za sześć dni miną Flekkefjord, a potem wpłyną między wysepki duńskie. Byleby gładko minęli Hardanger, siedzibę króla Haralda. Jeśli dobrze zrozumiałam, co mówił Orm, chcą od wysokości Sogne Fjordu głębiej wejść w morze, by prześlizgnąć się Haraldowi przed nosem, czy też dokładniej, zejść mu z pola widzenia. Gdy uświadomiłam sobie drogę, jaką przebyć musi Regin, gdy wyobrażając ją sobie, zobaczyłam go na pełnym, zimnym morzu, pojęłam, że zostałam sama. Więc co ja tu jeszcze robię? Wzięłam głęboki haust powietrza, zabierając resztki Reginowego zapachu z alkowy. W tym powietrzu unoszą się jeszcze jego oddechy i słowa. Poczułam się silna. Ruszyłam.

— Thoro! Thoro! Igurd, poproś do mnie Thorę, natychmiast!

Thora przyszła spokojna, choć z czerwonymi liniami łez na twarzy.

— Thoro, potrzebuję jagniątek, dwóch, albo lepiej trzech, i cielaka. I miodu. Jeszcze dzisiaj złożymy ofiarę. A potem zabierzmy się do pracy. Jeszcze raz chcę pomówić z dzierżawcami i z Bodvarem. I powiedz mi o spichlerzach ukrytych w lesie. Regin mówił, że ty wiesz wszystko.

— Sigrun, nie chcesz odpocząć?

— Nie. Chcę pracować.

Jeszcze tego samego dnia przy kopcach Thorbjorna*, Regina ojca, i Asbjorna, dziada, zapłonęły ognie. Bodvar, jako najważniejszy pod nieobecność Regina mężczyzna w Namsen, przelał krew jagniąt i cielaka, wzywając imienia Odyna. „Daję, abyś dał!" w każdą ze stron świata zawołał Bodvar, lejąc krwią na ziemię. W ciszy, od której echem odbiło się jego wołanie, usłyszeliśmy daleki grom wiosennej burzy. Oni na morzu, ofiara składana, a tam słychać burzę! Niedobrze! Thora szybko pchnęła niewolnika, by przywiódł kolejne cielę. Bodvar położył ciężką dłoń na jego głowie i podrzynając mu gardło, krzyknął: Njordzie**! Trzymaj burzę za uzdę z dala od Reginowych łodzi! Ryk zarzynanego cielęcia zmieszał się z chmurnym pomrukiem nieba, a wraz z rozlaniem na ziemi parującej krwi grzmoty oddalały się i cichły, by w chwili konania zwierzcia zniknąć zupełnie. Ofiara została przyjęta. Na czołach kobiet, których mężowie wypłynęli z Reginem, wygładziły się bruzdy. W moje serce wstąpiła pewność. Gdy zamykałam nocą oczy w swej alkowie, widziałam Regina

---

* Thorbjorn — niedźwiedź Thora, Asbjorn — niedźwiedź Asów.

** Njord — w mitologii nordyckiej bóg władający morzami i falami, patron żeglarzy.

żeglującego po spokojnym morzu. Potem, już w moim śnie, całował moje włosy, które rosły i rosły, skręcając się w liny ożaglowania, falując niczym toń wody, lśniąc jak północna gwiazda wskazująca drogę. Obudziłam się mokra. Nic dziwnego, całą noc byłam na morzu.

Dni mijały mi pracowicie. Od świtu do zmierzchu robiłam wszystko, by nie mieć wolnej chwili. Każdy brak zajęcia wciągał mnie w czarne myśli i tęsknotę tak gorzką, że trzęsła się we mnie dusza i serce bolało. Płakałam nocami, aby w dzień pokazywać ludziom twarz jasną i czystą. Zwłaszcza kobietom, które przychodziły do mnie szukać pocieszenia. Zawsze je dla nich znajdowałam. Mnie samą na duchu podtrzymywała Thora i pamięć, że Regina chronią te same runy, co ongiś z każdej wyprawy przywodziły cało Apalvaldra. O ojcu też myślałam, bo wiedziałam, że wraz z Asolfrem ruszył w tym samym kierunku co mój mąż, tyle że nawet wcześniej. Posłałam nawet posłańca do Vira z wiadomościami dla matki, że dobrze sobie radzę, i pytaniami, co w grodzie. Ale nim zdążył powrócić, musiałam już wysyłać kolejnego. Oto bowiem, gdy ledwie zaczęły się sianokosy, przyjechało do nas trzech ludzi z Ynge od Halderd i Ottara, zarządcy Helgiego. Przywieźli wieści, których z Thorą i Bodvarem wyczekiwaliśmy. Oto na ziemię Trondelagu jadą ludzie króla Haralda pod dowództwem jego brata Erlinga. Będą osobiście wymierzać podatki i pobierać je. Stanęli już w Nidaros i tam próbują zbudować tymczasowe zaplecze, by to, co zgromadzą, natychmiast wysyłać łodziami z Trondheimsfjordu do Hordaland. Ottar przekazywał, że zachowują się przyzwoicie, na razie nie doszło do żadnych gwałtów, ale też z tego, co wiadomo, nie najechali armią zbyt wielką, by czuć się nazbyt pewnie. Ludzie w Nidaros, Frosta i Lade robią, co było zaplanowane, pokazując zbiory w oficjalnych spichlerzach. Chłopi lamentują. Na razie idzie, jak trzeba. Ottar spodziewa się ich w Ynge za nie mniej niż trzy dni, więc my mamy najmniej dwa razy tyle. Pchnęłam od razu posłańców do Vira i usiedliśmy z Thorą, Bodvarem i jego żoną Gunhild do narady.

— Jeśli zasilimy dzierżawców ludźmi z dworu, to w sześć dni skończą sianokosy. Najpierw będziemy odwozić siano do kryjówek w górach. Żeby nie było za dużo gadania wśród ludzi, nikt z koszących nie będzie miał wstępu do stodół. Zwozić będą ludzie z załogi i do jednych, i do drugich spichrzów. Tak unikniemy rozejścia się wśród ludzi wieści o podwójnych zapasach.

— Nie myślałeś, Bodvarze, że właśnie jak będą wiedzieli, zachowają jeszcze większą lojalność wobec nas? Wiedząc, że także dla zabezpieczenia ich domów to robimy?

— Myślałem. Ale jak plan się powiedzie, to i tak sprawa wyjdzie na jaw w czas zimy, gdy zabraknie zapasów w spichlerzach, a my będziemy mieli ich czym wspomagać. Wtedy nabiorą pewności, że mogą na nas liczyć i jeśli będzie trzeba w kolejnym roku wszystko powtórzyć, bez szemrania, z gorliwością i wdzięcznością pomogą nam w robocie. A tak, mieliby tylko nasze zapewnienia, a zawsze znajdzie się podejrzliwy kmieć o ciasnej głowie, który zacznie siać ferment wśród swoich i jeszcze w czasie obecności Erlingowych ludzi doniosą im, co trzeba, licząc na nagrodę. Bo sądzę, że ci nagrodę wyznaczą dla donosicieli, jak zobaczą po wszystkich dzielnicach wyjątkowo kruche zbiory.

— Bodvar dobrze mówi. Nie mamy czasu na rozmawianie z kmieciami. Zimą sami się przekonają i tym większa będzie ich wdzięczność, gdy ich od głodu uratujemy. Ale trzeba i im gońców rozesłać z wieścią, że Haraldowi poborcy idą, by się mogli na swoich małych poletkach przygotować. Dać im wyraźne rozkazy — nie wolno wchodzić w rozboje z poborcami, bo Reginowego wojska nie ma w kraju i nikt ich w razie walki nie obroni. Polecić, by ukryli, co mają cennego, tak by w oczy kłuła bieda. I mają gadać o nieurodzajach i głodzie. Chorych i starych przed chałupy, żeby ich było widać.

— Tak. I mają wyznaczyć kogoś, kto będzie odpowiedzialny za informowanie grodu, jakby się działo coś niepokojącego.

— Ale my też musimy mieć ludzi, którzy będą krążyć między wioskami, nie wzbudzając niczyjego zdziwienia.

— Mam sześciu przygotowanych. Czterej to rybacy, ci będą chodzić, niby szukając zajęcia przy żniwach, jeden świetnie udaje pomylonego, a ostatni jest ślepy na jedno oko, więc może chodzić po zagrodach i pieśni śpiewać. Wszyscy są zaufani i sprawdzeni. Nie zawiodą.

— Dobrze. Z sianokosami uwiniemy się, nim wejdą. A co ze żniwami? Jeśli w tym czasie będą tu siedzieli i patrzyli nam na ręce?

— Wtedy trzeba będzie nocami zbiory przewozić. Podjąć ich dwa, trzy wieczory ciężkim piwem, spić jak wieprze i szybko rozlokować, co gdzie trzeba. To będzie najtrudniejsze, ale żaden wojak na obczyźnie nie odmówi napitku. Byleby wtedy kobiety dobrze ukryć, żeby nieszczęścia nie było.

— Albo wyznaczyć niewolnice.

— Albo tak.

— Dobrze. Dostaniemy jeszcze znać ze stanicy nad samą rzeką, jak się będą zbliżali.

— Bierzemy się do pracy. Czasu mało.

Gród niemal opustoszał; wszystkich, których się dało, wysłałyśmy na pola. Swoją służbę też, więc z pomocą Gunhild, Thordis i Fridgerd, i kilku jeszcze żon drużynników Regina warzyłyśmy strawę dla tych, co kosili. Późnym wieczorem, gdy wracali z pola, karmiłyśmy ich wszystkich na placu przed dworem, a w tym czasie załoga zwoziła siano. Parę wozów wjeżdżało pod stodołę w grodzie, a gdy tylko ludzie spać się rozchodzili, następne prowadziła do lasu, a tam już sobie tylko znanymi ścieżkami do kryjówek. Trzeciego dnia pojechałam z załogą. Prowadził mnie Bodvar. Powiedziałam mu, jak Regin planował mi od wiosny swój kraj pokazywać, a nie zdążyłam nic zobaczyć prócz polany, na której były walki za przyjazdu Helgiego.

— Jak Odyn pozwoli, to jeszcze cię jarl sam po wszystkich ziemiach obwiezie. A teraz poznajesz je jak żona godna wodza, jakim jest Regin. Zaskakujesz nas tu wszystkich, Sigrun, co dnia. Jesteś kobietą tak piękną i łagodną, że mogłabyś nic nie robić, a i tak by cię ludzie kochali. A ty jesteś tak pracowita i zaradna, że nikt inaczej twego imienia nie wspomina jak z szacunkiem i uśmiechem naraz. Dużo dobrego przywiozłaś nam swą obecnością.

— Dziękuję za pochwałę, Bodvarze.

— To nie jest pochwała. To szczerość, Sigrun.

— Tym bardziej dziękuję.

Nad ranem dotarliśmy na miejsce. Jechaliśmy równo, czas dnia bez zmroku pozwalał na taką podróż. W świetle wschodzącego słońca ujrzałam starą, pochyloną chałupę. Gdy weszliśmy do środka, okazała się wewnątrz pięknie przysposobioną stodołą pachnącą od świeżego siana. Była pełniusieńka. Pojechaliśmy dalej drogą przez las, która była starym traktem, noszącym ledwie widoczne ślady napraw. I znów kolejna chałupa, całkiem jak poprzednia, z dala wyglądająca na starą i opuszczoną. Pilnowało jej trzech ludzi. A wewnątrz trwało upychanie siana.

— Wykorzystaliśmy zagrody dawno opuszczone przez ludzi. Ale ostatni spichlerz, ten do którego jedziemy, pobudowaliśmy od nowego jakieś dwa lata temu. Jest bardzo obszerny, tam trzymamy najważniejsze zapasy. Nawet gdyby ludzie Haralda dotarli cudem do tych dwóch chałup, to do tego bez dokładnej wskazówki nie dojdą.

Rzeczywiście. Droga urywała się nagle u brzegu dużego jeziora. Dalej wozy nie miały jak jechać. Na jeziorze stała dość duża, całkiem porośnięta lasem wyspa. Bodvar zadął w róg cztery razy, a potem raz jeszcze, krótko. Odpowiedział mu taki sam dźwięk rogu z wyspy.

Po chwili na brzegu pojawiła się szeroka łódź, a za nią druga i popłynęły w naszą stronę. Zdumiona patrzyłam na Bodvara.

— Za czasów pradziada Regina na wyspie była mała świątynia poświęcona Freyowi. Ludzie składali tu ofiary, prosząc o urodzaj. Potem świątynie przeniesiono na ląd i z czasem na wyspę przestano zaglądać. Jak Regin postanowił tu pobudować spichlerz, rozpuściliśmy wieści wśród miejscowych, że złe duchy zamieszkały ruiny i mordują śmiałków, którzy się tam zapuszczą, wysysając z nich krew. Rozniosło się wśród kmieciów, że wyspa jest przeklęta, a ludzie sami sobie dośpiewali, że to dlatego, iż ongiś ktoś ograbił ruiny ze starych skorup. Widziałaś, jak daleko stąd do zamieszkałych zagród, ale w każdej z nich powiedzą to samo i każdego będą przestrzegać przed pływaniem po jeziorze. Ryb tu nie ma od dawna, a kawałek dalej, na południe jest kolejne jezioro, czyste i można w nim coś złowić, więc tam się skupili. No i mamy tu spokój. I spichlerze, które w razie czego przez rok mogą karmić gród. Załogi nie trzymamy tu dużej, ale są łucznicy, bo ci w razie ataku z lądu najprzydatniejsi by byli. Regin ich wszystkich pięknie opłaca, więc czują się wyróżnieni jak strażnicy skarbu.

— Bo też to, czego strzegą, jest skarbem. Jeśli Erling zabierze większą część zbiorów z grodów i zrobi to po wszystkich ziemiach Trondelagu, to nawet nie będzie gdzie żywności kupić, chociaż będzie srebro.

— Tak. Ale w Islandii mało co sieją, bo ziemia niezdatna, a jakoś sobie radzą. My też poradzimy.

— Bodvarze, a gdyby tak posłać rybaków na północ od Namdalu już po żniwach, jak się tutaj dobrze uwiniemy? Ludzie Apalvaldra, mojego ojca, znają dobre łowiska na zimnych północnych wodach. Zebralibyśmy wspólnymi siłami dobrą, doświadczoną drużynę, opłaciłoby się ludzi ojca i popłynęliby razem. Jeśli zrobimy to teraz, zapłacimy taniej niż zimą za żywność. A suszonymi rybami niejedni z głodem wygrali.

— Dobrze myślisz, Sigrun. Można by już teraz posłańców do Vira puścić, żeby sprawę z twoją matką domówili.

— Tak zrobimy.

Na wyspie zatrzymaliśmy się na spoczynek. Bodvar oprowadził mnie, przedstawił załogę, pokazał wielki spichlerz. Było tam wszystko. Od zboża, przez suszone mięso, rzepę zasypaną piaskiem, kosze cebul, warkocze czosnku, wielkie łby kapusty, garnce grochu, sery owcze i kozie. Nawet beczułki z miodem i piwem. Serce rosło, gdy oglądałam tak przygotowane zapasy. Po krótkim śnie, już w porze wieczoru ruszyliśmy z Bodvarem w drogę powrotną. Jest czas wiecznego dnia*, więc, choć szaro, można jeździć, kiedy trzeba.

— Znów dobrze nie zobaczysz, Sigrun, przez to nocne jechanie.

— Dzięki temu w pełnej krasie obejrzę wszystko wraz z Reginem. Chociaż noce już tak jasne, że jednak wiele widać.

— Przejeżdżamy niedaleko od poświęconych gajów. Tam się ofiary składa. Ale trzeba by zboczyć z traktu.

— Przelewano tam krew ludzi?

— Tak, za Asbjorna, Reginowego dziada, na pewno. Później już raczej nie.

— Straszno mi teraz trochę…

— E, Sigrun, poprzedniej nocy się nie bałaś!

— Bo nic nie wiedziałam!

— A teraz nic nie widzisz.

— To prawda.

Zamilkliśmy. Bałam się bardzo, ale wstyd się było znów do tego przyznawać. W Roveste słyszałam opowieści, że dziad mojego ojca też ludzi poświęcał Odynowi. Po każdej większej wyprawie w podzięce za szczęśliwy powrót zabijano w gaju jednego z niewolników. Podobno dzięki temu cieszył się długo przychylnością Jednookiego**. Ale potem, na thingu godi wywieszczył, że Odyn już się krwią niewolników nasycił i że o ofiary ze zwierząt i lanie miodu prosi. I tak już zostało. I dobrze. Nawet myśl, że w razie konieczności będziemy musieli nasze niewolnice Erlinga ludziom do rozpusty posłać, napawała mnie wstrętem, a co dopiero zabijanie bezbronnych. To przecież też są ludzie. Do niektórych spośród nich nawet się przywiązałam, nie mogłabym im krzywdy zrobić. W Namsen stanęliśmy nad ranem, po drodze mijając wozy z sianem jadące już do drugiej z chałup — stodół. Ludzie przekazali nam, że jeszcze wieści od tych znad

* W miejscu, gdzie dzieje się akcja, są latem białe noce, gdy ciemność nie zapada.

** Jednooki — jeden z przydomków Odyna.

rzeki nie było, co znaczy, iż poborcy w nasze ziemie nie weszli. Ale nie czekaliśmy ich długo. Następnego dnia przed wieczorem wjechali przez bramy. Było ich trzy dziesiątki. Konnych, uzbrojonych. Wraz z Bodvarem przywitaliśmy ich w progu. Erling zsiadł z konia i przedstawił się jako brat i wysłannik króla Haralda. Powiedziałam, że żal, iż męża mojego nie ma w domu, bo rad byłby tak godnego gościa witał, ale wraz z drużyną wypłynął na łowiska, by choć skromnym połowem swój gród od głodu uchronić.

— Na łowiska zabiera się rybaków i żeglarzy, po cóż mu drużyna?

— W Namsen drużynnicy są najlepszymi żeglarzami. A teraz czasy głodne, więc na morzu znów zaroiło się od zwykłych bandytów, którzy będą i rybaków z połowów grabić, bo sami nie umieją zastawiać sieci. W czas głodu pożywienie cenniejsze niż srebro.

— Nie bał się jarl Regin tak pięknej i młodej żony samej zostawiać?

— A czegóż się miał bać, skoro zostawił mnie wśród przyjaciół? Każdy człowiek honoru wie, że skrzywdzić bezbronną kobietę to hańba nie do zmycia. A w naszych stronach nawet bieda nigdy nie uczyniła ludzi nikczemnikami.

Erling spojrzał na mnie gniewnie i szybko, lecz odpowiedział spokojnie:

— W moich stronach także.

— Zatem zapraszam w skromną gościnę.

Erling był niewysokim mężczyzną, szczupłym, o ptasiej urodzie. Dostojeństwa przydawały mu bogate szaty, szczególnie wzrok mój przyciągnęła pięknie wykonana rękojeść miecza. Chyba nawet złocona. I on, i jego ludzie byli rozdrażnieni i z wyraźnym trudem to kryli. Sam Erling wydał mi się człowiekiem o porywczej naturze, lecz słabym. Jak się później okazało, nade wszystko potrzebował pochlebstw. Najpierw pomyślałam, by łechtać jego próżność, ale po zastanowieniu doszłam do wniosku, że wtedy nieprędko się od nas wyniesie. Więc byłam chłodna. Służba podała skromny posiłek. Gdy się nasycili, Erling przeszedł do rzeczy.

— Nie zapłaciliście królowi należnych mu podatków. Król długo czekał, ale jego cierpliwość się wyczerpała. Przyjechaliśmy, by zabrać to, co się nam należy.

— Rozumiem, że to uzgodnione z moim mężem?

— Tu nie ma co uzgadniać! Królowi należy się dziewiąta część zbiorów każdego roku, a wam należy się wywiązywać!

— Nawet jeśli ziemia rodzi tak mało, że głodzi tych, którzy ją sieją?

— To nie ma znaczenia, prawo jest prawo!

— Prawa ustalały thingi…

— Milcz!

— … w czasach urodzaju. A rządy Haralda do tych nie należą.

— Milcz, kobieto!

— Czyż nie mówię prawdy?

— Zobaczymy rano na polu!

— Życzę dobrej nocy. Gość w naszym domu jest święty.

Gdy zamknęłam za sobą drzwi alkowy, popłakałam się. Udawać twardą i silną umiałam tylko chwilę. Ale te wieprze moich łez nie zobaczą. Poprosiłam Thorę do siebie.

— Jak wygląda zwózka?

— Dobrze, Sigrun. Wczoraj rozpalili ognie, jak uzgodniłyśmy. Nawet gdyby nam wzięli wszystko ze stodół w grodzie, to i tak nie ucierpimy. Żal tylko, jak pomyślę, że nim to siano dopłynie na miejsce, będzie całkiem do niczego. To jednak nasze plony…

— Lepiej, żeby sczezły, niż im miały służyć. Nie żałuj, Thoro.

— Bałam się, że jeszcze jedno twoje słowo, a chwycą za miecze. Obraziłaś ich.

— Zdaje mi się, że obraziłam ich głównie tym, że jestem kobietą. Nie nad moimi słowami myśleli, ale nad tym, że mówię.

— Tak. To możliwe. Ale nie zapominaj, że Erling i Harald we wszystkim są posłuszni Gunhild, swojej matce.

— Może dlatego tak nie cierpią kobiet, że ta nimi rządzi.

— Dlatego jutro postaraj się być łagodniejsza.

— Tak, Thoro, na drugi taki raz nie starczy mi siły…

— Dobranoc, Kwiatuszku, dopilnuję jeszcze z ukrycia, co robią. Dostali tak mało piwa i tak podłe, że nie powinni długo siedzieć.

— Dobrej nocy, Thoro.

Długo nie mogłam zasnąć, rozpamiętując każde słowo z tej okropnej rozmowy. Skąd ja w ogóle miałam odwagę, by tak z nimi gadać? Może źle zrobiłam? Może będą mściwi przy liczeniu zbiorów? Reginie, wracaj do mnie! Bez ciebie gubię się w życiu! Gdzie jesteś? Bodvar mówi, że już dawno opływacie duńskie wysepki... Czy myślisz o mnie? Czy tęsknisz? Może jesteś głodny? Może zraniony, chory? A może szukasz ukojenia w ramionach jakiejś urodziwej branki? Nie! Nie! Tak na pewno nie jest! Twoja miłość do mnie jest niepodzielna, prawda? Jest jasna i cenna jak złoto. Twoje i moje włosy są złote... pamiętasz, jak bawiliśmy się w łożu w przenikanie włosów? Jak przekładaliśmy twoje pukle moimi, aż nie szło rozróżnić, które są czyje? Albo, jak śmiejąc się, sprawdzaliśmy, kto ma dłuższe, ty czy ja? Siedzieliśmy wtedy plecami do siebie, a ty wyginałeś się, by nasze głowy się zrównały... nigdy nie mogliśmy dobrze zmierzyć, bo przewracałeś się i drżeliśmy ze śmiechu. Pomyśl, Reginie, oto jesteśmy daleko od siebie, ty i ja w dwóch końcach świata, a nasze włosy rosną tak samo... Zasnęłam, rozmawiając z Reginem, a obudził mnie chłód poranka i Thora, która przyszła powiedzieć, że tamci też już nie śpią. Pozbierałam się szybko. Serce kołysane nocą wspomnieniami Regina ścisnęło się lękiem, że oto trzeba stawić czoła Erlingowi. Spotkaliśmy się przed dworem. Bodvar już na nas czekał. Powitałam gości i powiedliśmy ich na łąki. Grupka ludzi dożynała ostatnich traw.

— U nas sianokosy mają się ku końcowi.

— A co znaczą te popalone łąki?

Bodvar odpowiedział:

— Trawy rosły gdzieniegdzie chore i trzeba je było spalić, by zaraza nie przeszła na resztę.

Erling zacisnął usta.

— Jak udowodnicie, że to choroba niszczy plony, a nie wasza krnąbrność?

— Znajdzie się pewnie jakieś niedopalone źdźbło...

— Nie przyjechałem tu, by pogorzeliska oglądać, ale zbiory!

— Te pogorzeliska to smutna część naszych zbiorów...

I Bodvar krzyknął na niewolnika, by poszukał chorych łodyg i przyniósł. Ten uwinął się dość szybko i pokazał pęk traw pożółkłych, pogryzionych, na niektórych siedziały jeszcze jakieś brunatne robaki.

Erling obejrzał trawy i odrzucił ze wstrętem.

— Prowadźcie do stodół!

Bodvar dał mi znak, bym się nie odzywała. I tak nie wiedziałam, co powiedzieć. To, co samo się cisnęło na usta, sprowadzić mogło tylko nieszczęście, a słów zamiennych znaleźć nie potrafiłam. Erling obrzucił wzrokiem wnętrze stodoły i kazał podstawić dziesięć wozów. Dostrzegłam chwilę napięcia na twarzy Thory, dobrze wiedziałam, że nie mamy w grodzie tylu wozów, bo część z nich jest w drodze do ukrytych w lesie spichrzów. Bodvar odpowiedział:

— To trochę potrwa. Posłaliśmy ludzi z wozami do lasu po świeży mech. Już pora na uszczelnianie chat.

— Poczekamy.

Żeby nie rozglądali się zbyt skrupulatnie i nie rachowali czasu aż tak dokładnie, wystawiliśmy we dworze beczki z cienkim piwem. Na to przecież czekali. Napój był słaby i kiepskiej próby, więc krzywili się, ale pili łapczywie, mrucząc między sobą o biedakach z północy. Uśmiechnęłyśmy się z Thorą na stronie. Jak mieli już nieco w głowach, wydałyśmy beczkę bardzo mocnego piwa, a potem następną i kolejną. Nim zapadł lekki zmierzch, spali jak wieprze. Nasze wozy zdążyły wrócić, a ich prawie trzeźwi strażnicy nie patrzyli, skąd przyjechały. Chłopi, których Bodvar posłał do lasu, naznosili nieco mchu i zrzucili go w rogu placu. Rano ludzi Erlinga zbudził kac i głód. Wozy z sianem były załadowane.

— Do zobaczenia w porze żniw! — krzyknął Erling już z konia i popędził na północ, drogą do Vira.

Jak się dowiedzieliśmy od ludzi, których kilkoro zostawił, by dopilnowali zwózki siana do portu w Nidaros, Erling tak samo jak u nas działa w całym Trondelagu. Teraz posuwa się z drużyną na północ, by wracając kolejno, kraj po kraju, zabrać część zbiorów ze żniw. A wszystko, co zgromadzi, od razu wysyła łodziami z Tondheimfjordu do siebie.

— Jak będzie co kawałek odsyłał po paru ludzi z wozami do Nidaros, pozbędzie się niedługo całej drużyny — zauważył Bodvar.

— Nie, ci, co są już wolni, jak odstawią wozy, wsiadają na łódź i doganiają Erlinga od strony morza. Dobrze to wszystko zaplanowali.

Zaopatrzyliśmy tych poczciwców na drogę, daliśmy im coś w rękę, by dobrze pilnowali naszych wozów i naszych chłopów, bo w ten sposób wiedzieliśmy, że jeszcze może się z nimi spotkamy. Bodvar skupił się na zbieraniu wieści z reszty naszych ziem, a my z Thorą na zatarciu śladów po intruzach we dworze. Jak się okazało, nigdzie nie doszło do starć z drużyną Erlinga, w kilku zagrodach wzięli więcej, niż się należało, jak się kmiecie za bardzo stawiali, i to wszystko. Jednak z lękiem patrzyłam na kłosy dojrzewające na polach wokół Namsen. Jeszcze tu wrócą. Czy zdążymy? A jeśli naprawdę przyjdą deszcze i wytłuką zboże? Szczęściem pogoda była piękna, lato upalne, może nawet nazbyt suche. Do żęcia stanęli wszyscy — i chłopi, i służba z grodu, i rzemieślnicy. Od matki przyszły wieści, że Erlingowi byli już u Asolfra w Roveste i teraz rozglądają się po północnych ziemiach. Nim ruszą z powrotem do nas, minie trochę czasu. Z powodu pośpiechu przy żniwach dwukrotnie nie udało się dopilnować sekretu nocnych wypraw do spichrzy. Zresztą jasne noce nie ułatwiały nam pracy. Ale Bodvar wziął ludzi na stronę, wyjaśnił im, ile trzeba, i milczeli jak zaklęci. Dzierżawcy starali się jeszcze podzielić ziarno na lepsze i gorsze, by to drugie trafiało do spichrzy w grodzie, ale też i czasu na taką dokładność było mało, i później już nikt nie zawracał sobie tym głowy. Ważniejszym było zebrać i ukryć. Jak dostaliśmy posłanie, że Erling wyszedł z Vira, Bodvar posłał swoich ludzi do lasu, którym szedł trakt do ukrytych magazynów, by przygotowali stosy chrustu przy wyjeździe z lasu. Ładowali to na wracające wozy, by żaden nie wyjeżdżał stamtąd pusty. Za wysoka stawka, byśmy mogli sobie pozwolić na jakąś pomyłkę. Mój ojciec powtarzał, że jeśli stosujesz podstęp, przygotuj go doskonale albo się za niego nie bierz. Tak więc chcieliśmy być gotowi na każdą okoliczność.

Zajechali do nas pod wieczór. Serce mi zamarło na widok Erlinga zeskakującego z konia. Mało nie upadłam. Miał na sobie jasnoniebieską koszulę mego ojca! Szeroko uśmiechnięty podchodził do nas, stojących we drzwiach dworu, a ja oczy wpiłam w jego szyję, poznając drobne ściegi haftu moją ręką robione.

— Co się stało, że zaniemówiła Sigrun, żona Regina? Kobieta o najbardziej ciętym języku na północ od Nidaros? — zawołał na powitanie.

— Sądziłam, żeście przyjechali po należną wam część zbiorów, a nie plądrować skrzynie po dworach.

— O co ci znowu chodzi, kobieto?

— Znam koszulę, którą masz na sobie.

— Ach, o to idzie!... — roześmiał się głośno — to dar od żony jarla Apalvaldra, bardzo piękna koszula.

— Apalvaldr jest moim ojcem.

— Gratuluję. To słynny człowiek. Ale jego żona, twoja matka zdaje się znacznie od ciebie uprzejmiejsza.

— Chociaż starsza i brzydsza... — roześmiał się stojący tuż za nim wysoki, długobrody mężczyzna.

— Daj spokój, Olvir, z takimi uwagami, urazisz uczucia rodzinne. Piwo w Vira za to ciemniejsze i gęstsze! Bez urazy, koszula to prezent, nic siłą nie braliśmy, to już chyba wiecie.

Nie patrzyłam mu w oczy. Gdybym mogła wypruć wzrokiem misterne ściegi koszuli, którą kiedyś haftowałam ojcu... Thora uspokajała mnie uściskiem dłoni, ale byłam zbyt wzburzona, by im towarzyszyć przy posiłku. Zaczęło się kiepsko i będzie jeszcze gorzej

— myślałam przerażona. Ale, wbrew moim obawom, nie było aż tak źle. Gardłowali się nieco, widząc cienkie zbiory, ale najwyraźniej wśród ludzi Erlinga byli sami wojacy, nie umieli przerachować ilości łanów na beczki ze zbożem. Do tego widać w całym Trondelagu przyzwyczaili się do lamentów o nieurodzaju, więc nie dyskutowali. Podobnie jak poprzednio kazali sobie podstawić wozy i ładowali każdą dziewiątą beczkę. Ponieważ część zboża była jeszcze młócona, a im się spieszyło, utargowali cztery więcej na poczet tego, co jeszcze w obróbce, i bez zwłoki ruszyli. Gdy ucichł tętent końskich kopyt i skrzypienie wozów, pobiegłam do domu Tove, stolarza, który wraz z rodziną przyjechał za mną do kraju Regina. Poprosiłam go, by wziął paru ludzi i pojechał do Vira, do mojej matki, dowiedzieć się, czy się co złego nie stało. Mogłam posłać kogoś z dworu, Bodvar dałby któregoś ze swych posłańców, ale chciałam, by pojechał ktoś, kto zna matkę i naszych ludzi, kto dobrze się wywie, czy naprawdę nic niedobrego się nie zdarzyło. Tove się nawet ucieszył, że odwiedzi rodzinne strony. Od razu wtajemniczyłam go w plan wspólnych połowów, by przy okazji ustalił z matką termin i warunki. I znów nie było czasu, by spokojnie pomówić z Helą, jego żoną, o delikatnych niepewnościach kobiecych, które mnie dręczyły. Nie miałam teraz do tego głowy. Przyjdzie czas jesienią.

Dni płynęły tak szybko. Wypełnione pracą, której nigdy nie brakowało, a zwłaszcza teraz, gdy trzeba było wrócić życiu normalny rytm, po przejazdach Erlingowych ludzi. Potem wyprawiliśmy rybaków na dalekie łowiska i znów ubyło rąk do pracy. Śmiałyśmy się z Thorą, że pracujemy tu, utrzymując dyscyplinę jak na wojnie. Zajętą miałam głowę, zajęte dłonie, ale serce puste. Jak długo napełniać można je tęsknotą? Jak mocno ścierać się z własnym lękiem? Nocami wzywałam imienia Regina, zaklinałam deszcze, fale i wiatry, by ustąpiły mu z drogi, gdy będzie wracał do mnie. Nie dopuszczałam myśli, że coś mu się stało. Ale w pewnym momencie tak byłam zmęczona tym stanem zawieszenia, iż odkryłam, że nie mogę wstać rano z łoża. Coś się we mnie zacięło. Stałam się jak zardzewiały zawias skrzyni, której wieka nie można rozewrzeć. Ciało odmówiło mi posłuszeństwa. Leżałam sztywno na łożu, bezmyślnie obserwując muchy łażące po belkach stropu. Spokojnie i wolno myślałam, co będzie, gdy dusza do mnie nie wróci, nie wypełni ciała. Zgiełk dochodzący zza ścian zdawał mi się nadchodzącym jesiennym sztormem. Łoże jest łodzią, która niesie mnie wprost w jego szpony. Czekałam, aż zimna fala zaleje mi oczy. Zamiast niej otworzyły się drzwi i wbiegła do mej izby Thora.

— Sigrun, nasi wracają! Sigrun, czy ty słyszysz?!

Usłyszałam. Fala z łoskotem przetoczyła się przeze mnie i obudziła, łącząc duszę z ciałem. Skoczyłam na równe nogi.

— Do Foldfjordu przypłynęły dwie łodzie wypełnione towarem, a Regin z drużyną staną tu najdalej pod wieczór! Sigrun!

Nie mogłam złapać oddechu. Co najpierw? Stroić się? Przygotowywać ucztę? Dobrze, że Thora czuwała.

— Ja dopilnuję kuchni, a ty weź dziewczęta, niech szybko wysprzątają Regina alkowę i izby drużynników. A sama powynoś wszystko, cośmy pochowały przed najazdem Erlinga, niech dom nie wygląda na ogołocony. Nie było do tego głowy wcześniej, a nie wolno, by Regin zdenerwował się od wejścia, że coś tu nie tak. Bodvar naszykuje stajnie i co trzeba w grodzie. Każ futra wynieść na podwórze, niech się wywietrzą, zdążymy, Sigrun. Przed przyjazdem Erlingowych więcej się było trzeba uwijać! Co za szczęście, co za radość, a mnie się trzy noce śniły dzioby łodzi i nie mogłam ich porachować we śnie… A to widać dlatego, że bogato przypłyną, skoro już dwie wypchane wszelkim dobrem stoją w porcie! A we śnie dzioby łodzi były zielem owinięte, widać to na powitanie szło, bo jakby płonące się śniły albo ukruszone, to by było i krwawo, i łzawo!… Och, Sigrun, doczekałyśmy się! A może i zdążymy do fiordu wyskoczyć i tam ich powitać?

— Tak. Zwijamy się tu szybko, na koń i jedziemy!

— Sigrun, ja już na konia nie wsiądę, rady nie dam.

— To ty pojedziesz wozem, a ja pognam. Czemuś mi o snach nie mówiła, jak to od trzech nocy?

— Nie chciałam tęsknotą cię szargać, nie każdy sen się spełnia!

Pogoda była piękna, sucho, słonecznie, kolory wirowały w powietrzu, gdyśmy pędzili z Bodvarem do fiordu. Jeszcze nim ruszyliśmy, Bodvar posłał konie i wozy do przystani, ulubionego ogiera Regina także. Gdybyśmy spóźnili się na sam moment przybicia do brzegu, to i tak nie rozminiemy się w drodze. Serce tłukło się we mnie w rytm końskich kopyt. Zaraz go zobaczę. Zaraz go zobaczę. Regin nie spodziewa się, że będę na brzegu, zaskoczę go. Czy to dobrze? A może powinnam zachować spokój i powitać go we wrotach Namsen? Matka nigdy nie wyjeżdżała po ojca, ale czy matka kochała Apalvaldra jak ja Regina? A jeśli zobaczę coś, co nie jest dla moich oczu przeznaczone? Ale co? Obdartych, zabiedzonych wyprawą wojów? Może te dwie łodzie, co przybyły rano, nie mówią o zwycięskim powrocie? Może Regin zagniewa się, że go takim zobaczę? Zmęczonym, głodnym, pochmurnym? A może całkiem inaczej? Może przywieźli niewolników, a wśród nich kobiety i zaskoczę ich z nimi na przystani? Serce ścisnęło mi się boleśnie i poczułam jasno, wyraźnie, że wolałabym męża, który powrócił bez wielkich zysków i chwały niż z nazbyt ładną branką. Sigrun, jesteś potworem! — pomyślałam o sobie, ale cóż, tak właśnie czułam. Lęki spychane w ciemność od wiosny zbiły się w ciasną, ciężką kulę, która chciała mi rozsadzić wnętrzności. Ale tym bardziej potrzeba ujrzenia go, gdy się mnie nie spodziewał, kazała mi popędzać konia. Dobry, mądry Bodvar nie odzywał się do mnie, dostrajając rytm swojej jazdy do mojego wierzchowca. Jaka dziwna ta miłość, zdążyłam pomyśleć. Gdy ten, kogo nią obdarzysz, jest na wyciągnięcie ręki od rana do wieczora, długie dni i noce, ona staje się leniwą sytością. Co dzień dotykasz jej, doceniasz wyborność smaku, lecz nie znając głodu, nie znasz lęku. Wystarczy zaś, że umiłowany zniknie, a już sam jego brak budzi do życia stugłowe potwory. I gorszą zdaje się strata miłości niż ukochanego. Końskie kopyta dzwoniły o skały, wiatr odbierał mi oddech, a myśli rozum. Wtem Bodvar wstrzymał w biegu konia, ten zatańczył w miejscu, a on złapał za uzdę mojego i wskazał mi głową jeźdźców wyłaniających się zza zakrętu. To oni! Dwoje jechało przodem, rozpoznałam Orma, ten drugi to nie był… jest, widzę go! Jest Regin! Chwili ledwie potrzebował, by poznać nas, też konia na moment wstrzymał. Ale już, już go spiął i…

— Sigrun!

Nie wiem, kiedy to zrobił, ale już trzymał mnie przed sobą, siedziałam przed nim, obejmował mnie ramionami, moje nogi dotykały jego ud opinających koński grzbiet, wtulałam głowę w jego piersi, on usta w moje włosy.

— Reginie!

— Sigrun!

— Nie wytrzymałam, nie mogłam czekać w grodzie…

— Sigrun…

— Tak czekałam na ciebie, tak się starałam… dzisiaj coś we mnie nie dało rady, gdybyś nie wrócił, umarłabym… nie zostawiaj mnie więcej, Reginie!

— Sigrun…

— Bałam się, że nie wrócisz i bałam się, że wrócisz…

— …

— że wrócisz, ale inny, nie mój…

— Sigrun?…

— Albo żeś o mnie zapomniał, że popłyniesz na obce wody i tam zostaniesz…

— …

— albo, albo… a wiesz, Orlica się oźrebiła, małe są ciemne jak ona i mają takie same strzałki na czole, bo dwa ma źrebaczki…

Zamknął mi usta swoimi wpół zdania i wjechaliśmy w bramy Namsen. Dźwięk rogów, krzyki dzieci i kobiet, ujadanie psów, wszystko to razem oszołomiło mnie, poczułam się, jakbym znów po raz pierwszy przekraczała bramy grodu. Jednak gdy zsadził mnie z konia i stanęłam na ziemi, wiedziałam, że jestem u siebie. To do mnie podbiegła służba po rozkazy i biorąc Regina ze rękę, to ja jego wprowadziłam do domu. Teraz dopiero przyjrzeliśmy się sobie. Był wychudły, to prawda, koszulę miał wyplamioną i brudną, lecz jego oczy błyszczały jak srebro na szyi. Miał go więcej niż zwykle. Ujął mnie za ręce i przyglądał mi się jeszcze baczniej niż ja jemu.

— Wydoroślałaś, Sigrun...

— Musiała, synku, musiała — wtrąciła się Thora, wchodząc z czystymi płótnami — ona tu była panią pod twoją nieobecność i wierz mi, miała co robić.

— Czuję... — powiedział, przesuwając palcami po wnętrzu mojej dłoni — o, jak dobrze być w domu, nic się nie zmieniło, wszystko na swoim miejscu!

Roześmiałyśmy się z Thorą jednocześnie, bo przecież nim wskoczyłam na koń, by pędzić do przystani, kończyłam rozkładać to „wszystko na swoim miejscu". Zdjął koszulę, by się umyć i dojrzałam zaschnięte ślady krwi z boku brzucha i wielki, czarny siniec nad łopatką.

— To stare, już przyschło, a tamto prawie nowe i dokucza mi jeszcze. Ale, jak widzisz, jestem cały.

Tak, był cały, ale jakiś jakby inny, trochę obcy. Dzieliły nas te wszystkie puste dni i noce nieopowiedziane. Ale nie chciałam go przynaglać, wypytywać, wiedziałam, że jest zmęczony. Nurtowało mnie jedno: ile mamy dla siebie czasu.

— Dużo. Do kolejnej wiosny.

Odetchnęłam. Zdążymy.

Uczta była wspaniała, wielka. Ucztowali wszyscy, którzy wrócili, co znaczniejsi z żonami. No i Bodvar z Gunhild, Thora. Przy pierwszym toaście, choć tak zapatrzona w Regina i tak jego złaknioma, nagle zauważyłam, że jesteśmy my i oni. Ci, co byli, i ci, co przyjechali. Na Bodvara, Thorę, Gunhild patrzyłam jak na rodzinę. Na Regina i drużynników jak na wspaniałych, lecz dalekich gości. Ale ten podział rozpływał się wraz z wypitym miodem, kiedyśmy wymieniali się opowieściami. Ja nie umiałam nic ważnego powiedzieć. Mówił Bodvar i Thora. O Erlingu i jego ludziach, o zbiorach, spichrzach ukrytych przed nimi, o wyprawie na łowiska, z której dopiero co rybacy przypłynęli z pełnymi łodziami. A ja pomyślałam, jakie to wszystko nagle mało ważne, jak odległe wobec faktu, że on do mnie wrócił. Dlatego wesołość uczty zamieniła się dla mnie w radość czekania. Na zamknięcie za nami drzwi alkowy. Gdyśmy tam dotarli, było już bardzo późno. Szukaliśmy się w ciemnościach, w miękkim dotknięciu futer, cieple palców. Nie pamiętałam, by miał takie suche usta. Przypominałam sobie, że całując, trzymał mnie zwykle za włosy. Czasem, by się nasycić, brał mnie kilka razy. Brutalna namiętność nie raz kończyła się słodką czułością. Zaskoczył mnie jednak gwałtownością, z jaką znalazł się we mnie, krople słonego potu spływały mu po szyi, nie zamykał oczu, patrzeniem biorąc mnie w dwójnasób. Ale to był Regin, jakiego jeszcze nie znałam, bez cienia uśmiechu, napięty, niemal straszny. I niezmordowany. Zdałam się sobie łodzią, na którą wsiadł i płynie w sztormie. Dobijał do brzegów tylko po to, by po chwili spoczynku ruszyć we mnie dalej, a ja kołysałam się w takt uderzeń wiosła. Jakbyśmy wreszcie wpłynęli na spokojne wody, począł czule gładzić moje plecy, zanurzać twarz we włosy. Jego usta już nie były suche, piłam ich słoną wilgotność. Szeptał mi wprost do ucha słowa przeprosin za ten sztorm przed chwilą. Jakby namiętność mu nie wystarczała, jakby szukał czułości. Poddawałam się jej z otwartymi ustami, bo choć doznałam rozkoszy w tej bitwie morskiej, to nie zaznałam spełnienia. Chyba odgadł to z ruchu bioder, z ciągłego rozchylenia ud. Teraz był jak wytrawny żeglarz, który tak steruje łodzią, by dobiła do brzegu. Prowadził mnie jedną ręką, ale nieomylnie. Tak długo, jak trzeba. Aż zacisnęłam uda na tej ręce jak linę wokół drzewca na przystani. Dopłynęłam cicho, bezgłośnie, ale jak szczęśliwie. Tu zakotwiczona mogę czekać do kolejnego rejsu.

— Sigrun, jak ja do ciebie tęskniłem!...

Ułożyłam głowę w zagłębieniu jego piersi, czując szumiące uderzenia serca i gorącą wilgoć skóry.

— Brakowało mi ciebie jak pożywienia! Dobry wiatr na morzu czy udana bitwa tylko na chwilę odbierały mi gorycz rozstania. Aż byłem zły, gdy odkryłem, że przywiązałaś mnie do tego łoża, do swoich słodkich piersi, jasnego uśmiechu! Wszystko robiłem dla ciebie! Dla ciebie skarby, futra, klejnoty, dla ciebie krew, dla ciebie złoto! Dopiero pod koniec poczułem prawdziwą radość wyprawy, a i tak nie wiem, czy to nie dlatego, że wiedziałem, iż zbieramy się z powrotem. Targał mną lęk o ciebie tutaj, o to, jak sobie radzisz, czy ludzie Haralda krzywdy ci nie zrobią. Jak dotarła do nas wiadomość, że Erling, jak przewidywaliśmy, ruszył do Trondelagu, wariowałem z niepokoju! Próbowałem we krwi utopić swój lęk o ciebie i wściekłość, że jestem daleko, że jakby co, nie usłyszę twojego wołania o pomoc! Śniły mi się nocami twoje pośladki i brzuch, rozsadzało pragnienie! Ech, Sigrun. Mężczyzna gnuśnieje w domu, bez miecza, bez wiatru, ale z daleka od ukochanej staje się kaleką!

Zasypiałam szczęśliwa, że wypowiedział wszystkie te słowa. Żadnym podarkiem bardziej by mnie nie ucieszył. Nie chciałam myśleć o kolejnej wiośnie. Jesień dopiero się zaczęła, zima jest długa. Mamy czas. Mrozy przyszły jednak dość prędko, więc nie zdążyliśmy za suchych traktów objechać ziem, jak było planowane. Jak mocno zaległy śniegi, ruszyliśmy saniami, ale choć to szybciej, to jednak nie wszędzie dało się dojechać. Dotarliśmy jednak do zamarzniętego rozlewiska rzeki Namsen, gdzie dwa nurty zlewają się w jeden. Spytałam Regina o wieszczkę, o której wspominała mi Halderd, że gdzieś tu podobno mieszka. Słyszał o niej, ale nigdy nie widział. Opowiadał mi za to o świątyniach, jakie widzieli na wyspach. Wysokich, z wieżami, na których wiszą dzwony.

— Bili w te dzwony, jak nas widzieli u brzegu, dźwięk to daje potężny, że i rogiem, nawet tym dużym, ciężko go zagłuszyć. Ale i tak zawsze za późno nas dostrzegli, mogli więc sobie hałasować, myśmy robili swoje! — roześmiał się, błyskając zębami.

Słuchałam każdego słowa, zapatrzona w parę z jego ust. Bawiła mnie lekkość, z jaką opowiadał o światach, których nie nadążałam sobie wyobrażać.

— To były świątynie Chrystusa, w każdej wisi krzyż drewniany, bo ten ich bóg umarł na krzyżu. Widzisz, Odyn też wisiał głową w dół dziewięć nocy na świętym jesionie, ale sam tego chciał, żeby poznać wielką moc run. No, a w tych świątyniach zwykle licha obrona, a srebra jednak trochę było, złota mniej. Podobno jest, ale w takich w głębi lądu, jeszcze większych i z kamienia budowanych. Tak też myślę, bo w takich szopach drewnianych bogactwa by nie gromadzili. Ale myśmy się w głąb nie zapuszczali za daleko, przyjęliśmy zasadę, że rozciągamy się na morzu długą linią i uderzamy na całe wybrzeże na raz. Wiesz, wtedy nikt pomocy sąsiadów nie woła, bo wszyscy zajęci i walczysz właściwie z niewielką grupą tych, co na lądzie. Jedynie co, to się zdarzało, że różnie trafisz, jedni na parę biednych chałup, to się szybko uwiną, ale i zysk żaden. A z kolei żeby na większy port uderzyć, trzeba by jednak bardziej siły skupić. Może na lato tak pomyślimy. Harald domyślał się naszych planów, posłał za nami szpiegów, aleśmy ich potopili jeszcze przed wpłynięciem między duńskie wyspy. Ale on też zbiera siły. Szuka sojuszników. Jedno raczej pewne, nie znajdzie ich w Danii.

— Dlaczego nie, skoro zawsze powtarzacie, że wysługuje się Dunom? Mówiłeś też, że jego matka…

— Zwana suką Gunhild…

— To ty tak powiedziałeś!…

— Bo tak właśnie myślę.

— Więc skoro… Gunhild jest siostrą króla Dunów, to dlaczego jej synowie nie dostaną tam pomocy?

— Bo winni są Dunom srebro. Mnóstwo srebra. Gdy król Dunów pomógł wynieść siostrzeńca na tron Norwegii, w zamian ustalił stawki. Harald miał mu płacić haniebny podatek. A tu przyszedł nieurodzaj — i to już jeden kłopot. Drugi to my.

— I wasze twarde karki Panów Północy?

Pocałował mnie w czoło.

— Taaak. Nie będziemy dawać po to, by on mógł się opłacić Dunom. To nie w naszym interesie. Zresztą nie mów: „wasze".

O twojej hardości wobec Erlinga krążą opowieści. A to ta sama wojna, tylko druga linia.

— Ach, nie mów tak. Mów lepiej, co dalej.

— Co dalej? Żebym to ja wiedział...

— A co myślisz?

— Potrzebny nam silny władca. Dobry król. Nie taka wesz jak Harald.

— Więc kto?

— Najważniejszy z Panów Północy — jarl Hakon z Lade.

— Skoro jest człowiek, co stoi na przeszkodzie?

— To nie takie proste, Sigrun. Hakona wspieramy my, cały Trondelag, Północ, ale nie ma sojuszników na południu kraju, tam, gdzie Erykowi synowie siedzą. My trzymamy Północ, ale to oni kontrolują cieśniny, dostęp do Danii i Bałtyku. Tak źle i tak niedobrze. Do tego wojna kosztuje. A teraz, korzystając z zawieruchy, panoszą się na wodach zabójcy, rabusie w zorganizowanych bandach, piraci. Nie pohandlujesz. Trzeba te ścierwa wytępić. Ale takie rzeczy robi się tylko wspólnymi siłami. A z kolei jak się dogadujemy, że ma być tak i tak, potem, jak przyjdzie co do czego, zaczynają się waśnie. Są tacy, którzy na thingu ci mówią, że się przyłączą, pomogą, a potem cichcem się wycofują i sam wszystko robisz. Odwaga i krew to nie srebro, nie zważysz, nie przeliczysz dokładnie. Dlatego jeden wódz by się przydał we wspólnym interesie.

— Wszystko wraca do tego. Jeden dla Panów Północy i jeden dla całej Norwegii.

— No tak. Nie rozetniesz Norwegii na dwa kraje, bo to na nic. Trzeba to połączyć. Tak przecież od początku myśleli wszyscy królowie. Ale w głębi serca nie wiem, czy chcę króla nad sobą. Silny król potrzebuje sojuszników, by zdobyć władzę. A jak w niej okrzepnie, zaczyna osłabiać swoich jarlów, bo ci, którzy niedawno go do władzy wynieśli, stają się potencjalnym zagrożeniem. Król duński tak robi — jednoczy swój kraj, trochę korzysta ze strachu ludzi, bo teraz im ciągle Sasi grożą, od wschodu Wieleci i pomniejsze plemiona Słowian, głodne, więc i bitne... Świat się robi ciasny, Sigrun, bez twardych sojuszy coraz trudniej żyć. No i widzisz, kochana, nie możemy się zamknąć w murach Namsen, bo życie nam ucieknie, nawet jeśli tu właśnie płynie nam najpiękniej.

To samo powtórzył mi kolejnej wiosny, gdy zaraz jak lody puściły, zbierali się w drogę. Znów nie pozwolił się odprowadzić, choć tym razem nie zaspał. Chyba byłam spokojniejsza, bardziej do samotności gotowa. Fridgerd, żona Orma, została brzemienna. Patrzyłam na jej okrąglejący brzuch, myśląc, że ona, choć Orm wypłynął, nie całkiem zostaje sama. Pewnie nim wrócą, urodzi. Przywita męża z dzieckiem na ręku. A u mnie ciągle bez zmian. Thora któregoś dnia mnie zagadnęła, widząc chyba, że wodzę wzrokiem za Fridgerd.

— Byłaś z mężem dopiero dwie zimy, jeszcze się nie martw, Sigrun.

— Fridgerd miała z Ormem tyle samo czasu i widzisz...

— Na to nie ma reguły... są kobiety, co po jednej nocy brzuch zaczynają nosić, są takie, które przez całe życie się nie doczekały...

— A ty, Thoro?

— Mój mąż zginął po dziesięciu latach, ale spędziliśmy razem niewiele czasu, bo wtedy zdarzało się, że jak wypływali, to zimowali na obcej ziemi. A potem, choć nie byłam jeszcze stara, nie chciałam iść za mąż. Nie chciałam ciągle czekać, martwić się, płakać. Zaczęłam domu doglądać u brata, Reginowego ojca, i tak już zostało. Tak mi było dobrze.

— Słyszałam, że są jakieś zioła, które mogą pomóc... wiesz coś o tym?

— Tak, nawet trochę próbowałam. Ale na nic zdały się zioła, jak mego męża ciągle w domu nie było.

— Co mi radzisz?

— Czekać.

Wkrótce miałyśmy ręce pełne roboty, więc czas zaczął płynąć wartko. Nieco później niż zwykle popędzono owce na pastwiska w górach, raz dlatego, że śnieg wciąż zalegał, a dwa, że stado wilków tam grasowało i trzeba było czekać, aż je wybiją. Od czasu do czasu znajdowałam chwilę, by wpaść do Fridgerd i zapytać o zdrowie. A słaba była, rosnące w niej dziecko odbierało jej siły. Przyprowadziłam tam Helę, by jakoś jej pomogła i chyba powoli się poprawiało. Tymczasem u progu lata zmarła stara Olfi. Bardzo się spłakałam, bo pamiętałam ją od małego. Pogrzebaliśmy ją szybko, zaczęły się już upały. Zaraz potem przyszły wieści od Halderd z Ynge, że Erling z drużyną jest już u nich i że tym razem wojska ma dwa razy tyle i nie wiadomo, czy czegoś złego nie planują. Dwa dni potem przybył kolejny goniec, przekazując, że sam król Harald ma stanąć w Nidaros i stamtąd pilnować pobierania podatków. Ponoć z ubiegłego roku nie był zadowolony i chce swą obecnością wzmocnić Erlinga. Bodvar szybko doszedł do wniosku, że to może zakończyć się krwawo.

— Erling, mając za plecami brata, będzie chciał się wykazać. Już nie pójdzie nam tak gładko jak zeszłego roku. Trzeba będzie im więcej zboża oddać, a chyba i srebrem się opłacić. Najważniejsze, by sami nam kraju nie plądrowali w poszukiwaniu bogactw, bo trafią do spichrzy. Obyśmy tylko zdążyli ze żniwami.

— Ale kmieci tym razem możemy włączyć.

— Tak, pomogą, już ze wszystkimi uzgodnione. Jeśli deszcz nie popsuje szyków, może się uwiniemy. Myślę, że trzeba wywieźć część srebra na wyspę. Gdyby doszło do plądrowania dworu, za duże ryzyko. Albo lepiej w lesie urządzić kryjówki, wszystkiego nie wyszperają, większa pewność, że się więcej ocali.

— To ruszaj z ludźmi, Bodvarze, czas nagli.

Wszystko to było niepokojące, ale i tak bardziej martwiłam się o zbiory, bo srebra mieliśmy dość. Regin przywiózł z tamtej wyprawy tyle, że było się czym Erlingowi i Haraldowi opłacić. Do tego przyszły deszcze i żniwa trzeba było przerwać. Bodvar rozmawiał tym razem z Erlingiem i zaproponował mu zapłatę zamiast zbiorów. Ten przystał na małą część zbiorów i srebro. To było ryzyko, bo musieliśmy mu oddać to wszystko, co już było w spichrzu. Gdyby dalej pogoda nie sprzyjała i nie zebralibyśmy reszty, mogło skończyć się głodem. Ale warunki stawiali twarde i nie mając wyboru, musieliśmy przystać. Szczęściem Erling szybko nas opuścił. Deszcze również. Dokończyliśmy żniwa spokojnie, ale mimo wszystko odwieźliśmy część na wyspę. Jak się okazało, słusznie, bo wprawdzie król Harald wrócił do Hordalandu, ale Erling ogłosił, że zostaje w Trondelagu na zimę. I ta wiadomość najbardziej nas niepokoiła. Bodvar osobiście ruszył do Ynge, by naradzić się z Ottarem, zarządcą Helgiego i Halderd. A jeszcze tego samego dnia późnym wieczorem przybiegła do mnie służąca żony Orma z wiadomością, że z jej panią źle. Zabrałam ze sobą Thorę, a dziewczynę wysłałam po Helę, zielarkę. Fridgerd leżała u siebie, cała w gorączce i wiła się z bólu. Ledwie nas poznała. Nie wiedziałam, co robić. Nigdy nie byłam przy rodzącej kobiecie. Hela przejęła dowództwo. Kazała wody przynieść zimnej i gorącej, i dużo czystych płócien. Okadziła izbę ziołami, mrucząc zaklęcia pod nosem. Dała Fridgerd jakiegoś naparu, po wypiciu którego ta usnęła.

— Gorączka musi ustąpić, inaczej dziecko się w niej zagotuje — wyszeptała do nas Hela — trzeba przy niej siedzieć, dobrze by było posłać po jakąś szeptuchę albo zamawiaczkę, bo coś mi sprawa nieczysto wygląda.

— Ale jak nieczysto?

— Jakby ktoś na nią urok rzucił…

— Helu, słyszałam o jednej takiej, co mieszka na bagnach…

— To za daleko, czasu nie ma. A zresztą tamta do zwykłego porodu nie przyjdzie. Jakby żona jarla rodziła, to może jeszcze, ale do Fridgerd nie zechce…

— Ale może ja po nią poślę…

— Sigrun, Urd z bagien nikt nic kazać nie może. Zechce, przyjdzie, nie zechce, nie ruszy się. A tutaj czas ucieka! W zagrodach najbliżej fiordu, tam, gdzie mieszkają szkutnicy, jest taka jedna staruszka, wołają na nią Wietrzyca, ona zna dobre zaklęcia. Po nią można by posłać.

— Dobrze, Helu, puszczę konnego, by ją szybko przywiózł.

Czuwałyśmy we trzy przy Fridgerd, która choć spała, to bardzo niespokojnie. Każda z nas myślała o czym innym, choć Thora pewnie o tym samym, co ja. Naraz przed domem zrobił się tumult, zadudniły kopyta. Pomyślałam, że przywieźli wreszcie tę Wietrzycę i wybiegłam na zewnątrz. Ale to nie był człowiek, którego posłałam.

— Ktoś ty?

— Jestem Hori, ze straży przybrzeżnej. Szukam Sigrun, żony jarla Regina!

— To ja. Mów.

— Bodvar kazał tobie o wszystkim meldować, póki nie wróci z Ynge.

— Mów!

— Do Foldfjordu zbliżają się obce łodzie. Dwie, nie więcej. Nie wiadomo, do kogo należą.

— Niedobrze. To mogą być ludzie Erlinga albo nawet Haralda.

— Wpuszczać?

— Tak. Wyślę gońca do Ynge, po Bodvara. Wpuśćcie, dowiedzcie się, kto zacz, i prowadźcie do grodu ze strażą, powiedzcie, że takie rozkazy. Nie mówić tylko, że dowódcy nie ma. A przodem wyślijcie do mnie gońca z wiadomością, kto przypłynął. Ale zostaw na brzegu ludzi, ile trzeba, żeby dalej fiordu pilnowali. Kto wie, czy to wszystkie łodzie. Jedź!

Wróciłam do izby po Thorę, była mi potrzebna. Biedna Fridgerd spała, oddychając ciężko. Musiałyśmy zostawić ją tylko z Helą. Same pobiegłyśmy do siebie, puszczając po drodze służbę, by pobudziła wszystkich w grodzie i zwołała mężczyzn na plac przed dworem. Jak szczupłe teraz mieliśmy siły! Przysposobiłam szybko posłańca do Bodvara i wypuściłam w drogę. Żal było nawet jednego mężczyzny się pozbywać, ale co robić! Dowództwo powierzyłyśmy starszemu mężczyźnie, który jeszcze przy ojcu Regina służył. Utykał mocno na jedną nogę, ale głowę miał bystrą i szybko wziął się do roboty. Kończył rozsadzać ludzi wzdłuż częstokołu, gdy na spienionym koniu wpadł posłaniec z fiordu.

— To jarl Regin przypłynął!

— Regin? Człowieku, jesteś pewien?

— Tak! Regin z drużyną. Zaraz tu będą, ale rozkaz jest, by nie robić szumu. Mają wjechać pod osłoną nocy, po cichu, bez hałasu, bez świateł. Rozgłaszać mamy, że to goście z Islandii, od twego kuzyna Asolfra. Tu jest znak od Regina.

I podał mi naramiennik srebrny w kształcie węża, tak dobrze mi znany. Mimo wszystko ciemne i niespokojne myśli krążyły mi po głowie. A jeśli to zasadzka? Kazałam zabrać konia posłańca do stajni, a jego samego przekazałam Thorze, by go napoiła. Ja zaś pobiegłam na strażnicę i nie kazałam na razie odwoływać straży. Tyle że ciszę całkiem zachować. Pogasiliśmy pochodnie. W ciemnościach zamajaczyła grupa jeźdźców, ale postaci nie można było rozeznać. Mam! Mam myśl! Szybko zbiegłam na dół i przywołałam psa. Nadbiegł, merdając ogonem, ukochane szare wilczysko Regina. Podeszłam z nim do bocznego wyjścia z grodu.

— Szukaj pana, szukaj Regina, piesku!

Oko człowieka zawodne, ale psi nos się nie pomyli. I wypuściłam zwierzę przez ledwie uchylone wrota. Nadsłuchiwałam. Wyraźny tętent koni… tak! I radosne szczekanie psa! To on, to naprawdę Regin! Kazałam otwierać bramy!

— Sigrun… — szeptał wprost do mojego ucha, a stamtąd do serca, a z serca w dół brzucha… — Sigrun, kochanie…

— Nie narobiliście hałasu?

— Nie, ale ludzi z murów nie odwołałam, nie uwierzyłam gońcowi, to wszystko tak nagle, i jeszcze teraz, kiedyśmy dostali wieści, że Erling został na zimę w Trondelagu, Bodvar wczoraj pojechał do Ynge, naradzić się z Ottarem, co dalej. Pchnęłam do niego gońca, by wracał natychmiast.

— Szybka jesteś! Dobrze, puścimy zaraz drugiego, który pojedzie wolniej, będzie często stawał i rozpowiadał, że to Islandczycy zjechali do Namsen z rodzinną wizytą.

— Co się dzieje, Reginie?

— Później ci opowiem, odwołam tylko ludzi ze strażnic i powiem im, co mają wiedzieć. To swoi, utrzymają tajemnicę.

— Ach, Reginie, Orm wrócił z tobą?

— Tak, tam stoi.

— Gdzie ja mam głowę, idę mu powiedzieć, że jego Fridgerd rodzi, niedobrze z nią było, niech biegnie do żony!

Zamieszanie, które spowodował nagły przyjazd Regina, powoli się uspokajało. Ludzie rozchodzili się do domów, gasły światła, sen kołysał Namsen. Usiedliśmy z Reginem w mojej alkowie, bo jego nie była odświeżona, Thora przyniosła nam wieczerzę. Z rozbawieniem patrzył po ścianach ogołoconych z ozdób, spoglądał na moje pootwierane kufry z sukniami, rozgrzebane kolorowe nici i igły, garstkę złotych liści klonu rzuconą przy łożu.

— Czuję się, jakbym wszedł nagle do izby, w której psociło stado kotów! To podniecające tak cię przyłapać na twoim życiu, tym, którego mogę się domyślać, ale jakiego tak naprawdę nie znam...

— Możesz częściej tak mnie przyłapywać, tylko ustalmy jakiś znak, bym już nie wątpiła w szczerość posłańców! Opowiadaj, co się stało, umieram z ciekawości!

— A ja z tęsknoty... chodź do mnie, szybko...

— Zawsze musi stawać na twoim?

— Zawsze. Ściągaj suknię...

— A jak nie?...

— To sam ją zdejmę, ale może się podrzeć, nie wiem, jak to się robi...

Uwielbiałam patrzeć na nagiego Regina. Nie ma chyba piękniejszego mężczyzny na świecie. Miał nowe naramienniki, nie widziałam ich wcześniej. Owijały jego mocne ramię niczym ornament głownię miecza. Oczy lśniły mu bursztynowo, zachłannie, aż niebezpiecznie. Położył mnie na brzuchu. Dosiadł pewnie. Brał wolno, aż oboje zaczęliśmy napawać się ruchem. Zrównaliśmy oddechy. Podciągnął mnie na kolana. Oparłam się ramionami o ścianę, by nie stracić równowagi, wbijałam paznokcie w belki, chłodząc policzek o drewno. Jego potężne dłonie osaczyły mnie. Jedną przytrzymywał się ściany tuż nad moją głową, a drugą chwycił moje piersi. Zmieściły się w niej obie. Wchodził we mnie uderzeniami coraz mocniejszymi, nasze ramiona przenosiły ten rytm na ścianę dworu i skrzypienie łoża. Gdy nagle wysunął się ze mnie, krzyknęłam! Nie teraz! Nie zostawiaj mnie tak! Roześmiał się, rozkładając mnie jedną ręką na wznak tylko po to, by po chwili znów podnieść i oprzeć o ścianę. Tak. Tak. Tak. A ona chwiała się pod naszymi ciałami i nic a nic się tym nie przejmowałam. Runie dwór, runie dom, a my będziemy wczepieni w siebie oddawać się miłości. Zatraciliśmy się oboje. Krzyknęłam. Krzyknął Regin. Osunęłam się po ścianie. I obudziłam rano. Chwilę trwało, nim pozbierałam myśli, tym bardziej że Regina przy mnie nie było. Wszedł z kubkiem wody w ręku.

— Jak spałaś, Kwiatuszku?

— Nie wiem… a ty?

— Mocno.

— Och, chyba nie zdążyliśmy porozmawiać, miałeś mi powiedzieć, co się stało…

— Pocałuj mnie, to ci powiem!

— Tak, tak, już pamiętam, w nocy było to samo!

— Nie podobało ci się?

— Podobało… bałam się, że ściany runą przez nas…

— Stoją jeszcze, to mocny dom, stara dobra dębina.

— Pewnie wszyscy słyszeli…

— No i co. Przecież wiedzą, że to prawdziwy ja, a nie krewni Asolfra!

— Ach, no mów wreszcie!

— Siedzieliśmy na wysepkach, założyliśmy tam bazę i kryjówkę na łupy, a szło nam naprawdę nieźle, kiedy przyszła wiadomość, że król Harald razem z Erlingiem stanął w Trondelagu. Tegośmy się nie spodziewali. Jarl Hakon posłał swoich ludzi na przeszpiegi i to oni donieśli, że Harald wraca do Hordalandu, a Erlinga zostawia tu na zimę. Zwołaliśmy naradę, pomysłów było kilka, poprosiliśmy godiego, by rzucił runy i wyrocznia podpowiedziała, co czynić.

— Co?
— Zabić Erlinga.
— Ty to masz zrobić?
— Tak.
— Dlaczego ty?
— Erling mnie nie zna. Twojego ojca, Helgiego i innych rozpoznałby od razu. Wybór był między Asolfrem a mną, ale bratanek twego ojca wciąż jeszcze nie porusza się po tych terenach pewnie. To bardzo dobry wojownik, ale nie zna tu jeszcze ludzi. Erlinga mamy podejść cicho, zabić szybko, nie zostawiać świadków. I nie posyłać jego ciała bratu i matce. Bez pokazów. Tylko wiadomość. Stąd ta pogłoska, że Islandczycy przypłynęli. Ptaszek może się spłoszyć, a i tak otacza się w Nidaros drużyną złożoną z samych bandytów.
— Kiedy?
— Im prędzej, tym lepiej.
— To niebezpieczne?
— Nie bardziej niż co innego.
— Wiesz, że tego roku musieliśmy dać im srebro?
— Nie martw się, odbierzemy.
— Wszystko płynęło pod strażą do Hordalandu.
— Nie mówię, że od razu.
— Więc planujecie wojnę?
— Tak. Ale nie w domu.
— Kiedy?
— Ciii… starczy, Sigrun. Już i tak wiesz za dużo. Zaraz będziesz się bała.
— Już się boję!
— No i tak to z kobietami!
— Z jakimi kobietami? Masz ich więcej?
— Nie, mówię ogólnie!
— Pocałuj mnie, to się uspokoję.
— Raz?
— Może być parę razy.

Dziwny był przez to wszystko ten pobyt Regina. Bez uczt, bez gości. Wyjeżdżał często, ale raczej na krótko. Za każdym razem drżałam, że to już. Spotykał się z różnymi ludźmi, ale najczęściej poza grodem. Czasami tylko Orm mu towarzyszył. A Fridgerd tamtej burzliwej nocy urodziła córkę. Dali jej na imię Dangerd. Była słodka, choć po przyjściu na świat słaba. Żal mi było Fridgerd, że Orm tak często jest teraz poza domem, choć w duchu myślałam, że i tak jest szczęściarą, jej mąż przyjechał w czas porodu. Nasze kobiety najczęściej rodzą same. Ale teraz, kiedy mężczyźni wyjadą, Fridgerd nie będzie już sama. Będzie miała tę małą córeczkę do kochania. A ja? Czy mój brzuch się wreszcie zapełni? Nie mogłam pozbyć się tych wszystkich myśli, ale Regin nie przejmował się tym wcale i przypominał mi ze śmiechem, jak spodziewałam się urodzić dziecko w noc po naszym ślubie. Jakże to było dawno! To tylko dwie zimy, a ja tak się zmieniłam. Zatęskniłam nagle za ojcem. Tyle go nie widziałam. Regin bywał z nim częściej ode mnie. Wypytywałam go o wszystko, gdy tylko miał chwilkę. Nie było to często. Pomyślałam, że może ojciec mógłby nas odwiedzić, gdy będą wracali z wyprawy; zrobi krótką przerwę w rejsie, poślemy po matkę. Albo żebyśmy teraz zimą pojechali do Vira.

— Apalvaldr nie wróci na zimę do domu. Wszyscy zostają przy jarlu Hakonie, na wyspach. Zapominasz, że tylko ja przypłynąłem.

— Tak. Przepraszam… to może następnej zimy?

— Jeśli tylko będzie można.

Częstotliwość krótkich wyjazdów Regina nasiliła się, jak tylko spadły śniegi. Z tego zrozumiałam, że jego plany zbliżają się do celu. Potwierdził to któregoś mroźnego poranka, gdy zbudziłam się pod jego palcami. Nie spał chyba od dłuższej chwili. Na nagie ciało zarzucił szare futro. Patrzył na mnie tak czule, jakby jego źrenice całowały.

— Jestem szczęściarzem, Sigrun. Brałem za żonę prześliczną dziewczynę, córkę dobrego rodu. A budzę się przy pięknej i mądrej kobiecie. O takiej jak ty pani i gospodyni w Namsen nawet nie marzyłem. Przed tobą kobiety wydawały mi się albo gospodyniami jak Thora, albo pięknymi ciałami jak niewolnice. Ty jesteś i jednym, i drugim. Ludzie w grodzie cię uwielbiają. Poszliby za tobą w ogień. Nawet małomówny Bodvar mówi o tobie, jakby śpiewał wiersze. Już ci mówiłem, że o twojej odwadze wobec Erlinga krążą legendy...

— To nie była odwaga, Reginie. Potwornie się bałam. Nie wiem, co we mnie wstąpiło. Dziś nawet myślę, że to była raczej głupota. Naraziłam nie tylko siebie.

— Ale wygrałaś. Tak samo jest w bitwie. Łut szczęścia. A i tak Walkirie* zabierają najlepszych. No, może nie zawsze.

— Ty jesteś najlepszy i najpiękniejszy. Wspaniałe to futro. Jakbyś miał szary płaszcz...

— E, nie mów tak!

— Dlaczego?

— Króla Haralda przezywamy Szarym Płaszczem**.

— Nie wiedziałam.

— Wyszyjesz mi nową koszulę? Tamta, którąś mi dała, rozdarta cała. Ale chroniła mnie przed złym. Śmialiśmy się raz z twoim ojcem, że tylko my dwaj mamy na wiking takie piękne koszule.

— Pewnie, że wyszyję! Ile mam czasu?

— Do roztopów. Ale wyjeżdżam z drużyną już dzisiaj.

— Dzisiaj? Więc to już...

— Tak. Jak szczęście dopisze, wrócimy niebawem. A bogowie ponoć naszym planom przychylni.

---

* Walkirie — wybierające zabitych. Dziewice służące Odynowi. Przedstawiano je jako zbrojne kobiety pędzące po niebie na koniach, mogły też przybierać postać łabędzi. Ich zadaniem było znoszenie poległych z pola bitwy do pałaców Odyna oraz Freyi. Znały przyszłość, runy i tajemnice wszystkich światów. W czasie bitwy tkały na krosnach kobierce wyobrażające ową walkę. Nićmi były jelita poległych, ciężarkami tkackimi — głowy zabitych, bijadłami — miecze, a płochami — strzały. Na kamieniach runicznych przedstawiane jako kobiety z rogiem w ręku, witające poległych bohaterów w Walhalli.

** Harald, syn Gunhild i Eryka Krwawy Topór, przeszedł do historii z przydomkiem „Harald Szary Płaszcz" (lub Szara Opończa).

— Może złożymy z Bodvarem ofiarę?
— To by tylko przykuło uwagę ludzi, a tego mi nie trzeba.
— To pojedziemy w lasy, w stronę świętych gajów.
— Pokazywał ci Bodvar?
— Nie, tylko powiedział. Było ciemno, jak jechaliśmy.
— Nie bałaś się?
— Pewnie, że się bałam!
— To zróbcie to jutro. Wyjedziecie wcześnie, nim służba zacznie się krzątać, wrócicie bez rozgłosu.
— Jutro nie będzie za późno?
— Jutro będzie w sam raz.

Założę kolekcję jego pożegnalnych pocałunków. Każę sobie zrobić skrzyneczkę w kształcie chaty i tam będę je zbierać niczym ozdobne brosze. Ten, którym obdarzył mnie przed chwilą, będzie wśród nich klejnotem szczególnym. To już chyba stało się zwyczajem, że go nie odprowadzam nawet do drzwi alkowy. Za to wybiegam na powitanie. Kiedy będę mogła wybiec tym razem?

Następnego dnia wyruszyliśmy z Bodvarem. Śnieg zdawał się różowy, a mróz był siarczysty. Wzięliśmy lekkie sanie. Zdziwiłam się, widząc, że zaprzągł aż trójkę koni, w tym dwie szkapiny bardzo już stare. Ale zrozumiałam dlaczego, gdy spytałam, gdzie zwierzę na ofiarę, a on wskazał mi głową zaprzęg. Westchnęłam. Ale zebrałam się w sobie. Nic nie jest ważniejsze od życia Regina. Na niewielką, zasypaną śniegiem jak cały las polankę dotarliśmy około południa. Słońce stało nisko na najczystszym ze znanych mi niebie. Bodvar wziął z sań skrzynię, z niej wyjął piękny, srebrny kubek i długi nóż. I wielką płachtę płótna. Nazbierał chrustu na ognisko, grube suche polana miał w skrzyni. Rozpalił ogień. Przy nim rozłożył płótno, ustawił kubek, nóż i wiązkę ziół. Poszedł wyprzęgać. Po chwili przyprowadził dwa konie. Trzeci rżał niespokojnie. Kazał mi przytrzymać za uzdę czarnego, a sam wrzucił do ognia zioła. Strzeliły płomienie, a za nimi natychmiast poszedł gęsty, zielonkawy dym. Przysłonił całą polanę. Bodvar powiedział coś szybko i nic nie widząc, usłyszałam kwik zarzynanego konia. Ten, którego trzymałam, z ostrym rżeniem szarpnął uzdę. Ledwie ustałam. Nie puściłam. Rozeszła się słodkawa woń krwi. Gdy rozwiał się dym, zobaczyłam, że jest jej pełen kubek. Bodvar wziął ode mnie uzdę. Pierwszy koń leżał na śniegu, znacząc go czerwienią. Była wciąż ciepła, roztapiała śnieg.

— Jak ośmionogi Sleipnir* niósł Odyna do celu, tak ty zanieś Regina, syna Thorbjorna, by wypełnił, co postanowili, a czemu bogowie są przychylni. Jeden koń niesie, drugi koń wraca. Zadanie wypełnione, powrót szczęśliwy, sława na wieki!

I podciął mu gardło ruchem tak szybkim, że rumak jakby skamieniał w miejscu i nie wydając rżenia, głucho padł w śnieg. Krew obryzgała nas oboje i sycząc, parowała w ogniu. Czerwone kropelki skaczące po węglącej się głowni. Jak żywe paciorki. Nad polaną zapadła cisza. Nawet trzeci koń, ten, co pozostał w zaprzęgu, zamilkł. Bodvar ostrym cięciem rozpłatał końskie brzuchy, najpierw jeden, potem drugi i wyjął z nich wnętrzności. Ułożył ostrożnie obok trucheł na śniegu. Potem poszedł na bok, wymyć ręce w niewielkim źródełku, które niteczką wąską wiło się między drzewami.

— Jeszcze nie było takiej zimy, żeby zamarzło. To dla niego ten gaj wybrano na ofiary.

Przyniósł z sań skórzany bukłak z mocnym miodem. Podał mi.

— Co teraz, Bodvarze?

— Czekamy.

— Czekamy?

— Tak.

Przechyliłam bukłak kilka razy i usłyszałam krakanie.

— Odsuńmy się, Sigrun. Przyleciały.

Cofnęliśmy się w stronę źródła i patrzyliśmy, jak dwa kruki kołują nad polaną. Usiądą czy nie? Trzy razy obniżały lot i trzy razy wznosiły się bez dotknięcia ziemi. Za czwartym razem wylądowały,

---

* Sleipnir — mityczny ośmionogi wierzchowiec Odyna, był szybszy niż myśl.

każdy na jednym sztywnym końskim grzbiecie. Przeskoczyły na wyjęte wnętrzności. Spróbowały. Jest. Ofiara przyjęta! Regin jest pod opieką bogów! Uściskaliśmy się z Bodvarem i napiliśmy za pomyślność. Ognisko samo przygasło, czas był wracać. Zlał jeszcze zastygłą krew w gorący popiół i wymył kubek w źródełku. W drodze powrotnej parę razy słyszeliśmy wilki. Za każdym ich głosem zamarzało we mnie serce, a nasz koń stawał dęba. Bodvar jednak twardą i wprawną ręką prowadził go do Namsen. Wjechaliśmy w bramę w ciemnościach. Spojrzałam na przyjaciela mego męża z wdzięcznością. Ten mężczyzna, którego znam ledwie trzecią zimę, stał mi się tak bliskim! Był niezawodny. Milczał, kiedy trzeba, i mówił tylko to, co trzeba. Polegałam na nim jak na nikim innym. To dziwne, ale spędziłam z nim więcej czasu niż z Reginem i w pewnym sensie nauczył mnie więcej. Rozstaliśmy się bez słowa, uściskiem dłoni. Jak mężczyźni, jak przyjaciele.

Te dni do powrotu Regina były najtrudniejszym czekaniem, jakie do tamtej pory poznałam. Gdy wyjeżdżał latem, było tyle pracy w grodzie, we dworze, że było czym zająć i głowę, i ręce. W środku zimy zwykle byliśmy razem, a jeśli go nie było, to na bardzo krótko. Wiedząc, jakie niebezpieczeństwo nad nim, martwiłam się po wielekroć. Zabrałam się do wyszywania koszuli. Nie zważając na słabe światło, prowadziłam igłę po łąkach rękawów i zatokach wokół szyi, nie odpuściłam nawet długiego traktu biegnącego prosto ponad kolanami. Zajęło mi to pięć dni. Regina wciąż nie było. Powinnam gdzieś się ruszyć, rozprostować zgarbione od siedzenia plecy. Nie chcę z nikim się widzieć. Nie mam siły. Fridgerd też nie odwiedzę, szukałaby w moich oczach obietnicy powrotu Orma, a ja ciągle nic nie wiem. Miałam w skrzyni uszytą jeszcze jedną koszulę, jasnoniebieską jak niebo. Przypomniała mi dzień, gdy ojciec po raz pierwszy dopuścił mnie do swoich planów. Miał wtedy na sobie taką. Wiem, tę wyszyję dla ojca. Regin mu zawiezie i tam, na dalekich duńskich wysepkach, Apalvaldr dostanie ją jak posłanie ode mnie.

Że pamiętam o nim, myślę i jestem mu wdzięczna. Wzięłam się do tego. Nitką tworzyłam wężowe ciała, plotłam łodygi traw, zginałam delikatne konary drzew. Gdy kończyłam rękawy, Thora wprowadziła Bodvara do mojej izby. Zamknęli za sobą drzwi.

— Regin wraca, staną w grodzie po zmroku.

— Cały? Zdrów?

— Lekko ranny. Raczej nic groźnego. Gorzej jest z Ormem, wiozą go na saniach, Rosketill też ledwie uszedł z życiem. Stracili trzech innych.

— A...?

— Tak. Nie żyje. Nic więcej nie wiem. Dali znać, byśmy przygotowali, co należy. Fridgerd trzeba uprzedzić i Thordis, żonę Rosketilla, i kobiety tamtych. Naszykować opatrunki i dobre zielarki. Wszystko w sekrecie, żadnej wrzawy, żadnej uciechy, żadnych lamentów. Jakby to były rany z polowania.

— Dobrze, idę po Helę, a ty poślij po tę zamawiaczkę, cośmy ją do porodu Fridgerd wzywali, to kawał drogi.

— Ja izby ze służbą przygotuję dla chłopców z drużyny!

— Stajnie po cichu zróbcie i dobrej strawy niech nie braknie.

Fridgerd przyjęła moją wiadomość spokojnie. Tuliła małą Danegerd i szeptała jej, że ojciec wraca. Pomyślałam, spoglądając na nią, że odkąd urodziła córkę, stała się dzielniejsza. Hela przyszła do nas z koszem pełnym ziół i wzięła się do parzenia naparów. Fridgerd, nie puszczając dziecka, darła płótna na opatrunki. Składała je spokojnie i równo na stosik, zatapiając się całkiem w tej pracy. Każdy jasny płatek przygładzała dłonią wolno i łagodnie, jakby już pielęgnowała rannego, a dziewczynka zza jej ramienia patrzyła na to wielkimi, niebieskimi oczami. Łzy mi się zakręciły. Wyszłam spiesznie, by ich nie pokazać. We dworze i stajniach wszystko było gotowe. Bodvar zadbał nawet o dwa świeżo ubite jelenie i trzymał je zakryte jako dowód na powrót drużyny z polowania. Kiedy on to zrobił? Po raz nie wiem który spojrzałam na niego z wdzięcznością. Chyba nie ma sytuacji, w których ten człowiek straciłby zimną krew. Jego twarz nie wyrażała nigdy żadnych wzruszeń. Poszliśmy razem na strażnicę, wyglądać na drogę. Księżyc był tuż po nowiu, śnieg nie odbijał światła. Więc to nie oczy, lecz uszy powiedziały nam, że jadą. Psy nie szczekały, Bodvar zamknął je w stajni. Zbiegłam na dół, pod bramę. Regin wjechał pierwszy, potem jedne, drugie i trzecie sanie. I konni. Jechali ciężko, byli bardzo zmęczeni. Sanie nie dałyby rady podjechać pod dom Orma, tam bardzo wąska uliczka, wzięli go więc na nosze i ponieśli do żony. To samo z innymi. Bez słowa ujęłam go za rękę i weszliśmy do domu. Dopiero w świetle z paleniska zobaczyłam, że ma obwiniętą całą lewą dłoń i przedramię. Przytuliłam się mocno.

— Już, jestem, Sigrun... no już... nie płacz...

— Boli cię?

— Nie bardzo. Boli mnie Orm. Zasłonił mnie, gdy przyboczny Erlinga toporem strzaskał mi tarczę. Cios był tak mocny, że rozłupał ją na drzazgi. Stąd ta ręka. A Orm skoczył, by mnie ratować, i wytrącając tamtemu topór, dostał obuchem w bok głowy. Tylko na krótko odzyskuje przytomność, majaczy i bredzi w gorączce. Niedobrze to wygląda.

— Jest u nich Hela, wiesz, zielarka, co przyjechała ze mną z Vira, i jeszcze taka stara zamawiaczka z fiordów, przy porodzie Fridgerd spisała się świetnie.

— Poślij kogoś ze służby, niech przyprowadzą Helę, jak wyjdzie od Orma; muszę wiedzieć, co z nim.

— Już. A ty zjedz coś, Reginie.

Nim skończył posiłek, wróciła służka od Orma, ale bez Heli, która prosiła przekazać, że nie może się od łoża rannego ruszyć. Wróciła mu przytomność, zasnął spokojnie, ale trzeba przy nim czuwać. I że mamy na razie nie przychodzić. Najwcześniej rano. To był pierwszy powrót Regina, gdy nie kochaliśmy się w noc po przyjeździe. Mimo iż był zmęczony, nie chciał spać. Zmieniłam mu opatrunek na dłoni. Dosięgło jej lekko ostrze topora, ale kości były nienaruszone. Mordercze żelazo wytraciło impet na roztrzaskanej tarczy. Regin mógł poruszać palcami. A to najważniejsze. Kazał lać sobie miodu.

— Dobrze, że zachowałem przytomność, by szybko zdjąć pierścień. Przez pierwszy dzień puchło tak szybko, że straciłbym palec. Nie wiem tylko, czy go nie zgubiłem.

— A co z Rosketillem?

— Wyliże się na pewno. Dostał mieczem w udo, ale nie głęboko. Nie może chodzić, też go wzięliśmy na sanie, ale takie rany goją się same. Chwała Odynowi, że w ostatniej chwili zmieniłem plany i wzięliśmy ich w gospodzie, z otwartego uderzenia. Dlatego mieliśmy tarcze. Najpierw chcieliśmy poderżnąć im gardła w nocy, ale kilka razy się nie składało. I widzisz, dobrze, bo poszlibyśmy z mieczami tylko, bez tarcz, żeby nie robić hałasu. Wtedy byłoby po nas, bo te zbiry śpią z toporami. Zrobiliby z nas miazgę. Erling nie spodziewał się nas, ale też nie czuł się w Trondelagu pewnie. Co kilka dni zmienia miejsca noclegu, nawet za chałupę nie chodzi sam. A ci, co z nim byli, silni jak niedźwiedzie.

— Zabiliście wszystkich?

— Tak. Nikt się nie wydostał. Gospodę puściliśmy z dymem.

— I co dalej, Reginie?

— Jak Orm wydobrzeje, ruszymy do Hakona.

— A jak nie?

— Nawet tak nie myśl! Ma czas do roztopów. Musi dojść do siebie!

Nie po raz pierwszy zazdrościłam mężczyznom przyjaźni. Orm wracał do siebie powoli, Regin co dzień u niego siedział. Gdy mógł już mówić i zaczął normalnie jeść, Reginowi wrócił humor. Podarował Ormowi złoty naramiennik. Dopiero wtedy poczułam, że mój mąż wrócił. Póki martwił się o Orma, nie miał i dla mnie serca. Brał mnie bez miłości. Brutalnie i krótko.

Dni stawały się coraz dłuższe, wyjeżdżaliśmy czasami razem, by rozruszać kości. Chciałam być z nim jak najwięcej, nacieszyć się, zanim znów wsiądzie na łódź. Czoło często miał chmurne, ale nie odpowiadał, gdy podpytywałam, więc dałam spokój. Znów kochaliśmy się często, a wtedy słowa niepotrzebne. Zapachniało wiosną. Akurat wtedy, gdy przyzwyczaiłam się do jego obecności, ciepła, gdy pomyślałam, że tak mogłoby zostać. Orm całkiem wyzdrowiał, zaczęli szykować się do drogi. Co mnie zdziwiło, nie kryli się z tym wcale, jak to bywało ostatnio. Do grodu ściągali w małych grupkach wojowie, rozbili obóz nad rzeką. Znów, jak przed każdą wyprawą, zaczęli krążyć posłańcy.

— Sigrun, kochana... obejrzyj ten pierścień dobrze. Jakby było trzeba, przyślę kogoś z nim, wtedy zrobisz, co powie. Może być, że nie wrócę przed kolejną zimą.

— Dzisiaj jedziecie?

— Nie, czekam na znak od Hakona i na twojego ojca.

— Na Apalvaldra?! Ach, czemuś nie mówił?!

— Bo nie przyjedzie tu w gości.

— No tak, mogłam się domyślić.

— Da znać z fiordu, jak wszystko będzie dobrze, możesz tam się z nim zobaczyć przez chwilę.

— Więc wojna?

— Wojna — westchnął głęboko, jakby to słowo niosło woń miodu, nie krwi.

Przyzwyczaiłam się do tego, iż o wszystkim dowiaduję się w swoim czasie, nigdy wcześniej. To ma swoje dobre strony. Nie martwię się na zapas. Z ojcem się nie spotkałam, czas ich naglił i dołączali do niego na morzu. Jedyne co, że przed wyjściem Regin osobiście złożył ofiary za pomyślność wyprawy. „Czy to niebezpieczne? Nie bardziej niż co innego" — powtarzałam w myśli jego słowa sprzed zasadzki na Erlinga. Trzecia samotna wiosna w Namsen. Odmienna niż tamte. Nie spodziewaliśmy się w tym roku zbierania podatków, ale ze względu na wojnę nadal postanowiliśmy dzielić plony i zadbać o spichrze. Część ubiegłorocznego zboża spleśniała, to po tych zbiorach w deszczu i pośpiechu. W czas sianokosów dostaliśmy wiadomość z Ynge od Halderd, że jedzie do nas Einar wprost od jarla Hakona. Einar, syn Tjostara. Ten sam, który gościł u nas w Roveste, jak jeszcze byłam dzieckiem. Wtedy prosto od nas wypływał do Anglii, później straciliśmy z nim łączność. Jedzie od jarla? Po stracie ojca wychowywał się na dworze króla Hakona aż do jego śmierci. Widocznie tak mu wróżone: być zawsze przy władcy. Zapowiedź niespodziewanej wizyty rozproszyła pracowitą monotonię lata.

— Sigrun, córka Apalvaldra! Jakżeś wyrosła i wypiękniała! Kiedyśmy się widzieli, byłaś ślicznym dzieckiem, a teraz, proszę, jesteś panią w Namsen, żoną Regina, którego imię w tych dniach na ustach wszystkich! Pokój temu domowi!

— Ja też bym miała kłopot, by cię poznać, Einarze, chodź, czekamy z wieczerzą!

Einar zawsze był nieco inny niż reszta znanych mi mężczyzn. W porównaniu z Reginem zdawał się niewysoki, nie nosił długich włosów, miał bardzo delikatne dłonie. Już wtedy, dawno temu zapamiętałam, że jego palce były jasne i smukłe. Miał takie dziwne oczy, raczej ciemne i jakieś smutne, ale gdy mówił, wzrok mu potrafił płonąć. Nie był wojem, prócz długiego noża zupełnie nie nosił broni. Ale zdaje się, że z wróżbitami tak czasem bywało. Chociaż u Apalvaldra bywał taki jeden, już bardzo stary, i ten, prócz tego że był szanowanym godim, był świetnym wojownikiem, uczył nawet chłopców władania oszczepem. Tak samo i dzisiaj Einar przybył bez broni. Dziwnie to wyglądało, nie jestem przyzwyczajona do nieuzbrojonych mężczyzn, poza chłopami, oczywiście. Ale w Einarze zawsze było coś tak wyniosłego, władczego, że nawet bez miecza wzbudzał szacunek.

— Jadę z Ynge, od Halderd. Jarl Hakon posłał mnie z wiadomościami. Przypłynąłem do Trondelagu i pójdę dalej na północ, do Namdalu. Ty, Sigrun, miałaś wieści, bo Regin był w domu, ale na innych ziemiach, jak ubiegłej wiosny wodzowie wypłynęli, tak ludzie nic nie wiedzieli. A dużo się dzieje, wielkie zmiany idą. Zresztą twój mąż wiele się tu przyczynił. To odważny człowiek, Hakon i inni darzą go zaufaniem, stąd i jemu powierzono zadanie usunięcia Erlinga. Haraldowi korona zacznie się na głowie palić. Wie, że w Trondelagu nikt mu nie sprzyja, na daninę nie może liczyć, teraz jeszcze stracił tu brata. Skarbce mu pustoszeją, grunt się usuwa spod nóg. Gunhild, jego matka, to zaborcza kobieta, wsącza jad w jego serce, podburza przeciwko Panom Północy. Jeśli Harald chce utrzymać honor, musi ruszyć na was. Wie, że wasze drużyny są na wyspach duńskich. Może liczyć na to, że nie zdążą przypłynąć na ratunek. Dlatego Regin i Apalvaldr ze swoimi ludźmi krążą na tutejszych wodach, zabezpieczają tyły, patrolują wybrzeże. A jarl Hakon z resztą waszych wodzów czekają na południu. Jak przyjdzie pora, przycisną Haralda od dołu.

— Pora? Kiedy będzie pora, Einarze? Jak Harald zacznie podpalać nam chaty?

— Uspokój się, Sigrun. Nie o to tu chodzi.

— A o co?

— O to, że na razie Harald jest królem, złym, niechcianym przez was, ale królem. Wciąż ma liczne wojska i sojuszników. Nie jest problemem zwyciężyć z nim w jednej bitwie. Dużo ważniejsze to wygrać z nim wojnę. Usunąć na zawsze jego i pozostałych synów Eryka i Gunhild, by nie rościli pretensji do norweskiego tronu.

— Uważasz, że nie mamy dość siły, by tego dokonać?

— Nie, tego nie powiedziałem, Sigrun! Zastanów się raczej, dlaczego Harald, mimo iż jest złym królem, wciąż trzyma się na tronie.

— Bo ma sojuszników?

— Tak. Pomyśl dlaczego.

— Płaci im.

— Niekoniecznie, jego skarbiec od dawna jest pusty.

— Widać więc ma przyjaciół, którzy mu pomagają za darmo.

— Dobrze. Dlaczego więc nikt za darmo nie pomaga jarlowi Hakonowi?

— Nie wiem. Nie umiem ci odpowiedzieć, Einarze.

— Jest istotna różnica między nimi dwoma.

— Jaka?

— Hakon jest poganinem.

— Kim?

— Poganinem.

— Co masz na myśli?

— Nie jest ochrzczony. Nie wierzy w Chrystusa, czci Odyna, Thora, Freyja i innych dawnych bogów.

— Einarze, o czym ty mówisz?! My tu wszyscy żyjemy według naszej wiary! Dlaczego Hakon miałby być wyznawcą Chrystusa? Zresztą czy Harald nim jest?

— Wszyscy synowie Gunhild są ochrzczeni.

— Ochrzczeni? Co to znaczy?

— Że są chrześcijanami.

— Ale, Einarze, to niemożliwe, Erling był tu, siedział jak ty, przy tym ogniu, w halli i wcale nie było widać, żeby był ochrzczony! To jest niemożliwe, wiedzielibyśmy o tym, to by się rozeszło!

— Sigrun, chrztu nie widać gołym okiem, to nie jest znamię na twarzy. Zresztą i Harald, i Erling nie byli dobrymi chrześcijanami, nie zadbali o budowę kościołów, nie sprowadzali misjonarzy, nie dotrzymywali postów, nie głosili wiary. Zburzyli parę świątyń Odyna, w innych zabronili sprawowania kultu i tyle, na tym się ich chrześcijaństwo skończyło. Poza tym to trudni ludzie, źli gospodarze, krwawe, Erykowe plemię. Ale noszą koronę, która im się prawem dziedziczenia po ojcu należy. Wiesz, że wychowywałem się przy dobrym królu Hakonie, młodszym bracie Eryka. To był prawdziwy władca z krwi i kości. Wodzowie go słuchali, a lud uwielbiał. A król Hakon był chrześcijaninem. Pierwszym w Norwegii. Ochrzczono go jeszcze w Anglii, sam król tam go do chrztu trzymał. Gdy przypłynął do Trondelagu, aby objąć władzę po wypędzonym Eryku, największe oparcie znalazł w jarlu Sigurdzie, ojcu naszego jarla Hakona. O, widzisz, stąd przecież Hakona imię, przez więzy przyjaźni między nimi. Ale król Hakon był prawdziwym chrześcijaninem, przywiózł do Norwegii misjonarzy, którzy głosili słowo boże, zaczął budować kościoły. Chciał, by cały kraj chrzest przyjął, ale Frostathing się nie zgodził. Wodzowie byli przeciwni. Król był za dobry, nie chciał wojny ze swoimi, więc ustąpił. Ale do końca swoich dni pozostał wierny Chrystusowi. I Norwegii. Gdyby nie zginął w walkach o władzę z Erykowymi synami, dzisiaj nie byłoby takich kłopotów.

— Tak, przypominam sobie, że król Hakon był chrześcijaninem, to słyszałam, ale wiesz, nigdy się jakoś o tym szczególnie nie mówiło. A już o tym, żeby Erykowi synowie też wyznawali Chrystusa, to zupełnie…

— Bo wy, tutaj, w Trondelagu żyjecie w zupełnie innym świecie! Chcecie, żeby wszystko było jak zawsze, po dawnemu. A tak się nie da, Sigrun! Świat się ciągle zmienia, jak łódź, co płynie po wodzie. Nie możecie zostać w tyle, jeśli chcecie w tym świecie żyć! A jeśli jeszcze chcecie coś znaczyć, to musicie nadążać za zmianami!

— Ale o czym ty mówisz, Einarze, ja ciebie nie rozumiem!

— O tym, Sigrun, że Anglicy są chrześcijanami, Duńczycy są chrześcijanami, Sewerowie* też chcą nimi zostać, nie mówiąc o potężnych Sasach, Galach. Nawet król Słowian, których do tej pory traktowaliście jak plemiona niewolników, ochrzcił się i od tej pory tak zyskał na sile, że nawet cesarz się z nim liczy!

— Kto to jest ten cesarz?

— No widzisz, nawet tego nie wiesz… To najpotężniejszy z władców saskich. Sigrun… nie płacz, nie chciałem cię urazić, jesteś dla mnie jak siostra, której los mi poskąpił… no już, proszę, uspokój się… Rozmawiam z tobą szczerze, bo jesteś mi może najbliższą krewną w Trondelagu, ty i twoja matka. Z innymi tak nie mówię, ale ty jesteś mądra, dobra i musisz to wiedzieć, całe życie przed tobą. No, już… dobrze? Nie chciałem cię zranić…

— Nie zraniłeś mnie, Einarze, wiem, że nie zrobiłbyś mi nic złego. Ale mnie wystraszyłeś…

— Czym?

— Tym Chrystusem, tym burzeniem świątyń, tym wszystkim…

— Sigrun, Chrystus nie jest bogiem, którego należy się bać, wręcz przeciwnie… Mówiłem ci przecież kiedyś, że on jest jak baranek ofiarny, sam siebie złożył na ołtarzu w ofierze za wszystkich ludzi…

— Za mnie nie.

---

* Sewerowie — Szwedzi.

— Za ciebie też, Sigrun…
— No dobrze. Więc jakie jest posłanie od jarla Hakona?
— Hakon chce ostatecznie usunąć Haralda z tronu i z kraju. Jeśli tego dokona, zostanie królem Norwegii. Jarlowie Trondelagu stoją przy nim murem tarcz, włóczni i mieczów. Ale potrzebuje pomocy, wsparcia także spoza kraju. Inaczej wojna domowa wyniszczy tę ziemię i nic nie przyniesie oprócz łez, krwi i zgliszczy. Chce wejść w sojusz z królem duńskim Haraldem, synem Gorma.
— Harald* przeciw Haraldowi…
— Tak.
— Ale zdaje się, że Gunhild, matka naszego Haralda, jest siostrą Haralda duńskiego?
— To prawda. Dlatego przed dziesięciu laty Dunowie wsparli synów Gunhild i Eryka w walce o władzę i posadzili na tronie.
— Więc dlaczego teraz staną przeciwko niemu? Taka ich uczciwość?
— Nieuczciwym i niewdzięcznym okazał się nasz Harald. Nie wywiązał się z płacenia daniny Dunom. Więc i synowi Gorma skończyła się cierpliwość wobec krnąbrnych siostrzeńców. Więzy rodzinne to jedno, interesy drugie. Jarl Hakon wiele nad tym wszystkim myślał. Radził się swoich jarlów, czy zaufać Dunom. Wspólnie doszli do wniosku, że nie ma innego wyjścia, żeby pozbyć się Erykowych synów.
— Zatem to już przesądzone?
— Tak. Lada moment łodzie ruszą w drogę.
— A jeśli się nie uda?
— To się nie może nie udać, Sigrun. To jest walka o wszystko.
— Dobrze. Więc jeśli się uda, kto będzie naszym królem? Duński Harald czy jarl Hakon?

---

* Zbieżność imion władców: Harald duński, syn Gorma, brat Gunhild, to król Harald Sinozęby, silny władca, jednoczący państwo duńskie. Harald, syn Gunhild i Eryka Krwawy Topór (tym samym siostrzeniec Haralda Sinozębego) to król norweski, zwany Harald Szary Płaszcz. To jego chcą odsunąć od władzy Panowie Północy pod dowództwem jarla Hakona.

— Królem będzie Hakon. W sojuszu z królem Dunów.

— Nasi jarlowie się na to zgodzili?

— Tak.

— Czy to dobre rozwiązanie, Einarze? Powiedz tak z serca, proszę...

— Na ten czas nie ma lepszego.

— Rozumiem.

— Dlatego Hakon wysłał mnie do Trondelagu. Wojna rozegra się na południu, najprawdopodobniej nawet na duńskich wodach. Gdyby synowie Gunhild mocno się trzymali, przeniesie się do Hordalandu, ale nie dalej. Wodzowie chcą przygotować swoje ziemie na to, że jak wszystko dobrze pójdzie, wkroczą tu z Haraldem duńskim przy boku jako sojusznikiem. Ludzie muszą o tym wiedzieć, żeby nie było niespodzianek. O zdanie nikogo pytać się nie musi, bo i tak wszyscy jarlowie są przy nim, oni decyzję już podjęli. Ale chce wszystkich uprzedzić.

— Tak, rozumiem. To dobrze, że przyjechałeś. Musisz to ludziom ogłosić. My tu i tak żyliśmy w oczekiwaniu, że coś się wydarzy, ale nie wiedzieliśmy, że tak to pójdzie. Przynajmniej ja nie wiedziałam.

— Nie ty jedna, Sigrun. Do ostatniej chwili nikt nie był pewien, czy do tego sojuszu dojdzie, czy coś planów nie pokrzyżuje. Inaczej przyjechałbym wcześniej.

— Jak długo możesz zostać?

— Niedługo. Muszę jechać do twojej matki, do Vira, dalej do Asolfra na północ i będę wracał do Ynge, więc wcześniej znów zajadę do ciebie, jeśli będziesz chciała.

— Nie pytaj o takie rzeczy! Jesteś tu miłym gościem. Ale nim ruszysz do Vira, odpocznij u nas kilka dni, widzę, jaki jesteś zmęczony.

— Dobrze. Obejrzę słynne Namsen Regina.

— Chodź, pokażę ci spanie.

— Mogę zostać tutaj.

— Nie trzeba, mamy miejsca dla gości.

Długo po tej rozmowie nie mogłam zasnąć. Myślami byłam przy Apalvaldrze i Reginie. Więc wciąż są gdzieś tutaj, niedaleko. Krążą po tych wodach. Jakby co, w dwa, trzy dni mogliby tu przybyć. Regin mógłby położyć się przy mnie, wsunąć udo pomiędzy moje nogi, przylgnąć do mych pośladków nagim, gładkim brzuchem... Sama siebie rozgrzałam myślami. Obraz Regina pochylającego się nade mną przemieszał mi się z wizjami Odyna i Chrysta kłócących się zajadle w świętym gaju, przy czym twarz ukochanego nabierała siły, a tamci dwaj bledli i pomniejszali się, odpływając gdzieś daleko, aż w końcu zostali wypchnięci z mojej wyobraźni i zostałam sam na sam z Reginem.

Einar został u nas jeszcze dwa dni. Pokazałam mu gród, pojechaliśmy we troje, razem z Bodvarem nad rzekę i do fiordów. Wiem, że także z nim rozmawiał o wojnie, ale ze mną już więcej nie wracał do tego tematu. Opowiadał mi o Anglii, o Danii, o Islandii i o innych krajach, w których bywał. Wiele przeróżnych pieśni o dalekich wyprawach wysłuchałam w życiu, ale zawsze były one znaczone wojną, krwią, walką, zwycięstwem lub przegraną. A Einar mówił inaczej. Opisywał ludzi, ich obyczaje, życie, troski i marzenia, to było piękne i przejmujące. Aż chciało się wejść na łódź i popłynąć do tych wszystkich krain, poznać tych ludzi, porozmawiać z nimi. Przy Einarze każda, najdrobniejsza rzecz nabierała znaczenia. Jedzenie nie było zaspokajaniem głodu, ale cieszeniem się darami boga, sen — wytchnieniem od trosk dnia, ból nogi — dotykaniem twardości ziemi. Tak, zawsze wiedziałam, że w nim jest coś, czego nie ma w innych. Gdy wybieraliśmy się na przejażdżkę nad rzekę i Bodvar zdziwił się, że Einar nie ma przy sobie żadnej broni, ten ze śmiechem odpowiedział, że bóg go obroni. I było to tak lekkie, radosne i oczywiste, że roześmialiśmy się wszyscy. Gdy przyszedł czas jego wyjazdu do Vira, odprowadziliśmy go kawał drogi na północ. Była pełnia lata, słoneczna i barwna. Jechaliśmy z Einarem z tyłu, za Bodvarem i jego ludźmi.

— Popatrz, Sigrun, jaki ład panuje w przyrodzie! Teraz wszystko kwitnie, potem będzie rodziło owoce, aby oddawszy je, zamrzeć zimą i znów odrodzić się wiosną. To, co było, odchodzi, by nadejść mogło nowe. Bez przemocy, bez walki, bez rozlewu krwi. Spokojnie, z radością, że na wszystko jest czas właściwy. Gdyby ludzie byli mądrzejsi, patrzyliby na przyrodę i z niej brali przykład.

— Kiedyś pewnie tak było...

— I znów może być.

— Kiedy?

— Gdy ludzie przejrzą na oczy, obmyją je wodą chrztu, dowiedzą się, że oto przyszedł bóg, który odkupił ich zbrodnie, i mogą pod jego rządami zacząć życie od nowa... od samego początku...

— Einarze! Ty mówisz jak... jak chrześcijanin!

— Bo nim jestem, Sigrun.

Wstrzymałam konia, a Einar ze spokojnym uśmiechem rozchylił koszulę na piersi i pokazał mi mały krzyż, który miał zawieszony na szyi. Oniemiałam. Po prostu nie wiedziałam, co mam powiedzieć. Wyręczył mnie Bodvar, który nie słysząc naszej rozmowy, wskazał Einarowi dalszą drogę i powiedział, że nam już czas zawracać, byśmy zdążyli przed zmierzchem. Pożegnaliśmy się. Pomachał mi na pożegnanie, a ja nie byłam w stanie oddać mu pozdrowienia. Ruszyliśmy z powrotem.

— Co ci, Sigrun, dobrze się czujesz? — spytał Bodvar.

— Nie wiem.

— Wyglądasz na przestraszoną. Einar?

— Tak...

— Coś ci powiedział?

— Tak...

— No to mów.

— Powiedział, że... że... jest chrześcijaninem...

Bodvar roześmiał się.

— I to cię tak wystraszyło?

— Tak...

— Uspokój się, Sigrun. To nie pierwszy wyznawca Chrystusa,

jakiego poznałaś, i pewnie nie ostatni. Ale ich nie ma się co bać, nie są groźni.

— A ty wiedziałeś?

— O Einarze? Tak, wiedziałem.

— I co?

— I nic. Jedni gonią za nowościami, inni wolą to, co sprawdzone. I tyle.

Ja jednak potrzebowałam czasu, by z tym wszystkim się oswoić. W nocy po raz pierwszy od mego przeniesienia do Namsen wyjęłam małą srebrną skrzynkę, a z niej zielone płótno, na którym jeszcze w Roveste wyszyłam moją zieloną łąkę i pasmo chroniących ją gór.

Gdy nie mogę pozbierać myśli, idę na wzgórze, patrzę na morze traw, siny horyzont skał — tak myślałam wtedy i tamto miejsce, tamten obraz musiałam przywołać teraz. Wygładzałam dłonią płachetek materiału, jakbym teraz to ja była wiatrem, który muska łodygi traw. Obrysowałam palcem szlaczek gór i gdy powtórzyłam to po raz nie wiem który, moje myśli ukołysały się, ukoiły i zasnęłam spokojnie.

Jakie to wszystko dziwne, myślałam. Oni tam walczą zaciekle, leje się krew, giną ludzie, a tutaj dojrzewają jabłka na drzewach, z pól zbierany jest jęczmień, z którego uwarzy się piwo. Einar przyjechał jeszcze raz, na kilka dni, ale spieszył się do Ynge. Rozmawialiśmy normalnie. Nie potrafiłam przestać go lubić, nawet jeśli był chrześcijaninem. Jednak dopiero teraz zauważyłam, że na przykład jednego dnia prawie nic nie jadł, tylko chleb i owsiankę. Jak spytałam, dlaczego, powiedział, że pości, czyli nie je mięsa, na pamiątkę śmierci Chrystusa. Rzeczywiście, Einar nie był tak dobrze zbudowany jak większość mężczyzn, był drobniejszy, szczuplejszy, to pewnie dlatego. Albo jak wsiadał na koń, to robił znak krzyża. Właściwie rację miał Bodvar, że bycie chrześcijaninem nie było szkodliwe. A poza tym rozmawiało nam się dobrze jak zwykle. Przekazał mi trochę wieści od matki i pognał do Ynge. Dni dreptały, kulały, szły, biegły. Noce wlokły się, czołgały, sunęły, płynęły. Od Regina żadnych wieści. Żadnych. Nie wiem, dlaczego, ale czułam, że to dobrze.

Wczesną jesienią spokój zburzył nam pies. Tak, pies. Ulubione zwierzę mego męża, szary, wielki, wilkowaty. Zdechł bez żadnej przyczyny. Upadł mi wprost pod nogi i wyzionął ducha. Przypomniałyśmy sobie z Thorą, że ostatnimi dniami unikał ludzi i niewiele jadł. Nie byłoby w tym nic nadzwyczajnego, gdyby nie to, że nim służba zdążyła go zakopać, zaczął straszliwie śmierdzieć. Odór rozchodzący się od niego był nie do zniesienia. Jeszcze wieczorem tego samego dnia zachorował chłopak, który zakopywał psa. Miał wysoką gorączkę, szeroko rozwarte, niewidzące oczy i majaczył. Rano już nie żył, a co gorsza, zachorowało jeszcze dwoje ludzi ze służby. Pobiegłam po Helę, a ta kazała trupa spalić za grodem i okadziła izby ziołami. Rozesłałam ludzi od domu do domu, by sprawdzili, czy jeszcze ktoś nie zaczyna chorować. Tych dwoje zmarło przed wieczorem. Hela powiedziała, że sama nie da rady, że to źle wygląda. Posłałyśmy po Wietrzycę z fiordów, ale człowiek wrócił z niczym, a raczej z wieścią, że stara zmarła jeszcze przed sianokosami. To były złe wiadomości. A kolejna jeszcze gorsza: Gunhild, żona Bodvara, też się źle poczuła.

— Helu, ty tu zostań, zajmij się nią, okadzaj izby, pilnuj. A ja wsiadam na koń i jadę do tej Urd na bagna, dajcie mi tylko dwoje ludzi, którzy poprowadzą. Jak Urd nam nie pomoże, to nie wiem, co będzie.

Bodvar dał mi troje najlepszych ludzi i chłopaczka, który znał drogę przez bagna. Sam mi osiodłał konia. Twarz, zwykle nieruchomą, miał ściągniętą smutkiem.

— Nie martw się, przywiozę starą albo lekarstwo dla naszej Gunhild.

I pognaliśmy. Bolały mnie pośladki i plecy od galopu, rzadko jeżdżę tak szybko, jeszcze rzadziej tak długo. Jak wyruszyliśmy rano, tak dotarliśmy tuż przed zmierzchem. Konie ostrożnie stąpały przez groblę usypaną dość wąsko przez rzekę. Po jej przejściu trzeba było zboczyć z traktu i jechać ledwie widoczną drożynką między drzewami. Potem musieliśmy zejść z koni, bo zaczynało się robić grząsko.

— Konie i ludzi tu trzeba zostawić, ja poprowadzę przez bagna, jest taka wąziuteńka ścieżyna, ale to już bardzo blisko. A druga droga jest od przeciwnej strony, tamta jest szersza i twardsza, można by nawet spróbować konno, ale musielibyśmy okrążyć bagna od strony ziem Helgiego z Ynge, a to cały jeden dzień by nam zajęło. Więc lepiej tędy.

Zdjęłam z konia sakwę, którą zdążyła mi podać Thora, były w niej podarunki dla Urd. Dwoje ludzi zostało przy koniach, jeden poszedł z nami. Chłopaczek prowadził.

Zmierzchało się na dobre, więc niewiele było widać; pomyślałam, że to może i dobrze, bo las wokół był całkiem inny niż te, które znałam, i bardziej bym się go bała, widząc, niż domyślając się, jak wygląda. Szliśmy jeden za drugim. Wzrok utkwiłam w jasnych nogawkach portek chłopca i za nimi szłam, bojąc się stąpnąć gdzieś na bok. Od czasu do czasu budziliśmy ptaki, bo zrywały się nagle z piskiem, którego echo odbijało mi się kołataniem serca. Na szczęście nie szliśmy długo. Dojrzałam w dali kilka migocących ogni.

— To już będzie tutaj. Tu grunt pewniejszy, jakby taka wyspa na bagnach, tu Urd ma chałupę.

Zaszczekały psy. Zobaczyłam coś jak bramę, ale bez drzwi, po obydwu jej stronach płonęły pochodnie. Naraz pojawił się pies i wyrwał do przodu, niemal łapiąc naszego chłopaczka za nogawkę.

— Stój, Algiz*! Zostaw, mówię! — stanowczy głos kobiecy rozległ się tuż przed nami. Z mroku wyłoniła się wysoka, ciemno ubrana kobieta. Pies zaskomlał i stanął przy niej.

— Kogo witamy?

— Jestem Sigrun, żona jarla Regina z Namsen.

— Jeśli przybywasz w nocy, to znak, że sprawa pilna. Ja jestem Gerra, pomagam Urd. Trzeba trochę poczekać, ona ma teraz gościa. Nie możemy jej przerywać, nawet gdyby się paliło. Chodź ze mną, proszę, ale mężczyźni niech poczekają przy bramie. Urd nie lubi tłoku.

---

* Algiz — nazwa jednej z run ochronnych, dosłownie: łoś.

Zaprowadziła mnie do starej, niemal walącej się chaty. W środku było jednak czyściutko, płonący ogień sprawiał, że miałam wrażenie, iż jestem w normalnym domu, a nie pośrodku bagien, u słynnej wieszczki. Po chwili jednak zauważyłam, że izbę zaczyna wypełniać gryzący dym, rozejrzałam się niespokojnie. Gerra krzątała się przy kociołku, szykując mi gorących ziół do picia.

— Za ścianą jest druga izba, tam teraz Urd ma gościa. Jeśli pali zioła, czasami dym przełazi przez ściany, domisko już stare.

— Same tu mieszkacie? Nie straszno tak?

Gerra roześmiała się bezgłośnie.

— A czego my mamy się bać? Kto by nam chciał krzywdę zrobić?

— No tak...

— Tu tylko dwie drogi prowadzą. Jedna od was, z Namsen, a druga od strony Ynge. Przy jednej i drugiej nasze psy pilnują. Muszę je teraz nakarmić. Tam jeszcze chwilę zejdzie, zdążę wrócić, by cię do niej wprowadzić. Zostań chwilę sama, ale nie wychodź nigdzie, proszę. Urd nie lubi, by się ktokolwiek po domu kręcił. Nawet żonie Regina by nie wybaczyła.

A jednak gdy Gerra wyszła, zrobiło mi się trochę nieswojo. Spod ściany obserwował mnie pies, ten sam, który mało naszemu chłopakowi nie podarł portek. Leżał teraz, oparłszy głowę o łapy i nie spuszczał ze mnie zielonych ślepi. Poczułam zmęczenie. Lęk o Gunhild, ludzi w Namsen, nocna, szybka jazda. Oparłam głowę o ścianę i przymknęłam oczy. W powietrzu mieszały się przedziwne zapachy. Niektóre zioła rozpoznawałam, inne były dla mnie nowe. Zdawało mi się, że słyszę jakieś głosy, że ktoś szepce do mnie z bardzo daleka...

...co widzę, wypowiem, co myślę, wyśpiewam...
bogów przeznaczenie, zwycięzców upadek...
...co było i będzie, dawno nam pisane...

Tyle razy chciałam tu przyjechać, by dowiedzieć się, dlaczego jeszcze nie mam dziecka, i nigdy nie było czasu i odwagi, by stanąć oko w oko z tą kobietą. Trzeba było nagłej choroby, zimnego widma śmierci, bym nie wahała się ani chwili.

...thurisaz znaczy cierń, tu cierń odwrócony; laguz mówi woda...

...obudziła cię miłość niczym słońca promień uśpionego węża...

Zdaje mi się, czy naprawdę słyszę te słowa?

...bądź mu wiatrem w żaglu...

Regin mówi do mnie czasami, że jestem jego ciepłym wiatrem...

...wiele wiem, przyszłość widzę, krąg następny czytam...

Jeszcze chwila i zasnę, to ciepło mnie rozkłada...

...ten, którego w łonie nosisz... na jarla stworzony... po swym ojcu ma rozum... siłę

...narodzi się, gdy Księżyc... będzie w pełni widoczny...

...syn twój będzie jak... niedźwiedź... mu chwałę przyniesie

Śpię, śpię i śnię, to chciałabym wyśnić.

...żadna... kobieta go nie *zabierze...*

Co się ze mną dzieje?

...syna *przed wilczętami chroń... z nim idzie wielka chwała... oni... związki krwi skalają...*

...

— Sigrun, zasnęłaś? To ten dym cię odurzył. Ściany całkiem do niczego, mówiłam, trzeba je naprawić, bo tak to się żyć nie da... proszę, napij się wody, orzeźwisz się. Idziemy do Urd. Jest już wolna.

Chwilę jednak trwało, nim doszłam do siebie, i Gerra musiała dać mi jeszcze wody. Potem poprowadziła do izby obok i wyszła. Na wysokim krześle, przy ogniu siedziała kobieta, jakiej jeszcze w życiu nie widziałam. Drobna, niemal maleńka, chyba bardzo stara. W wysuszonej jak zimowe jabłko twarzy jaśniały oczy przejrzyste i młode jak dwa sople lodu. Włosy miała całkiem białe, ale bujne i długie, w pierwszej chwili myślałam, że ma na głowie jakieś piękne futro. Jej suknię spinały dwie olbrzymie, srebrne brosze, a przy kruchości tej postaci zdawały się ogromne. Zresztą cała była obwieszona klejnotami, które nawet w tym słabym świetle jaśniały niewiarygodnym jak na ubogość tej izby bogactwem.

— Więc w końcu trafiłaś do mnie, Sigrun, córko Apalvaldra, żono jarla Namsen! Akurat tej nocy! Więc jednak świat jest niczym jeden kłębek wełny. Zawsze to mówiłam. Co cię do mnie sprowadza?

— W grodzie umierają ludzie. Pierwszy padł pies mego męża, zaraz potem sługa, który go pogrzebał i dwóch następnych. Wsiadłam na koń, gdy zagorączkowała żona dowódcy grodu. To zacna kobieta. Hela, moja zielarka, nie radzi sobie z tą chorobą. Boję się o ludzi. Nie raz słyszałam o chorobach, na które wymierają całe wsie.

— Twoja Hela dużo się jeszcze musi nauczyć. Dobrze przynajmniej, że się nie mądrzy, bo takich nie lubię. Możesz ją do mnie przysłać zimą, Gerra ją z prawdziwymi ziołami pozna.

— Dziękuję, Urd. Ale powiedz, co teraz mamy robić?

— Nic. Ci, co musieli pomrzeć, już pomarli. Ciała spalcie za grodem. Nie wyprawiajcie pogrzebów. Złóżcie obfite ofiary. Gerra da ci potem worek suszonych grzybów. Gdyby kiedy znów coś takiego się zaczęło, trzeba po pół grzyba dać choremu, niech żuje. I gorączki miną.

— Skąd wiesz, że już po wszystkim?

— Isa — otworzyła dłoń, na której leżała pożółkła kostka z wyrytym runem — isa, znaczy lód, zaraza już zatrzymana.

Dopiero teraz zauważyłam, że na kolanach ma woreczek, z którego tę kość wyciągnęła.

— Dziękuję ci z całego serca, Urd. Zechciej przyjąć ode mnie skromne podarunki. Gdybym wiedziała, że tak lubisz ozdoby, przywiozłabym ci co innego, ale bardzo się spieszyłam.

Urd roześmiała się tak dźwięcznie, jak młoda dziewczyna.

— A co mam lubić, jeśli nie złoto, srebro i piękne kamienie? W tej pustelni życie jest lżejsze, kiedy się wystroję.

— Będę o tym pamiętała następnym razem…

— Słyszałaś coś, czekając, aż cię poproszę?

— Nie rozumiem?

— Pytam, czy słyszałaś, jak wieszczyłam temu, kto tu był przed tobą.

— Nie wiem… chyba tak, myślałam, że to mi się śni, że to od tego dymu…

— W takim razie to, co usłyszałaś, jest twoje.

— Jak to?

— Mówię wyraźnie. Tyle, ile usłyszałaś, należy do ciebie. To twoja przepowiednia. Wracaj do Namsen.

Gdy szliśmy ścieżynką między bagnami, musiałam trzymać chłopaka za koszulę, bo drogi całkiem nie było widać. Chciałam już wsiąść na koń, owiać twarz wiatrem, ochłonąć. Przez całą drogę do grodu usiłowałam sobie odtworzyć każde słowo z tych, które do mnie dotarły. Jak to wszystko jest możliwe? Przyjechałam po leki, dostałam przepowiednię. Czy można ufać takiej podsłuchanej, nie swojej wieszczbie? Ale Urd sama mówiła. To, co usłyszałam, jest dla mnie. Więc będę miała syna... Sławnego, odważnego... Cóż więcej chciałabym usłyszeć? Za takie wieści mogłabym jej zapłacić złotem! Jeśli się spełni, każę jej przywieźć! A może posłać jej podarunek od razu, właśnie po to, by wieszczba się ziściła? Poradzę się Thory. Albo lepiej Heli. Albo jednej i drugiej. Gdy dojechaliśmy do Namsen, dniało. Na podwórcu przed dworem kręcili się ludzie. Ale w zupełnej ciszy. Zatrwożyłam się nagle. Wyszła do mnie Thora. Była zapłakana.

— Przywiozłam od Urd lekarstwo i wiadomość, że nikogo więcej choroba nie zabierze. Że już się skończyła!

— Tak, ale żonę Bodvara zabrała. Nasza Gunhild skonała jeszcze przed zachodem słońca!

— Och, Thoro! Tylko nie to!

— Tak, Sigrun, to prawda!

— Gdzie Bodvar?

— W domu. Zamknął się u siebie sam z ciałem żony. Nikogo nie chciał widzieć. Idź do niego. Ciebie wpuści.

Nie pamiętam, co mówiłam Bodvarowi, odwodząc go od zwłok Gunhild. W izbie już źle pachniało, tak szybko jak i przy tamtych, co pierwsi zmarli. Posłuchał mnie i tego, co przyniosłam od Urd, i pozwolił wynieść jej ciało za gród. Sam podpalił stos. Kazałam dać wołu i dwa kozły na ofiarę i w południe następnego dnia Bodvar zrobił wszystko, jak trzeba. Od tamtej pory stał się jeszcze bardziej milczący i zamknięty w sobie. Któregoś dnia, kiedyśmy oboje stali nad fiordem, wypatrując choćby cienia łodzi w oddali, powiedział:

— Jestem ci wdzięczny, żeś wtedy, gdy Gunhild zachorowała, wsiadła na koń i popędziła po pomoc. Nigdy ci tego nie zapomnę, Sigrun.

— Nic nie mów, Bodvarze. Kochałam twoją żonę jak starszą siostrę.

Gdy zaczęły się nocne przymrozki, coraz tęskniej patrzyłam w dal. Zwykle o tej porze Regin był już w domu. Budziliśmy się zmarznięci przy przygasłym ogniu, ale w ciągu dnia słońce potrafiło pięknie przygrzać. Powietrze wypełniały wonie jagód suszonych na płótnach rozpiętych w halli, jabłek, których pełne kosze stały w sieni, i pieczonej sarniny, bo Regin zawsze z pierwszymi przymrozkami wyruszał na łowy. Teraz zapachy w domu dokładnie te same, ale pozbawione woni jego włosów i koszuli, dotyku dłoni na moim ramieniu stają się niczym mięso bez soli — to samo, ale nie smakuje. Śnieg spadł prędko, ale słaby, ledwie przykrył ziemię.

I w końcu przybył posłaniec z upragnioną wieścią: wielka armia dotarła do Trondheim! Opowiadał zdyszany, a my z Thorą na przemian nalewałyśmy mu miodu, choć za takie wieści mogłybyśmy lać mu srebro do kubka! Mówił o niezliczonych łodziach, których było tyle, że całe morze zrobiło się czarne. Wszyscy jarlowie północy wrócili żywi i w wielkiej chwale. Przypłynął sam Harald, król Dunów, ramię w ramię z naszym jarlem Hakonem, którego mianował swoim namiestnikiem w Norwegii. Harald, syn Gunhild, nie żyje, pokonany w wielkiej bitwie na wodach Viken. Och, Odyn pobłogosławił naszym, podał im włócznię, by spełnili swe szalone plany! Popłakałam się ze szczęścia. Pięć razy wypytywałam gońca, czy na pewno widział Regina, Orma, Apalvaldra. Potwierdzał. Mówił też, że Rosketill żywy i Asolfra Islandczyka widział na własne oczy, i Helgiego z Ynge, choć ponoć ten odniósł jakieś rany, z których się podźwignął. Teraz zwołują wielki thing we Frosta, by wszyscy uznali, że Hakon będzie królem, i jak skończą obrady, zjadą do swoich grodów. Tymczasem Regin kazał powtórzyć, że za dwa, trzy dni przyśle łodzie z częścią łupów, ale żeby wszystko poskładać w jednym miejscu, nim nie przybędzie i nie podzieli, a niewolników wziąć na razie do dworu i dobrze traktować, pójdą między jego ludzi. Mówił też, że ze dwie dziesiątki posłańców puszczono w kraj, by ci zwołali niezwłocznie mężczyzn na thing. Bodvar wraz ze swoimi zebrał się do drogi, zostawiając mi załogę z najwierniejszych sług złożoną, ale i paru wojów zostawił, wziąwszy ich pierścienie, by mogli na thingu policzyć ich głosy.

Zostało mi słodkie, niecierpliwe wyczekiwanie. Zaraz po wyjeździe naszych przypłynęły zapowiedziane łodzie. Och, czegóż tam nie było! Samych srebrnych monet dwie skrzynie! A co kielichów różnych, mis, tac, bransolet! Bursztynu wielkie grudki, przejrzyste kryształy! I w wysokich dzbanach, zatkanych woskiem, wino. Dość dużo broni; były tam miecze z zaschniętą czarną krwią na klingach. Pewnie nie mieli czasu tego czyścić. Niewolników była dziewięcioro. Pięciu mężczyzn, dwie kobiety i dwoje małych dzieci. Rośli, ładnie zbudowani, ciężko było się z nimi dogadać, ale wyglądali na ludzi znaczniejszych. Kobiety miały jasne dłonie, chyba nie zaznały ciężkiej pracy. Jak Regin przykazał, wzięłam ich do dworu. A dobra wszystkie zamknęłam pod kluczem. Przez chwilę pomyślałam, czy nie kazać służbie tych mieczów choć poczyścić, ale dałam spokój. Jak nie kazał ruszać, nie ruszamy.

Zajechał do domu na same święta. O takich powrotach marzy każda kobieta! Głośno, z dęciem w rogi, ze śpiewem! Witałam go w drzwiach dworu, ale jak zawsze na dobre poczułam, że wrócił, dopiero w alkowie. Mieliśmy dla siebie i wieczór, i noc, bo ucztę kazał zrobić dopiero następnego dnia. Zmężniał? Dojrzał? Od kącików jego oczu biegły promieniście zmarszczki, jedna krótka, pionowa ozdobiła czoło. Zawsze wracał szczuplejszy. Oglądanie go było jak poznawanie historii, obraz do opowieści o dniach, kiedy był poza domem. Przesunęłam dłonią po startej, stwardniałej skórze na kostkach palców. Dotknęłam ciemnej pręgi na piersi.

— To niewiele, Sigrun, jak na taką wojnę, naprawdę niewiele.

— Jesteś zadowolony? Tego chciałeś?

Westchnął głęboko.

— Jeśli się okaże, że wszyscy dotrzymają, czego się zobowiązali, będzie dobrze. Trzeba czasami odpuścić choć kawałek własnych ambicji, ustąpić, żeby zyskać. Ale nie mam lekkiego serca. Zawsze to jednak duński Harald jest nad nami. To jest, wiesz, jak niepełny oddech. Taki nie do końca. Ustaliliśmy, że Hakon nie będzie królem. On sam też tak wolał. Woli być szanowany jak król, ale bez tytułu i nakładania korony, która niejednemu stanęłaby ością w gardle. Zobaczymy. Może to się sprawdzi. Zresztą wciąż jeszcze żyje Ragnfred, przedostatni z synów Eryka. Uciekał przed nami jak mysz przed kotem, ale płynie w nim krew zatruta jadem Gunhild. Nie odpuści. Wyliże się z ran i jeszcze go zobaczymy. Inna rzecz mnie trapi. Chodzi o Helgiego. Kiedyś, jeszcze przed ojcem mojego dziada nie było tu dwóch krain. Ziemia, którą ma dzisiaj Helgi i ja, była pod jedną ręką. Była w naszym rodzie. To ojciec mojego dziada ją podzielił między swoich dwóch synów. Jeden z nich wziął za żonę kobietę z rodu Helle, ale zmarł bezdzietnie, ona powtórnie wydała się za Ranrika z Sognefjordu i miała z nim syna, który był ojcem Helgiego. Mój dziad sądził się z nią, ale thing uznał, że miała prawo wyjść powtórnie za mąż i przejąć ziemię męża. Wypłaciła nam za to odszkodowanie, którego mój dziad nie przyjął, tak jak i wyroku thingu. Ale wedle prawa nic mu już do tego. Mój ojciec był z tym pogodzony, choć często tęsknie patrzył na ziemie na południe od rzeki. Zwłaszcza zaś na podzielony na pół Foldfjord. Prawdą jest, że można by zupełnie inaczej tu gospodarzyć, gdyby nie ta granica. Z Helgim się szanujemy, nigdy dotąd ta sprawa nie stawała między nami. Jasne, że czasami przypominam sobie, że gdy mój ojciec mocno sobie popił, to wrzała w nim krew i miał ochotę jechać i odbijać Ynge. Tyle że jak trzeźwiał, to wiedział, że na nic by się to machanie mieczem zdało, bo podważając decyzję thingu, naraziłby się na wygnanie i nie tylko że nie odzyskałby ziem po pradziadach, ale i straciłby własną. Ale widzisz, po bitwie na wodach Viken, jakeśmy weszli na brzeg, jakiś zabłąkany, oszalały wściekłością łucznik z wojsk Haralda, który na wpół żywy zaczaił się między skałami, posłał w stronę jarla Hakona strzałę, która niechybnie przebiłaby mu pierś, gdyby Helgi go nie zasłonił. Helgi, choć niski i tęgi, ma w sobie zręczność kota i tak skoczył, że strzała przeznaczona dla jarla ugodziła go w bark, oszczędzając Hakona. Nie muszę ci tłumaczyć, jaką jego wdzięczność sobie zyskał Helgi. Hakon osobiście go pielęgnował i na ucztach, których od tamtej pory mieliśmy niemało, sadzał po swej prawicy. Wszystko słusznie, Helgi sobie na to zasłużył. Tyle tylko, że podczas jednej z nich zachlał się jak wieprz i zaczął mamrotać, że za ocalenie życia Hakon daruje mu całe Namsen. I tu mnie poniosło. Nie jestem głupcem, by majaki pijanego brać poważnie, ale nie jestem też dzieckiem, żeby z nich się beztrosko śmiać. Coś jest na rzeczy, jeśli Helgi tak gada. Prawa ku temu nie ma, ale... Mówiłem o tym z Hakonem. Stanowczo zaprzeczył, by kiedykolwiek słowem choćby Helgi z nim o tym wspominał. Poprosił, bym mu wybaczył pijane bajanie. Ja wierzę Hakonowi. Ale to oznacza, że nasz sąsiad sam w sobie taki pomysł nosi i dopiero odurzenie powodzeniem wojennym i miodem sprawiło, iż to wypłynęło. Może także i to, że nim Hakona swą piersią zasłonił, moje imię było na ustach całej armii przez wiele dni, od rana do wieczora, za brawurowe zasiekanie Erlinga. Zazdrość o sławę go wzięła. Ja nie chcę tu zwady, wierz mi. Urodziłem się na podzielonej ziemi i do takiego jej kształtu przywykłem. Muszę szanować prawo. Ale skoro Helgi już raz to powiedział, to jeszcze będzie gadał. On ma pięciu synów. Kiedyś to usłyszą. Z jednym Helgim poradzimy sobie. A co będzie, jeśli takie marzenia zaszczepi swym dzieciom? Toż ich już jest tam za dużo na tak małą ziemię! Co będą robili? Na Islandii już nie ma miejsca, patrz na Asolfra, wolał tu, na ziemię przodków wrócić, niż tam jałową skałę hodować. O tym myślę. To mi bardziej psuje radość zwycięstwa niż duński Harald nad nami.

— Ach widzisz, kochany, jeszcze ci nie powiedziałam! A to taka ważna nowina!

— Nowina?

— Słuchaj, jesienią mieliśmy w grodzie zarazę. Zdechł twój pies ukochany...

— Sigrun, jesteś dzieckiem! Ja mówię ci o takich sprawach, a ty o psie...

— Nie przerywaj, słuchaj! Moja Hela nie dawała sobie rady, jak zachorowała Gunhild, a wiesz przecież, że zagorączkowała, nim zmarła, bałam się o nią i pojechałam do słynnej Urd z bagien po pomoc. Gdy przybyłam, Urd komuś wieszczyła i niechcący posłyszałam niektóre zdania. Potem, gdy z nią mówiłam, ona wiedziała o tym i oświadczyła, że to, co usłyszałam, jest dla mnie przepowiednią, inaczej być nie może.

— A coś podsłyszała?

— Że urodzę syna, że po tobie będzie miał sławę i siłę, że jest stworzony na jarla i, czekaj, co tam jeszcze było... ach, że urodzi się podczas pełni. Słyszysz, Reginie?

— Ale której pełni?

— No tego nie mówiła. Ale na pewno nie najbliższej, bo za długo cię w domu nie było!

— Jestem dziś taki zmęczony, ale cóż, muszę się wziąć do pracy, by sławy Urd nie zaprzepaścić! Chodź tu szybko!

— Ach, jeszcze przypomniałam sobie, mówiła o niedźwiedziu! Że niedźwiedź mu chwałę przyniesie!

— Hmm, jeśli to konieczne, mogę cię brać na niedźwiedzim futrze...

— O nie, bez przesady, nie chcę mieć podrapanych pleców!

— Mogę cię więc polać miodem...

— To już lepsze...

— Albo po prostu wziąć bez tych wszystkich ceregieli!

I tak właśnie zrobił. Chyba nie mogłam dać mu lepszej wiadomości, by rozproszyć chmury, jakie zebrały się w jego sercu. Mężczyźni zawsze mówią, że wieszczby i czary są dla kobiet, ale jak przyjdzie co do czego, są bardziej zabobonni niż wiejskie staruchy. Pokażcie mi takiego, co nie zasięgnie rady wyroczni przed wyruszeniem na wojnę? Albo takiego, który nie osłania hełmu, tarczy lub głowni miecza runami. Niby w to nie wierzą. Całe święta Regin przykładał się do dzieła, a gdy minął Jul*, też nie przestawał. Byłam przez to wiecznie niewyspana, ale szczęśliwa jak nigdy. Sprawił mi wielką przyjemność także i tym, że podczas uczty po powrocie, gdy dzielił zdobycze między drużynników, podarował obydwie niewolnice Bodvarowi. Docenił przez to jego starania o gród podczas ich nieobecności. A myślę, że i nieco osłodził przyjacielowi chłody samotnych nocy po śmierci żony.

Pewnego wieczoru, gdy niebo było czarne i czyste, oświetlone lśniącą połową księżyca, założył mi naszyjnik tak piękny, jakiego dotąd nie widziałam. Okrągłe, przezroczyste kryształy ujęte w srebrem plecione ramy zwisały z niego, przetykane koszyczkami ze srebra. Nie mogłam się oprzeć dziecięcej pokusie popatrzenia na księżyc przez ich lodowe wnętrza. Potem kochaliśmy się, nie rozbierając się nawet. Okucie jego pasa raz po raz dotykało mego brzucha. Naszyjnik, wprawiony w ruch, pobrzękiwał cicho. Kochaliśmy się bez słowa, bez głośniejszego oddechu, jakby bojąc się zagłuszyć muzykę rodzącą się między tym, co mieliśmy na sobie. Jego bransolety o moje brosze. Pochwa noża o klucze. Naszyjnik o naszyjnik. Źrenicami wczepieni w źrenice. Błysk za błysk. Rozchylone nozdrza za skurcz warg. Jasność zębów za czerwień policzków. Jego jęk w mój krzyk. Padliśmy bez sił na łoże. Księżyc zalśnił przez dymnik. Poranek przyszedł zimny jak wody Slid** i aż mną wstrząsnęło na to porównanie, które wymruczał Regin przez sen. Ale szybko wyma-

---

* Jul — święto związane z zimowym przesileniem. Święto zwycięstwa światła nad ciemnością. Przez dwanaście lub trzynaście dni przed najkrótszym dniem w roku palono ogniska lub kłody w domach. Wspominano przodków i składano ofiary najprawdopodobniej na cześć Freyi, bogini miłości i płodności, bo to dzięki niej miało narodzić się nowe światło, czyli coraz dłuższy dzień. Po dniu przesilenia następowało kilkudniowe świętowanie z ucztami.

** Slid — w mitologii skandynawskiej podziemna rzeka umarłych.

zał je z mojej pamięci, rozgrzewając moje piersi dłonią. A dłoń miał niezawodną. Usta też.

Kilka dni później odwiedził nas Einar. Spędzaliśmy długie popołudnia i wieczory na rozmowach, ogrywał Orma w kości, ale Regin mu się nie dawał. Śmiech i wesołość gościły we dworze. Znów wrócił temat Chrystusa, Regin przekomarzał się z Einarem, a ten jak zawsze nie tracił okazji, by coś tam o tym swoim bogu powiedzieć. Ale, muszę przyznać, nigdy nie był nachalny. Chyba raz tylko doszło między nimi do twardszej wymiany zdań, ale mnie przy tym nie było, tyle co słyszałam przez ścianę. Chwilami dopadała mnie taka senność, że kładłam się na chwilę nawet w środku dnia. Niebawem wszystko się wyjaśniło. Przyszedł nów, a ja nie krwawiłam. Nastała pełnia i nadal byłam czysta. Nadzieja pączkowała we mnie, rozkwitając z dnia na dzień pewnością. Kolejny nów i rozwiały się moje wątpliwości. Byłam brzemienna. Regin nosił mnie na rękach, gdy mu powiedziałam. Chciał jeszcze tego samego dnia wyprawić wielką ucztę.

— Daj spokój, zostawmy to w tajemnicy, żeby nie kusić złego. Jeśli wszystko będzie dobrze, wiosną już będzie widać. I wtedy ogłosimy.

Zgodził się ze mną, ale i tak nie wytrzymał. Wieczorem powiedział Ormowi i pili za to zdrowie Freyja do rana, a potem przez trzy kolejne noce. A ja spałam i spałam.

Regin stwierdził, że zachowuję się jak niedźwiedzica, która chce przespać zimę, więc jego syn będzie niedźwiadkiem.

— Tak, tak, pamiętaj, że coś takiego Urd mówiła — mruczałam mu przez sen i było mi wszystko jedno. Naprawdę chciałam obudzić się wiosną i być pewną.

— Wyślijmy podarek dla Urd — zarządził, a ja z przestrachem przypomniałam sobie, że dawno to chciałam zrobić, ale wyleciało mi z głowy. Poprosiłam, by dał jej klejnoty, tyle byłam przytomna, iż pamiętałam, że stara wieszczka kocha się stroić. I zasnęłam dalej.

Po jakimś czasie Regin przyprowadził do mnie Helę. Niepokoił się tym, że budziłam się dwa razy dziennie, by coś zjeść, a poza tym nie otwierałam oczu. Hela wyściskała mnie radośnie, a gdy zostałyśmy same, rozwiązała woreczki z ziołami.

— Byłam u Urd, Sigrun. Starą wieszczkę widziałam ledwie kilka razy, Gerra się mną zajęła, ale ile się nauczyłam! Po pierwszym dniu czułam się głupia jak dzieciak. Jak Urd na mnie spojrzała, tak się wystraszyłam, że pomyliłam przetacznik z przywrotnikiem, coś okropnego. Ale potem mi przeszło i wzięłam się do roboty. Tylko te psy wciąż za mną łaziły, czułam się nieswojo. Tam się dowiedziałam, żeś brzemienna, bo przybył człowiek ze dworu z podarkami dla Urd i słyszałam, jak stara mówiła do Gerry, że teraz czeka na pępkowe. Szczególnie prosiłam, by mnie z ziołami na przypadłości ciężarnych i lekki poród poznajomiły. Ach, Sigrun, mówię, całe życie trzeba się uczyć i uczyć, ciągle coś nowego. One na przykład inaczej ziele suszą niż mnie matka uczyła, i przez to, widzisz, znacznie silniejsze jest potem działanie. Jak ja muszę sporą garść babki wrzucić, aby odwar zadziałał, tak u nich z połowy tego robiłam i skutkowało, jak trzeba. No, ale co ja ci będę tym głowę zawracała, tyle tylko jeszcze chciałam powiedzieć, że już się na wiosnę umówiłam, że będę mogła do nich pójść, a potem latem, jak przyjdzie czas na pierwsze ziół zbieranie, więc właśnie chciałam prosić, żebyś się mnie puścić zgodziła.

— Helu, oczywiście, że masz tam iść i się uczyć, to tylko nam wszystkim na korzyść wyjdzie. Ja ci jeszcze dam coś ze skarbca ładnego, żebyś się im dobrze mogła wywdzięczyć. A teraz powiedz mi, moja Helu, czy ja na pewno jestem ciężarna.

— Ile czasu nie krwawisz?

— Trzy nowie.

— No to by już było prawie pewne. Dobrze liczyłaś? Brzuch urósł? Podwiń koszulę.

— Nie, chyba jest taki sam…

— Mówił Regin, że ciągle śpisz i niewiele jesz.

— To prawda. Nie jestem głodna, a sen morzy mnie ciągle, na nic nie mam siły. Zimno mi i nie mam ochoty wstawać z łóżka.

— Ale brzuch masz inny. O zobacz, tu, dołem twardy. Hmm... jest jeden sposób... musiałabyś mi dać swojego moczu do miski...
— No co ty opowiadasz, po co ci to...
— Stary sposób. Wrzucę tam ziarenka jęczmienia i zobaczymy za trzy, cztery dni...
— Prawdę mówisz?
— Tak, tak się robi. A teraz zrobię ci odwar z korzeni mniszka i kapeczki babki, pij to trzy razy na dzień, ale po troszeczku, powinno apetyt przywrócić. A do tego, na zmianę napój przygotuję z jagód, róży i mięty, to jest bardzo smaczne i ładnie cię ożywi. Zaczniesz pić od dzisiaj, Thorę poprosimy, by cię przypilnowała, a za cztery dni najdalej dam ci znać, co nam próba z jęczmieniem powie.

Już któryś raz w życiu pomyślałam, że rzeczy najważniejsze dzieją się ot, tak po prostu. Bez dęcia w rogi, bez hałasu. Po prostu przychodzą jak gdyby nigdy nic. Tak przecież na to czekałam. Tyle razy wyobrażałam sobie, jak to będzie, jakie święto, jakie wydarzenie. A teraz właśnie to się dzieje, a ja śpię. Ziewam i zasypiam, i jest mi wszystko jedno. Gdy parę dni później Hela przyszła i z uradowaną miną powiedziała mi, że, wedle jej próby, to jestem brzemienna, ucieszyłam się, owszem, ale nie skakałam. Jakoś tak... normalnie. Aż Regin się dziwił. Ale odwary, jakie zadała mi do picia, chyba podziałały, a może samo to, iż dni zaczęły robić się coraz dłuższe i ptaszki tak ślicznie świergotały, zwiastując wiosnę, a może pocałunki i pieszczoty Regina, coś w każdym razie zadziałało i pewnego ranka obudziłam się jak kiedyś, rześka i wyspana. I chciało mi się jeść i śpiewać, i biegać, i rozmawiać z Reginem!
— Obudziła się moja niedźwiedzica! — zawołał, gdy przybiegłam do niego zaraz po świcie i wyciągnął po mnie ręce. — Chodź, niech sobie ciebie przypomnę!
Przypominaliśmy sobie siebie aż do samego południa, z każdej

strony, radośnie, pogodnie i z wielką ochotą. A potem gawędziliśmy, leżąc i splatając włosy.

— Trzeba nam będzie wyruszyć, Sigrun. Już Hakon zwołuje thing we Frosta, a potem zdecydujemy dokąd. Wiosna idzie, nie ma co grzać ławy.

— A ja całą zimę przespałam! Coś ty robił przez te wszystkie dni i wieczory?

— To, co zawsze, tyle że bez ciebie! Piękną łódź budujemy, siedzieliśmy dużo z Ormem we fiordach. Wiesz, jeden z tych niewolników, cośmy ich teraz przywieźli, to szkutnik. Kłopot mam z nim taki, że to bardzo dobry szkutnik i bardzo charakterny. Uparty i zbuntowany. Żal go zatłuc za krnąbrność, bo ma dar w rękach. Pod strażą robić nie chce, pracuje, ale bez serca. A spuścić go z oka nie można, bo ucieknie. A myśmy go wzięli, bo płynąłem łodzią, którą zbudował. Mistrzowska robota! Oni inaczej budują łodzie, u nich inne wody. Ale trzeba przyznać, że niektóre rzeczy by się i w naszych łódkach sprawdziły. Ale ten tu twierdzi, że drewno mamy nie to albo że nie uszczelni tak jak swojej, bo u nas mchu takiego nie ma. A ja wiem, że on celowo wymyśla. Nie pogodził się z niewolą, uparta sztuka. Raz już Orma musiałem wstrzymać, bo wściekł się i szedł na niego z nożem. No i widzisz, mamy skarb, a nie można z niego skorzystać.

— Daj go do pracy w polu, i to jak najcięższej. Jak będzie orał, wywoził gnój z obory, grzbiet łamał, zatęskni za swoją robotą, do jakiej stworzony. Sam będzie prosił, by go do rzemiosła wrócić.

— Może i masz rację. Ale z nim czy bez niego i tak za parę tygodni wpuścimy nową łódź na wodę. Pięknie nam się snycerz spisał i dziób zrobił taki, że go chyba ozłocę. Smok z rozwartym pyskiem tak straszny, że aż piękny. Poczujesz się lepiej, to pojedziesz zobaczyć.

Na pewno czułam się lepiej, bo życie wstąpiło we mnie. Lód pękał na rzekach, poranki znaczyły gęste mgły parującego śniegu. Ku radości Regina i Thory biegałam po grodzie i dworze, ciekawiąc się wszystkim, co przespałam. Oglądałam wełny i płótna równiutko utkane zimą, nowe tarcze, które Regin kazał zrobić w miejsce tych, co wróciły z Viken w strzępach. Jednak do fiordów pojechać nie mogłam, Hela zabroniła mi na koń wsiadać aż do rozwiązania. Więc Regin rysował mi kształt łodzi patykiem na ziemi i zaśmiewaliśmy się, bo zamiast smukłego kadłuba wychodziło coś na kształt koryta dla świń. Mój brzuch zaokrąglił się i choć ginął w fałdach sukni, każdego wieczoru Regin rozbierał mnie i sprawdzał, ile jego syn urósł.

— Będzie z niego żarłoczny niedźwiadek — mówił, ujmując w dłonie moje piersi, które znacznie szybciej powiększały się niż brzuch.

— A jeśli to dziewczynka?

— To będzie piękna jak ty i szybko zrobimy jej braciszka!

Wyprawił ucztę dla drużyny, na której ogłosił, iż Frey pobłogosławił. Pili za to do rana. A kolejnego wieczoru lali miód na cześć łodzi właśnie zwodowanej. Dwa dni później popłynęli nią do Frosta, na wielki thing zwołany przez Hakona. Jakże inaczej wychodzili z grodu. Głośno, radośnie, bez napięcia, które zawsze towarzyszy wyprawie. To pierwszy wolny thing od dawna! Tymczasem wzięłyśmy się z Thorą do pracy. Czas przygotować ten dom dla dziecka!

— Trzydzieści pięć lat w tych ścianach nie płakało dziecko! Od narodzin Regina… — Thora była wzruszona. Policzki jej różowiały, w oczach wciąż lśniły łzy.

— Trzeba odnowić niektóre belki, uszczelnić wszystko, odświeżyć, no a przede wszystkim naszyć małych ubranek! Te po Reginie już dawno zapleśniały, zostało jedno maleńkie futerko z wiewiórek, bo co roku je wietrzyłam i przekładałam ziołami. Takie było śliczne, marzyłam, że dożyję chwili, gdy jego syn je założy.

I wyciągnęła ze skrzyni ubranie ze srebrnych wiewiórczych skórek wraz z maleńką czapeczką. Było w świetnym stanie, rzeczywiście musiała pielęgnować je z pieczołowitością. Zapinki z przodu miało ze srebra, na kształt niedźwiedzich główek.

— No i widzisz, Thoro, coś w tym jest, że to będzie niedźwiadek! Ale to cudo założy dopiero, gdy zacznie chodzić, trzeba poszyć mniejsze ubranka, dużo koszulek i zawijaki, i… Właściwie nie wiem, co jeszcze trzeba… ja jednak się na tym nie znam. Nie miałam młodszego rodzeństwa…

— Każda kobieta się na tym zna, jak przychodzi potrzeba.

Sama usiadłam do krosien, by tkać koszulki, ale szybko się tym męczyłam, z radością wyręczyły mnie dziewczęta ze służby. Mieliśmy wtedy taką jedną tkaczkę, spod jej rąk wychodziły materie równe i cienkie, a delikatne tak, że chciało się je wziąć do policzka i tulić. Przynosiła mi co jakiś czas pokazać nową, zadowolona, że każda jedna wzbudza mój zachwyt. Wkrótce zaczął się zapełniać kufer, który dla nienarodzonego przeznaczyłam. Wyszywałam koszulki najdelikatniejszymi nićmi, by pieściły maleńką szyjkę, szyłam czapeczki, które miały ją ogrzać. Tak uszczęśliwiała mnie ta robota, że nie raz rozmarzona, z igłą w ręku nadsłuchiwałam, czy gdzieś w dali nie słyszę już kwilenia swego synka.

Wiosna przychodziła ciepła, wonna i kwietna, a ja, choć każdego dnia coraz cięższa, czułam w sobie lekkość, jasność i siłę. Gdzieś z głębi mego brzucha szedł wielki spokój. Wypełniał serce i ciało aż po koniuszki palców.

— Kwitniesz, Sigrun — słyszałam po wielokroć i czułam, że wszystko rozpromienia się wraz ze mną.

Ludzie i ich wzruszająca serdeczność, białoróżowe kwiaty jabłoni, konie rżące radośnie, gdy przechodziłam obok stajni. Nieustające święto życia. I zadziwienie, że to aż tak. I przekonanie, że ten, którego kołysze moje łono, jest kimś wyjątkowym, skoro świat, nim go ujrzał, składa pieśni ku jego czci. Wrócił Regin z Frosta. Przywiózł mi suknię o barwie rumieńców jabłek i płaszcz ciepły i miękki, w odcieniu miodu. I sznury paciorków szklanych, kolorowych, przetykanych srebrem. I belę zamorskiego, delikatnego płótna tak cienkiego, że dłoń przez nie było widać.

— Musimy kiedyś razem na jarmark pojechać. Zobaczysz, ile tam wszystkiego. Ten we Frosta zawsze był duży, ale już dawno nie było tam tylu rzemieślników i kupców. Jeśli utrzymamy spokój w kraju, to będzie ich przybywało jeszcze więcej. Właśnie takie jarmarki pamiętam z dzieciństwa. Ojciec zabierał mnie z sobą, jadąc na thing, i buszowałem jako dzieciak między kramami. A w Kaupang i Lindholm są jeszcze większe. Ale przyjdzie czas, jeśli się uspokoi, to i tu zaczną kupcy z południa przypływać. Tego lata zapowiada się spokój. Nie potwierdziły się wieści, że Ragnfred zebrał siły. Nie takie to łatwe, gdy stronnicy synów Gunhild jeszcze liżą rany. Więc to najlepsza chwila na handel. Łupy wojenne były, jest co wymieniać i za co kupować. Płyniemy więc do Viken, tym razem jako kupcy. Zabiorę nową łódź, będzie czas, by ją sprawdzić. We Frosta kupiłem wielki ładunek kłów i świetne liny ze skóry morsów. Kiedy my wojowaliśmy z Haraldem, oni tam, na północy spokojnie polowali, a nie mieli gdzie sprzedawać przy tej zawierusze. Więc wyjąłem na targu większość tego towaru prosto od ludzi z Halogalandu i może być tak, że będziemy jedyni w Viken z takim ładunkiem. Muszę wziąć ze sobą drużynę, bo to towar zbyt cenny; po klęsce Haralda w Hordaland bieda, więc rabusie pewnie siedzą na wysepkach i czatują na kupców. Ale to nie jest dla mnie powód, by zrezygnować z zysków. Wypływamy pojutrze, jak skończą ładować łodzie. Wrócę jesienią, chcę zdążyć na narodziny syna. Bo to jakoś tak powinnaś rodzić?

— Tak, jak dobrze pójdzie, dojrzeję jak jabłuszko na drzewie.

— Już jesteś jak jabłuszko, mógłbym cię schrupać. Razem z pesteczkami.

— Ostrożnie, z tej pesteczki rośnie nasz synek…

— Sigrun, mam jeszcze poza targiem jedną cichą misję do wypełnienia w Ranriki, jakby co się działo, przyślę posłańca z pierścieniem. Pamiętasz?

— Z tym samym?

— Tak.

— Pamiętam. Mam się martwić?

— Nie. Ale wolę cię uprzedzić. I umówiłem z Bodvarem, że jak tylko skończycie żniwa, da mi znać, jak wyszły. Gdyby trzeba było zboża dokupić, to będzie najlepsza okazja. Syn w drodze, chcę mieć pełne spichrze.

— Ale to będzie maleństwo! Przybędzie nam jedno dziecko, a nie cała armia!

— Tak ci się tylko wydaje, zobaczysz, więcej kobiet weźmie przykład z ciebie, moi wojowie się starają!

— Szalony z ciebie człowiek. Kocham cię, Reginie.

— Kocham cię, Sigrun. Uważaj na siebie, nosisz nasz skarb.

Nim wypłynął, zapieczętował pocałunkiem mój brzuch, by czekał z rozwiązaniem do jego powrotu.

Nie dane mi było nudzić się po wyjeździe Regina. Kilka dni później odwiedził nas Einar. Ale ledwie siedliśmy do uczty, przybył człowiek z Ynge z wiadomościami, które odebrały nam apetyt. Jednym tchem oznajmił, że jarl Helgi nie żyje, a Halderd właśnie powiła szóstego syna. Einar, tak zwykle opanowany, aż uderzył kielichem o stół.

— Co za nieszczęście! Kobieta sama z szóstką dzieci! — wykrzyknął.

— Z szóstką synów — poprawił go Bodvar.

— Byłem tam parę dni temu i nic nie zapowiadało nieszczęścia, Helgi zastałem w dobrym zdrowiu, to był chłop silny jak niedźwiedź!

— Wódz pojechał ze swoimi ludźmi na polowanie i postrzelili lochę. Wściekła się, bo miała młode i rzuciła się na nich. Helgi nie uciekał, tylko mierzył do niej z łuku, ale nie zdążył wystrzelić, rzuciła się na niego, poszarpała i zmarł z ran. Twarz miał tak pooraną, że ciężko go było poznać. Musieli mu głowę okręcić chustą, żeby Halderd nie widziała męża w takim stanie.

— Jak ona się czuje, jak dziecko?

— Halderd zaniemogła, ale jest w połogu, a poród był ciężki. Kobiety mówią, że wyjdzie z tego, to silna kobieta. Ale chłopak urodził się za wcześnie, ponoć nie był czas na niego. Dali mu na imię Ragnar. Halderd nikomu nie pozwala zbliżyć się do małego, ponoć boi się, czy synek przeżyje. I prosiła szukać ciebie, Einarze, żebyś przyjechał do Ynge, że może ty znasz sposób, jak dziecko przy życiu utrzymać, chociaż takie wczesne.

— Dobrze, szykuj konie, pożegnam się z Sigrun i jadę.

Gdy zostaliśmy sami, poszłam do swojej izby i z kufra wyjęłam jeden z maleńkich kaftaników przysposobionych już dla mego syna.

— Weź, Einarze, i daj ode mnie Halderd dla małego Ragnara. I powiedz, że myślę o niej i że jak by tylko potrzebowała jakiejś pomocy, niech przysyła ludzi. Co mogę, to dam. A co to za sposób, jeśli można wiedzieć, który ma dziecku pomóc? Pytam, bo sama jestem brzemienna.

— Opowiadałem kiedyś Halderd, że w Anglii byłem świadkiem, jak nowo narodzone, a słabowite dzieci pod wpływem chrztu świętego odzyskiwały siły. Pewnie o to chodzi.

— Halderd dałaby ochrzcić syna? Nie wierzę.

— Sigrun, a gdyby tobie dziecko na rękach konało, nie zrobiłabyś wszystkiego, by mu pomóc?

Pojechał. A ja zostałam z pytaniem, które zadał w drzwiach. Nie chciałabym nigdy mieć takiego wyboru przed sobą. Nigdy. Ale ona została sama, mąż nie żyje. Wszystko w jej rękach. Straszne. Poczułam kłucie z boku brzucha. Od dwóch dni zdawało mi się, że dziecko porusza się we mnie mocno, tak mocno, jakby już próbowało na świat się wydostać. Położyłam się, obejmując brzuch ramionami. Jeszcze nie, syneczku, jeszcze nie. Kołysz się we mnie, rośnij duży i silny, poczekamy na ciebie, poczekamy, poczekamy. Jeszcze twój czas nadejdzie. Dojrzeją jabłuszka, pozłocą drzewa i wtedy, wtedy otworzę się, a ty wyjdziesz na świat. Cicho, cichuteńko. A teraz śpij. Zasnęłam i ja. Śniły mi się tabuny zdziczałych koni galopujące przez pola. Wielki dzik goniący lochę i porywający jej młode. Watahy wilków szczerzące kły, złotooki sokół szybujący nad grodem, by spaść z nieba błyskawicznym lotem i usiąść przy barłogu śpiącego niedźwiedzia. Obudziłam się i przysposobiłam posłańca do drogi. Regin powinien wiedzieć, że Helgi nie żyje.

Czas płynął mi wolno. Zieleń zbóż wchodziła w barwę złotą, wszystko wokół stawało się pełne i brzemienne. Przyroda rodziła spokojnie, zawsze tym samym rytmem znanym jej od wieków. Czy to możliwe, że ja jedna tylko czekam porodu z niepokojem? Jakie to dziwne, że tylko ja jedna nie wiem, jak to będzie. Po raz pierwszy dokuczały mi jasne noce. Nie mogłam przez nie spać. A gdy pozasłaniałam w izbie wszystko, było mi zbyt duszno. Wysiadywałam więc nocą na ławie przed dworem, towarzyszyła mi Thora, przysypiająca lekko, i Bodvar, który nigdy nie zamykał oczu. To on kazał wystawić z halli wysokie krzesło, wymościł je miękkim kocem i siedząc w nim w jasnym chłodzie nocy, wypoczywałam. Gawędziliśmy sobie leniwie, a gdy Thora zasypiała, milczeliśmy pogodnie. Z wolna wstępowała we mnie pewność i siła, spokój i natchnienie. Wiedziałam, że wszystko będzie dobrze. Widziałam, jak jasno snuje się przyszłość. Nawet jeśli w ciągu dnia przyszła do mnie myśl ostra i bolesna, troska o zdrowie dziecka czy bezpieczeństwo Regina, wystarczył rzut oka na stojące przy drzwiach dworu krzesło, ot, choćby gdzieś, w biegu, przelocie, i spokój wracał do mnie, rzeźwił jak kubek wody. Z czasem, podczas dnia, gdy ja byłam zajęta, na krześle zaczęła się wylegiwać szara kotka. A gdy jej nie było, przylatywały ptaszki maleńkie i siadywały na oparciu cichutko. Był dzień, że obsiadły je jasne motyle. Jakże więc miałam się nie uśmiechać, patrząc na nie? Kim będzie ten, którego noszę w łonie? Czy dorówna swemu ojcu urodą, odwagą, rozumem? Czy spełni marzenia Apalvaldra o wnuku dziedzicu? Nie umiałam go sobie wyobrazić inaczej niż jako Regina. Odmładzałam w myśli ukochane rysy, wygładzałam skórę wokół oczu i ust, wypogadzałam czoło. A jeśli to będzie córka? „To będzie piękna jak ty i szybko zrobimy jej braciszka!" — zabrzmiały mi w głowie słowa Regina. Zresztą, czy to rzecz straszna urodzić się kobietą? Moje życie tego nie potwierdza. Ale ze wszech miar lepiej byłoby urodzić syna. Potrzeba nam go teraz. Halderd ma ich sześciu. Będę się musiała bardzo starać, by ją dogonić...

Regin przypłynął jesienią. Noce już zaczynały się robić dłuższe. Ranki znaczyły jasne smugi wczesnych przymrozków. Całował mnie długo na powitanie, a ja z zapachu jego brody odgadywałam, co robił, gdy go tu nie było.

— Och, Sigrun, jak dobrze być w domu! Cały czas myślałem, czy jak wrócę, usłyszę już kwilenie dziecka!

— Przecież mnie zapieczętowałeś, miałam czekać do twego powrotu. Nie pamiętasz?

— Pamiętam, pamiętam, ale dzieci nie zawsze bywają posłuszne!

— A gdzie Orm?

— Posłałem go do Ynge, ma dowiedzieć się, co planuje Halderd, jak tam sprawy po śmierci Helgiego.

— Nie lepiej by było, gdybyś sam pojechał?

— Orm jest jak moje drugie oko i ma tam przyjaciół. A ja spieszyłem do ciebie! Nigdzie się nie ruszę, nim urodzisz.

Taki był piękny w szarym płaszczu ramowanym futrem. Oczy błyszczały mu jasno. Dostrzegłam nowe bransolety na przegubach rąk. Złote.

— Dobrze poszedł targ?

— O tak! Sprzedaliśmy ładunek, nie wypakowując go z łodzi. Rozłożyliśmy się z obozem pod Kaupang i czekaliśmy na dobrego kupca. Jest tam taka enklawa, gdzie prowadzi się handel bez kramów i bez towarów. Jak trafi się ktoś poważny, prowadzi się go do łodzi i wtedy tylko ogląda, co jest. Czas mija nieco leniwie, czasem wiele dni nic się nie dzieje, tylko piwo, kości i gadanie. Ale za to takie miejsce to skarbnica informacji. Ragnfred jednak zbiera siły i ruszy na nas raczej prędzej niż później. Podsyca lęk, jaki mają na południu po wypędzeniu Haralda. Ale tam wciąż jest pamięć o Trygve i Goudrodzie, i o tym, że zginęli właśnie przez synów Gunhild, więc można by to wykorzystać. Zwłaszcza że syn Goudroda ma zarządzać tamtymi ziemiami, a Olaf, syn Trygve, też podobno przeżył. Z naszych ludzi przyjechał jeszcze Torfinn i Thorer. Pomijając interesy, trzeba, żeby na każdym wielkim targu było co najmniej trzech naszych z drużynami. Przez nas posłańcy Ragnfreda mieli działanie bardzo utrudnione. Starali się omijać nasze obozy dużym łukiem, ale myśmy wypuszczali swoich ludzi, by się kręcili to tu, to tam, a tamci klęli i czmychali jak wiewiórki. I sprzedaliśmy tę nową łódź. Coś mi z nią nie grało. Za twarda była i nie prowadziło się jej tak gładko jak starej. Będziemy budować następną. Dobra łódź jest tak samo ważna jak niezawodny miecz. Orm też jej nie polubił. Widzisz, póki się nie wypłynie na parę dni, nie sprawdzisz takich rzeczy. I jeszcze to, że w okolicy Sognefjord wciąż lęgnie się piractwo. To zawsze było jak gniazdo wszy. I jak się uporamy z Ragnfredem, musimy zabrać się za nich i wykurzyć. Nie będzie spokoju, póki drogi na południe nie wyczyścimy. Jest masa roboty! Czy życia starczy? Zostawię cię na chwilę i zobaczę, jak idzie rozładunek.

Gdy wrócił do mnie, spałam. Obudził, wtulając twarz w moje włosy. W ciemności lśniły mu oczy. Postawił przy łożu skrzynię, z której zaczął wyjmować prezenty. Naszyjniki z wielkimi bryłami bursztynu, srebrne bransolety, futro z białych lisów, trzewiczki z jasnej skóry, miękkie jak rękawiczki.

— Mógłbym stroić cię, czesać, myć, karmić, na rękach nosić, Sigrun… — mruczał mi wprost do ucha, zdejmując koszulę i wsuwając się obok mnie pod koc. Jego ręce delikatnie dotykały mych pleców — masz skórę miękką i gładką, jesteś jak złota łania, dumna i piękna, Sigrun… — czubkami palców okrążał szczyty moich piersi, poczułam jego brzuch, nagi i gorący wprost na swych pośladkach. Byłam tak senna, że nie mogłam otworzyć oczu, ale ciepło falą wzbierało we mnie i uda rozwierały się same. — Wpuścisz mnie, Sigrun?…

— Tak… — powiedziały za mnie usta i próbowałam odwrócić się, by sięgnąć jego warg pocałunkiem. Nie udawało się, jedną dłonią przytrzymał moją twarz, a drugą pośladki, pomiędzy które wszedł łagodnie, choć z mocą, co przejęło mnie dreszczem na granicy bólu.

— Ciiii… — kochaliśmy się długo, tak długo i tak wolno, jakbyśmy stąpali po kruchym lodzie. Roztopił go pot spływający z ciał i cichym jękiem zapadłam w sen. Obudziłam się, a on wciąż był przylgnięty do moich pleców, zdawało się, że nadal pulsujemy w tym leniwym rytmie. Miecz wyślizgnął się z pochwy. Odsunęłam się delikatnie od śpiącego Regina i poczułam bez wątpliwości, że coś we mnie nadal pulsuje. To brzuch. Nie mogłam się wyprostować. Chwilę trwało, nim oddzieliłam rytm tego, co teraz, od wspomnienia nocy. Momentami ból przychodził ostry, trwał i mijał. Potem cisza i znowu. Czyżby to już? Obudziłam Regina. Skoczył na równe nogi i pobiegł po Thorę. Posłali po Helę. Ale nim przyszła, bóle ustały zupełnie. Kazała mi wstać i obejrzała dobrze brzuch.

— Tak, Sigrun. To już pora. Dziecko nisko leży. Już gotowe.

— To znaczy, że za chwilę urodzę?

— No tak dokładnie, to nie wiem. Może jeszcze dzisiaj, a za dwa dni najdalej. Zostanę już z tobą. Mogę się przydać w każdej chwili.

Tyle czasu na to czekałam, tak wolno mi płynął. A teraz czuję, że to za wcześnie, że nagle, boję się, że nie jestem gotowa. Kobiety szybko uprzątnęły mą izbę, wsparta na ramieniu Regina wyszłam na chwilę przed dwór, popatrzeć na słonko. Jesień stała w pełnej krasie, barwna, soczysta, jędrna. W powietrzu czuć było daleki dym ognisk. W sieni woń jabłek. Jest dzień podobny do tego, w którym pierwszy raz na Wilczej Polanie zobaczyłam Regina. Wystraszyłam się, gdy krzyżował miecz z moim ojcem, ale od chwili gdy zdjął hełm i spojrzał na mnie, należałam do niego.

— Miałaś wtedy na sobie suknie zielone i żółte, płaszcz czerwony, wyglądałaś jak jabłuszko ułożone na poszyciu z liści. Gdy pojawiłaś się przy nas i dostrzegłem cię kątem oka, omal miecza nie upuściłem jak szczeniak. Nogi się pode mną ugięły. Nie umiałem z tobą rozmawiać, byłaś dla mnie jak zjawisko, jak zorza, jak wschodzące słońce. Gdyby Apalvaldr mi ciebie odmówił, mógłbym zabić go gołymi rękami. Ale oto jesteś moja już piątą taką jesień i przysięgam ci, Sigrun, że gdybyś mnie opuściła, podpaliłbym świat, a potem siebie. Boję się twojego porodu bardziej niż armii zakutej w żelazo naprzeciw siebie jednego. Gdybym mógł, zrobiłbym to za ciebie! Jeszcze wczoraj myślałem tyle o naszym synu, dzisiaj wiem, że gdyby coś się działo, wole go poświęcić, niż stracić ciebie.

— Kochany mój… Jakie to piękne, że mogę rodzić jesienią, gdy wszystko przypomina nam świat w dniu naszego spotkania… ale wejdźmy już, proszę, muszę się położyć.

W izbie było gorąco. Na rozgrzane kamienie Hela lała wodę i jakieś zioła, para rozgrzewała wszystko, wypełniając pomieszczenie aromatem. Od ciepła suknia od razu przylgnęła mi do ciała. Zadrżałam leciutko, widząc łoże, na którym kochaliśmy się jeszcze tej nocy z Reginem, teraz przykryte czystym, jasnym płótnem. Wyszedł na chwilę z izby, Hela i Thora pomogły mi się rozebrać, obmyły podgrzaną wodą, włożyłam czystą koszulę. Nie mogłam już jednak ustać, musiałam się położyć. Poddawałam się nadchodzącej fali skurczów. Czas mijał, nic się nie zmieniało. Przypływ i odpływ. Regin siedział przy mnie, łagodnie uśmiechnięty, osuszał mi twarz z potu. Jedynie zmarszczka dzieląca jego czoło pogłębiała się, kładąc cieniem na twarzy. W przerwach między skurczami płyciutko zasypiałam. Czas płynął. Niewiele się zmieniało. Ból był do zniesienia. Gdy szedł równym rytmem, dotrzymywałam mu kroku. Ale im dłużej to trwało, tym bardziej byłam zmęczona. Późną nocą Hela pozwoliła mi wstać, kazała spróbować się przejść. Zmieniłam koszulę. Tamta była mokra. Każdy krok był wysiłkiem. Regin pytał ją szeptem, czy to nie trwa za długo. Hela zaprzeczyła. Dała mi odwar gorzki i cierpki w smaku. Po nim musiałam się położyć, bo wirowało mi w głowie. Skurcze się wzmocniły.

— Reginie, jaka jest noc?

— Jasna i czysta, Sigrun…

— Pamiętasz przepowiednię? Urodzi się, gdy Księżyc będzie w pełni widoczny… to dzisiaj, prawda?

— Tak, Sigrun, to dzisiaj…

Jednak nim nadeszły prawdziwe skurcze, noc się rozjaśniła i nastał poranek. Ale wtedy ból nasilił się tak, iż choć nie chciałam, jęczałam cicho. Hela kazała mi rozchylić nogi, a Reginowi przygiąć moje kolana. Bolało niemiłosiernie, ale wszystko na nic. Jakąś ostro pachnącą maścią nacierała mi krocze i dół brzucha. Ta woń raniła mój nos.

— Każ przynieść swoje wysokie krzesło, Reginie! — krzyknęła Hela nagle i już po chwili usadziła mnie na samej krawędzi. Przyklękła między moimi nogami. Oddech bez mojej woli zamieniał się w charczenie i jęk.

— Stań z tyłu i trzymaj jej barki, by się nie pochylała. Sigrun, wołaj Disy* na pomoc i wytrzymaj jeszcze trochę, już widać główkę dziecka! Przyj!...

Ból odbierał mi oddech, ale wracał siły. Poczułam wyraźnie, że mam ich dosyć, by sprostać. Po nogach płynęła mi ciepła ciecz, ale widziałam tylko głowę Heli. Posłuszna spełniałam jej polecenia. Przyj. Wstrzymaj. Przyj. Wstrzymaj. Przypływ. Odpływ.

— Jest! Już je trzymam!

Regin wbił mi palce w kark i usłyszeliśmy pierwszy krzyk dziecka! Nie płacz, krzyk! Nierówny, ale czysty.

— To syn! Macie syna!

I już podawała mi sinoczerwone ciałko wymazane śluzem, krwią, wierzgające, zanoszące się krzykiem! Już je przyciskałam do piersi, wijącą się ciepłą rybkę, już patrzyłam w twarz swego synka szeroko rozwartymi oczami, nie dowierzając niemal, że go widzę.

— Przystaw go do piersi.

— Daj mu possać pierś — powtórzyła Hela, a widząc moje nieprzytomne spojrzenie, Regin rozdarł mi koszulę i sam przyłożył dziecko do nabrzmiałej brodawki. Dziecko uchwyciło ją i dopiero gdy objęło całą maleńkimi ustami, przestało krzyczeć.

— Sigrun, kochana, urodziłaś mi syna! Mamy syna!

— Chcesz go odciąć, Reginie?

— Nie, Helu, ty to zrób, ja nie dam rady...

---

* Disy — boginie, opiekunki życia, szczególnie porodów, ukazywały się w przełomowych chwilach życia człowieka. Mogły czynić człowiekowi dobro i zło, czasem zależało to od woli Odyna, ale w większości wypadków były posłuszne utkanemu już losowi. Składano im ofiary przy narodzinach, ale także w okresie zimowym, gdyż były odpowiedzialne za zasiewy.

Gdy ssał moją pierś, poczułam kolejną falę bólu, lecz Hela czuwała i kazała przeć znowu, nie odstawiając dziecka od piersi. Po chwili wyjęła ze mnie krwawy strzęp łożyska.

— No to urodziłaś wszystko. Już więcej nie będzie.

Owinęłyśmy chłopca cieniuteńkim płótnem i lekkim kocykiem, niemal nie odstawiając od piersi, każda próba wyjęcia mu jej z ust kończyła się krzykiem.

— Chłopakowi wróżone, że będzie wielkim jarlem. Czekał na wysokie krzesło, żeby się urodzić.

Zasnął. Wypuścił brodawkę. Hela wzięła go, by zawiązać mu pępowinę. Wciąż nie mogłam uwierzyć.

— Duży... Silny! Piękny... — pochylali się z Reginem nad dzieckiem.

— Możesz go wziąć i pokazać. Przed dworem prawie całe Namsen stoi i czeka. A ja w tym czasie pomogę Sigrun się trochę oporządzić. I wpuść już do nas Thorę, będzie mi potrzebna.

Dopiero teraz zauważyłam, że Thory nie było z nami, gdy rodziłam. Tak byłam zajęta swym brzuchem, że nie zauważyłam. Hela odpowiedziała na niezadane pytanie:

— Thora wyszła. Jako bezdzietna nie chciała przynieść ci nieszczęścia.

Fala wzruszenia uwięzła mi w gardle! Moja kochana, oddana Thora! Wyściskałam ją serdecznie.

— Och, Sigrun! Taka jestem szczęśliwa! Jaka byłaś dzielna, dzień i noc rodziłaś, a dałaś radę, nie zasłabłaś ani chwilę!... tam pod dworem tyle ludzi! Bodvar całą noc nie spał, chodził i czekał, i Orm, i inni... słyszysz? Teraz wołają: Sława twemu synowi!... Słyszysz? Dmą w rogi na jego cześć! Och, Sigrun... Zaraz pchnę gońca do Vira do twoich rodziców, Apalvaldr musi wiedzieć, że ma wnuka! — Thora śmiała się i płakała na przemian, całując mnie po rękach i uplamionej krwią koszuli.

— No chodź, dasz radę wstać? Przebierzemy cię. Podaj mokre płótna, umyjemy trochę naszą dzielną Sigrun, o tak... Bardzoś się spociła... O, teraz czysta koszula... czekaj, jeszcze zmienię prześcieradła. No, możesz się położyć. Pokaż czoło... Nie, gorączki nie ma, chłodne. Dobrze, wszystko dobrze, zaraz cię nakarmimy...

Czekałam, aż zostanę sama z dzieckiem i Reginem. Jeszcze nie byłam zmęczona, tylko ciężko się oddychało, w izbie było ciepło. Położył się przy mnie, dziecko spało między nami. Gładził mi dłoń i całował oczami. Długo nic nie mówiliśmy. Mnie wzruszenie wypełniało gardło. Jemu oczy lśniły. Przez moment zdawało mi się, że to łzy.

— Czułem się szczęściarzem, Sigrun, że mam ciebie. A teraz? Teraz nie wiem, co powiedzieć. Słów mi już zabrakło.

Na dźwięk jego głosu dziecko otworzyło oczy. Spojrzało na mnie i potem na Regina. Wzięło nas sobie za rodziców tym jednym spojrzeniem. I spało dalej.

— Jak go nazwiesz?

— Myślałem, że już go nazwaliśmy... Bjorn*. Sama Urd mówiła, że niedźwiedź mu sławę i honor przyniesie. Niech więc będzie Niedźwiedziem.

— Jaki ma kolor oczu?

— Ciemny. Nie wiem.

— Jutro zobaczymy. Zostaniesz z nami na noc?

— Zostanę.

Spałam tak mocno, że obudził mnie w nocy i pomógł małego przystawić do piersi. Wzruszała mnie jego troskliwa czułość. Za to Niedźwiadek nie obchodził się ze mną łagodnie. Ssał pierś tak łapczywie, że zaciskałam zęby z bólu. A on sapał z zadowolenia. Ta noc, ta cisza, oddech dziecka, słodki zapach mleka, oczy Regina zatopione we mnie. Mogłoby tak trwać. Niech nie mija. Dałabym wszystkie klejnoty, by to trwało wieczność.

Dopiero następnego ranka porządnie obejrzeliśmy Bjorna. Delikatnie zmywałam z maleńkiego ciałka resztki zaschniętej krwi. Nie płakał. Patrzył na nas. Oczy miał bardzo ciemne. Thora przypomniała, że Regin miał takie same po urodzeniu. Na główce jasny

---

* Bjorn — tradycyjne imię skandynawskie. Znaczy: niedźwiedź.

meszek. Bez protestu pozwolił się ubrać w haftowany czerwoną nicią kaftanik.

— Masz dość siły, by spełnić dziś ofiary?

— Tak, chyba tak — nie czułam się słaba.

Jednak gdy poszliśmy za gród, na kopce, szepnęłam Reginowi, że zbyt długo nie wytrzymam. Rozpalił ognie. Pokazał syna ojcom. Wezwał dusze Asbjorna dziada i Thorbjorna ojca, by się Bjornem opiekowały. Poderżnął gardło koniowi na chwałę Odyna, wypuścił sokoła na cześć Thora. Potem trzymał syna wysoko, a ja wrzuciłam w ogień strzępy swojego łożyska, błogosławiąc Freyi i dziękując stokrotnie za szczęśliwy poród. Na jej chwałę ofiarowałam białe gołębie. Regin podał syna Ormowi, ten Bodvarowi, potem uniósł go wysoko potężny Rosketill i kolejni zgromadzeni wokół ognia. Bjorn krzyczał wniebogłosy, drużynnicy wypili jego zdrowie, wyrokując po krzyku, że będzie dzielnym młodzieńcem. Uspokoił się dopiero, gdy przylgnął do mojej piersi. Ustaliliśmy później, że lać wodę na niego powinien Bodvar*. I tak też się stało.

Szybko przyszły przymrozki i dni stały się coraz krótsze. Znienacka dopadł mnie jakiś smutek. Regin wyjechał na krótkie polowanie, nie było go dwa dni, nie więcej, a ja, tuląc Bjorna do piersi, zanosiłam się płaczem. Nie było żadnego powodu, nic się nie stało. Patrząc na bezbronne niemowlę ufnie szukające ciepła mego ciała, zrozumiałam, jak bolesne jest bycie matką. Drżałam na widok każdego grymasu, który przemknął przez te malutką twarzyczkę, niepokoiłam się ciągle, czy nie jest głodny, czy chłód mu nie doskwiera. Czy będzie zdrów? Czy dobrze widzi? Słyszy? Do niedawna najważniejszym wydawało się go po prostu urodzić. A teraz do rozpaczy doprowadziła mnie myśl, że kiedy wyrośnie z niosącego tyle zagrożeń niemowlęctwa, a potem dzieciństwa, wejdzie w wiek mę-

---

* Lanie wody na głowę noworodka było zwyczajem przedchrześcijańskim. Potem zostało zastąpione przez chrzest.

ski. Weźmie miecz, włócznię, topór i ruszy przed siebie. A ja? Serce mi pęknie z lęku o niego. Do niedawna zabijał mnie niepokój o Regina. Teraz mam Bjorna i oszaleję, jeśli coś mu się stanie. Więc póki żyję, już tak będzie? Już zawsze będę nosiła w sobie cień lęku, patrząc na to, co tak bardzo kocham? Płakałam i płakałam, aż rozpłakał się Bjorn. To mnie natychmiast otrzeźwiło. Jestem matką. Nie mogłam się roztkliwiać nad sobą. Przy mnie było dziecko. I to dziecko rosło. Rosło wspaniale. Jak dobrze, że przyszedł na świat jesienią. Całą zimę Regin był w domu; przez niekończące się noce, gdy jedynie poświata znaczyła miejsce dnia, mieliśmy go dla siebie. Bjorn był niecierpliwym, lecz pogodnym dzieckiem. Rzadko płakał, ale też niczego mu nie brakowało. Sypiał między Reginem a mną, kiedy chciał jeść, sam znajdował drogę do mojej piersi. Był syty, zdrowy i miał ciepło. Gdy Regin zauważył, że mały lubi wyciągać rączki do złotego młota Thora, który miał na szyi, zamówił u złotnika taki sam, tyle że mniejszy, dla niego. Tak więc, nim nauczył się siadać, miał już swe pierwsze klejnoty. Przed Julem większość czasu spędzaliśmy w łożu. Bawiliśmy się jak dzieci z dzieckiem. Ale gdy dni zaczęły stawać się dłuższe, Regin zabrał się do pracy. Budowali nową łódź. Miała być większa, piękniejsza i lepsza od poprzedniej. Ale już nie chciał mi jej rysować patykiem. Zastanawiał się, kiedy będzie mógł zabrać Bjorna w pierwszy rejs.

— Nie musi umieć chodzić, żeby pływać! — mawiał, a ja drżałam, że naprawdę to zrobi.

— Sigrun, musisz się przyzwyczaić, że masz syna. Nie możesz się ciągle bać o niego!

Już gdzieś to słyszałam. Zapragnęłam bardzo spotkać się z ojcem. On pewnie też chce zobaczyć wnuka. Posłałam więc Tove, męża Heli, z zaproszeniem do rodziców. Jest zima, wezmą sanie i będą prędzej niż konno. I tak się stało. To było nasze pierwsze spotkanie, odkąd wyjechałam z Vira. Piąta zima. Ojciec postarzał się, ale wiek mu służył. Wyglądał dostojnie w sobolim kołpaku i jasnym futrze. Postawny jak zawsze, może lekko zgarbiony i z gęstszą siecią zmarszczek na twarzy. Matka zbladła, skurczyła się w sobie, jakby zmalała. Jej wąskie niegdyś usta stały się jedną prostą nic niemówiącą kreską. Może tych pięć osobnych lat, może to, iż sama dorosłam w tym czasie, sprawiło, iż tak wyraźnie, jak nigdy przedtem zobaczyłam, że matka jest tylko cieniem ojca. Że nie ma między nimi tej niewidzialnej nici, która łączy ludzi stworzonych dla siebie. Są osobni. To tylko takie smutne drgnienie, na początek, gdy ich zobaczyłam. Potem było już radośnie. Apalvaldr wziął wnuka na ręce i uniósł wysoko.

— Witaj, Bjornie, synu Sigrun i Regina!

A potem przycisnął do piersi i szepnął: tak długo na ciebie czekałem…

Płacz mego syna radował mu serce, nie mógł się nacieszyć. Kazał wnieść do halli skrzynie, które przywiózł z Vira. W nich dary dla Bjorna. Całował mnie w czoło, włosy, aż w końcu nie wytrzymał i jak kiedyś, jak dawniej podniósł mnie do góry, lekko, jakbym dzieckiem była, i krzyknął:

— To mój skarb największy, mój rodowy pierścień, Sigrun, dziewczyna ze złota!

Regin mu przyklasnął, inni zakrzyknęli. Matce łzy wzruszenia płynęły po twarzy. Gdy Apalvaldr mnie puścił, przytuliłam się do niej. Ścisnęła mnie za rękę swoją suchą dłonią.

Podczas uczty ojciec nie odrywał wzroku ode mnie i dziecka przy mej piersi. Pili dużo, uśmiechałam się do niego zza ławy, a on do mnie i tyle sobie opowiedzieliśmy, nie otwierając ust.

— Jesteś wielkim szczęściarzem, Reginie Thorbjornson!

— A tyś moim darczyńcą, Apalvaldrze!

Gdy poszłam położyć się z małym, rozmawiali już głównie o Hakonie i nadchodzącej wojnie z Ragnfredem.

Chociaż bałam się, że ta wybuchnie już wiosną, nic takiego się nie stało. Jak puściły lody, przybyli posłańcy z wieścią, że zwołują thing we Frosta. Regin z drużyną pojechał, lecz wrócił pogodny, nim minęły dwie kwadry.

— Nie zanosi się na wojnę przed jesienią, więc może zdążę przedtem zobaczyć, jak Bjorn stawia pierwsze kroki! Za parę dni wypłynę z ładunkiem do Viken, na targ do Kaupang jak zeszłego lata, albo do Sarpsborg, to tam, niedaleko. Nie damy rady skończyć nowej łodzi, nie chcę się spieszyć jak poprzednio, szkutnicy będą ją spokojnie robili dalej, wezmę starą i drugą na towar, damy sobie radę.

— Znów będziecie handlować morsami?

— Nie, tym razem dogadałem z kupcami z północy ładunek lin z foczej skóry, trzy kolejne lata mało ich było, bo polowali głównie na morsy. Focze są tańsze, ale równie wytrzymałe. Będę miał tego dużo, a nikt raczej nie będzie miał morsa. Do tego trochę północnych futer, piękne polarne wilki, dla nas najpierw odłożę, zobaczysz, jakie ciepłe. Można też było tanio kupić tłuszcz wielorybi, jest niezły do smarowania kapturów, na łodzi nie przemoknie. Ale nie chciałem brać, jeśli nie sprzedam wszystkiego od razu, zdąży się zepsuć, a już ciepło idzie. Zjełczały śmierdzi tak paskudnie, że na pełnym morzu ludzie od tego chcą skakać za burtę.

— A co będziesz kupował?

— Broń.

— Po co nam broń? Masz świetnych rzemieślników u siebie.

— Ustaliliśmy wspólnie, że wykupimy stopniowo większą część broni, jaka będzie na targu. Ragnfred musi się uzbroić, jeśli chce na nas ruszyć. Popsujemy mu trochę szyki. Płatnerze i kowale zwietrzą interes, jak im szybko zejdzie towar, zrobią więcej, ale i ceny podniosą. Synowi Gunhild więcej czasu zajmie zbrojenie i drożej za nie zapłaci, niż się spodziewał. A jego skarbce są ograniczone. Choć sądzimy, że jest w jakiś układach z wszawymi piratami z Sognefjord. Dlatego tym razem płyniemy wspólnie i razem wracamy, żeby rabusiom nie dać łatwego srebra. Na razie jest wielka zgoda wśród jarlów Trondelagu. Wszyscy z rządów Hakona zadowoleni, łatwo się dogadać. Aż miło popatrzeć, jak po tylu latach wraca jednomyślność, w końcu do ludzi dotarło, że możemy odzyskać dawną świetność. Przecież tu wszystkie stare rody zbudowały potęgę na śmiałym handlu z Północą. Jeszcze przed moim dziadem były dobre czasy, gdy pływało się, podbijało, Lapończycy płacili piękny haracz, na tym się budowało fortuny! Potem to jakoś tak spsiało, ciągłe rozróby w kraju, ach, nie ma co gadać. Płyniemy, robimy swoje. Jak trzeba będzie walczyć, powalczymy. Jak można handlować, handlujemy. Żal tylko ciebie i Bjorna zostawiać. Ale jak wrócę, postaramy się o towarzystwo dla dziecka!

A wrócił jesienią. I to nie na długo. Jeszcze latem przysłał człowieka z Kaupana z rozkazami, by Bodvar trzymał ludzi w gotowości, bo wojna z Ragnfredem nieunikniona i żebyśmy podwójne spichrze zaopatrzyli. Przywitałam go z Bjornem na ręku we drzwiach dworu. Zdjął sobolową pelerynę z ramion i otulił nią syna i mnie. Jeszcze nim dobrze usiadł, powiedział:

— Sarenko, nie zabawię dłużej niż trzy noce. Rozładujemy statek, przysposobimy broń i płyniemy do Hakona. Ragnfred już wsiada na łodzie w Anglii. Będzie bitwa.

W jego oczach nie znalazłam nawet cienia lęku, więcej; zobaczyłam, że jest w świetnym nastroju. Wyciągnął ręce po Bjorna. Przycisnął do piersi, a potem zaczął podrzucać niemal pod sam pułap izby. Zamknęłam oczy, czekając, aż mały się rozpłacze. Nie widział ojca od wiosny. Jednak Bjorn zaśmiał się dźwięcznie i domagał się jeszcze. Klaskał w rączki z uciechy, wykrzykując: „tata". Uczyłam go tego słowa cierpliwie, chcąc sprawić radość Reginowi, gdy wróci, lecz do tej pory dzieciak nie powtórzył go za mną nigdy. Aż do tej chwili. No tak. Dałam mu syna. Dałabym mu wszystko. A miałam tylko trzy noce. Starałam się nie stracić z nich ani chwili. W głowie kołatała mi myśl, że teraz jednak płynie na wojnę. Nie na targ, nie na polowanie, nie na wyprawę. Nazwał to przecież dokładnie.

Dawno temu Apalvaldr mnie uspokajał, mówiąc, że miłość najpiękniej smakuje po powrocie. Ja odkryłam, że najmocniejsza jest przed wyjazdem. Otwierałam wtedy siebie jak szkatułę, chcąc mu dać na drogę to, co mam najcenniejszego, zaopatrzyć sowicie. Chciałam, by czuł jeszcze na morzu dotyk warg na swej piersi, włosy, którymi omiatałam jego plecy, ciepło pośladków poddawanych jego podbrzuszu. Oplatałam go udami jak liną, zaciskałam palce na barkach, płynęłam dla niego, by mógł żeglować we mnie lekko i szybko. On lubił wpływać głęboko, zanurzał się we mnie, jakby chciał dobić do dna. Jak łatwo mu przychodziło zakląć mą czułość i zmienić ją w mroczną rozkosz. Z jaką swobodą doprowadzał mnie do krzyku i łez. Z jaką łatwością osuszał je i koił.

Trzy dni to mało, to dmuchnięcie, to nic. Właściwie spędził je na próbowaniu czekającej na niego łodzi — „nowej, piękniejszej, szybszej". Orm zajął się przygotowaniem broni, drużyny i zapasów. Nie brali ich zresztą wiele, same żelazne porcje. Bodvar kierował wyładunkiem towarów, jakie przywieźli z Kaupana. Właściwie nie wiem, jak Regin znalazł czas, by pobawić się z Bjornem. A zrobił to. Mały był w tych dniach na pierwszych nogach, stawiał chybotliwe i niepewne kroki, ale żaden upadek nie był w stanie powstrzymać jego żądzy chodzenia. Nawet ten gdy uderzył czołem o ławę i krew buchnęła z rozbitej brwi.

— To moja krew! — krzyknął ze śmiechem Regin i podniósłszy krzyczącego Bjorna z ziemi, spił ją i scałował.

Mały chwycił go za włosy i wrzeszcząc, wściekle darł je i wyrywał, a gdy ojciec postawił go na ziemi, chwiejnym krokiem podsunął się do rogu ławy, na którym widniały czerwone ślady, i uderzył go z całych sił drobną piąstką. I przestał krzyczeć. Odwrócił się do nas z najniewinniejszym i najsłodszym uśmiechem w bursztynowych oczach.

— Wiosną zabiorę cię na łódź, synku. Jesteś dla mnie stworzony.

Noc przed wyjazdem pokazał mi swój nowy miecz. Miał krytą złotem głownię. Lecz nim go wyjął, zabawił się ze mną w podarunki. Siedzieliśmy w ubraniach na łożu, ze skrzyni wyjął srebrne bransolety.

— Przymierz.

Włożyłam je na nadgarstki.

— Nie, Sigrun, to naramienniki, nosi się je wysoko. Zdejmij suknię.

Zrozumiałam grę. I zdjęłam jedną suknię, zostając w koszuli i sukience na szelkach. Wzięłam srebro i założyłam na cienkim rękawie koszuli. Drżały mu nozdrza jak rasowemu ogierowi. Nie spuszczając ze mnie wzroku, zanurzył rękę w skrzynce. Wyjął pasek nabijany srebrem.

— Podoba ci się? Przymierz…

Wolno zdjęłam sukienkę z szelkami. Pas luźno okalał mi biodra. Usiadłam na boku łoża. Lekko położył mnie na nim. Wyjmował ze skrzyni pierścienie, zakładał mi je na każdy palec po kolei. Potem obwijał łańcuszkami kostki moich nóg, na szyi wieszał naszyjniki. Na końcu wyjął dwie okrągłe brosze. I niewielki nóż z rzeźbioną rękojeścią. Patrzyłam spokojnie, jak delikatnie, kawałek po kawałku rozcinał na mnie koszulę. Jak powoli wyciągał spod biżuterii kawałki materiału. Strzępki rękawów. Na końcu przeciął wiązanie u szyi. Leżałam nieruchoma. Z uwagą poniósł mnie lekko, by wyjąć spode mnie to, co zostało z koszuli. Rzucił materię pod łoże. Poprawił na mnie klejnoty. I wrócił po brosze. Ułożył je na nagich piersiach. Na każdej po jednej. Były ciężkie i zimne. Przeszedł przeze mnie dreszcz. Co zrobi dalej? Nic. Dorzucił do ognia, usiadł i patrzył.

— Muszę zwieźć więcej srebra.

— Więc to był tylko pretekst?

— Nie. To była przymiarka. Chciałem sprawdzić, ile mi brakuje.

— Do czego?

— Do tego, by cię okryć srebrem. Całą.

— Srebrem? Mnie kryjesz srebrem, a głownię swego miecza kazałeś zdobić złotem!… — zaśmiałam się.

— Ale ona jest mała!

— Ach tak, mała… a miecz?

— Miecz jest na swoim miejscu!

— Pokaż!…

— Sama sprawdź!…

Odrzuciłam srebro i sprawdzałam do rana. Regin przeklął wymyśloną przez siebie zabawę, gdy jeden z łańcuszków wkręcił mu się we włosy, a brosza srebrną szpilą ukłuła go w bok.

— Muszę posprzątać zabawki, Sigrun — mruczał, wybierając z futra ozdoby i wrzucając je z powrotem do skrzynki.

— To były zabawki Regina!...

— Nie skarż!...

— To się nie kłóć!

Zasnęłam wtulona nosem w jego ramię. On trzymał mnie za palec.

Wyjechali rano. Zostałam z Bjornem i nadzieją, iż może znów ożywił moje łono. Lecz wystarczyło kilka kropel krwi, by pozbawić się złudzeń. Jednak Regin wrócił tak szybko, że niemal nie zdążyłam zatęsknić. Jego przybycie niespodziewane, nagłe zdjęło mnie lękiem. Gdy wchodzili do grodu, pospiesznie przeliczyłam najbliższych drużynników. Byli wszyscy. Jednak twarz Regina nie mówiła nic, ani o zwycięstwie, ani o przegranej. Jak się po chwili okazało, wyrażała wszystko.

— Och, Sigrun, historia krótka i prawie prostacka. Spotkaliśmy się na morzu jeden dzień na południe od Trondheimsfjord. Mieliśmy razem piętnaście łodzi, oni o dwie więcej. Wydaliśmy im bitwę, chcąc ich wciągnąć na ląd, bo tam byśmy byli mocniejsi, na wielu naszych łodziach było za dużo ludzi do walki na morzu. Ale Ragnfred zachował się jak tchórz i gdy stracił dwie łodzie, po prostu odtrąbił odwrót i odpłynęli. Niektórzy z naszych nie zdążyli nawet dobrze dobyć mieczy. Tak na dobre to starło się po sześć łodzi z każdej ze stron. Reszta nie posmakowała krwi.

— I co będzie dalej?

— Wrócą tu. Wiosną, może latem. Wtedy zmusimy ich do walki.

— To mamy dla siebie całą zimę?

— Tak. Wszystkie długie noce.

Jednak gdy te zaczęły się skracać, Regin wyjeżdżał coraz częciej. Na dwa, trzy dni i wracał. Jak zawsze przed wyprawą. Ten rytm życia wszedł mi w krew. Wiosenny zapach budzącej się do życia ziemi zespolony ze świeżą jeszcze tęsknotą. Jasne letnie noce, gdy nie mogąc spać, wzywałam jego imienia, kwiaty widziane samotnymi oczyma. A potem, wraz z wonią butwiejących liści wzrastające oczekiwanie. Wypatrywanie. Pierwsze przymrozki, szepcząc mi, że niedługo na mnie spojrzy, były zapowiedzią wesela. Nieprawdą jest jednak, iż każdy jego szczęśliwy powrót dawał memu sercu spokój przy kolejnym pożegnaniu. Do lęku o najbliższą sercu duszę nie da się przyzwyczaić. Można jednak nauczyć się z nim żyć. Budzić się z nim, jeść z nim wieczerzę, pracować i zasypiać. Cóż więcej mogłam uczynić? Mały Bjorn wypełniał teraz wszystkie moje chwile. Miał oczy Regina. Ten sam doskonały zarys szczęki. W jego lokach błyszczało dziedzictwo Apalvaldra. Nie ma większego cudu na ziemi niż dziecko. Tak jak olbrzymy płodziły potwory na swe podobieństwo, tak miłość, mieszając pocałunki z nasieniem, dodając westchnienia, oddanie i zachwyt, tworzy dzieci będące ciałem z ciała i kością z kości. Więc kochałam w Bjornie Regina. Hołubiłam w nim tę miłość wielką i nieustającą. A on sam? On był słońcem, które nie zachodzi. Złotem, które nie ciemnieje. Był jak Baldur. Mój syn miał w sobie coś, co jaśniało. I nie było to zasługą prześlicznej buzi i promiennego uśmiechu. W każdym razie nie jedynie. Od tego dziecka szła siła, której poddawali się wszyscy dookoła. Był nieustępliwy i uparty. Podpatrywałam go pewnego dnia, jak polował na ptaki. Siedział pod płotem i czekał, aż nadlecą. Wyciągał ku nim rączkę z ziarnami jęczmienia. Ptaki płoszyły się i odlatywały. A on cierpliwie powtarzał to samo. W końcu jeden odważył się przysiąść mu na ręce i skubnąć lękliwie ziarenko. Wtedy Bjorn, nieoczekiwanie, ruchem błyskawicznym i zwinnym, chwycił go za ogon i wyrwał lśniące pióro. Nosił je potem dumnie zatknięte za koszulkę. Miał wtedy dwa lata. Uwielbiałam z nim zasypiać. Kazał sobie wymyślać najniezwyklejsze historie. Nie znosił złych zakończeń, płakał, tupał i bił piąstkami łoże, gdy komuś z bohaterów miała stać się krzywda. Musiałam tak opowiadać, by wszystko kończyło się dobrze. Nagrodą dla mnie był jego równy oddech i ciepło bijące od jego maleńkiego ciałka. Nasze wspólne sny pachniały słodkim mlekiem i sianem. Miodem i kwiatami. Zanurzając twarz w śpiących kędziorach Bjorna, mogłam płakać ze szczęścia. W pewnej chwili z przerażeniem dostrzegłam, że nie wyobrażam sobie następnego dziecka. Co ja bym mu dała? Kocham Bjorna tak bardzo, że chyba nie mam już miłości do ofiarowania. Wtedy właśnie okazało się, że jestem brzemienna. Regin szalał z radości. Ja długo się dziwiłam. Na szczęście wszystko to jest jakoś dobrze pomyślane, rozrastający się brzuch pozwala kobiecie oswoić się ze wszystkim. Rodziłam wczesną jesienią, Regin nie zdążył wrócić, Thorę złożyła choroba. Byłam tylko z Helą. Ale i nie trzeba było nam nikogo więcej. Gudrunn przyszła na świat lekko.

Potem jednak poważnie zaniemogłam i gdy Regin wrócił, jeszcze nie wstawałam. Położył się więc przy mnie i do samego świtu gładził na przemian maleńką główkę córki i moją. Gudrunn była cichutka. Nie płakała, nie krzyczała jak Bjorn. Leżała i oglądała świat jasnoszarymi oczami. Zdawała się tak delikatna i słodka. Pokochaliśmy ją wszyscy, odkąd tylko zjawiła się między nami. Regin przy niej rozpływał się i łagodniał, nawet mówił półgłosem. Ja mogłabym na nią patrzeć i uśmiechać się tylko. A Bjorn traktował ją jak swoją własność, pilnował jej i mówił, prężąc pierś, że zabiłby nawet swojego psa, gdyby choć drasnął ją ogonem. Miał wtedy trzy lata i ten pies był prawie większy od niego. Nie chciałam niczego więcej od życia. Mój cały świat rozpięty był między biegunami tych dwóch dziecięcych złotych główek i piersią ich ojca, na której, póki śnieg leżał wysoki, mogłam palcem kreślić miłosne zaklęcia.

Teraz, gdy Regin wypływał, zasypiałam otulona dwiema łąkami oddechów. Każdego wieczoru opowiadałam im dwie historie — jedną dla Gudrunn, drugą dla Bjorna. W jednej piękne dziewczyny zakochiwały się w mężnych wojach, a w drugiej mężni wojowie podbijali piękny świat. Gdy szczęśliwe zakończenia kołysały ich oboje, wsłuchana w wiatr zasypiałam i ja, całując rozwiane gdzieś tam, na dalekich morzach włosy Regina.

Gdy Gudrunn miała trzy lata, a Bjorn sześć, zawitał do nas Einar.

Było to krótko po powrocie Regina z wojny. Powrót tamten świętowano długo, bo choć wszyscy Panowie Północy popłynęli pod wodzą jarla Hakona jako poddani króla Dunów Haralda, aby pomóc w jego duńskiej wojnie z Ottonem saksońskim, to wrócili wyzwoleni. W wojnie pomogli, ale jak zrobili swoje, wymówili Dunom posłuszeństwo.

Einar był inny niż zwykle, niespokojny i rozdrażniony. Planował podróż do Anglii. Kiedyśmy spacerowali sami, tylko we dwoje, otworzył przede mną serce.

— Uciekam stąd, Sigrun. Nie mogę żyć w tym kraju, gdzie wszystko, co nie jest walką, nazywa się słabością, gdzie leje się krew na ofiarę bogom jak w prostackim handlu: ja dam tobie, ty mnie. Nie mogę patrzeć spokojnie na krótkowzroczność tych ludzi tutaj. Na ich tępy upór. Świat się zmienia i oni tego nie zatrzymają nawet swą brutalnością i siłą. Zapatrzeni w czubek własnego miecza nie widzą nic poza nim. Nie można całe życie bić się i łupić! Niedługo będą musieli zacząć znów wyżynać siebie nawzajem, bo zabraknie im ziem do podbicia. Ale tutaj tego nikt nie chce zrozumieć! Tutaj nikt nie chce zobaczyć światła płynącego z krwawych ran Ukrzyżowanego. Ongiś rzymscy żołdacy rzucali kości o jego płaszcz. Nasi uczyniliby jeszcze z jego konającego ciała tarczę, by się popisać zręcznością, a wartość zobaczyliby tylko w drzewie, na którym wisiał, bo nadałoby się na poszycie łodzi! Ja... nie mogę tu oddychać. Muszę wyjechać, znaleźć sobie inne miejsce do życia po swojemu. Tu go dla mnie nie ma.

— Einarze, jak możesz tak mówić? Przerażasz mnie i obrażasz, bo jestem jedną z nich.

— Nie, Sigrun, wiesz, że tak nie jest. Kocham cię jak siostrę. Ty i twój mąż jesteście najszlachetniejszym nasieniem tej ziemi. Gdybym miał kiedykolwiek zakładać rodzinę, chciałbym, by płonęło w niej takie światło jak w twoim domu.

Ta rozmowa zapadła mi w serce głęboko. Zwłaszcza że nosiłam

w nim świeży żal po stracie ojca. Apalvaldr poległ w bitwie z wielkim Ottonem, tej samej, z której Regin wrócił zwycięski. Jego ciało zimne i sztywne płynęło siedem dni na długiej łodzi z wód duńskich do rodzinnego gniazda. Zamiast świętować powrót Regina, ruszyliśmy do Vira, drużynnicy ledwie zdążyli zmienić koszule. Zostawiłam dzieci pod opieką Thory, pierwszy raz rozłączyłam się z nimi. Bjorn się wyrywał, chciał jechać z nami, przekonałam go dopiero tym, że będzie jedynym opiekunem siostry. A Gudrunn, złotowłosa i cichutka, stała w błękitnej sukience w drzwiach dworu i płacząc bez szlochu, machała nam drobną rączką na pożegnanie. Nie zdążyłeś poznać Gudrunn, Apalvaldrze! Połykałam łzy. Poganiałam konia, szukając w jego pędzie ukojenia. Rozdarta między dziećmi, które zostały w Namsen, a pustką po ojcu, jaką zastanę w Vira. Jednak nie mogłabym się z nim nie pożegnać. Może takiego rozdarcia doznaje Regin, wyjeżdżając z domu? Może tak jak ja teraz ciągle odwraca głowę?

Gdy dotarliśmy do Vira, wszystko było gotowe. Moja matka nigdy nie traci zimnej krwi. Okazała się wzorową gospodynią nawet podczas przygotowań do pogrzebu ojca. Piękna, smukła łódź wzbijająca się dziobem w niebo stała już na miejscu, nad Wilczą Rzeką. Wokół stosu w wielkiej ciszy zebrały się trzy drużyny. Wojowie Apalvaldra teraz pod dowództwem Eryka, Asolfr ze swymi ludźmi i nasi wokół Regina. Przypłynął Thorberg z Lade z darami pogrzebowymi od jarla Hakona. Gdy przybyliśmy na miejsce, ciało ojca było już na łodzi, nie mogłam więc po raz ostatni spojrzeć na niego, dotknąć choćby zimnej dłoni. Na łódź zaś prócz godiego nikt nie wchodził, wiadomo, to przynosi nieszczęście. Prócz godiego i niewolnicy. Przyprowadzono ją w ostatniej chwili. Wstąpiła po stopniach stosu lekko i spokojnie, była nieduża i ciemnowłosa, aż serce zabiło mi mocniej, tak przypominała Foczkę. Zadęto w rogi, przywołano Odyna. Godi opuścił łódź i podał Reginowi pochodnię. Ścisnęłam jego palce, chcąc przekazać swój dotyk jemu, który ogniem jako ostatni na tym świecie dotknie Apalvaldra. Gdybym była synem, mogłabym sama to zrobić. Za mnie uczyni to mój mąż, który jest częścią mego ciała. Płomienie wolno obejmowały stos, lecz gdy wiatr się zerwał większy, zaczęły lizać kadłub łodzi. Były niczym fale na morzu. Po nich ojciec dopłynie do Walhalli*. Tym okrzykiem, przy biciu w tarcze i dęciu w rogi żegnali się z nim wojowie. Do zobaczenia w Walhalli. Po raz pierwszy poczułam w sercu piekący żal. Więc ja nigdy już się nie zobaczę się z ojcem? Kiedyś, hen tam, spotka się z Erykiem, Reginem, Asolfrem. A ja? Ogień wspinał się po maszcie, płomień z czarną smugą dymu zatańczył na nim jak strzęp żagla albo dumny proporzec. Odpływaj ojcze, żyłeś wspaniale, zginąłeś, jak chciałeś! Z mieczem, z krzykiem na ustach, zwycięski nawet w ostatnim tchnieniu życia! Ponoć wielkie spustoszenie zrobiłeś wśród ludzi Ottona, mówią, iż nazwano cię potem grzmiącą śmiercią, bo każdy twój cios trafiał, a tyś triumfował głosem tak gromkim, że drżeli na sam jego dźwięk ci, co jeszcze żyli. A żyli krótko, jeśli znaleźli się na twej drodze. Widzę ciebie takiego, choć mnie tam nie było, choć ledwie raz widziałam cię w walce. Wtedy na Wilczej Polanie, gdyś oddawał mnie Reginowi. Dumny Apalvaldrze, wiem, że zdolny byś był sam wywołać wojnę, gdybyś czuł, że śmierć nadchodzi. Zrobiłbyś wszystko by nie dopadła cię w łożu. Nawet nie umiem wyobrazić sobie, iż mogłabym być córką kogoś innego; widzisz, jak mnie wychowałeś? Wzrastałam, patrząc na ciebie jak na boga pośród ludzi, a tyś długo czekał, by znaleźć dla siebie godnego następcę. Oddałeś mnie Reginowi i wiem, że nie

---

* Walhalla — komnata, pałac poległych należący do Odyna. Miejsce przebywania poległych w chwale wojowników, których z pola bitwy zabierały walkirie. Walhalla ma 540 bram, przez które jednocześnie może przejść 800 wojowników idących ramię w ramię. Najstarszą bramą jest wiecznie otwarta Walgind. Na zachód od niej wisi przybity do ściany wilk, którego dziobie orzeł. Ściany pałacu pokryte są złotymi włóczniami, a sufit złotymi tarczami. Ławy obłożone są zbrojami wojowników, którymi Walhalla jest wypełniona. W dzień toczą się tam nieustające bitwy, a wieczorem wszyscy ucztują. Wojownicy piją, jedzą i ćwiczą, aby w chwili końca świata stoczyć ostateczną bitwę ze Złem u boku bogów. Walhalla to kraina wiecznego szczęścia.

żałujesz. Teraz masz też Bjorna, swego wnuka i tutaj, w dymie twego stosu przysięgam, że wychowam go tak, byś nigdy nie żałował, iż nie miałeś syna. A ty, Apalvaldrze, czuwaj nad nami! Tchnij w Bjorna swego ducha, wesprzyj go męstwem, które nigdy od ciebie nie odstąpiło, obdaruj go rozumem, bez którego jedno i drugie na nic by się zdało! Pozostajesz w mojej pamięci jak wyryty w kamieniu! Piękny, mężny i dumny! Żegnaj, Apalvaldrze.

Podczas uczty, gdy dopaliły się zgliszcza stosu, chciałam pomówić z matką. Siedziała sztywna i zamknięta, wznosiła toasty bez drgnienia powieki. Patrząc na nią, mogłabym przysiąc, że nic się nie zmieniło. Ani jedna zmarszczka więcej nie przecięła jej policzków. Zajęli się ustalaniem, co dalej z ziemią, co z Vira. Przyjęto, jak było wcześniej powiedziane, że zwierzchność nad ziemią ojca przechodzi teraz na Regina i na mnie, tak jak i dowództwo nad jego drużyną. Gród powierzył Regin pieczy Eryka, który przez całe życie był przybocznym ojca. Poprosił go też Regin, by gotował swego syna na następcę. Matka chciała zostać w Vira, nie przyjęła gościny w Namsen, jaką ofiarowaliśmy. Rozmawiałam z nią później na stronie. Mówiłam o dzieciach, że byłaby z nami, z rodziną, poznałaby swoje wnuki.

— Mamo, co tu będziesz robiła bez ojca? Tu każdy kąt będzie ci go przypominał.

— Ja mam co robić. Trzeba szybko mu kopiec usypać, kto tego dopilnuje? Ja muszę, to ja muszę zrobić. I kamień znaczny mu postawić. A wiosną będą zasiewy, dzierżawcom trzeba na ręce patrzeć, tak, tak, Sigrun, ja mam mnóstwo roboty. Ja nie mam na co czekać. I ściany trzeba naprawić, bo belki przegniły, ja tu muszę zostać. Ja mam tyle roboty, jak ja z tym wszystkim zdążę, dnia nie starcza, nie starcza nocy. Ja mam się co spieszyć, ja mam co robić. Kopiec trzeba usypać i to szybko, bo jak ziemia podmarznie, to się łopaty nie wbije. A wiesz, że nie może zostać odkryty na zimę, tak, tak, odkryty zostać nie może, jak by to było, gdybyśmy kopca nie usypali. Nawet jeśli teraz nieduży, to wiosną więcej ziemi każę nawieźć i będzie, jak trzeba. Bo wiosną będzie łatwiej, ale to teraz pierwsza sprawa…

Nie miałam żadnej szansy, by do niej dotrzeć. Z kamienną, nieruchomą twarzą mówiła, wyrzucając z siebie potoki słów, nie patrząc nawet na mnie. Tylko dłonie chodziły jej nieustannie. Jakby palcami wyłuskiwała ziarna niewidzialnego grochu. Widząc ją w takim stanie, starą, suchą i zupełnie dla mnie niedostępną, popłakałam się nagle. Rozszlochałam się i położyłam głowę na jej kościstych kolanach. Pod dotknięciem miękkiej wełny jej sukni poczułam wielkie ciepło, może pierwsze, jakie z niej biło dla mnie w całym moim życiu. Nie mogłam zatrzymać spazmów i łez.

— Mamo, mamo, mamo…

— Cicho, Sigrun, nie ma co płakać, nie martw się, ojciec wypłynął i wróci, widziałeś przecież, że na łodzi był… zobaczysz, wróci, wróci, znowu przywiezie ci pierścionek, zobaczysz, jaki ładny, tylko już nie płacz, nie płacz, dziecko… weź sobie jabłuszko, jabłuszko uspokaja… wróci, wróci, zobaczysz, nie płacz, dziecko…

Jej długie suche palce targały mi włosy niespokojnym, konwulsyjnym ruchem, który pewnie miał być głaskaniem. Uspokajałam się z wolna. O ileż lepiej było ojcu, który odszedł ze świata w sile; śmierć wzięła go takim, jakim był całe życie! Poszłam do Gudtherdis, ona była z matką od początku. Rozmawiałyśmy długo i serdecznie. Obiecała zająć się matką i nie pozostawiać mnie długo bez wiadomości. Czas nam był już ruszać do Namsen. Dzieci czekały. Tylko myśl o nich mogła mnie powstrzymać od bolesnego wspomnienia o matce. O opętanym porządku myśli, w jaki wpadła. O cieple bijącym z sukni na jej kolanach. Mamo! Serce mi się rwało do własnych dzieci i przez to jeszcze bardziej cierpiałam.

Regin podczas powrotu opowiadał mi o tamtej słynnej wojnie. Z początku nie słuchałam, zbyt zajęta własnymi myślami; z czasem, w miarę jak krajobraz ziem przypisanych Vira przechodził w tereny wokół Namsen, coraz więcej z tego, co mówił, do mnie docierało. A wspominał, jak po skończonej wojnie z Ottonem Saksończycy chcieli na siłę ochrzcić jarla Hakona. Ten widząc, że jeśli nie pozwoli polać sobie głowy chrześcijańską wodą, to nie ujdzie z życiem ani on, ani jego ludzie, udał, że przyjmuje chrzest.

— Zawiesili mu na szyi srebrny krzyż i odpłynęliśmy w spokoju. Ale ledwieśmy wyszli na morze, zerwała się burza, zupełnie nagle. Było jasne, że Thor się wścieka, że na szyi wodza jego znak zastąpiono chrześcijańskim srebrem. Hakon zerwał ten krzyż z łańcucha i wrzucił w fale, i wiesz, uspokoiło się. Ale dalej szczęście nam nie sprzyjało. Wojowaliśmy w Skanii, tam jest dużo chrześcijan, chcieliśmy pomścić hańbę. Ale dopiero jak Hakon złożył ofiarę Odynowi i została przyjęta, dopiero wtedy zły los się od nas odwrócił. Wszystko stało się dla nas jasne. I poczuliśmy taką wściekłość na Haralda duńskiego, który nas w te chrzty wpakował! Zrobiliśmy naradę i uznaliśmy, że czas wypowiedzieć mu posłuszeństwo. Pięć lat byliśmy mu lennikami. Miał w nas oparcie w wojnach, stawialiśmy się na wezwanie. Ale wiara ojców to coś więcej. Tego nie można sprzedać. Jarl Hakon był nam wodzem, niech będzie teraz królem. Jak powzięliśmy decyzję, ulżyło nam. Wydaliśmy piękną bitwę Ottarowi z Guthlands i wszystko było, jak trzeba. Na świecie robi się za dużo chrześcijan, Sigrun, o wiele za dużo. I nie wszyscy są tacy jak nasz Einar. W Haithabu już dwa razy nie ubiliśmy dobrego interesu, bo kupiec był chrześcijaninem i jak się dowiedział, że czcimy Odyna, nie chciał z nami gadać. To mnie niepokoi. Jednak po tamtej historii z chrztem Hakona jasnym jest, że bogowie będą nam sprzyjali, jeśli będziemy im wierni. Nie ma innej drogi. Asbjorn, mój dziad, jak spotkał gdzieś na wyprawie wyznawcę Chrystusa, nie pytał o nic i zabijał go. Potem nasz król Hakon był chrześcijaninem, ale on wychował się w Anglii, tam ich było więcej. Poza tym Hakon nie naruszył naszych zwyczajów. Uznał przed wielkim thingiem, że w tej ziemi bogiem jest Odyn. A teraz? Duński król Harald ochrzczony, stawia kościoły. Nie możemy jego chrześcijan najeżdżać bezkarnie, bo będzie ich bronił. Widziałem w Viken kupców, którzy na szyi nosili młot Thora obok krzyża i w zależności od tego, z kim handlowali, taki znak sobie wyjmowali na koszulę. Uwierzysz? Jak przebierańcy! Najpierw się z tego śmialiśmy. Ale dobrze liczyliśmy z Ormem, oni dzięki temu zarobili dwakroć tyle co my; więcej, jeszcze nam sprzątnęli sprzed nosa dobry interes. Można zabić. Jednego, dwóch, dziesięciu. Ale ostatnio było ich trzy razy więcej. I powiedz mi, kto jest ich bogiem? Chrystus czy Odyn z Thorem? Czy może srebro? Trzeba nam, Sigrun, dobrze dzieci wychować, żeby wiedziały, gdzie jest granica, umiały rozróżnić, co dobre, a co złe.

I jakże ja miałam po takiej rozmowie z Reginem spokojnie słuchać Einara? A gorzej jeszcze, bo wciąż przed oczyma miałam dym ojcowego stosu i pytanie, które mi wówczas w głowie zabrzmiało — dlaczego ja po śmierci nie spotkam się z nimi? Einar zawsze budził w mej duszy tę samą strunę, która dźwięczała, gdy Regin wyjeżdżał na wyprawę, ten lęk o to, czy z niej powróci. A może rację miał przed laty Apalvaldr, przestrzegając, że chrześcijaństwo to religia kobiet? Kobieta zaznająca przy każdym wyjeździe męża lęku, zawsze zadaje pytanie: czy warto się całe życie bić? Ale nigdy nie zadaje go głośno. Zresztą w tamtych dniach padało wiele pytań. Jeden z gości, którzy przypłynęli na pogrzeb Apalvaldra, imienia nie pamiętam, ktoś z południowej strony, pytał, dlaczego my wciąż wodzów na statkach palimy. Że to stary już zwyczaj, u nich się już nie pali, tylko grzebie, a i statków szkoda. Umilkł, gdy Orm mu odrzekł, że nasi wodzowie nie zasługują na mieszanie z ziemią, więcej się nie odzywał.

Einar, goszcząc w Namsen, zwrócił nasze myśli ku jeszcze jednej sprawie. Opowiadał o Halderd, bo był przedtem w Ynge. Mówił, jak dzielnie sobie radzi, jak przy pomocy Ottara zarządza krajem dużo sprawniej, niż robił to Helgi. Ale, powiadał Einar, kłopot ma z wychowaniem synów. Sześciu chłopców, bez ojca, trudno utrzymać w ryzach. Najstarszy jest wciąż za młody, by zająć miejsce Helgiego. To prawda, Halderd była jedyną kobietą pośród władających ośmioma ziemiami Trondelagu.

— Na wiosennym thingu przemówi w jej imieniu Ottar, ale Halderd trzeba przyjaciół, dobrych sąsiadów, którzy przez pamięć Helgiego pomogą jej sprostać życiu.

Einar wyjechał, a myśmy z Reginem z zawstydzeniem pomyśleli, że tak zajęliśmy się swymi sprawami, że zapomnieliśmy zupełnie o niej. Zresztą Halderd nigdy nie prosiła pomocy. Ta dzielna i dumna kobieta chyba nie umiała prosić. Regin przypomniał sobie, że na tę wyprawę u boku Dunów przysłała łodzie, wyprawiła wojów, jak trzeba, a w zawierusze wojennej nikt nawet nie zwrócił uwagi, że może to było dla niej trudne.

— Trzeba jej jakoś pomóc, przez pamięć Helgiego. I żeby nikt nie pomyślał, że celowo czekamy, że sobie nie poradzi, licząc, że jej ziemie trafią kiedyś znów pod moją rękę.

Kilka dni chodził Regin chmurny z tą myślą. Rozjaśniał się jednak za każdym razem, gdy widział syna. Bjorn miał w sobie słońce, które nie zachodzi. Nie musiał się uśmiechać, by być pogodnym. Jak cień nie opuszczała go Gudrunn. Zawsze tam, gdzie brat. Gdy Bjorn ćwiczył z chłopcami na placu, siedziała z boku z psem u nóg i czekała, aż skończy. Przynosiła mu czerwone jabłuszka, podawała kubek z wodą. Właściwie nigdy nie musiałam się martwić, gdzie jest mała. Była tam gdzie Bjorn. A Regin z pasją uczył go władania bronią. Kochał syna nad życie, ale nie pobłażał mu na placu w niczym. Wymagał od niego tyle samo, co od starszych chłopców.

Była pełnia lata, pierwsza w życiu, jaką spędzałam z Reginem, który właśnie wrócił z Viken. Przywiózł mi płaszcz tak piękny, jakiego w życiu nie miałam. Z miękkiej, rdzawej wełny, ramowany cętkowanym futrem rysia. Okrył mnie nim nocą, gdy weszłam cicho do jego alkowy.

— Za gorąco? To zdejmij suknię i wtedy go przymierz — szeptał mi do ucha.

W szarej poświacie niekończącego się letniego dnia, bez żadnego ognia w izbie, rozbierałam się dla niego. W głowie kołatała mi myśl, że robię to po raz pierwszy w życiu. Do tej pory jasne letnie noce kojarzyły mi się wyłącznie z czekaniem na niego. To światło niezachodzącego słońca, tak różne od każdego innego blasku, było tylko moje. Niezwykłą wydawała się świadomość, że oto Regin jest teraz blisko i patrzy na mnie. Wiedziałam, że ciemnieją mu oczy, że za chwilę wyciągnie po mnie ręce. Przykryłam nagie ramiona płaszczem. Futro delikatnie dotknęło mych piersi, a on dostrzegł moje poruszenie. Leżał bez koszuli i patrzył. Stopiliśmy się wzrokiem. Potem wziął mnie, nie zdejmując z mych ramion cennego płaszcza. Kochaliśmy się długo, jakby niekończący się dzień dodawał nam sił, sprawiając jednocześnie, iż nie mogliśmy ugasić swego pragnienia. Zasnęliśmy, leżąc po dwóch stronach wielkiego łoża wpatrzeni w siebie. Obudził nas rześki niczym kąpiel chłód letniego poranka i stukanie Thory do drzwi. Przyszła z wiadomością, że przyjechał posłaniec z Ynge. Wiadomości, jakie przyniósł, były zaskakujące. Dziesięć dni temu zmarł Ottar, zarządca Halderd, a ona zapowiada się do nas z wizytą. Przybędzie niebawem. Poczułam niepokój. Nieuzasadnione niczym zimno w okolicy serca. Pewnie był nim smutek, że los znowu dotyka tę kobietę.

Widziałyśmy się ledwie raz w życiu, prawie dziewięć lat minęło. Zmieniła się bardzo. Ale nie postarzała. Była odmieniona, choć trudno powiedzieć, na czym to polegało. Wysoka, smukła, ciemnooka, dumna. Emanowała siłą. Przyjechała z najmłodszym synem u boku. Chłopiec był podobny do niej nie tyle urodą, ile niezwykłym u dzieci zamyśleniem. Zdawał się spokojny, jakby skupiony. I tak jak Halderd przy naszym pierwszym spotkaniu zupełnie zamknięty, aż do chwili, gdy z rzadka podnosił na kogoś wzrok. Pierwszy raz widziałam takie dziecko i aż dreszcz mnie przeszedł, gdy spojrzał na mnie, wypowiadając głosem dźwięcznym i melodyjnym swe imię: Ragnar. Miał zielone oczy.

— Chodź ze mną, Ragnarze, poznasz mojego syna, jesteście w jednym wieku.

Poprowadziłam go na plac, lecz tam nie było Bjorna. Wybiegł po chwili ze stajni, złotowłosy zalśnił w słońcu, w ręku trzymał wiecheć słomy, którym wycierał konia. Za nim z radosnym szczebiotem i nieodłącznym psem dreptała Gudrunn. W ułamku chwili, gdy stałam, trzymając chłodną dłoń Ragnara w swojej, i zobaczyłam moje dzieci tak tętniące życiem, zrozumiałam, co ich dzieliło. Zrobiło mi się tak żal syna Halderd, który nigdy nie zobaczył ojca, nie poczuł jego dotyku, że poczułam zawstydzenie szczęściem własnej rodziny.

— Ragnarze, poznaj Bjorna i Gudrunn.

— I naszego psa Hara, który jest bardzo groźny — dodała Gudrunn.

— Chodź, pokażemy ci konie — Bjorn wziął Ragnara za rękę i już ich nie było.

Regin i Halderd czekali na mnie w halli.

— Przyjechałam do was ze sprawą, nad którą nie ma dla mnie ważniejszej. Po śmierci Helgiego postanowiłam, że nie wyjdę powtórnie za mąż. Byłam żoną jarla, miałam z nim sześciu synów, z czego trzech starszych dobrze pamiętało ojca. To wystarczało, by wiedzieć, że nie ma dla mnie przyszłości w innym małżeństwie. A na to, by wziąć męża tylko po to, by był dowódcą naszej drużyny, nie pozwalała mi pamięć Helgiego. Zresztą musiałam się także liczyć ze zdaniem jego drużynników, oni nie zgadzali się na obcego nad sobą. Wychowaniem chłopców zajęłam się sama, z pomocą Ottara, naszego zarządcy. Znałeś go, Reginie, to był mężny człowiek. Bez niego nie dałabym rady. Żal jego sławy i lat na wojnie, że umarł w domu. Jego śmierć to dla mnie strata oddanego przyjaciela, ale i konieczność zdecydowania o przyszłości dzieci. Nie mam dla niego żadnego następcy wśród swoich ludzi. Helgi był wielkim wodzem. Tego nie da się nauczyć na placu. Jeśli pozwolę, by moich synów wychowywała drużyna, to sami wiecie, co będzie. Zrobią z nich dzielnych wojów, odważnych żeglarzy, dobrych jeźdźców, ale nie sprawią, że chłopcy nauczą się rządzenia. A któryś z nich musi zastąpić kiedyś ojca. Helgi przeznaczał w myślach najstarszego, Halvarda na swego następcę. Ale Halvard dzisiaj ma lat szesnaście i jest jak dziki koń, o kraju myśli jak o łące, chciałby w świat gonić, ciągnie go na morze. Po nim idą bliźnięta, Bersi i Duri, czternastoletni, lecz nad wiek fizycznie zmężniali i takoż jak Halvard zapatrzeni w dal. Asgrim ma jedenaście wiosen, a Yngwe dziewięć, to dobrzy chłopcy, jeszcze dzieci sercem, jeszcze chłonne, otwarte umysły. I Ragnar, mój najmłodszy, a zdaje się, że i najzdolniejszy syn. Urodził się w dniu, gdy Helgiego dzik rozszarpał na łowach i ja w tym upatruję znaku prosto od Odyna, że to on byłby na siłach ojca zastąpić. Ale to dzisiaj niewiele warte, jeśli się chłopców dobrze nie wychowa. Sami najlepiej wiecie, że mieczem włada ramię, a ramieniem głowa. I to mi sen spędza z powiek. Ja sama już dalej nie dam rady. Boję się, że dobrodziejstwo w postaci sześciu wspaniałych synów miast przynieść rodowi z Ynge rozkwit, może mu zwiastować upadek. Postanowiłam przyjechać tutaj, otworzyć przed wami swe serce i spytać…

Przerwała na chwilę. W halli zapanowała cisza. Regin gestem zaproponował jej napełnienie kielicha, ale pokręciła głową. Wzięła głębszy oddech. I powiedziała dalej:

— Chcę spytać, czybyś ty, Reginie, nie zgodził się przyjąć mych trzech najmłodszych synów do swego domu. Czy chciałbyś stać się ich wychowawcą i nauczycielem. Ty jesteś pośród jarlów Trondelagu najbliższym mi sąsiadem, dla ciebie mam największy podziw i zaufanie. Wiem o tym, że twój pradziad władał ziemią, która od trzech pokoleń jest w rodzie Helgiego, dobrze znam tę historię. Wiem też, że jeszcze dziadowie wilkiem na siebie o to patrzyli. Tym bardziej wiedz, ile mnie kosztuje decyzja, by właśnie tobie powierzyć moje dzieci — Halderd mówiła coraz wolniej i ciszej, a Regin nie poruszył się wcale.

— Ale przemyślałam to bardzo dokładnie, wiele nocy nie spałam. I doszłam do tego, że żadnemu z Panów Północy nie ufam tak jak tobie. Wiem, że pod twoją ręką wyszliby na ludzi rozumnych i godnych szacunku. Że mogliby potem stanąć na czele wojska i rządzić w Ynge, jak należy. Że dzięki tobie nie roztrwoniliby dorobku Helgiego — znów nabrała powietrza i znów mówiła szybko, jakby obawiała się, że ktoś jej przerwie.

— A tak? Boję się, że wyrosną jak te bezpańskie psy, jak ziele pod płotem, silni, lecz dzicy, bogaci, lecz nieokrzesani. Znający prawo, ale niepotrafiący zgodnie z nim żyć. Oddając ich tobie, narażam się i na to, że to ciebie, jako mężczyznę i nauczyciela, pokochają ponad matkę, która ich urodziła, ale jest tylko kobietą, i ponad pamięć ojca, która z czasem przyblaknie. Lecz wolę, by tak się stało, wolę płakać z matczynej tęsknoty, niż płakać nad nimi, a potem i nad sobą, jeśli przepadnie wszystko. Chcę, by wyrośli na porządnych ludzi. Godnych tego, by władać Ynge. A może stanie się i tak, że dzięki temu na zawsze zatrzemy ślady po tamtej wrogości, sprzed pokoleń? Trzech starszych poślę do syna swego stryja, Hrafna z Sunnfjordu, on weźmie ich do drużyny, z którą każdego roku wyprawia się w odległe ziemie, tam posmakują morza i świata, skoro tego im trzeba. Ale całe moje serce, cała troska w tych trzech najmłodszych, którzy mogą jeszcze wyrosnąć tak, jak się ich ukształtuje. Wiem, że moja prośba jest nieoczekiwana, nie liczę, że odpowiecie od razu. Rozważcie, co powiedziałam, spokojnie, jak wyjadę. Proszę tylko o jedno. Przekażcie mi swoją decyzję, zanim zbierze się thing.

Skończyła i spuściła oczy. Wciąż lekko drgały jej usta. Wysoko na policzkach lśnił ciemny rumieniec. Przez cały ten czas, gdy mówiła, patrzyła to na Regina, to na mnie, a jej burzliwe oczy wyrażały prawdziwy dramat, którego nie potrafiła, a może i nie chciała oddać w prostych zdaniach. Halderd nie umiała prosić. Nawet gdy siedziała tu przed nami ze spuszczona głową, wciąż biła od niej godność i duma. Ale także i coś jeszcze, silniejsze niż wszystko inne. Ból. Ukradkiem ocierałam łzy. Płakałam, bo ona nie płakała. Miałam ochotę wziąć ją do piersi i przytulić, ale wiedziałam, że nigdy w życiu tego nie zrobię. Regin zamyślił się ciężko.

— W trzy dni wyślę do Ynge posłańca z wiadomością dla ciebie, Halderd. Napijmy się teraz za jasność sądów.

Gdy wyjeżdżała przez bramę Namsen, Ragnar odwrócił się i pomachał ręką. Odpowiedzieli mu Gudrunn i Bjorn, i pies machaniem ogona. Regin przytulił mnie i powiedział;

— Wezwijmy godiego, Sigrun.

Godi przybył po wieczerzy, którą zjedliśmy w nieznośnej ciszy. Rozłożył na ławie bielusieńką chustę całotkaną, z glinianego naczynka wziął barwnika czerwonego i wyrysował na niej trzy okręgi przecięte mieczami. Potem w czterech rogach okadził, wezwał Odyna, Tyra, Freyja i Baldura, nakreślił laską znaki na ziemi i podał Reginowi mieszek. Regin zaczerpnął pełną garść, lecz nim rzucił runy, chwycił mnie za rękę. Zamknęłam oczy i otworzyłam je dopiero, gdy przestałam słyszeć toczące się po ławie kości. Na chuście leżała tylko jedna. Była pusta*.

— Wyrd. Znaczy przeznaczenie.

Pozbierał runy, wrzucił z powrotem do mieszka i kazał mi rzucać. Rzuciłam pełną garść... wszystkie potoczyły się daleko. Między czerwonymi kręgami, tam, gdzie zbiegały się wszystkie cztery miecze, pozostała tylko jedna kość. Pusta.

— Wyrd. Znaczy przeznaczenie.

Zostaliśmy sami.

— Boję się, Reginie.

— Takim prośbom się nie odmawia, Sigrun.

— Wiem, wiem o tym. I dlatego się boję. Dlatego, że nie mamy wyboru. Odmówimy jej pomocy, zrobimy źle, niehonorowo, niegodnie. Jak tchórze, jak skąpcy, jak ludzie bez serca i dumy. A biorąc pod dach jej synów, wychowując ich, ryzykujemy wiele.

— Ona więcej. Nie chciałbym, byś ty się znalazła w jej położeniu.

— Dlaczego wszystkich synów nie odda do tego Hrafna?

— Bo mogłaby ich więcej nie zobaczyć. Hrafn jest człowiekiem szczególnej reputacji. Cały ten Sunnfjord to lęgowisko morskich rozbójników, zabijaków gotowych nająć się do każdej roboty za odpowiednie wynagrodzenie. Hrafn jest wśród nich kimś w rodzaju wodza. Nikt tego nie udowodnił, ale mówi się, że w wojnie z Ragnfredem jego ludzie walczyli przeciw nam. Sam Hrafn zachował neutralność. Otwarcie nie stanął po żadnej ze stron. Oddawać tam wszystkich synów, znaczyłoby dla Halderd skazać swój ród na banicję z Trondelagu. Prędzej czy później. Jeśli chłopcy wdali się

* Pusta kość — w celach wróżebnych, w wyroczni, używano wszystkich run i jednej dodatkowej, pustej — bez żadnego znaku. Ta oznaczała przeznaczenie (wyrd). Nie interpretowano jej.

w Helgiego, to pewnie od dawna Ynge jest dla nich za małe. Halderd jest dalekowzroczna. Wolałbym wprawdzie, jeśli już, wziąć wszystkich i sześciu sobie ułożyć, a nie tylko trzech, ale ona też o tym myślała i wie, że starsi już nie dadzą się wychować. Więc albo w sercu skazuje ich na zatracenie przy Hrafnie, albo myśli, że jeśli młodsi za bardzo się do nas przywiążą i będą mi zbyt powolni w przyszłości, to zawsze może tamtych wezwać do domu, by zrównoważyć siły. Ale jeśli tak myśli, to znak, ze nie rozumie natury tych, jak to nazwała, dzikich koni. Oni raz puszczeni na swobodę, jaką da im Hrafn, nigdy nie pozwolą się osiodłać.

— Co więc nam grozi, Reginie?

— Wszystko i nic. Jeśli prócz wychowania, jakie dostaną, nabiorą do nas zaufania i szacunku, możemy liczyć na to, że, jak mówiła Halderd, sprzymierzymy rody. Że w przyszłości Bjorn i Gudrunn będą się mieli na kim oprzeć, że zbudujemy silny sojusz, taki, o jakim marzą Panowie Północy. Jeśli zaś wychowanie w Namsen potraktują jak banicję, jak przymus, będą mogli chcieć się mścić w przyszłości. Ryzykiem jest i to, że mogę ich nauczyć za wiele, a nie odpłacą nam lojalnością, gdy przejmą Ynge. Ale jeśli odmówimy, kto wie, czy nie ryzykujemy bardziej. Urazimy dumę Halderd i wszystkich jej synów. A to może być gorsze w przyszłości niż dzisiaj przyjęcie ich pod swój dach.

— Spodziewałeś się kiedykolwiek takiego obrotu rzeczy?

— Nie.

— A ja dzisiaj, gdy wzięłam małego Ragnara za rękę i prowadziłam do dzieci, poczułam się tak dziwnie. Jak to nazwać? Jakbym chciała mu pomóc? Jakbym była za niego odpowiedzialna? Nie wiem, nie wiem, jak to opisać, ale byłam przejęta, choć jeszcze nie wiedziałam, z czym przyjechała Halderd. I teraz ta wyrocznia, no sam widziałeś, Reginie.

— Tak. Tak jak Halderd, nie dała nam żadnego wyboru. Przeznaczenie.

Zatem zapadła decyzja, że bierzemy synów Halderd na wychowanie. Podjęcie jej żadnemu z nas nie przyniosło ulgi. Lecz nie było czasu, by dalej roztrząsać to, czego rozstrzygnąć i tak się nie dało. Tym bardziej że wkrótce po wyjeździe Halderd dzieci zachorowały. Pierwszy Bjorn, a zaraz za nim Gudrunn. Z początku wszystko wyglądało niegroźnie. Lekki kaszel i gorączka ciała. Ale nie pomogły lipowe napary, więcej, dzieci coraz mocniej były rozpalone. Heli nie było w grodzie, bo pojechała do Urd po nauki. Regin za dwa dni miał ruszać na thing do Frosta. Po kolejnym dniu, gdy Bjorn gasł jak słoneczko zimą i coraz mniej miał siły, by otwierać oczy, wiedziałam, co mam robić. Trzeba mi było samej do Urd pojechać.

— Poślemy ludzi, ty zostań przy dzieciach, Sigrun...

— Nie, Reginie, ja wiem, że sama muszę się u niej stawić, że sama muszę ratunek wyprosić. Zostań z nimi, Thora przy tobie, ja zdążę wrócić, nim będzie ci trzeba ruszać.

— W takim razie jedź z Ormem, przy nim będziesz bezpieczna.

Gdy Regin był na wyprawie, jeździłam z dwójką zbrojnych, chłopaczkiem przewodnikiem i też się nie bałam. I wtedy, i teraz wisiało nade mną widmo śmierci, a strach przed nią jest silniejszy niż lęk o siebie. Pojechałabym nawet sama. Byleby chorobę od dzieci odciągnąć. Kiedyśmy dojechali do bagien, Orm zostawił ludzi przy koniach, ale nie zgodził się, bym tylko z przewodnikiem szła do chaty Urd. Powitało nas ostre szczekanie psów, które wyrosły przed nami na długo przed tym, nim zobaczyliśmy dziwaczną bramę znaczącą tereny wieszczki. Chwilę potem pojawiła się Gera.

— Witaj, Sigrun, żono Regina. Co cię sprowadza do wielkiej Urd, boś chyba nie przyszła do Heli?

— Nie, Gero. Moje dzieci są bardzo chore.

— Chodźcie za mną. Urd jest teraz na bagnach. Zbiera pędy. Zaraz po nią poślę.

Poszliśmy za Gerą. Przy bramie, która była chyba odnowiona,

a w każdym razie zupełnie inna niż wtedy, gdy byłam tu pierwszym razem, gwizdnęła cicho i u jej nóg zaraz pojawił się niemal zupełnie biały pies. Zaszeptała coś do niego i pies zniknął w lesie.

— Chodź ze mną do chaty, Sigrun, poczekasz na Urd. A oni niech zostaną przy bramie.

— Idę z Sigrun, kobieto. Nie spuszczę jej z oka.

— Kim on jest?

— To Orm, przyboczny mojego męża.

Gera skrzywiła się i obrzuciła Orma niechętnym spojrzeniem.

— Dobrze, niech idzie z nami. Ale chłopak tu zostanie. I zostaw swój miecz przy bramie. Tu nie wolno wchodzić z bronią.

Teraz skrzywił się Orm, ale wykonał polecenie Gery. Noża jednak nie odpiął.

Po chwili znaleźliśmy się w chacie. Wszędzie suszyły się zioła.

— Czas zbiorów — sucho powiedziała Gera, podając nam kubki z wodą.

Czekaliśmy. Dopóki tu nie weszłam, krew krzepła mi w żyłach na myśl, że każda chwila może oddalać moje dzieci od życia, że każda cenna. Po drodze nie zatrzymywaliśmy się ani razu, popędzaliśmy konie, aż piana szła im z pyska. Ale gdy usiadłam na tej ławie, czas się dla mnie zatrzymał. Przypomniałam sobie, jak byłam tu; przed ilu to było laty? Sześciu? Więcej, tyle ma dzisiaj Bjorn, o którego nadejściu usłyszałam tutaj właśnie, przez nieszczelne ściany. Opanował mnie nagle niezrozumiały spokój. Przecież wtedy Urd mówiła, że mój syn będzie jarlem. Jakżeby więc mógł umrzeć w dzieciństwie od gorączki. Co ja tu robię? Mogłam zostać przy nich i spokojnie kłaść im na czoła mokre płótna, czekać, aż sami wyzdrowieją. Gdyby była Hela, nie spanikowałabym. Z zamyślenia wyrwały mnie jakieś dźwięki przed chatą. Orm zerwał się i stanął w drzwiach, kładąc rękę na rękojeści noża. Podeszłam do niego. Od strony bramy, przez którą weszliśmy, szło czterech mężczyzn w sile wieku, jasno ubranych. Między sobą nieśli wysokie krzesło, na nim siedziała Urd. Położyłam Ormowi dłoń na plecach, by puścił nóż.

— To ona.

— A ci ludzie?

— To jej synowie. Urd od wielu lat nie porusza się sama. Więc ją noszą — odpowiedziała z głębi izby Gera.

— Nie widziałam, że wieszczka jest zamężna…

— Bo nie jest! — roześmiała się twardo Gera. — Nie trzeba mieć męża, by mieć synów!

Oni tymczasem podeszli do chaty i postawili krzesło z Urd. Wyszliśmy z Ormem przed drzwi. Pokłoniliśmy się. Wtedy widziałam ją w półmroku zadymionej ziołami izby, teraz nie mogłam oprzeć się temu, by się jej nie przyjrzeć. Była jeszcze mniejsza, niż ją zapamiętałam. Siedząc, zdawała się niewiele większa od dziecka. Śnieżnobiałe gęste włosy okalały jej drobną twarz pokrytą jasną, niemal przezroczystą skórą. Wydawało się, że mimo starości jej skóra jest naciągnięta i gładka, ale gdy zaczynała mówić, rozpinała się na niej sieć zmarszczek gęstych niczym pajęczyna. Jednakże uwagę moją przykuły teraz dłonie Urd. Były, były… jakby zupełnie innej osoby. Zupełnie białe, duże, pozbawione paznokci… Wydawały się martwe, całkiem martwe! Opuchnięte albo grube, nie widać było kości palców, i białe, takie białe… Wyglądały, jakby były z surowego ciasta…

— Co cię sprowadza, Sigrun?

— Moje dzieci są piąty dzień w gorączce, nie pomagają napary z lipy…

— Ktoś jeszcze w grodzie chory?

— Nie, tylko one.

— Gorączka głowy czy ciała?

— Całe ciało mają rozpalone.

— Kaszel?

— Tak, ale słaby.

— Przyjmują jedzenie?

— Ledwie, na siłę.

— Mówią?

— Nie rozumiem…

— Pytam, czy nie przestały się odzywać.

— Tak... chyba tak... wczoraj rzeczywiście nic nie mówiły, nawet nie płakały...

— To źle. To bardzo źle. Oczy mają przekrwione?

— Tak, chyba tak, od gorączki...

— Śpią czy leżą z otwartymi oczami?

— Głównie śpią...

— To jest nadzieja. Dam ci pewne kłącze i weźmiesz z powrotem Helę, ona przypilnuje podawania, bo to ostry lek, kropla za dużo i mogą stracić głos po wyzdrowieniu, zwłaszcza dziewczyna. Wnieście mnie do izby i idźcie po Helę.

Dopiero teraz zwróciłam uwagę na mężczyzn, których Gera nazwała jej synami. Byli krępi, bardzo niscy i bezszelestni.

— Podaj mi skrzynkę, Gero. Wyjmij z niej niebieski materiał. Daj go Sigrun. To namaczaj w odwarze, który zrobi ci Hela, i tylko to kładź dzieciom na czoła. Nic innego. A jak wyzdrowieją, spal. I przyślij mi wtedy coś ładnego. Chłopak wyjdzie z tego na pewno, widziałam jego przyszłość. Nie wiem jednak, co z małą. W najgorszym wypadku będzie niema. Ale z tym się da żyć, prawda, synku?

Jedyny, który został tu z nami, drgnął na słowo „synku" i rozciągnął usta w dziecięcym uśmiechu. Dreszcz przeszedł mi po plecach.

— Nie bój się, Sigrun. Strach ściąga śmierć. Przywabia śmierć przypadkową, niezdecydowaną, taką, która sama nie wie, kogo zabrać. Pamiętaj o tym. Nigdy się nie bój. To na nic. To nic nie zmieni, a może ściągnąć nieszczęście. Teraz będziesz miała pod dachem piątkę, a nie dwójkę dzieci. Bądź czujna i nie bój się. Strachem karmi się tylko śmierć.

Do chaty weszła Hela, już spakowana, gotowa do drogi. Pożegnaliśmy Urd i pospiesznie ruszyliśmy do domu. Dlaczego ona o tym strachu? Co dziwnego w tym, że boję się o swoje dzieci? Jestem matką. Pierwszym prawdziwym lękiem, jaki pamiętam, był ten o ojca, gdy ruszał na północ. Apalvaldr wypełniał cały mój świat, był wszystkim, co ważne. Potem pojawił się Regin i oddałam mu duszę, dodając do niej ciało. Każdy jego wyjazd boli niczym wyrywanie ręki lub nogi ze stawu. Gdy opuszcza Namsen, zabiera ze sobą część mnie, zostaję pusta i drętwa, by wraz z upływem dni napełniać się oczekiwaniem. A teraz, odkąd urodziłam dzieci, jest jeszcze gorzej. Te dwa ciałka wykołysane pod moim sercem z nasienia Regina są mi bardziej drogie niż wszystko, co wcześniej znałam. Ich strata wydarłaby ze mnie życie. Jakie to proste — boję się tylko o to, co kocham. Czy to znak, że jestem tchórzem? Dlaczego wciąż słyszę: Sigrun, nie bój się? Mam prawo się bać. Nie wierzę, że są tacy, którzy się nie lękają. Dotknęła mnie mowa Urd. Ona zna przyszłość, ale to jest przyszłość ludzi jej obcych. Jakim prawem mówi o życiu i śmierci tak lekko? Nie przyszłam do niej po wróżbę, tylko po leki. No tak, ale te mi także dała. Nie powinnam oceniać jej tak surowo. To nie jest zwykła kobieta. To Urd z bagien.

Do Namsen dojechaliśmy w środku nocy. Od razu wbiegłyśmy z Helą do dzieci. Regin spał, siedząc przy łożu. Trzymał Bjorna za rękę. Hela z Thorą zakrzątnęły się przy sporządzaniu odwarów nakazanych przez starą. Namoczyłam w nich płótno niebieskie, które od niej dostałam i ułożyłam na dwóch maleńkich czółkach, pilnie bacząc, by było dobrze wyżęte, by nic dzieciom nie spływało po twarzy. Leżały obok siebie. Gudrunn miała pożółkłą, jak odlaną z wojsku twarzyczkę. Gdyby nie ciężki oddech, który poruszał jej drobną piersią, można by pomyśleć, że... Policzki Bjorna były blade, ale zdawał się bardziej przytomny niż mała.

— Musimy je posadzić, będę podawała odwar, nie wolno, by się zakrztusiły, najpierw weźmy chłopca. Trzymaj go, Sigrun.

Ujęłam bezładne ciało pod ramiona i usiadłam za nim, wspierając go na swej piersi. Przytrzymałam głowę, która chwiejnie leciała mu na bok. Nawet nie otworzył oczu. Serce mi się ścisnęło. Całą sobą czułam chory bezwład tego ukochanego ponad życie ciałka. Przyciskałam synka do siebie mokrego od potu. Jakże bezpieczny był ongiś, gdy kołysał się w moim brzuchu, daleki od wszelkiego zła! To było tak niedawno. Wtedy mogłam go chronić, osłaniać, nic mu się stać nie mogło! Och, mój Niedźwiadku, bądź silny! Hela maleńką srebrną łyżeczką odmierzała krople brunatnego, oleistego płynu o ostrej, przenikliwej woni. Trzy… cztery… pięć… sześć. Przełknął.

— Teraz do rana nie możemy mu dać nic do picia, nawet gdyby błagał. Odwar nie może się rozcieńczyć w jego wnętrznościach. Tylko się nie złam, Sigrun, bo wszystko będzie na nic. Połóżmy go. Podnieś małą.

Gudrunn była lekka jak kłębek wełny, ale dziwnie sztywna. Maleńka moja dziewczynko, oddychaj głęboko, nie przestawaj łapać powietrza, nie przestawaj, nie odchodź, dziecko, błagam cię, nie odchodź!…

— Sigrun, ona nie chce otworzyć ust, spróbuj rozewrzeć jej zęby. O tak, tak, jeszcze potrzymaj, cztery… pięć. Tyle wystarczy. Połknęła? Chyba połknęła. Połóżmy ją, wysoko głowę, żeby dobrze spłynęło. Teraz przytrzymaj im okłady na czołach. Tak. Chyba dobrze. Idę zagrzać nowych ziół, a ty pamiętaj, nic nie dawaj do picia.

Po chwili Bjornem zaczęły wstrząsać dreszcze, na policzki i szyję wystąpiły mu silne rumieńce. Gudrunn leżała spokojniutko. Okryłam Bjorna szczelniej, ale gdybym nie trzymała koca, strząsnąłby go z siebie, tak bardzo nim rzucało. Zaczął poruszać wyschniętymi ustami.

— Wody… daj wody…

— Syneczku, jeszcze trochę wytrzymaj, rano dam ci wody, teraz nie można, wytrzymaj, wytrzymaj… — gładziłam jego włosy, przytrzymując okład, podczas gdy nim wstrząsały coraz gwałtowniejsze dreszcze. Zaczął dziwnie charczeć, jakby chciał krzyczeć, a nie mógł wydobyć głosu. Przeraziłam się.

— Helu, z Bjornem niedobrze! Zobacz, co się dzieje!…

— Zmień mu okład, tu wypłucz. I potem trzymaj, żeby nie spadł. A co Gudrunn? Nic? Cały czas tak leży? To niedobrze… Może nie połknęła naparu?

— Helu, Bjorn prosił pić, chciał krzyczeć, a nie mógł!

— To dobrze Sigrun, to znak, że lek się przyjmuje. Będzie miał wielkie pragnienie, ale musi przetrzymać, to wszystko jest dobrze. Mnie martwi Gudrunn, że się nic nie dzieje. Może jednak nie połknęła?

— To dajmy jej raz jeszcze.

— Ale jeśli połknęła, to już będzie za dużo, może stracić mowę, słyszałaś, co Urd przykazała...

— A jeżeli nie połknęła, to co? To umrze? To wolę dać jej więcej i mieć pewność.

— Zastanów się szybko. Wiesz, co jej grozi.

— Dawaj lek. Chcę mieć ją żywą.

Bjorn zaczął uderzać rękami o łoże jak ryba wyrzucona z wody. Charczał coraz głośniej, aż w końcu przeszedł w krzyk:

— Pić!... Pić!... Pić!...Mamo...

— ... mamo... — zaszemrało z drugiej strony. To Gudrunn jakby podjęła cichuteńko głos brata.

— Helu! Gudrunn mówi!...

— Mamusiu, pić... — zaszeptała malutka głosem suchym i ledwie słyszalnym, podczas gdy Bjorn rzucał się i darł w niebogłosy. Popłakałam się ze szczęścia. Siedziałam teraz na łożu między nimi, trzymając jedną ręką wbijającego się w moją dłoń Bjorna i drugą zimne, lekkie paluszki Gudrunn. Z obydwu stron słyszałam błagalne, rozpaczliwe i żądające: pić, mamo, wody, i choć serce rozrywało mi się, że nie mogę jej podać, łkałam z radości. Będą zdrowe.

Jednak nim całkiem wrócili do sił, minęło wiele dni. Bjorn zdrowiał szybciej, już biegał, gdy Gudrunn, wciąż jeszcze słabiutka, nie wstawała z łoża. Regin zdążył wrócić z thingu, nim pierwszy raz, na chwiejnych nogach opuściła izbę. Ale przywiózł jej nową obrożę dla psa, skórzaną, nabijaną srebrem, i chciała ją koniecznie założyć. Wielki, kudłaty Hara przez cały czas jej choroby wiernie warował przed drzwiami. Teraz chodziła, trzymając go za tę nową obrożę, a on stąpał wolniutko, by mogła się na nim wesprzeć. Po tym wszystkim położyłam się i spałam dwa dni bez przerwy. A po przebudzeniu kazałam naszykować dary dla Urd i posłałam z nimi ludzi. I pomyślałam, że nie chcę mieć więcej dzieci niż tych dwoje. Nie starczy serca, gdyby je dzielić na więcej. Coś we mnie mówiło, że przetrzymali najgorszą z prób, że wychodzącym cało z choroby Prządki splotły nici mocne, nie do rozerwania.

Nadszedł czas przygotowań na przyjęcie synów Halderd. Miała ich przywieźć po Julu, tak ustalili z Reginem.

— Będą spali w izbie razem z drużynnikami i Bjorn z nimi.

— Więc chcesz mi zabrać synka?

— Sigrun, miał się tu przenieść już zeszłego roku, ale nie pozwoliłaś, potem ta choroba, a teraz jest już czas najwyższy, spytaj go sama, aż się rwie, żeby tu w końcu mieć miejsce. On ma już siedem lat, będzie mężczyzną szybciej, niż myślisz. Poza tym to tylko druga strona dworu, nie porwanie od matki!

— Wiem, wiem, masz rację, już nic nie mówię. Może to i dobra chwila.

Bjorn skakał z radości, kiedy się dowiedział, że może się przenieść do mężczyzn. Jeszcze tego samego dnia miał tam posłanie i swoją skrzynię. Tylko Gudrunn płakała. Dał jej na otarcie łez swojego niedźwiadka z bursztynu, którego przywiózł mu kiedyś Regin z Viken. Znów jaśniał jak słońce.

Dwa dni po Julu przybyła Halderd. Zajechała z drużyną saniami tak niezwykłej urody, że długą chwilę, zamiast patrzeć, kto wysiada, podziwiałam ich kunsztowne rzeźbienia i wyniosłe oparcie. Gdy się otrząsnęłam, stali przed saniami. Halderd w ciemnym futrze i sześciu chłopców za nią. Ustawili się według wzrostu i przemknęło mi przez głowę, że oto wódz i jego wojsko.

— Reginie i Sigrun, poznajcie moich synów. Oto: Halvard, Bersi, Duri, Asgrim, Yngwe i Ragnar.

Kolejno skinęli głowami. Trzech najstarszych było wzrostem równych Halderd.

Regin wystąpił przed dwór.

— Witajcie w moim domu, synowie Helgiego i Halderd.

— Starsi chcieli odprowadzić braci, nim wyruszą wiosną do Sunnfjordu. Wtedy mogą się już nie zobaczyć — powiedziała Halderd, kiedyśmy wchodzili do środka.

Zasiedliśmy do uczty. Razem z wszystkimi dziećmi. Przyglądałam się synom Halderd po kolei. Byli zadziwiającą mieszaniną jej i nieżyjącego Helgiego. Tylko w różnych proporcjach. Najstarszy zdawał się skórą zdartą z ojca. Nawet patrzył jak Helgi, tyle że nie był jak on ciężki. Wszyscy, poza bliźniętami, odziedziczyli jej smukłość. Bersi i Duri byli podobni do siebie, krępi, małomówni. Asgrim i Yngwe nie wyróżniali się na pierwszy rzut oka niczym szczególnym. Na ich tle oko przyciągał mały Ragnar. Zdawał się tak spokojny i cichy, a jednak co rusz spoglądałam właśnie na niego. Kobiety wniosły dymiące misy, Regin toast za gości. Halderd skinęła głową na towarzyszącą jej milczącą służkę i ta podała swej pani smukły dzban owinięty barwną materią.

— To wino przywiózł jarl Helgi z ostatniej wyprawy. Są tego trzy dzbany. Oto pierwszy: spełnijmy go za wychowanie mych synów pod waszym dachem. Drugi niech czeka, aż pierwszy z nich zasiądzie na ojca krześle i włoży jego pierścień. Trzeci otworzę, gdy wezmę na ręce wnuka. W twoje ręce, Reginie.

— Przyjmuję, Halderd. I daję ci słowo, że wychowam twych synów w jednej drużynie z własnym. A jak dorosną, oddam ich tobie.

Halvard, Duri i Bersi jedli łakomie, zęby błyskały im niczym młodym wilkom. Asgrim i Yngwe więcej mieli w sobie gracji Halderd. Ragnar jadł niewiele. Halderd tylko piła. A Gudrunn oglądała ich wzrokiem ciekawym i jasnym, jakby patrzyła na źrebaki prowadzone do strumienia. W miarę upływu czasu i wina wokół ławy zrobiło się gwarno. Chłopcy opowiadali sobie o sidłach na dzikie kaczki, Bjorn chwalił się, że jeździ konno w strzemionach, a nie na oklep jak dzikus, Gudrunn małą rączką dotykała ozdób zawieszonych na szyi Yngwe i paplała o swoim psie. Regin wyłowił to spojrzeniem.

— Zobacz, Halderd, może gdy moja córka dorośnie, jeszcze inaczej połączymy rody?

— Byłabym bardzo rada, bo ty masz już moich synów, a ja mogłabym w osobie synowej dostać córkę, której Disy nigdy mi nie dały. Z którym byś ją widział?

— O, daj mi się im przyjrzeć, będę miał czas na placu, jak im dam miecze do ręki. Apalvaldr, ojciec Sigrun, sprawdzał mnie po wielokroć, zanim swój skarb obiecał. Gudrunn, którego chciałabyś za męża?

— Bjorna, tato.

Wybuchliśmy śmiechem. Gudrunn zarumieniła się i skuliła ramionka, Bjorn wyprostował się dumnie i powiedział:

— Ja sam siostrze męża wybiorę!

Dzieci znudziły się siedzeniem i z pochodniami pognały do stajni, Regin z Halderd omawiali szczegóły. Jak się okazało, pomyślała o wszystkim, co było potrzebne. Przywiozła ze sobą mnogość wszelakiego dobra, aż nadto, by synom na niczym nie zbywało. Uzgodnili z Reginem, że wiosną przywiodą ludzie z Ynge konie dla chłopców, a jak przyjdzie potrzeba, to i łódź jest w pogotowiu. Łodzie poradził jej jednak Regin trzymać w Foldfjordzie w gotowości, na wypadek gdyby Hakon zwoływał wyprawę, a zaofiarował, że w naszych warsztatach można jej synom łódź wybudować, przy okazji nauczą się trochę szkutnictwa. Na tym stanęło. Potem powiedliśmy Halderd do izb dla drużynników, by pokazać jej, gdzie synowie będą spali. Stała w drzwiach wzruszona, z białą twarzą, wpatrując się w naszykowane przez moje służki posłania. Podeszła do każdego kolejno i po trzykroć jakieś znaki u wezgłowia kreśliła. Gdy odwróciła się do nas, usta miała wpółotwarte, a oczy mokre. Nie wytrzymałam i przytuliłam ją do siebie.

— Nie bój się, Halderd, zadbam o nich jak o własne dzieci, Regin da im naukę, a ja serce, nie martw się, będzie im tu dobrze…

— Och, Sigrun, Ragnar czasami silnie krwawi z nosa, trzeba go wtedy opatrzyć… a Yngwe łatwo łapie gorączki od zimna… Asgrim ma chyba płuca słabe, kaszle sucho nocami… Ja ziół potrzebnych też przywiozłam, mam wszystko w skrzyni, ale jakby co się działo, daj mi znać, błagam, pchnij kogoś do Ynge, ja przyjadę, żeby ich w chorobie pielęgnować.

Uścisnęłam ją mocno, a ona zebrała się w sobie w jednej chwili. Już twarz miała jak zawsze, zamkniętą i nieruchomą. Tylko na brodzie lśniły ślady łez. Otarła je wierzchem dłoni. Szybko. Uśmiechnęła się do mnie:

— Oddaję ich, by przy was stali się mężczyznami, ale to jeszcze dzieci. A ja jestem jak każda matka.

Wyjechała rano, żegnała się z synami na osobności, wyszliśmy z halli, by nie krępować jej łez swoją obecnością. Ale gdy stanęła w drzwiach, oczy miała suche, choć całkiem nieobecne. Pożegnała się z nami i weszła na sanie. Róg odtrąbił zamknięcie bram Namsen.

W mojej pamięci dorastanie Bjorna i wejście do naszego domu chłopców Halderd zbiegło się w jeden punkt i już na zawsze pozostanie nierozłącznym.

Zamieszkali wszyscy czworo wraz z pozostałymi synami drużynników w jednej izbie, zaraz za izbą dorosłych wojów. Było ich wtedy, samych młodych, czternastu. Regin i Orm wielką wagę przykładali do ich wyszkolenia.

— Sam wychowałem się od dziecka w drużynie z szesnastką młodych towarzyszy. Mój ojciec traktował nas wszystkich równo, a rękę miał ciężką. Z tamtych czasów jest moja przyjaźń z Ormem, Rosketillem, Bodvarem i szóstką innych. Dziesięciu odeszło do Walhalli, ale każdemu z nich ufałem jak tym, co pozostali. Przeżyliśmy razem wszystko, uczyliśmy się dźwigać topór, mierzyć włócznią do chochoła, a potem nie wiadomo kiedy robiliśmy to samo nie na placu, a w czasie prawdziwej bitwy. To jest całkiem inaczej chować się w takiej grupie, w drużynie rówieśników, z którymi po drodze poznajesz świat od dołu do góry, niż być szkolonym przez dorosłych i potem dołączonym do drużyny. Bo tak to wychowujesz całą drużynę od razu. I to później może być cenniejsze niż dobry oręż, bo jak ci pęknie tarcza, towarzysz zasłoni cię swoją. To jest bezcenne na morzu i nieocenione w bitwie. Nie mieliśmy do tej pory tylu młodych naraz, by stworzyć osobną drużynę, a zawsze marzyliśmy z Ormem, by wychować sobie następców. Teraz widzisz, nieoczekiwanie tak się właśnie stało.

I rzeczywiście po dłuższym czasie młoda drużyna zaczęła prowadzić w Namsen byt całkiem osobny. Orm tak ułożył zajęcia mężczyzn w grodzie, że nie przeszkadzali sobie wzajemnie i tylko od czasu do czasu spotykali się razem na placu. Chłopcom powierzano coraz więcej obowiązków — przejęli opiekę nad końmi i czyszczenie stajni, cały dzień ćwiczenia, żmudne czyszczenie i konserwowanie broni. Ledwo puściły lody, zabrali ich nad rzekę i kazali wejść do lodowatej wody. Byłam zła na Regina.

— To jeszcze dzieci! Po wodzie pływała kra, widziałam wczoraj! Wszyscy będą chorzy!

Regin śmiał się, pokazując swoje białe zęby.

— Nic im nie będzie, Sigrun, muszę ich hartować.

Jednak wieczorem poszłam do ich izby z naparem z liści malin i dałam wszystkim do picia. Leżeli już pod skórami: Asgrim, Yngwe i Ragnar trzymali się nieco z boku; chociaż tuż obok posłanie miał Bjorn, wyraźnie widać było podział między nimi. Nagle, w przypływie matczynej solidarności, przysiadłam obok Ragnara i pogładziłam jego ciemne włosy. Nie usunął głowy.

— Tęsknicie za Ynge, za matką?

Cisza.

— Może chcielibyście odwiedzić ją?

Cisza. Po chwili Ragnar potaknął ruchem głowy. Asgrim i Yngwe zrobili to samo.

— Porozmawiam z mężem, śpijcie dobrze.

Poszłam wprost do alkowy Regina, Orma już nie było, leżał sam przy ogniu. Koszula przylgnęła mu do piersi, był spocony, oddychał ciężko.

— Co ci jest Miły? Źle się czujesz?

— Nie… nie wiem. Chyba woda była jednak za zimna, mam poty i dreszcze…

— Oj, Reginie, poczekaj, zaraz przyniosę naparu, dałam chłopcom, a nie pomyślałam o tobie.

Gdy wróciłam, zrzucił mokrą koszulę i otarł nagi tors ręcznikiem. Przechylił dzban i wypił duszkiem wszystko.

— Regin, to za dużo, będziesz się teraz zalewał potem całą noc, już przestań, nie pij tyle!

Odstawił dzban i opadł na łoże. Wilgotne włosy jasnymi strugami znaczyły mu piersi. Oddychał ciężko. Wyciągnął po mnie ręce. Powoli wyłuskiwał mnie z sukien. Szło od niego gorąco parującej skóry, miał zamglone oczy, jakby gorączka wzmacniała jego pożądanie. Pocił się już mocno, a woń jego potu niosła zapach malin zmieszany z jego własnym. Przewrócił mnie na brzuch i nim wbił się we mnie, wokół dłoni okręcił sobie moje włosy. Zabolało. Jęknęłam. Pocałował mnie nadspodziewanie miękko w zagłębienie między łopatkami i raz jeszcze szarpnął za włosy. I raz jeszcze, i raz jeszcze. Gdy jęczałam, ciągnął mocniej i całował czulej. Potem przekręcił mnie, kładąc na plecach, oczy miał nieprzytomne, włosy całkiem mokre, gdy pochylał się nade mną, kapał z nich pot słony i malinowy. Całował mój brzuch, zanurzył nozdrza w gęstym łonie. Chciałam zaprotestować, wyciągnęłam dłoń, by zasłonić swe wejście przed jego ustami, ale język Regina był szybszy, był tam przede mną, chwycił zębami moje palce i odsunął wyżej, zostawiając mą dłoń bezbronną gdzieś daleko na brzuchu, niczym suka swe młode przenosi z gniazda do gniazda. Nie miałam siły protestować, jego broda ocierała się o moje uda, powodując dreszcze, nad którymi nie panowałam. Chyba rozpływałam się w jego ustach, pod jego językiem niczym sopel lodu polizany słońcem. Wilgoć wypływała ze mnie falami skurczów, które wzmacniało zimne metaliczne taktowanie, lekkie uderzenie rytmicznie trafiające poniżej mego krocza. „To młot Thora na jego szyi” — pomyślałam, nim powietrze rozdarł krzyk, który wbrew woli wydobył się z mych sterczących w niebo piersi. Wraz z nieopanowanym skurczem, co podbił mi biodra wysoko i gwałtownie, by potem, niczym jabłko spadające z drzewa, opadły na wysłane mokrym futrem łoże. I znów ta chwila, gdy dotknęłam wieczności, zawisłam między kręgami światów. W oczach wirowały mi złote iskry niczym kurz unoszony w smudze słońca. Ktoś cicho zapukał do drzwi.

— To ja, Thora, Sigrun na mnie krzyczała?

— Nie, idź spać. Sigrun dla mnie krzyczała. Idź spać.

Roześmialiśmy się oboje, złoty kurz opadł, poczułam wielkie pragnienie. Regin podał mi kubek.

— Kochany, powinieneś wypoczywać, masz gorączkę…

— Miałem, na ciebie. Już mi przeszła.

Dotknęłam jego czoła. Było mokre, ale zimne. Miał rację. A potem rozmawialiśmy, mówiłam mu o chłopcach, że tęsknią za Halderd, ale Regin uważał, że to za wcześnie na odwiedziny, że jesienią, jak wróci z wyprawy.

— Jak byłam u nich wieczorem, wydało mi się, że są tacy osobni, jakby z boku.

— Tak jest, ja zresztą nie staram się na siłę tego przełamać, chcę, żeby czuli odrębność, chociaż wszyscy w młodej drużynie mają takie same obowiązki, takie same prawa. Sami się muszą wtopić, jak zrobię to na siłę, to nam się znarowią i na przekór będą się trzymać z boku. A na razie wciąż jeszcze działa tęsknota za domem. Dlatego nie chcę, żeby już teraz spotykali się z matką. To ich rozmiękczy, rozczuli i cała zimowa robota na nic. Zaufaj mi, wychowałem wielu młodych wojów. Metal na miecz hartuje się trochę inaczej niż ten na ozdoby.

— A jak ich widzisz? Można już coś powiedzieć o nich?

— Niewiele; Asgrim wydaje się z nich wszystkich najsilniejszy, Yngwe ma chyba talent do łuku i zdaje się zręczniejszym niż inni, ale jeden i drugi nie mają cierpliwości, zniechęca ich każde niepowodzenie. A Ragnar jest chyba najsłabszy. Za chudy, wątły i taki jakby nieprzytomny, a to przeszkadza. Jakby nic mu się nie chciało. Wszystko mu jedno. A dwaj starsi to łapią i jak jemu się nie chce, to im też. To jest niedobre. Ale to dopiero jedna zima.

— A Bjorn? Jak sobie radzi nasz Niedźwiadek?

— O, z syna możemy być dumni! Chłopak ma rękę do wszystkiego. Jest szybki i skoczny, bardzo zręczny. Za co się weźmie, przychodzi mu z łatwością! Jednak to też niebezpieczne.

— Co? To źle?

— Nie, dobrze. Trzeba go pilnować, bo może stać się leniwy i popaść w pychę, przestać pracować nad sobą. Ale mamy z Ormem na niego oko.

— A jak mały Vagn?

— Orm nie może przeżyć, że jest wciąż za młody, by go dać do drużyny, Vagn ma niecałe pięć wiosen, ale aż rwie się do wszystkiego. Jest nieszczęśliwy, że musi z Gudrunn siedzieć z boku placu. Ale w przyszłym roku pewnie dołączymy syna Orma do drużyny.

— Zobacz, Reginie, przed przyjściem na świat Bjorna planowaliśmy twoje wyprawy; potem, od czasu Hakona i pokoju w Trondelagu, nasz rytm wyznaczały zasiewy, zbiory i handel. A teraz? Planujemy wychowanie młodych.

— Tak, to jakoś podobnie jak z tymi zasiewami i zbiorami. A może coś jeszcze byśmy zasiali?

Dłoń, którą opierał na moim biodrze, przesunął głębiej.

— To może za dwie noce... Będzie pełnia, a wiesz, że ziarno rzucone w ziemię podczas pełni przynosi plon najlepszy...

— Za dwie noce wyruszam do Frosta. To pora thingu, posłańcy już byli.

Gdy Regin z wojami pojechali na thing, opiekę nad młodą drużyną przejął Bodvar. Zabierał chłopców do lasu, pokazywał, jakie drzewa nadają się na częstokół wokół grodu, które pnie wybierać i jak je korować. Kilka razy widziałam, jak wracali do Namsen roześmiani, weseli, gwarni jak prawdziwe dzieci. Zresztą może sprawiła to wiosna. Bodvar też był kwitnący, po raz pierwszy od śmierci swej ukochanej Gunhild. Z końcem zimy jedna z niewolnic, jakie dostał ongiś od Regina, powiła mu bliźnięta, chłopca i dziewczynkę. Bodvar wziął to za znak od Freyja i Freyi, za błogosławieństwo związku z kobietą niewolną i jednocześnie za przyzwolenie nieżyjącej Gunhild na nowe małżeństwo. Narodziny żywych zdrowych bliźniąt są tak rzadkie, że wszyscy to samo mówiliśmy Bodvarowi: wyzwól kobietę i żeń się z nią! Gdyby Gunhild się nie zgadzała na nową kobietę w twym domu, to by ją uśmierciła przy porodzie. A tu i dzieciątka, i matka zdrowe. Promieniał w tamtych dniach Bodvar, a ja myślałam, że tak oto rozrasta się Namsen. Potwierdzał to dźwięk siekier od świtu do zmierzchu rozbrzmiewający między domostwami. Naprawę starego częstokołu połączono z jego rozszerzeniem, gród naprawdę wymagał powiększenia. Regin zaplanował też postawienie osobnego domu, chciał przenieść tam całą nową drużynę. Przy tej okazji chciałam poszerzyć starą tkalnię, bo ta zapadała się w ziemię i już czas jakiś temu zauważyłam, że przędza nabiera tam tego niedobrego zapachu z nadmiaru wilgoci. Rósł nasz syn, a wraz z nim rósł gród. Rosło bogactwo Regina. Gdy już któreś lato z rzędu nie było okazji do wypraw wojennych, mój Miły okazał się przewidującym i zręcznym kupcem. Gdy jesienią wracał z targu w Viken, skrzynie napełniały się srebrem, komory dzbanami wina, a moje nadgarstki oplatały coraz cięższe, złote bransolety. Zaczął rozpieszczać Gudrunn, jak mnie ongiś hołubił ojciec. Pięcioletnia, jasna i uśmiechnięta nosiła na paluszku pierścień wart dobrego konia.

Prace nad rozbudową Namsen potrwały do kolejnego lata i był to czas słodkiej, spokojnej jednostajności w naszym życiu. Jednak mimo tego, iż poza trwającymi od późnej wiosny do wczesnej jesieni wyprawami Regina do Viken miałam go przy sobie i kochaliśmy się często, moje łono nie chciało napełnić się życiem po raz trzeci. Przed każdym nowiem wyczekiwałam tętna pod swoim sercem i odpowiadała mi cisza. Nie mogąc mieć więcej dzieci, całą miłość przelałam na Bjorna i Gudrunn. Mój piękny syn miał jednak coraz mniej czasu na matczyne pieszczoty, na coraz krótsze chwile pozwalał mym palcom zanurzyć się w swej złotej czuprynie. W miejsce zapachu łąki i słodkiego mleka, jakim niegdyś pachniał, wyławiałam z jego włosów woń ognisk, końskiej mokrej sierści, małe strupy zaschniętej krwi. Każdy ślad drobnej rany na jego ciele napawał mnie przestrachem, on jednak śmiał się dźwięcznie z mego zatroskania i opowiadał mi z płonącym wzrokiem o swoich wyczynach. Mężniał tak szybko! Z koszul i spodni potrafił tamtego roku wyrosnąć między wiosną a jesienią! Szedł mu dziewiąty rok! Kiedy to minęło? Gdy szewc po raz drugi tego roku brał mu miarę na buty, bo nim zdążył je zedrzeć, już nie mógł ich włożyć, oczy zaszły mi łzami. Wciąż w zagłębieniu dłoni mam odciśnięty kształt jego maleńkiej stopy; noc w noc tak z nim zasypiałam, gdy był niemowlęciem, trzymając go za różową, nie większą od śliwki piętę.

A Gudrunn? Prawie siedmioletnia, płowa, jasnooka. Cień brata. Gdzie on, tam ona z psem. Zawsze znalazła sposób, by być blisko Bjorna; jak chłopcy ćwiczyli na placu nosiła im wodę do picia, gdy szli w las — odprowadzała ich z psem aż za łąkę. Cichutka. Widziałam, że nie ma serca do robót domowych, uczyłam ją teraz wyszywać i jedynym sposobem, by Gudrunn do tego przysiadła, było podsunięcie jej koszuli Bjorna do ozdobienia. Siedzi nad nią od kilku dni. Wyszywa i pruje. Jest uparta.

Tego roku Regin, przypływając z Viken wraz z pierwszymi przymrozkami, przywiózł wieści o Einarze. Spotkał na targu ludzi z Kentu, których ziemie sąsiadują z Einarem. Ożenił się z bardzo bogatą dziewczyną, wpływy jej ojca, a Einarowego teścia sięgały ponoć samego dworu króla Anglików. Ale stary już nie żyje i jego córka wraz z Einarem wzięli po nim ziemię, srebra i pozycję wśród tamtejszych. A zeszłego roku żona powiła mu syna. Jakież to były dobre wiadomości! Wprawdzie Regin mówił, że ci, z którymi rozmawiał, to byli chrześcijańscy kupcy, bo w Anglii ponoć już wszyscy pochrzczeni, ale niech tam! Einar jest wśród ludzi, którzy są tacy jak on, mają tych samych bogów, to znaczy tego na krzyżu, i pewnie mu tam dobrze. Ma żonę, dziecko, ustatkował się. Odnalazł spokój. Tak, to były dobre wiadomości. Inne, które przywiózł Regin, zwiastowały rychłą wyprawę. Skarżą się osadnicy angielscy, że na wyspie coraz niespokojniej. Rabusie z Sogne Fjord nie mogąc nic zdziałać na swoich wodach, bo tu ich jarl Hakon z Panami Północy pilnują, ruszyli w stronę angielskiego wybrzeża i tam grabią mieszkańców. A ci ponoć zastanawiają się, czy nie wezwać wikingów przeciw wikingom.

— To całkiem jak kiedyś — śmiał się Regin, opowiadając — tak było i na saskiej ziemi, i na galijskim wybrzeżu, i na Islandii! Tyle że teraz Anglicy mądrzejsi, wiedzą dokładnie, kogo chcą prosić. Mają jeszcze przed thingiem przysłać posłów do jarla Hakona. Wiedzą, że my sami z piractwem z Sogne Fjord walczymy, więc mamy w tym interes. Ale tak naprawdę mamy nie jeden, a trzy interesy, by się zgodzić. Jeden to taki, by te wszy wytępić raz na zawsze, drugi — zrobić to na wybrzeżu angielskim, a nie w okolicy Sogne, gdzie się zapadną w swoje fiordy jak kamień w wodę i zawsze kilka łodzi nam umknie. A trzeci, i kto wie, czy nie najważniejszy, że zdobywając dozgonną wdzięczność Anglików za tę przysługę, otwieramy sobie drogę do handlu z nimi bez pośredników i bez sprawdzania, czy jesteśmy chrzczeni, czy nie. A zapłata w srebrze będzie ugadywana, jak przypłyną do Hakona. Jeszcze przed Julem będzie wiadomo, co robimy.

Koniec słodkiej jednostajności! Znów z kuźni dochodził miarowy głos kucia mieczy i toporów, a między domami unosiła się woń wielorybiego sadła. Regin przeglądał uzbrojenie i wyposażenie łodzi, narzekając, że parę lat bez porządnej walki okaleczyło mu drużynę. Wizja wyprawy, prawdziwej wyprawy, a nie targu w Viken, rozpaliła jego głowę i rozjaśniła oczy. Orm znów przesiadywał z nim nocami i jeszcze przed świtem obaj wyruszali konno daleko za Namsen. Wracali w południe i bez chwili wypoczynku krążyli między kuźnią, placem a rzemieślnikami, jakby sami chcieli dopilnować wszystkiego. Spięli silniej młodą drużynę i nie raz ćwiczyli chłopców od świtu do zmierzchu, bez chwili wytchnienia, niechętni nawet przerwom na posiłki. Do mojej alkowy wpadał jednak często, choć na krótko i rzadko zostawał do rana.

— Mężczyzna w domu gnuśnieje, Sigrun, jeszcze jedna taka zima i spasłbym się, już widzę, że kolczuga mnie opina. Nie zauważyłem, bo nie zakładałem. Jak można się tak zapuścić? Rozpieszczasz mnie, podsuwasz smakołyki, jem ci z ręki, a ramiona słabną. Samo ćwiczenie chłopców na placu nie wystarcza, by być w dobrej formie. Kolana mi się zastały, dłoń nie trzyma miecza tak pewnie. Koniec z tym, w porę mi przyszła ta wyprawa.

Patrzyłam na mego ukochanego i z czułością myślałam, że tych parę lat spokojnego życia, na które się tak zżymał, dla mnie miały smak kojącego naparu lipy z miodem. Jesteśmy sobie najbliżsi na ziemi, a żyjemy w dwóch różnych światach! Pewnie dlatego po śmierci wędrujemy w dwie strony, choć to akurat jest bardzo gorzkie. Ale pomyślałam i o tym, iż Regin zapomniał, że czas płynie w jedną stronę. Ile mój ukochany miał lat? Czterdzieści pięć? Czterdzieści trzy? Na jego twarzy rozpięła się sieć zmarszczek. W złotych włosach przeplatają się długimi pasmami nici srebrne. Skóra dłoni jest coraz bardziej sucha, a palce delikatnie zaznaczają się węzłami, miewa chłodne stopy. Zwłaszcza ostatnimi laty, gdy miałam go przy sobie częściej, zauważyłam, że słabiej śpi i ciężej wstaje z ławy. Ale dla mnie każda jego nowa zmarszczka, każdy znak zbliżającej się starości były błogosławioną zapowiedzią, że oto może częściej będę miała go w domu. Że może stanie się bardziej mój niż w latach, w których znałam jego dotyk tylko w porze śniegu. Nadal był najpiękniejszym ze znanych mi mężczyzn, jego siwe włosy zdobiły go niczym srebrna biżuteria. Kochał mnie wciąż równie mocno jak pierwszej nocy; wtedy brał mnie szybko i twardo, wracając po mnie kilka razy z niegasnącym pragnieniem. Teraz miał czas, by kochać mnie długo, nie wypuszczał z rąk tak szybko; nasza miłość była jak sycenie się miodem, smakowanie dojrzałych jabłek. On był ogniem, a ja garnkiem z wodą, płonął tak długo, aż doczekał chwili, gdy i ja się zagotuję. Ale bywały i noce, gdy jak dawniej wypuszczał swe strzały jedna po drugiej i ostatnią z nich trafiał mnie mocno, tak mocno, że krzyczałam i czułam, że życie uchodzi ze mnie. Wtedy gładził mnie wzdłuż pleców, kreślił po mym ciele falistą linię bioder, przesuwając palcami po twarzy otwierał mi usta i powieki. Przywracał życiu. Potem zasypialiśmy roztkliwieni tą miłością, rozmawiając sennie o dzieciach, odgadując w nich siebie dawnych i siebie następnych. Jakże więc mogłam myśleć z żalem o tym, że Regin się starzeje?

Jedyne, co mnie martwiło, to czy zdążymy mieć jeszcze dziecko. Ale natura pozostała w tej mierze oszczędną. Wynagradzała swą powściągliwość poprzez doskonałość tego, co dała. Bjorn miał w sobie szlachetność najlepszego kruszcu. Krew mego ojca Apalvaldra, krew Regina, dusze naszych najświetniejszych przodków, wszystko to pulsowało w nim i sprawiało, iż był niczym złoty posążek między srebrami. Wśród swoich rówieśników jaśniał nie tylko urodą, ale jakąś wewnętrzną siłą, która biła z niego i dawała mu jednocześnie naturalny instynkt przywódcy. Był niczym Baldur, kochany przez wszystko, co żyje. A jednocześnie jak inne dzieci — rozbiegany, rozkrzyczany, zachłanny na życie jak szczenię. Tamtego roku, gdy Regin zaostrzył dyscyplinę wśród chłopców, w Bjornie obudził się duch rywalizacji. Ćwiczyli walki jeden przeciw jednemu i każdy z każdym, a Bjorn nie dopuszczał do siebie myśli, że mógłby przegrywać. Zresztą silny nad wiek, zwinny, obdarzony spostrzegawczością i niewątpliwym talentem do władania bronią, z łatwością radził sobie nawet ze starszymi chłopcami. Gudrunn potrafiła ze szczegółami rozprawiać o tym, co kiedy robił i ilu ciosów potrzebował, by zdobyć przewagę nad Yngwe czy Asgrimem. Ja przyglądałam się im tylko z daleka, nie chciałam peszyć dorastającego syna matczyną czułością ani smucić synów Halderd przypominaniem im, że są od własnej matki oddzieleni. Sama Halderd kontaktowała się z nami dość często, przysyłała ludzi z odzieżą i podarkami dla swoich chłopców. W domu traktowani byli na równi z naszymi dziećmi, a Regin często podkreślał ich pochodzenie z dzielnego rodu Helgi. Nie mieli powodów, by się uskarżać, jednak we mnie darło się serce, gdy na nich patrzyłam.

Po pierwszych roztopach ośmiu jarlów Trondelagu ruszyło na angielskie wody. Regin wystawił dziewięć łodzi. Sam wraz z Ormem wsiadł na pokład swojej najnowszej i największej. Piętnastu ludzi przy każdej z burt trzymało wiosła. Stałam z Gudrunn na szczycie skały, patrząc jak smukła sylwetka łodzi wysuwa się z Foldfjord. W oddali zamajaczyła barwna plama podniesionego żagla, jeszcze dostrzegłam punkcik czerwonej czapki Regina, smugę ciemnego futra, w którym jeszcze rano zanurzałam palce. Wpłynęli w mgłę. Z piersi Gudrunn wyrwało się westchnienie. Z ust stojących obok nas chłopców okrzyk. Cała młoda drużyna odprowadzała wojów. Byli jak młode konie, nie mogli ustać w miejscu, serca im się rwały do łodzi, któreśmy pożegnali. W drodze do Namsen pokłócili się. Sigurd przywrócił ich do porządku krótkim gardłowym okrzykiem, którego nawet nie zdążyłam zrozumieć. Z podziwem spojrzałam na tego rudego chłopaka, któremu Regin powierzył pieczę nad młodą drużyną. I dostrzegłam, że stał się mężczyzną. Wysoki, miedzianowłosy i bladooki. Podobny do Rosketilla, swego ojca, jak włócznia do włóczni. W pamięci stanął mi dzień, gdy jako żona Regina wjechałam do Namsen i za radą Olfi zaprosiłam żony najważniejszych wojów do siebie. Thordis mówiła wtedy, że ma trzech synów, rudych jak Rosketill, ich ojciec, a najmłodszy miał wtedy pięć lat. A dzisiaj idzie mu dziewiętnasta wiosna i stoi na czele młodej drużyny. Czy czas jest rzeką, która nigdy nie staje pod lodem?

Przez ostatnie lata Regin wypływał latem jedynie do Viken i choć nie było ani jego, ani drużyny w grodzie, życie biegło rytmem spokojnym i jednostajnym, nieprzerywane żadną burzą, żadnym wstrząsem. Teraz, kiedy popłynął na wyprawę, spojrzeliśmy na siebie z Bodvarem i wiedzieliśmy, że przyjdzie nam się z tym mierzyć. Tego lata Mislava, niewolnica, którą poślubił, powiła mu po bliźniętach kolejnego syna. Bodvar miał w sobie siłę zdolną dźwigać niedźwiedzie. Z energią, która rozsadzała mu piersi, kończył rozbudowę Namsen. Powiedział mi, że jeszcze przed żniwami skończą w grodzie rozbrzmiewać siekiery.

— Czas też odnowić spichrze na wyspie, Sigrun. To, że w kraju jest pokój, to jedno. A to, że zawsze trzeba być gotowym, że go nie będzie, to drugie.

— Dobrze. Może weźmiesz tam młodą drużynę?

— Nie Sigrun. Nie pokażę synom Halderd spichrzy na wyspie.

— Nie ufasz im?

— Nigdy nie ufam obcym.

— Ale to dzieci, wychowują się u nas.

— To dzieci Helgiego i Halderd.

Bodvar zasiał we mnie niepokój. Ale nie miałam czasu, by go rozważyć, bo jeszcze tego samego dnia przybyli gońcy z Vira i przywieźli wiadomość, której moje serce od dawna wyglądało. Matka nie wstaje już z łoża. Odmawia jedzenia od kilku dni. Nie można się z nią porozumieć, szepce moje imię na zmianę z zaklęciami. Wzywa śmierci. Nie namyślając się wiele, wzięłam Gudrunn i zostawiając zarząd domem Thorze, ruszyłam wraz z piątką ludzi do Vira. Trzymałam drobną dłoń córki w swojej, wchodząc przez wspaniale rzeźbione drzwi dworu do środka. Dreszcz mną przeszedł, gdy szłam przez hallę, która wyglądała tak samo jak w dniu naszego ślubu. Matka zajmowała alkowę, w której spędziłam pierwszą noc z Reginem. W środku płonął ogień. Ostra woń ziół nie była w stanie stłumić zapachu moczu.

— Ma dreszcze i wciąż zimne dłonie, jak grzejemy to się uspokaja. Jeść nie chce, więc słabnie. I robi pod siebie… — Gudthordis, jej wierna towarzyszka, nie kryła łez.

W izbie krzątało się kilka kobiet. Myły matkę szmatkami zamoczonymi w odwarze z krwawnika. Guthordis międła w palcach liście chrzanu na okłady. Przyklękłam u wezgłowia.

— Matko… — dotknęłam jej rzadkich, siwych włosów. Zareagowała gwałtownie. Zaczęła przewracać głową na boki, jakby się opędzała. Gładziłam ją po czole, mimo że zdawać się mogło, iż robi wszystko, by strącić moją dłoń.

— To ja, Sigrun. Poznajesz mnie, matko?… — na dźwięk mojego imienia zatrzymała głowę, nasłuchując.

— To ja, Sigrun. Jestem tutaj — przekrzywiła się w moją stronę i szybko otworzyła powieki. Jej oczy były blade i nieobecne. Marszczyła brwi, robiąc wysiłek dostrzeżenia mnie.

— Tu jestem matko.

Gwałtownie rozciągnęła usta w skurczu, który miał być uśmiechem. Pokazała bezzębne dziąsła.

— Siguuun... Siguuun... Siiii... — zaskowyczała cichutko. Rozeszła się od niej woń ropiejących wnętrzności, woń śmiertelnej starości. Musiałam odwrócić głowę, żeby się nie udławić. Wyciągnęła suche, kościste ręce w stronę Gudrunn.

— Siguuun... Siguuun...

— Ja jestem Sigrun, matko, a to jest Gudrunn, twoja wnuczka.

Gudrunn była sztywna i cała się trzęsła, gdy palce matki próbowały zacisnąć się na jej ramionach. Ale nie odsunęła się.

— Sigunn... Sigunn... — mamrotała matka coraz ciszej. Puściła Gudrunn, jej dłonie znieruchomiały, bezładnie rzucone na przykrywające ją futro.

Ujęłam je najdelikatniej, jak potrafiłam, i ułożyłam wzdłuż boków. Matka ani drgnęła, jakby nie czuła mojego dotyku. Jej ręka była chuda i lekka jak złamana gałązka. Twarz zastygła, nie wyrażała żadnego uczucia. Suchymi oczami śledziła światło przesączające się przez dymnik. Starość i wychudzenie zaostrzyły jej profil, wyglądała jak ostrodzioby myszołów. Skupiona na obserwacji światła, istniejąca jedynie w ruchu źrenic i coraz szybszym drganiu nozdrzy. Nie reagowała na dotyk, nie odpowiadała na słowa. Coraz intensywniej wpatrywała się w smugę rozjaśnionego słońcem powietrza, która łączyła ją z tamtym światem, otwierającym się ponad dachem dworu. Ciało, ledwie zarysowane pod grubym błamem futra, było sztywne, jakby już umarłe. Życie zostało jedynie w jej głowie, w ptasim ruchu oczu wyglądającym czegoś w linii światła. Czy matka widzi światy, w których mieszkają umarli? Czy wypatruje tam kogoś bliskiego, znajomego, kogoś, kto jej poda rękę i poprowadzi przez wrota? Nagle za gardło chwycił mnie lęk, że oto któregoś dnia i ja stanę przed tymi wrotami. I kogo zobaczę tam w głębi? Matkę, Foczkę, starą Olfi... Kogo jeszcze? Kto mi wtedy poda rękę? Kto będzie umiał powiedzieć, żebym się nie bała umierania? Jest tylko jedna kobieta, której bym uwierzyła, której rękę mogłabym chwycić i przejść pewnie. I nie jest to moja matka. To Thora.

Uspokoiłam się. Mocniej złapałam małą, spoconą rączkę Gudrunn. Jakie to szczęście, że kiedy przyjdzie kolej na nią, na moją jasną, słodką córkę, we wrotach umarłych stać będę ja.

Zostałyśmy w Vira do końca pogrzebu. Zawsze bałam się umarłych. Uciekałam przed widokiem zimnych, wykrzywionych twarzy martwych wojów przywożonych na marach z wypraw. Żyłam w wiecznym lęku o życie najbliższych. Tę jedynie pewną na świecie rzecz skupioną wokół kołatania serca. Jako dziecko, chcąc zrozumieć przychodzenie śmierci, wstrzymywałam oddech, przyciskałam rękę do piersi, sprawdzając, czy serce przestaje bić. Zwalniało, zwalniało, by potem zwielokrotnionymi uderzeniami rozsadzać żebra i przemocą otwierać usta, wpuszczając przez nie powietrze. Tak więc nie zrozumiałam ze śmierci nic. Ale wciąż lękałam się jej nadejścia. Ze zdumieniem odkryłam, iż ani ten strach, ani ból po stracie matki nie zatrzymały mi myśli. Spokojnie wydawałam polecenia służbie, przygotowywałam obrządek pośmiertny z tą samą wprawą, z jaką każdego dnia kieruję domem. Gdy płonął stos, zaczęło mżyć. Musieliśmy stale dokładać nowe pochodnie, by ogień zechciał go ogarnąć. Wiatr raz po raz odsłaniał sylwetkę matki sztywno siedzącą na wozie. W końcu płomienie strzeliły obejmując ją od kolan ku pochylonej na piersi głowie, a gęsta chmura dymu popchnięta wiatrem rozciągnęła się za wozem niczym tuman kurzu pod turkocącymi na drodze kołami. Ruszyła ku Hel*, westchnęłam, a może raczej odetchnęłam z ulgą, niosąc gdzieś w sercu zabobonne przekonanie, iż matka mogła nie chcieć się rozstać z życiem w Vira. Podczas uczty był czas na

* Hel, Hell — córka Lokiego i olbrzymki Angrbody, bogini ludzi zmarłych niehonorową śmiercią (czyli wszystkich mężczyzn, którzy nie zginęli na polu walki, i kobiet, które nie umarły jako dziewice), władająca w Niflheimie. Wyglądała niemalże jak normalna kobieta, ale twarz miała przerażającą: jedna jej połowa rozkładała się niczym ciało nieboszczyka, druga zaś jaśniała trupią bladością. Z tego powodu bogowie stwierdzili, że Hel nie znajdzie męża, toteż postanowili oddać jej we władanie Niflheim, krainę zmarłych. Sprawowała tam rządy bez okrucieństwa, ale też bez litości. W jej królestwie nie było miejsca na radość.

rozmowę, co dalej z grodem. Postanowiłam do powrotu Regina nie ruszać tu niczego, syn Eryka, zarządcy grodu z czasów Apalvaldra, radził sobie dobrze, choć, jak przypuszczałam, nie był tak zaradnym gospodarzem jak nasz Bodvar. Powierzyłam Gudthordis opiekę nad dworem, kazałam zarżnąć kozę i koguta pod świeżo usypanym kopcem matki i ruszyłam do Namsen, zostawiając za sobą popioły obojga rodziców. Przy mym boku jechała Gudrunn. Blada, z zapuchniętą twarzyczką i ustami zaciśniętymi w ciasną kreskę. Mrugała, jak zawsze gdy chciała powiedzieć coś, czego nie potrafiła ubrać w słowa.

— Mamo...

— Tak, córeczko?

— Każdy musi umrzeć?

— Każdy.

— Ty też?

— Ja też.

— Czy każdy musi umrzeć... tak brzydko jak ona?

— To starość, Gudrunn, nie brzydota.

— Starość jest brzydka. Ja się jej bałam, ja się bałam, mamo... brzydziłam się, że tam tak śmierdziało i że mnie dotknęła...

— Ja wiem, Gudrunn, wiem. Ale takie jest życie. Młodość pachnie i kwitnie, starość... na starość człowiek więdnie... jak te kwiaty, a jak jeszcze przyjdzie do starości choroba, to i psuje się niczym nadgniłe jabłuszko. Ale to jabłuszko kiedyś było jędrne i czerwone, a jeszcze wcześniej było jasnym kwiatem. Takie jest nasze życie, córeńko. Moja matka też pewnie kiedyś była piękną kobietą...

Gudrunn zamilkła, widziałam, że myśli o tym wszystkim. Po chwili na policzki wystąpiły jej rumieńce, a oczy odzyskały zwykły blask. Odezwała się:

— Ja się nie zestarzeję, mamo. Nie będę umierać na gnicie i więdnięcie. Jeśli każdy musi umrzeć, to ja chcę umrzeć na młodość. I na stosie chcę zasiąść w najpiękniejszej sukni. I w klejnotach. I w rozpuszczonych włosach.

Zaśmiałam się i ucałowałam Gudrunn w oba rumiane policzki.

— Moje ty uparte jabłuszko!

Las wokół zdawał się kipieć zielenią wybujałą jeszcze po przedwczorajszym deszczu. Ptasie głosy dobywały się spomiędzy liści, przekazując sobie wiadomość o naszym przejeździe. Dwa razy wstrzymywaliśmy konie, gdy na drodze przed nami pojawiła się locha z młodymi, między drzewami śmigały rude ogony lisów, życie tętniło, przysłaniając jaskrawą zielonością liści wspomnienie pogrzebowego stosu.

Jednak po przyjeździe do Namsen na powrót stanęłam przed bladym obliczem śmierci. Tym razem śmierć chwyciła mnie za serce. Miała twarz Thory. Jak opowiedziały mi roztrzęsione dziewczęta służebne, Thora tego ranka po prostu nie wstała. Próbowały ją budzić, ale bezskutecznie. Nie ruszała się, nie odpowiadała pogrążona we śnie, z którego nie można się wybić. Ale jej ciało wciąż jeszcze było ciepłe, nie miało sztywności i chłodu umarłych. Dlatego wszyscy wokół byli przerażeni, nie wiedząc, czy Thora śpi jedynie, czy też już nie żyje. Pobiegłam do niej natychmiast, odsyłając jednak Gudrunn pod opiekę służących. Thora leżała na wąskim łożu przykryta jedynie lekkim kocem. Głowę miała przechyloną na bok, więc nim moje oczy przywykły do półmroku izby, zdawać się mogło, iż Thora patrzy na mnie z uśmiechem. Podeszłam do niej. Powieki miała przymknięte, a twarz jasną i pogodną, jakby naprawdę się uśmiechała. Dotknęłam jej dłoni, nie była zimna, ale... nie była też ciepła. Thora nie zareagowała na mój dotyk. Uścisnęłam ją mocniej. Nic. Odchyliłam koc i przyłożyłam głowę do jej piersi, chcąc odnaleźć bicie serca. Ale moje własne pulsowało rytmem tak niespokojnym i gorączkowym, że zagłuszało wszystko inne. Nie, tak nic nie zdziałam. Muszę usiąść, uspokoić się. Nie puszczałam dłoni Thory, a w głowie miałam pustkę. Głaskałam spracowane palce, które, choć nigdy nie pozostawały bezczynne, zachowały delikatny rysunek i idealny owal drobnych paznokci.

— Thoro, ty śpisz... Pośpij kochana, odpocznij. Zmęczona jesteś, wszystko na twojej głowie, nie było mnie, pewnie się zamęczałaś… Pośpij sobie, kochana ty moja, wypocznij… Ja już się wszystkim tu zajmę, o nic się nie martw…

Twarz Thory ani drgnęła, a jej ręka bezładnie spoczywała w mojej. Pełna pierś pod cienką koszulą nie unosiła się. Przyłożyłam tam ucho. Cisza. Nic. Szum w mojej głowie. Bezradna zupełnie przytuliłam się do jej piersi i rozszlochałam jak dziecko. Nie odchodź, proszę, nie zostawiaj mnie samej. Ja nie mam siły. Nie wiem, jak długo płakałam, zasnęłam na piersi Thory. Zbudziła mnie Hela i Bodvar.

— Sigrun, uspokój się, choć stąd. Nie jadłaś nic, nie piłaś, nawet się nie przebrałaś po podróży. Choć, zaprowadzę cię do alkowy, pomogę ci, jesteś wykończona, dwie śmierci w parę dni…

— Thora nie umarła, Thora żyje!… Dotknij jej, zobacz, że ciepła!… Nie zostawię jej samej tutaj! Nie dam jej żywcem spalić! Thora żyje!… Zobacz sama!…

— Sigrun, uspokój się, jesteś przemęczona. Thora już nie żyje… Zesztywniała cała… Przykro mi. Ale śmierć miała piękną, we śnie, lekko, bez bólu… No chodź, Sigrun, proszę…

Przylgnęłam do Thory. Wcale nie wydawała się zimna. Spała jak przedtem. A jeśli naprawdę odeszła, a ja przespałam jej śmierć? Nie, nie umarła. Trzeba poczekać! Rano obudzi się i wstanie jak zwykle! Nie dam! Wczepiłam się w nią palcami, przytulałam głowę do jej policzków, całowałam czoło i brodę. Głaskałam posiwiałe włosy. W bezradnym geście chwyciłam ją za ramiona i zaczęłam potrząsać.

— Thoro, obudź się, błagam cię na wszystko, obudź się natychmiast, otwórz oczy, daj jakiś znak, bo oni myślą, że nie żyjesz, oni chcą cię spalić, błagam cię, zrób coś!…

Jednak ciało Thory pozostało sztywne i nieruchome, a ona sama jakby głucha na moje zaklęcia.

— Sigrun, sama widzisz, że to na nic… — Bodvar łagodnie położył mi rękę na plecach i podniósł jak dziecko. Przytulił mnie do swej szerokiej piersi. Byłam zrozpaczona. Thora żyje, bo nie mogła umrzeć, a ja nie potrafię ich przekonać!

— Wypij to, będzie ci lepiej — Hela podała mi kubek z ciepłym naparem osłodzonym miodem.

Poddałam się. Wypiłam. Potem pamiętam jeszcze, że Bodvar zaniósł mnie do mojej alkowy. Zasnęłam. Kiedy się przebudziłam, bolała mnie głowa. Hela siedziała przy mnie.

— Nareszcie, Sigrun! Bałam się o ciebie!

— Co się stało?

— Przespałaś noc i cały dzień, jest późny wieczór.

Spojrzałam w górę. Przez dymnik wpadała szara smuga niekończącego się letniego dnia. Wszystko mi się przypomniało.

— Co z Thorą? Wybudziła się?

— Nie. Ona nie żyje.

— Więc jednak...

Serce opasała mi zimna fala. Zrobiło mi się niedobrze.

— Przespałam jej śmierć?

— Nie. Ona nie żyła już, gdy przyjechałaś. Norny*, przędąc nić żywota, przerywają ją najczęściej jednym cięciem. Albo nić zrywa się. Albo przędza przy końcu robi się coraz gorsza, plącze się w węzły i wtedy nachodzą choroby. A czasami, jeśli kto miał życie piękne i równe, przędza staje się na koniec coraz cieńsza i cieńsza. A Norny ostrożnie przędą ją dalej, aż jest cieńsza od włosa, a potem cieńsza i od pajęczyny, aż kończy się z tej cienkości sama, bez rwania, bez cięcia. Życie uszło z Thory cieniutką strużką, spokojnie i powoluteńku. Najpierw stało się snem, a potem uleciało... Dlatego tak trudno było powiedzieć: już nie żyje.

— Masz pewność, Helu?

— Tak. Niestety tak. I... i nie wolno nam zwlekać z pogrzebem, bo lato jest ciepłe, sama rozumiesz...

— Tak... rozumiem.

---

* Norny — czyli Szepczące. Trzy panny dziewice (Urd — Przeszłość, Skuld — Teraźniejszość, Werndandi — Przyszłość) tkały los ludzki złotymi nićmi uczepionymi nieba, a od dołu trzech stron świata: Wschodu, Zachodu i Północy. Decydowały o losie ludzi. Zsyłały sny. Ukazywały się przy porodzie, ustalając los człowieka. Pojawiały się też przy śmierci.

Nic nie rozumiem. Nie chcę już tego rozumieć.

— Helu, czy ty byś mogła zarządzić wokół tego? Ja... ja chyba nie dam rady...

— Dobrze, dobrze. Ty odpoczywaj, Sigrun. Kogoś tu podeślę, będzie czuwał przy tobie. A na rano wszystko będzie gotowe.

— Chcę dać Thorze swój wóz. Jej już dawno był do niczego, a nowego dla siebie nie chciała. Nie pojedzie do Hel jak biedaczka. Pojedzie w moim wozie, i to w tym bogatszym. I moich klejnotów jej dam, bo Thora sama ani złota, ani srebra nie zbierała. Każ przygotować wszystko, a ja z samego rana resztą się zajmę. Teraz jeszcze nie... Jeszcze nie dam rady...

Obudziłam się bardzo wcześnie, służba jeszcze spała. Otworzyłam swoje kufry. Koszule Thora ma swoje i bardzo pięknej roboty, ale dam jej płaszcz z cienkiej wełny ramowany sobolim futrem. Zawsze mnie w nim lubiła. A do tego zapinkę. Tylko którą? Srebrną z wielkim bursztynem. Tak jej się zawsze podobały bursztyny... I dwie grube bransolety. Pierścienie... Pierścienie, właśnie, trzeba poprosić, by je szybko rozciągnęli, Thora ma szczupłe palce, ale węzły kości już spracowane i nabrzmiałe, a tu trzeba, by pierścień ładnie leżał. Dam jej też mój ulubiony grzebień. Czesała nim kiedyś moje włosy, gdy byłam w ciąży z Bjornem i całymi dniami rozmawiałyśmy tylko o dziecku. Z kim ja teraz będę rozmawiać? Z kim podzielę się życiem? Ciągle spodziewam się śmierci Regina, drżę na każdy jego wyjazd. Wiecznie boję się o dzieci. A o tym, że nadejdzie dzień, w którym Thora umrze, nie pomyślałam nigdy. Stanęła mi w pamięci chwila, gdy u boku Regina wjechałam do Namsen, a w drzwiach dworu stała Thora z rogiem pełnym miodu i plackiem. „Ten dom czekał na kobietę" — powiedziała wtedy, a we mnie ścisnęło się serce, gdy Regin ją przedstawił imieniem takim samym, jakie nosiła moja matka. I nigdy nie powiedziałam jej, nie zdążyłam powiedzieć, że choć jej łono pozostało suche, to ma we mnie dziecko bardziej oddane, niż gdyby je wykołysała przy piersi. Nie zdążyłam.

Bo nigdy nie pomyślałam, że Thora może umrzeć. Rozpłakałam się bezradnie i bez opamiętania. I płakałam cały dzień. Bodvar podtrzymywał mnie, gdy podkładałam pochodnię pod stos, na którym górował wóz z ciałem Thory, wciąż łagodnie uśmiechniętej. Niewiele pamiętam z uroczystości. Hela wciąż poiła mnie jakimiś ziołami, po których byłam bardzo spokojna, ale zupełnie nieobecna. Potem spałam i spałam. Jak się obudziłam, izba Thory była już wysprzątana, okadzona i pusta. I ja byłam pusta.

Jednak gdy wzięłam w swoje ręce jej obowiązki, mój dzień zapełnił się szybko. A był teraz długi! Bodvar namawiał mnie, bym wzięła którąś z kobiet na gospodynię, że nie dam rady sama. Podzieliłam to wszystko, czym dotąd zajmowała się Thora, między dwie kobiety, ale żadnej z nich nie dałam izby po niej. Niech stoi, póki nie znajdzie godnego przeznaczenia. Raz po raz natykałam się na jej ślady. A to placek upieczony jeszcze przez nią, a to koszula haftowana jej ręką. Wciąż na nowo oczy zapełniały mi się łzami. Nie umiałam zrozumieć, dlaczego ona nie żyje. Jasnymi nocami, nie mogąc odnaleźć ciemności, nie mogąc zasnąć, z niezmordowaną natarczywością powracało do mnie pytanie, czy Thora naprawdę umarła. a może wciąż spała? Może zbudziłaby się po wielu dniach, gdybyśmy jej nie spalili? Zimne dreszcze i poty występowały na mnie na myśl, że może tak właśnie było? Skąd ta pewność, że ktoś nie żyje? Ile razy przynoszą wojów ze śmiertelnymi ranami, zakrwawionych, strasznych i te trupy po odmyciu zaczynają oddychać? Sama to widziałam. Którejś nocy, gdy płynęłam od jednego dusznego snu do drugiego, przyszła do mnie Gudrunn.

— Mamo... — dotknęła mego ramienia. Stała w koszulce jasnej, z płową, rozczochraną czupryną, zaspana.

— Mamo... Thora prosi, by owieczkę dla niej zarżnąć...

— Córeńko, co ty mówisz? Przecież Thora nie żyje!...

— Tak, nie żyje i prosi, by owieczkę dla niej zarżnąć na kopcu...

— Skąd... skąd ty to wiesz?...

— Przyśniła mi się Thora...

— Tobie, córeńko?...

— Tak. Powiedziała, że chciała się przyśnić tobie, ale ty za krótko śpisz i nie zdążyła, więc przyszła do mnie...

— Och, Gudrunn, kochana, Thora, moja Thora kochana!... — zaczęłam śmiać się i płakać, wzięłam zaspaną Gudrunn do łóżka, tuląc i całując.

— Zadusisz mnie, mamo... — mamrotała, zasypiając.

A ja odetchnęłam pełną piersią. Thora. Kochana, niezawodna Thora. Zarżnę dla niej rano najpiękniejszą owieczkę ze stada. Jakże ta kobieta jest mądra nawet po śmierci. Od tamtej nocy przestały dręczyć mnie złe myśli, a każdy ślad Thory witałam ze wzruszeniem, bez spazmów. Jeden sen Gudrunn wystarczył.

Życie w Namsen biegło rytmem żniw i zbiorów; zwożenia smukłych pni dębowych i stuku toporów; furkotaniem kołowrotków i jednostajnym dźwiękiem krosien. W wolnych chwilach siadywałam przed dworem z igłą i koszulą dla Bjorna w ręku. Patrzyłam z daleka na smukłą i jasną sylwetkę swego syna, jak waży oszczep w dłoni, wyprowadza konia ze stajni lub wylewa sobie ceber wody na spoconą głowę. Był piękny. Prosty, kształtny, władczy w wejrzeniu, radosny w obejściu. Raz po raz zerkając na niego, wyszywałam rękawy jego koszuli. Nitka znaczyła gibkie ciała węży splatające w uścisku jelenia. Obok mnie siedziała Gudrunn z płachtą barwionego kocanką płótna. Zieloną nicią na złotawej materii wyszywała smoka.

— Dla ojca, córeczko?

— Nie, dla Bjorna. Bjorn też będzie miał po ojcu znak smoka. A nie ma jeszcze żadnego proporca. Musi mieć. Niedługo będzie prawdziwym wojem i pójdzie na prawdziwą wyprawę.

— Boisz się o brata?

— Nie. Niech boją się siostry tych, co się z nim spotkają. Bjorn jest najsilniejszy i najcelniejszy. I najmądrzejszy.

— Masz rację, córeczko. Ale wiesz, że takich właśnie Odyn potrzebuje w Walhalli. Po takich wysyła Walkirie.

— Wiem. Ja będę Walkirią. Ja przylecę kiedyś po Bjorna, zabiorę go z pola bitwy, bo będzie najdzielniejszy i będziemy sobie razem pili miód w Walhalli.

— Córeńko, co ty mówisz... Nie możesz być Walkirią. To dziewice wybrane przez Odyna, dzielne, młodo zmarłe...

— Wiem, mamusiu. Ja będę Walkirią.

Dałam spokój tej rozmowie. Pogłaskałam Gudrunn po złotych włosach i nie po raz pierwszy pomyślałam, że dzieci mnie zastanawiają. Po raz kolejny stwierdziłam to samo, gdy pod koniec lata Gudrunn pokazała mi proporzec, który wtedy haftowała. Był gotowy. Widniał na nim wielki złoty niedźwiedź trzymający w łapach zielonego smoka. Smok, znak rodu Regina, odtworzony był z największą precyzją, ale zdumiał mnie pomysł dziecka, ten niedźwiedź trzymający smoka! Jak ona na to wpadła! Jak to wspaniałe! I wyszyte z taką dokładnością, bez zarzutu! Siedmioletnia dziewczynka! Mam niezwykłego syna, ale i moja córka jest wyjątkowa! Uściskałam ją serdecznie, zabrałam do alkowy, otworzyłam swoją skrzynię i wyjęłam z niej przybornik na igły rzeźbiony w kle morsa, ze srebrnym łańcuszkiem. Przypięłam jej do broszy. Pokraśniała.

— Bjorn już widział twoje dzieło?

— Nie... Chciałam najpierw pokazać tobie, czy tobie się spodoba...

Bjorn zachował się jeszcze żywiołowiej niż ja. Najpierw wycałował Gudrunn, potem biegał z nią na rękach po całym placu, a później podarował jej swój mały nożyk w srebrnej pochwie, z łańcuchem do noszenia na szyi. Gudrunn założyła go natychmiast i chodziła dumna i wyprostowana. Nożyk, na zbyt długim na małą łańcuchu, obijał się o przybornik, więc pobrzękiwała niczym gospodyni kluczami. Była taka szczęśliwa!

A Bjorn pobiegł do stolarzy i już następnego dnia proporzec ze smokiem i niedźwiedziem powiewał na długim drzewcu na środku placu do ćwiczeń.

Pewnej nocy u początku jesieni, gdy noce zaczęły być chłodne i ciemne, śniłam o Reginie. Sen był gorący i wyciskał na mym ciele ślady tak wyraźne, jakby dłonie Regina naprawdę ściskały moje pośladki i piersi. We śnie całował mnie wargami zaschniętymi od krwi. Rozgryzałam te wargi, aż krew płynęła słona i metaliczna i piłam ją wprost z ust Regina zachłystując się własnym pożądaniem. Obejmował mnie uściskiem tak silnym, aż kręciło mi się w głowie, nie, nie: to nasze ciała splecione, przyciśnięte do siebie wirowały, kochaliśmy się, stojąc, wciąż sączyłam krew, nie odrywając ust od jego warg, było ciasno, nasze ciała widziałam z daleka niczym dwie małe figurki złączone w jedną, ktoś schował nas w glinianym kubku wypełnionym winem. Widziałam to wszystko z dala; nas, kubek z winem, w którym nas zanurzono, czułam smak tego wina pomieszanego z krwią płynącą z ust Regina, a on nagle puścił mnie i ramionami rozsadził gliniane naczynie, w którym nas schowano. Wino się rozlało, wokół nas skorupy. Upadłam. A on pochylił się nade mną, pocałował mnie w szyję i położył mi na łonie coś ciepłego. Wyciągnęłam rękę. To było pisklę. Puszysty, ledwie opierzony mały sokół. Obudziłam się. Długą chwilę nie mogłam dojść do siebie. Gdy pozbierałam kawałki snu niczym skorupy rozbitego w nim naczynia, poczułam ciepło między udami. Dotknęłam. Krew. Spałam krwawiąc. Rankiem wpadł goniec z fiordu.

— Wracają!

Serce ścisnęło się we mnie jak za pierwszych powrotów Regina.

— Wszyscy?

— Nie wiem, jak zobaczyliśmy łodzie płynące od południa i proporzec jarla na pierwszej, dowódca kazał mi co koń wyskoczyć zawiadomić gród.

— Ile łodzi?

— Dziewięć, tak jak wypłynęło.

— Odynowi chwała! Dziękuję.

Sigurd już skrzyknął młodą drużynę, Bodvar kazał otwierać bramy i dąć w rogi. Młodzi pod Sigurdem wyskoczyli na trakt w stronę fiordu, tętent koni i ich krzyki odbiły się od ścian domów.

Zafurkotały fartuchy kobiet spieszących do kuchni, dziewczyny już biegły z wiadrami po wodę.

— W łaźni napalić! Dwa barany zarżnąć! Świeże ręczniki dla wojów!

Wbiegłam do alkowy, zmienić suknię, włosy poprawić. Srebra i bursztyny na szyję. Gudrunn to samo. Obie z rozpłomienionymi twarzami stanęłyśmy naprzeciwko siebie. Przejrzałyśmy się w sobie niczym w tafli wody. Poprawiłam jej zapinkę. Ona mi chustę na ramionach. Wzięłyśmy wdech. Wzięłyśmy się za ręce. Wyszłyśmy. Stanęłyśmy dopiero w bramie Namsen. Ludzi tłoczyło się już gęsto, rogi grały. Rozsunęli się, robiąc nam miejsce na samym przedzie. Bodvar dotknął mego ramienia. Podał mi dzban z miodem. Gdzie jest róg Regina? Już widać sylwetki konnych w oddali. Jest, służąca przybiegła z rogiem jarla i miodowym plackiem. Zdążyła. Gudrunn, placek w białym płótnie, ja miód i róg. Rogi grają. Jest. Jest proporzec Regina. Dwóch ludzi na przedzie. Mrużę oczy pod słońce. Jest! Jest! To Regin w czerwonym kołpaku! Obok Orm! Z góry ludzie ze strażnicy na częstokole wykrzykują imiona kolejnych, których widzą, a odpowiada im krzyk kobiet z dołu. Psy ujadają radośnie. Wszystkie te dźwięki składają się na pieśń o powrotach. Teraz widzę, że Regin trzyma przed sobą dziecko. Dziecko? Jest już przy mnie. Złapałam uzdę jego konia, łapiąc w nozdrza metaliczną woń potu, w której było wszystko. I słony zapach morza, i skór nacieranych wielorybim tłuszczem, i niepranych koszul, i dymu ognisk, i suszonej ryby, i zaschniętej krwi, i to jedno, co znałam na pamięć i nieomylnie rozpoznawałam od pierwszych jego wypraw: woń zwycięstwa. Śmiał się do mnie bez słowa, z wysokości końskiego grzbietu całował mnie całą oczami, błyskał zębami, robiąc mi to, co zawsze napawało mnie zawstydzeniem i rozkoszą niemalże: rozbierał mnie oczami, szybko i do naga, przy wszystkich, nie bacząc na to, że patrzą teraz tylko na nas, na niego — jarla Namsen, i na mnie, witającą go żonę. Opamiętał się. Chwycił siedzącego przed nim chłopczyka i podał mi go, zsadzając z konia. Szybko odstawiłam dzban z miodem. Wzięłam małego na ręce.

— Sigrun, poznaj Vandila, syna Einara!

Dziecko było bogato ubrane, zmizerowane na delikatnej twarzyczce, ale nadzwyczaj spokojne. Nie mogło mieć więcej niż trzy lata. Syn Einara! Przytuliłam małego do piersi, a on objął mnie rączkami za szyję. Poczułam mięciutki policzek. Poczułam zapach dziecka. Przylgnął do mnie, jakby robił to od urodzenia. Zatrzepotało mi serce. Wciąż nic nie rozumiałam, ale jedynym moim pragnieniem w tamtej chwili było, by było mu wygodnie, by nie zrobić krzywdy temu kruchemu ciałku zawieszonemu na mej szyi. Gudrunn zrozumiała to w mgnieniu oka i podniosła z ziemi dzban z miodem. Podała ojcu placek i napełniła róg. Regin wypił, śmiejąc się szeroko, oddał róg Ormowi, a sam wziął córkę na ręce. I tak poszliśmy do dworu. nie mówiąc nic. On z Gudrunn na rękach, ja z Vandilem u piersi. Za nami zgiełk, konie, wozy, rogi, witający się ludzie, śmiech, krzyki, płacz. A my szliśmy wolniutko, raz po raz przeglądając się w sobie. Jego bursztynowe oczy lśniły, głaskał Gudrunn po głowie, patrząc na mnie, a ja czułam, jakby gładził moje włosy. Przed wejściem do domu postawił córkę na ziemi, odwrócił się do ludzi i zaprosił wszystkich na ucztę wieczorem. Weszliśmy do środka. Vandil zasnął! Musiał być bardzo zmęczony, że nie przeszkodził mu ten zgiełk powitania. Po prostu zasnął. Delikatnie położyłam go w swoim łożu, okryłam kocem i poleciłam Gudrunn, by zawołała po mnie, jak się zbudzi. Poszliśmy do alkowy Regina. Rozbierając się, opowiedział mi wszystko, co trzeba.

— Kiedy dopłynęliśmy do wybrzeży Kentu, już płonęły zagrody. Rabusie z Sognefjord byli tam przed nami. Puścili z dymem domy wzdłuż wybrzeża i poszli w głąb lądu, zostawiając przy łodziach małą załogę. Tych wydusiliśmy od razu. Ale z ilości łodzi domyśliliśmy się, że to nie mogą być całe siły. Podzieliliśmy się i Torkel popłynął z ludźmi na północ, a Torfin na południe. Mieliśmy dość łodzi, by jak wąż rozciągnąć się wzdłuż całego wschodniego wybrzeża. Ja z Asolfrem ruszyłem w głąb lądu po śladach tych, co byli przed nami. A wierz mi, to nie było trudne, bo zachowywali się na tamtej ziemi, jakby byli jedynymi noszącymi miecze. Do osady, w której mieszka Einar, doszli jakiś dzień przed nami. Nie mogli wziąć jej siłą od pierwszego razu, to podpalili łąki, wśród których leżała. Lato było tam bardzo suche, pożar szedł błyskawicznie i zacisnął wokół osady pierścień. Nikt nie myślał o obronie. Ludzie łapali, co mieli pod ręką, i ratowali się, uciekając wprost do małej rzeczki płynącej przez osadę i dalej, w stronę lasu. Jak tamci zobaczyli pierwszych uciekających, rzucili się do rabowania. Biegli szerokim traktem prowadzącym do osady, który był przejściem przez płonące łąki. My posuwaliśmy się wzdłuż rzeki ostrożnie, bo słysząc bijące na trwogę dzwony, wiedzieliśmy, że tamci już tam są. Pierwsze, co zauważyliśmy to zbrojnych zasadzonych w miejscu, gdzie wokół rzeki rosły gęste zarośla. Jak się potem okazało, przypuszczając, iż ludzie będą uciekali rzeką, zaczaili się tu na nich, chcąc wybić wszystkich i odebrać im to, co zdążyli w pośpiechu chwycić. Nie mogli uwierzyć, że zaskoczyliśmy ich z tyłu jak dzieci. Zresztą nie mieli czasu się zastanawiać. Wybiliśmy ich do jednego i podzieliłem ludzi, zostawiając część w tym samym miejscu nad rzeką, a część wziąłem na trakt i czekaliśmy spokojnie, aż objuczeni łupami sami wyjdą do nas. Oni wzięli w ogień osadę, a my ich w dwa ognie! Wybiliśmy wszystkich. Jak ci ludzie nam dziękowali! Najpierw bali się nas, jak tamtych, choć wiedzieli, że mamy przyjść z odsieczą, potem kobiety całowały nas po rękach. Domy spłonęły, ale większość dobra ocalili, bo w lęku przed wikingami srebro i co cenniejsze skarby mieli pozakopywane w ziemi. No niestety, w pożarze trochę ludzi zginęło, a wśród nich i żona Einara, Vandila matka. Jak skończyliśmy rozprawę z wszystkimi wszami z Sognefjord, rozliczyli się z nami w srebrze, jak było umówione. Nawet jeszcze dorzucili co nieco nad to, bośmy na koniec, na znak, że na pewno wszyscy ich gnębiciele zginęli, puścili z dymem łodzie ich najeźdźców wzdłuż całego wybrzeża. Ach, Sigrun, to było widowisko! Jeden płonący wąż! No, może nie tak całkiem wszystkie spaliliśmy, bo ci z naszych, którzy uszkodzili swoje łodzie w walce, wymienili je na co lepsze zdobyczne drakary, ale nikt tam dokładnie nie liczył. Na koniec bili w te swoje dzwony w każdej mieścinie i gościli nas trzy dni bardzo dobrym piwem, wołami i baranami z rusztu, z muzyką i tańcem. Doprawdy, dobrze, bardzo dobrze wyszliśmy na tej wyprawie. To był trafiony pomysł, żeby rabusiów z Sognefjord wydusić z dala od ich wybrzeży. Pozbyliśmy się ich i zarobiliśmy godnie! Ja wiem, że ci, co nie popłynęli na wybrzeża Kentu, będą się teraz rozmnażać na potęgę i nawet dzieci do piractwa przyuczać, bo to taka krew i taka ziemia, co wszy rodzi, ale zajmie im to trochę czasu i tak szybko o nich nie usłyszymy. A dwa dni przed naszym odjazdem przybył do mnie Einar. Zdruzgotany całkiem po stracie żony, po spaleniu swojej osady. Powiedział, że nie wierzy w spokój na wyspie, że zniszczyliśmy tych, przypłyną inni, bo Anglia jest jak otwarta chałupa, co sama gości prosi. Zbyt bogata, żeby nie kusić rabusiów, zbyt słaba, żeby się od nich bronić. Mówił, że kiedy tu osiadł, ożenił się, zaczął gospodarować, czuł się jakby znalazł swoje miejsce w życiu. A teraz mu to miejsce spalili i spalili żonę. Chce ruszać w świat, tu już nie ma dla niego miejsca, nie chce zostać w zgwałconym domu. Wiesz, Einar zawsze był inny. Pamiętasz, on nawet miecza nie nosił. Jak jego ojciec był najpierw na godiego uczony, nigdy nie chciał być wojem. A potem jeszcze ochrzcili go i przyjął wiarę w Chrystusa z krzyża. On kiedyś sam mówił, że nie nadaje się do walki, śmialiśmy się z niego.

— Nie, on mówił, że brzydzi go przemoc, gwałt, rabunek, głupota. Uciekł z naszej ziemi, bo nie chciał być wojem, nie chciał być wikingiem, a mówił, że dla innych tu miejsca nie ma. I zobacz, uciekł z ojcowej ziemi przed wikingami, a ci dopadli go nawet za morzem.

— Tak. Ale ja mam szacunek do Einara, nawet jeśli nie umie władać bronią. Raz, przez wzgląd na jego ojca Tjostara, którego od dziecka pamiętam jako największego godiego w Trondelagu, a drugie, z racji na to, że Einar mimo wszystko nie jest tchórzem. Kawał świata opłynął, morza się nie boi. Bywał i u Haralda, króla Dunów, i w ziemi Sasów, i kto wie gdzie jeszcze, mówią, że i na Islandii. A do tego zawsze miał swoje zdanie. Wiedząc, że tu nikt go nie zrozumie, a może i zostanie wyśmiany, nie bał się mówić głośno i prosto w oczy. Samemu naszemu jarlowi Hakonowi powiedział kiedyś, że zamiłowanie do piwa i młodych dziewek zaprowadzi go pod topór jakiegoś porywczego ojca. Byłem przy tym. Hakon mało za to Einara nie pchnął nożem przy stole, ale opamiętał się przez wzgląd na jego ojca. Nawet jeśli nie rozumiem Einara, to nie umiem nim pogardzać, tak, nawet mam dla niego szacunek. Więcej, myślę, że Einar odcinając się od naszego świata, nie nosi go w sobie mniej niż my tutaj. Choćby to, że nie może osiąść w jednym miejscu, że ciągle gdzieś go gna.

— Tak się cieszyłam, jak zeszłego roku przywiozłeś wieści, że się ustatkował, ożenił, a tu popatrz, żona nie żyje, a on chce znowu w drogę…

— Tak. I dlatego poprosił, byśmy wzięli jego syna na wychowanie. Powiedział, że sam już nie wie, co jest słuszne na tym świecie; siła czy mądrość, czy wiara w Chrystusa. Ale synka nie chce na poniewierkę zabierać, mały ma ledwie trzy lata.

— Einar jeszcze nim wyjechał, mówił, że chciałby mieć taką rodzinę jak ty i ja. A krewnych nie ma.

— Dlatego nie zastanawiałem się wcale. Powiedziałem, że wychowamy Vandila według swoich zasad. Jedno prosił — Vandil jest ochrzczony. Prosił, byśmy nie zdejmowali mu krzyża z szyi. Że mamy go chować jak swoich — na woja, na mężczyznę, ale jak dorośnie, nie zabraniać mu wyznawania imienia Chrystusa.

— Ale to jeszcze dzieciaczek, co on tam wie!

— Einar mówił, że będzie przyjeżdżał do nas i sam go w sprawy wiary wtajemniczy. Dał też srebra, żeby małemu nic nie brakowało.

— Jak dziecko zniosło taką podróż?

— To było jedyne, czego się bałem. Ale właściwie nie chorował. Spał i spał. Tylko jadł niewiele.

— Nie płakał za matką, za ojcem?

— Płakał tylko przy pożegnaniu z Einarem, potem ani razu. To dzielny chłopak. Tylko bardzo spokojny.

— No to mamy małe dziecko!

— Tak. Pomyślałem, że coś w tym jest, że najpierw synowie Halderd, teraz Vandil. Darzą nam się cudze dzieci.

— Darzy nam się w życiu, darzą się i dzieci. A dobry wychowanek jest jak własne dziecko. Pójdę do niego, zobaczę, czy śpi.

I tak, z dnia na dzień Vandil stał się dla mnie pomostem między odchodzącym w przeszłość dzieciństwem Bjorna a pragnieniem dziecka, które nie chciało zakiełkować w mym łonie. Przelałam na syna Einara wszystkie swoje marzenia o kołysaniu przy piersi, czułości, których Bjorn już od dawna nie potrzebował i w swej chłopięcej dumie unikał. Gudrunn towarzyszyła mi dzielnie, zwłaszcza na początku, zachwycona małym dzieckiem, czymś, czego nie znała, bo to ona była w domu tą młodszą. Więc stroiłyśmy Vandila, czesałyśmy jego jasnobrązowe włosy, bawiłyśmy się z nim bez ustanku. Aż Regin zwrócił nam uwagę, że to mały chłopiec, nie dziewczynka, więc Gudrunn zaczęła go za rączkę prowadzać na plac, by zaczął się przyglądać ćwiczącym, a potem do stajni, a gdy okazało się, że jest silny i nie męczy się szybko, zabierała go na długie spacery na łąki, podczas których towarzyszył im jej wierny pies. Po powrocie Vandil biegł do mnie i wskakiwał mi na kolana, szczebiocząc słodko i opowiadając o zającach, które wypłoszyli z nory, domagając się pochwał i pieszczot. Był inny niż Bjorn w jego wieku. Więcej w nim było miękkości, delikatności. Mniej uporu. Tłumaczyłam to wczesną stratą matki i brakiem ojca. Szybko zaczął do mnie mówić: mamo. Już w pierwszych dniach, rzucając się niespokojnie przez sen, wtulił się we mnie i szepcząc: mamo, mamo, mamo… zasypywał mnie pocałunkami. Łkałam cicho, przyjmując to dziecięce wyznanie miłości, choć wszystko we mnie mówiło, że dostałam to małe dziecko zamiast swojego, że przyjmując je pod dach, godzę się na to, iż moje łono nie wyda już własnych dzieci. Gdzieś w głębi siebie byłam spokojna. I tego też nie rozumiałam. Po raz pierwszy od wielu lat otworzyłam małą srebrną skrzynkę i wyjęłam z niej złożoną na czworo łąkę. Zielona ongiś materia lekko pożółkła, przyoblekając haft w mgliste tło jesieni, takiej właśnie jak tego dnia, tego poranka wstawała nad Namsen. „Kiedy nie umiem czegoś zrozumieć, idę na łąkę" — mawiałam wtedy, a niewiele byłam starsza od mojej Gudrunn dzisiaj. Wówczas, krótko przed wyjazdem z rodzinnego domu wyszyłam swoją łąkę na kawałku płótna, bo zdawało mi się, że oderwana od jej falujących traw, od spokoju wpisanego w szarą ramę gór nie będę umiała zrozumieć niczego. Jakże się myliłam! Nowe życie wciągnęło mnie tak bardzo, że dopiero drugi raz sięgnęłam do skrzynki od czasu wyjazdu z Roveste. I dopiero teraz naprawdę nie umiałam siebie zrozumieć. Gdybym wyszła nad rzekę za Namsen, mając za plecami gród, rozumiałabym wszystko wedle praw tu panujących. Według dobra rodu Regina. A ja przez tę jedyną chwilę chciałam zrozumieć siebie. Sigrun. Siebie. Dlaczego serce wyrywa mi się do tego dziecka, do tego maleńkiego chłopczyka, którego los włożył mi w ramiona? I dlaczego to samo serce wie, że biorąc go, nie będę miała więcej własnych dzieci, dzieci z mego łona i nasienia Regina? Szukałam odpowiedzi w ściegu wyszytym ręką Sigrun szesnastoletniej, która o dzieciach i mężczyznach nie wiedziała nic, wiedziała natomiast wszystko o sobie. I obraz łąki wokół Roveste mówił do mnie: dobrze, Sigrun, wszystko jest, jak trzeba. Skoro tak, dobrze. Składałam płótno, wiedząc niewiele więcej niż przedtem, ale za to z cielęcym spokojem i bez rozterek w sercu. Gdy przekręcałam kluczyk w skrzyni, przyszła do mnie myśl: Urd z bagien mówiła, że Bjorn będzie jarlem. Nie mówiła nic, że będę miała innych synów. A gdybym miała ich mieć, to nie byłoby pewnym, że to Bjorn zostanie jarlem, ani i to, że między synami nie dojdzie do walki o władzę. Nie mając własnych dzieci, chronię Bjorna. Mając Vandila, który nie jest moim synem, mam dziecko, którego tak mi trzeba, a nie osłabiam pozycji mego pierworodnego. Tak! Wszystko już wiem. Niech tak będzie. I tak było.

Vandil rozgościł się nie tylko w moich ramionach, ale i w niedługim czasie podbił serca wszystkich domowników. Spał w mojej alkowie, a Gudrunn dostała tylko dla siebie izbę, która od śmierci Thory stała pusta. Była z tego powodu tak szczęśliwa, że obdarzała

Vandila coraz to nowymi pieszczotami, widząc w jego pojawieniu się powód własnej dorosłości. Bjorn przyjął go jak młodszego brata i w nielicznych wolnych chwilach zabierał do siebie, pokazując małemu, jak się napina łuk, dawał mu nawet strzały do zabawy, czemu się zresztą ostro sprzeciwiałam. Jednak u początku zimy w młodej drużynie zaczęło dochodzić do jakiś spięć i nie raz widziałam, jak Orm i Sigurd chmurnie ze sobą mówili. Regin długo lekceważył iskrzenie wśród młodych, mówił, że nie ma morza bez sztormów, ale niewiele więcej mogłam się od niego dowiedzieć. W końcu zupełnie niespodziewanie oświadczył, że w czas pierwszej pełni po Julu cała młoda drużyna z Ormem i Sigurdem wyjedzie do Vira.

— Trzeba sprawdzić, jak tam się Erykowy syn na grodzie sprawuje, a młodym przyda się zmiana powietrza.

— Ale jest zima, drogi zasypane, za dnia słońce już nie wschodzi, jak będą jechali?

— Dlatego ruszą przy pełni.

— Reginie, to ryzykowne nawet dla doświadczonych mężczyzn, a co dopiero dla chłopców!

— Potrzebują ryzyka. Rozsadza ich własna siła. To już postanowione.

— Dlaczego ty nie pojedziesz z nimi?

— Bo ja zostaję.

Od jakiegoś czasu tak właśnie kończyły się rozmowy z Reginem. Zawsze był stanowczy, teraz czasami wydawał się prawie zatwardziały. Jednak szybko i nieomylnie potrafił zmieniać moje nastroje. Wystarczyło, że spojrzał na mnie albo uśmiechnął się nieznacznie, ukazując białe zęby.

— Chodź, Sigrun, zagramy w kości!... — i pociągnął mnie za rękę w stronę swej alkowy.

Roześmiałam się. Gra w kości bawiła nas niepomiernie od czasu, gdy którejś zimy graliśmy tylko we dwoje, rzucając kości zamiast na ławę, wprost na swoje nagie brzuchy. Za każdym razem jedna z kostek lądowała w pępku Regina i próbując ją stamtąd wydostać, przyprawiałam go o ataki niepohamowanego śmiechu.

Zima płynęła nam leniwie i sennie, zwłaszcza od dnia, gdy chłopcy wyszli pod Ormem do Vira. Lecz gdy tylko zaczął pękać lód i wszystkie potoki wokół Namsen ruszyły z furkotem, jakby prześcigając się w pogoni ku fiordom, życie nabrało zwykłego tempa. Jednak trochę trwało, nim młoda drużyna wróciła do domu, bo drogi były długo nieprzejezdne. Wszyscy chłopcy wyrośli przez zimę, zwłaszcza Bjorn i Ragnar, prawie dorównywali już wzrostem starszym synom Halderd. Podczas pierwszego wspólnego posiłku próbowałam wyłowić z nich cały ten czas, który spędzili z dala od domu. Złapałam się, że robię to samo co podczas powrotów Regina: wącham. W zapachu uwalniającym się spod kaftana, z załomków materii usiłuję utkać opowieść o tym, co robili gdzieś tam, w świecie. Chłopcy mówili dużo, podziwiali stary dwór w Vira, jego wiekowe misternie zdobione kolumny i rzeźbione wrota, chwalili wartownię. Gdy poszli do siebie, do tego nowego domu z wielką hallą dla wojów, którego budowę skończył Bodvar na jesieni, Regin z Ormem i Bodvarem kazali sobie przynieść jeszcze piwa i pozwolili zostać przy naradzie.

— Agnar, syn Eryka, został dowódcą załogi w Vira po śmierci Apalvaldra, jak kazałeś. Dobrze sobie radzi, zna tamte ziemie od urodzenia, a teren tam jest trudny, góry, skały, bardzo wąskie fiordy. Nie ma sensu go zmieniać. Ale trzeba tam przesiedzieć całe lato, żeby oszacować możliwości tej ziemi. Na moje oko — słabe. Tyle, by samych siebie — gród, załogę, rzemieślników wyżywić. Ale ja się na gospodarzeniu słabo znam. Musiałby Bodvar pojechać, albo i Sigrun nawet. Żal, że Thory nie ma, ona by się szybko zorientowała, co i jak. Ja mogę tylko powiedzieć, że zabezpieczenie grodu dobre, załoga świetna, wyszkolona, uzbrojona. Vira to idealna warownia, na długie oblężenia, ciężka do zdobycia. I kontakt z portem niezły. Tyle.

— Co myślisz, Bodvarze?

— Nic nie myślę, bo dawno nie widziałem. Raz byłem w Vira — w czas waszego ślubu. Z tego, co Orm mówi, nawet jeśli Vira nie będzie nam spichrzem, to można jednak wyciągnąć coś z rzemiosła. Jeśli nie każesz ludziom odprowadzać dani w zbożu, w rybach i serze, to w to miejsce możesz wyznaczyć należną ilość pasów, pochew, skórzanych kaftanów, czy co tam jeszcze robią. Sami na dużą skalę nie pohandlują, bo z kim — tyle co między swymi, a z tego pożytek żaden. Trzeba im zadać robotę według tego, co się sprzedaje na wielkich targach w Viken czy Kaupang, zabierać to od nich co roku przed latem, samemu sprzedawać i tak siłę Vira wykorzystać. Tyle myślę.

— Dobrze. Dobrze płyniesz, Bodvarze. Ale, żeby najwięcej zarobić, trzeba im precyzyjnie robotę zadać. I wcale nie wiem, czy w Viken handlować, bo tam Dunów aż czerwono, czy nie lepiej ku Anglii się zwrócić, chwilowo, po wybiciu wikingów z Sognefjord mamy tam otwarte rynki. Tyle że angielskie rzemiosło świetne. Ja bym nie szedł w złotnictwo, nie szedłbym w srebro, bo oni tego robią na potęgę. Postawiłbym na dawne, sprawdzone dobra północy: na wielorybie i focze liny, na skóry focze, a i nawet kaptury dla żeglarzy, wiadomo, nasi robią najlepsze, Anglicy w cienkich skórkach pływają i kaszlą. Może buty na łodzie, wiesz, te dwa razy szyte, tego się mało na targi wozi, bo pracochłonna robota. I myślałem jeszcze o całych żaglach z wełny. Mam dobry układ z jarlem Torfinem z Orkanów, można by stamtąd więcej wełny wozić, zresztą Asolfr też ma wielkie stada owiec, pewnie da się dogadać na dobrą cenę za surową przędzę.

— Reginie, nie sądzę, żeby żagle się dobrze sprzedawały w Anglii. Oni mniej pływają i wolą swoje płócienne cieniaki.

— Wolą swoje, bo nie wiedzą, że mogą kupić nasze. Nasze lepsze. Tyle to już wiedzą. Pamiętasz, jak nim puściliśmy z ogniem łodzie piratów z Sognefjord, kilku co bystrzejszych mało się nie potopiło, tak się pchali, żeby żagle łodziom odczepiać?

— Tak było. Racja.

— Sigrun, ile trzeba miejsca, żeby tkalnię do samych żagli postawić?

— Żagle robi się na większych krosnach. Ale to żmudna robota. Trzeba by takich krosien mieć więcej, a może i spróbować zrobić jeszcze szersze. Gdybyś chciał tego dużo, to dobrze by było tkalnię zrobić w przestronnej, jasnej chałupie. I wydzielić miejsce na szwalnię.

— W Vira większość domów jest mała. To stary gród.

— No to trzeba nowe postawić. I szybko działać, bo nam Vira zgnuśnieje, a żal taką spuściznę po Apalvaldrze zaprzepaścić. Popłynę na pierwszy wiosenny targ do Viken, rozeznam się dobrze, co i jak idzie. Wracając, odwiedzę Kent i tam na następny rok otworzę miejsca do handlu. Orm, ty popłyniesz do Torfina i do Asolfra, dogadasz dostawy. A Bodvar na całe lato pojedzie do Vira. Sigrun, weźmiesz dzieci i razem ruszycie. Zarządzicie budowę tej tkalni, przypatrzycie się tam pilnie zbiorom, rozeznacie rzemieślników. Młoda drużyna na część lata pojedzie z wami, a na drugą część wróci do Namsen. Sigurdowi można ich w pełni powierzyć. Ale dobrze by było, żeby w Vira przy rozbudowie pomogli. Niech rozruszają grzbiety. Nie tak, żeby ćwiczeń z bronią zaniedbać, nie o to chodzi, żeby nam schłopieli. Ale rozsadza ich młodość, jak woda koryto potoku po roztopach, trzeba znaleźć ujście tej siły. A wyprawa żadna się na to lato nie zapowiada, zresztą za młodzi jeszcze, żeby ich zabierać. Bodvarze, weź ze sobą Mislavę, weź dzieci, jedziesz tam jako mój zarządca, a nie na zesłanie. Musimy to wszyscy razem wziąć w garść, rosną nam synowie, rosną nam córki, bogactw nigdy za mało, a świat się kurczy z lata na lato. Jak tak dalej pójdzie, nie wiem, z kim będą nasze dzieci wojować. Trzeba im zapewnić i tu dobre zaplecze, w domu. Tylko myślę, komu powierzymy pieczę nad Namsen, jeśli ty pojedziesz.

— Mój syn z Gunhild Thorir, jak nie pływał z tobą, bardzo mi pomagał. Ma rękę i głowę do gospodarstwa.

— Do miecza też dobrą. Żal go będzie tracić z drużyny. Ale tutaj potrzebniejszy. Niech tak będzie. Thorir zostanie pod twoją nieobecność dowódcą w Namsen. Napijmy się!

— Napijmy!

Opijali każdy ze swych pomysłów z osobna, trwało to trzy dni, z przerwami, w których podsypiali, potem wołali miodu i piwa na zmianę i wzywali coraz to kogoś, z kim omawiali szczegóły swych planów. Regin nawet mnie nie zapytał, czy chcę jechać do Vira. Na całe lato! Ale chciałam. A przynajmniej nie miałam nic przeciwko temu. Gudrunn była zasępiona, bo jej Vira kojarzyła się z umieraniem mojej matki, ale mały Vandil tak się rwał do tej wyprawy, że szybko przeszła jej chmurność. Mislava, żona Bodvara też niezadowolona, ciężko jej było jechać z trójką małych dzieci, bliźnięta były swawolne i rozbiegane, a najmłodszy synek nawet sam nie chodził, jeszcze przy piersi. Za to ją zresztą, jak słyszałam, Bodvar strofował, że za bardzo się z małym pieści, że go po swojemu chowa. Ale koniec końców po kolejnej pełni byliśmy wszyscy gotowi do drogi. Wyruszaliśmy w trzy strony świata. Wszyscy łodziami, bo choć do Vira niedaleko, zabieraliśmy ze sobą tyle ładunku, kufry, dzieci, beczki, że najprościej było to załadować na dużą łódź i tak dotrzeć na miejsce. Poranek był jasny, powietrze ostre, woda w fiordzie lśniła zielonkawo. Nie mogłam oprzeć się wprawiającej serce w drżenie myśli, że po raz pierwszy Miły mój żegna mnie, a nie ja jego. Mocno chwycił mnie w pasie i uniósł, bym nie zamoczyła butów. Zakołysała się lekko łódź pod stopami. Jeszcze mnie nie puścił, stojąc w wodzie, trzymał wciąż, a jego palce zaciskały się na moich biodrach jak w chwilach, gdy brał mnie w siebie. Spojrzeniem otwierał mi powieki i patrzył, wciąż patrzył, jakby ludzi wokół nas nie było. Był niewzruszony, ja już ulegałam chwiejnemu ruchowi łodzi. Pies Gudrunn szczekał niecierpliwie.

— Daj spokój, kochany, zaziębisz się, będą cię kolana bolały... — wyszeptałam samymi ustami i wystraszyłam się, że to nie honor przy załodze tak mówić do jarla. Zaczerwieniłam się ze wstydu.

— To mi je owiniesz tą swoją zaczarowaną szmatką, jak się spotkamy na jesieni — odszepnął niewzruszony, patrząc prosto w moje oczy i błysnąwszy zębami, puścił mnie nagle, jednym twardym pchnięciem nogi odbijając naszą łódź.

— W drogę!

Zostałam tak. Z opuszczonymi bezładnie rękoma, z opuszczoną głową, zaczerwieniona ze wstydu i wzruszenia. Ciepło rozpływało się po moim ciele falą silniejszą niż ta, którą wiosłem przecinali ludzie. Zaczarowana szmatka... Zimą dopadł go ból kolana tak silny, że dwa dni nie podnosił się z łoża. Hela dała mi najpierw suszonych liści chrzanu na okłady, ale niewiele to pomagało; wściekał się i wyzywał, że chrzanem to można barany leczyć. Wtedy, w nerwach strasznych, bo Regin wił się z bólu i w gniewie rzucał nożem w ścianę, Hela nagotowała złotego leku, drogocennej nalewki na bursztynie. Kazała mi nasączyć czerwone płótno i owinąć na noc kolano Regina. Pięknie pachniało. Zawijałam bolące miejsce najdelikatniej, jak potrafiłam, a on, łagodny już jak dziecko, głaskał mnie pochyloną u jego kolan, po głowie. Zasnęliśmy spowici żywiczną wonią bursztynu. Obudziłam się nagle w połowie gorącego snu, zawstydzona senną, brutalną namiętnością. I ze zdumieniem spostrzegłam, że to nie sen. Że naprawdę leżę naga na brzuchu, ze związanymi za głową rękoma. Że Regin naprawdę wdziera się we mnie z bezwzględną stanowczością, jednocześnie zaciskając palce na mej głowie. A palce miał gorące. Podciągnął moje biodra do góry. Z trudem przekręciłam głowę, by się nie udusić. Klęczałam z twarzą opartą o łoże. Przez głowę przemknęła mi myśl, że to upokarzające, traktuje mnie jak niewolną. Ale przez ciało przeszła fala gorąca, która wbrew mej woli mówiła: zgadzam się na wszystko... oddaję się na twoich warunkach. A stawiał je twarde. I co chwilę zmieniał. Brał mnie, przerywał, brał mnie, przerywał. Tak długo, aż nie wytrzymałam, aż zaczęłam prosić: jeszcze, jeszcze, jeszcze... mój jęk wyzwalał w nim pasję, zaciskał mi dłonie na piersiach, na brzuchu, na ramionach, aż sam nad sobą stracił panowanie. I żebym nie błagała litości już więcej, dobił mnie i siebie. Padł martwy na łoże. Pachniało żywicą. Rozwiązał mi ręce. Szmatką nasączoną bursztynem otarł mi pot z czoła.

Tak więc płynęliśmy. Bodvar, dzieci i ja na północ, do Vira. Regin na południe, do Viken. Orm na Orkany. Tylko młodzi pod Sigurdem pojadą konno, za parę dni będziemy ich wyglądać w Vira. W Virfjordzie czekały na nas wozy i konie. Na wieczór stanęliśmy w grodzie. Pięknie przywitała nas załoga dęciem w rogi, ustrojonym w jałowcowe gałęzie dworem. Ale po uczcie nie miałam już siły zajmować się rozlokowaniem, wzięłam Gudrunn i Vandila do dawnej alkowy mojej matki i otwarłszy ramiona na oboje, zasnęłam. Od świtu wzięliśmy się z Bodvarem do pracy. Dni mijały nam najpierw na rozmowach z dzierżawcami, z Agnarem, dowódcą załogi, potem z rzemieślnikami. Obchodziliśmy każdy zakątek, Bodvar sprawdzał stan częstokołu, warownię, potem wzięliśmy się za warsztaty. Wieczorem zbieraliśmy wszystko, czegośmy się dowiedzieli, i to, co sami z relacji ludzi zrozumieliśmy, w jakąś jedną całość. Ale przez pierwsze dni ilość wiadomości i naszych spostrzeżeń powodowała coraz większy brak jasności, mnożyły się pytania, wątpliwości. Łatwo było z halli w Namsen planować: zbudujcie wielką tkalnię, postawmy na wyrób wielorybich i foczych lin. W Vira nie było na to miejsca! W Vira wszystko wyglądało inaczej, niż to sobie Regin zaplanował! Byłam rozczarowana i bezradna jak jeszcze nigdy dotąd. Bodvar chodził coraz bardziej zacięty i chmurny. Ten ciąg złych dni przerwał przyjazd młodej drużyny. Jasna sylwetka Bjorna była jak słońce po długiej zimowej nocy! Taki piękny jest ten chłopak! Jego bursztynowe oczy lśnią tym blaskiem, który rozświetla twarz jego ojca! Gudrunn i Vandil zawieszali mu się na szyi i szczebiotali na zmianę, pies szczekał, konie parskały, łowiąc nozdrzami woń nowej stajni. Jak dobrze, że już tu byli. Sigurd zaraz po przyjeździe zluzował młodych na kilka dni, pozwalając im robić wszystko, na co mieli ochotę. Zakwaterowaliśmy ich w osobnym domu, nie razem z załogą Vira.

W pierwszy wieczór zabrałam Bjorna na przejażdżkę. Pojechaliśmy sami, bez dzieci. Tylko we dwoje. Bjorn dostał ubiegłego roku od ojca konia, którego wołał Thorada. Czarny, smukły ogier, bez jednej jaśniejszej plamki na ciele. Mój ojciec miał w Roveste piękne konie. Ale takiego nie widziałam nigdy. Był narowisty i niepokorny, ale Bjorn ujeżdżał go w każdej wolnej chwili, mówił, że ułoży go tak, by słuchał go bez słów i ścinania boków.

— Pokażę ci, mamo, moją tajemnicę — powiedział i pognał Thoradę drogą do fiordu.

Stanęliśmy na ostro urwanej skale, pod którą kipiało morze.

Konie kręciły się niespokojnie w lęku przed wypełnioną wodą przepaścią. Pochylił się do czarnego ucha Thorady i coś zaszeptał. Krzyknęłam przerażona, bo koń niespodziewanie ugiął przednie nogi i przekrzywił wielki łeb. Ale zaskoczona byłam tylko ja, bo Bjorn zeskoczył z niego lekko i błyskając zębami, stał już na ziemi.

— Nauczyłem go tego! — zaśmiał się szeroko.

— Przyjeżdżałem tu zimą, niewiele było widać, ciągle prawie ciemno, ale wiesz, mamo, tutaj mogłem spokojnie pomyśleć.

— O czym, synku?

— O wszystkim. Wiesz, mamo, czasami w głowie jest człowiekowi tak gorąco, że myśli się gotują. A tu mi się uspokajały. Jakby ktoś dolał do wrzątku zimnej wody.

— Ten huk morza ci nie przeszkadzał?

— Nie. To mnie właśnie uspokaja. Jak to słyszę, wiem, że jest coś bardziej wzburzonego niż ja.

Spojrzałam na jaśniejący w zachodzie słońca profil Bjorna i pomyślałam: kiedy ostatnio rozmawiałam z nim tak od serca? Nie pamiętam. Dawno. Może wtedy, gdy wymuszał na mnie zmianę w zakończeniu opowieści o dwóch orłach wracających z wojny? Nie zgadzał się, żeby jeden z nich miał złamane skrzydło. A tak przecież było w pieśni. Wystraszyłam się. A może ja nie potrafię rozmawiać z dziećmi, które stają się dorosłe? Może dlatego ciągle trzeba mi małych dzieci? Czy Regin wie, że w naszym synu wrą myśli? Czy wie, jakie to myśli go palą? Powinnam zapytać. Nie zapytałam. Ucałowałam jego złotą głowę. Był już prawie tak wysoki jak ja. Gdy wiązał Thoradę w stajni, powiedziałam cicho:

— A ja, synku, chodziłam na wzgórze za Roveste. Mnie uspokajały falujące łąki. Ale ja jestem kobietą, wystarczała mi trawa. Ty jesteś mężczyzną, będziesz kiedyś jarlem, po ojcu. Tobie widać trzeba skał i fal.

Teraz on spojrzał na mnie, nie znajdując słów na zakończenie tego dnia. Pocałował mnie w policzek. Może był nawet wyższy ode mnie?

Kolejne dni przyniosły konieczność objechania okolicy, więc każdego ranka wyruszaliśmy z Bodvarem, biorąc kilkoro ludzi i wracaliśmy do Vira dopiero wraz ze zmierzchem. Zawsze ujmowała mnie w Bodvarze jego powściągliwość i spostrzegawczość. Był niczym wytrawny tropiciel, który ze złamanych gałązek w lesie potrafi wysnuć precyzyjną opowieść o tych, którzy przeszli po nich wcześniej. Jednocześnie potrafił zachowywać zimną krew i nawet drgnieniem oka nie okazywać zdenerwowania. Nigdy nie wydawał pochopnych wyroków, nie wygłaszał opinii, których nie był całkowicie pewien. Mówił po namyśle i tylko, gdy nikt nas nie słuchał. Drugiego dnia tych naszych wspólnych wypraw zastanawiałam się, po co mu jestem potrzebna. Nic nie mówił, tylko patrzył. Badał łąki, polany w lesie, objeżdżaliśmy pola i poletka uprawne. Trzeciego i czwartego dnia zobaczyłam, że długa, pionowa bruzda na jego czole zaczyna się wygładzać, a gdy piątego poprosił, byśmy raz jeszcze obeszli razem Vira, widziałam, że ma już jakiś plan. Roześmiałam się do siebie, że Bodvar bada okolicę, a ja Bodvara. Ale naprawdę tak to wyglądało. A szóstego dnia przydarzył się wypadek, którego wspomnienie długo jeszcze zdejmowało mnie trwogą. Byliśmy na zewnątrz grodu, od strony traktu biegnącego do fiordu. Nagle dobiegły nas krzyki ludzi i ujadanie psów. W tej samej chwili usłyszeliśmy biegnącego ku nam z krzykiem Yngwe. Nim zrozumiałam słowa, które wykrzykiwał, serce we mnie drgnęło tak gwałtownie, iż wiedziałam, że coś się musiało stać dzieciom.

— Gudrunn!... Vandil!... Upadek!...

Bez tchu pobiegłam w stronę bramy. Ludzie ustępowali mi z drogi w tak głuchym milczeniu, że czułam najgorsze.

— Tędy! — krzyczał Yngwe, spiesząc przede mną i wskazując niską łąkę opodal wjazdu do grodu. Stała tam grupa ludzi, wśród których górowała sylwetka Sigurda. Dobiegałam już do nich, słysząc jego metaliczny głos:

— Bjorn, nie!...

— Taaak!...

Nie rozpoznałam głosu swego syna, ale domyśliłam się go,

wpadając między ludzi, którzy rozstępowali się przede mną z wyrazem przerażenia w oczach. Leżąca na ziemi czarna Thorada z rozpłatanym bokiem. Bjorn klęczący nad nią. Gudrunn trzymająca wierzgającego Vandila na trawie. Ragnar stojący za Bjornem. Bjorn uderzający w obydwu rękach trzymanym nożem. Nóż zanurzony w końskim brzuchu. Rzężenie konia. Krew tryskająca na twarz Ragnara i suknię Gudrunn. Cisza. Niema cisza.

— Nikt nie może zadrasnąć mojej siostry. Nawet mój koń.

Dopiero idąc za twardym słowem Bjorna, spojrzałam raz jeszcze na Gudrunn. Miała podartą suknię, krew szła jej cienką strużką z rozbitego nosa. Podeszłam do niej na glinianych nogach. Miała przerażone, nieobecne oczy. Wczepiła się we mnie. Schowała twarz w moją suknię.

— Mamo... mamo... mamo...

Bjorn wstał, otrzepując spodnie.

— Mamo, każ ludziom przygotować ogień. Będzie ofiara z Thorady dla Thora. Za uratowanie życia Gudrunn i Vandila. A z jej uprzęży dla Odyna*. Bo to był boski koń.

Nie odwracając się, poszedł w stronę grodu. Ludzie rozstępowali się przed nim z lękiem i podziwem.

Od Ragnara dowiedziałam się, co się wydarzyło. Jak opowiedział, Bjorn od kilku dni brał Gudrunn i Vandila na Thoradę. Kiedy sadzał przed sobą małego, koń chodził dobrze. Kiedy brał na grzbiet Gudrunn, narowił się. A Bjorn nie chciał odpuścić. Tego dnia wydawało się, że czarny ogier w końcu pogodził się z obecnością dziewczynki na grzbiecie. Bjorn był z Gudrunn na przejażdżce, wrócili zadowoleni. Gudrunn chciała przejechać jeszcze kawałek z samym

---

* We wszystkich rytuałach odprawianych przez bohaterów następuje wyraźny rozdział między zwracaniem się do Thora, boga wojny, a Odyna — boga najwyższego. Główni bohaterowie zwracają się bezpośrednio do Odyna, gdyż był on opiekunem najwyższej klasy wojowników, warstwy arystokratycznej, w tym jarlów. Thor był bogiem wojny i wojowników, ale Odyn był jego zwierzchnikiem. W tym wypadku ofiara dla Thora za uratowanie życia odnosi się do wiary, że Thor był mitycznym obrońcą.

Vandilem. I gdy Bjorn zsiadł, żeby wziąć małego, a Gudrunn została sama na końskim grzbiecie, Thorada, tak dotąd spokojny, ni stąd, ni zowąd zaczął wierzgać i stanął dęba, zrzucając Gudrunn na ziemię. Gdy mała spadła, zarżał radośnie i natychmiast się uspokoił. Wszystko rozegrało się nagle, na oczach Bjorna i małego Vandila, Ragnara i kilku jeszcze chłopców. Bjorn wpadł w furię. Uznał, że Thorada zrobił to celowo. Nie pomogło wstawianie się Gudrunn za koniem. Nie pomógł płacz Vandila. Nie pomógł krzyk Sigurda próbującego wezwać Bjorna do opamiętania. Nic nie pomogło. Bjorn na oczach zbiegowiska, na moich oczach zarżnął ukochanego ogiera.

— A ty, Ragnarze, czemu ty go nie powstrzymałeś?

— Nie mogłem. Zrobiłbym to samo. Koń zawinił.

Z pomocą służby zabrałam dzieci do dworu. Gudrunn poza rozbitym nosem i kilkoma zadrapaniami nic nie było. Vandila nie można było uspokoić. Łkał, zanosząc się tak bardzo, iż bałam się, że się udusi.

— Zabił Bjorn konika! Zabił Bjorn konika! Zabił Bjorn konika!

Gudrunn wieczorem zaniosła Bjornowi miodowe placki. Nie chciała z nikim rozmawiać.

O, ciemny świecie, dlaczego to się musiało przydarzyć? Złapałam się na tym, że zdjęta grozą i zupełnie niemieszczącym się w moim sercu obrazem syna wbijającego długi nóż w czarny, lśniący bok Thorady, powtarzam bezradnie jak Vandil: zabił Bjorn konika...

Powinnam z nim porozmawiać. Powinnam coś zrobić. Ale co? Co ja mu powiem? Jedyne, co z siebie wykrztusiłam, to prośba do Gudrunn, by nie wsiadała więcej na konia bez opieki dorosłych. Spojrzała na mnie jak spłoszone zwierzę, a w jej oczach wyczytałam, że nie rozumie, co mówię. A Bodvar pewnie wyczytał w moich, że nie wiem, co robić. I sam porozmawiał z Bjornem. Byłam mu wdzięczna. Potem Bjorn pojechał nad fiord. A ja poszłam za gród szukać jakiejś falującej łąki. Ale to była Vira, nie Roveste.

Rankiem spytałam Bodvara, czy jego żona Mislava nie mogłaby też doglądać, co robią Gudrunn i Vandil.

— Nie, Sigrun. Mislava nie radzi sobie nawet z naszymi dziećmi.

Mislava nie radzi sobie nawet ze sobą... Ale zwolnij jedną z kobiet od kuchni, najlepiej żonę Agnara, wygląda na spokojną i pewną kobietę. Do tego ma na imię Thora. Ta sobie poradzi.

Tak zrobiłam. I kilka dni nie jeździłam z Bodvarem, zanim się nie upewniłam, że Thora należycie potrafi się zająć Gudrunn i Vandilem.

Po jakimś czasie życie we dworze wróciło do normy. Sigurd już ćwiczył młodą drużynę, wyjeżdżał czasem z nimi na całe dnie, wracali ledwie na noc. Thora zabierała dzieci na spacery po polach, a w ciepłe dni nad niedaleki strumień. Potem przyprowadziła za moją zgodą trzech swoich synów, i wszyscy razem bawili się, biegając wąskimi przesmykami pomiędzy domami. Vandil znów się śmiał tym swoim zaraźliwym, dźwięcznym śmiechem, Gudrunn znów szczebiotała, a wieczorami zasypiali oboje wtuleni w moje boki, niesyci opowieści. Tyle że Vandil nigdy nie zmieniał zakończeń. Ludzie w Vira, życzliwi mi bardzo i wielce wspominający Apalvaldra, bali się jednak Bodvara. Ten kwitował to krótko: że nie jego się boją, ale zmian, które zapowiada jego pojawienie się. I gdy poukładał w głowie wszystko, co i jak należy zrobić, jasnym się stało, po co mu tak naprawdę była moja tu obecność. Pomyślałam wtedy krótko, że Regin był niezwykle przewidującym, nakazując mnie i dzieciom przyjazd tutaj. O ile bowiem ludzie patrzyli spode łba na Bodvara i jego gospodarskie plany, o tyle prześcigali się w okazywaniu serca mnie i dzieciom. Co zadziwiające, po historii z koniem Bjorna otaczali bałwochwalczym niemal szacunkiem.

— To normalne, Sigrun — powiedział mi Bodvar, kiedyśmy ciepłym wieczorem rozmawiali przy miodzie.

— Vira była grodem ojca Apalvaldra, a potem jego samego. Tu ceniono tylko jedno rzemiosło — wojenne. Kiedyś nie wyrabiano tu nic, wszystko w ogromnych ilościach zwożono z wypraw. Ludzie mają tu wciąż wielki szacunek dla krwi i miecza. I chociaż czasy się zmieniły, zaczęli uprawiać poletka, sprowadzili paru rzemieślników, to wciąż żyją dawnymi pieśniami. Ja to sam pamiętam, byłem w wieku twego syna, jak śpiewano pieśni o drużynie z Vira. Jarl Alfarr, twój dziad, był w nich niczym sam Odyn — wielki i niezwyciężony. Ludzie patrzą na Bjorna i widzą w nim krew Alfarra, krew Apalvaldra. Czują w nim wodza. To budzi w nich nadzieję, że powrócą dawne czasy. Że może ich synowie, pod wodzą twego syna, ruszą w świat i Vira znów będzie na ustach wszystkich. Ale oni nie wiedzą o tym, a może i nie chcą wiedzieć, że świat się już zmienił. Że ciasno na nim. Że czasy, w których można było uzbroić łódź, wypłynąć na lato, a jesienią wrócić bogaczem, minęły bezpowrotnie. Że teraz, aby pływać, trzeba mieć zaplecze we własnym domu. Oni pracują, owszem, ale nie cenią tej swojej pracy. Zobacz, mają tu jak we śnie — są bezpieczni, bogactwo ryb, lasy na wyciągnięcie ręki. Są pogodni i szczęśliwi. Ale powiedz im, że mają płynąć na wyprawę i dopiero zagra w nich krew. Ja to rozumiem. Ale rozumiem też, że życie płynie i trzeba się do jego nurtu dostosować. Złapać wiatr w swoje żagle. Do tego musimy ich przekonać. I ty to zrobisz.

— Ja? Dlaczego ja, Bodvarze? Ja nie umiem mówić tak jak ty.

— Umiesz. A oni cię posłuchają. Przez pamięć twych ojców i nadzieję, jakie daje im twój syn. Zrobią, co zechcesz.

— Nie wiem. Przeceniasz mnie chyba.

— Nie, Sigrun. Ciebie nie można przecenić.

— Ale to, co chcemy tu zrobić, jest dokładnie nie tym, czego chcą oni. Nie chcemy werbować ich na wojnę, chcemy stworzyć tu tkalnie, przędzalnie.

— Tak. Ale też oni, starsi, na wyprawę się nie nadają. Mają jednak synów, którzy rosną i którym trzeba zapewnić przyszłość. Jest tu jakiś skald?

— Skald? Nie wiem. Przy ojcu był kiedyś Eggnir, ale nie wiem, co się z nim stało.

— Potrzeba nam dobrego pieśniarza. Takiego, który zna sagi rodu Apalvaldra.

— Po co, Bodvarze?

— Wyprawimy ucztę dla najstarszych. Zaprosimy pieśniarza,

żeby wyśpiewał wszystkie ich złote wspomnienia, wspomnienia ich ojców i dziadów. Uszanujemy ich pamięć, pokażemy, jak ich cenimy. A potem zaśpiewa o Reginie, spełnimy toasty za Bjorna i jego przyszłość, za przyszłość Vira i ich synów. I wtedy wytłumaczymy im, że ich synowie potrzebują dobrego wodza i dostatku, żeby godnie wypłynąć w dorosłość. I pokażemy, że Regin, który wolą Apalvaldra i ich poparciem jest tu jarlem, myśli o ich przyszłości. I powiemy o naszych planach. Wtedy uwierzą. A dzień, dwa wcześniej spotkasz się z ich kobietami. I powiesz im to samo, tyle że od kobiecej strony. Że szukasz najzdolniejszych prządek i tkaczek. Że może będzie dla nich praca, która przyniesie dostatek i spokój domostwom. I o dzieciach. O ich synach. Zresztą sama wiesz. Opowiesz im o jarmarkach na dalekich wybrzeżach, jakie cuda tam się zwozi, jakie dobra. Że najwyżej ceni się nasze tkane żagle. Że twoje tkaczki w Namsen takich nie potrafią, że najmocniejsze i najlżejsze są ich żagle z Vira.

Spojrzałam na Bodvara zdumiona. Kiedy on to wszystko wymyślił?

— Znajdź tylko tego skalda, Sigrun.

Popytałam ludzi o Eggnira. Pamiętali go świetnie. Po śmierci Apalvaldra mój kuzyn Asolfr zaprosił go na dwór w Roveste i tam trzeba szukać. Posłałam więc umyślnego z zaproszeniem. Wrócił po kilku dniach, a wraz z nim wysoki, postawny mężczyzna. Jego długie, białe włosy spinała nabijana srebrem opaska, a bary z trudem mieściły się w skórzanym kaftanie. Przysłoniłam oczy dłonią, bo nie byłam pewna. Tak, to Eggnir. Poznałam go po jasnych oczach płonących w opalonej twarzy. Skłonił się przede mną głęboko.

— Sigrun. Wzywałaś. Jestem.

— Eggnirze. Nie wzywałam. Prosiłam. Wejdź.

Jego głos, choć zmienił się tak bardzo, pozostał melodyjnym jak w latach, z których go pamiętałam. Podczas uczty Eggnir go nie żałował. W oku zalśniły mi łzy, bo w jego strofach odżyła pamięć mojego dzieciństwa. Czasów, kiedy ojciec po powrocie z wypraw stawiał mnie na ławie i obiecywał mą rękę wojom. Zaciągnęły się mgłą oczy biesiadników. Coraz częściej maczali wąsy w miodzie. A tego Bodvar nie żałował. Młoda drużyna słuchała z otwartymi ustami. Bjornowi płonęły policzki. Gudrunn siedziała jak zaczarowana. Eggnir świadom poruszenia, jakie wywołał w naszych sercach, ciągnął pieśnią ku Namsen, ku Reginowi, a wraz z nim opiewał bitwę z Ottonem, w której Regin dokonał wielkich zwycięstw, w której na koniec tak walecznie poległ Apalvaldr. Podpalił Eggnir stos Apalvaldra, a potem jak silny powiew wiatru rozwiał jego dymy, zawrócił nagle i wyśpiewywał zielone łąki i kłosy zbóż, jabłonie kwitnące, i jeziora w lesie. Tkał strofy tak piękne, jakby woda szemrała i kwiliły ptaki. Śpiewał o brzozowych listkach na tafli jeziora i o listach na korze brzozowej pisanych. Drgnęłam tamtym wspomnieniem, a on ciągnął dalej, spod przymrużonych powiek śledząc moje poruszenie. Sprawdzał, czy pamiętam? Pamiętałam. I on to dostrzegł, więc zawrócił wiersze i pchnął je ku nowym wodom. Ku dalekim wybrzeżom, ku szerokim falom, ku sprzyjającym odwadze wiatrom. A potem ściągnął je niczym wodze galopującego konia i zatrzymał na imieniu Bjorna. Zastygliśmy wszyscy, nie wierząc, że to już będzie koniec. Cisza zapadła przy stole. W tym drżącym jeszcze rymami powietrzu rozległ się nagle srebrny głosik Vandila:

— A niedźwiedź ze złota zabił konia czarnego,
co piękną Gudrunn zrzucił,
uratowana jej cnota
Gudrunn nasza też jest ze złota!

— Sława! Chwała! Sława!

— Sława Eggnirowi! Sława Apalvaldrowi! Chwała dla Bjorna, wnuka Apalvaldra!

— Sława Vandilowi!

Bjorn wziął małego na ręce i uniósł wysoko nad stół:

— Rosną nam skaldowie!

Eggnir skłonił głowę w stronę Bjorna:

— Rosną nam ci, których będziemy opiewać w pieśniach!

— Chwała młoda drużyna! Sława synowie Namsen!

— Sława synowie Halderd!

— Chwała!

Przy stole zrobiło się gwarno niczym w roju pszczół. Miód zresztą lał się gęsto. Bjorn nalał rozrobionego wodą trunku do rogu Vandila i mały pił dumny, aż kraśniały mu policzki. Eggnir wodził za mną wzrokiem spod spuszczonych powiek, starsi przepijali do Bodvara, Sigurda i chłopców, dziewczęta uwijały się z dzbanami. Gdy wniosły misy parującej wieprzowiny, Bodvar pochylił się do mnie i szepnął, że czas. Odczekałam, aż mężczyźni nałożyli sobie spore kawałki, i wstałam.

— Jutro, po zachodzie prowadzę swego syna nad Wilczą Rzekę, do kopca Apalvaldra. Chcę, by sam zarżnął barana i… konia i poprosił Odyna o przyjęcie ofiary za pamięć swego dziada. To dobry czas, byście i wy, towarzysze mego ojca, wezwali imienia Thora. Przypomnieli mu o swoich synach, którzy rosną niczym młode ogiery. Powierzcie mu ich losy. Spytajcie Thora, czy przychylnym jest szczęściu Vira. Mój mąż, naznaczony przez Apalvaldra waszym jarlem, wielce ceni ten gród i jego mężną przeszłość. Choć czasy nadeszły inne, ziemie otwarte na przybyszów zaludniły się dawno, to odwaga i honor nadal są u niego w najwyższej cenie. A nie jest honorem grabienie sąsiadów i krewnych, gdy brak obcych i wrogów. Nie jest odwagą wypływanie w świat, by wrócić z pustą łodzią. Regin ceniąc was tak w boju, jak i jako dobrych sąsiadów i gospodarzy, nie chce żądać od was w dani zbóż i płodów ziemi, wiedząc, że ona u was nieuprawna i starcza jej tyle, żeby Vira wyżywić. Regin, znając waszą znajomość sztuki morskiej i wielkie talenty w tajnikach sprawiania łodzi, chce, byście nimi w świecie słynęli. Możecie zyskać rozgłos, dostarczając innym najlepszych lin i żagli. Możecie domom swym zapewnić dostatek, a synom otwartą drogę w przyszłość. Nawet najlepsze żagle na nic się zdadzą, gdy brak w nich wiatru. Wy bądźcie żaglem, Regin będzie waszym wiatrem, z jego siłą popłyną wasi synowie na szerokie wody.

Skończyłam. Czułam, jak krew odchodzi mi z ciała, bo w halli zaległa cisza. Przestali jeść. Chyba wpatrywali się we mnie, ale odwagi nie miałam spojrzeć na nich. Komuś z końca ławy zachrzęściła kość zmiażdżona w szczękach.

— Oto dziedziczka Apalvaldra! Nasz jarl nie miał syna, ale miał skarb Sigrun!

— Sława Sigrun!

— Chwała!

— Sława Reginowi!

— Chwała jarl Regin!

Wzięłam oddech jednym haustem. Ktoś polał mi miodu. Wypiłam i usiadłam. Spojrzałam z wdzięcznością w stronę Eggnira. Odezwał się w porę. Jeszcze chwila milczenia i mogłabym jej nie przetrzymać. Uczta potoczyła się dobrym torem. Doniesiono miodu. Bodvar ścisnął mi dłoń pod ławą. W jego oczach było potwierdzenie. Wszystko poszło jak trzeba.

— Regin cię ozłoci. Wzięłaś ich na smycz i poprowadziłaś po naszej myśli. Mówiłem, że nie można cię przecenić? — szepnął mi później, gdy głowy biesiadników zaczęły się chwiać i coraz gęściej lądować na stole.

— Nie chciałam brać ich na smycz. Chciałam, żeby sami myśleli jak my. Ale bałam się strasznie, Bodvarze. Słyszałeś tę ciszę? Była chwila, gdy bałam się, że chwycą do pasów, Eggnir w samą porę się odezwał. Czuł, co się może zdarzyć, zna tych ludzi lepiej niż ja.

— Eggnir oczu z ciebie nie spuszcza, Sigrun. Tyle zobaczyłem. Odprawmy go jutro, żeby nie było nieszczęścia.

— Trzeba go sowicie nagrodzić za pieśni.

— Ja to zrobię. Jeszcze tej nocy zaniosę mu ciężką skrzyneczkę. Ty weź dzieci, bo posnęły, i nie wracaj do halli.

Spojrzałam na Bodvara. Nie powiedziałam nic więcej. Posłuchałam go jak męża. Potem dopiero, gdy ułożyłam Gudrunn i Vandila i usiadłam przy palenisku, pomyślałam, że mam szczęście do ludzi. Zawsze spotykam kogoś, kto w porę stanie przy mnie i pokieruje moimi krokami. To izba mojej matki. Izba, w której spędziłam pierwszą w życiu noc z Reginem. A to palenisko pochłonęło kiedyś nieostrożne i nazbyt śmiałe pismo Eggnira. „Chcę pić z ciebie brzozo" wyrył wtedy na korze, a matka w porę wyjęła mi ją z ręki i schowała w płomieniach. Przez myśl nawet mi nie przeszło, by czymkolwiek uchybić Reginowi. Ale może rzeczywiście zbyt ciepło go dziś powitałam. A on? Dlaczego dziś wyśpiewał tamtą historię, która nie miała ani początku, ani końca, była ledwie mgnieniem chwili. Ileż to było lat temu? Czternaście? Piętnaście? Nigdy przez te lata nie zadałam sobie pytania, czy Eggnir kochał mnie wtedy. Nie poświęciłam mu chyba nawet jednej myśli. Aż do tego wieczoru. Ale nawet teraz nie zastanawiałam się nad tym, słuchając jego pieśni, po prostu wpłynęłam w nastrój wierszy, oddałam się melodii chwili. Ale może to już za dużo. Może to wyczuł Bodvar i osłonił mnie w porę? Kobieta i mężczyzna rymują się ze sobą — powiedział kiedyś Regin z głową na mej piersi. Zadrżałam. Jeśli tak jest, on jest jedynym rymem do mnie. Innego nie znam i nie chcę już poznać. Niech pieśń o Reginie i Sigrun pozostanie w harmonii.

Kolejne dni zawrzały pracą. Bodvar pokazywał miejscowym, które ze starych zabudowań trzeba wyburzyć, jak wytyczyć ściany pod nowe, jak postawić tkalnię i przędzalnię. Gdy tylko zaczęli rozumieć, co do nich mówi, byli pod jego władzą. I na jego rozkazy. Stukały siekiery, skrzypiały bramy. Zwożono wielkie ilości drewna, palono za grodem stare. Były już pierwsze jabłka na drzewach, gdy przybył posłaniec od Regina z wieścią, iż Miły mój wrócił z Viken i zjedzie do nas niebawem. Zdwoiliśmy z Bodvarem wysiłki, by na jego przyjazd jak najwięcej było gotowe. Noce, wciąż jeszcze długie, pozwalały pracować do późna. A po pełnym roboty dniu siadywaliśmy często na ławie przed dworem i niewiele ze sobą mówiąc, wypoczywaliśmy. Nie raz Mislava przychodziła po niego, prosząc, by do niej i dzieci zajrzał, popatrzył choć na śpiące. Dziwna była z niej kobieta. Urodę miała łagodną, obejście ciche. Mówiła miękko, szeleszcząc słowami. Bodvar złościł się, że uczy ich dzieci swojej mowy, a ona spuszczając nisko głowę, odpowiadała, że całe dnie jest z dziećmi sama. O tym, że nadchodzi, mówiło zawsze ciche pobrzękiwanie nausznic, bo choć ubierała się już po naszemu, nigdy nie zdejmowała klejnotów, jakie noszą kobiety tam, skąd ją wzięli.

Była bardzo Bodvarowi oddana, ale mimo lat spędzonych z nami, mimo dzieci, które mu urodziła, nie zrosła się z naszą ziemią. Zawsze była stamtąd. Nosiła na szyi sakiewkę z amuletami i gdy Vandil kiedyś w zabawie pociągnął za nią, Mislava wpadła w gniew. Opanowała się szybko, widząc zmarszczenie brwi Bodvara, i przeprosiła cichutko, ale nie pokazała małemu, co tam nosi. Hela kiedyś rozmawiała z nią o ziołach, chcąc, by Mislava powiedziała, jak się u nich leczy, ale ta stwierdziła, że się na odpędzaniu chorób nie zna. Teraz dopiero spostrzegłam, że żona Bodvara zmarniała bardzo. Nawet w półzmierzchu widać było, że źle wygląda.

— Bodvarze, idź z Mislavą, zobacz, jak jest ciebie spragniona. My już zrobiliśmy swoje przed przyjazdem Regina. Idź, odpocznij. Ja też pójdę do siebie.

— Dobranoc, Sigrun.

— Dobranoc, Bodvarze, dobranoc, Mislavo.

Spojrzała na mnie niepewnie. Naprawdę, nie była zdrowa. Zmartwiłam się, Bodvar przeżył stratę Gunhild, Mislavie nie może przydarzyć się nic złego. On na to nie zasługuje. Pomyślałam wtedy, że zajmę się jej zdrowiem, ale przyjazd Miłego zaprzątnął całą moją uwagę.

Vira przyjęła go wspaniale, Regin był zadowolony z tego, cośmy z Bodvarem zrobili. Ściany tkalni już stały, widać było, że przed mrozami zdążą położyć strzechę. Wieczorem jednak słabo się poczułam i zostawiłam Regina z Bodvarem samych. Siedzieli długo, bo Regin nie zajrzał do mnie w nocy. Rankiem też go nie widziałam, służba powiedziała, że równo ze świtem ruszyli z Bodvarem na objazd i zapowiedzieli, że mogą nie wrócić na noc. Dziwnie mi się zrobiło, bo nie spędziłam z nim ani chwili sam na sam. Jednak od rana Gudrunn czuła się źle, jak ja poprzedniego wieczoru, i musiałam się nią zająć. Nie wiedziałam, co jej było, przelewała mi się przez ręce. Vandil jednak był zdrów. Wypuściłam go pod pieczą Thory na powietrze, a sama zostałam z małą. Koło południa Gudrunn zaniosła się kaszlem i wymiotowała. Zawołałam na dziewczyny, żeby sprzątnęły, i gdy podniosły z łoża uwalane skóry, aż krzyknęłyśmy ze zdumienia. Pod wielką jelenią skórą było coś, co w pierwszej chwili wyglądało jak białe robaki. Ale gdy służąca wzięła to do ręki, okazało się, że to niewielkie kawałeczki wygładzonej kości. Położyłam Gudrunn na ławie i zawołałam Thorę.

— Wiesz, co to jest?

Obejrzała kości dokładnie. Było tego więcej niż dziesięć, wszystkie takie same.

— Sigrun, po raz pierwszy coś takiego widzę. Jakby przełamane na pół, zobacz jest ślad cięcia. Ale to wygląda, jakby ktoś tu celowo ułożył. Przed waszym przyjazdem sama doglądałam ścielenia, wybierałam najlepsze skóry. Tego tu wtedy nie było, to pewne. Sigrun, mi to wygląda, jakby ktoś chciał rzucić na ciebie urok.

— O tym samym pomyślałam. Wczoraj wieczór źle się czułam. Mdliło mnie, kręciło się w głowie. Poszłam spać wcześniej. A od rana mi przeszło, ale zobacz, Gudrunn całkiem chora, a wczoraj nic jej nie było. Ale kto mi chce zaszkodzić, Thoro?

— Nie wiem. W Vira ludzie cię kochają, nie masz wrogów.

— Co robimy? Jak znajdziemy winnych?

— Siostra mojej matki była szeptuchą. Mówiła, że jeśli się człowiek dowie, że ktoś na niego uroki rzuca, nie wolno mu się przestraszyć. Po mojemu to nie ma co rozgłaszać naszego odkrycia. Dziewczynom służebnym przykażę, to pary nie puszczą. Schowajmy te kości, zabierzmy je stąd. Będziemy udawać, że nic się nie stało, to winny sam się wyda.

— Wyrzućmy je, Thoro. Albo jeszcze lepiej spalmy.

— Nie, Sigrun. W razie czego to jedyny dowód winy. Przejrzyjmy lepiej całą izbę, czy nic innego tu nie nakładzione.

Nic więcej jednak nie znalazłyśmy, dziewczyny zaścieliły łoże nowymi skórami, Gudrunn zasnęła spokojnie. Thora przyniosła ziół do okadzenia izby i tak zorganizowała pracę służbie, żeby ciągle ktoś miał wejście do izby na oku. Zostałam z małą. Wracała do sił, bo na śpiące policzki wystąpiły jasne rumieńce. Obudziła się pod wieczór raźna i rześka, jakby nic się nie stało.

A ja chodziłam zatroskana. Nigdy nic takiego się nie zdarzyło.

Pojąć nie mogłam, że ktoś chciał mnie i dzieciom zrobić krzywdę. Kto? Dlaczego? I jeszcze nie było Regina ani Bodvara, żeby im o tym powiedzieć. „Nie bój się. Strachem żywi się śmierć" — tak przykazała kiedyś Urd. To samo mówiła dziś Thora. Jak mam się nie bać, skoro koło mnie jest ktoś, kto chce mojej zguby? A może przesadzam? Może to nie żadne uroki, tylko zwykłe połamane kości? Ale w takim razie co one tu robią, pod posłaniem mojego łoża? Ginęłam w domysłach, gdy nadbiegł goniec z wieścią, że Regin z Bodvarem wracają z objazdu i każą wieczerzę sutą szykować. Poderwałam się z ławy. Jak ja wyglądam? Tak mam przyjąć męża? Thora z dziewczętami pobiegła do kuchni, a ja do kufrów. Obmyłam twarz, zmieniłam suknię. Przypięłam brosze. Usłyszałam rogi. Regin już stał w drzwiach. Sam. Sam na sam. Po raz pierwszy mogłam go powitać, jak chciałam. Nie było wokół ludzi. On, ja. Rzuciłam mu się na szyję i niespodziewanie dla siebie samej rozpłakałam.

— Sigrun, Łódeczko, co się stało?

— Nic, nic, później ci powiem...

— Coś złego?

— Nie. Tak. Nie wiem sama...

— No to wytrzyj oczy w mój rękaw.

— Jak dobrze, że już wróciłeś!

— Chodź do halli, jestem głodny jak wilk.

— Już pewnie wszystko gotowe, chodźmy.

Usiedliśmy z Bodvarem i starszymi z Vira. Regin omawiał z nimi kolejne działania, raz po raz szukając dłonią pod ławą mojego kolana. Przypomniała mi się nasza uczta weselna. To było w tej halli.

Vira cała przetykana była wspomnieniami. Wyniosły i dumny cień Apalvaldra pełgał po ścianach, tuż za nim ślady matki, pracowite znaki jej obecności. Alkowa, w której spałam teraz z dziećmi, przez której dymnik przyszła do niej śmierć. Kopce nad Wilczą Rzeką, plac do walk. Przed tym latem spędziłam w Vira ledwie kilkanaście dni, a jednocześnie ten gród to mój znak rodowy, wjechałam do niego dziewczynką, a wyjechałam kobietą. I nie tylko dlatego, że tu stoi łoże, na którym przyjęłam w siebie po raz pierwszy Regina. A łoże to, niskie i szerokie, z pięknie rzeźbionym zagłówkiem kazałam wstawić do jego alkowy. Tam też zawołał mnie następnej nocy po powitalnej uczcie. Siedzieliśmy nadzy, wpatrzeni w dogasające palenisko, pijąc miód słodki i ziołowy.

— Tylko w Vira można się napić takiego miodu, mój ojciec mawiał, że to zielony napój.

— Ile ty masz już lat, Sigrun?

— Trzydzieści jeden. Właśnie zaczynam trzydziestą pierwszą jesień. Ale zim mam tylko trzydzieści. Przyszłam na świat wiosną.

— I ciągle wyglądasz jak wiosna. Masz zamiar tak pięknieć i pięknieć, bez opamiętania, podczas gdy ja zaczynam się starzeć?

— Ty się nie starzejesz! Ty dojrzewasz!

— Dojrzewam. Tak, do śmierci. A już czuję, że sztuką będzie przyjąć ją godnie. To nie jest takie proste, kiedy ręka męczy się pod mieczem, a kolana zaczynają zawodzić. Boję się, Sigrun. Nie śmierci. Boję się, by choroba nie dopadła mnie pierwsza, by starczyło mi sił i mocy, żeby godnie umrzeć.

— Reginie, o czym ty mówisz? Jesteś silny i równie wspaniały jak w dniu, w którym cię poznałam. Tylko kocham cię jeszcze bardziej. Wtedy pokochałam cię od pierwszego wejrzenia, a teraz patrząc na ciebie, odkrywam wciąż na nowo jedynego mężczyznę, który zniewolił mi serce.

— Jedynego?

— Tak.

— Nie miałaś innych?

— O co pytasz? Przecież wiesz, że miałeś mnie pierwszy.

— A potem?

— Jak potem?

— Potem, teraz. Jestem w domu pół roku, pół roku mnie nie ma.

— Co ty mówisz, Reginie? Nie wierzysz mi? Nie wierzysz, że kocham cię jak nikogo nigdy? Że schnę z tęsknoty za tobą, a żyję tylko myślą, że wrócisz? Dlaczego tak pytasz? Nigdy nie mówiłeś, że mi nie ufasz. Zostawiasz mnie zawsze pod opieką Bodvara, ale byłam pewna, że to moja miłość jest dla ciebie gwarancją, a nie jego czujne oko! — nagle poczułam, że ta rozmowa jest straszna, że to niemożliwe, aby to działało naprawdę. Regin mnie podejrzewa? Dlaczego? Bodvar powiedział mu o Eggnirze? To oto chodzi? Nie wierzę. Co tu się dzieje?

— Właśnie. Więcej czasu spędzasz z Bodvarem niż ze mną.

— Nie ja tak to urządziłam. Taka jest twoja wola, Reginie.

— To prawda.

— Dlaczego tak ze mną mówisz? Przestałeś mi ufać?

— Nigdy. A ty mi?

— Nigdy.

— Dobrze. Niech tak zostanie, Sigrun.

Było mi po tej nocy źle. Nawet przez myśl mi nie przeszło, że kiedyś taki dzień nastąpi. Że tak będziemy ze sobą rozmawiać. Ale to nie był koniec. Następnego dnia Bodvar znalazł się ze mną sam na sam w pustej jeszcze tkalni. Zamknął ostrożnie drzwi za sobą.

— Sigrun, muszę cię ostrzec. Zdarzyło się coś bardzo niedobrego — po raz pierwszy chyba widziałam Bodvara tak poruszonego. Wystraszyłam się.

— Co się stało?

— Mislava... Mislava oskarżyła przed Reginem ciebie i mnie...

— Nas? O co?

— Uroiła sobie, że coś nas łączy. Wybacz, Sigrun, że to mówię, ale musisz wiedzieć, mnie samemu ciężko to zrozumieć... Mislava powiedziała Reginowi, że podejrzewa nas o miłosne związki. Tak, tak dokładnie to ujęła.

— Skąd to wiesz?

— Od Regina.

— Kiedy ci to powiedział?

— Wczoraj rano, Mislava była u niego poprzedniego wieczoru.

Chciałem cię ostrzec od razu, ale nie było możliwości rozmowy, a też nie chciałem, żeby Regin widział, iż szukam okazji do spotkania z tobą. Dopiero dzisiaj się udało.

— Więc dlatego Regin w nocy tak dziwnie ze mną mówił...

— Rozmawiał z tobą?

— Tak. Chyba tak.

— I co?

— Powiedział, że mi ufa. Ale nie miałam pojęcia, skąd ta cała rozmowa, po co to wszystko, nie wspomniał ani słowem o twojej żonie...

— Ona już nie jest moją żoną.

— Co ty mówisz, Bodvarze? To po prostu nieszczęśliwa kobieta, bardzo cię kocha, nie umiała sobie wytłumaczyć inaczej tego, że ciągle jesteś zajęty, że spędzamy razem tyle czasu. To okropne, co zrobiła, ale to nie ze złej woli, tylko z zagubienia, z miłości. Ona chyba ciągle czuła się jak branka, a nie jak żona.

— Nieważne. To już nie ma żadnego znaczenia. Nie będzie dłużej moją żoną. Dopuściła się zdrady. Rzucając bezpodstawne oskarżenie, zdradziła mnie i chciała splamić i ciebie. A tego nie mogę jej wybaczyć. Mogę zrozumieć zazdrość, ale nie krzywdę. Naraziła cię na wielkie niebezpieczeństwo.

— Nie, Bodvarze. Nie mów tak, Regin mi ufa i nie wziął sobie słów Mislavy do serca.

— Wiem, ze mną też rozmawiał. Powiedział mi, co mu rzekła, i zapytał, czy to prawda. Zaprzeczyłem. Uwierzył mi bez dalszych słów, podaliśmy sobie ręce. Ale to, że rozmawiał z tobą, to znak, że mimo wszystko zasiała w jego sercu niepokój. Nie miała do tego prawa.

— Daj spokój, już po sprawie. Ja nie chowam urazy. Może umiem ją nawet zrozumieć. My, kobiety potrafimy zaginąć we własnych myślach. Nie miała z kim porozmawiać, ona tu oprócz ciebie nikogo nie ma. Jesteś mądrym człowiekiem, porozmawiaj z nią.

— Rozmawiać? Mój dziad za coś takiego udusił jedną ze swych żon gołymi rękami. A ja mam rozmawiać? O czym?

— Masz z nią dzieci.

— Teraz zastanawiam się, czy nie wychowuje ich na swoje podobieństwo.

— Bodvarze, gniew jest złym doradcą. Nie podejmuj z nim decyzji. Przemyśl wszystko spokojnie, muszę iść.

— Przepraszam, Sigrun. Nikt nie może cię przecenić. Mówiłem to już.

Przy Bodvarze starałam się być spokojną i opanowaną. Ale gdy wyszłam z tkalni, nagle doszła do mnie powaga całej sytuacji. Gdyby Regin uwierzył Mislavie, a nie mnie i Bodvarowi, to mógłby być koniec naszego świata. I to z jakiego powodu? Urojeń nieszczęśliwej kobiety! Bodvar i ja? Jak mogło jej to przyjść do głowy? Przypomniały mi się rady matki, jakie dała mi przed wydaniem mnie za mąż. „Niech cię kochają z daleka, ale nie ważą się dotknąć, musisz być poza wszelkimi podejrzeniami" — tak mówiła. Miała rację. Co jeszcze wtedy powiedziała? Że Regin obiecał ojcu, iż nie weźmie drugiej żony. Apalvaldr miał Foczkę, miał i inne niewolnice. Regin ma tylko mnie. Czy to pewne? Nigdy nie chciałam myśleć, co robi w samotne noce, kiedy jest poza domem. Nie śmiałabym go zapytać. Chyba wolę nie wiedzieć. Wolę myśleć, że tęskni za mną tak samo dotkliwie, jak ja za nim. Że szuka mnie na pustym posłaniu. Teraz sama myśl o tym wprawiła mnie w niepokój, w szarpanie serca. Czy tak czuła się Mislava, zastanawiając się, co robimy z Bodvarem całe dnie poza Vira? Biedna kobieta. Współczuję jej. I chyba rozumiem, że w rozpaczy mogła pobiec do Regina. Nie chcę tego czuć. Nie chcę tak się czuć. To gorąco w sercu, kołatanie się po głowie strzępków myśli, wyłapywanie jakiś półsłówek z przeszłości i oglądanie ich jak pajęczyn pod światło. Strząsnęłam z siebie te myśli. Ale nie na długo. Nim doszłam do dworu, dopadła mnie zdyszana Thora.

— Sigrun! Sigrun! Nieszczęście! Zły znak!

— Co się stało?

— Mislava!… Mislava się powiesiła!

— O ciemny świecie! Co ty mówisz?!

— Tak. Wisi na drzewie w zagajniku, znaleźli ją chłopi ciągnący drzewo z lasu, ale nie odcięli, zawołali po mnie, bo nie byli pewni, kto to.

— Och, Thoro!... A gdzie jej dzieci?

— Nie wiem, ciebie najpierw szukałam.

— Leć do domu, w którym mieszkają, sprawdź, jeśli nie tam, trzeba wszędzie ludzi rozesłać. Ja zawiadomię Bodvara. Gdzie mój mąż?

— Był w we dworze z młodą drużyną, zanim wybiegłam do zagajnika.

— Dobrze, Thoro. Tam się spotkamy. Tylko dzieciom jeszcze nic nie mów!

Jak ja to powiem Bodvarowi? Nie musiałam. Nim doszedł z tkalni do dworu, już dobiegł do niego jeden z drwali. Szli teraz ku mnie, stojącej w pół drogi i chłop mówił Bodvarowi, jak ją znaleźli. Nogi się pode mną uginały. Ale on szedł spokojnie, ze ściągniętą twarzą, nawet kroku nie przyspieszył. Jego oczy były stalowe, nieobecne. Nie umiałam nic powiedzieć. Weszliśmy ramię w ramię do dworu. Regin też już wiedział. Spojrzeliśmy na siebie we troje. Wiedzieliśmy, czemu to zrobiła. I to było straszne.

Nie pojechałam z nimi do lasu. Zostałam, przygarniając do siebie trójkę sierot. Bliźnięta kwiliły, chłopczyk rozglądał się niespokojnie. Tuliłam do siebie te biedactwa. Co z nimi teraz będzie?

Dałam im mleka. Mały wylał je sobie na koszulkę, zawołałam po dziewczynę, żeby przyniosła coś z rzeczy Vandila do przebrania. Krzyknęła stłumionym głosem przy rozbieraniu małego. A ja zaraz za nią. Chłopiec miał na piersiach wyrysowaną zaschniętą krwią runę algiz*. Spojrzałyśmy na siebie z niedowierzaniem. Delikatnie obróciłam małego, szukając innych znaków na ciele. Nic. Na piersi miał zawieszony na sznureczku srebrny młotek Thora, obok niego dwa małe kły. Nic więcej.

— Ubierz go. I zawołaj do mnie Thorę. Ja sprawdzę bliźnięta.

— Tak jest.

---

* Algiz — dosłownie: łoś. Runa mająca chronić życie.

Dziewczynka i chłopiec też byli naznaczeni krwawym algiz. Westchnęłam ciężko. Weszła do nas Thora. Pochyliła się delikatnie nad dziećmi.

— Zobacz, Sigrun…

W palcach trzymała kościany półksiężyc, zawieszony na szyi małej.

— Co to?

— Słowiańska ozdoba, u nich kobiety, co mogą, zdobią takimi księżycami.

— A tak, widziałam. Regin przywiózł mi kiedyś taki naszyjnik z wyprawy. Bardzo ładny. Załóż dzieciom koszulki, zimno im. Trzęsą się biedactwa. Czemu ona to zrobiła?

— Myślę, że chciała poprosić, żebyśmy po jej śmierci dzieci ochronili. Dlatego napisała algiz.

— Czemu nie użyła jakiejś swojej magii? Czemu runy?

— Żebyśmy zrozumieli. Nie swoich bogów prosiła o ratunek dla dzieci, ale nas. Czemu ona się powiesiła? Co, źle jej było? Męża miała dobrego, dostatek w domu. Po co jej to było?

Wszedł Regin z Bodvarem. Dzieci się rozpłakały, bliźnięta podreptały do ojca. Nawet na nie nie spojrzał. Szepnęłam do służącej, żeby je zabrała.

Trzeba Bodvarowi powiedzieć o znakach. Powiedziałam. Obaj usiedli na ławie.

— Co ja mam robić? Radźcie.

— Pochowaj Mislavę i uszanuj jej wolę. Poleciła dzieci twojej ochronie. A że krwią runy pisała, znaczy, że chciała śmiercią swoją winę zmazać. To myślę.

— I ja Bodvarze radzę tak jak Regin. Nie odprawiaj dzieci od siebie. One niczemu niewinne.

— Jak ja je wychowam?

— Weźmiesz służące, one się dziećmi zajmą. Byleby serce do nich miały. A takich w Namsen nie brakuje.

— I nie trzeba rozgadywać, jak skończyła Mislava. Po co? Uprzedzimy naszych, niech jej śmierć zostanie w Vira. Spal ją szybko, bo trzymanie trupa, kiedy dusza tak cierpiała, niebezpieczne. Kto wie, jakim ona się zwyczajom oddawała. Wiadomo chociaż, jak w jej stronach zmarłych chowają?

— Palą, jak my, a popioły do dzbana albo misy wsypują i tak grzebią w ziemi.

— No to tak i trzeba by zrobić. A dzieci zostawić, zająć się nimi. Jak jej ostatnią wolę spełnimy, nie będzie miała powodu, żeby po śmierci was nachodzić. Spokój będzie nad tą umęczoną duszą.

— Źle było, że ją w ogóle wziąłem. Źle, źle się stało. Obcy to obcy, nigdy go nie zrozumiesz. Ja jej też nie rozumiałem.

— Ode mnie ją dostałeś, więc może i ja winę za to ponoszę.

— Przestańcie oboje! Jaka wina? Co wy opowiadacie? Bodvarze, wydaj polecenia co do ciała. Weź moją służącą do siebie, żeby się dziećmi zajęła, i wróć do nas, naszykuję wam grzanego miodu. Napijcie się na te zmartwienia i za spokój jej śmierci. No już, nie ma co tak siedzieć. Co to? Zostawiłeś coś na ławie.

— A, nie wiem, co to. Woreczek z tym miała u paska. Nie wiem, co z tym zrobić, nie wiem, co to takiego.

— Pokaż, może to trzeba razem z ciałem spalić.

— Zobacz, może ty się na tym znasz.

Zajrzałam do woreczka. Zamarłam. Zaschło mi w ustach.

— Tak Bodvarze, to trzeba razem z ciałem spalić.

Wyszli. Spojrzałam słabym wzrokiem na Thorę.

— Sigrun, tam było to, co myślę?

— Tak. Przełamane na pół kościane księżyce. Cały worek.

— Takie same?

— Te same.

Usiadłyśmy na ławie.

Jedno lato. Tyle się wydarzyło. Nic dziwnego, że z ulgą opuszczałam Vira. Gdy wyjeżdżałam przez bramę grodu mego ojca, obejrzałam się za siebie. Zatrzymałam oko na Thorze. Jej będzie mi brakowało.

Jesień minęła nam prędko, liście ledwo zdążyły zżółknąć, a już spadły, bo wiatry i deszcze nadeszły od zachodu silne i porywiste. Wyglądaliśmy Orma. Pionowa zmarszczka nie schodziła z czoła Fridgerd z niepokojem patrzącej w stronę fiordów.

— To zła pogoda dla żeglarzy… — szeptała, tuląc Vagna do piersi. Chłopakowi szła ósma zima. Ojciec obiecał mu, że po powrocie wprowadzi go do młodej drużyny.

— Orm jest szczęściarzem, morze go kocha — mówił Regin.

I miał rację, bo Orm dopłynął do Foldfjordu w samym środku sztormu, jakby szalejące morze było na jego usługach. Wpadł do halli późnym wieczorem, prosto z drogi, przemoczony, błyskając oczami spod żeglarskiego kaptura. Regin zamknął go w ramionach. Krzyknęłam na służbę, by przynieśli miodu. Chwała Odynowi!

Zwołałam Fridgerd, Bodvara, Sigurda i Rosketilla. Zasiedliśmy przy ogniu. Orm opowiadał, pochłaniając wielkie kawały mięsa i suto zapijając miodem. Było już dobrze w nocy, gdy służba oznajmiła, że dotarł wóz z ładunkiem Orma.

— Mam dla ciebie prezent od Torfina, Reginie! Podarek nieco ucierpiał w podróży, ale dobra łaźnia, kolacja i kilka dni na stałym lądzie sprawią, że będzie tak piękny, jakim go Torfin tobie podarował! Wprowadźcie!

W halli stanęła dziewczyna. Suknię i włosy miała przemoczone, twarz bardzo bladą, ale mimo to, nawet z dala od ognia, znać było, że jest bardzo ładna. Serce mi zamarło. A potem ruszyło uderzeniami tak głośnymi, że zdawało mi się, iż wszyscy słyszą, jak odbija się ich głos od ścian halli. Orm krzyknął do niej:

— Podejdź do ognia! Niech jarl cię obejrzy!

Podeszła. Podniosła głowę. Miała ciemne wijące się włosy, kości policzkowe wystające i duże lekko skośne oczy. Długa szyja i smukła sylwetka. Drobne, delikatne dłonie. Jeszcze nie kobieta. Już nie dziecko. Była obwieszona klejnotami.

— Torfin powiedział, że nawet jeśli dziewczyna nie przypadnie ci do smaku, to docenisz jej biżuterię.

— Doceniam i jedno, i drugie.

— On zawsze sprowadza sobie kobiety z Gardarike*, mawia, że tamtejsze niewolnice mają w sobie krew, mleko i wino. Ta jest u niego od dziecka, więc dobrze mówi po naszemu i wszystkiego nauczona.

— Jak ci na imię?

— Lubow — głos miała melodyjny i dźwięczny. Nie bała się.

— Lubow? Dziwne imię. Takie u was noszą dziewczęta?

— Tak.

— Lubow... Jak nazwa jakiegoś zioła albo zabawki dla dziecka... Co to znaczy Lubow po waszemu?

— Miłość.

— Miłość? Ile masz lat?

— Czternaście.

— Tak, Torfin powiedział, że starych koni i starych niewolnic nie daje się przyjaciołom, wybrał ci młódkę.

— Torfin zna się na rzeczy. Zabierzcie Lubow do izby dla służby. Zmęczona po podróży.

Ten wieczór ciągnął się dla mnie w nieskończoność. Bałam się zerkać na Regina, żeby nie zobaczył przerażenia w mych oczach. Byłam jak w letargu. Jak we śnie okropnym, z którego nie można się obudzić. Siedziałam sztywna i piłam, co mi nalali, a miód zamiast ogrzewać serce, trzeźwił je jeszcze bardziej. To przecież musiało stać się w końcu — myślałam gorączkowo. Co w tym dziwnego, że taki jarl jak Regin ma niewolnice? Dziwne było to, że do tej pory ich nie miał. Że nie zwoził ich do domu z każdego targu, z każdej wyprawy. Mój ojciec miał ich kilka i nikogo to nie dziwiło. Mnie też. A teraz nie mogę złapać powietrza na myśl, że oto ta dziewczyna zamieszka z nami pod jednym dachem. Regin ją przyjął. Ale przecież nie sam ją sobie kupił. Dostał ją. To cenny prezent. Nie może odrzucić podarunku, bo obraziłby Torfina. Dlatego ją wziął. Lubow. I jeszcze to imię. Jakby dobrze wiedziała, po co tu przypłynęła. A jeśli Re-

---

* Ruś.

gin będzie miał z nią dziecko? Jeśli ona urodzi mu syna? A co było z Mislavą? Może Regin wspomni na Bodvara i nie będzie chciał mieć z nią dzieci? To przecież obca. Obca. Obca. Obca. Z gwałtownego zgiełku w głowie, z toku myśli, które mnie dusiły, wyrwał mnie szept Regina, wprost do mego ucha:

— Chodźmy do ciebie, Sigrun...

Zerwałam się z ławy. Kiedyśmy znaleźli się w mojej alkowie, mruczenie Vandila przez sen przypomniało nam, że śpi w moim łożu.

— Zaniosę go do Gudrunn... — powiedział Regin, biorąc go ostrożnie na ręce.

Potrzebowałam tej chwili, by zaczerpnąć tchu. By wygładzić myśli. Myśli? Jakie myśli? Ja cała byłam w tamtej chwili jedynie szlochem, jedynie skowytem zranionej kobiety. Wszystko we mnie wołało i prosiło, by zostawił tamtą dziewczynę, by jej nie brał. Stanął cicho w drzwiach, zamknął je szczelnie i przeciągnął się szeroko. Odpiął pas, zrzucił koszulę.

— Sigrun, co ci jest? Czemu tak stoisz? Nie chcesz mnie?

— Chcę...

— No to chodź.

Otoczył mnie ramieniem i całując, próbował zdjąć mi suknię. Szamotał się z broszą, bezskutecznie.

— Rozbierz się sama...

Posłusznie zaczęłam odpinać brosze, rozwiązywać suknie.

— Nie tak. Rozbierz się dla mnie — przesunął mnie delikatnie, bym nie zasłaniała sobą światła bijącego od paleniska. Sam położył się.

Zdejmowałam suknie powoli, nie mogąc pozbyć się myśli, że oto patrzy i widzi. Że porównuje mnie z tamtą dziewczyną. Z jej daleką urodą i smukłą, dziewczęcą sylwetką. Z powiewem nowości, jaki wniosła. Jak mogę o niego zawalczyć? Nie cofnę czasu. A jeszcze niedawno, w noc cieplejszą od tej, spytał, ile mam lat. Ale potem powiedział, że wyglądam jak wiosna i wciąż pięknieję. Może naprawdę tak myśli? A może myślał tak tylko wtedy? A dzisiaj już nie. Co mam robić? Wejść do łoża i dać mu rozkosz, jakiej pragnie? Taką, po której zasypia wczepiony w moje plecy? Taką, która targa jego ciałem, aż lękam się, czy nie traci zmysłów? Zaczęłam iść w jego stronę.

— Sigrun, jesteś piękna, jesteś jak pieśń, która ma setki zwrotek, której końca wciąż nie znam…

Przylgnęłam brzuchem do jego pleców. Wtopiłam usta w jego szyję, palce we włosy. Zamarł. Był pode mną. Był w mojej mocy. I pozostał w niej do świtu. Nie pozwalałam mu zasnąć. Budziłam jego miecz wciąż od nowa po każdej zwycięskiej walce. Byłam tarczą w którą uderzał, przystanią do której wpływał, skrzynią, którą napełniał złotem. Tańczyłam z nim w sobie wciąż niesyta zwycięstwa, wciąż szepcząc do siebie samej: wygrywam tę bitwę, muszę wygrać i wojnę. Nazywałam go słowami, których wcześniej nie znałam, których samo brzmienie wprawiłoby mnie we wstyd. A one działały na Regina jeszcze silniej niż moje piersi, niż uda i pośladki poddane jego dłoniom. Zmusiłam go do krzyku, przyprawiłam o spazm na granicy szlochu. Tracił pode mną oddech. Nie znałam siebie takiej. Zasnął wraz z ostatnim żarzącym się polanem. Ja nie zamknęłam oczu. Leżałam przy nim zdumiona sobą samą. Tym, co zrobiłam. Przebudził się. Z zewnątrz już dochodziły odgłosy dworu, poranne nawoływania służby. Pocałował mnie w wystające spod futra ramię.

— Sigrun, coś ty mi zrobiła?

— Nic. Kochałam cię.

— Mmm… Zdawało mi się, że robimy to po raz pierwszy. Wtedy też dopaliło się palenisko.

— Pamiętam.

— Wiesz, o co mnie spytał Apalvaldr w poranek po naszej pierwszej nocy?

— Nie.

— Powiedział do mnie wtedy: wiem, jaką Sigrun jest dziewczyną, a ty mi powiedz, jaką jest kobietą.

— Co mu rzekłeś?

— Że jesteś jak młoda klacz z najlepszej stajni: piękna i kształtna. A on do mnie: ułóż ją sobie, jak jeździec pod siodło, ale bądź gotów, że taka klacz zawsze może ponieść. W niej płynie krew, która kiedyś zawrze. Wtedy byłem zdumiony, że ojciec tak mówi o córce. Potem myślałem, że wiem, co chciał mi przekazać. A dzisiaj dopiero dotarło do mnie, że miał rację. Zarżnę dziś konia na chwałę Apalvaldra. Kocham cię, Sigrun.

— Kocham cię wszystkim, co mam, Reginie — wzięłam wdech — Czy musisz zostawiać przy sobie tę dziewczynę?

— Jaką dziewczynę?

— Lubow.

— Niewolnice są przydatne. Zwłaszcza na wypadek śmierci.

Słyszałam już te słowa. Kiedyś rzekła to matka.

A Regin poświęcił konia ku czci Apalvaldra. Podarował mi srebrne naramienniki. Zachodził do mojej alkowy równie często, jak w poprzednie zimy. Ale Lubow pozostała w domu, wśród służby, snując się między izbami. Dałam ją pod opiekę tkaczkom, żeby wyuczył dziewczynę rzemiosła. I tak zostało. Na święta zjechała do nas Halderd, przysławszy wcześniej gońców z posłaniem, czy będzie mile widziana. Zaprosiliśmy ją z sercem i bez wahania. Jej chłopcy rośli na potęgę, młoda drużyna była okiem w głowie Regina i Orma, poświęcali jej serce i pracę, i wiedziałam, iż patrząc na młodych, cofają swój czas. Z okazji przyjazdu Halderd przygotowano walki. Czekaliśmy tylko, aż miną śnieżyce. Plac przed wjazdem do Namsen okolono pachnącymi gałęziami jodły, śnieg wygładzony i udeptany chłopcy przesypali ziemią, żeby buty się nie ślizgały. Ustawiono wysokie krzesła wyścielone futrami, dla Halderd i dla nas, rozpalono wielkie ogniska. Gdy jeszcze wokół placu zapłonęły wbite w ziemię wysokie pochodnie, zrobiło się jasno prawie jak w dzień. I bardzo uroczyście. Halderd, której urody nie tknął ani czas, ani zmartwienia, siedziała obok Regina, pod proporcem z głową wilka — znakiem rodu Helgiego. Kiedyśmy wcześniej planowali wszystko, Regin powiedział, że tak chce Halderd ugościć — z honorami, jakie należne są jarlowi. Orm był temu przeciwny.

— To wdowa po jarlu, a nie wódz! To kobieta!

— Ta kobieta od dwunastu przeszło lat sama rządzi ziemią, wysyła łodzie na wyprawy! Czy kiedykolwiek Ynge zawiodło, gdy Hakon zwoływał ludzi? Nie. I ona sama to robi. Na dodatek bez synów, bo trzech oddała mi na wychowanie, a trzech do Hrafna. Sama. Należy jej się szacunek. Czwartą zimę jej chłopcy są pod naszym dachem, a ja unikałem takich spotkań, przecież razem ustaliliśmy, że to ich rozmiękczy, rozpsuje. Tyle wie o synach, co z wymiany wieści. Dwa razy na rok przysyła bogate skrzynie. Teraz, kiedy wiemy, że młoda drużyna zrosła się, że się już nie rozłamie na naszych i obcych, możemy to dla niej zrobić. Nie było cię w Vira, nie widziałeś, jaką tam bałwochwalczą czcią otaczano Bjorna, nazywając go już po cichu jarlem Trondelagu. Ale synowie Halderd to słyszeli. I nie szemrali przeciw niemu. To był dowód na to, że nasze starania, łożenie w wychowanie drużyny przyniosły skutek. Chcę to wszystko uszanować. Chcę, żeby Ragnar, Yngwe i Asgrim poczuli się docenieni poprzez szacunek oddany ich matce. To umocni drużynę, zobaczysz. A to ich pierwsze pokazowe walki. Ragnar i Bjorn są jeszcze młodzi, ale Asgrimowi idzie piętnasty rok, Yngwe ma trzynasty. To już jest wiek.

— Masz rację z drużyną, zgoda. Ale Halderd to kobieta! Gdzie jej samej siadać na wysokim krześle, pod proporcem rodu? Jak tak pójdzie, to może pozwolimy kobietom wojów do bitwy prowadzać?

— Orm, przesadzasz.

Godzili się potem pół nocy przy piwie i do rana stanęło na racji Regina. Orm był zresztą jedynym człowiekiem, który ośmielał się przeciwić Reginowi wprost i w ostrych zdaniach. Nikt więcej tak bezwzględnie nie bronił przy nim swych racji. Ale za to właśnie Regin kochał Orma ponad innych drużynników. Kiedyś słyszałam, jak sami siebie nazwali Słońcem i Księżycem. A potem kłócili się zajadle, kto jest czym. Byli wtedy bardzo pijani. Ale prawdą jest, że odkąd znam Regina, znam i Orma. Że Orm jest jakby jego częścią. Nawet nie staram się sobie wyobrazić mego męża bez jego wężookiego towarzysza. Ale Słońce i Księżyc? Tak mówi się o kobiecie i mężczyźnie. Rzeczywiście musieli wtedy wlać w siebie beczkę piwa.

Regin wzniósł toast za Odyna. Potem za Thora. Trzeci za młodą drużynę. Rogi zagrały nisko, odbijając dźwięk od ubitego śniegu i zwielokrotniając go echem o częstokół Namsen. Trzy piątki chłopców z Sigurdem na czele wmaszerowały na plac. Chrzęścił śnieg pod ich stopami. Podzwaniały miecze. Stanęli szeregiem przed nami. Pierwszy raz widziałam Bjorna w pełnym bojowym rynsztunku! Spod hełmu widać było jedynie oczy i usta, zarys linii szczęki. Na kolczugę sięgającą kolan narzucony miał brązowy płaszcz ramowany futrem. To mój syn? Gudrunn siedząca przy mnie z Vandilem aż westchnęła. Wszyscy wyglądali wspaniale. Po raz drugi od rozmowy z Bjornem na skale w Vira zrozumiałam, że jego dzieciństwo skończyło się, odeszło, czekając, aż przyjdzie wiek męski. Oto w szeregu piętnastu młodych wojów stał mój syn. I był już jednym z nich. Regin z Ormem taką wagę przykładali do ułożenia tej drużyny, że już czas jakiś temu zadbali o ich wyposażenie, więc chłopcy nie mieli na sobie przywielkich hełmów i za długich kolczug. Nie wyglądali jak dzieci przebrane za dorosłych. Drużyna będzie rosła, będą dochodzili młodsi, a starsi wyrastali, opłaci się mieć dla nich uzbrojenie na miarę — mawiali. I teraz widać było, że mieli rację. Pierwsze poszły oszczepy. Celowali nimi do trzech umieszczonych na końcu placu chochołów. Bjorn rzucał lekko i pewnie. Trafiał do celu bezbłędnie. Potem zaczęli jeden na jednego walki na miecze. Ragnar stanął naprzeciw Bjorna. Yngwe i Asgrim starli się ze sobą. Nie mogłam śledzić wszystkich. Patrzyłam tylko na syna. Pierwszy raz widziałam go w walce. Byli równi wzrostem, Bjorn wydawał się jednak roślejszy. Ślizgały im się nogi. Ragnar upadł na jedno kolano, ale wtedy Bjorn zatrzymał się, czekając, aż ten wstanie. Ich miecze były mniejsze i lżejsze od tych, którymi walczą wojowie. Ale nie mogłam oprzeć się skurczowi serca na widok Ragnara zamierzającego się na Bjorna. Uderzali z lekkością, osłaniali się skutecznie. Był jakiś czar w ich ruchu, w tańcu światła na tarczach. Uspokajałam się w miarę postępu walki, widząc ćwiczebną przewidywalność uderzeń. Potem Sigurd zawołał: tarczami! I odrzucając miecze, ruszyli jeden na jednego, uderzając się tylko tarczami, próbując przewrócić przeciwnika. Rozległy się śmiechy i okrzyki. Asgrim pchał Yngwe tarczą, a ten jechał na śniegu niczym na łyżwach dookoła placu, aż wypadł z zakrętu i ku uciesze wszystkich wyłożył się, podcinając brata. Większość już leżała, tylko Bjorn i Ragnar wczepieni tarczami zostali na placu. Nie chcieli popuścić. Ich zakute w hełmy głowy niemal stykały się i żaden nie mógł zdobyć przewagi. Gdy Bjornowi udało się zrobić kilka kroków po wyślizganym podłożu, Ragnar odzyskiwał siły i odpychał go na tę samą odległość i tak na zmianę. Raz jeden, raz drugi. W końcu Sigurd krzyknął: dość! I gdy powtórzył rozkaz trzeci raz, przestali. Opuścili tarcze i dysząc ciężko, stanęli na wprost siebie. Rozległy się okrzyki. Na koniec wzięli łuki i naciągnęli płonące strzały. Celowali w chochoły rozprute wcześniej oszczepami. Zagrały rogi. Strzelili. Chochoły stanęły w ogniu. Ragnar był najcelniejszy. Nawet starsi mu nie dorównali. Skrzyknął Sigurd drużynę. Zebrali miecze, tarcze i w blasku płonących chochołów wymaszerowali z placu. Rogi zagłuszyły chrzęst śniegu pod butami.

— Patrzyłam na synów i byłam dumna. Wiem, że dając ich tobie na wychowanie, zrobiłam słusznie. Pod tobą wyrastają na mężczyzn. Nauczyłeś ich sztuki wojennej. Utemperowałeś ich charaktery. Dałeś im to, czego ja bym nie miała skąd brać. Jestem twoją dłużniczką. Twoje zdrowie, Reginie!

— I twoje, Halderd!

— Zdrowie synów!

— Wszystkich synów!

— Jak ich oceniasz w walce?

— Asgrim jest silny. Już nieźle włada toporem, a to trudna sztuka. Yngwe ma wielkie serce do koni, dobrze mu idzie jazda z mieczem. A Ragnar, chociaż najmłodszy, ma w sobie cierpliwość i zmysł do walki. Będzie świetnym łucznikiem, bo potrafi się skupić. Nie jest rozkrzyczany jak inne dzieci i bałem się, że może trochę słabowity. Ale od niedawna ruszył i robi z dnia na dzień wielkie postępy. On i Bjorn są równolatkami, a widziałaś sama, że w sztuce nie ustępują starszym. Jeden i drugi mają wielki talent do walki. Najbliższe lata pokażą, jakie ogiery wyrosną z tych źrebiąt. Przyszłej wiosny chcemy ich wziąć na morze. Czas ich nauczyć łodzi. Rwą się już do tego od dawna, ale czekaliśmy z Ormem, aż siły wszystkich chłopców będą podobne.

— Kiedy będą gotowi wziąć udział w prawdziwej bitwie?

— Ragnar i Bjorn najdalej za trzy zimy. Asgrim i Yngwe za dwie.

— To dobrze. Na razie w Trondelagu spokój.

— Tak. Chociaż taki spokój, jak trwa za długo, staje się zarzewiem przyszłych konfliktów. Rdzewiejące miecze swędzą.

— Dochodzą słuchy z Lade, że wokół jarla Hakona rosną przeciwnicy.

— Nie tyle przeciwnicy Hakona, ile jego sposobu życia. To jest to, co mam na myśli. Hakon nie płynął z nami do Anglii, bo i nie było takiej potrzeby, ale w tym czasie z kobietami wojował. Znudziły mu się niewolnice, zasmakował w córkach wolnych ludzi. A to się nie będzie podobało. Wiem, że jakoś to wszystko załagodził, rodzinom dziewczyn srebra posłał, ale ludzie mruczeli i trudno się dziwić. To już parę dobrych lat temu Einar Hakonowi w twarz powiedział, że bycie jarlem nie kończy się na piciu piwa i wpuszczaniu kobiet do łoża.

— Słyszałam o tym. Słyszałam też, że u was na wychowaniu jest syn Einara. Mogę go zobaczyć?

— Tak. Gudrunn, przyprowadź nam Vandila!

Mały wszedł trochę onieśmielony gościem. Patrzył na Halderd niepewnie.

— Oto on.

— Ile ma lat?

— Piąty rok mu idzie.

— Urodziwy chłopczyk. Ale do Einara chyba niepodobny?

— Trudno powiedzieć. Dłonie ma jak ojciec, smukłe, palce długie.

— Nie tęskni za ojcem, matką?

— Matki prawie nie pamięta. Wychowuję go jak własne dziecko.

— Dobrze mu u was.

— I ja tak myślę.

Halderd przytrzymała Vandila chwilę, patrząc mu oczy. Potem puściła malca.

— On krzyżyk nosi?

— Tak. Einar go ochrzcił i prosił, żebyśmy uszanowali.

— Nie boisz się chrzczonego dziecka między swoimi trzymać?

— Nie. Dlaczego?

— Podobno to nieszczęście przynosi. Zwłaszcza na morzu.

— Regin płynął z nim z Anglii i mieli dobrą podróż. Vandil jest mi drogi jak własny syn. Nie odtrącę dziecka tylko dlatego, że go ochrzcili. Trochę już żyję i więcej zła widziałam z uroków rzucanych przez naszych niż tych od krzyża.

— Jak chcesz. Mówię tylko z ostrożności.

Pomyślałam później, że dziwna to była mowa w ustach Halderd, skoro sama pamiętam, jak wzywała Einara po urodzeniu Ragnara do słabnącego synka. Ale nie wspomniałam o tym, bo nie godzi się matce wypominać szaleństw popełnionych dla ratowania dziecka.

Wiosną Regin ruszył w stronę angielskich wybrzeży. Zabrał ze sobą dość ludzi, popłynęli w sześć łodzi. Niewiele mówił o tej wyprawie, ale też widziałam, że szykuje się do niej spokojnie. W Namsen zrobiło się cicho. Młoda drużyna krótko po wyjeździe Regina ruszyła pod dowództwem Sigurda po raz pierwszy na morze. Gudrunn i Vandil dwa dni lamentowali nad ich nieobecnością, ale jak tylko zaczęło się palenie ognisk na wzgórzach*, pochłonęło ich to, i przestali się nudzić. Obiecałam, że jednej nocy pójdziemy na ognie i żyli tylko tym. Wybraliśmy się pochodem,

* Obrzędowe palenie ogni, poświęcone rytuałom płodności.

dużą grupą. Poleciłam wcześniej Bodvarowi przygotować wszystko i uprzedzić świętujących, że będziemy z dziećmi. Mimo to wziął ze sobą kilku ludzi, ustawiając ich w lesie, żeby widokiem broni nie psuli nikomu zabawy. Przy wielkim ogniu bawiło się prócz młodych wiele dzieci chłopskich, więc po chwili Vandil i Gudrunn popędzili w tańcu wokół płomieni. Zasiadłam na podwyższeniu, Bodvar przy mnie. Twarz miał ściągniętą, oczy niespokojne. Wzrokiem śledził tańczących.

— Co ci jest, Bodvarze? Nie bawisz się?

— Nie mam ochoty na zabawę. Zwłaszcza taką. Jestem tu tylko po to, żeby ciebie i twoich dzieci pilnować.

— Myślisz, że coś nam tu może grozić?

— Wolę być przygotowanym, niż tylko myśleć. Jesteśmy poza Namsen. W czasie ognisk ludzie się zapominają. Piją, tańczą. Różnie bywa. Gdyby spadł ci włos z głowy, Regin zabiłby mnie bez myślenia.

Spojrzałam na niego. Od ubiegłego lata wysechł bardzo. Nie chciałam jednak wspominać tamtych zdarzeń, by nie dotykać ran, które tylko czas może zagoić. Ile Bodvar ma lat? Jest w wieku Regina? Wygląda na starszego. Jest szczuplejszy i nie tak wysoki. Ale trzyma się prosto i chodzi sprężyście. Nie ma w nim nic z gwałtowności Orma, z jego kociej zwinności. Nie jest sztywny jak Rosketill. Gdybym miała go porównywać do jakiegokolwiek zwierzęcia, pomyślałabym o wilku. O oswojonym wilku. Siwe pasma w jego ciemnych włosach dodają mu urody. Zatrzymałam się w myślach. Skąd mi to wszystko przyszło do głowy? Dlaczego pomyślałam o nim jak o mężczyźnie? Nie powinnam. Pewnie to miejsce, muzyka, ogień, tańczący młodzi ludzie, święto miłości. To dlatego. Wokół ognia wirowało coraz więcej ludzi. Raz po raz przewijała się niebieska sukienka Gudrunn i jasna koszula Vandila. Oboje mieli na głowach wianki. Dlaczego nigdy nie byłam na ogniach z Reginem? Bo nigdy go nie ma. Gdy tylko zaczyna się wiosna, jest już na morzu. Chciałabym, żeby był. Chciałabym zatańczyć z nim, zawirować wokół ogniska, pić miód i wlewać go w ogień. Chciałabym, żeby zerwał mi potem mokrą koszulę. O czym ja myślę? Widok całujących się w tańcu źle robi na moje zmysły. Może czas już do domu? Rozejrzałam się za Bodvarem. Gdzie on? Zniknął? Zamiast niego stał za mymi plecami jego przyboczny. Uspokoił mnie ruchem głowy, że Bodvar zaraz przyjdzie. To dziwne. Nic mi nie powiedział? Wciąż dorzucano do wielkiego ogniska i robiło się coraz bardziej gorąco. Ludzie wypili dość. Coraz więcej par z krzykiem i śmiechem biegło w stronę lasu. Naprawdę czas się już zbierać, dzieci nie muszą tego widzieć. Rozejrzałam się za dziećmi. Zamigotała błękitna sukienka Gudrunn. Wstałam, chcąc iść po nią.

— Ja przyprowadzę dzieci — odezwał się stojący za moimi plecami człowiek Bodvara. Obejrzałam się. Było ich za mną jeszcze dwóch.

— Skąd was tu tyle?

— Bodvar rozkazał.

— A sam gdzie?

Nie odpowiedzieli.

— Pytam, gdzie jest Bodvar?

Wskazali na niski zagajnik. Widząc, że tamten już prowadzi do nas Vandila i Gudrunn ruszyłam we wskazaną stronę.

— Niech dzieci tu na mnie zaczekają.

— Nie idź tam, żono jarla. Nie trzeba.

Poszłam. Z głębi lasu dochodziły stłumione krzyki. Gdzieś w dali jaśniały plamy białych koszul. Stanęłam bezradnie między drzewami. Po co ja tu przyszłam? Czego ja tu szukam?

— Bodvarze! — zagrzmiał za moimi plecami głos woja, który przybiegł za mną.

Obok nas przebiegła trzymająca się za ręce para. Chłopak był bez koszuli, piersi dziewczyny zalśniły jak dwa białe księżyce. Ze śmiechem skoczyli w zarośla. Co ja tu robię? Po co?...

— Chodźmy do ognia, żono jarla, Bodvar zaraz wróci.

— Tak. Chodźmy. Wracajmy do dzieci.

Gdy odwracałam się w stronę polany, przede mną stanął Bodvar. Jakby wyrósł spod ziemi.

— Sigrun, co ty tu robisz?
— Szukam cię. Chcę wracać do domu.
— Wystarczyło posłać któregoś z ludzi.
— Idźmy już.

W blasku ognia zobaczyłam, że Bodvar ma uwalaną ziemią koszulę i kłosy traw we włosach. Ciemność skryła moje rumieńce. W nocy źle spałam. Dręczyły mnie koszmary. Przychodziły do mnie sny, których nie chciałam śnić. Śnił mi się Bodvar pijący z rogu Regina. Mocowałam się z nim, by ten róg mu wydrzeć, a on płakał krwawymi łzami i krew mieszała się z miodem, ściekając mu po brodzie. Śniła mi się Lubow tańcząca nago wokół ognia. Wyciągała ręce do Gudrunn, chcąc ją do siebie przyciągnąć, a Gudrunn uciekając od niej, wbiegła w ogień i sukienka jej stanęła w płomieniach. W tym śnie dyszały ciężko pary w miłosnych uściskach, biegłam przez las, szukając Regina, i z lękiem, że go zobaczę, zbliżałam pochodnię do każdej z wynurzających się z ciemności par. Na szczęście przyszedł poranek i uwolnił mnie od koszmarów. Kilka dni chodziłam błędnie. Nie myśląc o tym wprost, unikałam Bodvara. Znajdowałam sobie zajęcia z dala od niego. Źle się czułam. Upały nadeszły szybko i męczyły mnie. Chodziłam rozdrażniona. Byłam opryskliwa dla służby. A gdy zobaczyłam Lubow bawiącą się z Vandilem i Gudrunn, wpadłam w niczym nieuzasadniony gniew. Co się ze mną dzieje? Ktoś rzucił na mnie urok? Niewiele czasu później dotarł do dworu goniec wysłany przez chłopów wypasających owce na górskich łąkach, że wilki robią duże spustoszenia w stadach. Bodvar puścił tam bez zwłoki dobrych łuczników, by zrobili porządek z zuchwałymi drapieżnikami.

To lato było zupełnie do innych niepodobne. Po skwarach przyszły gwałtowne burze i wybiły dojrzewające zboże na polach. Ludzie zaczęli szeptać, że to złe znaki. Kobiety z trwogą spoglądały w morze. Bodvar przyszedł do mnie któregoś wieczora mocno stroskany.

— Musimy coś zrobić, Sigrun. Złe nastroje w grodzie.

— Czuję to, Bodvarze.

Przyjrzał mi się uważnie.

— Wyglądasz na przemęczoną.

— Źle sypiam. Jestem niespokojna.

— Sigrun, złóżmy ofiary.

— Niech tak będzie.

Pomyślałam jeszcze i o tym, że zawsze je składaliśmy, gdy Regin płynął na wojnę, a teraz nawet dokładnie nie wiemy, dokąd i po co wyruszył. W obecności całego niemal grodu Bodvar zarżnął jagnię, a jego krew poświęcił Odynowi, Thorowi, Freyi i Tyrowi. Poprosił dawnych jarlów o opiekę. Ale gdy czekaliśmy, aż nadlecą kruki, by ofiarę uświęcić, lunął deszcz i w jednej chwili zgasił palenisko. Rozległy się stłumione głosy przerażenia. Na to wszystko nadbiegła kobieta z dworu krzycząc, że jedna z tkaczek właśnie urodziła dziecko, które ma rękę zupełnie bez palców. Wśród obecnych zapanował całkowity zamęt. Bodvar zadął w róg. Zamilkli. Wystąpił naprzód.

— Przez te wszystkie lata bogowie przyjmowali nasze ofiary i dawali w zamian to, o co prosiliśmy. Może teraz mają wobec nas inne plany. Idźcie do domów w spokoju. I zastanówcie się, czy jakimś postępkiem nie obraziliście ich imienia.

Ludzie posłuchali i rozeszli się w milczeniu. Wieczorem zaszedł do mnie Bodvar.

— Sigrun, a może nie powinniśmy zabierać ze sobą do składania ofiar Vandila? On przecież jest chrzczony? Może dlatego ofiary zostały odrzucone?

— Też o tym pomyślałam przed chwilą. Tak wrósł w naszą rodzinę, że zapomniałam zupełnie, że krzyżyk nosi.

— Spróbujmy jeszcze raz, ale weźmy na kopce tylko starszych, bez tłumów bab i dzieci.

— Dobrze, Bodvarze.

Zebraliśmy się wczesnym rankiem, było nas razem dziewięcioro. Bodvar znów jagnię poświęcił. Czekaliśmy, ale na pochmurnym niebie nie pojawił się żaden ptak. Żaden głos nie dobiegł z pobliskiego lasu. Cisza i pustka. Powietrze stało w miejscu, unosząc przed nasze nozdrza woń jagnięcej krwi Wiedzieliśmy, że paruje na darmo przelana. Czoło Bodvara przecięła pionowa zmarszczka.

— Może trzeba godiego wezwać?

— Nie. Zanim dojedzie, niepokoje w grodzie wybuchną. Pojadę do Urd z bagien po radę.

Wróciliśmy do dworu i od razu zaczęłam się gotować do drogi. Wzięłam srebrne bransolety i naszyjnik z kryształem dla wieszczki.

— Pojadę z tobą, Sigrun — Bodvar stanął za moimi plecami.

— Nie. Wolę żebyś został, na wypadek gdybym zbyt długo nie wracała. Jesteś tu potrzebny. Tylko ty umiesz zapanować nad wzburzonymi ludźmi.

— Dobrze. Ale dam ci swoich najlepszych wojów.

— Tych samych, których zostawiłeś mi w czasie ogni?

Bodvarowi zapłonęły policzki. Spuścił głowę.

— Przepraszam cię za tamto, Sigrun.

— Nie masz za co. Jesteś mężczyzną — uśmiechnęłam się do niego. Spojrzał na mnie jakoś tak smutno.

— Tak. Jestem tylko mężczyzną.

A ludzi dał mi rzeczywiście tych samych. I uzbroił ich od kolan po czubki głów. Pożegnałam się z dziećmi i ruszyliśmy. Kiedy jechałam do Urd po raz pierwszy, gnała mnie zaraza roznosząca się wśród ludzi w Namsen, za drugim razem choroba dzieci. A teraz? Czy w mocy Urd jest, by wilki nie pożerały owiec, a dzieci rodziły się zdrowe? Czy może sprawić, by Odyn przyjmował wszystkie nasze ofiary? Zupełnie zimno i z obcym mi wyrachowaniem pomyślałam, że mogłabym zatrzymać się na nocleg w lesie, wrócić następnego dnia i powiedzieć im, że los już odwrócony. Uwierzyliby. Bo jadę tylko po to, by uciszyć ich dusze. Jadę po spokój. Dwóch ludzi zostawiłam z końmi przed wąską groblą, poszłam z jednym tylko. I tak Gerra nie pozwoli mu wejść.

— Witaj, Sigrun, żono Regina! Dawno u nas nie byłaś. To znak, że w Namsen sprawy szły pomyślnie!

— Witaj, Gerro. Dobrześ powiedziała: szły. Ale już nie idą. Mogę się widzieć z Urd?

— Zapytam.

Wyszła po chwili z chaty.

— Wejdź, Urd prosi do siebie.

W izbie panowała duchota. Ciężko było zaczerpnąć tchu. Suknia z gorąca przylgnęła mi do ciała. W kłębach pary niewiele było widać. Gerra poprowadziła mnie za rękę. Parę razy zawadziłam nogą o jakieś worki leżące na podłodze. Podniosła wiszącą na drzwiach zasłonę i wprowadziła mnie do izby, w której gorąco było nie mniejsze, ale za to było czym oddychać.

— Co cię do mnie sprowadza, żono jarla Regina?

Urd siedziała na wysokim, rzeźbionym krześle. Była taka sama, jak ją ostatnio zapamiętałam. Nie postarzała się. Wprost na nagim ciele miała suknię szytą z jakichś skórek i nogi przykryte gęsto tkanym kocem. Szukałam wzrokiem jej dłoni. Obydwie ginęły w bogato strojonej mufce z lisiego futra.

— Przygnał mnie tu niepokój, jaki zagościł w umysłach i sercach ludzi w Namsen.

— Ech, gdybym ja miała się każdym ludzkim niepokojem zajmować, nie starczyłoby życia… Jakieś szczegóły?

— Wilki w dużej sile zaatakowały stada naszych owiec w górach…

— Zima była długa, wiosna krótka i chłodna, w lasach mało zwierzyny, nic dziwnego, że wilki jedzenia szukają…

— Burze wytłukły nam zboże…

— To się normalnie w przyrodzie zdarza…

— Kobieta we dworze urodziła dziecko bez palców…

— A to już mnie ciekawi. Co dalej?

— Bogowie dwa razy od nas ofiar nie przyjęli.

— Może nie mają co wam dać w zamian? Bogowie są uczciwi. Jak nie mają nic dobrego w zamian, nie przyjmują. Ludzie nie zawsze. Podaj mi tę srebrną skrzynkę, rzucę kości runami znaczone.

Postawiłam skrzyneczkę przed nią na ławie. Wysunęła z mufki dłoń. Mignęła biała skóra. Kostki potoczyły się z suchym dźwiękiem.

— Jest jak myślałam. Zwykłe, ludzkie sprawy. Czasami wystarczy parę nasion kąkolu, by zboże z całego łanu zanieczyścić. Nazbierało się drobnych występków, małych niegodziwości, a najwięcej z ludzkiego gadania. Każdy własne postępki nosi na barkach. Dziewczyna, co powiła dziecko kalekie, przed porodem uciech zażywała. A że wyciągnęła ręce nie do własnego męża, od którego była brzemienna, ale po cudzego i z nim w mroku gaju, w czas ognisk się gziła, to i kara ją taka spotkała. Pasterze w czas wylęgu owiec kilka jagniąt do własnych chat powiedli, umniejszając ich liczbę przed nadzorcą. I tym podobnych małych występków znalazłoby się więcej, gdyby każdemu z osobna do chaty zajrzeć. Nawet najlepsza strawa nie smakuje, gdy podana w brudnej misie. Nic dziwnego, że bogowie ofiar nie wzięli. Nic takiego się jeszcze nie stało. Ale stać się może!

Drugi raz kostki potoczyły się po ławie. Twarz Urd pociemniała. Uniosła brwi i szeptem, od którego przebiegły mi po plecach dreszcze, szeptem, który brzmiał jak zgrzyt metalu o metal, powiedziała jednym tchem niemalże:

— Ptak nad górami leci, ogniste pióra gubi. Gdzie pióro spadnie, tam pożar. Gdzie ziemi dotknie, tam płacz. Gdzie cień ptaka omiecie, tam choroba, gdzie krzyk ptaka dosłyszą, tam szczęk mieczów i krew, a krwi tyle, że martwych nie będzie komu palić. Ci, co dzisiaj razem u stołu siedzą, noże przeciw sobie wyciągną. Ci, co z jednego rogu piją, żyły swoje przegryzać będą. Węże rodzą się po jaskiniach, kłębią na poszyciu z mchów niebieskich, kłębowiska ich ciał długich, giętkich jedna noga nie zdepcze. Trzeba, by znów w zwartym szeregu ludzie poszli, jeden przy drugim, każden za każdego. Nie szczekać wściekle, nie patrzeć, komu tłuściejsza kość do ogryzienia. Sforę psów na uwięź wziąć. Ptak jeszcze kołuje, jeszcze szuka krainy, gdzie by gniazdo uwić. Jeszcze jaj nie złożył. Jeszcze jest nadzieja. Od ofiar zacząć. Bogów karmić, świątynie odnawiać, paleniska krwią pryskać. Jeszcze jest nadzieja, że dymy ofiarne zasłonią kraj i ptak go nie dostrzeże. Że poleci na zachód, dalej i dalej, że poleci stąd, że gniazda nie uwije, jaj nie złoży, piskląt nie upilnuje...

Urwała. Głowa jej opadła na pierś i chwilę dyszała ciężko. Ja nie umiałam myśli pozbierać. Podniosła oczy. Twarz miała jak zawsze nieprzeniknioną.

— Urd? Co to ma oznaczać? Nie zrozumiałam...

— Myślisz, że ja wszystko rozumiem? To runy mówiły, ja je tylko czytałam.

Po chwili już łagodniejszym tonem dodała:

— Zapamiętaj wszystko. A ludziom przekaż tylko to, co sama pojmujesz. Niech ofiary bogom składają.

— Dobrze, Urd.

— Chcesz czegoś jeszcze?

— Nie... Tak.

— Chcesz czegoś dla siebie.

— Skąd wiesz?

— Bo zawsze przyjeżdżasz w cudzej sprawie.

— Tak. Ale nie wiem, czy mogę cię takimi rzeczami zaprzątać.

— Mów. Dorzucisz mi coś jeszcze do tego, co przywiozłaś.

— Dobrze. Co byś chciała?

— Te bransolety.

— Te? Dostałam je od Regina...

— No i co. Wszystko, w co się stroisz, dostałaś od Regina.

— Masz rację. Dam ci je.

— To spytaj, o co chcesz, i rzucaj.

— Właściwie nie wiem, jak zadać pytanie. Regin dostał w prezencie niewolnicę. Jest bardzo młoda i piękna...

— Rzucaj!

Po co ja to robię? Myślałam w panicznym lęku, zanurzając dłoń w woreczku, który mi podsunęła. A co będzie, jeśli wyjdzie?... Chwyciłam pełną garstkę kości i rzuciłam. Chyba zbyt mocno, bo na białym płótnie rozwiniętym na stole zostały tylko dwie runy, reszta spadła na klepisko i toczyła się w ciemne kąty izby.

— Twoje lęki są puste. Do łoża jej nie bierze, nie wzywa jej imienia w nocy, nie zanosi podarków. Połączą ich dopiero popioły. Masz męża tylko dla siebie.

— Dziękuję, Urd…

— Poczekaj. Inna kobieta była koło ciebie. Ale już jej nie widzę, cień został jedynie. Coś ci groziło. Umknęłaś nieszczęściu. Byłaś pod dobrą opieką. Już po wszystkim. Groźby nie ma.

— Kiedy to było?

— Po poprzednich żniwach.

— Kto mnie ochronił?

— Trzy kobiety.

— Jakie?

— Noszą to samo imię.

— Żyją?

— Nie wszystkie.

— To już wiem.

Urd jednym ruchem swojej białej, pozbawionej paznokci dłoni schowała ryte kości do woreczka. Rozparła się wygodnie na krześle.

— Opowiedz mi, Sigrun.

— Mislava, żona Bodvara uroiła sobie, że łączą mnie z jej mężem miłosne stosunki. To była biedna kobieta, obca. Doniosła o tym Reginowi, ale on jej nie dał wiary. Wtedy powiesiła się.

— Nie to mnie ciekawi, ale to, jak ci groziła.

— Ach tak. Bardzo źle się czułam. Zaniemogłam najpierw ja, a potem Gudrunn, moja córka. A spałyśmy w tym samym łożu. A z nami Vandil, chłopiec, którego wychowuję, ale jemu nic nie było. Gudrunn zwymiotowała i gdy służba sprzątała łoże, znalazłyśmy pod skórami dużo małych połamanych kości. Jak Mislava się powiesiła, takie same miała przy sobie.

— To była Słowianka?

— Tak.

— W takim razie te kości to musiały być pocięte na pół księżycowe rogi*.

— Tak było.

— Dlatego chłopcu nic się nie stało.

— Dlaczego?

— Przecież mówię, dlatego że połamała księżyce. To magia ich kobiet i działa tylko na kobiety.

— Rozumiem. Niepokoję się, bo Lubow, niewolnica, o którą pytałam, jest rodem z Gardarike.

— To nie ma znaczenia. Już mówiłam.

— Tak, wybacz. Dziękuję ci, Urd. Będę wracała z lekkim sercem. To klejnoty, które dla ciebie przywiozłam. Przyjmij je.

— Jeszcze bransolety.

— Ach tak, już daję.

Ściągnęłam bransolety z obydwu nadgarstków i ze zdumieniem patrzyłam, jak Urd natychmiast zakłada je sobie ruchem tak zwinnym, o jaki bym nie podejrzewała jej bezwładnych białych palców. Bransolety musiały być jeszcze ciepłe…

— Do zobaczenia, Sigrun.

— Do zobaczenia, Urd.

Gdy wyszłam przed chatę, owionęło mnie czyste, chłodne powietrze. Świtało. Więc byłam tam tak długo? Gerra odprowadziła mnie do bramy, pilnując, by pies nie chwycił czekającego na mnie człowieka. Mężczyzna nie spał. Czekał we mgle. Gdy tylko usłyszał nasze kroki, wstał i niewidocznym dla niewprawnego oka gestem sięgnął do tyłu w stronę noża.

— Spokojnie. To ja, Sigrun.

Opuścił rękę. Pożegnałam Gerrę i ruszyliśmy przez groblę. Szłam z tyłu, przed sobą mając szerokie plecy woja, którego dał mi Bodvar. Wcześniej nawet nie spytałam, jak mu na imię. Dopiero teraz.

— Jak cię zwą?

---

* Księżycowe rogi — powszechnie używane ozdoby kobiece w kształcie Księżyca, w archeologii nazywane zawieszkami księżycowatymi lub lunulami.

— Kaltulf.

Poczułam jakiś rodzaj wzruszenia. A może raczej wdzięczności? Najpierw Regin obdarzył mnie służbą swoich najbardziej zaufanych ludzi — Orma, Bodvara. Nigdy mnie nie zawiedli. Gdy byli przy mnie, to tak jakby sam Regin nade mną czuwał. A teraz oni dają mi swoich ludzi, a ci w swym oddaniu niosą cząstkę ich samych. Ale wtedy też do mnie dotarło, że tak naprawdę to właśnie ludzie Regina, a nie on sam, są przy mnie na co dzień. To oni mnie chronią. Nigdy wcześniej o tym nie pomyślałam w taki sposób. Ale tak właśnie wygląda prawda. I następni dwaj. Jeden przytrzymał mi konia. Drugi pomógł wsiąść. Ruszyliśmy. W ślad za wzruszeniem poczułam tęsknotę tak silną, jakby wykręcało mi wnętrzności. Dlaczego to nie Regin podsadza mnie? Dlaczego to nie on trzyma uzdę mojego konia? Dlaczego zasnę sama i obudzę się sama? Wiatr rozwiewał mi włosy. Czy ten sam dotyka twojej twarzy, Reginie? A może wiatr ten dmie w żagiel łodzi, którą kierujesz w stronę Foldfjordu? Nie. Nawet jeśli, to ten wiatr ci raczej nie pomoże. Wieje z północy. A może jednak? Przecież ja nie wiem, gdzie ty teraz jesteś? Wiem tylko, że mnie kochasz, że nie oddałeś innej mojego miejsca przy sobie. Czułam to, czułam to gdzieś w głębi siebie, zanim zadałam Urd pytanie. Czułam to cały czas. Ale teraz już wiem.

Do Namsen dotarliśmy, gdy słońce stało wysoko. Bodvar sam otworzył nam bramy. Ludzi się zgromadziło zaraz przed dworem dużo, bo się między sobą dowiedzieli, że po wyrocznię dla całego Namsen pojechałam. W tłumie dostrzegłam dziewczynę z dzieckiem u piersi. Patrzyła na mnie niepewnie. W oczach miała lęk. To ta tkaczka. Stanęłam we drzwiach dworu. Bodvar chciał przepędzić ludzi, kazać im przyjść, jak wypocznę, ale dałam mu znak, że powiem, co trzeba. Ale co ja im powiem?

— Urd runy dla nas rzucała. Runy nie były nam łaskawe.

Po zgromadzonych przeszedł jęk.

— Wyrocznia kazała każdemu osądzić się we własnym sumieniu, a nie jeden drugiego. Ci, co wzięli, co do nich nie należy, mają, co zagarnięte, zwrócić. To, czego zwrócić nie można, należy pracą i dobrym życiem odkupić. Urd powiedziała, że z brudnej misy i bogom nie smakuje. Kazała świątynie odnawiać, ofiary dawać z czcią należną. Powiedziała, że jeszcze możemy bogów przebłagać, losy odwrócić, ale dym z ofiar ma przesłonić ziemię. To tyle. Wracajcie do pracy i rozważcie każdy dla siebie.

Rozeszli się w milczeniu. Patrzyli jeden na drugiego niepewnie. Wiem, woleliby usłyszeć, kto zawinił, i skazać go otwarcie. Tak sumienia oczyścić. A tu każdy sam musi. Każdy może być winny. To nie takie łatwe. Ale z dnia na dzień widziałam, że do kogo trzeba, dotarło. Upewniłam się, gdy pod drzwiami swojej alkowy znalazłam piękną materię utkaną z największą uwagą.

Niewiele minęło czasu od mego przyjazdu od Urd, jak pod wieczór — wciąż jeszcze jasny — zagrały rogi na powitanie gościa. Serce mi drgnęło. Regin wraca! Nie, inaczej grają, widząc znaki jarla. Więc kto? Do halli wszedł Bodvar, prowadząc Einara!

Przywitaliśmy się serdecznie.

— Miałem gońca pchnąć z Ynge, ale szybciej było samemu przyjechać!

— Einarze, ty się nie musisz do nas zapowiadać, Namsen dla ciebie zawsze otwarte. Poślę dziewczyny po Vandila.

— Wyrósł?

— Zobaczysz!

Vandil stał już w progu, mrużąc oczy. Kazałam służbie do paleniska dorzucić, żeby Einar mógł się w świetle przyjrzeć synowi. Chłopiec postąpił kilka kroków, niepewny, czy ma podejść do mnie, czy do gościa.

— Płynąłem do ciebie z daleka… Jakżeś pięknie wyrósł, synku…

— Konia sam umiem dosiadać. Sam. Podciągam się za grzywę, o tak… i hop. Sam to umiem. Bez podsadzania!

Oboje stali na wprost siebie, tak samo niepewni. Vandil przekrzywił ciemną główkę, patrzył na Einara, skubiąc pochewkę noża.

— Poznajesz mnie, synku?

— Taaak... Bodvar mi powiedział, że mój ojciec przyjechał...

Widziałam, jak drgnęły plecy Einara. Mnie samej zaschło w gardle.

— Niech cię uściskam, Vandilu. Kiedyśmy ostatni raz się widzieli, byłeś maleńkim dzieckiem, a teraz — proszę — już nóż nosisz!

— Tak! I umiem nim rzucić i trafić! I konia dosiadam, i umiem składać pieśni!...

Einar wziął syna w ramiona i tulił do piersi, aż bałam się, że zdusi. Lody puściły! Co za ulga! Siedzieli przy sobie przy wieczerzy, a mały jak się już raz rozgadał, nie milkł, aż go spać odprowadziłam. Einar w skupieniu słuchał każdego słowa. Gdy zostaliśmy sami, westchnął głęboko.

— Bałem się, że mnie nie pozna.

— Co chcesz, kiedy Regin go przywiózł, był dzieciaczkiem!

— Tak, a teraz...

— ... konia dosiada! — roześmialiśmy się jednocześnie.

— To wspaniały chłopak. Kocham go jak swego. Wszyscy go tu jak brata Bjorna szanują. A że umie sobie serca ludzi zjednywać, to inna rzecz. Jest pogodny, wesoły i wszędzie go pełno. Nie może się już doczekać, aż go Regin i Orm do młodej drużyny wezmą.

— A gdzie twój syn? Nie było go przy wieczerzy.

— Jutro, pojutrze przyjadą. Wraz z resztą młodych popłynęli na pierwszą wyprawę łodzią. Całe lato ich nie było, ale już wieści z nadbrzeża przyszły, że przypłynęli, tyle że ich Sigurd przy łodzi zostawił, żeby pokazać, jak ją oporządzić na zimę.

— O, to słyszę, że tu prawdziwych mężczyzn się wychowuje! W najlepsze ręce powierzyłem Vandila! A jak synowie Halderd? Dobrze się chowają? Nie wchodzą w zwadę z waszym?

— Nie. Jeśli już to w zawody. Wszyscy są bardzo honorowi i każdy chce być najlepszy. Jak się okazało, że Ragnar jest lepszym łucznikiem nawet od starszych chłopców, mój Bjorn nie dawał za wygraną i całą zimę szył z łuku, żeby się z nim zmierzyć. Normalnie, jak to młodzi. Zdrowi, to krew w nich gra.

— Z radością ich zobaczę.

— Opowiesz coś o sobie? Układa ci się życie? Szczęście sprzyja? Bogowie przychylni?

— Nie bogowie, Sigrun, tylko bóg. Chrystus jest takim bogiem, który nie przynosi łatwego życia tu, na ziemi, nie handluje szczęściem, ale daje coś więcej.

— Co takiego?

— Daje sercu spokój, a duszy pewność, że idzie po właściwej drodze, ku jasności.

— Bóg słońca?

— Nie, Sigrun. Bóg wszystkiego.

— Moim bogiem jest Odyn, bo urodziłam się z krwi jarla. Ale i Freyja, bo jestem kobietą. I Thor, i Frey.

— Gdy ziemię przysłania dym z palonych przez was ofiar, nie znaczy to, że nad nim nie ma jasności w górze. Jest, chociaż jej nie widać. I tam właśnie jest Chrystus.

— Nie kłóćmy się przed nocą, Einarze.

— Nie chcę się kłócić, chciałem tylko wyprostować. Śpij dobrze, Sigrun, nie martw się bogami.

— Nie martwię się bogami. Jeśli już, to bogiem. Ale i tobie życzę dobrej nocy.

Ja niestety, jak zwykle po takich rozmowach z Einarem, spałam źle. Jest dla mnie bratem, choć krew między nami bardzo rozcieńczona, i pogodziłam się dawno z tym, że jest zupełnie innym człowiekiem niż ci, których znam. Dał mi swego syna na wychowanie, a ja pokochałam go jak własnego. Wciąż jednak czuję lęk, gdy Einar mówi mi o Chrystusie z tak niewzruszoną pewnością swojej racji. I choćbyśmy przegadali całą jesień i zimę, nie posunę się w swej wiedzy ani o krok, bo przecież mówimy o tym, czego ani zważyć, ani przeliczyć na srebro się nie da. Jednak od rana czas płynął nam przyjemnie, Einar wciąż słuchał Vandila, pytał o nasze sprawy, interesowało go wszystko, o sobie samym mówił niewiele. Nie chciałam wprost pytać o żonę, by mu nie otwierać ran, wciąż chyba świeżych, bo nie raz złapałam go na tym, że słucha małego z roztargnieniem, a wzrok skupiony i naznaczony jakimś bolesnym ściągnięciem ma całkiem nieobecny. Jednak z tych strzępków zdań o sobie, jakie z niego wyciągałam, nie wynikało, by szukał dla siebie kobiety i kolejnego miejsca na dom.

— Wciąż jestem w drodze! — uśmiechał się krzywo, a ja nie po raz pierwszy pomyślałam, że drzemie w nim dusza wikinga, choć tak bardzo się przed tym, co nasze, broni, tak daleko od tego ucieka.

Powrót młodej drużyny oznajmiły rogi potrójnym sygnałem, na który od kilku dni otwarte było moje ucho. Sigurd wprowadził ich przez bramę Namsen na podwórzec przed dworem. Jakże wyrośli! Bjorn! Jak on zmężniał! Wszyscy mieli twarze wysmagane wiatrem, oczy lśniące, choć zaczerwienione od wody i soli. Wyprawa się udała. Gdy Sigurd puścił ich wolno, Bjorn podskoczył do nas i nie wstydząc się okazywania niemęskiej czułości, wpadł mi w ramiona, uniósł do góry Gudrunn, podrzucił kilkakroć Vandila. Przez twarz przeszedł mu skurcz zaskoczenia, gdy przedstawiałam go Einarowi i powiedziałam: poznaj ojca Vandila. Tak, wszyscyśmy tu niemal zapomnieli, iż Vandil ma jakąkolwiek rodzinę poza nami. Przy wieczerzy było gwarno i wesoło, cała młoda drużyna z Sigurdem zasiadła za stołem, Gudrunn, Vandil przy Einarze, Bodvar wraz z Thorirem. Brakowało tylko Regina i Orma, ale moje myśli wciąż ku nim biegły. Chłopcy opowiadali o swoich przygodach na morzu tak, jakby nic innego od lat nie robili. Sigurd powściągliwie milczał, a raz po raz pochylał głowę nad misą, aby skryć rozbawienie. Gudrunn z rozpalonymi policzkami chłonęła każde słowo Bjorna, Vandil też jakby zapomniał o obecności ojca. Jakżebym w tamtej chwili była szczęśliwa, gdybym mogła pod ławą dotknąć ręki Regina i wraz z nim cieszyć się powrotem syna! Einar też gdzieś błądził niespokojną myślą, bo wodził rozedrganym wzrokiem po twarzach chłopców, nie wiem wcale, czy słyszał, co mówią. Pewnie wciąż rozpamiętuje stratę żony, może myśli o synach, których nie zdążył z nią spłodzić. Kiedyśmy po kolacji zaczęli się rozchodzić, zatrzymał na chwilę Ragnara:

— Więc ty jesteś Ragnar z Ynge, syn Halderd…
— I jarla Helgiego.
— Tak. Znałem twego ojca. To był prawdziwy wódz. Ciebie też znam od dawna…
— Skąd?
— Byłem w Ynge tuż po tym, jak przyszedłeś na świat. Jesteś bardzo podobny do matki.
— Możliwe. Ojca nie widziałem, nie umiem porównać.
— Ja też swego ojca straciłem wcześnie, wiem, co to znaczy.

Odeszłam, nie chcąc się dalej przysłuchiwać rozmowie. Pomyślałam jednak, że Einarowi ciążyć musi, iż sam nie wychowuje syna. Spędził z Vandilem wiele dni, bo chciał poczekać u nas na powrót Regina. Powiedział, że chce synowi o swojej wierze opowiedzieć.

— Wiem od Regina, że Vandil był chrzczony. Mój mąż ci obiecał, że mu krzyżyka z piersi nie zdejmiemy. Ale chowamy go po naszemu, w wierze ojców. Od nas się o Chrystusie nie dowie, choć nie będziemy przed nim ukrywali, że ty w niego wierzysz. Sam go musisz, Einarze, wszystkiego, co chcesz, nauczyć. Tu nie ma nikogo, kto by mu o chrześcijaństwie mówił. Tylko zrób to mądrze, zrób tak, żeby Vandil po twoim wyjeździe nie pogubił się w tym wszystkim.

— Sigrun, ja się na wychowaniu dzieci nie znam, ale postaram się syna z mętlikiem w głowie nie zostawić. Będę przyjeżdżał częściej i powoli go uczył. To jeszcze dziecko, a tajemnice wiary są trudne.

Einar chodził z Vandilem na łąki pod Namsen, zwracał się do syna jak do dorosłego, a ja z jakimś głupim, babskim żalem myślałam, że oto ten mały, oddany mi całym sercem chłopiec zacznie mieć odtąd jakiś swój świat, dla mnie zupełnie niedostępny. Jak Bjorn w dniu, w którym z mojej alkowy przeszedł do izb w męskiej części dworu. Jednak sam Vandil wracał wieczorami do mnie i jak co dnia domagał się bajek. Zasypiałam więc z nim i przy nim, pocieszając się, że nic między nami się nie zmieniło.

Regin wrócił na długo przed pierwszymi przymrozkami, Orm kilka dni po nim. Mimo radości, którą dał mi jego szczęśliwy powrót, mimo pięknej skrzynki z podarunkami, jaką postawił mi na ławie, wyczułam w nim jakąś nerwowość, jakiś twardy błysk w kąciku oczu. Gdy próbowałam pytać, całował mnie w czoło i mówił:

— Nie martw się, Sigrun, wszystko jest dobrze.

Wezwał Sigurda, wypytywał, jak poszło młodym na morzu, i najwyraźniej był z relacji zadowolony. Potem spędził noc na rozmowach z Einarem, kolejną na naradzie z Ormem i Bodvarem, więc ja czekałam na niego trzy noce. Gdy w końcu dotarł do mojej alkowy, był po prostu bardzo zmęczony. Kochaliśmy się krótko, pospiesznie, potem spał mocno i długo. Nie pozwoliłam go budzić. Było koło południa, gdy otworzył oczy. Przeciągnął się. Spojrzał na wygasłe palenisko i na mnie siedzącą z boku łoża.

— Późno już?

— Uhmm.

— Orm był?

— Uhmm.

— Nie pozwoliłaś mu wejść?

Pokręciłam głową.

— Gdzie dzieci?

— Gudrunn u tkaczek, Vandil poszedł z Einarem, a Bjorn z drużyną.

— Więc jesteśmy sami?

— Tak.

Wyciągnął po mnie nagie, muskularne ramię.

— No to chodź, opowiedz mi, co tu się działo, jak mnie nie było…

— Lepiej ty mi opowiedz, dokąd znowu się wybierasz i kiedy.

— Skąd wiesz?

— Widzę. Jesteś niespokojny. Nie wróciłeś razem z Ormem. To wystarczy.

— Mogłabyś być zwiadowcą, Sigrun.

— No to mów.

— Jakieś niepokoje na Północy. Ktoś podburza Lapończyków przeciw jarlowi Hakonowi, stali się butni, chcą się wymigać od płacenia trybutu. Razem z Asolfrem musimy tam ruszyć, jak chwyci pierwszy mróz, i porządek zaprowadzić. Jak dobrze pójdzie, na Jul będziemy w domu. Jak źle pójdzie, wrócimy dopiero wiosną.

— Ale twoja kolej w ściąganiu trybutu dopiero na następną zimę.

— Tak miało być, wedle pomysłu Hakona, że każdego roku inny z jego jarlów pilnuje ściągania danin. Hakon może i dobrze myślał, że jak nie ustanowi jednego z nas odpowiedzialnym, to uniknie zatargów, przekupstwa i oszustw przy ściąganiu podatków. Ale nie uniknął buntu Lapończyków. Za długo był spokój. A to taki naród, że jak nie czuje noża przy gardle i topora nad karkiem, zapomina, co przysięgał.

— To jedziesz po trybut czy na wojnę?

— Po trybut. Ale może będzie trzeba o niego zawalczyć. A w każdym razie zbadać, czy Lapończycy sami z siebie nabrali buty, czy ktoś ich do tego podburza.

— Kto?

— No tego właśnie nie wiemy.

— Po pierwszych przymrozkach?

— Nie wcześniej.

Westchnęłam. Pogody ostatnimi laty takie nierówne. Szrony potrafią osiąść na jeszcze zielonych liściach. Pozostaje celebrować każdy dzień, cieszyć się Reginem, może ciepło bijące od moich piersi i brzucha odsunie mrozy. Jednak nie miałam go tylko dla siebie. Czekał na niego syn, czekali chłopcy w drużynie. Gudrunn, dziewczynka potrzebująca ojca. Chociaż ona jakby najmniej. Dla mojej córki światem był jej brat, to jego była cieniem.

Od czasu wieszczby Urd z bagien tamta jej straszna wizja mąciła mój spokój. Zawsze mówiłam z nią o czymś jednym, konkretnym. Zaraza, choroba, dzieci. A teraz ten ptak ognisty kołujący nad ziemią. I wezwanie do oddawania czci bogom w dwójnasób. Einar wciąż gościł w naszym domu, kusiło mnie, by z nim właśnie o wieszczbie pomówić. Jego ojciec był godim, może Einar, jako człowiek ducha, umiałby słowa Urd zrozumieć. Ale powstrzymywałam się przed rozmową, której tak bardzo chciałam. To on przecież mi powiedział, że nad dymami naszych ofiar jest czyste niebo, a w nim jego Chrystus. A może to wizja wojny? Wojny krwawej, prawdziwej? Z Reginem pomówię.

Mój mąż przejął się sprawą bardziej, niż przypuszczałam. Powtarzał za mną Urd słowa: *Ci, co z jednego rogu piją, żyły swoje przegryzać będą, ci, co razem u stołu siedzą, noże przeciw sobie wyciągną...*

— To tego, Sigrun Złota, wciąż się obawiam. Że jedność w Trondelagu nie potrwa zbyt długo. Jarl Hakon jest dobrym wodzem w czas wojny i kiepskim królem w dni pokoju. Dostatek i ciepłe łoże uderzają mu do głowy, której nie traci nigdy, gdy jest w niebezpieczeństwie. A może trzeba, by go wyciągnąć na jakąś wyprawę?

— Reginie, co ty mówisz? Tworzyć wojnę dla pokoju?

— Dobrześ to nazwała, trafnie.

— Ja co innego czuję w Urd słowach. Ja czuję lęk o świat cały.

— No przestań, moja miła. Poszłaś po wróżbę dla Namsen, a nie dla świata, kto by ciebie chciał światem obarczać.

— A Namsen to nie jest nasz cały świat? No tak, dla ciebie nie jest! Ty masz świat zawsze pod stopami, pod dziobem łodzi! Wypływasz z domu i masz inne światy! A ja mam tylko Namsen. I ciebie. I dzieci. Tylko to, co tu, jest moje!

— Sigrun, przecież ja ci świat przywożę do domu! Zabieram z niego to, co najpiękniejsze, co ciebie godne, i składam ci w skrzyniach jak dary dla najdroższej bogini! Po co ci widzieć, co złe, niegodne? Nasi ojcowie tak życie ułożyli, by wojować na morzu, na obcych lądach, a do domu zwozić. I nie znam lepszego sposobu! Zobacz Einara — patrzył na śmierć swej żony. U nas wroga nie było, odkąd sięgają pamięcią wszyscy, którzy żyją! Jedyne, co wprost nam zagraża, to wojny domowe, gdy brat najeżdża brata, a sąsiad sąsiada. I to w wieszczbie Urd słyszę, i tego się boję. Ale sama mówiła, że jeszcze nic straconego, że ptak jeszcze gniazda nie uwił, jaj nie złożył. Ten ptak to ludzka niegodziwość, zawiść, żądza władzy dla siebie, żądza posiadania. Jak jeden przy drugim staniemy, nic się nie wydarzy. Nic złego. Wrócę od Lapończyków i pojadę do Lade, do jarla Hakona. Pomówię z nim i wszystkimi Panami Północy. Odnowimy przymierza i stare obrządki*. Zrobimy bogom święto, jakiego jeszcze nie było!

Nie uspokoił mnie Regin. Dlaczego on w tej wieszczbie widzi co innego niż ja? Ojciec mój, choć szanował godich i z ich zdaniem się liczył, mówił, że ze słów wyroczni każdy co innego zrozumie. I widzę, że miał rację. Sama Urd mi wtedy rzekła, że i dla niej nie wszystko jest jasne.

Co innego zaprzątało mi głowę. Do niedawna, gdy niepewna byłam miłości Regina, gdy bałam się, że może miłość swoją dzieli na mnie i niewolnicę, albo kto wie na kogo jeszcze, wszystko bym oddała za cień choćby pewności. Teraz, gdy oddałam za to dwie srebrne bransolety, których nie żałuję, jakby tamten lęk zupełnie ode mnie odstąpił, a w miejsce jego trujących oddechów przyszedł inny: Regin się jednak zmienił. Coraz więcej nas dzieli. Coraz więcej różni. I nie mam na myśli jego ciągłych nieobecności, lecz nierówność myśli. Kiedyś wątki naszych pragnień i myśli splatały się w równe płótno o szlachetnym wzorze. Dziś coraz częściej tkamy błędy, nie rozpoznajemy siebie. Nawet w miłości potrafimy gubić krok, rzecz nieznana wcześniej.

Wyprawiliśmy wielką ucztę. Parowały misy, krążyły kielichy. Odprawiono już młodzież, jeszcze wcześniej dzieci. Została nas przy ławach garstka: Regin, Orm, Einar, Bodvar. Jeszcze kilku innych. Wyszłam sprawdzić, czy Gudrunn i Vandil zasnęli, a gdy bezszelestnie wracałam do halli, posłyszałam rozmowę. Zatrzymałam kroki. Zostałam poza światłem ognia. Mówił chyba Orm:

— Nie rozumiem swojej. Ma w domu wszystko: pełne spichrze, skrzynie, zwożę jej błyskotki, futra, smakołyki. A ona wciąż gdera. Łaje, narzeka, marudzi. A, bo ciebie nie ma, a bo ty się włóczysz, a co ty tam robisz...

---

* Zgodnie ze zwyczajem co dziewięć lat powinno się odnawiać świątynie i obrzędy oddania się bogom.

— Może lepiej, że nie wie!... — śmiech.

— Gdybym więcej dostawał w domu, po innych bym nie szukał!

— I kto to mówi? Największy ogier północnych... — dalej nie dosłyszałam, śmiech wszystko zagłuszył.

— Dlatego z utęsknieniem wypływam — to znów Orm, na pewno — nie słyszę jazgotu mojej ukochanej, zostaje mi w oczach obraz, a ten wciąż jest godny, ten obraz w sobie noszę, i czym jesteśmy dalej, tym bardziej ją kocham, nawet, nawet tęsknię! Nikt nie ma takich pośladków jak moja klacz Fridgerd!

— Nikt? Jesteś pewien? — to chyba mój Miły... o matko, co on wygaduje?! — Ja znam piękniejsze... — niech nie mówi dalej!...

— Ale za to znasz tylko jedne! — śmiech gromki.

— A po co jarlowi znać inne, jak będą niczym miedź przy złocie? — to Einar? Niemożliwe! Taki święty człowiek!...

— A co ty chcesz powiedzieć? — to Regin i szurnęła ława.

— Nic złego! Znam Sigrun od dziecka, sam ją pierwszy raz na koń wsadzałem...

O nocy ciemna! Poleciały kielichy, chyba się sczepili!

— Daruj! Miała wtedy trzy lata! — głos Einara zduszony. — I nie na konia, tylko na klacz, starą i ułożoną... — śmiechy, śmiechy, przepijają do siebie. Ja już tam nie wejdę! Mowy nie ma!

— Życie z kobietą trudniejsze niż wojna. W bitwie wiesz, co i jak, z babą nigdy — to Bodvar — ale bez dobrej kobiety w domu ciężko. I ty tego nie wiesz, Reginie, ty, Ormie, zresztą też. Wam się poszczęściło. Na mnie w alkowie czeka tylko ciemna cisza...

— A wiecie, że moje święte pisma mówią, że bóg jedyny stworzył kobietę z żebra mężczyzny...

— O, to cudotwórca! Z jednego żeberka?

— Cicho, nie przerywaj, ciekawie się zaczyna!

— Z jednego. Żyli w ogrodzie świata, gdzie wszystko mieli dla siebie — kwiaty, owoce słodkie, wszelkie dobra. I pewnego dnia kobieta, a dali na imię jej Ewa, znudziła się tym dobrem, spowszedniało jej chyba. I namówiła męża do grzechu.

— Do czego?
— Do nieposłuszeństwa.
— Komu?
— Bogu, stwórcy ich i świata.
— I co było dalej?
— Siła nieczysta, demon pod postacią węża sączył jej jad do ucha, a ona go słuchała. Mąż mówił: winniśmy posłuszeństwo bogu, ona: ale nie, dlaczego, zróbmy coś innego. I zamiast cieszyć się łaską, szczęściem, dobrobytem, wciągnęła męża na złą drogę za podszeptem szatana...
— No całkiem jak moja Fridgerd! Tej też ciągle czegoś mało!
— No to polej, napijmy się za zdrowie naszych kobiet!
— Żeby stroniły od węży...
— Wszystkich!
— Co, węży?
— Nie, kobiet!
— Zdrowie węży!
— Orm*, ty zawsze na swoje!
— Einar, a co było dalej?
— Potem byli nadzy i...

Wycofałam się bezszelestnie do alkowy. Myśli pozbierałam. Regin wtoczył się do izby nad ranem. Był pijany i słodki. Chciał wejść cicho, ale co rusz coś przewracał, udawałam, że śpię, i śmiać mi się chciało. Zległ przy mnie na łożu. Westchnął i zasnął. I ja za nim.

Mężczyźni trzeźwieli prawie do wieczora, ja zaś po podsłuchaniu chodziłam rześka jak źródło. Śmiałam się z byle czego, wszystko mnie radowało. W myśli powtarzałam: Ewa, Ewa, Ewa — niech to na zawsze zostanie moim zaklęciem. Jak kiedy jeszcze przyjdzie mi do głowy, że może coś nie tak, że może nierówno, to sobie przypomnę i się opamiętam. Drugi raz w życiu coś podsłuchiwałam. I drugi raz to były dobre wieści! Och, tamto u Urd, jakże to było dawno! Mój Bjorn ma dwunastą zimę, a wtedy był pierwszym sło-

* Orm, czyli Wąż.

wem! Ile słowo potrafi mieć siły. Nie ma go przecież, nie widać, a tworzy życie! Widziałam rankiem szron na dachach domostw, ale nim Regin się zbudził, grzało mocno słonko. Głowa go bolała i żadna myśl o wyjeździe przez nią się nie przebiła. Pielęgnowałam go czule, cieplej niż zazwyczaj, aż się za mną oglądał.

— Pieścisz się ze mną jak z dzieckiem.

— Daj spokój, to przyjemność. Bjorn nie pozwala już dbać o siebie, potrzebuję gdzieś przelać te swoje czułości.

— Myślisz, że ja już dziecinnieję? Że tak mi idą lata?

— Nie. A właściwie, nie wiem.

— Co mówisz?

— Nie wiem, odkąd wróciłeś, jakbyśmy nie byli w łożu…

— Jak nie byliśmy?! Spałem tutaj dzisiaj!

— No właśnie, spałeś. Sen masz nadal mocny.

— O, już ja ci pokażę, co mam mocnego! Chodź tu!… a, ale mnie głowa boli!…

— Głowa powiadasz? A nie żebra?

— Jakie żebra? Sigrun, proszę…

— Daj tę głowę, może co poradzę?…

Uklękłam za wezgłowiem. Podsunęłam suknie i delikatnie ujęłam jego głowę w dłonie. Ułożyłam ją na swym udzie wysoko, drugą nogę przyciskając wprost do jego boku. Patrzył jeszcze zdumiony, lecz już rozbawiony. Palcem przesuwałam po jego czole kosmyki, kreśliłam linie, ornamenty, od skroni po szyję. Próbował odwrócić głowę, by chwycić zębami skórę na mym udzie, ale stanowczo, choć lekko mu siebie wzbraniałam. Jeszcze nie, mój kochany, mój miły, mój słodki, jeszcze nie. Najpierw ja zdobędę, potem oddam siebie. Przesunęłam się, by dostać się do wnętrza ciała. Regin po kilku próbach przejęcia tej bitwy oddał mi całe pole i całą swą broń. Poddawał się bez walki, bez śladu oporu, niewolnicze piętno dodawało mu barwy. Zakryłam mu całą twarz rąbkiem swej sukienki, uczepił się jej ustami zrazu, potem i zębami. Wgryzał się w nią haftem nierównym, lecz mocnym. Przebijał suknię, gdy ja walczyłam jego orężem za niego. Zmagałam się z tym niepokonanym, niepokornym, ale tak oddanym. Gdy puściłam go na chwilę, zamarł. Zastygł z przerażenia. Przegrupowałam siły, by w nowym ataku zadać mu klęskę rozkoszy nie do odrzucenia. Przyjął ją z jękiem pokonanych. Zgrałam na tym rogu tryumf, odwrót, tryumf. Jakże szybko odzyskał siły po tej walce! Zaskoczył mnie na moście nogi, przyłapał w kolanie. Zrzucił zwycięzcę z wierzchu, by dosiąść na swych warunkach. Zrujnował pokoje, przymierza, układy. Zemścił się pomstą słodką jak smak podniebienia. Ale okrutną w dosłowności swojej odpowiedzi. Zarzucił mi moje własne spódnice na głowę. Oślepił. Ogłuszył. I brał jak niewolną. Mogłam walczyć, lecz czym? Wroga nie widziałam, nie słyszałam. Czułam tylko, że podłożył ogień. Dwa palił na wzgórzach piersi, a od nich iskra wskoczyła w komorę. A w komorze od chwili trwało plądrowanie, połacie brzucha były zagrabione. Pełne garście pośladków najeźdźca mój wynosił. Wdarł się już do skrzyni ukrytej pod futrem. Klucza nawet nie szukał, uderzył, pchnął mocniej i wieko samo spadło. Krzyknął i osunął się obok. A ze skrzyni zamiast złota wypłynęły miody. O bogowie, który by pomyślał, że ich tyle kryła! Rzucił się do picia, był bardzo złakniony. Nasycił się i gdy już myślałam, że strudzony zasnął, przyłapał mnie na ucieczce. Ktoś do drzwi zapukał. Ktoś do drzwi zapukał. Ocknęliśmy się. Naprawdę ktoś kołatał.

— Reginie, posłańcy przyszli od Asolfra!

— Dać ich do halli, będę tam za chwilę.

— Mogę wejść? — to Orm pytał.

— Oszalałeś? Do alkowy Sigrun?!

— Nie, chcę wejść do ciebie. Musimy pomówić, zanim do nich wyjdziesz.

— Czekaj u mnie.

— To pilne.

— Czekaj u mnie. Pilnie wyjdę.

Próbowałam się zebrać, lecz buty mi z rąk leciały. Reginowi nie chciały zawiązać się spodnie. Spojrzeliśmy ku sobie. Tęsknie. Na drzwi z wyrzutem. Wsparliśmy się plecami na tę krótką chwilę, bez której żadne z nas wstać by nie umiało. Potem wylał na siebie kubek chłodnej wody. Otarł się i ubrał. Kaftan tył do przodu. Gdy go zdejmował i odwracał, mrugnął do mnie. Posłałam mu całusa. Za szybko żyjemy.

Wychodzili z Namsen drugiego dnia z rana. Z trzydziestką zbrojnych. Młodzi drużynnicy odprowadzali ich do Vira, więc w jednej chwili gród mi opustoszał. Nawet Einar się do nich przyłączył, bo chciał dotrzeć do Roveste, a stamtąd na morze. Zapowiedział się jednak na następną zimę. Wcześniej ściągnął do Namsen swego sługę, by go dla Vandila zostawić. Pytał najpierw i mnie, i Regina, czy się na to zgadzamy. Człowiek ten to był chrześcijanin, miał zostać nauczycielem małego Vandila, zapoznać go głębiej z zasadami wiary. Zgodziliśmy się, bo przecież obiecaliśmy dawniej, że nie będziemy przeciwni. Regin mi tylko szepnął, abym miała oko, by sługa ten tylko Vandila uczył, nikogo innego. Z początku myślałam, że mały się będzie od nauki wyrywał, ale ponieważ chłopcy wyszli do Vira, niewiele miał ciekawszego ponad te opowieści. Co dzień siadywał z nauczycielem w rogu halli, czasem wychodzili na łąki, jak jeszcze ładnie grzało. Potem przybiegał do mnie i chciał mi wszystko opowiadać. Łagodnie go zabawiałam, by czym innym się zajął, ale czasem słucham. Myślałam, że nie mogę swą nieuwagą Vandila odtrącać.

To nie pierwsza zima, kiedy zostałam sama. Nie po raz pierwszy Jul bez Regina. Jednak latem jego nieobecność mniej boli. W zimie ciemne, niekończące się noce, a pomiędzy nimi cień dni, krótki jak ziewnięcie. Wszystko to sprawia, iż w człowieku ujawnia się to, co nie najlepsze. Służba swe obowiązki wypełnia niedbale, w ludziach budzą się mroki. Mężczyźni szukają światła w piwie, kobiety złością rozgrzewają serca. Gdy Regin jest zimą, nie patrzę na to. Mam jego. Ale kiedy go nie ma, ludzie patrzą na mnie, jakbym ja jedna miała ciemności wszystkich rozproszyć. Przychodzą z każdą błahą sprawą, i tak ją celebrują, jakby od niej zależało życie. Teraz też, już słyszę tumult przed dworem. Wyjdę. Lecz co to? Słyszę Bodvara. Rozpędza ludzi? Mówi, że Sigrun dzisiaj nie przyjmuje? Co to ma znaczyć? Już słyszę jego kroki przed drzwiami.

— Sigrun?

— Wejdź, Bodvarze.

— Musimy pomówić.

— Ludzi przepędziłeś?

— Tak. Chciałem, żebyś się ode mnie dowiedziała.

— Co się stało?

— Chodzi o tego człowieka, którego Einar dla Vandila zostawił.

— Tego nauczyciela?

— Tak.

— Co on zawinił? Jest cichy, grzeczny, widuję go często, jak z małym rozmawia.

— Jest zbyt cichy i zbyt grzeczny. A do tego wścibski. Wypytuje Vandila o wszystkie sprawy grodu. I nie tylko jego. Gada ze służbą i z niewolnikami. Zadaje zbyt dużo pytań.

— Skąd to wiesz?

— Mam wszędzie lojalnych ludzi. A zwłaszcza wokół dworu.

— A wiesz, Regin prosił mnie, bym na niego uważała, ale mówił, że nie chce, by wiarę w Chrystusa roznosił, by ludzi mamił. Ale do tej pory nie miałam zastrzeżeń, nigdy go nie przyłapałam, by kogo innego uczył niż Vandila.

— Bo on nie innych, ale siebie uczy. Zbiera wiadomości o naszej ziemi, o ludziach, o zwyczajach.

— Po co mu to? Jest szpiegiem? Einara? Nie wierzę.

— Nie wiem, Sigrun, jeszcze tego nie wiem…

— Nie ufasz Einarowi?

— Tego nie powiedziałem. Ale…

— No mów.

— Nie wiem jak to przedstawić. U mnie słowo ciężkie.

— Wiem, Bodvarze, dlatego każde jest w cenie. Mów, jak czujesz.

— Einar się zmienił, Sigrun. Nie umiem tego powiedzieć, bo

nie mam dowodów, tylko przypuszczenia, własny rozum i oko... nie wiem, po co on wszystkie kraje jarlów Północy objeżdża. Robi to tak jakby z przyjaźni. Ale to obyczaj panów albo królów, albo...

— Szpiegów?

— Właśnie. Rozumiem, że przyjechał do nas, do syna. Ale wcześniej był w Ynge u Halderd. Stąd wyruszył do Roveste, a Asolfr przecież z twoim mężem szedł na Laponię...

— W okolicy Roveste Einar ma krewnych, to daleka krew mojej matki. Pewnie stąd wizyta.

— Chciałbym w to wierzyć. Lecz po co jego człowiek naszych rozpytuje?

— Może z ciekawości. Jest tu obcy, sam, nudzi mu się...

— I z nudów pyta, ile osad jest w kraju Regina, ilu tu mieszka ludzi, ile w tym kobiet, dzieci, ilu niewolników, czy zasobni panowie...

— O takie rzeczy pyta?

— O takie. Przyłapałem go dzisiaj w spichrzu. Uwierzysz?

— I co ci odpowiedział?

— Że chciał wiedzieć, co w takiej dużej chałupie się mieści.

— I ty sądzisz, że on z polecenia Einara to robi? Przecież Einar mógł mnie o wszystko wypytać.

— Pamiętasz wieszczbę Urd? Tę ostatnią?

— Pamiętam.

— Tam było o jakimś ptaku, co kołuje nad krajem, co gniazda jeszcze nie uwił, ale miejsca szuka?

— Tak było. Tak jak mówisz. Ten ptak, myślisz, że to Einar?

— Nie, Sigrun. Myślę, że to Chrystus.

Kiedy z Reginem o tym samym mówiłam, on w wieszczbie widział zapowiedź wojny między jarlami. Wojny z zawiści o wpływy o władzę. A ja czułam, że widzi liście na gałęzi, ale nie całe drzewo. Gdy Bodvar rzekł, że oni mogą dla Chrystusa szpiegować, serce mi zamarło. Przecież Urd kazała dymem ofiarnym zasłonić ziemie, żeby ptak tu nie usiadł. To by się zgadzało. Jakkolwiek Miły mój jest dla mnie wszystkim, w tej sprawie, jeśli się co do działania sługi nie mylimy, jeśli nie bierzemy ludzkiego wścibstwa za coś więcej, to jednak Bodvar jest bliższy prawdy. Serce mi to mówi.

— Co robimy?

— Udajemy, że nic się nie stało. Pomów z nim. Że widzisz, że towarzystwa szuka, i jeśli mu smutno, dasz mu niewolnicę, niech się z nią zabawi. Jeśli niewinny jest, otworzy się przed tobą. A jeśli szpieguje, poczuje się obserwowany. Będzie ostrożniejszy. Przyczepimy mu kogoś jak ogon, mam tu ludzi do specjalnych zadań. Jeśli wtedy go przyłapiemy, postawimy rzecz otwarcie.

— Dobrze. Zrobimy, jak radzisz.

Następnego dnia przysiadłam się do nauczyciela, jak tylko Vandil wstał od nauk. Spytałam o postępy małego, czy bystry, czy szybko się uczy. Nauczyciel pochwał mu nie skąpił. Potem pytałam, skąd pochodzi, czy nie tęskni za domem. Powiedział, że jego domem jest każdy, w którym się zatrzyma. Że powołał go bóg do noszenia jego słów i nauk przez wszystkie strony świata. Opowiadał o krajach, w których bywał, o ludziach. że wszystko go w nich ciekawi, ich życie, obyczaje. Mówił, że to bóg jedyny stworzył świat tak wielkim i tak różnorodnym i że on właśnie w owej różności świata wielkość swego boga poznaje. Zapytałam, czy chce niewolnicę, aby mu noce ogrzała, ale on na to, że jest wyświęcony — cokolwiek to znaczy — i że nie wolno mu się z kobietami zadawać. Że jego bóg nie dzieli ludzi na wolnych i niewolnych, wszystkich jednakowo do serca przygarnia. Potem rozwodził się długo nad przymiotami swej wiary, aż w końcu się wymówiłam zajęciem we dworze i poszłam do Bodvara. Ja byłam spokojna. On nie. Ustaliliśmy po połowie: nie oskarżać go o nic, ale mieć baczenie. I do rozmów jego z niewolnikami nie dopuszczać. Będzie im opowiadał o wolności boga, to się do pracy zniechęcą i całe utrapienie. Innych zmartwień nam zima poskąpiła. I dobrze.

Gudrunn moja kochana nudziła się w pustym dworze, gdy Vandil był na naukach, więc Hela ją do siebie coraz częściej wołała i zaznajamiała z ziołami. To małą wciągnęło. Gdy kładła się przy mnie, włosy jej pachniały jak łąki w porze kwitnienia ziela. Kiedyś to ja usypiałam ją i Vandila opowiadaniem bajek. Dziś ja zamykałam oczy, gdy jedno mi do ucha o bogu szeptało, a drugie o skrzypie, kłączu mydlnicy i makowych ziarnkach. Dobrze, że czas jest tak nieubłagany, światła przybywać zaczęło akurat wtedy, gdy mi ubywało siły. Zgnuśniałabym przez tę zimę. Słońce już zaczynało stawać coraz wyżej, sople na dachu topiły się za dnia. Wyglądałam Regina, czas już byłby na nich.

Co wiosna przeglądam skrzynie. Wyciągam lżejsze suknie, patrzę, co w jakim stanie. Dobrze, że tego roku zrobiłam to wcześniej. Niektóre z nich okazały się ciasne. Trzeba zamówić nowe. Z żalem oglądałam swój brzuch. To nie dziecko w nim tak jego kształt zmieniło. To czas i zbyt długa zima bez Regina. Często z utęsknieniem myślałam o jego starości. Że nadejdą lata, gdy będzie tylko przy mnie. Ale nigdy nie przyszło mi do głowy, że i ja się zmienię. Że z wiekiem zwiędnę, stracę smukłość. Jeszcze nie dzisiaj, ale może już jutro? Pośladki wciąż mam jędrne, może nazbyt okrągłe, piersi mocne, choć już nie tak twarde. To będzie moja trzydziesta czwarta wiosna. Natura co roku odradza się tak samo młoda. Kobieta nie. Tłumaczyłam to kiedyś córce. Po śmierci mojej matki. Gudrunn wtedy odrzekła: ja się nie zestarzeję. Śmiałam się z niej, ale chyba o sobie też tak myślałam. A jeśli Regin dostrzeże to? Jeśli zatęskni za ciałem świeżo wyłuskanym z dziewictwa? Nazwał mnie niedawno pieśnią o setkach zwrotek, pieśnią, co nie kończy się nigdy. Ale może on się znudzi, nim dosłucha do końca? Czy ja ciągle muszę zadawać te pytania? Może pojadę do Urd, niech odpowie. Usłyszałam, co myślę, i sama się roześmiałam. Jestem jak jabłko z wierzchu czerwone, a wewnątrz wciąż niedojrzałe. Niech on lepiej wraca.

Wrócił późną wiosną. Wjechał do Namsen konno, ale zsiąść sam nie dał rady. Orm go zsadzał. Dostał postrzał w udo i rana wciąż się nie goiła. Nie on jeden przywiózł do domu niezabliźnione rany. Hela obejrzała wszystkie i orzekła, że to zatrute lapońskie strzały nie dają się ciałom goić. Zakrzyknęłam, że do Urd pojadę, ale Hela uspokajała, że sama sobie z tym poradzi z pomocą naszych dziewcząt. Kazałam jej i sobą, i Gudrunn rozporządzać. Robiłyśmy, co nam przykazała: gotowałyśmy płaskie kamienie, zawijałyśmy je w płótna i kładłyśmy na rany. Ona zioła warzyła. Uwijałam się, myśląc o sobie samej z goryczą, że moja dusza bywa płaska jak ten kamień. Ot, nie tak dawno chciałam do wieszczki jechać na bagna, by mi z serca lęk o własną starość wyjęła, o miłość męża. Jestem niemądra i płytka! Życie przyniosło mi prawdziwe kłopoty, skoro szukałam ich w błahostkach! Zaschnięta krew na nodze Regina od gorących kamieni rozluźniła się lekko, syknął tylko, gdy Hela nożem ją podważyła i zdarła strup cały. Z otwartej na nowo rany sączyła się czarna maź. Gęsta, o zapachu butwiejących liści. Hela wąchała ją długo, aż się uśmiechnęła:

— Czuję rybi zapach! To lapońskie czary!

Rzeczywiście, teraz też to poczułam.

— Czy trudno będzie je zwalczyć?

— Nie, raczej nie, ale trzeba ostrożnie z tym postępować. Ranni muszą siedzieć w cieple, trzeba w izbach palić dużo mocniej, z chałupy nie wolno wychodzić. I zaraz gorące okłady na to przyjdą, a jak tylko będą stygły, zakładamy nowy.

— No to my Regina z Gudrunn przypilnujemy, a ty idź do innych.

— Wrócę do was, jak już wszystkich obejdę. Chociaż Gudrunn to by mi się przydała.

— Pójdziesz z Helą?

— A tata?

— Ja sama z nim zostanę. Widocznie jesteś ode mnie zdolniejsza, skoro ciebie Hela prosi o pomoc.

Gudrunn pokraśniała, sprawdziła kątem oka, czy Regin słyszał pochwałę, i z godnością wstała, ruszając za Helą. Miły mój leżał wsparty na łokciu, twarz miał bardzo bladą, spocone włosy kleiły się do jego zarośniętych policzków. Przytuliłam się do niego.

— W końcu jesteśmy sami... — mruknął, przysuwając usta do mojego ucha.

— Sami, sami... — odmruczałam, poddając mu pierś, by się na niej oparł — Lubię, jak trochę niedomagasz, mogę się wtedy tobą pozajmować, mam cię tylko dla siebie...

— Ale będziesz mnie leczyć?

— Długo i dokładnie...

— Kochana moja, tylko bez przesady, ludzie pomyślą, że jarl im skapcaniał.

— Daj spokój, każdy liże swoje rany, a ci, którzy wrócili zdrowi, cieszą się żonami.

— Właśnie, gdzie ja mam głowę, trzeba posłać po Orma, musi się zająć zabezpieczeniem ładunku!

— Bodvar już to robi, a Orm tu przychodził, odesłałam go.

— Bodvar? To jestem spokojny. Choć dość szybko trzeba się zająć odprowadzeniem trybutu do Hakona.

— Jak szybko? Dzisiaj, jutro?

— Nie, może być pojutrze.

— Widzisz, ile mamy czasu dla siebie... Opowiadaj.

— Nic ciekawego. Poszliśmy, docisnęliśmy, dali, co nasze.

— A ta rana?

— To z drogi powrotnej. Posuwaliśmy się wolno, sań obciążonych ładunkiem było trochę, nietrudno więc było nas namierzyć. Oni tam mają swój konflikt o władzę. Dwóch braci jeden tron zasiada. Starszy to krętacz i tchórz. A młodszy tylko krętacz. Starszy, jak tylko przybyliśmy, tak trząsł się ze strachu, że sam nam komory otwierał i mało co, a pomógłby ładować, co nasze. Nieposłuszeństwo i brak danin na czas przypisywał młodszemu bratu, który ma równą z nim władzę. No i nieurodzajom, rzecz jasna. To zwykłe tłumaczenie. A że wizyta nasza była niezapowiedziana, więc obejrzeliśmy te nieurodzaje, pięknie składowane w komorach. Co tam dobra było! Jak im zapowiedziałem, że jak przekażę Hakonowi, iż w nieurodzajnych latach zapchane mają składy, to dobry jarl z Lade od nowa wyliczy właściwe wartości trybutu, próbowali nas kupić podarkami. Żebym tylko nie opowiadał, jacy są bogaci. Obraziliśmy się srodze, oznajmiłem, że przyjmuję podarki, bo nam się należą za fatygę, ale nie dla siebie, tylko dla jarla Hakona, i że jak będą dalej tacy mili, to być może mu nie powiem, że nimi chcieli mnie kupić. No to dorzucili coś jeszcze, na poczet mej fatygi i ruszyliśmy w drogę. Nie podobało mi się, że widzę się tylko z jednym z nich, że młodszego nie ma, ale oni tłumaczyli, że wizyta nasza niezapowiedziana, więc młodszy na łowach jak zawsze o tej porze. Myślałem, że ukrył się słusznie, by mogli na kogoś winę przerzucić. Okazało się inaczej. Młodszy zaczaił się na nas po drodze i okrążył w lodowym wąwozie. Oni są u siebie, znają przejścia, których my nie widzimy. Ale też podróżowaliśmy w dwie osobne grupy. Ja z Ormem, naszymi ludźmi i ładunkiem przodem, a Asolfr ze swoją drużyną tyłem, w odległości takiej, by granie rogu posłyszeć bez trudu. Mały laponiec tego nie wyśledził, zresztą w tych ciemnościach trudno liczyć ludzi. Więc jak nas osaczyli, wezwaliśmy Asolfra i zgniótł ich z tyłu, my z przodu i było po wszystkim. Tyle że mocno nas poranili. A nawet dziecko wie, że lapońskie strzały są zatrute.

— Ja nie wiem.

— Bo ty jesteś dziewczynką. A wie każdy chłopczyk.

— I co dalej?

— Zostawiliśmy przy życiu dwóch, żeby głowę młodszego brata starszemu zawieźli, z dedykacją, że kto daje i odbiera...

— Temu na tronie będzie teraz luźniej!

— No właśnie. Przysługę mu zrobiliśmy.

— Ale naprawdę odcięliście mu głowę?

— A co mieliśmy zrobić? Po nodze by go nie poznał.

— Reginie, to już jest okrucieństwo!

— A to, że nas w wąwozie z dwóch stron osaczyli, to gościnność?

— To było całego trupa oddać, nie kaleczyć.

— Całego by nie uwlekli. Też byli ranni, zresztą cudem dwóch przy życiu odnaleźliśmy.

Regin mówił o tym tak, jakby opowiadał o ochwaconym koniu albo o sprawianiu wieprza. Patrzyłam na jego zmęczoną, spokojną twarz, na dłoń, która gładziła mnie po kolanie, i nie widziałam w nim śladu wzburzenia. Westchnęłam ciężko. Sama kazałam mu opowiadać. No to mam za swoje. A matka, jak byłam mała i Apalvaldr często wyjeżdżał, mawiała: pytaj tylko o to, co chcesz usłyszeć.

— A co w grodzie, Sigrun, co ty mi opowiesz?

— A co byś chciał?

— Wszystko. A jest coś nie do opowiadania?

— Nie do wymówienia? Jest.

— Co takiego?

— Tęsknota.

— To dobrze.

— Co dobrze?

— Że wciąż jeszcze za mną tęsknisz, kobieto.

— Żebyś wiedział jak bardzo! Z domu byś się nie ruszał!

— Nie, wtedy byś nie tęskniła.

— I koło się zamyka.

— A co w kole?

— Co?

— Co się tutaj działo?

— Ach, nic takiego. Gudrunn zaczęła się uczyć ziół, Bjorn z drużyną, z rzadka się tu pokazywał, Vandil zaś nauki pobierał u tego człowieka, którego Einar zostawił. A właśnie. Podejrzewaliśmy z Bodvarem, że ten nauczyciel ma zamiary ukryte, że szpieguje, ale się wyjaśniło. Bodvar sami ci powie wszystko. Czekaj, my tu gadamy, a ja miałam ci okłady zmieniać, całkiem już wystygły! Gdzie ja mam głowę!

— Na moim ramieniu. Na miejscu.

— Daj nogę, przyłożę świeżą szmatkę.

Przykładałam zioła warzone przez Helę jeszcze wiele dni i tyleż samo nocy. Rana nie chciała się goić. Płynęła z niej ciecz czarna i gęsta z odorem rybim. Ozdrowiała już większość drużynników, a noga Regina wciąż wypluwała z siebie truciznę lapońskiej strzały.

W dzień zmieniałyśmy się przy Reginie z Gudrunn, Helą i nawet służebne trzeba było wołać, w nocy czuwałam sama. Hela wciąż przypominała, że skuteczność leczenia skupiona jest właśnie w ciągłym cieple okładów. Regin zżymał się, wściekał, brakowało mu cierpliwości. Chciał koniecznie do Lade, do jarla Hakona wyruszyć. Prosiłam, aby posłał Orma, wtedy mi wytłumaczył:

— Rzecz nie jest w przekazaniu trybutu i wieści z Laponii. Rzecz jest w zasięgnięciu wieści.

— O czym?

— O przyszłości. Mówiłem ci nie raz, że Hakon, tak szanowany w wojennych chwilach, w czas pokoju nie jest dobrym wodzem. Nie ma rozumu tak przenikliwego jak Sigurd, jego ojciec, i charakter ma dużo słabszy.

— Chodzi ci o to niewolenie kobiet?

— Też. Zanadto folguje sobie. Ma syna Eryka, już prawie mężczyznę. Ale kto wie, czy niedługo nie znajdzie się więcej chłopców mówiących, że są z jego krwi. Żaden, prócz Eryka, nie będzie z prawego łoża. Ale czy to komu kiedy przeszkadzało, gdy zaczynała się walka o władzę? Zwłaszcza że Hakonowi zdarza się i znacznych rodów dziewki ciągnąć do alkowy. A takie mają za sobą rodziny. Zaś rodziny zmarnowanych przez Hakona córek mogą chcieć z hańby uczynić sztandar w tej walce. Wśród Panów Północy panuje zniesmaczenie, ale i zaniepokojenie tym stanem. Obdarzyliśmy Hakona mianem króla, gdy wypowiedzieliśmy posłuszeństwo Dunom, ale wciąż utrzymujemy, iż to tytuł jedynie, a i tak trwają rządy ośmiu — wszystkich nas po równo, pod przewodzeniem jedynie Hakona. Więc możemy na thingu wspólnie uchwalić, że tytuł po nim nie będzie dziedziczny. Wciąż jeszcze nie powiedzieliśmy w tej sprawie ani tak, ani nie. A jeśli nie będzie dziedziczny, to będzie podlegał wolnemu wyborowi. Już po cichu rozglądamy się, który z nas ma ku temu najlepszych synów, bo liczymy, że to jeszcze za naszych czasów nie nastąpi. Asolfr wciąż się nie ożenił, Halderd ma synów sześciu, więc tak, jakby nie miała żadnego. Nasz Bjorn zatem, i przez urodzenie, i przez swe własne przymioty, ma tu wielkie szanse. A Asolfr za nim stanie. Ale sprawa cała jest nader delikatna i wymaga tyleż zachodu, co ostrożności.

— Reginie, naprawdę widziałbyś Bjorna na tronie Trondelagu? Przecież to jeszcze dziecko!

— Widziałbym go na tronie całej Norwegii. A dzieckiem będzie najwyżej jeszcze dwie zimy.

— A Halderd? Myślisz, że ona o tym samym dla swoich synów nie marzy? Ma ich sześciu, może wybierać.

— Marzyć może i marzy, ale czy ma szanse? Ja ich nie widzę. Trzech starszych pływa gdzieś po świecie, zupełnie są w Trondelagu nieznani. Byli ledwie na jednym thingu. A tych trzech ma u mnie. Więc gdyby chciała któregoś z nich forsować, musiałaby mieć moje poparcie. A wie przecież, że to będę miał dla własnego syna.

— Ale może walczyć?

— Może. Tyle że wpływów u innych jarlów nie ma. A ja owszem.

— Zaskoczyłeś mnie tą nowiną. Nigdy wcześniej nie mówiłeś...

— Bo i nie było o czym. Po co ci miałem głowę zaprzątać. Przyszedł czas i powiedziałem. Nie chciałabyś Bjorna widzieć na tronie?

— Nigdy o tym nie myślałam.

— A ja tak, od chwili, kiedy go powiłaś.

— To dlatego drużynę młodą z takim pietyzmem sposobisz?

— Też. Ale drużyna to osobna sprawa. Czy będzie jarlem Namsen, czy całej Północy, drużyna jest mu potrzebna.

— Ale w takim razie synowie Halderd w jej składzie mogą być przeszkodą. Jeśli zaczną własnych spraw pilnować, odejdą.

— Albo i nie. Jeśli będą wiedzieli, że dla nich sprawa przegrana, to największy ich zysk będzie zostać przy boku Bjorna. Będą blisko władzy. A jeśli odwrotnie, jeśli zechcą o siebie walczyć, to będzie przecież walka bratobójcza — któregoś spośród siebie trzeba im będzie naznaczyć, a pozostali i tak zostaną w cieniu. Więc znów szala chylić się może na stronę naszego syna. Będąc przy nim, zachowają jedność braterstwa. A w ostateczności, jeśli przeciw niemu otwarcie wystąpią, to będzie wiedział, jak z nimi walczyć, w końcu razem byli szkoleni.

— Mówisz tak pewnie, masz to w szczegółach przemyślane. Zaskakujesz mnie, zaskakujesz każdego dnia!

— Zaskakuję cię, powiadasz... a może zasmakuję?... hmm...?

— Reginie, jesteś ranny...

— Ale tylko w nogę. Wszystko inne mam sprawne, a nawet spragnione.

— Miałam cię pielęgnować.

— No to mnie wypielęgnuj.

Pielęgnowałam wytrwale i nie tylko tamtej nocy, a on zaczął szybko do sił przychodzić. Żartował, że gdybym od początku tak się za niego wzięła, okładała sobą, a nie kamieniami i szmatami, to byłby zdrów w trzy noce, a tak stracił trzydzieści. Gdy tylko doszedł do siebie, zwołał ludzi, wrzucili ładunek na łodzie i ruszyli do Lade.

Jeszcze przed sianokosami Hela przyszła do mnie porozmawiać. Córka jej, Hild, nie spełniła matczynych nadziei i do ziół nie miała głowy. Na nic się zdały nauki, na nic lata praktyki przy matce. Co trzeba zrobić, zrobiła, ale sama talentu do tego nie miała. Żaliła się Hela, że musi jej we wszystkim pilnować, bo Hild potrafi się zamyślić i odwary pomylić. A to gotuje za długo, a to za dużo dosypie, a to nie odróżni jednego ziela od drugiego.

— Do tego trzeba mieć i serce, i rękę. Ja od małego tę robotę kochałam. Jak mnie próbowali do krosna sposobić, to nitkę gubiłam, przędza mi się rwała. A choroby nadejście rozpoznawałam jeszcze, nim człowieka złożyła. Jak się moja babka w tym zorientowała, przestali mnie do innych prac gonić, posłali do ziół. I tak zostało. A te lata, odkąd Urd i Gera pozwoliły mi do nich przychodzić, to najpiękniejsze dni mego życia. Tyle się nauczyłam! Starałam się, jak mogłam, Hild swoją wiedzę przekazać, ale dziś wiem już, że to czas zmarnowany.

— Żałuję razem z tobą. Ale jak tu mogę pomóc?

— Możesz. Daj mi twoją Gudrunn uczyć.

— Gudrunn? W tym roku minie jej jedenasta jesień. To jeszcze dziecko.

— Mniej, niż ci się wydaje. I ja tak z początku myślałam, gdy zaczęła do mnie przychodzić: ot, zwykła dziecięca ciekawość. Ale z czasem zobaczyłam, że ona ma do tego cierpliwość. Jak poproszę: pilnuj wywaru, nie może się zagotować, to ona na krok się od niego nie ruszy. Potrafi tak drewno pod kocioł podkładać, by ogień palił się równy i mały, a to dla ziół niezbędne. Wtedy oddają wodzie to, co w nich najcenniejsze. Jak za mocno gotujesz, dadzą gorycz, która lecznicze ich moce przytłumi. Ale widzisz, ja się tego dopiero przy Urd nauczyłam, po wielu latach pracy. A Gudrunn wiedziała to sama z siebie. Ja nic jej o tym nie rzekłam. Kazałam tylko, by kotła pilnowała.

— Co mówisz! Może to przypadek.

— Też tak pomyślałam. Ale były i inne. Zimą przebierałyśmy ziele latem zbierane, a jesienią suszone. Wiesz, trzeba zrobić porządki, odrzucić łodygi od liści, kwiecie przebrać, jagody sprawdzić, czy które nie zbutwiałe. Dałam jej całe borówek gałązki z prośbą, by liście osobno od jagód ułożyła. Żmudna robota, ale można ją dać dziecku, bo się nie pomyli: liście do kosza, jagody na płócienną płachtę. Siedziała i skubała, ja robiłam swoje. I w pewnej chwili, ona mówi do mnie: Helu, a są takie rośliny, co i leczą, i trują. Nie było to pytanie, tak po prostu stwierdziła. A ja na to: skąd ci do głowy, dziecinko, przychodzą takie sprawy? A ona: a znikąd. Tak mi odpowiedziała. Byłam jak wmurowana. Bo trzeba ci wiedzieć, że dopiero zeszłej wiosny Gera mi zdradziła, że tak właśnie jest z borówką. Jagoda wiadomo, leczymy nią od dawna. Liści używa się tylko do odwarów dla dzieci, bo słabsze, a że szybko działają, bo i w dwa dni biegunkę potrafią zatrzymać, rzadko kiedy dłużej się je podaje. A Gera powiedziała, że jakby odwar z nich dawać długo, choćby w małych porcjach, to potrafią zdradliwie organizm osłabić. Człowiek najpierw zblednie, potem zżółknie całkiem. I sam nie wie kiedy, z łoża już nie wstanie.

— Co ty mówisz? Naprawdę?

— Naprawdę. A Gudrunn mała, dziecko, jak powiadasz, sama to wiedziała.

— Zastanawiasz mnie. Wiesz, że jak Thora zmarła, to córeczce mojej się śniła z prośbą o ofiarę?

— Też mi się to przypomniało, jak ona z tymi borówkami. To się wszystko składa. Gudrunn ma serce do ziół.

— A jeśli tylko do ziół, a nie do leczenia?

— Od czegoś trzeba zacząć.

— A matki mojej umierającej widoku znieść nie mogła.

— To jeszcze za nią świadczy. Śmierci nie chciała towarzyszyć.

— Teraz idzie jej dziesiąte lato.

— Ja w jej wieku już wiedziałam, że chcę zioła parzyć. Pomyśl, Sigrun, taki dar nie zdarza się często. Wiem, że jej przeznaczone dostać męża dobrego, z wysokiego rodu. Jak będzie żoną jarla, nie musi umieć tkać i haftować, zrobią to za nią służki. A znajomość leczenia zawsze może się przydać. I będzie miała przy sobie broń prawdziwą.

— Właśnie. To jest broń, Helu, słusznie mówisz. To może służyć i dobremu, i złemu. A poza tym nie zawsze kończy się tylko na ziołach. Spójrz na Urd. Sława czarownicy to zły posag dla córki. To może być niedźwiedzia przysługa.

— Sigrun, wiesz dobrze, że mężczyźni, jak chcą być złośliwi, to każdą kobietę przezwą wiedźmą, nawet gdy ta nie wie, jak ugotować lipowego naparu. Tak mówią, kiedy nas się boją. Albo raczej, gdy zawodzi ich własna męskość. Na to nie ma rady. A kobieta, gdy mądra, wiedzą swą się nie chwali. Chowa ją, by użyć, gdy trzeba, dla dobra rodziny. Zawsze w życiu przychodzi taki moment, kiedy musisz wiedzieć, jak pomóc Nornom prząść nici żywota. Albo masz przy sobie kogoś, kto to wie, albo umiesz sama. Nie wiemy dzisiaj, w którą Gudrunn pójdzie stronę, gdzie zasiądzie obok męża na wysokim krześle. Kto wie, czy tam, w ziemi, do której ją los powiedzie, będzie ktoś tak jak Urd uczony. Zresztą powiem i tak: przez ostatnie lata wiele dziewcząt mi do pomocy dawałaś. Żadna z nich, a były różne, nie miała nawet połowy rozumu twej córki. Chociaż ta, jak mówisz, jest jeszcze dzieckiem. Ja to widzę, ona rozumie mowę roślin, gdy dotyka ich liści.

— Masz rację. Odrobina wiedzy kobiecie pomaga. Są ponoć i sposoby, by męża przytrzymać…

— Są.

— A to czemuś mi nigdy o nich nie mówiła?

— Tobie, Sigrun? Po co? Ty sama jesteś na to jednym wielkim sposobem! Ty żadnych rad tu nie potrzebujesz, twój mąż, a nasz pan, od dnia, gdy cię zobaczył, chodzi jak zaczarowany! A ile to już lat! Ty byś nas wszystkie uczyć tego mogła!

— Nie żartuj, Helu, wiesz, że nie mam żadnych sposobów.

— Wiem, Sigrun. Ty ich mieć nie musisz. Ale, wracając do Gudrunn, powiem jeszcze tak: jak przyjdzie co do czego, i wiedzy swej przed mężem w ciężkiej chwili dowiedzie, ten więcej ją będzie jeszcze cenił i poważał. Mężczyźni liczą się z kobietą, która ma władzę nad lekami, bo wiedzą, że jak tylko zechce, może mieć władzę i nad nimi.

— To racja. Zróbmy tak: ucz Gudrunn, ale nie rozgłaszajmy tego szeroko. Niech nie stanie się jasnym, że robisz to celowo. Będziemy rozgłaszać, że z twoją córką bardzo się przyjaźnią i stąd jej częsta obecność w waszym domu. Czasami niech zabiera ze sobą Vandila, to będzie naturalne, bo zawsze razem chodzą. Zwłaszcza gdy będziecie szły w lasy ziele zbierać. Zresztą Vandil od jesieni idzie do drużyny, więc to niedługo, ale wystarczy, by się ludziom opatrzył. A ja córce wytłumaczę te niedogodności. Zobaczymy. Jeśli przy nauce wytrwa, znak, że słusznie robimy. Jeśli nie, będzie po sprawie. A zawsze może się okazać, że to przelotna była, dziecięca ciekawość i nic więcej za tym nie idzie. Czas pokaże. I przychodź, mów mi, jak się sprawuje. Będę tego czekała. I jeszcze jedno: do Urd jej bez mojej wiedzy nie prowadź. To ważne.

— Nie zrobiłabym tego, nawet gdybyś nie rzekła.

— Wiem, Helu, ale powiedziałam.

Regin wrócił, jak tylko pożółkły liście, od razu posłano do Vira, by zjechała młoda drużyna, która ostatnimi czasy więcej tam bywała niż w domu. Przywiózł mnóstwo nowin. Najpierwsza była ta, że Panowie Północy przystali chętnie na odnawianie obrządków. Naznaczono czas na najbliższą wiosnę.

— Będzie wielkie święto. Chcemy urządzić to z przepychem, z obecnością wszystkich ośmiu jarlów i ich rodzin. Pojedziemy razem. I ty, i Gudrunn, i młoda drużyna.

— Co mówisz? Ja też?

— Tak, moja najpiękniejsza, zabiorę cię ze sobą!

— Ja nigdy nie byłam nigdzie poza ziemiami Apalvaldra i Namsen!

— Obiecywałem kiedyś, że razem pojedziemy, teraz jest najlepsza ku temu sposobność! Sam Hakon daje nam gościnę!

— Naprawdę? To poznam tych wszystkich ludzi, o których mi mówiłeś?

— Tak, wszyscy zjadą. I Torfin, i Asbjorn, i Haldar, i Styrkar, Skegge, Orm…

— I wszyscy z żonami?

— Tak ustaliliśmy.

— Nie mogę uwierzyć! Nie mogę się doczekać!

— Cieszysz się?

— Jak dziecko!

— Ale to nie wszystko. Tej zimy, na święta będziemy mieli gości.

— Jakich?

— Osy.

— No przestań, co ty mówisz?

— Osy. Taki przydomek mają trzej synowie Halderd, ci, których wtedy w świat puściła. Spotkałem ich w Lade. Rozpytywali o braci, sześć lat się w końcu całkiem nie widzieli. Dopiero co przybyli do kraju, tak pływali po wszystkich możliwych wodach. Zrobili się z nich prawdziwi mężczyźni. Ja już kiedyś o Osach słyszałem, ale nie miałem pojęcia, że tak zwą synów Halderd.

— A co o nich słyszałeś?

— Że tęgie zabijaki. Pojawiają się znienacka, ciągną do srebra jak osy do soku, kąsają ostro i równie szybko znikają. Stąd ten zbiorowy przydomek.

— Nie boisz się ich tu zapraszać?

— Czego mam się bać? Wolę nawet, że się z młodszymi braćmi, moimi drużynnikami w naszym domu spotkają. Będę mógł się im wszystkim przyjrzeć.

— To może i Halderd by przyjechała?

— Zaprosiłem ją. W drodze z Lade wstąpiliśmy do Ynge. Ucieszyła się, że wszystkich razem synków zobaczy.

— Co u niej słychać?

— Nie rozpytywałem. Spieszno mi było do ciebie.

— A jak twoja misja?

— W drodze. Z kim trzeba, rozmawiałem. To bardzo dyskretna sprawa, nikt wprost nic mówić nie chce, a i wspólna nasza narada nad odnowieniem obrzędów tyle dała, że postanowiliśmy dać jeszcze Hakonowi szansę.

— Czy to znaczy, że odpuszczasz?

— Nie, Sigrun, tak źle ze mną nie jest, bym miał zawracać. Ja już sobie cel wytyczyłem. A czy dojdę do niego prostą drogą, czy wieloma wąskim ścieżkami, to jeszcze się okaże. Na razie jestem w lesie. Obserwuję, co się dzieje na trakcie, sam nie będąc widzianym.

— Dobrze. Wszystko rozumiem. Ale powiedz mi jedno: rozmawiałeś z Bjornem?

— Nie, jeszcze nie czas. A ty?

— Nie, jak ruszyłeś do Lade, młodzi pojechali do Vira. Nie widziałam go.

— Dobrze. I nie mów z nim o tym. Niech sprawy się toczą swoim biegiem.

Więc się toczyły. Wyprawiliśmy Bjornowi huczne święto w drugą jesienną pełnię, to już trzynaste jego urodziny. Patrzyłam na syna. Wzrostem dorównywał niemal Reginowi, był chłopięco smukły, ale silny. Włosy miał jaśniejsze jeszcze od Regina, w słońcu zdawały się białe, przetykane gdzieniegdzie złotymi pasmami. Koszule i kaftany, w których wyjechał latem, były mu dziś przykrótkie. Zamówiłam nowe i piękny płaszcz na zimę. Gdy spoglądałam na niego z daleka, jak ćwiczył albo siedział z chłopcami na placu, oddech mi się rwał i oczy same nachodziły łzami. Jak to możliwe, że mam tak dużego syna? Tak pięknego, mądrego i tak bardzo dalekiego. Nie rozmawialiśmy z sobą od dawna. Wciąż był przy drużynie. Ja wiem, że synów ma się dla świata, ale dlaczego tak szybko? Tych kilka lat, gdy są przy matce, a potem już można tylko patrzeć z oddali. Z zazdrością spoglądałam na żony chłopów. One ze swoimi synami szły w pole i wracały z nimi. Nie po raz pierwszy w życiu pomyślałam: po co mi to wszystko. Na co mi władza i bogactwo, skoro płacę za nie tak wielką tęsknotą? Za mężem, który większą część roku spędza poza domem, a teraz za ukochanym synem, który dorósł sama nie wiem kiedy i z którym ostatnio rozmawiałam nie pamiętam jak dawno. Dobrze, że mam Gudrunn, wciąż jeszcze tak blisko. Ale i ona kiedyś wyjedzie w jakieś obce strony, by zasiąść obok męża. Vandila mi zabrali do drużyny, jak tylko Regin wrócił. Pewnie ta ostatnia strata tak mnie rozstroiła. Kilka dni chodziłam zszarzała i przygaszona. Miły mój to zobaczył. Przyniósł wieczorem do alkowy chustę. Wełna cieniutka jak płatek i wzorzyście na niebiesko tkana. Podziękowałam, ale nie przymierzyłam. Wyjął jeszcze coś i położył na dłoni.

— Co to?

— Złoty niedźwiadek. Dla ciebie.

Wtedy się popłakałam. Puściła we mnie tama, a za nią poszły rzeki łez, jakich się sama po sobie nie spodziewałam. Wypłakałam mu wszystko. Szlochałam i uspokoić się nie mogłam. Powtarzałam: oddaj mi mojego Niedźwiadka, oddaj mi Bjorna…

— On nigdy nie przestał być twój. On jest twoim synem tak samo jak moim. Ilekroć spojrzę na niego na placu, widzę ciebie. Jak pije wodę, tak samo jak ty przymyka oczy. Tym samym gestem odgarnia włosy z czoła. Czasami myślę, że jest za piękny jak na mężczyznę, ale wiem, że to uroda jego matki taką pieczęć na nim odcisnęła. Sigrun, ja ci go nie zabrałem, kochana, najdroższa… nie płacz, bo sprawiasz, że staję się bezradny jak dziecko, gdy wciąż od nowa muszę ci życie tłumaczyć...

— Chcesz powiedzieć, że jestem głupia?

— Nigdy. Tylko mądry ma odwagę zadawać proste pytania, bo one podważają porządek świata. Chcę powiedzieć, że boli mnie, gdy płaczesz. Boli mnie, że masz pragnienia, których nie mogę spełnić.

— Nic na to nie poradzę. Widać jestem za słaba na żonę i matkę jarla.

— Nie jesteś za słaba. Nigdy tak o sobie nie myśl. Miewasz słabości, ale jesteś silna. To prawda, że ostatnie czasy były takie, że nie widywałaś Bjorna na dłużej niż chwilę. To był ważny moment w kształtowaniu drużyny. Tyle razem przeszli, nie można ich było rozdzielać ani na chwilę. Potrzebowali stać się jednym ciałem o wielu członkach. Ale teraz mogę popuścić trochę dyscypliny. Mam pewną myśl: a gdybyś sama z Bjornem i Gudrunn pojechała na jakiś czas do Vira? Tylko ty i nasze dzieci. Nawet bez Vandila.

— Naprawdę? Kiedy?

— Choćby zaraz.

— Zaraz to niemożliwe. Trwają przygotowania przed Julem, ma zjechać tyle gości, a nie mam nikogo, komu mogłabym powierzyć piecze nad dworem.

— No to po świętach. Jeśli tylko drogi będą dla sań przejezdne. Pasuje?

— Naprawdę dasz mi Bjorna?

— Jest tak samo twój, jak mój.

— Dobrze. I dziękuję.

— Proszę cię, Sigrun, nie dziękuj, to mnie boli.

Opiekował się mną po tamtej rozmowie bardziej, niż śmiałam przypuszczać. Przez kilka dni z oczu mi czytał myśli i jak kiedyś, jak dawniej, oczami odpowiadał. Zrobiło się między nami lekko i radośnie. Gudrunn moje wesele dostrzegła, więc jej o planach powiedziałam, przykazując milczenie. Och, skakała i klaskała w ręce. Dziewczynka moja, wierna córeczka. Tak mała i taka dorosła. Rozradowana płakała i, jak ja wcześniej Reginowi, mówiła mi o swej tęsknocie za bratem. Miałyśmy swój mały, wesoły sekret. Za jego przyczyną przygotowania do świąt szły nam gładko. Całe Namsen zbierało siły do przyjęcia gości, a tych wciąż przybywało, choć na razie tylko w zapowiedziach. Przyszedł posłaniec od Einara, że ojciec Vandila przybędzie. Więc już i Halderd, i Osy, i Einar. Regin z Ormem zabrali starą i młodą drużynę na łowy, Bodvar zwoził ze spichrzów na wyspie miody, piwa beczułki i całe wozy dobra wszelkiego. Służebne szykowały izby. Wietrzono futra, okadzano kąty. Wędzarnie dymiły bez ustanku, woń jałowca rozchodziła się między domami i wiodła na pokuszenie.

Pierwszy przyjechał Einar. Kiedyśmy się serdecznie uściskali, wiedziałam już, że nie mogę go o nic podejrzewać. Gdy nacieszył się synem, sama zaczęłam z nim rozmowę. Pytałam, kim jest człowiek, który jego syna uczy.

— Wśród wyznawców Chrystusa są różni ludzie, Sigrun. Zwykli, którzy żyją jak ty, normalnie, ale odmawiają modlitwy, przestrzegają praw boskich, chrzczą dzieci i wiara odmienia ich dusze, ale nie zmienia trybu życia. Są i kapłani. Ich zadaniem jest pilnowanie stada.

— Jakiego stada?

— Wiernych, nazywamy ich owieczkami, a Chrystusa Barankiem Bożym. Kapłani nauczają, sprawują obrzędy, udzielają chrztów i ślubów, wysłuchują spowiedzi, odpuszczają w boga imieniu grzechy.

— Czekaj, to już za dużo dla mnie. W uproszczeniu; są tacy jak godi?

— Nie, nie całkiem, ale możesz tak sobie pomyśleć. Są i mnisi. Bracia zakonu. Ci żyją według odrębnych reguł. Opuszczają rodziny, nie wiążą się z nikim oprócz boga jedynego. Żyją wyłącznie na jego chwałę, badają święte pisma i dostają odrębne zadania. Na przykład jeden zakon wyłącznie oddaje się nauczaniu wiernych, inny kontemplacji, jeszcze inny opiekuje się biedotą. Są i misjonarze. Tacy, podejmują wyzwanie największe, ruszają w strony, w których Chrystus jest jeszcze nieznany i tam głoszą o nim dobrą nowinę i szukają wyznawców.

— Bardzo to zagmatwane. Ktoś w ogóle ma nad tym jakąś kontrolę? Ktoś tym dowodzi?

— Tak, moja mała Sigrun, wszyscy jesteśmy winni posłuszeństwo Ojcu Świętemu, który siedzi na tronie w Rzymie.

— To daleko?

— Bardzo daleko.

— Znasz tego Ojca, widziałeś go?

— Nie, jeszcze nie. Ale marzę o tym, że to kiedyś nastanie.

— No dobrze, Einarze, a kim ty jesteś w tym waszym… jak to nazwać? Państwie?

— W Kościele świętym.

— No to kim tam jesteś? Ojcem nie, może tym bratem?

Einar roześmiał się szczerze i przytulił mnie do siebie.

— My wszyscy jesteśmy braćmi. Jestem jednym z nich. Zostałem już wyświęcony.

— O matko kochana, co to znaczy?

— Nie bój się, siostro, to wielki zaszczyt. Jestem kapłanem.

— Czyli niedaleko pada jabłko od jabłoni. Twój ojciec, wielki Tjostar był godim króla Hakona.

— Nie całkiem. Mój ojciec był godim, najznaczniejszym w Trondelagu, ale król Hakon, który nam wtedy panował, był chrześcijaninem, wzywał imienia Chrysta, nie Odyna. Hakon pobudował pierwsze świątynie Chrystusa w naszej ziemi. Ale jarlowie Trondelagu nie zgodzili się przyjąć chrztu, nie zgodzili się zostawić wiary w starych bogów. Przewodził im wówczas jarl Sigurd, ojciec dzisiejszego wodza, jarla Hakona. Sigurd był wielkim człowiekiem, myślał dalekosiężnie. On tak umiał prowadzić sprawy między królem a jarlami, by żadna ze stron nie ucierpiała. Mój ojciec był godim Sigurda, ojciec mu wtedy doradzał. I to on w tamtych latach rozpoznał wolę bogów, którzy nie byli przeciwni stawianiu świątyń Chrystusowi. Ojciec już wtedy wiedział, że skończą się czasy Odyna. Był krótko moment, gdy można to było zrobić. Po prostu zamknąć stare świątynie i otworzyć nowe. Bogowie byli temu przychylni, tak mówił mój ojciec. Ale ten dobry czas trwał krótko, a ludzie nie byli na niego gotowi. Jarlowie przeciwstawili się temu, Sigurd broniąc króla, musiał z garstką możnych, a był wśród nich twój wspaniały ojciec, wystąpić zbrojnie przeciw innym jarlom Trondelagu. I dobry czas zjadła wojna domowa. Jak zawsze u nas! Ojciec przekazał mi tę wiedzę, gdy byłem jeszcze dzieckiem. Więc choć on był człowiekiem starej wiary, jemu właśnie zawdzięczam, że ja stoję przy nowej. Byłbym niemądry, czyniąc inaczej. Bo skoro wiem, że i tak nadchodzą czasy Chrystusa, to czemu mam się im przeciwstawiać? Długo szukałem dla siebie miejsca w świecie, znalazłem je w tej wierze, która współgra z moją duszą. Kiedy ją poznałem, odetchnąłem czystym powietrzem. Jakbym po wielu latach tułaczki znalazł się w domu. Poświęcę swoje życie, by nieść wiarę w Chrystusa, by zapewnić jej trwałe fundamenty w tej ziemi. Ale wiem, że na wszystko przychodzi czas. Nie oczekuję plonów od razu. Ta wiara, tak czysta, tak dobra, musi wyjść z ludzkich serc, nie może przyjść na siłę. Więc na razie jestem jak ten chłop, który sieje i orze, sieje i orze, oczyszcza pole z kamieni i chwastów w nadziei na zbiory, które przyjdą za lata.

Nie wszystko z mowy Einara rozumiałam. Ale też to spotkanie przyniosło mi spokój. Einar jest pewien, że słusznie czyni. My też jesteśmy tego pewni, robiąc co innego. Ale ani my, ani on nie chcemy przemocy. A skoro i my, i on dążymy do pokoju, to znaczy, że wszystko da się jakoś pogodzić. Że nie grozi nic naszemu domowi. Niepokojąca wizja Urd oddaliła się ode mnie. Rozmawiałam o tym z Reginem i on także uznał, iż Einar zawsze był marzycielem, człowiekiem wyciosanym z nieco innego drzewa. I niech tak zostanie.

Wkrótce po Einarze zjechała do Namsen Halderd. Czas jej nie tknął. Wysoka, smukła, wyniosła. Wyglądała nawet piękniej niż dwie zimy temu. Oczy jej płonęły w twarzy, jak wykutej z lodu. Gdy zobaczyła swych synów, chłód ją opuścił. Podczas uczty nie odrywała od nich oczu. Wypytywała Regina o wszystko. Jacy z nich drużynnicy, jak sobie radzą, czy są silni, czy widzi w nich rozsądek. Miły mój szczegółowo jej o każdym z nich opowiadał. Przeszło mi przez myśl, że ja tak samo wypytuję o Bjorna, bo odkąd jest w drużynie, niczego o nim nie wiem. Tyle że mogę na niego popatrzeć, dojrzeć z dala, jak wskakuje na koń, jak biegnie. Moje niedawne smutki wydały mi się blade, gdy patrzyłam na nią, która na co dzień jest zupełnie sama w Ynge, bez żadnego dziecka. Kilka kolejnych dni spędziła tylko z synami, widywaliśmy się jedynie przy wieczerzy w halli. Widziałam, jak chłopcy się zmieniają w obecności matki. Pierwszego wieczoru siedzieli sztywni, nie wiedząc, w którą patrzeć stronę. Na nią czy na Regina. Mnie samą raniło ich rozdarcie. Tu mieli swój cały świat. Świat chłopców wchodzących w męskość. A w nim wszystko, czego im było trzeba: konie, łodzie, włócznie, szycie z łuku do celu, ćwiczenie siły ramion i nóg. Z drużyną jedli i spali. Wspólnie cierpieli niewygody, porażki i razem święcili sukcesy. Regin i Orm oddzielili ich od reszty świata, by, jak mówili, w dwójnasób wykorzystać ich czas. W ich życiu nie było miejsca na matki. Ale Halderd zdawała się wiedzieć to lepiej ode mnie lub chociaż lepiej znosić. W każdym razie nie znać było po niej cierpienia. Jej chłopcy, widząc, jak jest z nich dumna, wypogodzili się, prześcigali jeden drugiego w opowieściach. Regin powiedział mi, że pytali go na początku, czy to wypada, by spędzali czas z matką.

— Co im rzekłeś?

— Że nie tylko wypada, ale należy. Że Halderd jest dla nich jak dowódca rodziny. Że winni jej szacunek i miłość. Chyba lody puściły.

— Tak, widziałam, że już lgną do matki. O ile chłopcy to potrafią. W każdym razie cieszą się i oni, i ona ze spotkania.

— To trudne. Ale sama wiesz, i tobie nie jest łatwo, choć masz syna w domu.

— Nie w domu, w drużynie. A to już od dawna nie to samo.

— Nie spierajmy się, wiesz, co mam na myśli.

— Wiem.

Dźwięk rogu zapowiedział gości. Wyszliśmy powitać. Całe Namsen wyszło, bo wjeżdżający narobili tyle hałasu, że kto żyw biegł sprawdzić, co się w grodzie dzieje. Przodem szedł chłopak z piszczałką, za nim konno dwóch, dęli w rogi, za nim trzech bogato odzianych, uzbrojonych po zęby, w hełmach jakichś nie naszych, dalej pięciu podobnie ubranych, lecz mniej strojnych. I tyłem znów chłopak z piszczałką.

— No niech mnie!... Moje Osy! Synkowie!

Aż odwróciłam głowę, żeby sprawdzić, że to mówi Halderd. Pierwszy raz w życiu usłyszałam w jej głosie tyle ognia i radości. Ale ona mnie nawet nie widziała, wpatrzona w zeskakujących z koni. Ledwie Regin zdążył wypowiedzieć powitanie, jak wyskoczyła naprzód, do nich. Wykrzyknęli: matko! I ona już przy nich była. Tuliła do piersi, przyciskała z siłą i werwą, jakiej u niej nigdy nie widziałam. A oni zdjęli hełmy i we trzech równo przyklęknęli przed nią na śniegu. Każdego ucałowała w czoło i oba policzki. Wstali, wyraźnie rozglądając się za braćmi.

— Którzy są nasi? — gromkim głosem krzyknął pierwszy.

— Weźmy tych, co najdzielniej wyglądają i do nich się przyznamy!

Ludzie huknęli śmiechem, przyglądając się temu żywiołowi, co wszedł przez bramy Namsen. Tymczasem Asgrim, Yngwe i Ragnar wystąpili do przodu, patrząc w przybyłych jak w tęczę. Stali naprzeciw siebie.

— To co? Każdy swego? — krzyknął do braci ten pierwszy.

— Każdy swego! — odkrzyknęli bliźniacy i jak stali, tak porwali w górę, każdy po jednym chłopcu.

Powietrze wypełnił śmiech i okrzyki. Halderd ocierała łzy wierzchem dłoni, a oczy jej się śmiały.

— Prosimy do halli! Wieczerza stygnie!

Wielka izba naszego dworu zapełniła się ludźmi. Każdy szedł w inną stronę, śmiech i przepychanie. Nastąpił gwar, że i trudno mi było do służebnych krzyknąć. Wyszłam upilnować, a gdy wróciłam, Osy już broń odpasali i siadali za stołem. Dopiero mogłam się im przyjrzeć. Liczyłam wczoraj: to sześć zim, jak ich pierwszy raz widziałam. Wtedy byli na granicy chłopięctwa i męstwa, dzisiaj to już wojowie. Halvard górował wzrostem i sylwetką. Bersi i Duri, bliźniacy nie do rozpoznania. Krępi, bary kaftany im rozsadzały, a długie brody sięgały aż piersi. Gadali jeden przez drugiego.

— Halvard nas rozpoznaje, a dla innych mamy podpowiedź: ja plotę warkocz z prawej strony brody, a Bersi z lewej!

— Za to Halvard nie rozróżnia, która jest lewa, a która prawa strona!

— I dlatego w obu rękach miecz umiem trzymać!

— Łatwiej mu było nauczyć się walczyć na obie strony, niż nazwy zapamiętać!

— Z drobnej ułomności uczyń swą siłę! Tak mawiał stryj Hrafn!

— Mawiał, dopóki z jego siły nie zrobiła się ułomność!

— A co mu się stało? — zatrwożyła się Halderd.

— W sumie drobiazg, pół ręki stracił...

— ...popił, jurność w nim wzrosła i wziął się do dziewki...

— ...ale mu się pomyliła służąca z siostrą...

— ...a siostra też miała wypite i się zezłościła...

— ...i krzycząc: „zabieraj te łapy"...

— ...nożem od mięsa...

— ...dwa palce mu ciachnęła...

— ...aż się do drzwi potoczyły...

— Silna dziewka!

— Silna!

— Dwa razy nie gadać!

— Żartujecie, synkowie?...

— Gdzie tam, mamo!...

— ...my się przecież na żartach nie znamy!...

Co słowo Os, śmiech dudnił po izbie. Pili i jedli tak ochoczo, że wszyscy biesiadujący się od nich zarazili i apetytem, i wesołością. Do późna siedzieli. Rankiem nikt chętnie nie wstawał. A szło już na święto. Pierwsza z dziesięciu długich nocy właśnie miała się zacząć. Miło mi było patrzeć na Halderd, zarumienioną, ożywioną, śmiejącą się do całego świata. Asgrim, Yngwe i Ragnar stali się nieodłączni dla braci. Wpatrzeni w Osy jak w tęczę. Zresztą, co mówić, nie tylko oni. Cała młoda drużyna patrzyła na starszych synów Halderd. Byli dla nich tym, czym oni chcieli już być. Byli mężczyznami. Pływali po dalekich morzach, widzieli te wszystkie kraje, o których śpiewa się pieśni, i najważniejsze — posmakowali krwi. Mnie wydawali się nieco zbyt hałaśliwi, zbyt jaskrawi. Ale co tam ja. Ja znałam tylko wojów Apalvaldra i wojów Regina. A Osy wniosły w nasz dom świat beztroski, świat młodych, którzy walczą tylko o sławę. Którzy przelewają krew jak piwo. I jak piwo się pienią. Cały Jul składał się zatem wyłącznie z wieczorów, z nocnych biesiad, śpiewów, rozmów, opowieści. Nikt nie zaprzątał sobie głowy powagą. Regin spełnił obrzędy, ale gdybym miała mówić, co ze świąt pamiętam, to powiem: Osy, śmiech, święto młodości. Starszym synom Halderd usta się nie zamykały, tak od gadania, jak od jedzenia. I oczywiście picia. Służba była pomęczona, bo wieczorami i nocami usługiwanie biesiadującym, a za dnia sprzątanie po ucztach i szykowanie kolejnych. Zwołałam do pomocy, kogo się dało. Przy jednej z uczt bliźnięta, nierozłączni Bersi i Duri, którzy nawet mówili razem, a w każdym razie zawsze wchodząc sobie w słowo, zaczęli cmokać za jedną z dziewek. Chwilę trwało, nim poznałam, kto to. To Lubow, zapomniana niewolnica Regina, podarek jarla z Orkadów. Wyrosła. Wypiękniała. Ale już nie budziła we mnie lęku. Tamtej nocy Osy opowiadały o słynnej jakiejś drużynie wojowników ze stron dalekich.

— Jomsborczycy żyją w grodzie warownym, nad zatoką.

— Sami wojowie, żadnych kobiet i dzieci…

— …to najlepsi najemnicy świata…

— …żyją tylko dla wojny…

— …i tylko z niej…

— …nie przyjmują do siebie nikogo…

— …kogo by najmniej dziesięciu spośród nich nie wprowadziło…

— …potrafią srebrem pogardzić, bo mają go tyle…

— …są bogatsi niż królowie…

— ...ale ważniejsze dla nich męstwo, honor...
— ...i siła...
— ...umierając, śmieją się...
— ...ćwiczą się w tym specjalnie, żeby...
— ...nawet konający umiał wyzywać...
— ...i obrażać wroga...
— ...nie mają nad sobą żadnego króla...
— ...i przez to każdemu mogą służyć...
— ...i każdemu odmówić...
— ...nikt spoza ich braci...
— ...w tym grodzie nie był...
— ...a legendy o nim chodzą...
— ...takie, że aż ręka swędzi...
— ...aż miecz swędzi...
— ...żeby go wyjąć i...
— ...ruszyć...
— ...ale do nich jak raz...
— ...jak raz przystąpisz...
— ...jak raz cię przyjmą...
— ...to nie ma odwrotu, nie...
— ...nie wyjdziesz stamtąd bo...
— ...ci się tak podoba...
— ...jak zostaniesz jednym z nich...
— ...to jesteś nim do...
— ...do śmierci...
— ...do śmierci...
— ...wszyscy są tam jak bracia...
— ...bo wszyscy braterstwo krwi zawarli...
— ...wyrzekają się świata...
— ...jakby nic poza Jomsborgiem*...

---

* Jomsborg — Jumne, Jóm — dawne nazwy Wolina. Jomsborg był warownym grodem, miał bramę morską, a do twierdzy prowadziła brama kamienna. Całość otoczona była wałem. Była to siedziba wojowników zwanych jomswikingami.

— ...jakby nic innego się dla nich już...

— ...nie liczyło...

— Braterstwo krwi! — powtórzył rozmarzony Asgrim.

— Ja też chciałbym braterstwo krwi zawrzeć!

— I ja!

— Ja też!

— Ja też! — krzyczała cała młoda drużyna z płonącymi od opowieści Os oczami.

— Orm nam opowiadał o braterstwie krwi!

— Braterstwo krwi to nie kaprys, to zobowiązanie, to ślub, którego nie złamiesz, nawet gdy staniesz wobec zła, które cię przerasta — Regin wypowiedział te słowa w ciszy całkowitej.

— Braterstwo to bierze swój początek we krwi i najczęściej w niej go kończy — Orm stanął obok mego męża.

— To najszlachetniejszy przejaw męskiej przyjaźni.

— Ale, by je zawrzeć, trzeba najpierw krew przelać.

— Ramię w ramię.

— Inaczej jest tylko błahostką.

— Czczym wybrykiem wyobraźni o męstwie.

— Marzeniem o byciu mężem.

— I obrazą bogów.

Ucichło na długo po ich słowach. Regin i Orm przepili do siebie i zawołali skalda, który resztę wieczoru bawił nas pieśniami. A Miły mój, słuchając, bawił się mym kolanem pod ławą. Osy już nie zabrały głosu tej nocy. Wszyscy zasłuchani rozeszli się do izb, choć patrząc w twarze gości, myślę, że każdy inną strofę zatrzymał w sercu na noc.

Następnego dnia, nim jeszcze pora ucztowania nastała, chcieliśmy spotkać się z Halderd, sam na sam, bez synów. Usiedliśmy. Spoglądałam na kobietę, którą poznałam dopiero tej zimy. Halderd, Królowa Chłodu, która wstydziła się łez i wzruszenia, gdy oddawała nam na wychowanie synów, i Halderd z płonącym okiem, z rumieńcem na policzku, dźwięcznie roześmiana, przygarniająca do piersi sześć synowskich głów, to nie mogły być te same kobiety. Ale były. I to było najbardziej niezwykłe.

— Reginie, jestem ci taka wdzięczna. Przywoziłam tu synów ze ściśniętym sercem, przywiozłam dzieci, a dzisiaj widzę ich młodzieńcami. Patrzę, jak wyrośli. Ale podziwiam nie tylko siłę ich wyszkolonych ramion, ale przede wszystkim rozsądek. Słucham ich i serce mi wzbiera dumą. Osy moje ukochane, moi pierwsi synowie, zdają mi się chwilami większymi dziećmi niż ta trójka, którą wychowałeś. Osy są brawurowe i ja kocham w nich ten brak lęku przed światem, to zachłyśnięcie życiem, jakby ono było tylko dla nich stworzone. Ale sześć lat temu, gdy synów młodszych ci oddawałam, pragnęłam, abyś w nich, choćby w jednym z nich, rozbudził ducha, który kieruje i siłą, i rozumem. I widzę dzisiaj, że ci się powiodło. Tobie się to udało, a dla mnie to korzyść potrójna. Będę twoją dłużniczką do końca dni.

— Halderd, mówiłem ci, że wszelkich starań przyłożę do ich wychowania. Młoda drużyna jest mi okiem w głowie. Cieszę się, że znajdujesz synów takimi, jakbyś chciała ich widzieć. Ale wierz mi, że najważniejsze dopiero przed nimi.

— Pierwsza wyprawa?

— Tak. O tym chcę z tobą mówić.

— Mów, Reginie.

— Asgrim ma siedemnaście lat, Yngwe piętnaście, a Ragnar, tak jak mój syn, skończył trzynasty rok. Czasy nam się zrobiły podejrzanie spokojne, żadnej wojny na horyzoncie. To, jak wiesz, może się zmienić w każdej chwili, ale rozmawiamy o planach. Jeśli będę ich trzymał w grodzie aż do pierwszego zwoływania wojów, nie wiadomo, ile to potrwa, ich czas może minąć.

— Co przez to rozumiesz?

— Wszystko ma swój czas dobry i czas zły. Jak ustrzelisz zbyt starego jelenia, jego mięso cię rozczaruje. Jak zjesz jabłko zielone, rozboli brzuch. Z ludźmi jest podobnie. Gdy szkoli się młodych, trzeba dobrze wyczuć moment na pierwszy ich kontakt z prawdziwym niebezpieczeństwem. Gdy nastąpi to zbyt szybko, młody nie będzie jeszcze gotowy i w chwili decydującej zamiast wystrzelić jak dobrze napięty łuk, spali się. Z kolei, gdy zbyt długo ćwiczysz chłopaka na placu, w lesie, bez kontaktu z zagrożeniem, to stracisz jego zapał. Rozumiesz, co mam na myśli?

— Już czas na nich?

— Już czas dla całej młodej drużyny. Jeszcze nie na wojnę, ale na spotkanie z własnym strachem. Chcę dać im taką szansę. Chcę zabrać ich do Laponii.

— W te śniegi?! — wykrzyknęłyśmy obie jednocześnie.

Regin spojrzał na mnie i na Halderd z rozbawieniem.

— To są właśnie rozmowy z kobietami! Potakują, że wszystko rozumieją, a jak przyjdzie co do czego, lament! Tak, chcę ich zabrać w te śniegi.

— Przepraszam, uniosłam się — powiedziała Halderd.

Ja nie przeprosiłam. Zabierać chłopców w śniegi Północy, w krainę, gdzie zdradliwi Lapońcy w wąwozach lodowych szyją z łuku zatrutymi strzałami! Też mi pomysł na pierwszą wyprawę! Zupełnie mi się to nie spodobało. Regin ciągnął dalej, nie zważając na mój milczący sprzeciw, brnąc pod prąd moich myśli.

— Umówiłem się z jarlem Hakonem, że także kolejnej zimy ja i Asolfr pójdziemy do nich przypomnieć o trybucie. Mają jeszcze nasze imiona w pamięci, jak im głowę tego zdradliwego chłystka odesłaliśmy. Dobrze im zrobi zobaczyć nas znowu, a znając tych tchórzy, nie sądzę, aby nam zagrażali. To taka wyprawa odświeżająca ich pamięć. Dlatego dobra na pierwszy raz dla młodych. A że się z zimą polarną przyjdzie zmierzyć, też dobrze. Zobaczą, jak trudne potrafią być warunki. Dobrze ich przygotujemy, to prawie rok, bo ruszymy dopiero po najbliższej jesieni.

Trochę mi odpuściło. To za rok! Już się bałam, jak zaczął, że chodzi mu o wyjście jeszcze tej zimy. Halderd nie wyglądała na poruszoną. Muszę wziąć się w garść, żeby nie pomyślała sobie o mnie, że mam zajęcze serce i nad synem się trzęsę. Ale ona ma ich sześciu, ja tylko jednego.

— Pytasz mnie o zgodę, Reginie? Masz ją.

— Dobrze. A ty nie pytasz o zagrożenia?

— Przecież nie jestem dzieckiem, wiem, że są. Nawet w pokojowej wyprawie. Słyszałam niejedno o zatrutych ostrzach, o niesłowności i skłonności tych ludów do zdrady. I o polarnych nocach. O mrozie. O szczelinach w lodowcach.

O szczelinach w lodowcach? Co ona mówi? Ja nigdy o tym nie słyszałam! Regin nigdy mi o tym nie…

— No to wiesz wszystko, Halderd. Reszta się okaże. Tak naprawdę to pierwsza wyprawa pokazuje prawdę o człowieku. To sprawdzian nie tylko dla nich, ale i dla mnie. Dowiem się, jakim byłem nauczycielem.

— Nie wątpię, że dobrym. Gdy oddawałam ci dzieci, nie znałam nikogo lepszego w Trondelagu. I dzisiaj tak samo myślę.

— Poczekaj z osądem, aż wrócimy.

— Czy po waszym powrocie będę mogła się zobaczyć z synami?

— Oczywiście. Poślemy gońca. Przyjedziesz do Namsen, jak tylko zjedziemy.

— No to ustalone.

Potem jeszcze Halderd wypytywała Regina o każdego z chłopców osobno. Ja słuchałam tylko powierzchownie. Myślałam, że oto mój Bjorn, mój syn ukochany ruszy na swoje spotkanie z przeznaczeniem. Dlaczego nie potrafię tak jak Halderd, przyjąć tego spokojnie? Dlaczego krew we mnie pulsuje, jakby chciała wypłynąć? Jakim ja będę oparciem dla swojego chłopca, gdy zobaczy moje łzy, mój lęk i wzburzenie? Dlaczego nie potrafię utrzymać wyobraźni na wodzy, tylko pozwalam jej podsuwać mi te okropne obrazy? A może natura jest sprawiedliwa i dlatego nagrodziła Halderd sześcioma synami, a mnie dała tylko jednego? Bo gdybym ten lęk miała mnożyć przez każdą synowską głowę, serce by mi pękło? Przecież tak żyć się nie da. Muszę się z tym zmierzyć i pogodzić. Inaczej zatruję serce i sobie, i ukochanym mężczyznom. Powzięłam postanowienie: nawet Regin nie dowie się o mym strachu. Będę dzielna jak Halderd.

Może decyzje podejmowane w czasie świętym, gdy po najdłuższym mroku przychodzi pora rosnącej jasności, mają moc szczególną? Może tak być. Gdy byłam dziewczynką, nasłuchałam się o tym niezwykłych opowieści. W każdym razie następnego dnia chodziłam lekko, z czystym sercem.

W domu tak pełnym ludzi wiecznie coś się działo. Vandil, podobnie jak reszta młodych, nie odstępował Os na krok. Einar, trochę osamotniony, towarzyszył Halderd. Gdy w końcu zamiecie śnieżne ustąpiły, Regin ogłosił, że czas na walki. Zapłonęły dziesiątki pochodni i plac jaśniał czerwoną poświatą. Wszyscy czekali, aż staną Osy, bohaterowie tych świąt. Najpierw walczyli chłopcy, tak bardzo chcieli się przed starszymi popisać. Chociaż może nie wszyscy. Asgrim i Yngwe najbardziej zdawali się starać. Nawet wydawało mi się, iż już, po tych kilku dniach, przejęli od Os sposób poruszania, noszenia głowy. W każdym razie chcieli, by tak to wyglądało. Gdy Yngwe przed walką zaczął przerzucać miecz z ręki do ręki, widziałam skrzywienie brwi Regina. Bjorn i Ragnar byli raczej skupieni i dzięki temu najlepiej na pokazie wypadli.

Osy popisywały się walką dwóch na jednego, Bersi i Duri przeciw Halvardowi. To było emocjonujące i zabawne zarazem, widać nie pierwszy raz takie przedstawienie robili. Bersi atakował Halvarda od przodu, Duri zachodził go z tyłu, a najstarszy syn Halderd popisowo dzielił swą uwagę. Bliźniaka z przodu atakował mieczem w prawej dłoni, od tego z tyłu bronił się długim nożem w lewej. Potem zamienił nóż na miecz i uzbrojony na obie ręce stanął z braćmi w szeregu. Walczył z Bersim lewą ręką, a z Durim prawą, a tak się przesuwali, by linii szeregu nie burzyć. Chłopcy krzyczeli, tłum wiwatował z uciechy. Halderd miała rumieńce i klaskała w dłonie. Nawet psy szczekały! Nagle Bersi przeskoczył za plecami Halvarda, a choć krępy i zwalisty, zrobił to z gracją jelonka. Jednym susem stanął po prawej stronie drugiego bliźniaka i jego zaatakował. Ten odwrócił się błyskawicznie do nowego napastnika twarzą, do Halvarda plecami. Wtedy Halvard wziął wysoki zamach mieczem i wszystko zrobili jak w zwolnionym tempie: Halvard uderza w plecy Duri, Duri uderza w Bersi, bliźniaki padają na ziemię jednocześnie i podcinają nogi Halvardowi. Ten z okrzykiem wali się na śnieg, na ciała braci. Zamarł tłum na jedną chwilę, zaskoczony mistrzowską precyzją przedstawienia, i już wiwatuje, już krzyczy! Osy podając sobie ręce, wstają i kłaniają się wszystkim. Widowisko skończone. Na ucztę Osy poszły oblegane przez młodych. W ogólnej wesołości dojrzałam jasne, smutne oczy. Złapałam Gudrunn za rękaw.

— Co ci jest, córeńko? Nie bawisz się dobrze?

— Nie bardzo.

— A to dlaczego?

— Nie wiem, mamo. Chcę, żeby już wszyscy sobie pojechali. Już nie chcę gości. Nie lubię ich...

— Kogo nie lubisz?

— Tych Os...

Westchnęłam tylko. Małe dziewczynki tylko z daleka wyglądają pogodnie. Moja córka często ma na twarzy swoje chmurki. Brakuje jej rówieśniczek jak mnie kiedyś. Teraz jeszcze Regin zabrał jej Vandila. Nie będzie łatwo.

Dzisiejsza biesiada miała być pożegnalna, jutro czas wyjazdów. Orm, jak polało się piwo i miód, zagadywał Osy o różne sprawy. Dobrze znałam swego męża i jego towarzysza. Wiedziałam więc, że mimo humoru, ciętych dowcipów i pozorów wylewnej biesiadnej rozmowy, toczą teraz swoją grę. Osy były podatne na pochlebstwa, a Orm dawkował im je z umiarem. Chwalił poszczególne części dzisiejszego pokazu, potem gadał o czym innym, by znów wrócić do jakiegoś pchnięcia mieczem i kunsztownego obrotu. Regin w tym czasie rozmawiał z Einarem i Halderd. Młodzi, rzecz jasna, skupili się wokół Orma i Os. Poczułam się zmęczona. Chętnie wstałabym już od stołu i poszła do siebie. Wyjdę chociaż na chwilkę rozprostować nogi, ochłodzić twarz. Sprawdzę, czy Gudrunn zasnęła. Gdy wracałam do halli, zobaczyłam Bodvara przed drzwiami dworu. Odprawiał kogoś zdecydowanym słowem.

— Co się dzieje, Bodvarze? Mamy jakieś kłopoty?

— Nie, Sigrun, właśnie ich unikamy.

— Co znaczy?

— Odesłałem Lubow z dworu. Nie chcę, żeby tu się dzisiaj kręciła.

— Dlaczego?

— Osy bardzo się za nią oglądają. A widzisz sama, że za chwilę Orm upije ich doszczętnie. Wolę zapobiec nieszczęściu.

— Nie myślisz chyba, że mogliby coś zrobić dziewczynie pod naszym dachem?

— Wolę tego nie sprawdzać. A oni nie wyglądają mi na takich, co potrafią sobie czegoś odmówić.

— Nie lubisz ich?

Spojrzał na mnie tak, że parsknęłam śmiechem. Nie musiał już odpowiadać. Wolałabym tu stać w sieni z Bodvarem, niż tam siedzieć przy stole, ale Regin przez całą długość sali słał mi tęskne spojrzenia. Poszłam i podparłam go swoim ramieniem. Na szczęście, Orm dolewał często i głowy Os coraz bardziej chyliły się ku ławie. A noc ku końcowi.

Po wyjeździe gości Namsen opustoszało. Ale ta cisza zdawała mi się błogą. I była zapowiedzią prezentu, który mnie czekał. Obiecanego wyjazdu z Bjornem i Gudrunn. Posłaliśmy gońca do Vira z wiadomością, by dwór tam przygotować na nasz przyjazd. Ustaliliśmy z Reginem, że Bodvar pojedzie z nami, sprawdzi, jak idzie praca przy żaglach, czy w Vira czegoś nie trzeba. Mój Miły najpierw sam chciał się wybrać, ale go wyprosiłam, mówiąc, iż on ma Bjorna na co dzień, ja tylko od święta. Chociaż wizja wyprawienia się razem, całą rodziną wydała się mi kusząca. Nawet chodziłam z tym pomysłem czas jakiś, ale w końcu poprosiłam, aby został.

— Razem pojedziemy wiosną na thing do Lade. Niech już tak zostanie, że tylko ja i dzieci.

— A ja mam zostać sam w Namsen? Jakoś mi to dziwne… — łasił się do mnie i musiałam się bardzo starać, by nie zmienić zdania. Czy jest coś, czego mogłabym mu odmówić?

— Odmówisz mi, Sigrun?

— Teraz nie.
— Więc się zgadzasz?
— Teraz tak.
— Mam się pakować?
— Do łóżka…
— Och, zwodnico!…

Jakże mi smakowało takie pożegnanie! Jak wspaniale jest być żegnaną, a nie żegnać! Pocałunek na drogę podarował mi, gdy już siedziałam w saniach. Ale odjeżdżając, nie mogłam martwić się rozłąką. Miałam przy boku Gudrunn, szczelnie zamkniętą futrzanym kapturem, i Bjorna, konno, ale na odległość wzroku. Wcześniej wydawało mi się, że z tego wyjazdu trzeba się jakoś wytłumaczyć, nadać mu jakiś pozór. Gdyby rodzice żyli! Jechalibyśmy ich odwiedzić. A tak? Ale gdy zobaczyłam, że Bjorn na tę wiadomość się ucieszył, że zapłonęły mu oczy, przestałam martwić się pozorami. Zresztą dla niego tylko chciałam je tworzyć. W głębi duszy bałam się, że dorastający syn nie będzie chciał pojechać nigdzie z matką tylko i siostrą, bez swych towarzyszy. Nie dostrzegłam jednak na jego twarzy żadnego grymasu, więc droga do Vira była mi lekką i słodką. Ten stary gród, dawna siedziba moich dziadów, kojarzy mi się zawsze z jakąś doniosłością. Tu poślubiłam Regina, spaliłam ojca i matkę, tu są ich kopce. Tu przemawiałam do ludzi Apalvaldra, gdy trzeba było namówić ich na zmiany. Tu wreszcie dowiedziałam się, jak bardzo Regin polega na mnie, w tamtych strasznych dniach, nad którymi unosi się mroczne wspomnienie Mislavy. Naszła mnie naraz pokusa, by pojechać kiedyś do Roveste, by zobaczyć jeszcze raz moje łąki i kreskę gór na horyzoncie. Saniami to ledwie dzień drogi z Vira. Naprawdę niedaleko. Ledwie wyjechałam z Namsen, a już ciągnie mnie dalej, jak źrebaka zerwanego z pastwiska! A może spotkam tu swoją młodość, Sigrun szesnastoletnią, którą tu kiedyś byłam? Śmiałam się sama do siebie i do dni najbliższych, jakie na nas czekały. W Vira stary dwór stał gotowy, witał nas Agnar z Thorą, a za nimi ludzie, zdaje się, naprawdę z tej wizyty radzi. Gdy Bjorn zeskakiwał z konia, podbiegł do niego pies. Wielki i rudy. Szczekał do niego radośnie, do kolan mu się łasił. Spojrzałam na syna i przypomniałam sobie, jak pierwszy raz tu przyjechałam z ojcem. Wtedy witał go taki sam pies. I jak wówczas zdziwiłam się, że mój syn ma tu coś swojego, o czym nie wiedziałam. Na ucztę Agnar zaprosił najznaczniejszych. Wiele twarzy ledwie poznawałam. Pocięły je zmarszczki. Ci, których imiona znikły w mej pamięci, dobrze znali moje i moich dzieci. Twarze starych kobiet wygładzały się, gdy zerkały na Gudrunn, mężczyźni prostowali plecy, patrząc na Bjorna.

— Widzą w was swoje najlepsze czasy. Patrzą na Bjorna i myślą o swej młodości przy Apalvaldrze — powiedział mi potem Bodvar, gdy już wszyscy poszli.

— Starzeje się Vira. To mnie smuci. Dlaczego na uczcie nie było młodych?

— Tu panują jeszcze dawne obyczaje. Dopóki żyją ojcowie, oni reprezentują rody. Synowie u ich boku nie stają.

— Kiedyś tego nie widziałam. A może nie zwróciłam uwagi?

— Bo wtedy mężczyźni nie dożywali tak późnych lat. To były czasy ciągłych wojen.

— Więc tak jak Regin twierdzisz, że zbyt długi pokój burzy porządek?

— Tego nie powiedziałem. Raczej, że długi pokój wymaga innych praw niż czasy wojny. Tak myślę.

— Nie kusi cię, jak Orma czy Regina, ruszyć gdzieś?

— Otrzeć rdzę z miecza?

— Tak, tak oni mówią!

— Kusi.

— To czemu z nimi się nie zabierzesz?

— Mam inne zadania, wiesz o tym.

— Ale twój syn dobrze sobie radzi, mógłby cię kiedyś zastąpić.

— Dlaczego tak mówisz, Sigrun?

— A nie wiem sama, jakoś tak mnie naszło. Jak jechaliśmy tutaj, pomyślałam, że chętnie ruszyłabym jeszcze dalej, do Roveste. Jestem jak pies urwany z łańcucha!

— Nie mów tak o sobie. Chcesz, żebym posłał gońców do Asolfra?

— A możemy? Regin nie będzie się gniewał o taką samowolę?

— Jeśli wrócisz cało, nie.

— A gdyby coś się stało?

— Dałbym głowę.

— Nawet tak nie myśl!

— Rozejrzyj się tu kilka dni. Poślę ludzi do Roveste, sprawdzą, jakie drogi. Jak wrócą, zdecydujesz.

— Pojedziesz z nami?

— Nie mogę spuścić cię z oka. Już mówiłem.

Dni wciąż były krótkie i ciemne, więc spędzaliśmy czas we dworze. Zapraszałam dawnych ojca towarzyszy, siadaliśmy w halli, a oni nam dzieje rodu Apalvaldra opowiadali. Po jednej stronie miałam Bjorna, po drugiej Gudrunn, nic więcej mi nie było trzeba. Syn chłonął te opowieści, zasypywał starców pytaniami, a oni radzi odpowiadali. W duchu żałowałam, że wybraliśmy się w taką porę. Wiosną albo latem moglibyśmy chodzić po polach, lasach, pojechać nad fiordy. Teraz zamieć nas czwarty dzień w domu trzymała. Czas płynął nam na gadaniu, opowieściach, grze w kości. Gudrunn wszystkich ogrywała. Bjorn wstawał wcześnie, szedł co rano do stajni oporządzić konia. Widać nawyki wpojone mu przez ojca były silniejsze niż pokusa słodkiego lenistwa. Starcy tutejsi z zadowoleniem głowami kiwali. Thora, żona Agnara, mówiła mi, że gdy młoda drużyna przyjeżdża, wszyscy tu otaczają Bjorna szacunkiem.

— Widzą w nim przyszłego jarla. On ma cechy wodza.

— Ja tego nie widzę.

— Bo patrzysz na niego jak na syna. On u ludzi taki respekt budzi, że sami mu drogi ustępują.

— Co mówisz?

— Jak są tu z drużyną, to tutejsi nie do Sigurda, dowódcy, ze wszystkim się zwracają, ale do Bjorna.

— A wiesz, jedna rzecz błaha mnie ciekawi. Ten rudy pies. Mój ojciec miał tu takiego samego.

Thora się zaśmiała:

— Bo to ten sam pies! Chciałam powiedzieć, z tej samej psiej rodziny. U nas człowiek jeden takie psy hoduje, to specjalna rasa. Psy do sań, do polowania i do szukania ludzi w śniegu. Twój ojciec wielce je cenił. I twój syn podobnie. Podarowano mu tego psa, jak byli tu z drużyną, Bjorn nigdy się bez niego poza gród nie ruszał. Nawet nazwał go tak samo, jak twój ojciec swego. Woła na niego Ura.

— Och, Thoro, jakie to dziwne! Tak mało wiem o swoim synu!

— Taki jest żywot matek, nic nie poradzisz. Ciesz się, że zostałaś obdarzona takim chłopcem!

— Cieszę się i smucę. Widzisz, wykołysałam go, wypieściłam, nim urodziła się Gudrunn, nie wyobrażałam sobie, że mogę kochać inne dziecko. Znałam każdą plamkę na jego ciele, każde drgnienie oka coś mi mówiło. A dzisiaj? Dowiaduję się o nim, ale nie od niego, od innych. Sam niewiele mi mówi.

— To dobrze, to znak, że staje się mężczyzną. Dobrze go wychowałaś i tyle.

— I tyle…

— Sigrun, nie pogniewaj się na mnie. A czego ty byś chciała? By dorastający chłopak trzymał się twej sukni? To byłaby obraza! Jego ojciec znienawidziłby cię za to. A tak, kocha cię i sławi twe imię. Że dałaś mu dzielnego syna. Prawdziwego następcę. A nie strzępek ciała. Zdarza się, że i w dobrej rodzinie narodzi się syn słabowity. Matka wierzy, że go odchowa i dzieciak zmężnieje. Ale tak się nie dzieje, dziecko rośnie jak pęd w ciemności, blade i chorowite. Gdy przychodzi na niego czas, nie ma siły trzymać miecza, na koń nie wsiądzie. Mąż gardzi takim potomkiem i kobietą, która go na świat wydała. A ona, widząc mękę dziecka i swoją, całe życie żałuje, że pierś mu podała do ssania*, że nie oddała go Nornom zaraz po urodzeniu. Taki syn ciąży na rodzinie jak klątwa. Więc nie kuś losu, Sigrun, i składaj bogom ofiary, że doczekałaś się Bjorna.

Westchnęłam głęboko. Thora miała rację w każdym słowie. A następnego dnia wiać przestało i słońce wschodzące przydało światu innych odcieni. Zabrałam dzieci na kopce Apalvaldra. Daliśmy ofiarę.

Jasna strona kobiety otwarta jest na wszystkich. Do jej mrocznych tajemnic wejść może tylko druga kobieta. W moim życiu ta kobieta zawsze ma na imię Thora. Kochana Thora z Namsen czuwała nade mną, jakbym była jej własnym dzieckiem. Teraz nie mam w domu żadnej aż tak bliskiej mi kobiety. Wszystkie są mi oddane i życzliwe, zżyłam się z nimi, ale z żadną nie zbliżyłam. Może za dużo w nich szacunku do żony Regina, by przyjaźnić się z Sigrun? Zresztą, gdy mąż mój jest w domu, nie oglądam się na nic innego. A kiedy go nie ma, jest tyle pracy, a świat obowiązków dzielę przecież z Bodvarem. Chciałabym mieć w domu przy sobie Thorę z Vira! W przyjaźni może być dystans, ale nie może być podległości. A ona darzy mnie szacunkiem, ale nie zgina przede mną kolana. Dlatego jej rady trafiły we właściwe miejsce.

Wrócili ludzie Bodvara z Roveste i przekazali, że droga zaśnieżona, lecz dla dobrych sań przejezdna, a kuzyn mój raduje się na nasz przyjazd. Ustaliliśmy, że za dwa dni ruszymy. Chciałam skorzystać z dobrej pogody i pojechać z Bjornem nad fiordy, tylko we dwa konie. Gdy przekroczyliśmy bramy grodu, powiedziałam mu:

— Ty prowadź.

W drodze zamienić słowa się nie dało, jechaliśmy jedno za drugim. Dopiero gdy stanęliśmy na skale ponad spienionym morzem.

---

* Według dawnego prawa skandynawskiego kobieta mogła porzucić noworodka, jeśli urodził się słaby i nie rokował szans na przeżycie. Ale jeżeli tylko po urodzeniu podała mu pierś do ssania, znaczyło to, iż uznaje dziecko. Gdyby porzuciła je wtedy, zostałaby skazana tak jak za zabójstwo — na śmierć.

— Wydaje mi się, że to było wieki temu.
— Co, mamo?
— Kiedy tu byliśmy razem. A to ledwie trzy zimy.
— Ja przyjeżdżam tu za każdym razem. To moje miejsce.
— Lubisz Vira?
— Lubię. Tu jest inaczej niż w Namsen. Jakbym był w innym kraju.
— Dlaczego?
— U nas jest zawsze ruch, ludzie, ktoś przyjeżdża, wyjeżdża, tyle spraw ojca, a tu jakby po śmierci dziadka stanął czas.
— Pamiętasz Apalvaldra?
— Nie. Ale kiedy tu jestem, tyle o nim słyszę, że wydaje mi się, iż go znam. A czasami, kiedy siedzimy wieczorem w halli, czuję, że zaraz go zobaczę, że wejdzie i się ze mną przywita.
— Wiesz, że masz takiego psa, jak on miał?
— Ura? Tak, wiem.
— A widziałeś rozlewisko Wilczej Rzeki?
— Tak, widziałem! I inne miejsca. Zjeździliśmy całą okolicę. Mógłbym tutaj zamieszkać.
— Może kiedyś...
— Słyszałem, jak ojciec z Ormem mówili, że może całkiem przeniosą naszą drużynę do Vira, zrobią to, mamo?
— Nic o tym nie słyszałam, chyba wiesz więcej ode mnie, synku...

Spojrzał na mnie, a w oczach jego było tyle odpowiedzi na pytania, których mu nie zadałam! Były blaski światów, których nie znam i w których on też jeszcze nie bywał, ale już tęskni za nimi, już je przed sobą widzi. Dopiero teraz dotarło do mnie, czym różni się syn od ojca! Jakże mogłam tego wcześniej nie widzieć? Oczy Regina były jak bursztyn zmienne, rozjaśniała je miłość, ciemniały ze wzburzenia, a pomiędzy tym pokazywały dziesiątki różnych odcieni. Bjorn miał oczy jak żywica nieustannie gotowana nad ogniem. Jego oczy płonęły stale setkami blasków, ale nigdy nie gasły! Nawet gdy był spokojny jak teraz albo gdy w halli wieczorami słuchał opowieści starców, gdy jadł, głaskał psa, wsiadał na koń, zawsze, zawsze w jego źrenicach żarzyło się nieustannie! Dopiero teraz to zauważyłam! Że to jest światło, które nie zanika! Dzień, co nie zachodzi! Tyle czasu potrzebowałam na to odkrycie. Ja, matka! Może przesłaniały mi widok jego jasne włosy tak często spadające na czoło?

— O czym myślisz, mamo?

— O tobie. Że już nie jesteś moim małym Niedźwiadkiem.

— Nie jestem. Ale i tak bardzo cię kocham.

— Wiem, synku.

— I nikomu jeszcze nie pokazałem tego miejsca, tylko tobie.

— Może kiedyś przyprowadzisz tu swoją żonę?

— Może. Jak ją będę miał.

— Będziesz, dlaczego miałbyś nie mieć?

— Nie wiem. Nie ciekawią mnie dziewczyny.

— Jeszcze nie muszą. Ale kiedyś zaczną.

— Może.

— Jutro jedziemy gdzieś.

— Dokąd?

— To już cię ciekawi?

— To tak! Nawet bardzo!

— Do Roveste. Do miejsca, w którym się urodziłam.

— Pokażesz mi to miejsce, gdzie patrzyłaś na łąki?

— Pamiętałeś?

— No pewnie, mamo, jak mógłbym zapomnieć!

Wracaliśmy. Miałam łzy pod powiekami. Mój syn. Mój kochany syn. Mój Bjorn wymodlony. Jest mój. Nie muszę go już trzymać.

W Roveste Asolfr podjął nas wystawnie. Ilu się ludzi zeszło, aby nas zobaczyć! Pamiętali mego ojca, a teraz chcieli popatrzeć na „małą Sigrun" i Apalvaldra wnuki. Mój kuzyn co znaczniejszych zaprosił na ucztę. Wspomnieniom nie było końca. Bjorn i Gudrunn zdawali się rozbawieni całym tym ożywieniem, całą tą sensacją wokół naszego przyjazdu. Ach, jak rozgrzał mnie widok tych kątów! Asolfr wiele tu swojego wprowadził, już jego tarcza wisiała u szczytu halli, a nie mego ojca, ale i tak zewsząd cisnęły się moje wspomnienia. Od rana zaczęłam myszkowanie po grodzie. Nawet jeśli nie poznawałam ludzi, oni mi się szybko przedstawiali. W ich oczach widziałam dumę i niedowierzanie. Dumę, iż oto przyjechałam do nich jako żona słynnego Regina z Namsen, i niedowierzanie, że nie jestem dziesięcioletnią dziewczynką, przy boku mam dwoje dzieci, a syna wyższego od siebie. Traktowali mnie z powagą, jaka mi się należała, ale i z serdecznością ludzi, którzy nie mogą zapomnieć, jak biegałam po okolicznych łąkach. Czekałam, aż słońce wzejdzie dość wysoko, by wybrać się na wzgórze. Odwlekałam tę chwilę, celebrowałam każdy swój krok. Wciąż jeszcze była pora niekończących się szarug, dni odrywały się od nocy nieśmiało i nazbyt krótko. I jak na złość sypał śnieg z zasłoniętego nieba. Jedyne, co zobaczyłam, to moją łąkę schowaną pod śniegiem. Niekończący się sinobiały falujący koc zakończony czarnym ornamentem gór. Gór, których musiałam się domyślać, bo ginęły w nocy. Westchnęłam. O tej porze roku więcej nie zobaczę.

— Tu jesteś, mamo! — głos Bjorna za plecami.

Jakże dziwnie zabrzmiało „mamo" w tym miejscu. Kiedy tu mieszkałam, byłam w jego wieku.

— Tu jestem, synku.

— To twoje łąki?

— Tak. Próbuję je wypatrzyć, ale nic nie widać…

— Uhm… ale za to czuć, jak wieje… nie lubię zimy.

— Ja też, synku.

— Wolę, jak jest jasno. Chłopcy w drużynie śmiali się, że jestem prawdziwym niedźwiedziem, że mógłbym przesypiać zimy, a budzić się wiosną. A ojciec, jak to zauważył, nakazał Sigurdowi dodawać mi zajęć, jak jest ciemno, i musiałem ćwiczyć bardziej niż inni.

— Regin jest surowym nauczycielem?

— Tak. Dużo wymaga.

— Wolałbyś, aby ćwiczył was kto inny?

— Nie! Ojciec i Orm są najlepsi. Trudno by mi było słuchać kogo innego…

— Z jakiego powodu?

— Bo ja też chcę być najlepszy.

— I czego jeszcze chcesz?

— Wszystkiego!

Wiedziałam, że nie mogę się roześmiać, więc przygryzłam usta. Przytuliłam się do syna i zeszliśmy do dworu. A tam Asolfr miał dla mnie niespodziankę.

— Sigrun, posłałem po Eggnira, skalda twojego ojca! Umili nam dzisiaj ucztę!

Jasnowłosy, jasnooki, barczysty, taki sam, jakim go spotkałam w Vira kilka lat temu.

— Piękniejesz, Sigrun, widać jesteś pod opieką samej Złotej Bogini*!

— Jak zawsze czarujesz słowami, Eggnirze!

— Twoje czary silniejsze, córko Apalvaldra! Moje słowa tylko je oddają.

— A drogi nie za bardzo rozmiękły na wschodzie? — to Bodvar wszedł nam w zdanie.

— Mój koń wie, jak nie ugrzęznąć, nawet jeśli ścieżka kręta i podła — Eggnir odpowiedział wolno i poczułam chłód między nimi dwoma.

— Miód! Sarnina! Radość wieczoru! Sigrun, moja siostro, usiądź przy mnie, proszę! — Asolfr powiódł mnie do szczytu ławy.

Zaczęła się uczta. W każdym dworze inaczej się świętuje. Asolfr przywołał muzykantów, których przywiózł ze sobą z Islandii, a ci grali tak, że płacz i śmiech mieściły się w jednym tonie. Niezwykłe to były dźwięki. Gdy Asolfr opowiadał o wyspie, na której się urodził, jego surowa twarz stawała się niczym kilim rozciągnięty na krosnach: zdanie za zdaniem, słowo za słowem zmieniały się na niej obrazy i barwy. Jedna nić, jeden wątek wciąż był wiodący: Islandia

* Złota Bogini — Freyja, bogini miłości.

jest pępkiem świata. Mój kuzyn mówiąc o ziemi, z której wyrósł, przestawał być wojownikiem, a zaczynał być matką głaszczącą niemowlę po twarzy. Mówił, że to miejsce, którego bogowie dotknęli swą obecnością. Surowość przyrody zaostrza jej nieziemskie piękno. Mówił o źródłach, które nigdy nie zamarzają, o bulgoczących jeziorach, mgłach zjawiających się nagle, skałach w kolorach niemożliwych do nazwania. Jego słowa brzmiały jak pieśń, kraina, którą opisywał, wydawała się niemożliwą. A może wszyscy zachowujemy w pamięci wygłaskane obrazy dzieciństwa? Ja też jechałam tutaj, by ujrzeć łąkę ze wzgórza, zobaczyłam ciemną połać, która mogła być wszystkim, a cieszę się, jakbym znalazła zagubioną zabawkę. Najpierw chcemy jak najszybciej wyskoczyć z dzieciństwa, porzucić je jak zbyt ciasną koszulkę, by potem tęsknić za tamtą niewygodą? Pamięć płata nam figle. Ocknęłam się z zamyślenia, wybudził mnie mocny głos Eggnira.

Skald moich lat dziewczęcych wstał i zaczął śpiewać. Lecz nie ostrzył mieczy, nie uderzał nimi o tarcze przed bitwą, nie wypływał w morze. Nie lał krwi, nie zabijał. Jakże to inna była pieśń od tych wszystkich mi znanych! Łagodna, dźwięczna, melodyjna, choć z nieprzewidywalnym rytmem. Wjechała złotym wozem Freyja, piękna jak wschód i zachód, jak kwiat i owoc, jak westchnienie i szept. A na wozie miała Słońce i Księżyc, okrążała łąki, roniąc złote łzy. Łkała, piękna we łzach, i pytała, czy świat jest tak pusty i zły, by oddać ją karłowi. Odyn grzmiał, iż karzeł ten wybudował mury Asgardu i nagrodą miały mu być trzy najwspanialsze rzeczy i oto one: Freyja, Słońce i Księżyc. Lecz nawet on, nawet straszliwy Jednooki, ten, którego bali się wszyscy, ten, który nie bał się nikogo, uląkł się łez Freyi. Piękno potrafi ranić. Piękno zadaje ból. Jednooki nie oddał Freyi karłowi. Złota Bogini całuje Księżyc i zapada noc, całuje Słońce i nastaje dzień. Piękno ma władzę. Piękno silniejsze niż miecz. Cała ziemia zatrzymuje się, patrząc na Freyję. Na jej palcach przysiadają ptaki. Wicher zmienia się w wietrzyk, by nie urazić jej sukni. Długie loki Freyi falują. Mężczyźni muśnięci jej warkoczem opuszczają rodziny i idą za nią. Owija ich wokół złotych nici włosów. Freyja przechodzi przez świat ludzi, zmierza do świata bogów, jakby nie widziała, że podążają za nią tłumy wpatrzonych w czubki jej butów. W kraj jej sukni. Potrząsa głową i zrzuca ich w niebyt, bo ci, co ją pokochali, nie zaznają spokoju u boku kobiety. Miłość bogini jest okrutna. Miłość bogini nie należy do ludzi. Śmierć daje nadzieję. Śmierć niesie ukojenie. Najpiękniejszych i najdzielniejszych Freyja zabierze z pól bitewnych do swego domu w Folkvanger. Idź, młodzieńcze, na bój, jak na noc poślubną, lej krew wrogów jak miód na swym weselu! Jeśli twa odwaga spodoba się bogini, może skinie na ciebie dłonią i w jej złotym dworze doczekasz końca czasów. Freyjo, dlaczego obdarzasz nas swym darem jak przekleństwem? Namiętność w miłości niespełniona wiedzie nas do śmierci. Śmierć wydaje się wybawieniem od życia przepełnionego miłością…

Śmierć wydaje się wybawieniem od życia przepełnionego miłością? Och, Eggnirze, obdarzyli cię bogowie darem składania pieśni! Pieśni, które wyciągają z duszy wszystko, co nienazwane! Nagrodził Asolfr swego skalda, nagrodzili goście toastem. Ja od dziecka nie radzę sobie ze wzruszeniem, jakie wywołują we mnie takie strofy. Nie umiem po skończonych pieśniach mówić, a tym bardziej się śmiać. Ale miód przyjęłam z wdzięcznością. Eggnir zawsze był dobrym skaldem. Dzisiaj jego głos brzmi bardziej chropawo niż kiedyś, ale to zamiast ujmować pieśni, dodaje jej siły. Już rozpędzali ciszę islandzcy muzykanci, przy stole gwar zwyczajny, miód i piwo w toastach. Jeszcze jeden, dwa kubki i dojdę do siebie. Czy śpi teraz mój Miły? Czy przechyla swój róg, myśląc może o mnie? Zachłysnąć się można tą tęsknotą… Wyszłam przed dwór, żeby się ochłodzić. Roveste… Zapach mojego dzieciństwa. Nie pomyliłabym go z niczym.

— Wszystko się tu zmieniło, odkąd wyjechałaś… — Eggnir wyrósł za moimi plecami cichy jak zjawa.

— A mi się wydaje, że tu nic się nie zmieniło… że zaraz zobaczę, jak matka łaja służbę, jak ojciec z drużyną wjeżdża przez bramę. Jestem tu taka szczęśliwa.

— A tam?

— Gdzie?

— W domu twojego męża.

— W moim domu. To mój dom i tam mój dom.

— A tobie czas do twego domu — Bodvar stanął przy nas.

— Mamo, czy on ci się naprzykrza? — Bjorn patrzył nie na mnie, lecz w oczy Eggnira.

— Nie synku, skąd wam to przyszło do głowy. Wspominamy dawne czasy…

— Masz dobrych obrońców. Ale o mnie nie musicie się niepokoić. Znam Sigrun od dziecka.

— Ale Sigrun nie jest dzieckiem, jest żoną jarla Regina.

— Nie musisz mi przypominać, wiem doskonale, śpiewałem pieśni na ich weselu…

— Śpiewasz, co chcesz. Ale pomyśl, czy nie chcesz za dużo.

— Bodvarze, niepotrzebnie się złościsz. Eggnir nie zrobił nic złego. Zaraz wrócę do halli. Idźcie już. Synku…

— Dobrze mamo. Czekamy na ciebie.

Gdy weszli do środka, Eggnir chciał coś powiedzieć, ale nim zaczął, zamknęłam mu usta dłonią.

— To nie jest tak, jak myślisz. Wracajmy.

Rozbawił i rozczulił mnie mój syn. Bodvar pilnuje mnie zawsze, ale Bjorn? Odkąd to? W halli krążyły kubki i rogi. Trunki lały się gęsto. Poczułam się zmęczona. Może to już czas wracać?

Wyruszyliśmy do Vira dwa dni później. Przed odjazdem niechcący znów wrócił temat Eggnira. Asolfr chwalił pieśniarza i żalił się na niego:

— Składa strofy kunsztowniej niż ktokolwiek inny, ale z wiekiem robi się porywczy i nieobliczalny. Mieszka w samotnej chacie nad zatoką. Nie raz posyłam po niego, a on nie przyjeżdża. Albo nie można go znaleźć. Potrafi przepaść jak kamień w wodę, a potem zjawia się jakby nigdy nic. Żony nie ma, dzieci nie ma, dziczeje. I dziwaczeje.

— Asolfrze, ja nie widziałam w nim tego, co mówisz. Wydawał mi się taki jak zawsze.

— Bo nie pił.

— Nie rozumiem.

— Jego dziwactwa rosną od piwa i miodu. Topi w trunku swe smutki, a one zamiast zginąć, mnożą się jak potwory. Gdy mu mówimy, żeby nie pił tyle, wścieka się, że chcemy odebrać mu miód skaldów, jego jedyne natchnienie. Ale widzisz sama, teraz śpiewał bez miodu, a strofy były wyborne, więc w napitku nie źródło natchnienia, ale jego zguba. Jeśli nie znajdzie sobie kobiety, zapije się kiedyś na śmierć. Tak myślę.

— Eggnir jest silnym mężczyzną. Kobietom się nie podoba?

— Podoba się wielu, ale jemu żadna. Podsyłam mu różne, podarowałem mu nawet lapońskie niewolnice. Odesłał. Dziwak z niego, i tyle.

— Nie wiedziałam. Żal mi go, to skald mojego dzieciństwa. Ale nic nie poradzę na jego smutki.

Nie pożegnałam się z Eggnirem. Nie było go przy naszym wyjeździe. Zapadł się jak kamień w wodę, powiedział Asolfr, sama widzisz, Sigrun, co to za człowiek. Nie wiem, czy na pewno tak było, bo Bodvar z Bjornem wymienili spojrzenia, a wieczorem dnia poprzedniego zdawało mi się, że słyszałam tumult i przepychanie przed drzwiami swej alkowy. Po namyśle postanowiłam nie dociekać. Moja troska o Eggnira zostałaby opacznie zrozumiana przez Bodvara, który skalda nie cierpi i już się nawet z tym nie kryje. Jednak wyjeżdżałam z cieniem smutku.

Rozproszył się w Vira, gdy zapanowały dni mroźne, ale jasne, bezśnieżne i bezwietrzne. Braliśmy z Bjornem i Gudrunn konie i jeździliśmy po całej okolicy. Tych kilka dni wypełnionych galopem i śmiechem, rozmowami i czystą radością z obcowania z dziećmi to była rzecz wspaniała! Móc patrzeć w oczy Bjorna, widzieć siłę bijącą z nich! Nie raz złapałam się zawstydzona na tym, że patrzę na swego syna i całkowicie, bezgranicznie, znajduje się pod jego urokiem. Więcej, nie ja jedna. Gudrunn, jego siostra tak samo jak ja była zapatrzona.

— Dawno nie widziałem cię tak radosnej, Sigrun. Gdy patrzę, jak wracacie do Vira, zdaje mi się, że to trójka dzieci, a nie rodzeństwo i matka — powiedział Bodvar ze śmiechem dzisiejszego wieczora.

— Może dlatego, że tutaj jestem prawie w ich wieku. Tutaj, w Vira nigdy nie dorosłam.

— Regin przysłał człowieka. Pyta, kiedy wracamy.

— A kiedy musimy?

— Jutro.

— No to daj znać, że pojutrze!

— Dobrze, Sigrun.

Żal było pakować kufry, choć na myśl, że już go zobaczę, cieszyło się serce. Czas wracać do życia. Gdy usiadłam w saniach i owinęłam się futrem, zrobiło mi się smutno. Już nie konno jak przez ostatnie dni. Już statecznie, jak należy żonie jarla. Pod biodrem wyczułam jakiś ostry kształt, coś mnie uwierało. Między siedziskiem sań a futrem coś musiało utknąć. Jednak nie mogłam tego wydobyć w czasie jazdy, a jak dotarliśmy do Namsen i Regin wyciągnął po mnie ręce, zapomniałam o niewygodzie. Jednak wieczorem, gdy już mieliśmy zacząć ucztę, przypomniało mi się. Pomyślałam, że to przecież może być igielnik, który odczepił mi się od sukni, nie mogłam go znaleźć od kilku dni. Narzuciłam płaszcz i sama poszłam do sań poszukać. Dobrze, że jeszcze ich nie odprowadzili, stały przed samym dworem. Podciągnęłam futra. Znalazłam nie to, czego szukałam. W ławce była wyłupana szczelina, a w nią wsunięte trzy plastry drewna. Trzy okrągłe plastry z równo przeciętej gałęzi. Z brzozowej gałęzi. Zrobiło mi się gorąco. Wyciągnęłam je pospiesznie i obejrzałam. Dla pewności przejechałam palcem po obwodzie, było jednak trochę ciemno. Nie, nic tu nie ma. Nic nie wyrył. Widać nie jest jeszcze aż tak szalony. Tylko czyste drewno.

— Coś się stało, Sigrun? — Bodvar stał we drzwiach dworu.

— Nie, szukałam igielnika, gdzieś mi się zapodział.

— A ciebie szuka Regin, chodź do halli, czeka z rozpoczęciem uczty.

— Idę już — wsunęłam brzozowe krążki w rękaw i gdy Bodvar

się odwrócił, wrzuciłam w ogień płonący przed dworem. Jak kiedyś moja matka.

Czy tak się czuł Regin, gdy po każdym jego powrocie dopiero w łożu dochodziliśmy swej bliskości? Czy tak jak ja dzisiaj, rozbierając się, musiał odsuwać od siebie obrazy tego wszystkiego, co poza domem, by móc skupić się na mojej twarzy? Lubił wtedy brać mnie najpierw szybko, na granicy bólu, jak wygłodzony wędrowiec pierwszy posiłek. Dopiero gdy zaspokoił głód, nabierał prawdziwej ochoty na miłość. Dzisiaj było inaczej. Dzisiaj nie szarpał się z zapinkami przy mojej sukni. Bawił się nimi i moim pożądaniem. Pragnieniem, które spadło na mnie nagle jak fala odbita od skały. To ja ściągałam z niego koszulę. To ja rozwiązywałam mu spodnie. Szukałam ukojenia, a on nie spieszył się z niczym, był jak wilgotne drewno, które tli się i nie może rozpalić. Jednak gdy w końcu zajął się płomieniem, gdy iskry z moich palców spadły na jego korzeń, poczułam, jak potrafi być gorący. Zapłonął raz tylko, ale jasno i czysto. Ja dopalałam się, gasłam i zajmowałam znowu. I znowu. I znowu. On dokładał do ognia i panował nad nim, jego palce były niczym krzesiwo. Mój umysł wyparował, straciłam panowanie nad własnym ciałem, byłam tylko płomieniem, który pragnął wiecznego podsycania, więcej i więcej, jakbym naprawdę chciała się spalić i ulecieć przez dymnik. Potem, długo łkałam cichutko skulona w chłodnej części łoża. Regin spał.

Wiosna tamtego roku zaskoczyła wszystkich. Nastała tak szybko, że nie wyczuły jej nadejścia ani psy, ani owce. Pognali je na łąki wśród furkoczących potoków, które jednego dnia zamieniły śniegi w wodę. O niczym innym się nie mówiło, jak o wyjeździe do Lade. Każdy z jarlów miał przywieść dary do świątyni Odyna, Regin całą zimę pilnował rzemieślników, a ci pewnie klęli go z cicha, bo co rusz był niezadowolony i kazał im wszystko robić od początku. Mieliśmy wypróbować łódź: „nową, szybszą, jeszcze piękniejszą". W duchu współczułam szkutnikom, bo Orm i Regin stali nad nimi i nieustannie się kłócili o każdy detal. Zresztą prawie wszyscy w Namsen byli tak czy inaczej wciągnięci w te przygotowania. Bo dary do świątyni, dla jarla Hakona, dla innych wodzów, nowe ubrania dla wszystkich, a jak stroje, to i buty, a jeszcze końskie uprzęże; Regin nagle stwierdził, że stare są do niczego, i tak bez ustanku. Cieszyłyśmy się z Gudrunn na jarmark, na kawałek świata, którego nigdy nie widziałyśmy. Jeden Bodvar oparł się tej gorączce. Jak zawsze opanowany, skupiony na swoich zadaniach. Ale Bodvar zostawał w domu. Co dziewięć lat odnawiano i świątynię, i rytuały, ale poprzednim razem nikt nie nadawał temu takiego rozmachu. Teraz wszystko miało być bardziej, okazalej, mocniej. Więcej srebra, więcej złota, więcej przepychu. Cały ten rozgardiasz przysłonił widmo ponurej wieszczby Urd, przepowiedni, która stała się przecież przyczynkiem do odnowy obrzędów. To było prawie trzy lata temu. Jak ten czas szybko upływa. A przecież ten czas to nasze życie...

Kilka dni przed wyjazdem zaniemogłam. Obudził mnie w nocy ból brzucha tak silny, że trudno było wziąć oddech. Rano przeszło mi trochę, ale gdy wstałam, zakręciło mi się w głowie i upadłam. Regin zakrzyknął po Helę. Dała mi jakiś ziół, po których spałam i spałam. Ale po przebudzeniu niewiele było mi lepiej. Co się ze mną działo? Drugiego dnia stało się jasnym, że nigdzie nie pojadę. Nie mogłam przejść kilku kroków, a co dopiero wybrać się w podróż. Regin chodził po izbie długimi krokami. Chciał wyjazd odwoływać. Ale na tyle byłam przytomna, by mu to wyperswadować. Nie może nie jechać. Musi tam być. Niech zabiera Gudrunn, młodą drużynę, swoich ludzi i jedzie. Więc pojechali. Cisza, jaka zapanowała we dworze, działała na mnie kojąco. Hela poiła mnie czymś co chwilę. Spałam. Trzeciego albo czwartego dnia zaczęłam krwawić. Krew sączyła się ze mnie lepka i ciemna. Wypływając, zabierała powoli ból z mojego brzucha. Po dwóch kolejnych dniach mogłam przejść parę kroków bez zawrotów głowy. Hela wypytywała:

— Czy to zwykła pora na twoje krwawienie?

— Powinno być na nowiu.

— To prawie o czasie... Pewnie przemęczenie tymi przygotowaniami doprowadziło cię do niemocy... nie widzę innej przyczyny. Wracasz do sił.

— Helu, jakie przemęczenie? Nic takiego się nie działo, nic więcej niż zwykle...

— Ale lat przybywa, Sigrun. Jesteś wciąż młoda, ale lat przybywa... Kobiety w pewnym wieku przestają krwawić regularnie, a z czasem nie krwawią wcale. To jest jeszcze przed tobą, jeszcze nie teraz...

— A kiedy?

— Dokładnie nie wiadomo. Matka ci nie mówiła?

— Nie. Matka nie rozmawiała ze mną o takich rzeczach. Może nie zdążyła?

— Pewnie tak. Ale dała ci mnie, więc myślała, że ja zadbam o twoje zdrowie.

— Ale Helu, takie coś zdarzyło się pierwszy raz, to chyba nie powód do zmartwień!

— Nie, nie powód. Daj mi znać, jak będziesz się gorzej czuła, będziemy radzić. A tymczasem wypoczywaj i pij to, co przyniosłam.

— Piję, piję. Nie bój się o mnie.

Wracałam do sił szybko, tak szybko, że żałowałam, iż nie jestem w Lade, z Reginem, z dziećmi, ze wszystkimi. Czekanie na nich wypełniało mi dni, Bodvar robił wszystko, abym ja nie robiła nic.

Gdy wrócili, radosny zgiełk napełnił Namsen. Regin wpatrywał się we mnie czule i z troską, wyszukując w mej twarzy śladów choroby. Nie znalazł ich, ale dla pewności rozmawiał z Helą na stronie. Dopiero gdy ona zapewniła go, że ze mną wszystko w porządku, nastał gwar powitania. Postawił przede mną pokaźny kufer.

— Nie mogłem się zdecydować, co ci kupić. Więc brałem wszystko, co mi się spodobało! Gudrunn mi pomagała. I Bjorn.

Rzeczywiście brał wszystko! Czego tam nie było, znalazło się w drugim kufrze. Jeden nie pomieścił! Cieniutkie płótna, białe i barwione niebiesko, zielono, żółto. Czerwona miękka wełna. Buty wyszywane paciorkami, narzutka ze złotych lisów. Rękawiczki z jasnej i ciemnej skóry. Oczy mi się śmiały do wszystkiego, a w duszy żal i smutek, że mnie tam nie było, że ominęła mnie wesołość jarmarku. Wieczorem, gdy zostaliśmy sami, postawił na łożu jeszcze jedną skrzyneczkę, niewielką, ale za to okuwaną srebrem. Sama w sobie wyglądała jak klejnot.

— Otwórz, Sigrun.

To nie był naszyjnik, to nie były pierścionki ani bransolety, ani brosze. Wewnątrz, na kawałku przetykanej złota nicią materii był róg. Maleńki róg do picia. Aż westchnęłam. Wiły się na nim pędy kwiatów, oplatały go łodygi tak misternie splecione, że niemożliwym się zdawało, iż to ręka człowieka wyryła. Miał srebrne okucia i delikatny łańcuszek przy nich.

— Obejrzyj go z bliska, kochana...

Wzięłam go do ręki ostrożnie, wydawał się tak delikatny w gęstwinie zdobień, tak kruchy. Był mocno wygięty w łuk, co specjalnie podkreślało okucie u dołu. A kończyło się tam maleńką głową smoka, który nie miał jednak rozwartej paszczy, jak to zwykle bywało. Zrazu jego kształt wydał mi się bliski, przypominał Reginowego smoka, znak rodu, ale gdy obróciłam róg w palcach i zerknęłam z drugiej strony... Zaczerwieniłam się nagle, jak dziewczynka! Smok od jednej strony był smokiem, rzeczywiście podobnym do tego, którego nosi Regin na tarczy, ale od drugiej... od drugiej był męskim członkiem! Spojrzałam na Regina. Uniósł brwi, oczy miał rozbawione.

— Szukaj dalej, Sigrun...

Jest. Między wijące się linie łodyg wplecione było jego imię, runami ryte. A idąc dalej, za liściem i maleńką sylwetką ptaka moje imię oplatało róg, łącząc się z imieniem Regina ostatnią, wspólną literą. „ReginurgiS". Z S rozpoczynającego moje imię wyrastała łodyżka, a na niej otwarty kielich kwiatu, który rozchylał płatki szeroko, jakby to były... ależ tak, to było to, o czym pomyślałam!... płatki otwierały się wokół cieniutkim srebrem okutego brzegu rogu, otwartego niczym łono! Z boku więc, mocno wygięty róg wyglądał jak smok wyciągający głowę, by chwycić własny ogon, ogon, który był zarazem kielichem rogu. Było to porywające i piękne. Smok uchwycony w ruchu. Ale z drugiej strony, smok zamieniał się w męski członek w napięciu wyprężający się, by wejść pochwy! A wszystko niewiele większe od dłoni! Gdzie jest rzemieślnik posiadający dar takiego opowiadania przedmiotem! I nasze imiona splecione, połączone jedną, ostatnią literą!

— Reginie!…

— Co, kochana?…

— Zaskakujesz mnie! Nie wiem, nie wiem, co powiedzieć! To jest tak piękne, że przestaje się wstydzić, kiedy na to patrzę…

— Napijemy się z niego? Przywiozłem specjalne wino, słodkie jak miód i jak miód złote…

— Złote wino? Nigdy nie piłam takiego! Nawet nie wiedziałam, że może być wino inne niż czerwone…

— Zobacz, że nie kłamię…

Nalewał ostrożnie, rzeczywiście trunek był jasny, złotawy. Podał mi róg. Z lekkim drżeniem dotknęłam ustami otwartego kielicha. Pachniało. Było słodkie. Niebiańsko słodkie. Piliśmy, nie spuszczając z siebie oczu. Kochaliśmy się, nie spuszczając wzroku ze swych ust. Jakbyśmy wciąż pili z tego niezwykłego rogu. Rogu, który stał się miłosnym przedstawieniem, naczyniem wyobrażającym nas samych, sploty łodyg, niczym rąk i nóg, ptaka schowanego gdzieś pomiędzy nimi, którego kwilenie wydobywało się z mojej piersi, a łopot zrywających się do lotu skrzydeł zdawał się odbijać w pulsowaniu serca Regina, gdy pochylał się nade mną, gdy pił pot słodki jak to zamorskie wino z załomu mojej szyi. Czy można lepiej wyobrazić tę miłość? Lepiej ją oddać niż przez róg, kielich, który napełnia się za każdym razem, gdy zbliżamy się do siebie? Ostatnią z przytomnych myśli, jakie przeszły mi przez głowę, była ta, że żaden rzemieślnik nie zdołałby zrobić tego rogu podczas zjazdu w Lade, że Regin musiał zamówić go dużo wcześniej, wiedząc, iż będziemy tam razem. Potem zasnęłam.

Jakże dziwnym zdawało się to wszystko rano, gdy w świetle wpadającym przez dymnik Regin zamykał róg w skrzyneczce. Jakże ta noc i czar złotego wina zdawał się odległym, nierealnie rozmytym. Smok kładł się spać na złotem przetykanej materii. Ostatnia, zagubiona kropla wina kapnęła na nią i rozpłynęła się na jego posłaniu.

— Może to wino było zaczarowane? — on powiedział, a ja pomyślałam.

— Może. Dużo go przywiozłeś?

— Tylko dwa dzbany. Więcej nie było. To jakaś cenna odmiana, rzadko ją przywożą.

— To będziemy raczyli się nią oszczędnie.

— Na razie tak, ale będę go szukał w każdym porcie. Przywiozę tyle, żebyśmy mogli pić je bez końca.

— Jesteś szalony. Więc kocham cię szalenie.

Dzień wciąż jednak niósł w sobie jakiś blask tej nocy. Wraz z ich przyjazdem z Lade w Namsen wdarł się świat nowy, inaczej pachnący. Wszystkie drzwi pootwierane, wnoszenie kufrów, rżenie koni, zgiełk między domami, Gudrunn w nowych sukniach, przywiezionych stamtąd. Moja i jednocześnie obca. Vandil odmieniony, to milczący, to znów gadający bez przerwy. Bjorn i Ragnar wyciszeni, a znowu Asgrim i Yngwe pełni werwy. Wnoszenie skrzyń, wypakowywanie, wynoszenie starych rzeczy. Co chwile któreś z dzieci przybiegało, żeby mi coś pokazać, psy szczekające na każdego. W tym zamieszaniu nikt ich nie nakarmił. Wesołość, tak, wesołość, ale jakaś nieswoja. Dlaczego mam wrażenie, że jest coś, o czym celowo nie mówią? Że z czymś mnie omijają? Nie umiem tego nazwać, więc zaczynam się martwić.

— Halderd była? — pytam Orma w przelocie.

— Była.

Orm powiedział to twardo, patrzył na mnie, ale nie w oczy.

— Gudrunn, co najbardziej ci się podobało w Lade?

— Nowy koń Bjorna.

— Nowy koń? Bjorn ma nowego konia?

— Tak. Ojciec mu kupił.

— Ragnar też ma nowego, ale Bjorna ładniejszy, najładniejszy, Ragnarowi matka kupiła! I siodła dostali nowe, ale Asgrim i Yngwe nie dostali koni, tylko kolczugi, też im matka dała! — Vandil wdarł się między nas ze swoim szczebiotem.

— Gudrunn, opowiedz mi wszystko, natychmiast!

— Co tu mówić. Obrzędów nie widziałam, bo kobiet nie dopuszczają. Dla kobiet i dzieci były osobne, ale to nic ważnego, pojadanie placków i picie słodu, co mi po tym. Ojciec kazał mi pójść, więc poszłam, ale wcale mnie to nie interesowało. A o tym, co było na prawdziwych obrzędach, nikt mi nic nie powiedział. Pytałam Bjorna, to mnie zbył. A Vandil nic nie widział, bo stał daleko przed świątynią. Nie wiem, po co mnie tam zabrali. Ojciec nie miał dla mnie czasu, żona Orma biegała od kramu do kramu, mnie to nie ciekawiło.

— Ale suknie masz piękne.

— Ojciec mi wybrał. Jedyne, co było ciekawe, to targ koński. Każdy siedział ze swoją drużyną, my z ojcem najbliżej tego Hakona, prowadzali przed nami konie i się wybierało. A konie piękne. Ale nie można ich było ani poklepać, ani dotykać, dopiero potem, jak już się kupiło.

Przyjrzałam się jej. Cała była napięta. Posłałam Vandila po wodę.

— Co ci jest córeczko? Co się stało?

— Nic…

— Rozumiem. A co się nie stało?

— Wszystko! Myślałam, że będziemy razem, Bjorn, ja, ojciec, a tak nie było! Po co ja tam w ogóle jechałam! Ten cały jarmark to nic takiego, tyle ludzi, mało mnie nie zadeptali! Mamo…

Płakała nierówno, gdy mocniej ją przytuliłam, rozszlochała się na dobre.

— Była taka uczta, dla wszystkich, u Hakona. Jarlowie przedstawiali rodziny, żony, dzieci. I jak były córki, to trzeba było wyjść przed wszystkich i przejść przed ławami!… ja nie chciałam wyjść, nie wiedziałam, że coś takiego będzie, ojciec kupił mi te suknie, kazał się ubrać, ale nie powiedział, że będzie takie coś, takie wychodzenie, takie okropne, jak, jak... jak na jarmarku koni!...

— Wyszłaś?

— Nie. Nie wyszłam. Ojciec się chyba zdenerwował, ale potem, jak zaczęłam płakać, już mi nie kazał wychodzić, tylko...

— Tylko co?

— Tylko jak przyszła moja kolej, uniósł mnie do góry i postawił na ławie, i coś tam powiedział, ale ja nie wiem co, bo płakałam...

— A teraz czemu płaczesz?

— Bo potem ojciec nic do mnie nie mówił... i w ogóle nie miał czasu dla mnie, i myślę, że się bardzo gniewa!...

— Myślę, Gudrunn, że się nie gniewa, ale pomówię z nim o tym po wieczerzy. Jutro ci powiem, dobrze? A teraz wytrzyj buzię i niczym się nie martw. Dobrze?

— Dobrze. Mogę iść do Heli?

— Możesz. Bardzo jej ciebie brakowało.

Dlaczego wczorajszej nocy Regin nic mi nie powiedział? Z opowieści Gudrunn i Vandila wyłaniał się obraz tylko po części zrozumiały i jednak dość niepokojący. Nie chciałam już zaciemniać myśli, więc z nikim więcej nie mówiłam. Czekałam wieczoru, choć psuła mi plany uczta, kto wie, jak się skończy, czy Regin będzie chciał jeszcze mówić. Ale przynajmniej w czasie biesiady ogłosi to, co powinni znać wszyscy. Dobre choć tyle na początek. Do stołu zasiedli wyłącznie drużynnicy z żonami i co znaczniejsi mieszkańcy Namsen. Młodzi nie byli proszeni. Orm, na życzenie Regina, odprawił także nauczyciela Vandila. Mój mąż przemówił po pierwszym toaście:

— Pamiętacie przepowiednię Urd, która kazała nam świątynie okadzać i czcić bogów lepiej, niż to ostatnimi czasy było czynione. Decyzją ośmiu Panów Północy, pod przewodnictwem Hakona z Lade, odnowiliśmy obrządki ku czci Odyna. W świątyni stare zostały jedynie ściany, tak wielkie bogactwo ku czci Jednookiego złożono. Rytuały odprawiliśmy ze wszelka starannością, piliśmy przez ogień za Najwyższego, za Thora, za Njorda, za Freyja. Piliśmy puchar wspomnień za wszystkich tych, którzy polegli w sławie i chwale. Z całą radą ustaliliśmy, że póki żyje Hakon, on jeden będzie przewodniczył obrzędom, gdyby zaś nie mógł sprawować ich osobiście, wyznaczy następcę, na każdy rok innego. Aż do kolejnego święta mnie przypadł w udziale ten zaszczyt. Przyrzekliśmy też w imieniu własnym i swoich ludzi, że czcić będziemy bogów na co dzień, nie jedynie z okazji świąt. Że przywracamy pamięć dawnych, najszlachetniejszych praw, tych zaś szczególnie, które się z poszanowaniem wiary i tradycji łączą. Wszelkie odstępstwa od tradycji będą surowo potępiane i osądzane przed wszystkimi na thingu. Nie będzie miał poważania ten, który goniąc za nowinkami albo własną wygodą, zacznie upraszczać prawo albo nie będzie go wypełniał z należytą powagą. Czas pokoju nie może stać się dla mężów powodem do gnuśnienia. Nie dopuszczamy też myśli o walkach o władzę. O wszystkim w kraju decyduje rada. Odyn przyjął nasze dary, ale, co ważne, przyjął je dopiero po powtórzeniu obietnic. To znak, że nikomu nie wolno się z nich wycofać, że najdrobniejsze zaniechanie będzie traktowane jak zdrada. Wypijmy.

Wszyscy w ciszy przechylili kielichy, a Regin puścił swój róg między drużynników. Wstał Bodvar.

— Co zatem zarządzasz dla nas?

— W najbliższą pełnię odnowimy przysięgę wierności. Najpierw ofiary na kopcach przodków, potem przyjmę przysięgi od swoich drużynników. Kto czuje, że przysiąg mógłby nie dotrzymać, niech do nich nie staje. Pozwolę odejść. Każdy przysięgać będzie w imieniu całej swojej rodziny. Miejcie to na uwadze. Przyrzekając mi wierność, będziecie gwarantowali ją moim następcom. Już dzisiaj ogłaszam, że będzie nim mój syn, Bjorn, ale gdybym nie dożył jego piętnastych urodzin, moim następcą ma być Orm aż do czasu uzyskania tego wieku przez mojego syna. Jeżeli Odyn podaruje nam wojnę i pozwoli mi zginąć w walce, moje ciało ma być przywiezione do Namsen i tu z wszystkimi honorami spalone. Z wszystkim, jak to było za czasów moich dziadów, a nie w uproszczonym obrządku. Moja żona, mój syn i Orm będą wtajemniczeni we wszystko. Każdemu z moich przybocznych przysługuje takie samo prawo do wystawnego pogrzebu, z mojego skarbca opłacam wszystkie koszty. Jeśliby z jakichś przyczyn nie można było ciała przywieźć, kamienie będziemy stawiać. Bodvarowi dożywotnio wyznaczam zaszczyt zarządzania grodem. Po nim jego synowi Thorirowi. Wszystko więc zostaje jak dawniej.

— Tylko bardziej! — zakrzyknął Orm, a za nim wstali pozostali drużynnicy.

— Sława Reginowi!

— Sława!

Czy Regin poważnie myślał, iż któryś z nich mógłby go odstąpić? Właściwie nic się nie zmieniło, właściwie nic nowego, a jednak w tym przestrzeganiu prawa była jakaś powaga i trwoga.

Kochany, co tak naprawdę zdarzyło się w Lade? — zapytałam, gdy siedział przy mnie w łożu, ubrany tylko w srebro.

— Odyn nie przyjął naszych ofiar.

— Co mówisz???

— Tak było, Sigrun. Pierwszego dnia Odyn odtrącił ofiary. Wiedzą o tym tylko ci, którzy byli w świątyni, tylko nas ośmiu. Czułem, że coś będzie nie tak, jak tylko zjechałem do Lade. Za dużo ludzi, za dużo szumu, przechwalanie się, co kto przywiózł do świątyni, targowisko próżności. No i tak się stało. Powiedziałem jarlom, co myślę, powtórzyłem im słowa Urd. Podwoiliśmy ofiary z krwi. Każdy musiał spojrzeć na siebie, domyślasz się, jak było — do zarznięcia każdy dał szkapę, nie konia. Tu złoto i srebro dla Odyna, a zwierzaki — chudziny, ledwie co nogami wlokące. Pierwszy zreflektował się Hakon, wziął winę na siebie i oddał swoją klacz, najpiękniejszą w stajni. To zrobiło wrażenie. Inni poszli za jego przykładem.

— Ty nie.

— Skąd wiesz?

— Dzieci powiedziały, że to Bjorn ma nowego konia.

— Jesteś doskonała. Tak, kupiłem mu nowego ogiera, a tego, na którym przyjechał, oddałem na ofiarę. Pomyślałem, że Odyn zobaczy naszego syna we właściwej chwili, kiedy doceni doskonałość wierzchowca, którego mu podaruję.

— Słusznie, kochany.

— Wśród drużyn zgromadzonych wokół świątyni zapanowało zamieszanie, gdy ludzie zobaczyli, że każdy z nas osobiście konia prowadzi. Gdy godi zarzynał je kolejno, naszego zaraz za Hakonową klaczą, gdy powietrze wypełnił kwik zwierząt i woń krwi, czuliśmy, że wola Odyna się odwróci. A gdy skończył ze zwierzętami, okazało się, że przed świątynia leży dziewięć, nie osiem łbów.

— Halderd?

— Tak. Dała konia Ragnara i nikt nie wie, kiedy to się stało. Było zamieszanie, zapanowała jakaś gorączka, zwierzęta czuły krew, a wszystko to najwyższej rasy konie, naprawdę godne boga, wierzgały, rżały, zrywały uzdy. Sługa Halderd podprowadził tego konia, nikt nie zwrócił uwagi. Dopiero potem. Ale i tak przyjęto to dobrze. Halderd jako kobieta nie wchodzi w skład rady, w jej imieniu występuje dowódca Ynge, ale poza tym prawa ma te same.

— Czyli ze strony Halderd poszły dwa konie na ofiarę?

— Tak się stało.

— Nie odwrócisz. A dalej?

— Później weszliśmy do świątyni, przepiliśmy krew i Odyn wziął od nas dary, a z nimi przysięgę. Mięsa na ucztę ofiarną było tyle, że wszyscy drużynnicy jedli, więcej niż dwie setki ludzi. Potem postanowiliśmy z radą to, co powiedziałem. Widać wola Odyna jest taka, że będzie nam wyjątkowo na ręce patrzył.

— Nie spotkało się ze złym spojrzeniem innych, że Hakon ciebie wyznaczył?

— Nie. Dzisiaj jest tak, że żaden z nich przeciwko mnie nie stanie. Ale muszę uważać, by Hakon za bardzo się mną nie zasłaniał. On dzisiaj nas potrzebuje bardziej niż my jego. Dlatego nie swojego syna Eryka naznaczył zastępcą, a mnie.

— Tak, ale to tylko zastępstwo, nie następstwo.

— Właśnie. Ale ja już pokazałem wszystkim swojego następcę. Synowie innych jarlów są w większości starsi od Bjorna, to dobrze, nasz syn ma więcej czasu niż inni, by się wykazać. A Hakon jest jeszcze bardzo mocny. Przysiągł nam więcej po dziewki nie sięgać, przynajmniej te, za które mogłaby go ścigać słuszna pomsta. Ale kto wie, czy słowa dotrzyma. Czas pokaże. Halderd, jak widzisz, odkryła swe plany — Ragnara chce wysunąć naprzeciw braci i to mnie nie dziwi.

— Dlaczego, przecież jest najmłodszy.

— Właśnie dlatego. A poza tym jest z nich najlepszy. Długo się uczył, przez pierwsze lata najtrudniej mi z nim szło. Ale dzisiaj jest niedościgniony, równać się z nim może tylko Bjorn.

— Dlaczego zrobiła to już teraz?

— Nie wiem. Moim zdaniem też za prędko pokazała, o czym myśli. Ale może być tak, że zadziałała bez namysłu, wiesz, sprawy toczyły się bardzo szybko. A może poczuła, że to najlepszy moment na zwrócenie uwagi na syna, kto wie, kiedy znów się spotkamy w tak szerokim gronie.

— Tak myślę. To o to chodziło. A Bjorn i Ragnar? Nie poróżniła ich ta sprawa?

— Nie. Chyba nie.

— A Asgrim i Yngwe? Nie czuli się przez matkę odsunięci?

— Nie. Nie wiedzą, co się naprawdę dzieje. Halderd kupiła im najlepsze kolczugi, jakie można było znaleźć w Lade. Zajęli się podarkami, chyba nawet poczuli się lepsi, wyróżnieni.

— Dobrze, a powiedz mi, co to za sprawa z Gudrunn?

— Ach, mała się skarżyła?

— Nie, nie skarżyła się. Wyciągałam z niej, co się stało.

— Nic się nie stało. Zapomniałem jej powiedzieć, że na dużej uczcie będziemy przedstawiać rodziny. Nie pomyślałem, że tak zareaguje. Płakała i nie zgodziła się wyjść, więc ją podniosłem na ławę. Ot, i cała sprawa.

— Nie pamięta, co o niej powiedziałeś. Boi się, że masz do niej żal, że nie wyszła.

— Powiedziałem: moja córka Gudrunn, dziewczyna piękna we łzach.

— Pięknie… Nie wiedziałam, że znasz tę pieśń.

— Znam.

— Przedstawiłeś ją jak Freyję.

— Tak. Ale też pokazała, że ma upartą naturę, wolę nie do złamania!

— To cię bawi, bo nie wiesz, jak twoja córka się poczuła!

— Jak?

— Powiedziała, że to było jak jarmark koni!

— Naprawdę? No, to tym bardziej ją kocham. Ma charakterek!

— Powiedz jej to.

— Co?

— Że się nie gniewasz. Ona cierpi, że cię uraziła.

— Dobrze, powiem jej jutro.

— Smutno i strasznie mi się zrobiło, jak mówiłeś o swojej śmierci. Nawet nie chcę o tym myśleć.

— Wiem, Sigrun, ale musimy o tym myśleć. To się kiedyś stanie. Trzeba Lubow przywrócić do domu, nie może się gdzieś po kątach poniewierać.

— O co ci chodzi?

— O stos, kochanie.

— Przestań, nawet nie chcę myśleć!

— Dobrze, więc posłuchaj, raz to powiem i nie będziemy nigdy wracali do sprawy: Lubow trzeba wziąć do domu. Jak przyjdzie czas, ona wejdzie na mój stos. Nie może więc byle gdzie się plątać, bo by znaczyło, że kogoś bez wartości zabieram na tamten świat. A ma być, jak trzeba. Jeszcze ci później powiem, co i jak z pozostałymi sprawami, ale ta dzisiaj najważniejsza.

— Reginie, jeśli przyjdzie ten moment, ja chciałabym z tobą odejść.

— Kochanie, ja też nie chcę się z tobą rozdzielać. Ale tak być nie może, życia ci nie zabiorę, potrzebować cię będą nasze dzieci. I ich dzieci. I nie mówmy już o tym. Może Norny inaczej planują i Lubow zdąży się zestarzeć, będę musiał nowej niewolnicy szukać, zanim nastanie ten czas? Kto wie? Dzisiaj musiałem to wszystko powiedzieć, bo tak ustaliliśmy i tak wynikło z obrządku Odyna.

— To jednak zatrważające, ta chwila, kiedy bóg odmawia przyjęcia ofiar.

— Poczułem, się jakby mi ktoś w twarz dał. Ale Odyn nie raz w życiu mnie zaskoczył. Bóg widzi jednak wszystko, choć Jednooki. Ale wiesz, może gorzej bym się poczuł, jakby przyjął od razu. To by znaczyło, że co? Że nie poznał się na tej powierzchowności? Hakon kazał zrobić wielki pierścień w złocie i zawiesił go na drzwiach do świątyni. Musiałabyś go widzieć: był dumny z siebie, wszystkim naokoło pokazywał, jaki ciężki, ile go to kosztowało, taki dar! Panisko! A na szyi, wierz mi, łańcuch miał pewnie dwakroć znaczniejszy niż ten pierścień, bo u niego kark gruby! Ale też Hakon potem szybko zareagował, zawsze mówię, że to człowiek stworzony do trudnych sytuacji. Pierwszy zakrzyknął, że swoją złotą klacz oddaje. A to było zwierzę! Piękniejszego trudno szukać!

— Poszło pod nóż…

— Nie żal, kiedy sprawa słuszna. Zresztą to wszystko przez ciebie.

— Co mówisz, co przeze mnie?

— A kto od Urd przepowiednię przyniósł, kto mi głowę suszył? Kto?

— Uhmm…

— No widzisz! Przez ciebie całe to zamieszanie! I jeszcze cię ze mną nie było!

— I tak nie byłabym z tobą, tylko obok ciebie. Do świątyni Odyna byś mnie nie wziął.

— Ale mógłbym się tobą chwalić, a tak, wszyscy pytali, gdzie ta słynna z urody żona jarla Regina…

— Akurat! Zmyślasz.

— Nie zmyślam, zapytaj Orma.

— Nie zapytam!

— To pocałuj!

— Pocałuję!

— Wyjmujemy róg? Napijesz się?

— Napiję. Ale jeśli będziemy pić co noc, szybko będziesz musiał po nowe wino popłynąć.

— To popłynę.

— Właśnie, a jak łódź? Ta nowa, szybsza, piękniejsza…

— Och, łódź jest doskonała! To za krótka droga była i tylko wzdłuż wybrzeży, ale korci mnie już, żeby nią na morze ruszyć! Piękne naczynko!

— To dlatego mnie do picia namawiasz? Żeby mieć powód do wyprawy?

— Przejrzałaś mnie!

Piliśmy ze swojego rogu, z rożka obfitości i miłości, kochając się radośnie. Wzruszał mnie i podniecał jednocześnie ten kunsztowny klejnocik, stworzony dla nas tylko i ukazujący dwie strony, dwa oblicza miłości. Od chwili gdy go przywiózł, wystarczyło, że powiedział do mnie: „napijemy się", a napełniałam się dla niego sokami. Nawet gdy to było wśród ludzi, w halli, w rozgardiaszu. Ciało odpowiadało na tę ukrytą przed innymi zaczepkę. Myślałam, że tylko moje, aż do chwili gdy wczoraj spytał tak, mrużąc oczy. Ja wzroku nie spuściłam i choć wokół nas biegała Gudrunn z Vandilem, odpowiedziałam: „tak, teraz". Lecz po chwili ledwie dzieci bawiące się między nami w chowanego zakręciły mną. Tracąc równowagę, poleciałam lekko na niego i złapałam się kraju jego kaftana. Dłoń trafiła na twardość pod nim ukrytą. Więc nie tylko ja jestem gotowa do picia, ale i on do pojenia. Pojęłam siłę wzajemności ukrytą w miłosnym rogu.

Latem przybyli posłańcy od Hakona z wieściami dziwnymi — jarl Trondelagu prosił, żeby przyspieszyć wyprawę po trybut do Laponii i nie zimą, ale jesienią wyjść. Byłam zaskoczona, lecz Regin wyjaśnił, że się tego spodziewał.

— Braliśmy to pod uwagę w rozmowach z Hakonem, takich w cztery oczy. Zimą się nas spodziewają, jesienią nie.

— Dlaczego?

— Bo jak idziesz tam zimą, bierzesz sanie, wszystko jest skute lodem. A jesienią wyruszysz i nie wiesz, kiedy wrócisz, trzeba brać ze sobą dwa razy tyle sprzętu, mieć gotowość, że w każdej chwili cię przymrozki zastaną albo zasypią śniegi. Dlatego na Północ się rusza albo późną wiosną, żeby wyprawę odbyć latem, albo zimą, która wcale nie jest gorsza, tyle że zimna.

— Tyle że zimna! Też żart!

— Nie, to nie żarty! Osławione śniegi Północy — to nie jest takie przerażające w praktyce jak w pieśniach. Narty, sanie — jest czasami dużo wygodniej niż latem. A my tutaj do ciężkich zim jesteśmy nawykli.

— Dlaczego mówisz o rozmowach w cztery oczy? Hakon komuś nie ufa?

— Wszystko ze mnie wyciągniesz, kobieto!

— Nie wyciągam, tylko kojarzę fakty. Jeśli pójdziecie jesienią, nie będziesz na zimowym święcie w Lade. A skoro Hakon wyznaczył cię swoim zastępcą na ten rok, to...

— To nikt nie będzie podejrzewał, że odpuszczę taką okazję.

— No właśnie. Hakona rozboli brzuch albo i złamie rękę i kto obrządki odprawi?

— Nie kracz, Sigrun. Hakon na głowie stanie, a odprawi. A w razie czego Eryk, jego syn. Ja swojego zabiorę ze sobą.

— To komu nie ufacie?

— Torfin z Orkadów.

— Torfin?

— Tak. On sam interesy z Lapończykami robi. Trybut mu psuje rynek. Właściwie nic złego nie robi, wolno mu. Ale kto wie, czy nie idzie za tym coś więcej. Jak pojadę jesienią, okaże się.

— Ale musisz posłać do Halderd. Bierzesz jej synów.

— Nie muszę. Mówiłem z nią w Lade i mam jej zgodę bez względu na czas wyjazdu. Dowie się, jak wrócimy.

— Czy to bardziej niebezpieczne niż ostatnim razem?

— Nie bardziej niż zwykle.

— Nie spodziewałam się, że coś innego mi powiesz.

Przygotowania zaczęli od razu. Patrzyłam, jak Bjorn konia sposobi i serce mi drgało. Posyłał mi z daleka pozdrowienia, widziałam, że oczy mu lśnią. Jego nowy koń był czarny jak smoła, całkiem jak tamten, którego zabił w Vira cztery lata temu. Na tamtego wołał Torrada, tego nazwał Storrada*. Gudrunn w dzień ich wyjazdu przyniosła od Heli małe pojemniki z ziołami i maścią. Dała je Bjornowi. Patrzyłam, jak żegna brata. Nie płakała, nie rozpaczała. Dała mu zioła, przytuliła się całym drobnym ciałkiem i uściskała go mocno. Bardzo jest dzielna. Mnie się serce rwało. Ale nie mogłam się gorzej zachować niż ona. Najbardziej Vandil rozpaczał, był za mały, by brać go na taką wyprawę. Oto jest ten dzień. Oto pierwsza wyprawa mojego syna. Spełniło się. Pojechali.

Stałyśmy z Gudrunn w bramie Namsen długo, nie było ich już widać. Vandil uciekł od nas, by wypłakać swą złość gdzieś na stronie albo zbić jakiegoś psa, albo choćby kamień. Potem wolno szłyśmy za rękę w stronę dworu. W głowie miałam obrazy pierwszych wypraw Regina, gdy zasypiał po zbyt gorącej nocy i potem ubierał się w pośpiechu, całując mnie między koszulą a pasem, spóźniony. Jak wszystko się zmienia. Teraz nie jego jednego żegnałam tylko obu, męża i syna. I nie sama, bo z Gudrunn, ręka w rękę. Spojrzałam na jasnowłosą dziewczynkę przy boku. Sięgała mi do ramienia. Zaczęła właśnie dwunastą jesień swego życia. Była taka niezwykła! Potrafiłam całe dnie jej nie widzieć i nigdy się o nią nie bałam. Gdy się śmiała, dzwoniły srebrne dzwoneczki, ale robiła to rzadko. Zwykle była poważna. Może zbyt samotna? Gdy Bjorn przeszedł do drużyny, zamknęła się w sobie. Odkąd Hela wzięła ją do ziół, znów odżyła. Miała coś, dla czego chciało jej się wstawać o świcie. Co ja o niej wiem? O tej małej osóbce, która tak krótko była dzieckiem? Wiem, że jest prześliczna, mogłabym godzinami patrzeć w jej przejrzyste oczy. I wiem, że potrafi zamknąć się przed światem jak nikt inny. Może za mało dałam jej miłości? Spojrzałam na nią teraz. Podniosła głowę, mrużąc oczy — słońce ją raziło.

---

* Hardy.

— Kocham cię, mamo. Nie martw się. Wrócą wszyscy.

— Skąd to wiesz?

— Stąd — dotknęła czoła. — Nie martw się, mamo.

Pocałowałam jasną główkę i każda z nas poszła w swoją stronę. Ona do Heli, ja do dworu.

Od powrotu Regina z Lade i potem jeszcze, od dnia odnowienia przysięgi w obecności całego Namsen na kopcach jego dziadów życie w grodzie jakby się zmieniło. Nie, nic właściwie się nie zdarzyło, ale jednocześnie wszystko stało się, jak powiedział Orm — „bardziej". I właśnie teraz, gdy Regin z drużyną wyszedł z grodu, czułam to namacalnie. Poprzednimi razy ludzie co dnia przychodzili do mnie z najróżniejszymi sprawami: a to w młynie mąka niedoważona, a to stada wracają mniejsze, niż wyszły, a to ktoś uwarzył piwo gorzkie i za cienkie, same skargi. Bodvar nie raz, wiem o tym od Heli, w ogóle ich do mnie nie dopuszczał, sam rozstrzygał te spory. Ale i tak miałam wrażenie, że są jak dzieci skarżące się matce, że brat im popsuł zabawki. Jakby sami nie byli w stanie załatwiać tych błahostek. Najgorsza zaś była wzbierająca w nich fala pretensji o wszystko. I trwało to zwykle od jesieni, przez całą zimę, do wiosny. Gdy dni przestawały być czarne i szare, gdy noce skracały się, ludzie jakby brali się w garść. Mieliśmy nawet z Bodvarem takie swoje powiedzenie, gdy patrzyliśmy na przychodzących pod dwór — „słońca im trzeba" — mawialiśmy czasem niemal jednocześnie. Ale teraz było inaczej. Regin i zbrojni wyjechali, dnia ubywało, a ludzie radzili sobie sami. Nie słyszałam wiecznych utyskiwań. Czyżby naprawdę odnowienie obrzędów przyniosło takie skutki?

— Boją się, odkąd Regin powiedział, że Odyn patrzy im na ręce.

— Może wcześniej myśleli, że Jednooki patrzy na ręce tylko jarlom. A teraz zrozumieli, że patrzy wszystkim.

— Ja myślę, Sigrun, że największe wrażenie zrobiła na nich wiadomość, że Odyn może ofiar nie przyjąć. Że do tej pory traktowali to jak targ — ja tobie, ty mnie — i po sprawie.

— Pamiętasz, jak Urd powiedziała, że bogom z brudnej misy nie smakuje?
— Tak, ale wtedy nauczki starczyło na krótko.
— Ale teraz Regin, każąc stanąć do przysięgi, każdego z nich zobowiązał po imieniu, osobiście.
— Dobrze zrobił. Nawet jeśli co innego miał na myśli.
— Wiem, mój mąż w pierwszym rzędzie ma na uwadze drużynę.
— A ty i ja patrzymy na to od strony grodu.

Gdy zaczął zbliżać się czas długich nocy, jasnym się stało, że Regin nie wróci na Jul do domu. Martwiłam się. Bodvar mówił, że to było pewnym i powodem wcale nie musi być przedłużająca się sprawa z Lapończykami, ale to, iż Regin chce młodych wypróbować.
— Myślisz więc, że co miał załatwić, to zrobił, a teraz gania chłopców po wiecznych śniegach bez żadnego powodu?
— Jeśli ich, jak mówisz, gania, to znaczy, że ma powód.
— A co z trybutem? Przecież z ładunkiem im niewygodnie?
— Jak znam swego jarla, to zostawił go gdzieś, w pewnym miejscu.
— U Asolfra?
— Może.
— To poślijmy tam kogoś, dowiemy się, co się dzieje.
— Sigrun, gdyby Regin miał nam jakąś wiadomość do przekazania, zrobiłby to. Widać, nie uważa, iż to konieczne.

Wierzą w niego. Gdyby kiedyś okazało się, że Regin zrobił coś nieprzemyślanego, prędzej znajdą na to jakieś wytłumaczenie, niż przyznają mu brak intencji. A ja? Ja też nie wątpiłabym, gdybym miała pewność, że wiem wszystko. Ale nie mam. I tego nie umiem zrozumieć. Regin, najbliższy mi człowiek na świecie, który dzieli ze mną swoje ciało i duszę, ma jednak myśli, które zdradza dopiero, gdy zamieni je w czyn. Ale są kobiety, które wiedzą jeszcze mniej ode mnie. Fridgerd, żona Orma, nawet nie ma pojęcia, po co pojechali. Mam jej powiedzieć, skoro mąż jej nic nie rzekł? Hela zaś mówi, że wcale nie pyta swego męża o nic.

— Kiedyś pytałam o wszystko, gdzie idzie, po co, kiedy wróci. I wiesz, Sigrun, wcale nie wiedziałam więcej niż dzisiaj, kiedy nie zadaję żadnych pytań. Nawet lepiej nam teraz ze sobą. Zresztą teraz niewiele więcej mnie interesuje ponad moją pracę. Przyszłam cię pytać o zgodę, chciałabym nową suszarnię postawić. Nie mieszczę się już z ziołami w chałupie.

— Widziałam, że Gudrunn też naznosiła tego do swojej alkowy!

— A wiesz, że zrobiła dla całej drużyny maść specjalną, na okłady, jakby kto zatrutą strzałą dostał?

— Wiem, że zrobiła dla Bjorna, jemu dała jakieś pakunki.

— Ale jest tego tyle, że dla wszystkich starczy.

— Sama robiła?

— Pomagałam jej trochę. Ale maść zrobić trudno, to nie to samo co zwykły odwar. Bardzo z niej jestem zadowolona.

Patrzeć w niebo i czekać. W niebo czarne, ledwie w ciągu dnia rozjaśnione jakąś szarugą. Przy chybotliwym płomieniu lampy trudno, ale nie żałowałam oliwy i mozolnie wyszywałam koszulę dla Bjorna. Niech będzie najstrojniejsza. Nie za krótkie te rękawy? Nie, przecież miarę brałam. Niebieska jak niebo latem. A nici dobrałam czerwone. Będzie haftem oplatać jego szyję, nawet tam, gdzie zdobień nie widać. Mój syn zasługuje, by wszystko mieć doskonałe. Gdy brałam ją do wyszywania, zaplanowałam haft podwójnie opasujący wycięcie. Teraz robię już siódmy ścieg, a ich ciągle nie widać. Zacięłam się w tej robocie. Oczy łzawią od słabego światła, ale nie ustaję. Gdy jestem w połowie obwodu szyi, za każdym razem mam wiarę, że dzień, w którym połączę ściegi, będzie tym samym, gdy zabrzmi róg witający powracającą drużynę. Najgorzej jest zaczynać nowy obwód. Robię to, bo nie umiem przestać, ale w ustach czuję gorzki smak porażki, niespełnionej nadziei, oczekiwania bez końca. Dlatego pierwsze ściegi są takie ściągnięte, nawet nić nie chce się układać. Potem idzie coraz równiej, gdy dochodzę do wcięcia, mam w sobie samą wiarę. Zobacz, Sigrun, mówię do siebie, zobacz, już połowa drogi, już pewnie przeszli Roveste, skończysz, będą w domu. Potem jest takie miejsce, gdy widać już ostatnią prostą, wtedy zwykle zatrzymuję na dzień, dwa robotę. Boję się, że moja igła może szybsza niż konie. Staję, nadsłuchuję. Wszystko słyszę, tylko nie róg powitalny. Idę do Bodvara, ale on jest ostoją, a nie pociechą. Wracam, biorę się do wyszywania. Teraz robię najmisterniejsze szlaki, najwięcej ozdabiam, chcę dać im czas. Ostatnie ściegi drobię, dopieszczam. Domykam obwód. Na Bjorna koszuli zmieściło się ich dziewięć. Na Regina dwanaście i jeszcze rękawy. Gdy je kończyłam, weszła we mnie jakaś pasja, jakbym przestała pamiętać, że szyję, by nie myśleć. Chciałam wyhaftować i dół, ale brakło mi nici. Była już noc, przecież nie pójdę szwaczek budzić, rano, zrobię to rano.

A rano powieki otworzył mi dźwięk rogu. Czysty, mocny, głośny! Grają sygnał Regina! Witają jarla wstępującego w bramy! Ach, czary igły i nici, jakżeście skuteczne! Zbierałam się pospiesznie, czując, iż oczy mi łzawią i pewnie są czerwone! Jak ja się tak pokażę? Ach, co tam ja, ważne, że oni! Ważne, że są, że wrócili! Przeliczyłam, są wszyscy! Bjorn! Jak wydoroślał! To on? Schudł bardzo, ale i urósł! Pół roku ich nie było! Pół roku! Wychodzili wczesną jesienią, teraz prawie pełnia wiosny! Och, czy ta koszula będzie mu dobra? Przecież wydaje się taki duży! Wzrostem dorównuje Reginowi! Miły mój! Jest, już schodzi z konia, już mnie trzyma przy sobie! Kiedyś zwariuję od tego czekania! Huśtawka lęku i nadziei rozbije mi głowę! Nieważne wszystko, nieważne! Są! Ukochani!...

Uspokoiłam się dopiero po trzech dniach. Po raz pierwszy tak długo dochodziłam do siebie, ale też to była pierwsza wyprawa mojego syna! Sama nie wiedziałam, że tyle mnie to kosztuje, ogłuszyłam się tym wyszywaniem, żeby nie tęsknić, nie myśleć, pilnować ściegów, jakby od nich coś zależało. Oszukiwanie serca i głowy, niesłuchanie ich lękliwych skowytów. Kiedyś otrząsałam się z tego szybko, ledwie poczułam zapach Regina, jego ręce, uściski. Pierwszej nocy w łożu, gdy brał mnie po wielekroć, za te wszystkie dni poza domem, na morzu, kto wie, gdzie jeszcze. Rankiem budziłam się i wiedziałam: jest, żyje, wrócił. Ale tym razem trzeba było trzech nocy i trzech dni, bym się uspokoiła. Trzeba mi było po dwakroć opowiadać każdy dzień ich północnej wyprawy, żeby do mnie dotarło. Widocznie serce też się w człowieku starzeje i jak głuchemu starcowi, trzeba mu powtarzać. Gudrunn chodziła promienna, nie odstępowała brata na krok. Obsypywała go smakołykami i pieszczotami. Regin posłał wiadomość Halderd, że jej synowie wrócili cało z pierwszej swej wyprawy. I że przelali krew.

— Wszyscy?

— Tak.

— A Bjorn?

— O tak!

— Opowiedz, kochany...

— Ach, co tu opowiadać! Pewien jestem, że za parę lat skaldowie będą o naszym synu składać piękne pieśni.

— Jest odważny?

— Jak niedźwiedź.

— Bitny?

— Jak niedźwiedź.

— Wytrzymały?

— Jak niedźwiedź!

— Nie, no tak, to ja sama będę opowiadać! Mów. Jak do walki doszło?

— No, nie szybko. Właściwie bałem się że wrócimy z niczym. Lapończycy pamiętali nas dobrze i unikali starcia. Musieliśmy się mocno natrudzić.

— Rozumiem, że sam musiałeś starcie sprowokować.

— Uhmm. Najważniejsze, że się udało. Za pierwszym razem zaczaili się na nas w lesie, wytłukliśmy ich, ale paru uciekło. No to musieliśmy wziąć odwet, a potem oni chcieli wziąć go na nas, i wtedy dopadli nas w tym samym wąwozie — co zeszłego roku. A tam było bardzo ciężko, chłopcy musieli się wykazać, nie było żartów. A później wróciliśmy do ich władcy, żeby dowieść dobrej woli, pojednać się, przyjąć od niego jeszcze jedne dary, no i tak nam zeszło…

— Tak wam zeszło pół roku. A chłopcy nie zorientowali się, że sam wywołałeś tę zawieruchę, dla ich sprawdzenia?

— Nie. Chłopcy nie. Ale Bjorn i Ragnar tak. Jak wróciliśmy do tego ich zapchlonego króla, to obaj zwietrzyli, że coś się za tym kryje. Bjorn mnie zapytał wprost, a Ragnar tylko patrzył, ale to starczyło.

— I co im powiedziałeś?

— Że przyszliśmy tu w imieniu całego Trondelagu, a wola wspólna jest, aby pokój zachować.

— Uwierzyli?

— Tak, ale wiedzą, jak było. Ragnar mnie w drodze powrotnej zapytał, czy zaplanowałem jeszcze jakieś potyczki. Zmartwił się, że nie. Nie przyznałem się im wprost, ale też nie kłamałem. To mi nie przystoi. A innym nie powiedzą, zachowają to dla siebie.

— Pewien jesteś?

— Tak. Ragnar to urodzony strateg. On nie uderza na próżno. On zanim zamachnie się mieczem, myśli. I dlatego trafia. Stąd zorientował się, co robię. Obserwował i nic nie mówił. Dopiero gdy był pewien.

— A Bjorn?

— Bjorn jest inny. Bjorn nie musi myśleć. Bjorn wie. Widzisz Sigrun, nasz syn ma to coś, co zdarza się u jednego wojownika na tysiąc: ma instynkt wodza, brak ograniczeń, wolność myśli i niezawodne ramię.

— Chcesz powiedzieć, że się nie boi?

— Nie. Nie boi się tylko szaleniec albo głupiec. A Bjorn nie jest ani jednym, ani drugim. Ale jemu strach nie przesłania oczu i nie usztywnia kolan. Niebezpieczeństwo koncentruje go i dodaje mu sił. Dlatego powiedziałem ci: będą o nim składać pieśni.

— Nie boisz się, że jest za młody, że to wszystko za szybko?

— Jest młody, ale nie za młody. Sigrun, on jesienią skończy piętnaście lat! Ragnar tak samo, a Asgrim i Yngwe są starsi.

— No właśnie, o nich nic nie mówisz. Coś z nimi nie tak?

— Nie, wszystko dobrze, jak trzeba. A nie mówię, bo opowiadam ci o naszym synu, a on, wierz mi, przerasta ich we wszystkim.

— A Ragnar? Jego też wyróżniasz.

— Tak. Ragnar to dziwny człowiek. Nie umiem go wprost ocenić. Wymyka się. Kiedyś myślałem, że jest nieśmiały. A on jest po prostu skryty i milczący. Na początku, pamiętasz, bałem się, że nic z niego nie będzie, że za mało w nim mocy, że jest słaby. A dzisiaj już wiem, że to ktoś, kto nie robi nic na próżno. Każdy jego ruch jest celowy, każde jego słowo. Nie marnuje niczego. I jest pracowity i zawzięty. Bjorn, widzisz, miał naturalny talent do walki, dar jarlów, iskrę bogów. A Ragnar tego nie miał albo ja tego nie widziałem, bo Orm zawsze bardzo stawiał na Ragnara. Mówił, że ten chłopak nas wszystkich zaskoczy. I tak się stało. Pracował wytrwale, krew mu z palców leciała, a łuku nie puszczał, wszyscy dawno zeszli z placu, a on ćwiczył, ćwiczył, ćwiczył. I wyćwiczył. Jak patrzyłem na niego w walce, to mówię ci, kochana, żaden jego strzał nie chybił.

— Jak ty mogłeś patrzeć w czasie walki? Co, z boku stałeś?

— Mówię zawsze, że jesteś zwiadowcą, moja Sigrun!

— Nie, ja tylko słucham uważnie. No to jak było?

— Hmm, walczyłem, ale tak trochę z boku, Orm był przede mną i on zajmował się machaniem toporem. Ale w drugiej potyczce się zamieniliśmy. No po to to wszystko było: żeby chłopców w boju zobaczyć!

— Krótko mówiąc, poważnego zagrożenia nie było, bo inaczej byście sobie nie pozwolili na coś takiego?

— No, tak jakbyś tam była.

— A trybut gdzie był w tym czasie?

— U Asolfra. Tego też się domyśliłaś?

— Nie, to mi akurat Bodvar podpowiedział.

— Bodvar?

— Tak, a z kim ja mam tu rozmawiać, jak wy wyjeżdżacie?

— Z Gudrunn, z kobietami.

— Dobra, dobra, kochany. Gdy serce mi zamiera z tęsknoty, nie znajdę pociechy u kobiet, to one u mnie jej szukają.

— A jakiej ty pociechy szukasz u Bodvara?

— Nie pociechy, a podpowiedzi. I jak widzisz trafnej.

Następnego dnia przypłynęli posłańcy od jarla Hakona z wezwaniem na pilną naradę. Tak było im spieszno, że nawet się u nas nie zatrzymali, płynęli dalej, do Roveste, rozesłać wieści. Rozkaz Hakona był taki, aby do Lade czym prędzej przypłynęli Panowie Północy, ale ludzi mieli ze sobą nie brać, tyle tylko, co najbliższych. Za to załogi miały w tym czasie przygotowywać się do wyprawy. Do wojennej wyprawy, jak się domyśliłam, gdy Regin powiedział mi, że Orm zostaje. Zabrał za to ze sobą Bjorna i Ragnara. Wyruszyli od razu, szybką łodzią, a trybut kazali spokojnie na dużą pakować, tę, której Regin zwykle do przewozu skór do Viken używał. Jeszcze tylko zadysponował, że duża łódź ma wyruszyć pod eskortą, tak aby dotarła do Lade nie dalej jak za trzy dni.

A więc wojna. Tylko z kim? Z Duńczykami? Z Anglikami? Pojęcia nie mam. Tyle lat był spokój. Za długo, mawiał mój Miły, za długo.

Nie było co czasu tracić, skoro Orm codziennie po kilka razy był na wybrzeżu, żeby sposobienia łodzi dopilnować, skoro między domami rozchodził się zapach rybiego tłuszczu, którym smarowali kaptury, skoro odgłos kucia rozbrzmiewał od rana do późnej nocy, znaczyło to, że wyprawa będzie, i jedyne, co mogę, to włączyć się w to szaleństwo. Gudrunn i Hela warzyły odwary i kręciły tłuste maści do nacierania nadwerężonych ramion, do okładania stłuczeń. Kazałam więc dziewkom naciąć płócien do wiązania ran i wszystko to uważnie poskładać. Weszłam do chłopców i sprawdziłam, co któremu brakuje. Spodnie, kaftany, koszule, część do naprawienia, trochę do wymiany. Nic z odzieżą po powrocie z Laponii nie zdążyłyśmy zrobić. Wszystko trzeba teraz, i szybko. Kazałam posłać po dwóch szewców, co poza Namsen siedzą, bo nasz nie wyrobiłby się z butami. Bjorn wyjechał z Reginem, ale wzięliśmy miarę z butów, co zostawił, a Gudrunn kazała dla pewności trochę dodać, bo mówi, że Bjornowi stopa znów urosła. Dla Ragnara też zarządziłam szyć. Halderd może nie zdążyć nic dosłać. Orm do Vira wyskoczył na dwa dni, tam też ludzi sposobić, wracając, przywiózł ze sobą dwóch kowali, wiadomo, u Apalvaldra było ich więcej. Kuchnia przygotowywała żelazne zapasy: suszone ryby, placki, piwo. Kazałam zrobić więcej, wszystko w beczkach poskładać w małym magazynie, osobno, żeby już nikt tego nie ruszał. Orm wpadł tam do mnie na chwilę, gdy Bodvara szukał, tylko mu białka oczu w ciemnej piwnicy błyszczały — znak, że wężooki jest w swoim żywiole.

— Och, Sigrun! To wszystko dla nas? Na rok chcesz nas wyprawić?

— Nie, ale nie wiemy, z czym Regin przyjedzie, nie chcę, żeby musiał czekać. Weźmiecie, co wam będzie trzeba.

— A resztę weźmiemy po drodze!... — Orm przeciągnął się, aż mu kości strzeliły. Był w doskonałym humorze. — Tego nam było trzeba! Wyprawa jak na zamówienie! Chłopcy się przetrą, a i my w końcu odetchniemy świeżym morskim powietrzem!

— Masz rację, od smrodu rybiego tłuszczu w Namsen nie da się oddychać! Jeszcze teraz, gdy ciepłe dni!

— Ale potem, na morzu, będziemy mieli suche kaftany! Idę, Sigrun, kowale czekają!

— Nie słyszę, żeby czekali. Kują, aż tu ich słychać!

— Tak, bo kują na zmianę! Idę!

Nie było sensu wypytywać Orma, czy domyśla się celu wyprawy. Często miałam wrażenie, że nie cel jest dla niego istotny, tylko sam fakt, że może płynąć.

Regin wrócił niebawem i nie widać było, żeby był chmurny. Bjorn przy nim miał rozżarzone, jasne spojrzenie, Ragnar skupione i nieprzeniknione. Całe Namsen zbiegło się, by ich witać, wszyscy czekali wieści. I dostali je.

— Król duński Harald uciekł przed swym synem Swenem,

który mu władzę odebrał. Swen, zwany Widłobrodym, nie może ojcu wybaczyć, iż ten nam odpuścił, kiedyśmy mu posłuszeństwo wypowiedzieli po wojnie z Ottonem. Teraz, gdy ojciec jego został pozbawiony władzy, chce wziąć na nas odwet. Zbiera przeciwko nam ludzi i pozyskał dla tej wojny słynnych z waleczności jomsborczyków. Wygrana z nimi będzie dla nas chwałą, o której ludzie nie zapomną do końca świata! Dlatego zabieramy tylko najlepszych ludzi, najlepsze łodzie i najlepszą broń! Nie bierzemy ze sobą nikogo i niczego, co nie służy walce. A wziąć udział w tej wojnie to dla wojowników chwała, sława i honor! Gotowość do wyruszenia za trzy dni. Sam będę wybierał ludzi. Uczta pojutrze. Dla wszystkich!

Na placu zawrzało. Mężczyźni wyprostowali się, oczy im rozbłysły. Kobietom zapłonęły policzki. Wszyscy poczuliśmy, że to jest ta chwila, na którą czeka się całe życie, a potem przez całe życie wspomina, aż do śmierci.

Z tego powodu te trzy dni były dla nas jednym niekończącym się dniem, gorączkowym świętem. Kto by myślał o spaniu w taki czas! Tyle było roboty! Regin dał mi krótkie instrukcje, ile ma być żywności i jak popakowana, wszystko po to, by, jeśli będzie potrzeba, mogli przez dziesięć dni nie rozpalać ognia i nie gotować. On sam zajął się ludźmi. Chciał wystawić pięć łodzi. Ludzi miał na dziesięć. Musiał wybrać najlepszych z dzielnych, najdzielniejszych z najsilniejszych i najwytrwalszych z twardych. A chciał przecież zabrać młodych! Siedzieli z Ormem wieczorem przy miodzie i myśleli. W końcu uradzili, że pojedzie dziesięciu z młodej drużyny, w tym: Bjorn, Ragnar, Asgrim, Yngwe, i Sigurd oczywiście. Vagn, syn Orma, ma lat dwanaście i choć był w Laponii, do tej bitwy za młody. Orm sam to przyznał, choć serce mu się rwało, żeby syna zabrać. Na każdej łodzi będzie po dwóch młodych. Lepiej dla nich by było, żeby byli razem, wszyscy, ale to by znaczyło jedną łódź osłabić. A tak, po dwóch, to akurat dobrze. No a potem największy był kłopot, kogo spośród drużynników zabrać, a kogo zostawić.

Kłócili się o każdego. W końcu, nie mogąc dojść do zgody, na kawałkach drewna wyryli ich imiona. Do jednej misy wrzucali tych, którzy są najlepszymi żeglarzami, do drugiej tych, co niezawodni w walce. Do niczego to ich nie doprowadziło, bo niektórzy i tu, i tu pasowali. Wtedy wkroczyłam, kazałam, żeby na jednego po dwa drewienka zrobili. I jeśli dobry na morzu, i dobry w boju, dwa razy wrzucali. Tych podwójnych wyszła im setka. Ci już byli pewni. O każdego z kolejnych kłócili się osobno, rozważając jeszcze, jakie szczęście ze sobą człowiek niesie. To przecież równie ważne na wyprawie. Tym sposobem starszy brat Sigurda musiał zostać, bo choć wojownik z niego doskonały, to jednak tylko na lądzie. Z każdej morskiej potyczki łódź, na której on płynie, wychodzi poważnie uszkodzona, takiego ma pecha. Aż trzech sterników wzięto z Vira, spośród dawnych ludzi Apalvaldra. W tym jeden, na którego wołają Sigvatr, jego ojciec był sternikiem mojego, i jeden, i drugi cieszą się sławą szczęściarzy, którzy potrafią z łodzią rozmawiać jak z żywym i prowadzić ją bezpiecznie tam, gdzie inni osiadają na skałach. O ojcu Sigvatra Apalvaldr opowiadał, iż kiedyś podczas bitwy tak łodzią manewrował, że ich żadna strzała dosięgnąć nie mogła. Potem do wszystkich wybranych doliczyli dwóch skaldów. Jeden, mówili, może być mało. Trzeba mieć pewność, że chociaż jeden żyw wróci i przywiezie w pamięci pieśni opowiadające o każdej chwili tej najważniejszej w ich życiu bitwy. Nawet zastanawiali się nad trzecim, ale ten, o którym myśleli, był kiepskim wojownikiem, więc odpuścili. Jak mi dobrze było, iż mogę tak siedzieć przy nich wieczorem, gdy się naradzają. Inaczej czasu by nie było, żebym się czegoś więcej o tej wyprawie dowiedziała! Mówili, że będą płynąć na południe kraju, po drodze zbierając siły gotowych do walki jarlów, a kto wie, w którym miejscu się z przeciwnikami spotkają. Woleliby, aby bitwa rozegrała się w okolicy Sognefjord, nie dalej, ale z kolei na to mogą nie chcieć pójść jomsborczycy, którym wygodniej pośród duńskich wysepek walczyć. Jednego byli pewni — do walki dojdzie na morzu — jomsborczycy ponoć nie dają się na ląd wyciągnąć. Stąd tak ważnym było zabranie spośród ludzi tych, którzy najlepiej walczą z łodzi. Gdy Orm już poszedł żegnać się z Fridgerd, Regin dalej nie mówił o niczym innym.

— Sigrun, odkąd skończyłem dziesięć lat, po nocach mi się to śniło! Bitwa, w której naprzeciw sobie stają najlepsi, niczym pierworodni Odyna! Większość wojen, jakie w życiu stoczyłem, rozczarowywała mnie. Jeśli bitwa była naprawdę piękna, to krótka. Ale tych było mało. Owszem, znajdowałem radość w tym, co robiłem, ale wciąż czułem się, jakbym gasił pragnienie zbyt cienkim piwem! Nie jest największą chlubą najeżdżanie wieśniaków, którzy bronią się zawzięcie, ale nie mieczem, tylko kijem. Albo ściganie łupieżców z Sognefjord grabiących wschodnią Anglię. Albo Ragnfreda, tchórza. To wszystko sprawy, które trzeba załatwić, ale nawet najzdolniejszy skald z trudem wyłuska z nich trzy strofy. Po to się urodziłem, po to ojciec mnie chował, żebym walczył z równymi sobie. A od wojny, w której pokonaliśmy Haralda, minęło piętnaście lat! Piętnaście lat nie czułem w sobie tego zewu, który dzisiaj porusza mym sercem! Sigrun, ja już się bałem, że przyjdzie mi zgnić w łożu, na słomie i opowiadać wnukom wciąż te same historie o wojnach, w których walczyłem, wciąż, w kółko te same! Całe moje życie wiodło do tej chwili. Po to z Ormem szkoliliśmy drużynę. To wyprawa snów, marzeń i teraz widzisz, nareszcie nadchodzi, w chwili gdy jestem jeszcze w pełni sił, i w chwili, gdy mój syn jest już u progu swych męskich możliwości! Będę więc razem z nim, ramię w ramię! Mój ojciec był za stary, nigdy nie stanął ze mną w walce. A Bjorn i ja mamy takie szczęście! Sigrun, skaldowie już szukają rymów do pieśni o tej wojnie!

— Nawet przez myśl wam nie przejdzie, że możecie przegrać?

— Nie. Wszyscy zbyt długo na to czekaliśmy. Jarl Hakon, Panowie Północy. Wszyscy tak samo jak ja pragną tej wojny. Myślę nawet, że to dar Odyna dla nas po zeszłorocznych darach, po odnowionym obrządku świątyni!

— Dobrze. Ja innych nie znam. Znam tylko ciebie. Jeśli mówisz, że wszyscy jak ty gotowi, to masz rację, nie możecie przegrać. Ale posłuchaj, jomsborczycy to zawodowi wojownicy, oni też nie myślą o przegranej, bo inaczej by nie stawali do walki. A z nimi jeszcze nigdy nie walczyliście.

— I to najbardziej mnie podnieca! Chcę zobaczyć, ile jest prawdy w tych opowieściach o nich. Chcę zmierzyć się z nimi, nas z nimi, swoich ludzi, tak jak mierzysz się z bajeczną opowieścią z dzieciństwa. Pamiętasz jakąś waleczną strofę, jedną, dwie o bohaterze niezłomnym. I chcesz być jak on silny, doskonały, nieugięty. O Jomsborgu już krążą legendy, więc każde spotkanie z nimi będzie legendą w przyszłości, niezależnie od tego, jak się skończy. Wiesz, gdybyśmy trzynaście lat temu przegrali z Ragnfredem, nie przeżyłbym tego, bo wiedziałem, że to w gruncie rzeczy nie jest wielki wojownik. To był czwarty syn krwawego Eryka i akurat ledwie jedna czwarta w nim była z ojca. Jeśli nie mniej! Wygrać z nim to konieczność, przegrać — zniewaga nie do zmycia. Ale stanąć z jomsborczykami to całkiem coś innego!

— Nawet jeśli przegracie?

— Co?

— Pytam, co się stanie, jeśli przegracie.

Spojrzał na mnie, jakbym wylała na niego cebrzyk zimnej wody.

— Nic takiego. Zbiedniejemy. I karki nas mogą rozboleć, nieprzywykłe do zginania.

— Tak lekko to mówisz?

— Bo tak myślę. Swen Widłobrody za tą wojną stoi. To on opłaca jomsborczyków, żeby z nami walczyli. Dlaczego? Bo sam widać jeszcze nie czuje się na siłach z nami stanąć. Objął władzę niedawno, ojca Haralda wypędził z kraju. Musi autorytet jakimś głośnym zwycięstwem zbudować. Ale w Danii wciąż jeszcze nie czuje się pewnie, dawni sojusznicy jego ojca czuwają. A to znaczy, że nawet gdyby nas pobili, on swej ziemi nie opuści i nie zamieszka w Norwegii, nie będzie tu dla siebie szukał miejsca, tylko tytułu i bogactw. Gdybyśmy przegrali, złupi nas niezgorzej, zażąda trybutu, który pokryje jego zobowiązania wobec jomsborczyków i jemu samemu skarbiec napełni. Ale sam tu po niego nie przypłynie, tego jestem pewien. Nasze fiordy i skały to od wieków gwarancja bezpieczeństwa. Tu nikt obcy nie chce prowadzić wojny, bo wie, że to na nic. To jak ryby łowić dziurawą siecią. Więc nasze domy są bezpieczne, nie masz się o co martwić.

— Ale skarbce niekoniecznie?

— Bez przesady, Sigrun. Wiesz sama, ile tam mamy. Nie martwię się. Poza tym, zrobicie z Bodvarem, co trzeba, po naszym wyjeździe.

— A to zginanie karku?

— No cóż, z tym gorzej. My tu na północy całkiem wprawy nie mamy! — roześmiał się tak szczerze, tak jasno, że rozbroił mnie całkiem.

— Myślisz, że Duńczycy drugi raz pójdą na taki układ jak piętnaście lat temu, kiedy ustanowili jarla Hakona zwierzchnikiem w imieniu króla Danii, a wy im potem to zwierzchnictwo w twarz rzuciliście?

— Mogli nas na siłę nie chrzcić! Nie, wiesz dobrze, że tylko czekaliśmy na pretekst. Nie wiem, co planują. Raczej jarla Hakona przy władzy nie zostawią, to sprawa honoru, jego syna też nie. Albo będą szukali wśród panów Północy takiego, co przystanie na ich warunki, albo przywiozą jakiegoś swojego, choć to mniej prawdopodobne. Łatwiej jest znaleźć kogoś z tutejszych, to ludzi skłóci i będą mieli nad nimi kontrolę. A ktoś obcy może tylko zjednoczyć opozycję.

— Mówisz o tym tak spokojnie.

— Bo wiem, że tak się nie stanie. Czuję, że wygramy.

— Kiedy patrzę na ciebie, też się nie boję. Unosi mnie twoja odwaga.

— Nareszcie! Kochana Sigrun, masz w sobie krew Apalvaldra! Gdybym przez te wszystkie lata na porządne wojny wypływał, a nie na takie okrawki, to byś w ogóle lęku nie znała!

— Nie mów tak! Okrawki? Jak możesz! Przecież przelewałeś krew, ginęli twoi ludzie!

— Tak, tak. Ale kiedy myślę o tej wyprawie, tamte bledną! Zresztą, to było tak dawno!

— To już nie pamiętasz, jak poprzedniej zimy noga ci się nie goiła po lapońskich strzałach?

— A tam, stolarz też się przy robocie zatnie i się tym nie chwali. Są blizny, które nosisz jak klejnoty, i są takie, które nie pamiętasz, gdzie powstały.

— To chodź, kochanie, obejrzyjmy wszystkie twoje blizny…

— Moje i twoje.

— Ja nie mam żadnych!

— Masz, pewnie wcale o tym nie wiesz!

— Co ty mówisz? Jakie blizny?!

— Jest taka jedna, moja ulubiona… — mruczał już, przyciskając mnie do łoża i sięgając do sukni — … taka cieniutka kreseczka, prawie jej nie widać, ale ja wiem, gdzie szukać… gdy rodziłaś Bjorna, rozerwał cię troszkę nasz synek…

Wyrwałam się i usiadłam na łożu. Byłam zaskoczona.

— Co ty mówisz? Naprawdę mam bliznę po porodzie? Nie wiedziałam!…

— Bo nigdy tam nie zaglądasz…

— Przysuń lampę, chcę zobaczyć!

— Sama nie dojrzysz, przestań. Poprowadzę cię — chwycił mnie za rękę i powiódł moim palcem. Rzeczywiście. Na delikatnej skórze czuć było lekkie zgrubienie. Nie zwróciłam na nie uwagi przez tyle lat!

— Kobiety mają swoje bitwy. Ty, Sigrun, na dwie stoczone, obie wygrałaś. Został ślad, który jest powodem do chwały…

Piętnaście lat! Nie miałam pojęcia! Ten drobny ścieg na skórze, prowadzący ukośnie do wejścia we mnie, stał się tej nocy po wielokroć przystankiem w miłości. Tak bardzo chciałam z nim rozmawiać, tyle się chciałam od niego dowiedzieć, ale czas nie potrafił się rozciągnąć! Wolałam więc dać mu to, czego przed wyjazdem tak bardzo pragnął. Nasza miłość była jak przegląd wojsk przed wojną: dokładna, skrupulatna, według wzoru sprawdzonego latami! Ja byłam jak żona, która podaje mężowi tylko ulubione specjały, on jak ten, który daje prezenty, jakich się spodziewam. Byliśmy jak koń i jeździec, co ćwiczą latami. Zgrani w każdym ruchu. I tylko rozkosz, jaka przyszła na końcu, była niespodziewana! Ponad oczekiwania głęboka, słodka i jasna. I mroczna. I nim zapadliśmy w sen, pomyślałam: porozmawiamy, gdy wróci, to może poczekać. I nim opadły mi powieki, zapragnęłam, by już był z powrotem, by spragniony sycił się mną i miodem! I by spełniał moje pragnienia tak samo jak dzisiaj... Spałam.

Rankiem mieliśmy dla siebie jeszcze tę jedną, niespieszną chwilę, gdy mogłam leżeć na jego piersi i splatać nasze włosy w nierówne warkocze... Potem dźwięk rogu i wszystko nabrało tempa.

Plac zapełnił się ludźmi, ach, jakże serce rosło na ich widok! Sami najlepsi! Najlepsi z dzielnych — jak powiedział Regin! Ale na wszystkich razem dłużej popatrzeć mogłam tylko przy kopcach, przy składaniu ofiar. Pod nóż poszło dziewięć koni i trzy razy po dziewięć sztuk ptactwa. Po raz pierwszy w życiu posoka pachniała mi słodko. Przyjemnie drażniła nozdrza, aż chciało się brać oddech, a wraz z nim pierś wypinała się do przodu sama, plecy prostowały! Bjorn stał przy ojcu, razem z nim krew lał na kamienie. Byli równi wzrostem. Zachłysnęłam się ich widokiem. Ścisnęłam rękę Gudrunn. Byli jak jeden mąż o czterech ramionach! Wiatr muskał włosy Regina i rządził się nimi, zasłoniły mu na jedną długa chwilę twarz, tak iż mąż ten wielki, który był moim mężem i synem, miał oblicze tylko tego drugiego! Ich ruchy pełne siły i godności były takie same, spojrzałyśmy na siebie z Gudrunn z niedowierzaniem — tak, ona też to widziała, dwóch połączonych w jedno, z jasną twarzą Bjorna! Gdy ostatnią czarę krwi przechylili, wiatr przestał się wtrącać i odsłonił twarz mego Miłego. Regin rzucił czarę w ogień i ze wszystkich piersi wydobył się jeden okrzyk: Odyn! Od drzew i skał odbijał się i zwielokrotniał: Odyn! Od każdej kolczugi, tarczy, miecza i topora: Oooodyyyyn! Oooodyyyyn! Oooodyyyn! Nawet żelazo krzyczało! Gudrunn wbiła mi paznokcie w rękę. Zamknęłam oczy i otwartymi ustami piłam te chwilę. W powietrzu była siła ich płuc, siła dusz, które rwały się do walki, niczego więcej nie pragnąc. Z każdym oddechem siła ta napełniała mnie samą, rozsadzała mi serce, ach, gdybym mogła, razem z nimi ruszyłabym teraz na wyzwanie światu!

— Już rozumiesz, dlaczego chcę zostać Walkirią? — powiedziała Gudrunn, gdy wracałyśmy do domu. Gardło miałam ściśnięte. Skinęłam tylko głową, nic nie chciało mi przejść przez usta. Nigdy jeszcze tylu ludzi nie stanęło w Namsen! Samego miodu i piwa popłynęło wieczorem tyle co przez wszystkie dni naszego ślubu! Czasu było niewiele, więc jeszcze podczas uczty Regin i Orm omawiali ze sternikami i dowódcami drużyn wszystko, co było konieczne. Wiedziałam, że ta noc będzie tak krótka jak żadna inna. Wzrokiem szukałam Bjorna, chciałam choć chwilę z nim pomówić. Znalazłam go dopiero po długiej chwili, stał z boku z Gudrunn. Tyle chciałam mu powiedzieć, ale gdy do nich doszłam, uściskałam go tylko. Czym są słowa w takich chwilach? Co więcej mogę mu rzec niż to wszystko, co powiedzieliśmy sobie oczami? Zostawiłam go z siostrą. Regin wszedł do mojej alkowy bardzo późno. Był zmęczony. Przylgnęliśmy do siebie. Zapadliśmy w sen krótki i gdy zbudził nas dźwięk rogu, zdawało się, że dopiero się położyliśmy, że ledwie co zanurzył rękę w mych włosach. Ale to mogło być prawdą, bo polana nie dopaliły się jeszcze. Patrzyłam, jak się ubierał. Gdy był zaspany, często mylił się i odwrotnie zakładał koszulę. Teraz też. Ile miał lat mój ukochany? Pięćdziesiąt. Tego lata skończy pięćdziesiąt. Apalvaldr był w podobnym wieku, gdy po raz pierwszy — i jedyny — wydał mi się starym. O Reginie nigdy tak nie pomyślałam. Siatka zmarszczek wokół oka, bruzdy na czole — wszystko to podobało mi się w nim bardzo. Siwiejące włosy wciąż były bujne i piękne. Ramiona nic nie traciły ze swej linii, zwłaszcza teraz, gdy się przeciągał. Nie pozwolił jednak oglądać się dłużej. Był już gotów do wyjścia.

— Zostawiłem Bodvarowi odciski pierścieni w wosku, różnie może być z posłańcami, będziecie mogli porównać dla pewności. Hakona znaki są tam również.

— Wiem, wiem, o nic się nie martw, damy sobie radę.

— Pilnuj rożka. Gdy wrócę, przywitasz mnie nim.

— Ale chyba nie przy wszystkich?! Dopiero jak będziemy tutaj!
— Może być przy wszystkich!
— Reginie!...
— Ach, Sigrun, wciąż się rumienisz! Kocham cię, Sarenko.
— Kocham cię.
— Nie wychodź.
— Wiem, wiem, jesteś zabobonny jak...
— Stara baba!

Gdy poszedł, położyłam się na ciepłym jeszcze wgłębieniu po jego ciele, kształcie odbitym w puchu futra. Wtuliłam twarz w miękkie włosie. Mogłabym tak leżeć do jego powrotu. Zamknąć oczy i otworzyć je dopiero dla niego. Trwać, nie czekać. Trwać. Coś twardego ukłuło mnie w policzek. Wyciągnęłam jego złoty młot Thora. Musiał mu spaść w nocy. Narzuciłam szybko płaszcz i pobiegłam mu zanieść, może jeszcze nie ruszyli! Może zdążę! W halli nad paleniskiem stała Lubow, ręce do łokci miała umazane popiołem.

— Gdzie pan?!

— Wyszedł przed chwilą, zły, bo coś zgubił! Kazał szukać mi tu, w popiele, zły, bo nie znalazłam i on nie znalazł!...

— Ale ja mam zgubę! Biegnij mu zanieść! Szybko!

Podałam wystraszonej dziewczynie zawieszkę i pchnęłam ją w stronę drzwi. Jak ona się guzdrze! Sama nie wyjdę, Regin jest przesądny, lubi, gdy go witam, ale nie chce, bym go odprowadzała! Nic nie słyszę. Wyjrzeć? Nie, poczekam. Wszedł Bodvar.

— Bodvarze, idź proszę szybko, sprawdź, czy Lubow zdążyła Reginowi zanieść zawieszkę!

— A, więc to jest ta zguba? Zdążyła, dała mu przed chwilą.

— Uf, no to dobrze!

— To coś ważnego? Regin przed wyjściem szukał razem z Lubow w palenisku, grzebali w popiele. Myślał, że wczoraj na koniec uczty, jak z Ormem lali miód do ognia, odczepiło mu się i wpadło.

— Odczepiło się w łożu. Znalazłam dopiero, jak poszedł. Wiesz, jak z nim jest, nie lubi, jak mu czegoś brakuje.

— Wiem, wiem. Znalezione, i po kłopocie.

Dobrych kilka dni trwało, nim doprowadziliśmy Namsen do porządku. Jakże tu teraz było cicho! Na wspomnienie tego rozgardiaszu, krzyku, tych kilku setek ludzi, którzy przewinęli się przez gród w ostatnich dniach, aż się serce śmiało! Chmurni chodzili tylko młodsi chłopcy z drużyny. Ich druhowie popłynęli na prawdziwą wojnę, a oni tutaj snują się smętnie po placu! Vandil nie mógł sobie znaleźć miejsca. W dzień goniłam go do nauki, nauczyciel się skarżył, że chłopiec nie chce słuchać o Chryście. Wieczorami siadywał z Gudrunn przed dworem i rozmawiali o Bjornie. To im się nigdy nie nudziło! „A pamiętasz, jak Bjorn rzucił oszczepem i trafił w kubek?", „a pamiętasz, jak wskoczył na konia w biegu?", „a widziałeś, jak podniósł pień, co go nikt nie mógł dźwignąć?", „a widziałaś, jak skakał ze skały do morza?".

— Hola, hola! Bjorn skakał na fiordzie do morza? Ze skały? Przecież ojciec mu zabronił, tam można się zabić! — musiałam się wtrącić.

— Może i można, ale Bjorn jest na taką śmierć odporny. Kto inny tak, ale mój brat nie.

Gudrunn bywa okropna z tą swoją zawziętą pewnością. Patrzyła na mnie jasnymi oczami, w których wymalowaną miała bezgraniczną miłość do brata.

— Kochanie, Bjorn jest kimś wyjątkowym, ale to nie znaczy, że może lekceważyć zagrożenie. To nie świadczy o odwadze, tylko o braku wyobraźni.

— Bjorn ma wyobraźnię i dlatego wie, że wszystko może!

— To prawda, mamo, mamo, to prawda! Wszystko może, Bjorn wszystko może!

Vandil gotów był jeszcze przeciwko mnie stanąć w obronie czci i świętości dobrego imienia ich ukochanego bohatera — Bjorna. Wiedziałam, że zaraz zacznę się śmiać, więc szybko odwróciłam głowę. Dzieci! Kochane dzieci! A dziecko moje najstarsze teraz być może staje twarzą w twarz z prawdziwą śmiercią. Zadrżałam na samą myśl. Ile to dni minęło, odkąd wypłynęli? Piętnaście. Więc to może być już. A może było wczoraj? Nie, wczoraj nie. Nie miałam żadnych snów, żadnych przeczuć, a gdyby stali przed niebezpieczeństwem, wiedziałabym o tym. Poczułabym. Krzyk syna, jego ból przedarłby się przez mój sen wprost do serca. Więc to pewnie jeszcze przed nimi. Po zmierzchu usiadłam z Bodvarem przy ogniu.

— Jest dobry znak, Sigrun. Ofiara na kopcach cała zjedzona. Byłem tam rano.

Więc on też się zastanawia, co u nich słychać.

— Myślisz, że już stanęli do walki?

— Może tak być. Przy dobrym wietrze w pięć dni dopłynęliby nawet do Viken. A dalej się chyba nie trzeba zapuszczać. To się zapowiadało na jedną bitwę. Najwyżej dwie. Kiedy na swoje spotkanie płyną dwie armie, najczęściej nie ma uników. Szuka się wiadomości o pełnych siłach przeciwnika, potem dobrego miejsca i już.

— Chcesz powiedzieć, że to już może być po wszystkim? Naprawdę? Że lada dzień mogą być w domu?

— Nie spieszyłbym się z tym ich powrotem. Jeśli wygrali, mają prawo stawiać warunki. Zbierają, co zostało, dzielą się łupami. Potem popłyną wolno, będą zatrzymywać się po drodze i czcić zwycięstwo.

— A jeśli?...

— To zależy. Mogą szukać odwetu. Na jomsborczykach, na Swenie, który ich opłacił. Zależy, jakie mają siły.

— Czyli tak czy tak musimy czekać.

— Musimy czekać.

— A mówił Regin, że zostawił ci odciski pierścieni. Umawialiście się na posłańców?

— Tylko jakby się sprawy miały komplikować.

— No tak.

— Sigrun, nie pierwsze to czekanie.

— Wiem, i nie ostatnie. Ale do tego trudno przywyknąć.

— Jadę jutro do spichrzów na wyspie. Może pojedziesz ze mną? Czas nie będzie się dłużył.

— Pojadę. Pojadę, Bodvarze.

Pojechałam, a widok wrzosów pokrywających kobiercami stoki rozproszył moje lęki. Nawet koń pode mną śmiał się do łąk, do lisich ogonów migających między kępami. Bodvar, widząc, że się rozpędzam, też przeszedł w galop i zaczęliśmy się ścigać, omijając ostre pagórki skał. Raz on wyprzedzał mnie, raz ja jego, a w pewnym momencie, gdy wjechaliśmy w las, nagle zatrzymał konia. Ściągnęłam swojego, widząc, iż sięga po łuk, zatrzymałam się w oddaleniu, gdy go napiął. Bodvar odwrócił się w moim kierunku i mierzył do celu tuż obok mnie. Zamarłam i najwolniej, jak umiałam, odwróciłam głowę: nie dalej niż o długość końskiego skoku stał niedźwiedź. Nie widziałam go wcześniej, bure futro trudno było odróżnić od zmurszałego pnia. Stał nieruchomo, patrząc to na mnie, to na Bodvara. Mierzył nas wzrokiem, a Bodvar mierzył do niego, ale nie puszczał cięciwy. Wydawało mi się, że powietrze zamarło i zgęstniało w jednej chwili. Wbijałam paznokcie w twardą skórę uprzęży. Nagle zaszczekał pies. Z daleka, ale po chwili już bliżej, jakby biegł ku nam. Niedźwiedź wydał z siebie krótki gardłowy ryk, odwrócił się i odbiegł z szybkością, jakiej się nie spodziewałam po ciężkim zwierzu. Bodvar zsiadł z konia i wyciągnął ręce, by pomóc mi zejść.

— Usłyszałem jakieś szuranie w tamtych liściach, ale nie widziałem, co to za zwierzę, zdjąłem łuk na wszelki wypadek i próbowałem je namierzyć, wtedy nadjechałaś. Ale dopiero gdy odwróciłem się do ciebie, zobaczyłem niedźwiedzia. Pewnie to, co słyszałem, to były młode. Nic ci nie jest, Sigrun?

— Nie, nic. Tylko się wystraszyłam. Pierwszy raz widziałam niedźwiedzia w lesie, żywego. Nie myślałam, że jest taki…

— Taki wielki?

— Nie, taki szybki. Jak on odbiegł…

— Napij się wody i jedźmy stąd. Jeśli to były młode, to mogła być matka, wtedy wróci. Tylko dziwne, że tak blisko skraju lasu się trzymają, nigdy tu jeszcze niedźwiedzi nie spotkałem. Trochę niebezpieczne, bo tutaj nawet dzieci z tamtej osady przychodzą. Jedźmy, Sigrun, czas nam.

Podsadził mnie i widząc, że jestem jeszcze nieswoja, przytrzymał chwilę moją klacz. Patrzył na mnie z dołu i głaskał po łbie moje zwierzę, a jego twarz, jak zawsze, była nieruchoma. I jak zawsze kojąca. Gdy przejechaliśmy kawałek, zdałam sobie sprawę, że skręciliśmy z drogi do spichrzy. Byłam zbyt zamyślona, by zorientować się wcześniej. Ale znam ten leśny dukt. Już tu kiedyś byłam. Bodvar odwrócił się do mnie, uśmiechnęłam się i skinęłam mu głową. Prowadził do gaju.

Ile lat minęło od tamtej ofiary? Wtedy była siarczysta zima, teraz piękna jesień. Wtedy nie było dzieci i nawet nie wiedziałam, co Regin robi. Składaliśmy ofiarę za pomyślność nie wiadomo czego. Ale cóż to właściwie zmienia? Teraz wiem, że walczy z jomsborczykami i być może Dunami, ale moja wiedza jest bardzo mglista. Otrząsnęłam się z niewesołych myśli. Wjechaliśmy na polanę. Słońce już stało nisko i ostre promienie doświetlały wszystko czerwienią. Źródło, które nigdy nie zamarza, szemrało, złote, okrągłe liście brzozy wyglądały niczym rozrzucone w darze monety. No właśnie, co my złożymy w darze? Bodvar nie mówi nic niepotrzebnie i nie robi nic bez celu, nasz przyjazd tu nie mógł być przypadkowy. Rozejrzałam się dokoła. Nic nie widzę. On chyba też nie zobaczył tego, czego szukał, bo już drugi raz objeżdża polanę. Zatrzymał się przy pochylonym drzewie, zsiadł z konia i coś podniósł z ziemi. Wszedł parę kroków w las.

— Koń nam się zerwał. Ale chyba niedawno, bo zdaje się, że słyszę go tu blisko.

— Koń?

— Tak, kazałem wcześniej ludziom konia na ofiarę przyprowadzić i sznur, na którym go uwiązali, jest, ale zerwany. Słyszysz? — zamilkł i nadsłuchiwaliśmy chwilę.

— Słyszę coś. Ale nie wiem, czy to koń, nie umiem odróżnić głosów...

— Zostań, Sigrun, zdaje mi się, że to nasza ofiara błąka się po lesie — już wsiadał na koń — pojadę tylko kawałek. W sakwie przy siodle masz róg, żeby w razie czego dać mi sygnał.

— Nie mam!

— Masz, włożyłem go tam rano! — ruszył w las — zaraz wracam, nie bój się!

W razie czego mam mu dać znać? Co się może wydarzyć? Wtedy były tu wilki, przypomniałam sobie i zrobiło mi się zimno. Ale to jeszcze nie pora na wilki, jeszcze za wcześnie... Sięgnęłam do sakwy. No rzeczywiście, mały róg sygnałowy! Wyjęłam go i zawiesiłam na szyi. Bodvar to dziwny człowiek. Dlaczego mi nie powiedział, że przyjedziemy tutaj? Przecież to zaplanował, skoro kazał przyprowadzić tu konia. Nie chciał może, żeby ludzie w Namsen myśleli, że się niepokoimy o losy wprawy? Nie wiem. Mógł powiedzieć, zatrzymałabym cel naszego wyjazdu dla siebie. Właściwie po raz pierwszy, zamiast czuć wdzięczność za jego myślenie o wszystkim, poczułam złość. Przecież Bodvar traktuje mnie jak dziecko, którym od dawna nie jestem! Czy ja nie mogę sama decydować, co robię? Po co te tajemnice? I to jeszcze jakie nieudane: koń uciekł i teraz goni go po lesie, a robi się coraz później! Sigrun, hola, chyba nie będziesz się wściekać, że Bodvar chce złożyć ofiarę za pomyślność Bjorna i Regina? Nie, nie o to się złoszczę, tylko o to, że nic mi wcześniej nie powiedział. Wjechałam kawałek w las, w stronę, w którą ruszył. Nie widać go. No ładnie. Podjechałam do źródła, mój koń był spragniony, co chwila odwracał łeb w stronę wody. Tylko czy to wypada, żeby koń pił z takiego świętego źródełka? Nie wiem. Nawet tego nie wiem! Co ja w ogóle wiem?! Co ja tu robię? Nieznośna galopada myśli. Zsiadłam z konia, nabrałam wody w dłonie i podałam mu z ręki. No tak, to się dużo nie napije. Tu z tyłu powinny leżeć jakieś garnki, a w każdym razie większe skorupy. Poszukam. Coś jest, ale strasznie brudne. No to jak koń ma nie pić ze źródła, to ja w nim będę płukać skorupy? Co ja wyprawiam! Całkiem mi się wszystko pomieszało. Naraz mój koń zarżał głośno, zakwiczał prawie i szarpnął uzdą, za którą go trzymałam, tak, że poślizgnęłam się na błotnistym gruncie, straciłam równowagę i upadłam na ziemię. Jedną nogą wylądowałam w źródle. Koń mi się zerwał i odbiegł parę kroków w bok. Co się dzieje? Wilki! — pomyślałam i skamieniałam. Patrzę za koniem. Cofa się przerażony na polanę, wykręcając łeb w stronę lasu. Nie widzę, co on widzi, ale nie mogę stanąć. Coś mi się stało z nogą. Boli, gdy próbuję wstać. Chyba skręcona. Co tam się dzieje? Bodvara by się nie wystraszył. O matko jedyna!...

Z lasu prosto na mnie idzie niedźwiedź! Widzi mnie już. Rusza łbem na prawo i lewo i wydaje z siebie głębokie pomruki. Idzie do źródła! On chce się napić, a ja tu leżę i nie mogę wstać! Koń nie uciekł całkiem, jakby się wahał, czy może mnie tu zostawić. Na Odyna, gdyby był choć w części tak mądry jak Sleipnir, podbiegłby do mnie, a ja podciągnęłabym się na jego grzbiet. Ale to życie, nie pieśń. Pieśń... mam róg na szyi! Szybko, póki niedźwiedź stanął i patrzy na mnie niezdecydowany! Chwyciłam róg i zadęłam. Nieee!... dźwięk, który wydobył się z rogu, przypominał warczenie psa, a nie sygnał ratunku! Nawet w róg zadąć nie potrafię! W jednej chwili uświadomiłam sobie, że nigdy, ale to nigdy tego nie robiłam! To nie może być trudne, jeszcze raz. Wyszło trochę mocniej, ale tylko tyle, że słyszał to mój koń i niedźwiedź, zdezorientowany, odpowiedział mi zniecierpliwionym pomrukiem. Nie był agresywny, kiwał łbem, jakby chciał powiedzieć, posuń się, Sigrun, zagradzasz mi drogę. Na Norny! Ja się nie umiem posunąć! Ruszyć się nie mogę! Jedyne, co mam, to ten róg! Jeszcze raz, z całych sił. Jest! Kawał dźwięku wyrwał się z niego. Nieczystego, chropawego, ale głośnego! Jeszcze raz! Jeszcze głośniej i jeszcze raz! Niedźwiedź rozzłościł się najwyraźniej, bo ruszył kilka kroków do przodu, kilka kroków potężnych łap, z których każda mogłaby mnie zmiażdżyć. Ojcze! Co robić?! Jak pójdzie dalej — po mnie. Nie wiem, kiedy zaczęłam krzyczeć. Krzyczałam wniebogłosy! A niedźwiedź zbliżał się do mnie ze zduszonym, głuchym, rwanym pomrukiem. — Bodvaaaaaaaar! Bodvaaaaaaaaar! Słyszę go, słyszę jego konia, jeszcze chwilę muszę wytrzymać, jeszcze chwilę muszę straszyć niedźwiedzia swoim wrzaskiem!!! Wszystko trwało moment. Pierwsza strzała świsnęła tak blisko głowy, że poczułam pęd powietrza na twarzy. Druga trafiła niedźwiedzia w plecy, ryknął okropnie, stanął na dwóch łapach i odwrócił się do Bodvara, a wtedy on wymierzył wprost w jego potężną pierś i strzelił tak celnie, że zwierzę trafione nie zdążyło ryknąć i stało chwilę nieruchomo, jakby ta strzała przyszpiliła go do niewidzialnej ściany, a potem głucho, całkiem bezgłośnie padło na ziemię tuż przede mną. Wielki łeb z zabarwioną czerwono pianą z pyska opadł przy moich stopach. Otwarte, miękkie oczy patrzyły w moje oczy i widziałam, widziałam to, jak zasnuwa je mgła. Czułam ciężki zapach niedźwiedziego futra, który daleko tylko, daleko przypominał woń futra na moim łożu.

— Sigrun, co ci jest? — Bodvar klęczał już przy mnie i pomagał mi wstać.

Suknie miałam mokre aż do pasa.

— Noga. Chyba skręciłam nogę.

— Pokaż mi. Czekaj, jesteś mokra, zimno ci?

— Nie. Tak. Nie wiem.

— Dlaczego nie zadęłaś w róg?

— Zadęłam, ale nie umiałam. Nie grał!...

— Już, już jestem. Nic się nie stało. Możesz oprzeć się na tej nodze?

— Nie, nie mogę stanąć.

— Czekaj, przeniosę cię. Mogę wziąć cię na ręce?

Skinęłam głową. Podniósł mnie lekko i tak ostrożnie, jakbym mogła skruszyć mu się w dłoniach. Mokre, zimne suknie przykleiły się do mnie. Poczułam się okropnie. Upokorzyło mnie to zmoczone ubranie. Posadził mnie na trawie tylko na chwilę, zdjął swoje siodło, wyjął spod niego baranicę i przeniósł mnie na nią.

— Teraz pokaż stopę.

Była spuchnięta w kostce, a but całkiem ubłocony, mokry. Ostrożnie rozwiązał but i zdjął mi go. Z sakwy wyjął czyste płótna i mocno nimi obwiązał mi stopę.

— Teraz spróbuj stanąć.

Bolało, ale udało się.

— Sigrun, musisz zdjąć te mokre ubrania, przeziębisz się. Dam ci swoją koszule i kaftan.

— Nie, Bodvarze. Wykluczone. Wycisnę je tylko z wody.

— Pomóc ci?

— Nie, przestań! Odwróć się.

Po chwili byłam gotowa. Bodvar w tym czasie złapał mojego konia. Zrobiło się całkiem ciemno. Było mi zimno, noga bolała i zupełnie nie wiedziałam, co robić dalej. Pustka w głowie. Jedyna myśl, którą umiałam nazwać, to złość na Bodvara o to wszystko. On tymczasem rozpalił małe ognisko. W jego świetle wciąż otwarte oczy niedźwiedzia wyglądały strasznie. Martwo.

— Sigrun, stało się, jak się stało. Damy niedźwiedzia na ofiarę.

— Przecież on już nie żyje. Co to za ofiara?

— Upuszczę mu krew, jeszcze nie zastygła.

— Rób, jak uważasz.

Odwróciłam głowę, bo nie chciałam patrzeć, jak otwiera mu żyły. Mokre suknie kleiły się do nóg. Było mi coraz zimniej i czułam się coraz gorzej. Wzięłam się w garść na chwilę, gdy lał krew na ogień. Pomyślałam o Bjornie, o Reginie. Mamrotał zaklęcia, nie słyszałam nawet jakie. Chciałam do domu. Poczułam ulgę, gdy przyprowadził konie. Ale wtedy zaczęło się najgorsze. Nie mogłam wsiąść. Skręciłam lewą nogę i nie umiałam wsiąść od prawej. Po prostu nie umiałam! Po raz kolejny dzisiaj okazało się, że nie potrafię wykonać najprostszej czynności!

— Zostaw mnie! — rozpłakałam się nieoczekiwanie. — Zostaw mnie, idź sobie! — oparłam głowę o koński bok i szlochałam.

— Sigrun, pozwól, pomogę ci wsiąść, podsadzę cię…

— Przestań! Nie jestem dzieckiem, muszę sobie sama poradzić! Zostaw mnie w spokoju!

Spróbowałam jeszcze raz. Nic z tego. Jestem kaleką. Nieudaczniczką. Płakałam.

Podszedł do mnie z tyłu, chwycił w pasie i po prostu posadził na końskim grzbiecie, zanim zdążyłam się zorientować. Zanim zdążyłam zaprotestować.

— Spróbuj, czy włożysz nogę w strzemię.

Wchodzi tylko czubek stopy, a i tak z wielkim bólem.

— Nie. Nie dam rady.

— Sigrun, to wszystko moja wina. Nie powinienem zostawiać cię ani na chwilę. Regin mi tego nigdy nie wybaczy.

— Regin o niczym się nie dowie.

— Nie mów tak.

— Mówię tylko, że nie chcę, żeby wiedział, że jestem taka słaba, niezdarna.

— Sigrun, przepraszam cię.

Co mam mu odpowiedzieć? Czuję się podle.

— Sigrun, pojedziemy na jednym koniu, nie ma innego wyjścia. Ja będę prowadził, a ty się mnie przytrzymasz. Przesadzę cię na mojego konia, jest mocniejszy. Tego weźmiemy na sznur. Jechałaś tak już kiedyś? Wiesz, jak się trzymać? Zgadzasz się?

Nic nie mówiłam. Było mi wszystko jedno. Przeniósł mnie, posadził, wsiadł z przodu. Ruszyliśmy. Chwyciłam go za kaftan, żeby nie stracić równowagi. Siedział sztywno. Jechaliśmy powoli. Było ciemno. Koń szedł nieufnie, parskał i rzucał głową. Moja klacz z tyłu co chwila stawała i Bodvar musiał mocnym pociągnięciem zmuszać ją do marszu. Mokre ubranie sprawiało mi przykrość. Trzęsłam się z zimna. Czułam się okropnie. Upokorzona, obolała, wystraszona. Wydarzenia całego dnia przesuwały mi się przed oczami. Czy to ten sam niedźwiedź, którego chciał ustrzelić w lesie? Ta niedźwiedzica? Czy to możliwe, że przyszła za nami aż do gaju? Jakby się uwzięła. Albo jakby była nam przeznaczona… a jeśli tak, to co teraz zrobią małe niedźwiadki? Zginą z głodu bez żywicielki? Po co to wszystko? Gdybym nie skręciła nogi, wsiadłabym na konia i uciekłabym przed nią, i nic by się nie stało. Ona nie była agresywna, widzę ją jeszcze, jak stoi tam, przede mną i kręci łbem. Gdyby chciała mi coś zrobić, wystarczyłoby parę kroków i jedno zamachnięcie łapą… A jeśli to nie ona, tylko on?… Czy to znaczy, że przelaliśmy w ofierze krew niedźwiedzia? Za gardło złapał mnie strach, w jednej chwili wszystko ułożyło się. Twarz Bjorna, twarz mojego Niedźwiedzia stanęła mi przed oczami trupio blada, z oczami przesłoniętymi mgłą jak u zwierzęcia, które leżało u moich stóp. Jak mogliśmy nie zrozumieć tych znaków?! Jak mogliśmy być tak ślepi?! Szarpnęłam Bodvara za kaftan.

— Słuchaj, ten niedźwiedź, ten, którego zabiłeś, to był ten sam, do którego mierzyłeś w lesie?

— Nie wiem dokładnie. Możliwe.

— Jak to nie wiesz?! Zabiłeś niedźwiedzia czy niedźwiedzicę? Mów szybko!...

— Niedźwiedzicę. Ale nie mam pojęcia, czy to ta sama. Tamta w lesie wydawała się większa.

Odetchnęłam głęboko.

— Jesteś pewien, że zabiłeś samicę?

— Tak, Sigrun, jestem pewien.

Co za ulga. Co za ulga! Więc to nie ten znak, nie taki! Sława bogom! W jednej chwili serce mi się wypogodziło, jakby spadł z niego ciężar, z wdzięcznością przytuliłam się do pleców Bodvara, objęłam go ramionami w pasie, oparłam głowę o niego. Więc jednak samica! Łzy zaczęły płynąc mi same... z radości, ze szczęścia, ze wszystkiego. Cały ten trudny dzień spływał strumykami po mojej twarzy, szlochałam, łkałam, a łzy wsiąkały w kaftan Bodvara jak deszcz w ziemię. Nawet nie zauważyłam, że jedziemy coraz szybciej, już nie przedzierając się między drzewami, tylko szerokim leśnym traktem. Bodvar dobrze prowadził, moja klacz zgrała kłus z jego ogierem. Już nawet ból nogi i chłód sztywnej, mokrej wełny mi nie przeszkadzał. Późno w nocy, ale dojedziemy do Namsen. Och, synku, niech niedźwiedzia krew będzie miła Odynowi, na twoje szczęście i chwałę, niech Freyja przyjmie krew niedźwiedzicy za twoją... Zasnute mgłą ciemne oczy zwierza zdały mi się teraz pobłyskujące złotem... jak te liście brzóz, gdy wjechaliśmy na polanę, liście niczym rozrzucone monety, może to sama Freyja, jadąc złotokołym wozem, sypnęła nimi na ziemię, na gaj święty, na ofiarę... wszystko układało się w świetlistą całość, obrazy przepływały jeden w drugi, koń unosił nas w dal... tamta złota polana w rozlewisku Wilczej Rzeki, gdy zobaczyłam go po raz pierwszy, gdy ugięły się pode mną nogi na widok jego jasnych włosów i oczu w barwie bursztynu... kiedy od brzmienia jego głosu serce mi topniało... miód, który lał mi na palce i który pił wprost z nich... jego broń, zawsze gotowa do walki, niezmordowana i jego kapitulacje, gdy brałam go ja... tyle razy we śnie jechałam z nim konno jak dzisiaj, ciało w ciało, przyciskając piersi do jego nagich pleców, obejmując udami jednocześnie jego i końskie, spocone boki... gdy mówił: dosiądę cię Sigrun, drżałam, bo to była zapowiedź rozkoszy... dosiądę cię, Sigrun...

— Zsiądę, Sigrun, uważaj. Przytrzymaj się teraz. Sigrun... Sigrun, słyszysz mnie?

Zbudziłam się, ale chwilę trwało, żebym zrozumiała, gdzie jestem. Że to nie Regin, że to Bodvar, że zsiada z konia, że stoimy przed bramą Namsen... że to wszystko to sen był... sen tylko o mym Miłym... och...

Bodvar wprowadził mnie pod dwór, zsadził z konia i zaprowadził do alkowy, kuśtykającą. Zaspane służebne krzątały się szybko i bezładnie.

— Każę obudzić Helę, niech opatrzy ci nogę, jak trzeba.

— Nie, zostaw. Rano to zrobi. Chce spać. Chcę tylko spać.

— Dobrze. Jak sobie życzysz — głos Bodvara był cichy i miękki jak nigdy. — Mam iść czy zostać jeszcze z tobą?

— Idź, idź. Dziękuję. Jestem zmęczona.

— Poradzisz sobie? Może...

— Nie, idź już, Bodvarze. Chcę się położyć.

Chcę się położyć i śnić dalej. Śnić o mym ukochanym, dalekim, bliskim. Wsiadać z nim na koń, tulić piersi do jego nagich pleców. Chcę być z nim tej nocy dalej, choćby tylko we śnie. We śnie mocnym jak życie...

Rankiem kaszlałam, noga puchła, Hela łamała ręce. I ona, i Gudrunn krzątały się przy mnie, smarowały piersi jedną maścią, a stopę drugą. Dostałam gorączki z przeziębienia i kilkanaście dni spędziłam w łóżku. Spałam mocno, Hela musiała mnie wybudzać, żeby podać odwary i zmieniać mokre od potu koszule. Pamiętam mocną woń ziół i ostrą niedźwiedziego futra. Snów nie pamiętam, tylko strzępki, obrazy, niepoukładane skorupy. I to, że nie umiałam nad nimi zapanować. I że bardzo chciałam spać, spać, spać…

…

— Musimy ją obudzić. Musi się w końcu dowiedzieć.

— Jeszcze nie. Niech śpi.

…

— Trzeba ją obudzić.

— Jeszcze nie, jeszcze ma gorączkę.

…

— Obudź ją, proszę.

— Jeszcze nie, poczekamy, aż przypłyną.

…

— Już nie ma na co czekać. Wybudzimy ją.

— Ja nie mogę. Nie dam rady jej tego powiedzieć.

— Więc kto?

— Bodvarze, ty jej powiedz, od ciebie przyjmie to najspokojniej…

…

Myślą, że wciąż śpię. Że nie słyszę ich gorączkowych szeptów. Nie, nie śpię od kilku dni. I wiem już, że nie śnię. Ale nie mam siły, żeby wstać i przyjąć to wszystko. Udaję sen, żeby zebrać się w sobie, żeby odciągnąć w czasie ten moment. Zresztą po co mam wstawać? Zostały mi tylko sny, wyrazistsze niż życie. Łaskawsze niż życie. Najbardziej boję się chwili, gdy zobaczę jego twarz. Nawet nie umiem sobie tego wyobrazić. Jeszcze nie dzisiaj. Dzisiaj jeszcze będę spać. Niech już sobie pójdą.

…

Wstałam nad ranem. W alkowie nie było nikogo. Ogień jeszcze nie przygasł. Umyłam się. Ubrałam. Z trudem założyłam but na spuchniętą nogę. Wszystko powoli, do świtu mam jeszcze czas. Czesałam włosy. Otworzyłam skrzynkę z klejnotami. Więc tak, więc to wszystko tu jest. A śniło mi się, że rdza zżarła brosze i zapinki. Chyba wolałabym, żeby ich nie było. To, że w takiej chwili wszystko jest na swoim miejscu, budziło mój niesmak i sprzeciw. Ale tak właśnie jest. I to niepojęte.

Gudrunn weszła pierwsza, za nią Bjorn, Bodvar, Hela...

— Mamo!... — Gudrunn padła mi do nóg, Bjorn za nią. — Mamo, ty już wszystko wiesz!...

— Tak. Wiem.

Pojechałam na wybrzeże, żeby zobaczyć, jak przybija łódź, chociaż prosili, żebym tego nie robiła. Zawsze wychodzę po niego, powiedziałam. Zaprzęgli więc do wozu i wsiadłam. Z fiordu, ze skały patrzyłam, jak najpiękniejsza z jego łodzi dobija do brzegu, jak wyciągają ją z wody. Nie, nie chciałam, by odkryli twarz. Niech będzie, jak było. Nieśli ciała na marach, z wybrzeża do grodu. Orma przy Reginie. Bjorn prowadził, przy nim Ragnar, Bodvar, Sigurd, inni. Mój wóz za nimi. Za nami drużyna. Młodzi z pochodniami, ciemno się zrobiło. Miejsce było gotowe — wielkie leże przed dworem. Tam położyli mary. Czuwałam przy nich z daleka, jak każe obyczaj. Potem poszłam do siebie, Bodvar już na mnie czekał. Trzeba ustalić: kto, jak, gdzie i kiedy. Wszystko mu zleciłam. „Tak, dobrze się czuję, Bodvarze", powiedziałam. „Nie, nie będę spała. Spałam przez tyle dni, już więcej nie trzeba". Potem przyszedł mój syn. Chciał mi opowiedzieć, ale nie chciałam słuchać. „Mój ojciec poległ jak bohater". „Wiem, synku", powiedziałam. Nie trzeba mi tego mówić. Przecież ja wiedziałam.

Wszyscy wiedzieli, co robić, nikt o nic nie pytał. Przypłynęli goście, Hakona wysłannicy. Jarl Północy kocha swoich ludzi. Zjechało się chyba z pół Trondelagu. Gudrunn musiała się przenieść do mnie, żeby zrobić im miejsce. Trzeciego dnia wszystko było gotowe.

Najpiękniejszą z łodzi ustawiono za grodem. Jej dziób był tak wyniosły, że nawet stos, na którym stała, nie psuł sylwety statku. Proporzec ze smokiem. Wokół niej dwanaście namiotów z tarczami na szczytach. Mojego syna pierwszy. Za nim namiot Ragnara. Westchnęłam, gdy nieśli go na marach. Wciąż jest taki piękny. Założyli mu najzdobniejszą koszulę. Tę, którą wyszywałam, kiedy był w Laponii. Dwanaście obwodów wokół szyi, dwanaście na rękawach. Gdyby nie to, że był taki blady. Srebrna przepaska na czole przytrzymywała włosy, złota — białe futro z wilków. Końce włosów ginęły w futrze, więc zdawało się, że cały jest nimi okryty. Orma wniesiono za nim. Ale twarz miał przykrytą, ponoć z powodu rany. Lubow w błękitnej sukni podnieśli wysoko, tak by patrzyła, co na łodzi. „Co widzisz?" — spytał godi. „Widzę pana mojego pośród wojowników. Widzę pana mojego w Walhalli. Pozwólcie mi iść do niego". „Najpierw idź do namiotów jego towarzyszy". I poprowadzili ją do namiotu Bjorna. Gdy znikła w nim, pozostali podnieśli tumult. Uderzali w tarcze, pokrzykiwali. Godi nalał miodu i puścił róg między drużyną. Dla mnie nalał osobny i sam mi go podał. Przyprowadzili czarnego Ulfa, wierzchowca Regina. Szedł niepewnie, rzucał łbem, jakby wiedział, jaki los mu pisany. Zawahał się przed wejściem po kładce do łodzi. Godi poderżnął mu gardło i koń padł przy swoim panu. Czy mój syn miał wcześniej kobietę? — pomyślałam — czy też przy śmierci ojca żegna się z chłopięctwem? Wyprowadził Lubow za rękę i oddał Ragnarowi. Dziewczyna chwiała się lekko, a Bjorn położył druhowi rękę na ramieniu. Zniknęli w środku. Znów drużyna podniosła wrzawę. Bjorn został przed namiotem i wziął róg z rąk Bodvara. On będzie następny, jego namiot jest trzeci. Koń Orma czuł krew przelaną tu przed nim i tańczył na deskach kładki, wierzgał, nie chciał iść do łodzi. Stukot jego kopyt rozsadzał mi czaszkę. Ogłuszyć go musieli uderzeniem w tył głowy. Bodvar stał przede mną z pochyloną głową. Przyszli po niego, gdy Ragnar wyprowadził Lubow. Suknię miała we krwi. Weszli do jego namiotu. Pies Regina, pies Orma. Wierne zwierzęta same wbiegły na łódź, do swych panów. Potem tylko skowyt, dwa razy, ale jakby jedno. Bodvar przekazał niewolnicę dalej, chwiała się na nogach. Znów uderzanie w tarcze. Dalej zwierzęta przyprowadzano parami. W powietrzu ciężko wisiała posoka. Róg z miodem krążył szybciej. Dobrze, że siedziałam na wysokim krześle, trunek ugiąłby mi nogi. Zmierzchało, zapłonęły pochodnie. Wzdrygnął mną ich ogień. Z dwunastego namiotu Lubow prawie wynieśli. Włosy miała w nieładzie, suknię całkiem zmiętą. Skinęłam na służbę, by ją przyodziali. Przecież tak nie może wejść do namiotu pana. Po kładce prowadził ją Bjorn z Ragnarem. Sama by nie uszła. Za nimi na łódź weszło jeszcze czterech. Tam godi dał jej się napić i znów spytał: „Co widzisz, kobieto?" „Widzę pana swego w Walhalli, widzę wojowników, broń wszelaką, konie, jest uczta na jego chwałę, pozwólcie mi pójść do niego". Dalej nie widziałam, brali ją do namiotu ustawionego na łodzi. Bjorn pierwszy, Ragnar drugi, Bodvar trzeci, Sigurd czwarty, kim są ci dwaj pozostali? Gdy zeszli z łodzi, wniesiono dary. Skrzynie srebra, naczynia, broń wszystką, tarcze, futra. Widziałam, jak wnoszą naszą małą skrzyneczkę. Kazałam ją ustawić przy Regina dłoni, pewnie usłuchali. W niej dzban złotego wina i nasz róg miłosny. Zagrały rogi z czterech stron. Jak pięknie brzmią o zmierzchu, gdy dźwięk niesie się miękko po wieczornej rosie... Godi wezwał Bjorna, by przystawił pochodnię do stosu. Syn mój, wysoki, smukły, podpalił dziób łodzi. Potem Ragnar rufę, Bodvar i Sigurd burty. Ktoś ścisnął mnie za palce. Wypuścili ptaki: dla Regina orła, dla Orma sokoła. Krążyły nad naszymi głowami odurzone dymem.

Bitwa była piękna, jomswikingowie na łodziach jak ławica śledzi otoczyć nas chcieli, ale nasze łodzie między nimi niczym węże morskie mknęły, nieuchwytne i szybkie, uskrzydlone w żagle...

stos tak szybko się zajmował, otaczał łódź od dołu ogniem niczym...

strzał padło tyle, że zdawało się, że powietrze zapłonęło żywym ogniem, kto otwierał usta, by krzyknąć: Odyn! ten połykał żelazo, ale któżby na to uważał, gdy bitwa piękna taka, któżby chciał w milczeniu życie Odynowi dawać…

patrzę na stos i jakbym teraz to widziała: statek płynący w morzu ognia, iskry niczym fale…

nawet fale nam sprzyjały, bo wiatr był zachodni i jomswikingom wiał w oczy, a nam strzały nosił. Hakon Wielki płynął środkiem, a przy sobie chciał mieć najlepszych, więc burta w burtę trzymał Regina z Ormem, smoka z wężem chciał mieć za miecz i tarczę. A oni straszni byli, kto ich zobaczył, widział śmierć…

więc byli jeden przy drugim, jakżeby mogło być inaczej, całe życie ramię przy ramieniu…

najstraszliwszym wśród jomsborczyków był Sigvald, wielki jak tur, dzielny jak niedźwiedź, chytry jak lis, on chciał chwałę tej bitwy dla siebie zagarnąć. Przy nim stało dziewięciu druhów i sternik szybki jak sokół. I krzyknął Sigvald: Hakonie, jarlu Północy, wypłyń naprzeciw mnie, niech zobaczę, jak w twych oczach przegląda się Hel! A wtedy wszyscy jarlowie Trondelagu wyprowadzili swe łodzie w jedną linię z Hakonem i krzyknęli do jarla Jomsborga: „Północ ma ośmiu panów, zmierz się z nami wszystkimi, bo Hel tu jest, ale przyleciała po ciebie!". I wściekłość zapanowała w szeregach Jomsborga i wypuścili chmurę strzał, aż niebo zasłonili żelazem grotów. Odpowiedział im dźwięk kolczugi Hakona, która trafiona setką strzał spadła mu z ramion do stóp, ale on sam stał pewnie na nogach i śmiał im się w twarz. Padło wielu, ale żaden z Panów Północy. Tylko wściekłość przebiegła niczym skra, od łodzi do łodzi, od wiosła do wiosła, a ich szybki ruch postawił nagle armię przed armią. Panowie Północy, wielcy jak skały na fiordzie, wysocy jak dęby, twardzi jak stal damasceńska, rzucili się w walkę jak ogień na suche polano…

ogień ogarniał stos, wdzierał się do łodzi, namiot, pod którym leżał Regin i Orm, lśnił już od setek iskier…

dwie są rzeczy białe: obnażone zęby i białka oczu błyskające spod hełmów, dwie są rzeczy szybkie: zamach ramienia i topór spadający na wroga. Dwie są rzeczy pewne: krew i śmierć, która przychodzi znienacka. Starli się wielcy z wielkimi, groźni ze strasznymi, silni z twardymi i mocowali się ze sobą niczym dwa samce niedźwiedzi, z których ustąpić nie może żaden. Bitwa była piękna i straszna. Moc po obu stronach i sam Odyn nie wiedział, którym sprzyjać, bo jednako mu byli mili jedni i drudzy. Jednooki czekał więc, a Walkirie wraz z nim zastygły nad głowami walczących, patrząc nie, którzy będą dzielniejsi, tylko którzy wytrwają w tym straszliwym starciu. Losy bitwy zatrzymały się, bo jedni drugich trzymali w zwarciu i popuścić nie chcieli.

Iskry skrzące się na płótnie namiotu zlały się niczym płomienna woda i najpierw cienkimi stróżkami, a potem już całą połacią ogarnęły materiał…

I wtedy Orm, mąż z oczami węża, zwinny niczym ten, którego imię nosił, krzyknął: wodzowie walczą za zwycięstwo, wojowie walczą za wodza! I przeskoczył ze swej łodzi na pokład jomswikinga, rozkołysał nim i walczącego przewrócił. I w jednej chwili zmienił losy bitwy, bo oto rozsadził łańcuch wroga, jakby wyjął z niego ogniwo. Jakie wokół niego było spustoszenie! Już walczył od środka, jakby patroszył rybę. I wycelowali w niego strzały ci, co płynęli z tyłu, i wypuścili je wprost w gibkie ciało Orma, a on, choć potrafił unikać grotów, choć wił się między nimi jak dym na wietrze, w końcu padł pod chmurą strzał. A umierając, jeszcze dwa życia tym, co byli na wyciągnięcie miecza, odebrał.

Friedgerd krzyknęła imię swego męża, bo ogień chwycił jego ciało, jakby chciał go drugi raz uśmiercić. Krzyknęła: Orm!… i załkała cicho, a skald przerwał pieśń na chwilę i słychać było strzelanie iskier…

„Oooorm!" — zakrzyknął Regin, widząc, że druh jego pada na deski łodzi. I w jednej tej chwili wstąpił w niego duch druha i duchy wszystkich poległych. I skoczył za nim tak szybko, że Walkirie nie zdążyły po ciało dzielnego Orma podlecieć. Regin przeskakiwał z łodzi na łódź, biegnąc w stronę tej, na której stał Sigvald, wódz Jomsborga. A strasznym był tak, że kto na niego spojrzał, widział śmierć tylko i wpadał z głuchym jękiem w morze. A Regin jeden miał cel, i wszyscy to widzieli, bo bitwa na chwilę tamtą zamarła, Regin oszalały po śmierci druha musiał zabić nie strzały, które Orma dosięgły, ale tego,

kto dał znak, by je wypuścić. Nikt nie był w stanie zatrzymać Regina, a on nie czuł bólu ni strachu…

A czy czuł teraz ciepło, gdy płomienie stosu dosięgły jego ciała? Czy też grzał się w nich jego duch ucztujący w Walhalli? Z łodzi dobiegł krzyk niewolnicy, która zemdlona leżała u stóp swego pana i teraz, gdy ogień dotknął jego ciała, zagarnął i ją, włączając w strzelające pod maszt płomienie…

Próbowali dosięgnąć Regina jomsborczycy, ale on nietykalny niczym Baldur przeskakiwał między nimi wprost do celu. Sigvald gotował się na śmierć. Krzyknął: tu jestem, jarlu Namsen! I zdjął hełm i odrzucił go w fale. Regin dosięgał już jego łodzi, już był przy nim, już zanurzał miecz w piersi jego brata, który chciał wodza przysłonić. Cisza zapanowała po obu stronach, jakby obie armie wstrzymały oddech przed pojedynkiem olbrzymów. „Pokaż twarz!" — krzyknął Sigvald, a gdy Regin sięgał hełmu, by go odrzucić, ten, co stał za nim, pchnął go z tyłu pod żebro. I zachwiał się Regin, ale nie upadł, i cofnął rękę, i nasadził z powrotem hełm na oczy i zwarł się z Sigvaldem, nim ten zdążył pomyśleć, i pchnął go mocno, aż łódź pod nimi zakołysała się w dwie strony. I mocowali się z pięknym refrenem mieczy, żelazo o żelazo rymowały się ostrza, a rytm pieśni krwawej był równy i czysty. I trwało to dziewięć zwrotek, takt w takt jednakich, w których żadna ze stron nie brała góry nad drugą. I dźwięcznie, i równo grała stal w stal, ręka w rękę, oddech w oddech. Odrzucili tarcze obaj, aż prysnęły fale. I trwałoby to w wieczność niezmiennie, bo jeden i drugi sił mieli za trzystu, a walczyli tak dzielnie, że Walkirie łkały. A wojska patrzyły i chłonęły ich siłę, nerwy mając napięte do granic. Aż ktoś nie wytrzymał, nie oni, ktoś z boku. Ktoś, kogo rękę Loki, zdrajca bogów, prowadził. I wypuścił strzałę prosto w ramię Regina. On ciosu nie odpuścił, ale nie odparował, a jedna strzała zwabiła następne i poszły w jego golenie, i szyję, i w plecy. „Nie strzelać, tchórze!"– krzyknął Sigvald do swoich, ale było za późno, strzały tkwiły w Reginie. Ten, bólu nie czując, tylko bezwład w kończynach, odrzucił miecz i dobył noża zza pleców, a Sigvald, widząc w jego oczach ostrza, wyrwał topór któremuś i zamachem wielkim wbił się w ramię Regina. Jarl padł na kolana i długim nożem zdążył

Sigvalda zahaczyć. Zwarli się na dnie łodzi. Odyn, widząc brawurę Regina, sam zdecydował: muszę go mieć przy sobie! I posłał Walkirie, by mu go zabrały. Sigvald leżał na dnie łodzi bez ducha. Jego skrzydlate dziewice nie chciały, jego Odyn nie żądał. Krzyknęły armie obie na ten pojedynek. Na tę śmierć najpiękniejszą, jaką można śpiewać! I każdy zapragnął tak zginąć jak Regin, i rzucili się w bitwę jeden na drugiego! A wszyscy wzywali imienia Odyna, bo chcieli, by ich Jednooki dojrzał jak Regina. I bitwa piękna była, rymy krwawe, rytm żelazny, dźwięk stali wyborny. Płomienna odwaga, w śmierci jest smak życia...

Płomienie zajęły całą jego postać. Iskry strzelały wokół, zajęły i mnie. Reginie ukochany, płoniesz dla mnie raz ostatni i mnie raz ostatni rozgrzewa ciepło bijące wprost od twego ciała. Chciałabym spłonąć dla ciebie, najmilszy, dlaczego mi zakazałeś?! Dlaczego? Ostry zapach, ale nozdrza moje znajdują w nim twą woń, nieomylne. Płynie łódź z tobą po morzu płomieni. Proporzec na wietrze łopocze, a smok, twój smok rodowy strzela ogniem z pyska, ożywiony dopiero w twej śmierci. Jakże ja chcę do ciebie, dlaczegoś mi zabronił? Mogłabym teraz na twojej piersi oddawać się płomieniom, które tyle razy zajmowały nas oboje... A kazałeś mi żyć i patrzeć, jak spopielają się nasze wspomnienia...

Taka była wola twoja, mój mężu, mój miły, mój panie...
Żyłeś godnie, dawałeś życie pięknie, umarłeś, jak chciałeś...
Przemija miłość, przemija bogactwo, sława życia zostaje...

Dzień w dzień chodziłam do niego. Nosiłam miód, mleko, ziarna grochu, placki. Patrzyłam, jak sypią kopiec nad łodzią. Całe życie bałam się śmierci. Całe życie bałam się j e g o śmierci. A teraz, w te dni, które nastąpiły zaraz po obrządku, poczułam wielką ulgę. Jak to wytłumaczyć? Czy usprawiedliwia mnie to, że w końcu przestałam się bać? Że wreszcie nie będę czekać? Że całe moje życie u boku ukochanego to było jedno wielkie czekanie i jeden wielki lęk, iż nadejdzie taki czas, gdy on po prostu nie wróci? I to się właśnie stało. Nie wrócił. Jeszcze nie myślę, co będzie za kilka dni. Jeszcze nie pozwalam sobie tak myśleć. Robię tylko to, co konieczne. „Jeśli nie umiesz myśleć o wieczności, myśl o tym, o czym potrafisz" — powiedziała mi Thora po śmierci mojego ojca. Więc biorę w ręce życie, które jest tu, obok i nim się zajmuję, by nie dotykać myślą krain, których nie mam odwagi oglądać. Od rana do zmierzchu pilnuję sypania kopca, wybieram najpiękniejsze głazy, patrzę potem, jak kują w nich jego imię, i proszę, aby włożyli w to całą swą staranność. „Pani — odpowiada mi mężczyzna — kamień w grobie jest wieczny, ja wiem, że patrzeć na niego będą ci, których imion jeszcze nie znamy. I będę rył tak długo, aż pani powie, że wygląda jak trzeba". Chodzę z tą myślą cały czas. Kamień Regina będzie wieczny. Miły mój będzie wieczny. Będzie z Asgardu patrzył na niego i musi być zadowolony. Zima przyszła nagle. Była jesień, kiedy go przywieźli, a nie wiem, kiedy spadł śnieg. Bjorn i Ragnar popłynęli do Lade, na pierwszy thing po wielkiej bitwie. Wszyscy o tym mówili, a ja myślałam wciąż o kamieniu dla Regina. Bodvar prosił, żebym odpoczęła, żebym przestała tyle pracować, że on wszystkiego dopilnuje. Gudrunn i Hela wciąż parzyły mi jakieś zioła, ale w tajemnicy przed nimi część z nich wylewałam. Piłam tylko te, które znałam. Czułam, że chcą mi dać znów odwary na sen, po których zapadnę w letarg jak przed śmiercią Regina. Nie dam się, będę czuwać, aż kamień dla Miłego będzie gotów. Kopiec usypali przed mrozem. Był majestatyczny. Choć sądzę, że wiosną można go powiększyć. Ponoć dawny król Dunów Gorm usypał swojej żonie, królowej Thyrii kopiec wielki jak góra. Regin zasługuje na wszystko, co największe. Chciałabym, aby ze szczytu jego kopca widać było morze. Ale teraz kamień. Kamień najważniejszy. Trzeba pobarwić. Tak myślę. Kamieniarz mówi, że nie ma dość barwników, że trzeba sprowadzić z daleka. Z Islandii najlepiej. I że zimą nikt nie popłynie. Nie będę czekać do wiosny. Skoro z Islandii, posłałam do Asolfra, niech znajdzie. Ma tam swoich ludzi. Czekam. Czekam też na Bjorna. To jego pierwszy thing bez ojca. Na pewno sobie poradzi. Wrócił taki dorosły.

— Sigrun… — Bodvar stał w progu, pytając, czy może wejść.

— Co takiego?

— Sigrun, trzeba posłać do Halderd, wypada, żebyś okazała jej współczucie.

Patrzyłam na niego zdezorientowana. Wytrącił mnie z moich myśli i nie wiedziałam, o czym mówi.

— Trzeba wysłać jej wyrazy współczucia po śmierci Yngwe i Asgrima. Chowali się w twoim domu, pod ręką Regina.

Yngwe i Asgrim nie żyją? Yngwe... co się dzieje z moją pamięcią? Na Disy, przecież to jej synowie, z drużyny Regina!... Nie żyją? Ja o tym nie wiedziałam? Nie, wydaje mi się, że wiedziałam, tylko... Tylko co? Mam kłopot, żeby skupić myśli... Jak to wszystko możliwe?

— Sigrun, czy ty się dobrze czujesz? Czy słyszysz mnie, Sigrun?

— Słyszę Bodvarze, ale... nie wiem, czy rozumiem... — mówiłam wolno, jakoś dziwnie mnie samej brzmiał własny głos. — Bodvarze, ja... nie wiem, czy wszystko rozumiem. Nie wiem, czy pamiętam... czy możesz mi opowiedzieć od początku, od ...

— Od śmierci Regina?

— Tak...

— Tak myślałem, Sigrun, że coś nie jest, jak trzeba, że to od zmartwień! Jesteś całkiem zmieniona, jak nie ty... — Bodvar wyraźnie odetchnął i zaczął mówić: — W czasie bitwy z Jomsborgiem zginął Regin, Orm...

Przerwałam mu ostro:

— To wiem. Tak, to wiem.

— I zginęli dwaj starsi bracia Ragnara: Asgrim i Yngwe.

— Biedna Halderd!... dwóch synów jednego dnia!...

— Tak. Ale mówi się, że to była dziwna bitwa, że ginęli w niej najdzielniejsi, że Walkirie zbierały z łodzi tych, których wskazywał Odyn, nim jeszcze zdążyli paść od ran. Mówi się, że wielu z nich nie znaleziono, bo na wieść o bitwie nad bitwami przyjechała złotym wozem nawet Freyja i bogini najmężniejszych i najpiękniejszych sama ponoć zabierała z walki...

— To nieprawda! To nieprawda, bo ciało Regina wróciło!

— Tak tylko się mówi, powtarzam.

— Regin zapowiadał przed wyjazdem, że o tej bitwie skaldowie będą śpiewać pieśni. Pewnie trochę zmyślają.

— Porozmawiaj z synem, niech ci opowie szczegóły.

— Nie, nie chcę słuchać. Jeszcze nie teraz. Jeszcze nie…

— Rozumiem, przepraszam, Sigrun. Tak dzielnie się trzymasz, że zapomniałem…

— Powiedz tylko, jak spisał się mój syn?

— Za Bjornem przypłynęła chwała. Za Bjornem i Ragnarem. Ponoć tak się w bitwie zapamiętali…

— Stój! Nie mów dalej! Kiedyś tego posłucham, ale nie teraz…

Czy oni nic nie rozumieją? Przecież nawet z opowieści o tej bitwie popłynie ciepła wciąż krew Regina. Nie jestem gotowa, żeby to zobaczyć. Jeszcze nie teraz. Dopiero gdy postawię kamień. Dopiero jak Regin stanie się wieczny.

— … powiedz tylko, kto wygrał.

— Nasi. Panowie Północy. Sławny Jomsborg pokonany z kretesem.

— Tak. Tak, wiedziałam, ale chciałam się upewnić, moja pamięć działa teraz tak różnie…

— Sigrun, to mam szykować posłańców do Halderd?

— Tak. Oczywiście. Sama przygotuję dary.

Wyszłam, ale zimne powietrze na dworze mnie ocuciło i wróciłam do Bodvara.

— Powiedz mi jeszcze, co teraz z nami będzie?

— Teraz Bjorn zajmie miejsce Regina w radzie. Dlatego pojechał na thing w Lade. Wrócą, to zobaczymy, jakie dalsze plany. A tu, w Namsen, po staremu, jak było…

— Po staremu… Dobrze.

Nic nie jest po staremu, to już do mnie dotarło. Ale wciąż jeszcze z myślą tą się nie mierzę, jeszcze nie mam na to siły. Później. Jeszcze mam czas. Choć, gdybym słuchała tylko ludzi, wierzyła tylko temu, co widzę, to tak właśnie mogłabym sądzić: że nic się nie zmieniło. Regina nie było, ale jego zwykle nie było. Służba się krzątała, z kuźni dochodził miarowy stukot młota, ze stajni rżenie, psy szczekały jak zawsze przy zmierzchu, z kuchni woń pieczonych mięs, od której mnie mdliło. To jedno się zmieniło, tylko to. Nie bardzo mogę jeść. Zapach mnie mierzi. Wszystko staje w gardle. Ale, jak mówię: gdybym wierzyła tylko uszom i oczom — nic się nie zmieniło.

Zaprząta mnie sprawa kamienia. Nigdy z Reginem o tym nie mówiłam. A przecież taki kamień musi opowiadać o moim mężu, gdy nas już nie stanie. Gdy pomrą nasze wnuki i wnuki ich dzieci. Pieśni są zawodne. Póki skald pamięta, to śpiewa. Potem różnie bywa. Eggnir opowiadał kiedyś, że są skaldowie, którzy z braku talentu kradną i zamieniają pieśni. Na przykład nie potrafią ułożyć strof o swoim panu, więc biorą jakąś starą pieśń, wyrzucają z niej imię dawnego wodza i wkładają w to miejsce swego pana. To tak, jakby mu kradli życie. Na Odyna! To się zdarzyć nie może! Dlatego musi być kamień. A na nim historia jego życia. Tak, aby sława jego imienia przetrwała przez wieki. I musi być zdobny. Regin kochał się zawsze w klejnotach, w misternych zdobieniach. I musi być łódź Regina. Ta ostatnia, „najpiękniejsza z łodzi", na której popłynął do Walhalli. Spróbuję to wszystko sama narysować. Teraz nie, bo ciemno, ale za dnia wezmę woskowaną tabliczkę i będę próbować.

Dni teraz prawie nie ma, dziesięć najdłuższych nocy. Ale palimy tyle pochodni, że wosk na tabliczce od ich ciepła mięknie. Trudno się rysuje, linie nieporadne, za grube. Co chwilę wysyłam dziewczynę, by tabliczkę w śnieg wynosiła schłodzić. Ale prawie mam uchwycony zarys tego, co zamierzam. Po dwóch dniach już to widzę — jest łódź i Reginowy smok na żaglu łodzi, jest wężowy ornament, żeby się kojarzyło z Ormem, druhem jego najmilszym. Po trzech dniach Bjorn wrócił z Lade. Serce mi stanęło, gdy wchodził do halli — przez krótką chwilę, w nierównym świetle — zdał mi się Reginem. Jak on wysoki, jak on mocny w ramionach, z jasnym futrem na szerokich plecach.

— Mamo!...

— Wystraszyłeś mnie, Niedźwiedziu...

— Myślałaś, że to ojciec?
— Tak, jesteście podobni...
— Nie rozmawialiśmy wcale od jego...
— Ciii... i jeszcze o tym nie mówmy.

Spojrzał na mnie. Jak to dobrze, że jemu nie muszę się z niczego tłumaczyć.

— Przywiozłem coś dla ciebie. Zobacz.

Z niewielkiej skrzynki wyjął płaski kamień. Przysunął do ognia. Freyjo, Piękna Pani!... Na kamieniu nie większym od dłoni pulsowało pół świata: Yggdrasil* święty z konarami pełnymi ptactwa, z korzeniami oplecionymi przez węże wprost z ciemnego świata, podgryzającymi korzenie jesionu, jelenie odwracały głowy do saren, wilk jednym skokiem lądował przy ofierze...

— Wiedziałem, że się martwisz kamieniem dla ojca. I znalazłem w Lade rzemieślnika, który tak, jak tu widzisz, ryć w skale potrafi. On podoła zadaniu. On uchwyci sławę Regina i będzie umiał wtopić ją w kamień.

— Gdzie on jest?

— Ze służbą. Nakarmić kazałem i zadbać o niego. Ma się wyspać i od jutra brać do pracy.

Położyłam głowę na ramieniu syna. Łzy wolno spływały mi po policzkach, a Bjorn mocno trzymał moją rękę.

Rig był mocnym mężczyzną. Pochodził z południa. Śmiał się, że nie miał wyboru, bo młody jarl go nie prosił, ale wykupił.

— Tak, wykupił. Kazał sobie pokazać wszystko, co mam zrobione. Trochę tego było. Oglądał i wkładał do skrzyni. Zapytał, ile srebra za wszystko. Powiedziałem. Zapłacił. A potem rzekł krótko: „Nic już nie masz na sprzedaż, człowieku, to i nie masz powodu, by

---

* Yggdrasill — „Drzewo świata", wiecznie zielony jesion. Konarami obejmował niebo, a korzeniami ziemię i świat umarłych. Jesion Yggdrasill tworzy szkielet świata: na nim, na różnych wysokościach, tkwią pozawieszane krainy — od najniższego Niflheimu po najwyższy Asgard. Yggdrasill to jednakże nie tylko spoina łącząca wszystkie światy — to także świat sam w sobie, bogaty i zamieszkany przez niezliczone stworzenia.

tu siedzieć. Spakuj narzędzia, pożegnaj się z żoną i powiedz jej, że wrócisz, jak wykujesz najpiękniejszy kamień w swoim życiu". I rankiem przysłał po mnie konia i dwóch ludzi, takich, którym nie tylko ja, ale i mocniejsi ode mnie by się nie chcieli sprzeciwić. Całą drogę mi o jarlu Reginie opowiadał, zresztą, co tu mówić: u nas śpiewają o nim pieśni. Od czasu bitwy żaden szanujący się skald nie kończy występu inaczej niż pieśnią o Reginie. Łódź i smok na żaglu? Tak, myślę, że dobrze. Ale nie w oplocie wężowym, bo to by mówiło, że od Orma zginął. Wąż musi być tu inaczej wyobrażony. Będzie wychodził wprost z masztu łodzi i łeb tuż przy łbie smoka na żaglu trzymał. O reszcie drużyny opowiemy przez tarcze na burcie łodzi. Tak, mogą być prawdziwe znaki, wszystko odwzoruję. O napisie też trzeba myśleć od razu, nie potem, gdy obraz wykuję. Teraz. Żeby to, co napisane, mówiło więcej niż to, co przedstawione. No tak, są tacy, co pisać każą: „tu leży dzielny Helgi" i do tego rytują postać tęgiego woja. No i po co — ja pytam? Piszesz dzielny i dzielnego rysujesz? To jakbyś pisał pod jabłkiem, że jest czerwone. To widać. Napisz, że słodkie albo że ma soku jak miodu w dwóch kielichach.

Byłam szczęśliwa. Jego mocne dłonie znaczone zgrubiałą skórą i ciemnymi plamami uderzeń stawały się łagodne, gdy dotykał kamienia. Siedział przed wybranym przeze mnie głazem i gładził go koniuszkami palców niczym matka włosy noworodka.

— Ten się nie nada.

— Nie? A dlaczego?

— To mieszaniec. Kamienny kundel. Daj rękę, pani — i nie czekając, co powiem, chwycił mnie za dłoń i moimi palcami dotykał kamienia — o tutaj, na dole... Czujesz, pani?

— Zdaje mi się, że tu nierówności większe, jakby zgrubienia.

— Tak. Jak zgrubienia pod skórą. Nie widać ich, z wierzchu kamień jednaki. Ale jak zacznę kuć, pod spodem będzie twarda warstwa i wzór wyjdzie płytszy. Szukamy innego kamienia.

Znalazł jeszcze tego samego dnia. Ale też miał w czym wybierać, bo wcześniej zgromadziłam ich wiele. Nasz kamieniarz, z początku nieufny i markotny, że cała jego praca pójdzie na zmarnowanie, szybko poddał się woli Riga i pomagał mu we wszystkim. Największą chatę kazałam im na warsztat przysposobić, wysoką, żeby pochodnie od dołu do góry oświetlać ją mogły. Nie powinno być ani chwili zwłoki. Służby im dałam do pomocy dwie piątki, na wszelkie usługi. Na drugi dzień wszystko było gotowe. Na trzeci chałupa od wszystkich innych w Namsen się wyróżniała, jako jedyna niepokryta śniegiem, bo spłynął z niej cały od gorąca bijącego z wnętrza. Trzy duże paleniska i trzy dziesiątki pochodni rozświetlały ją, a Rig i jego pomocnik pracowali bez koszul. Pot spływał im szarymi strugami po plecach. W powietrzu unosił się drobny pył, aż ciężko było oddychać. Dziewczyna stała przy nich z kubkiem i dzbanem i co rusz podawała im wodę, a potem raz jednemu, raz drugiemu pot płótnem ocierała.

— Rigu, dlaczego pijesz wodę? Kazałam przynieść ci dwuletniego miodu.

Spojrzał na mnie, nie przerywając pracy, błysnął okiem w uśmiechu:

— Nie piję, Pani, przy brudnej robocie! Jak zacznę małym dłutem pracować, wtedy będę natchnienia potrzebował! Ale i stróża dzielnego, który upilnuje, bym więcej niż dwa dzbany na jeden dzień nie wypił.

— Możesz pić, ile zechcesz, dam ci, ile trzeba!…

— Wiem, pani, że dasz. Ale moja rzecz nie wziąć. Natchnienie, jakie przychodzi z miodu, jest silne, praca po nim piękna, bo boski trunek ją z ziemskich okowów wyzwala, ale jak wypiję choćby o łyk za dużo, ręka nie będzie w stanie nadążyć za głową! A kamień to nie koszula wyszywana — nie sprujesz haftu krzywego!

— Rigu, mój syn cię wykupił, a ja, jak skończysz, obsypię cię srebrem!

— Nie obiecuj, pani, zapłaty, nim nie zobaczysz dzieła!

— Myślę, że będzie piękne!

— Tak. Ale, co zrobisz, jeśli będzie piękniejsze, niż myślisz?

— Dołożę ci niewolnicę albo dwie o tak słodkich ciałach, że jeszcześ takich nie widział!

— Za niewolnice dziękuję. Nie tykam innych kobiet prócz mojej żony. To by mi talent odebrało. Ale niewolnika zdatnego do noszenia kamieni bym przyjął.

Wyszłam stamtąd na mróz, przed chałupą błoto z roztopionego śniegu. Wciąż jeszcze nie mogę słuchać niektórych słów. Rig pracował bez wytchnienia. Asolfr barwniki przysłał, ale nie wszystkie były, jak trzeba.

— Mamo, Urd z bagien zna sposoby na wyciskanie barw z roślin.

Gudrunn, moja córka. Więc była tu cały czas? Na Freyję, Gudrunn! Jakbym pierwszy raz ją usłyszała od tamtego czasu, tamtego, jeszcze sprzed...

Co się dzieje z moją głową? Gudrunn. Przecież jest Gudrunn...

— Pojedziesz tam, córeczko?

— Pojadę, mamo, Bjorn mnie odprowadzi. Przywiózł z Lade trochę błyskotek, zawiozę, by starą opłacić.

Kiedy ona dorosła? Zaczyna czternastą zimę. Ma jasne długie włosy. Odkąd zaczęła je wiązać? Uparty dołek w brodzie, który wygląda, jakby ktoś naznaczył ją dotknięciem palca. Dołków w policzkach nie ma chyba od dawna. Kiedy tak wysmuklała? Od jak dawna pod jej sukienką rysują się piersi? Dlaczego ja tego nie wiem? Patrzę na nią i od łez, które wzbierają mi gardle, słowa powiedzieć nie mogę. Kręcę tylko głową.

— Mam nie jechać, mamo?

— Nie dzisiaj, córeczko. Dzisiaj zostańmy razem.

Nie idę wieczorem do Riga. Siadam z Gudrunn w alkowie. Nie wiem, co mówić. Głaszczę ją po dłoni. Wszystko, o co chcę spytać, brzmi jak drewno — szorstko. Jak ja mogę takich rzeczy o własnej córce nie wiedzieć? Kiedy ja ją zgubiłam? Mówi ona. Opowiada o Bjornie jak kiedyś, jak zawsze. Tyle że już inaczej. Już nie chwali go za popisy, które robił dla nich dawniej. Teraz mówi, jakim Bjorn stał się mężczyzną, jakim będzie wodzem. Jakie światło bije od niego. Słucham jej i dociera do mnie, że nie spisałam się jako matka.

Że choć tego nie chciałam, zawsze córka była dla mnie tylko światłem odbitym od syna. A przecież to ona jest moim drugim ja, jest mną, młodszą i piękniejszą, bo zrodzoną z Regina. Gudrunn, Ptaszku Jasnopióry, jestem winna, przebaczysz mi? Kocham cię jak siebie, więc słabiej niż Bjorna i Regina, ale mocniej nie umiem. Kocham cię tylko jak siebie samą. To słabość, której nie przezwyciężę, choć nie wiedziałam, że tak się z nami stanie. Zawiodłam cię, jak mnie moja matka. Ja kochałam Bjorna, ona puste miejsce po synu, którego nie miała. Czy uwierzysz teraz, że miałam dla ciebie miłości dużo, choć w sercu on wciąż ciebie przysłaniał? Czy możemy to jeszcze naprawić? Gudrunn niczego mi nie ułatwia, choć nie jest dla mnie okrutna.

— Już krwawisz, córeczko, dlaczego do mnie nie przyszłaś? Nic ci nie zdążyłam powiedzieć, myślałam, że wciąż jeszcze mamy czas, że jesteś za mała…

— Hela mi dawno powiedziała. Chodziłam do porodów, do opatrywania, sama wszystko wiedziałam. No tyle, co trzeba.

— Na zdrowiu i chorobie znasz się już lepiej ode mnie.

— Tak, ale to nic złego.

— Przeciwnie! Żałuję tylko, że ja cię już niczego nauczyć nie mogę.

— Nie mów tak. Nauczyłaś mnie dużo.

— Ale tobie bliższa ta wiedza, którą masz od Heli…

— Tak. Ale to nie twoja wina. Że jestem taka.

— Co ty mówisz? Jaka?

— Dziwna. Inna.

— Gud, nie jesteś dziwna! Jesteś inna, bo mądrzejsza, bo Disy dały ci wstęp do wiedzy, która dla ludzi nie jest dostępna, bo widzisz to, czego my nie widzimy. Jesteś piękną dziewczyną, teraz już kobietą. Znajdziemy dla ciebie męża mądrego, który to doceni. Będziesz szczęśliwa, jak ja byłam!… I pewnie będziesz lepszą matką dla swych córek.

— Nie mów tak. Jesteś dobrą matką. Nie znam lepszej. Naprawdę. Urodziłaś Bjorna i mnie. Wychowałaś Vandila, matkowałaś dzieciom Halderd i całemu Namsen. Każdy to wie. Kochają cię wszyscy, nie ma nikogo, kto by na twój widok się nie rozpromieniał. Wielu by w ogień wskoczyło dla ciebie. Jesteś kobietą, jaką chciałaby się stać każda i którą każdy chciałby mieć za żonę. Jesteś jak światło, które nigdy nie parzy, zawsze łagodnie grzeje. Kiedyś myślałam, że ja też się taka stanę. Że gdy będę wchodziła do halli, każdy, kto na mnie spojrzy, poczuje ciepło w sercu! Ale to były dziecinne marzenia! Teraz już wiem, że tego się nauczyć nie można. Że z tym się kobieta rodzi. Ty urodziłaś się pod opieką Freyi*, ja pod skrzydłami Dis. I tyle. I jeszcze niedawno nad tym rozpaczałam, ale dzisiaj mam już inne marzenia, już nie chcę być kochaną przez wszystkich.

— Córciu, nie warto być kochaną przez wszystkich, warto być kochaną i kochać jednego.

— Właśnie. Tak dzisiaj myślę.

— Jesteś taka mądra. Mądrzejsza niż ja w twoim wieku.

— Ile miałaś lat, kiedy poznałaś ojca?

— Piętnaście. A szesnaście, gdy poznałam Regina.

— Nie rozumiem... — Gudrunn spojrzała na mnie z niepokojem, aż się roześmiałam:

— Dokładnie jak mówię: miałam piętnaście lat, gdy Apalvaldr, mój ojciec zaczął ze mną rozmawiać. Wcześniej tylko mnie rozpieszczał i kochał do szaleństwa. Gdy stałam się kobietą i postanowił, że wyda mnie za mąż, zaczął dzielić się ze mną swoimi myślami. I oboje pożałowaliśmy, że nie robił tego wcześniej. Rok później byłam już żoną Regina.

Gudrunn odetchnęła tak głośno, że roześmiałyśmy się obie.

— A twoja matka? Ja pamiętam ją tylko z dnia jej umierania...

— Moja matka... Wiesz, córciu, aż do dziś jej nie rozumiałam. Kochałam ją, ona mnie, była dla mnie dobra, wyrozumiała, mądra. Ale nie było między nami bliskości. Zdawało się czasem, że ma mi za złe wielką miłość ojca. Nigdy nie rozmawiałyśmy od serca. Ni-

---

* Freyja — bogini miłości i płodności, nazywana była również Wandisą, co ma podwójne znaczenie: albo przynależność do grona Dis (Disa Wanów), albo dosłownie „bogini pożądania".

gdy nie czułam z nią więzów krwi. Wiedziałam, że jest moją matką i kochałam ją jak matkę. Ale żyłyśmy w innych światach. Jej skupiał się na domu, na służbie, na pracy. A ja żyłam snami, marzeniami. Ona o to nie pytała, a ja nie mówiłam. Gdy zostałam żoną Regina, poznałam inną kobietę, Thorę. I przy niej moja dusza się otworzyła. Przy niej byłam sobą, a ona mnie taką kochała. I rozumiała. Potrafiłyśmy całymi dniami nic nie mówić, a być z sobą bliżej, serce w serce. Ja czułam, że to nie wina mojej matki, że tak się stało, bo też i nigdy do niej żalu nie miałam. Ale dopiero ty, moja mądra ptaszyno, otworzyłaś mi oczy. Ty nazwałaś to, czego ja nie umiałam: moja matka i ja urodziłyśmy się pod skrzydłami różnych bogiń. Byłyśmy z jednej krwi, ale z dwóch światów.

— Jak ja i ty, mamo.

— Jak ty i ja, Gudrunn.

Płakałam, tuląc do siebie dziewczynę bliższą mi niż własne ciało. Mądrzejszą stokroć ode mnie. Szlochałam, czując ciepło bijące od niej, a łzy napływały mi do oczy tak szybko, że dusiłam się nimi. Opłakiwałam nas wszystkie: siebie, moją matkę, Gudrunn i jej nienarodzone dzieci. Nie jest możliwym, by urodziła córkę taką, jak ona sama. Takiej drugiej już nie będzie. Gudrunn jest jedyna. Jest skupieniem losów i mądrości wszystkich kobiet Apaldvarowego i Reginowego rodu. Więc nie jest możliwe, by była szczęśliwsza. Jest na to już dziś za mądra. Wytarła mi łzy chustką jak ona cała pachnącą zielem. Patrzyła na mnie dwojgiem jasnych oczy i było nam do siebie o całe morze łez bliżej.

— Pojadę z Bjornem do Urd. Przywiozę barwniki.

— Jedź, córciu. Wiesz, co robić.

Nie było ich trzy dni, ale się nie martwiłam. Wrócili z garnkiem czerni głębokiej jak noc przed Julem, z czerwienią aksamitną jak krew z nakłutego palca i żółcią ostrzejszą niż kwiaty mniszka na wiosnę. Rig miał, co potrzeba. A pracował szybko. Nawet nie wiem, czy sypiał, bo w dzień i w nocy z okien jego chaty sączyło się światło.

A przed nią, w roztopionym od gorąca śniegu, od kilku dni wschodziły łodyżki pierwszych kwiatów. Ludzie z niedowierzaniem kręcili głowami. I z lekkim przestrachem. Jemu paliła się w rękach robota. Gdy skończył, zasłonił kamień wielką płachtą, nikomu nie pokazał. Służbę przed drzwiami ustawił, żeby pilnowali. Zakazał wchodzenia nawet mnie. Sam spał dwa dni i dwie noce. Ludzie po kątach szeptali, że za dużo sobie pozwala, że rządzi się niczym książę. Ja w myślach nazywałam go księciem kamieni. Nie pomyliłam się. Gdy zawołał nas na oglądanie dzieła, gdy zdjął z głazu płachtę, jeden jęk przeszedł po stłoczonych w chacie. Mocno trzymałam serce, by mi nie wyskoczyło. Gudrunn ścisnęła mnie za rękę. Jak to opowiedzieć? Stał przed nami kamień wielki jak mężczyzna. Półokrągły górą niczym daleki horyzont. Na nim łódź Regina uchwycona w tej chwili, gdy wiatr zadmie w żagiel i unosi dziób ponad fale, do skoku. Smok na żaglu był żywy. Patrzył na nas wszystkich złotym okiem, patrzył tak, iż każdemu się zdawało, że jego właśnie widzi. Wąż był masztem łodzi. On żagiel w pysku trzymał, jak Orm tarczą nie raz osłaniał Regina. Obraz cały otoczony był ornamentu rysunkiem misternym. Z daleka zdawał się łodygą rośliny, nagiętą równo wokół łodzi, a z bliska?... Ach, na Odyna! Z bliska dopiero widać, że to nie ornament, to napis... To runy jedna w drugą tak złożone, że zdawały się ozdobą, a były mową:

„Wiele jest rzeczy, które ludzkie dają szczęście: miłość, przyjaźń, bogactwo i dzieci. Ale do wieczności przenosi tylko to, czego nie dostaniesz od nikogo: sława.

Tu leży Regin, syn Asbjorna, jarl Namsen, Pan Północy. Miał wszystko: miłość, przyjaźń, bogactwo, dzielnego syna, piękną córkę i nieustraszone serce. Na sławę wieczną sam sobie życiem i śmiercią zasłużył".

Bjorn odczytał napis głośno. Wszyscy zakrzyknęli. Ja stałam cicho. Cóż mówić? Proste i jasne były zdania na kamieniu. A cały sens jego życia chwyciły. My pomrzemy, nasze wnuki, skaldowie pamięć stracą i wersów zapomną, a sława mego męża zostanie. Więc się dopełniło.

Rig dostał od nas ludzi, którzy mieli go bezpiecznie do domu dostarczyć. Wraz ze skrzynią pełną srebra.

Jedź, człowieku dobry, w swoje strony, niech twoje ręce nie kamienia, a żony, za którą tęsknisz, dotykają, niech dadzą życie z jej łona, tak jak ty tchnąłeś je w kamień!

Schowałam się w alkowie. Otworzyłam największy swój kufer. Gdzieś tam powinno być to, czego szukam. To, czego nie oglądałam latami. Mała srebrna skrzyneczka. A w niej tkanina, którą wyszywałam, gdy byłam jeszcze córką Thory i Apalvaldra. Ostatnie wspomnienie czasu sprzed Regina. Jedyny ślad, że miałam przed nim jakieś ważne życie. Zamek nieużywany zaciął się. Gdzie ja podziałam ten długi kluczyk z łasiczką na skrzydle? Jak można nie pamiętać takich rzeczy? A jednak można, jak się okazuje. Próbowałam wszystkich innych kluczy, które nosiłam, w końcu jeden wpasował się w zamek. Ach!... zielone płótno wyblakło z latami, było jak łąka w jesieni, gdy patrzyłam na nie ostatnim razem. Ale obraz wtedy był cały. A teraz w łące dziury... Jak to się mogło stać?! Mysz by się tu nie wślizgnęła, ale owad, co żywi się wełną... To, co zostało na płótnie nie było tym, co zapamiętałam. Świat, który chciałam utrwalić i schować, rozpadł się na strzępki. Kawałki gór, bez ciągłości, zaburzony horyzont. Pył zmurszałej tkaniny jak mgła. Chociaż to nie kłamie. Kawałek płótna więcej wie o mnie niż ci, co mnie otaczają. A właściwie, jak mogłam pomyśleć, że mógłby zostać na zawsze? Zawsze. Co to znaczy?

Nie usłyszałam, że wszedł do alkowy, dopiero jak się odezwał.

— Sigrun, co z tobą?

— Nic takiego, Bodvarze.

Stanął przy mnie, widział, co trzymam w ręku, pytał wzrokiem. Jakże niechętnie dzielę się teraz myślami.

— Sigrun, łąki za Roveste stoją, jak stały przed laty. Wiosną zakwitną, wyjdą na nie stada. Chcesz, pojedziemy tam po roztopach, Asolfr się ucieszy, a twoje serce zazna ukojenia. Staniesz na wzgórzu, popatrzysz na swój świat i wyszyjesz go znowu. Jeszcze piękniejszym.

— Bodvarze, nic nie rozumiesz. Życie tka się tylko raz. Nic nie można powtórzyć.

— Ale można zacząć od nowa.

— Co zacząć? Nowe życie? Nowe życie ma dziecko, które się rodzi. I ma je aż do śmierci. Ale każdy ma jedno. Tylko jedno.

— Tak, ale to jedno składa się z różnych części, które następują po sobie. Teraz jest zima, potem będzie wiosna. Wszystko obudzi się do życia, latem rozkwitnie, jesienią zwiędnie, zimą zaśnie i tak w koło, raz za razem.

— Raz za razem to w polu, na łące, w przyrodzie, bo one są wieczne. A człowiek nie. W życiu każda pora roku trwa tylko raz. Tak jak raz człowiek kocha.

— Można kochać więcej niż raz, Sigrun... i wcale nie słabiej. Inaczej, po prostu inaczej. Jest miłość, która się rodzi z namiętności, i taka, co powstaje z przyjaźni... — mówił cicho, prawie szeptem.

— Nie wiem. Tego nie wiem. Może masz rację, może jej nie masz. Teraz jest zima i do roztopów jeszcze daleko.

— Dobrze, Sigrun. Teraz jest zima. Ale po niej przyjdzie wiosna. Zobaczysz. A ja...

— A ty już idź.

— Pójdę. Ale jestem blisko. Zawołaj, a będę. Zawsze jestem blisko...

Wyszedł cicho, tak samo jak wszedł bezszelestnie. Schowałam naruszoną tkaninę do skrzynki. Czas godzić się z czasem. Zawołałam po Bjorna. Kazałam nalać nam miodu. I nie przeszkadzać. Wiedział, po co wzywam. Mimo to, rzekłam:

— Synu, opowiedz mi bitwę.

...

Gdy skończył, był środek nocy. Wyszedł i posłałam po Helę. Przybyła natychmiast, jakby wcale nie spała.

— Wiedziałaś, że dzisiaj cię poproszę?

— Sigrun, znamy się od lat. Nie zawsze musisz mówić, żebym

się domyśliła. Jasne było, że czekasz, aż kamień będzie gotów. Dziś odprawiłaś Riga, wezwałaś do siebie Bjorna, przedtem mówiłaś z Gudrunn, wszystko się składało... Dlaczego jej nie poprosiłaś? Ona i tak wie, że nie piłaś ziół, cośmy ci parzyły.

— Nie śmiałabym o to prosić dziecka. Jest mądra, ale nie zapominam, że to moja córka.

— Masz rację, Sigrun. Powiem jej później, żeby się nie martwiła.

— Bodvar też nic nie wie, on by nie zrozumiał. Ale przyjmie do wiadomości, jak mu wszystko powiesz. Bjorn za kilka dni ruszy. Nie będzie go długo. Może nawet bardzo długo. Niech Gudrunn go wyposaży na drogę w to, co mu potrzeba. Z Bodvarem mają omówić wszystkie sprawy grodu i najważniejsze — powiedz im, że to moja wola — bezwzględnie trzeba ustalić sposób, w jaki się będziemy porozumiewać z Bjornem. Vandila zabrać ze sobą mu nie wolno, to jest małe dziecko. Vandilem ty się zajmij, tak długo, jak trzeba. Masz go wziąć do domu, Helu, czy rozumiesz? Namsen niech nie przyjmuje gości, dopóki nie wrócę. Żadnych. Nawet Einara. Bodvar wie, jak to załatwić. Nie boję się wcale, ty i Bodvar dacie sobie radę. Ach, zaraz po roztopach każ nawieźć ziemi na kopiec. Niech sypią tak długo, aż ze szczytu będzie widać morze. Kamień ma stanąć od wschodu. To chyba tyle. Więcej... nie pamiętam.

— Sigrun, jesteś pewna?

— Tak. Widzisz, jeszcze jedno: moja klacz jest źrebna. Dopuściłam ją do Reginowego ogiera... Dbaj o nią. Dbaj o nią... jakbyś o mnie dbała. Będę, zanim przyjdzie na nią czas. Ale proszę cię, nie możemy stracić tego źrebaka. Już go w myślach przeznaczyłam dla syna. Helu, ozłocę cię za zdrowie tego konia...

— Sigrun, nie mów tak. Przecież wiesz, że zrobię to, co w mojej mocy. I jeśli tylko Norny nie tkają inaczej, będziemy mieli piękne zwierzę!...

— No dobrze. Helu, pomóż mi się ubrać. Przyszłaś tak szybko, że nie zdążyłam.

— Przyniosłam jeszcze to: maść z sarniego tłuszczu. Powąchaj:

pachnie żywicą, bo w czasie warzenia Gudrunn dała do niej sosnowych igieł. Będzie trzymać ciepło. Posmaruję nią twoje ciało.

— Muszę się mocno ubrać?

— Nie, raczej lekko. Załóż nową koszulę, na to luźną suknię i starczy.

— Mam tu futro z wilków. Dostałam je od Regina. Chciałabym się nim okryć. Może być?

— Może.

— Coś jeszcze?

— To: w woreczku jest kość. Na niej runa isa. Znaczy: zatrzymanie. To dla bezpieczeństwa. Zdejmę ją, jak będzie trzeba. I najważniejsze: jak długo? Wiesz już?

— Nie myślałam. Do roztopów na pewno. Może to wystarczy. Zresztą, Helu, wiesz, że jak będzie dosyć, to sama się obudzę.

— Sigrun, mimo wszystko to niebezpieczna sprawa. Igramy z ogniem i ty, i ja.

— Helu, wolałam igrać z ogniem, chciałam spłonąć, wiesz dobrze! Ale Regin stanowczo mi tego zabronił, nie mam innego wyjścia. Podaj mi napar. Chcę zasnąć.

...

Jak zacząć sen? Trochę po omacku szukam punktu zaczepienia. Czegoś, co mogłabym chwycić i popłynąć dalej. Wszystko, co przychodzi, jest dość niewyraźne. Wciąż mi się zdaje, że słyszę odgłosy domu, psów szczekanie. To mi przeszkadza. Tu cię nie znajdę, Kochanie. Muszę ruszyć dalej. Najpierw szukam cię we wspomnieniach. Tak więc: Wilcza Polana. Pierwsza chwila. Już wtedy powinnam wiedzieć, jak zginiesz. Pierwsze uczucie, gdy cię zobaczyłam: lęk. Te chwilę, gdy zdejmujesz hełm i patrzysz na mnie, odtwarzałam w myślach sto razy. Albo i więcej. Nie pomaga. Albo śpię za płytko, albo szukam za blisko. Wilcza Polana pusta. Nie ma wojów, namiotów, okrzyków, szczęku broni. Cisza wiekuista. Brzozy gubią liście, trawy falują. Słońce wschodzi. Więc to poranek? Słyszę coś... na polanę wjeżdżają ludzie. Rozpoznaję… tak! Rozpoznaję! Twoja drużyna. Orm. I ty, Kochanie. Ten obok ciebie to Bodvar? Nie pamiętałam… och, widzę cię w czasie, gdy ty mnie jeszcze nie widziałeś! Nie masz na sobie kolczugi. Wyglądasz na spiętego. Pokrzykujesz na ludzi. Odsuwasz włosy z czoła. Orm daje ci coś do picia. Chyba się uspokajasz. Reginie, nigdy mi nie mówiłeś, że się denerwowałeś… jak dobrze jest na ciebie patrzeć. Na wszystko, co robisz… Obraz się rwie. Widzę siebie z matką. Moja matka jest piękna? Tego nie widziałam. Za to widzę aż nazbyt wyraźnie, jak nie odrywasz ode mnie oczu, podczas gdy ja idę z opuszczoną głową. Jak ty umiesz patrzeć! Teraz już uczta i ten miód, coś lał mi po palcach. I zimno nocy. Teraz zlizujesz trunek z każdego palca osobno… potem zaciskasz całą moją dłoń w swojej i sadzasz mnie sobie na kolanach… Regin! Tak nie było! Wszystko dobrze pamiętam! Rozcinasz mi tył sukni nożem trzymanym w zębach, a siedzimy na uczcie. Mój ojciec, matka, twoi druhowie. Wkładasz obie ręce pod suknię i bierzesz mnie w czasie biesiady… Co się dzieje?! Było całkiem inaczej! Gdy pochylamy się pod ławę, by sięgnąć zapinkę od lisów (to było, to się zgadza!), gryziesz mnie w kolano! Ach, Miły… już wiem, śnię twoje sny! To jasne… więc tak wtedy chciałeś? Tak pragnąłeś?… Szkoda, żeś mi nigdy o tym nie powiedział… nie zdążyłeś? Nie było sposobnej chwili? To możliwe. Żyliśmy tak szybko. Czas ciągle uciekał. Teraz też, nawet we śnie. Już mały Bjorn jest z nami. Już go wynosisz przed dwór, a drużyna krzyczy: syn jarla! I krzyczy: córka jarla! Więc Gudrunn. I znów się kochamy. Tym razem na łodzi. Trzydziestu wioślarzy miarowo posuwa łódź po falach, pokład pod nami kołysze się, a wraz z zanurzaniem wioseł na twe nagie plecy spadają krople wody. Czuję twoje ciało, nie swoje. Czuję, jak wbijasz się we mnie, i czuję swą wilgoć, lecz od twojej strony. Na Freyja! Więc to jest tak silne?! To… jakby chcieć zabić! Reginie, więc pożądanie twoje tak bliskie jest śmierci? Ja umierałam po wielokroć, gdyś mnie kochał, ale za każdym razem budziłam się z martwych, a teraz czuję, gdy jako ty opadam na swe ciało, czuję śmierć. Czuję nic. To nie trwa długo, ale jest niczym pustka, niczym noc bez gwiazdy. Czarna, bezdenna, głucha. Jakbyś nie żył. I jakbyś miał krew w ustach. Reginie, najdroższy, dlaczego nigdy mi o tym nie mówiłeś? Że witasz się ze śmiercią, kiedy się kochamy?

Teraz zimno, śniegi i biel bez żadnego kresu. Biel ma dziesiątki odcieni. Słońca nie ma. Poświata. Czuję chłód w końcach palców, widzę ciebie, jak wspinasz się po skalistym wzgórzu. Brakuje ci tchu. Odpadasz od skały. Lecisz w dół, w mrok. Głuchy łoskot. Uderzenie plecami o śnieg. Orm jest przy tobie. Trzyma twoją głowę na kolanach. Otwierasz oczy. Jesteś głodny? Reginie, jesteś głodny? Tego też mi nie opowiadałeś! Jak to możliwe, że żyłeś życiem, o którym nic mi nie wiadomo? Gdyś wracał, rozmawialiśmy o klęskach i zwycięstwach, nigdy o bólu, głodzie, zimnie i zmęczeniu. Nie chciałeś mnie martwić. Więc dopiero teraz. I zobacz, Kochany, dopiero teraz możemy być naprawdę blisko. Dopiero teraz prysły nici wstydu. Wiemy o sobie wszystko. Przeszkadza mi mgła, która unosi się wokół wspomnień. Jakby znów chciała przysłonić to, co najcenniejsze. Odpędzam ją. I czuję ból w ramieniu. W twoim ramieniu. Orm rozrywa ci koszulę i rozgina bransolety. Na ostatnią chwilę, bo ramię puchnie szybko. Krzyczysz. Przeklinasz. Kopiesz śnieg. On zaciska bandaże. On odgarnia ci włosy i wściekłość z czoła. Masz krwią zalane spodnie. Nie wiedziałam, że krew na mrozie zastyga tak szybko. Jest jak zimna, twarda skorupa. Wzywasz mego imienia. Jestem, Kochany. Śpię w domu i ścigam cię snami. Każdy jeden bym oddała za chwilę przy tobie.

Każde słowo niewypowiedziane mści się na nas, nieprawdaż? Co to ma za znaczenie dzisiaj… prawda, żadne. Wyrywam się z kręgu twoich snów na chwilę, w swoje własne. Przychodzi do mnie Einar i mówi, że w wierze w Chrysta po śmierci jest jedno miejsce, raj dla tych, co odeszli. Einar się uśmiecha i mówi: Sigrun, byłabyś z Reginem, z dziećmi, w jednym miejscu. Razem do wieczności. Kłują mnie jego słowa, wiem, że mówi prawdę, ale nie do przyjęcia. Kim byłby dla mnie Regin, gdyby zaparł się wiary? Gdyby tylko dla mnie zarzucił Odyna? Czy mogłabym go kochać przez tę całą wieczność? Czy też patrzyłabym na niego nieufnie, jak na zdrajcę? Nie, Miły, nie dla nas raj Einara. Cień krzyża odchodzi. To nie byłby sposób. Był inny, aleś mi go odmówił. Wiem, że chciałeś dobrze. Ale niepotrzebnie. Widzisz, moje życie było miłością do ciebie. Gdybyś pozwolił mi się wraz z tobą spopielić, dałbyś mi śmierć, jakiej pragnęłam. W ogniu. Mogłabym leżeć na twej piersi i wraz z tobą wzlatywać iskrami w powietrze. Mogłabym swą odwagą poruszyć Freyję i Odyna tak, by pozwolili nam być razem w niebycie. Bałeś się mego bólu, nie wiedząc, że ból chwili niczym jest wobec cierpienia, na które mnie skazałeś. Nawet w ostatnią podróż chciałeś popłynąć sam, jak zawsze. Twój świat był tam, gdzie ty — pod stopami, pod dziobem łodzi — twoja Północna Droga — to, na co spojrzałeś! I to ty decydowałeś, ile z tego świata zobaczę — w skrzyniach zwoziłeś mi go do domu. Tylko to, co najlepsze: srebro, złoto, bursztyn, futra, suknie, jedwabie! A ja? Jedyny podarek, jakiego pragnęłam, to czas. Twój czas dla mnie! Ten czas, to nasze życie. Upływał tak szybko…

Reginie, nie miałam innego zadania na ziemi, niż być twoją. Nawet przez sen przebija się zdanie z pieśni: śmierć jest wybawieniem od życia przepełnionego miłością. Zostawiłeś mi dzieci, żywy dowód, że byłeś. Zwielokrotnienie ciebie. Nasza wieczność powtarzalna w latach. Szepczesz i nie słyszę… może i masz rację, ale nie rozumiem.

Wracam. Znów sen jest tobą. Kołyszę się w nim, jak ty kołyszesz w ramionach Bjorna. Mnie tu nie ma. Całujesz go w czoło i odkładasz do łoża. Przypasujesz miecz, zakładasz kolczugę. Jakże jest ciężki dotyk tej stali. Prostujesz ramiona. Jakbym w nozdrzach miała sól. Tak czuję. Zimno. Orm przy sterze. Dokąd płyniesz? Jest ciemno. Masz ciężar w sercu, Kochanie. Czuję twój lęk. Nie wiem, gdzie jestem. Ląd, las, z daleka widać chaty. Masz twarz wymazaną sadzą i pot na dłoni ściskającej topór. Serce ci łomoce. Najdroższy, więc lęk jest tak blisko uniesienia? Pojęcia nie miałam. Jestem nad twoim ramieniem, gdy rozbijacie drzwi gospody, jestem przy twoim uchu, gdy przyciskasz Erlinga do ławy. Gdy długim nożem podrzynasz mu gardło, jego krew tryska na mnie. Jest ciepła. I miesza się z twoją. Nawet nie krzyknąłeś. Mam cię już w domu i zmieniam płótna na twej dłoni. Całuję cię. A ty pytasz o Orma. Żyje, odpowiadam.

Reginie, to dziwne, co teraz ci powiem. Ale teraz mogę kochać cię mocniej. Spokojniej. Teraz mogę każdą naszą chwilę przeżywać po wielekroć, jakbym co minutę kochała cię wstecz. Nad tym snem panuję lepiej niż nad życiem. Pochylam się nad twoim bólem, a nie tracę ciebie. Wreszcie się nie boję. Wreszcie mam odwagę zmierzyć się z prawdą. Umarłeś, i to mnie uspokaja.

Jest wiosna, jestem sobą. Noc jasna, nieprawdziwa. W lesie ognie. Marzę o miłości. Moje ciało jest tylko pragnieniem. Ciebie nie ma przy mnie. Żeglujesz po morzu. Wzywam cię, ty to słyszysz. Odwracasz do mnie głowę. Patrzysz w fale, zanurzasz dłoń w wodzie. Jest zimna. Ja płonę. Zapach lasu. Ciała splątane w zaroślach. Chce mi się wyć. Pijesz piwo. Zanurzasz dłoń w wodzie. Mówisz do sternika: płyń bliżej brzegu. Mgła.

Mój ociec, Apalvaldr do matki: śmierć i bogactwo zawsze nadchodzą z północy. Matka odwraca się plecami.

Ty i Orm do młodej drużyny: sława i bogactwo płyną z północy. Bjorn patrzy ci w oczy. Jednak częściej żeglowałeś na południe. Północ przyniosła ci bogactwo, południe sławę. Widzę wielki ogień. Zapach krwi tężeje w powietrzu. Ryk zarzynanych koni. Gdy podajesz puchar przez ogień, żar dotyka twej dłoni. Wiedziałeś, Ukochany, że ten obrzęd dotknie właśnie ciebie. Umiałeś powiedzieć nie. Darowałeś mi rok życia beztroskiego. Czuję morską bryzę. Widzę, jak Orm podaje ci kubek. Ostry smak. Co to jest, co pijesz? Za twoimi plecami Bjorn i Ragnar. Dopinają miecze. Słońce prześwieca zza niskich, ołowianych chmur. Jest chłodno, łódź kołysze się miarowym rytmem wioseł. Zdejmujesz hełm i przewiązujesz włosy. Och, Kochany, skąd u ciebie moja wstążka? Nie mogę się mylić. Tkałam ją sama. Czerwień, żółć i zieleń. Czarna rama. Szukałam jej, nie wiedziałam, żeś zabrał!... zakładasz hełm. Powietrze jest chłodne. Twoja dłoń spocona, gdy dotyka głowni miecza, sprawdza, czy nóż za plecami wychodzi z pochwy lekko. Tarcza ociera wskazujący palec. Zraniłeś go przy wkładaniu kolczugi. Najmilszy, pierwszy raz cię widzę w pełnym uzbrojeniu. Tracę głowę z miłości, wybacz mi. Wciąż jesteś dla mnie zbyt piękny. Jasny połysk twej brody budzi we mnie potrzebę dotykania. Szeroka pierś pod kolczugą skłania do uległości. Rękawica na głowni miecza podniecа twardością. Reginie, poza tamtą jedną walką nie widziałam cię w boju! Spałam, umierając z lęku o ciebie, nie wiedząc, że ten widok tak może wzmocnić serce! Tak rozgrzać dół brzucha! We śnie snu jadę konno, naga przy twoich plecach, wraz z kłusem konia oddając się tobie, a ty już skaczesz z pokładu na pokład. Rytm ten sam. Senne raz — dwa — trzy. Jak miękko jest wbić topór w czyjeś ciało młode! Stajesz naprzeciw Sigvalda. I nie czujesz lęku. Gdy będąc tobą, uderzam mieczem w miecz, żelazem w żelazo, nie boję się. Czuję twoją pasję. Ona każe mi mocniej, silniej, wyżej. Patrzę przez twoje oczy spod hełmu i widzę tylko tunel. Od ciebie do niego. Nic poza tym, jakbyś łączył się ze swym wrogiem strumieniem wzroku. Na wszystko wokół spada ciemność. Tylko on i ty. Aż miecz Sigvalda ustępuje. Z uderzenia na uderzenie czuję jego słabość. Jeszcze dwa, trzy, a nie odparuje. Odrzucasz tarczę w morze, gdy płasko uderza o fale, czuję na twarzy krople chłodnej wody i woń żelaza przez wodę. I pot słony. On jest słabszy, uderzasz go raz dziewiąty, on chwieje się na nogach, jakby kolana pod nim nie trzymały pionu, i wtedy, właśnie wtedy, gdy możesz jednym ciosem wedrzeć mu się w krtań odsłoniętą zbyt długo, czuję ostry ból w ramieniu. Nie myślę, bo wiem: to strzała. Ramię w ruch puszczone idzie w tym rytmie dalej, ale chyba nie sięga. Twoje — moje mięśnie jakby zatrzymane nićmi niewidzialnymi w powietrzu, w ustach posmak krwawy. Chwila zatrzymana, jak chwila w wieczności. Wiesz Reginie, tylko duch ginie od jednej strzały. Ty nie możesz — bo w tobie dwa duchy, albo i trzy — licząc zabitego przed chwilą Orma, którego chrapliwy oddech, zdaje się, słyszę. Więc i on jest tu z nami? To możliwe? To dziwne. Ale to tylko początek: jedna strzała — chwila ciszy, i strzały się odważyły, jakby tamta nietykalność powierza wokół ciebie złamała. Ja pędzę konno, do twych nagich pleców się tulę, oddaję swoją namiętność tamtej chwili, ty podnosisz miecz, jakbyś bólu nie czuł, tylko sił przypływ, dalej uderzasz. Ramię twoje zatrzymane w powietrzu, pięć, sześć, siedem strzał w nim tkwi, smak krwi napełnia usta. Dlaczego krew i żelazo mają smak tożsamy? Jak to możliwe? Padasz na kolana, choć ramię ci podcięto, masz drugie, które ma nóż długi za plecami. Jak chłodno jego rękojeść dotyka dłoni, jak błogosławisz imię kowala, który wszystko to ze sobą spasował. Jestem nad twą głową, przy twym uchu. Mówię: mierz w jego serce, twój wzrok zamglony szuka miejsca, trafia niżej. On zachłysnął się ciosem, który trafił w żołądek. Myśli: nic nie jadłem od wczorajszego wieczoru, to dobrze, ty: przekręcasz ostrzem. On traci równowagę, ręce rozkłada jak krzyż, padając, trafia prawym ramieniem na topór przybocznego, a ludzie w tym czasie zamarli w bezruchu. I tego topora się chwyta niczym deski ostatniej ratunku i zamach bierze, by złapać równowagę, i trafia cię w ramię. Na Odyna, jak boli rozrywanie mięśni!

I dławi w ustach słodkość, gdy stal o kość zatrze. Wargi w syku wściekłości obnażają zęby, ty nie wydajesz głosu, połykasz swój krzyk. Reginie kochany, z oczu płyną ci łzy, z ran po dziewięciu strzałach krew, z tej wielkiej w ramieniu krew wypływa falami, a ja dotykam ich wszystkich i czuję jednocześnie i pot twój śmiertelny, i łzy, i krew, jakby wszystkie płyny twego ciała naraz płynęły jednym strumieniem, pozwól mi je spijać, Kochany, ja jestem gotowa, bo moje serce pierwszy raz w życiu nie zna lęku przed niczym. Gdyby nie to, że z ciała twego odparowuje siła ciepłym, ciężkim potem, mogłabym chwycić Sigvalda zębami za gardło i ściągnąć na dół. Wtedy słyszę lot skrzydeł: jest jak wysoki świst, jak dźwięk, który ucho poraża. Walkirie! Nikt inny, tylko one. Trzymam cię przy sobie, próbuję twoim ramieniem sterować, by zadać długim nożem cios Sigvaldowi życie odbierający. Ale one, Walkirie są szybsze. Zabierają mi ciebie z rąk do rąk. Krzyczę: on jest mój, a one:

do Odyna należy, on jest jego wojem! Jednooki dojrzał go już i zapragnął jego męstwa smaku. Trzymam cię rozpaczliwie, Kochany, a one skrzydłami, w których zamiast piór groty, uderzają mnie po twarzy. One śpiewają: on wrócić nie może, jest boskim wojownikiem od chwili, gdy się narodził, i ta pieśń brzmi cudnie, piękno jej melodii rozbija mi serce. Więc krzyczę: a ja? co ze mną?! A one: ty żyjesz i żyj nadal! Ciesz się, że miałaś jego serce przez dziewiętnaście lat. On na skrzydłach złotych leci z nami. Ja w płacz. Czuję ból, co ramię wykręca, i wiem, że one, boskie dziewice tego bólu nie znają, mówię im: on jest moim ciałem, one: nie, on jest boski, wypuść go, kobieto, bo gdyby mu było pisane umrzeć z tobą w łożu, nikt by tego nie zmienił. Błagam je, proszę, one: nie masz racji, zostaw go, po co ci martwy człowiek. Ja: kocham to ciało. One: ciało ma każdy, ciało oddajemy, bierzemy tyko ducha ponad życie silniejszego, ciesz się każdą chwilą, którą ci darował. Ja: cisza. Nie wiem, co odpowiedzieć. Zabierają mi Regina, jego ciało i krew spada na dno łodzi. Ale krew już jest gęsta, brak w niej życia. Miły mój, czuję ból w każdej ranie twojej. Regin: Kochana, każda kropla mej krwi jest twoja. Pragnę cię, nawet w drodze do wieczności. Ale śmierć moja już postanowiona. Miłości nie można zgromadzić na zapas. Nie można się nią przesycić. Nigdy nie jest jej za wiele. Żałuję tylko...

Czego, Kochany? Nie słyszę, mgła zasnuwa mi twoją twarz, mgła zasnuwa wszystko. Szepcesz coś do mnie, chciałabym zrozumieć, oczy masz zamknięte, krew w ustach dławi słowa.

Kobieta i mężczyzna rymują się ze sobą — powiedział kiedyś Regin z głową na mej piersi.

Jak życie i śmierć, Kochany, odpowiadam.

Otwierając oczy.

Kalendarium

ROK 950

W Norwegii bunt ośmiu jarlów przeciwko królowi Hakonowi Dobremu – chcieli wykorzenić chrześcijaństwo z Norwegii – dochodzi do bitwy pod Ogvaldsnes – jarl Sigurd staje po stronie króla z częścią ludzi z Trondheimsfjordu. Wygrywają bitwę.

Urodziła się Sigrun. Apalvaldr walczy u boku króla Hakona.

ROK 961

Król Hakon ginie po bitwie pod Fitje w walce z koalicją synów Eryka Krwawego Topora (swoich bratanków) i Duńczyków. Władzę w Norwegii przejmuje Harald II (zwany Szarym Płaszczem) wraz z braćmi (synami Gunhild i Eryka Krwawy Topór). Rozpoczyna się okres walk pomiędzy Haraldem a jarlami Trondelagu.

Sigrun poznaje Einara.

ROK 962

Harald Szary Płaszcz podstępnie zabija najważniejszego spośród jarlów Trondelagu – jarla Sigurda, wielkiego przyjaciela nieżyjącego króla Hakona. Harald zawiązuje spisek z Gjotgardem, młodszym bratem Sigurda, i pali żywcem jarla w jego własnym domu.

ROK 966

Jarl Hakon, syn zamordowanego jarla Sigurda, zawiera układ o nieagresji z Gunhild i jej synami, który trwa dwa lata (966-68).

Jesienią Sigrun poznaje Regina, zimą wychodzi za mąż i przeprowadza się do Namsen.

ROK 967

Halderd i Helgi w Namsen Regin i jarlowie Północy płyną na wyspy duńskie.

Erling zbiera podatki w Trondelagu.

ROK 968

Wiosna – Regin i jarlowie Północy płyną na wyspy duńskie i dalej, na Bałtyk. Umiera Olfi.

Jarl Hakon wraz ze swymi ludźmi płynie do Danii i zostaje życzliwie przyjęty przez króla Danii – Haralda Sinozębego. Rodzi się spisek jarla Hakona i Haralda Sinozębego przeciw władzy synów Gunhild. Hakon wydaje polecenie zabicia Erlinga.

ROK 969

Wiosna: Regin wypływa – wojna. Lato: przypływa Einar z posłaniem do całego Trondelagu.

Ciąg dalszy spisku przeciwko synom Gunhild. Król duński Harald Sinozęby jest niezadowolony, bo nie dostał od nich obiecanych podatków.

ROK 970

Jesień – narodziny Bjorna.

Wielka armia Trondelagu w sojuszu z królem Danii Haraldem Sinozębym płynie na wojnę z synami Gunhild i Eryka – bitwa w Limafjord (data sporna: podaje się też rok 971). Harald Szary Płaszcz ginie. Władcą Norwegii zostaje Harald Sinozęby, który czyni jarla Hakona swym namiestnikiem i daje mu pełnię władzy.

ROK 971

Bitwa z Ragnfredem, ostatnim z synów Gunhild i Eryka – nierozstrzygnięta.

ROK 972

Wiosną bitwa z Ragnfredem – ucieka z Norwegii.

ROK 973

Wczesna jesień – narodziny Gudrunn.

ROK 975

Harald Sinozęby wzywa jarla Hakona na pomoc w wojnie z Ottonem saksońskim. Wiosną, po wygranej bitwie Hakon ma problem z wiatrem, nie może odpłynąć. Dochodzi do kolejnego spotkania z Haraldem i Ottonem w Limafjord – chcą siłą ochrzcić Hakona. Po wypłynięciu na morze Hakon składa pogańską ofiarę Odynowi, grabi Skanię i wymawia posłuszeństwo Danii – staje się faktycznie niezależnym władcą Norwegii.

Śmierć Apalvaldra w bitwie z Ottonem.

ROK 977

Ragnar, Asgrim i Yngwe zostają oddani Reginowi na wychowanie. Bjorn przenosi się do drużyny.

ROK 980

Wiosna – Regin wypływa do Anglii przeciw piratom z Sogne Fjord, wraca z Anglii z 3-letnim Vandilem.

Wiosna – Regin płynie do Anglii Młoda drużyna po raz pierwszy na morzu. Lato – bogowie nie przyjmują darów.

ROK 982

Wielki Jul w Namsen – Halderd i Osy.

ROK 983

Wielkie odnowienie obrzędów Odyna.

ROK 984

Wielka bitwa z Jomsborgiem.

ROK 985

Data sporna (985 lub 986) – bitwa jest odwetem Duńczyków za wymówienie im posłuszeństwa dziesięć lat wcześniej. Król duński Harald Sinozęby utracił już tron na rzecz swego syna Swena Widłobrodego.

Swen wynajmuje jomsborczyków przeciw wojskom jarla Hakona i jarlów Północy. Do bitwy dochodzi na wodach zatoki Hjorund (Hjörungavágr) w południowej Norwegii. Kończy się wielkim tryumfem Norwegów. Jarl Hakon po bitwie zdobywa olbrzymi autorytet. Sigvald, wódz Jomsborga, po przegranej ucieka do rodzinnej Skanii.

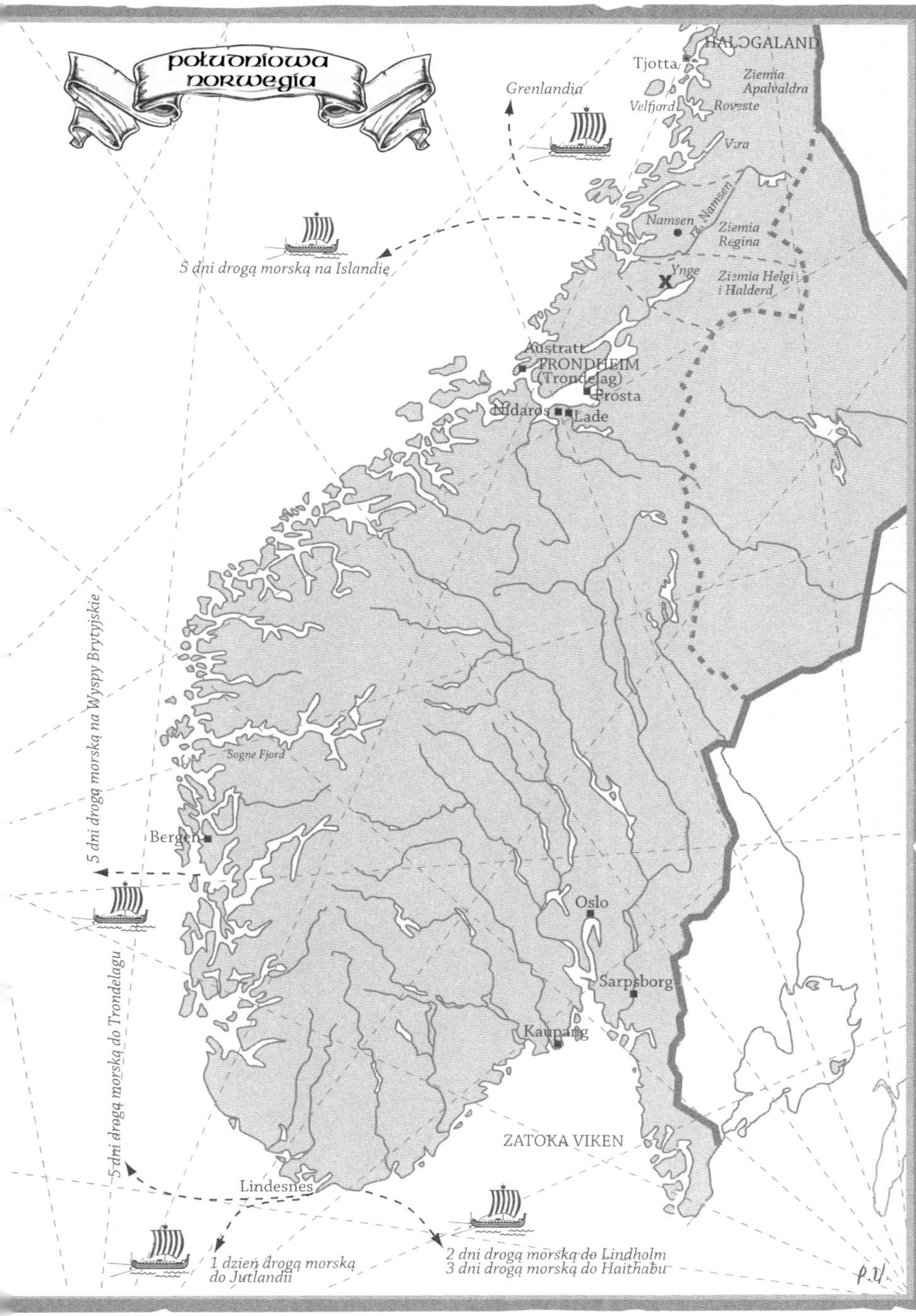

południowa norwegia
HALOGALAND
Tjotta
Ziemia Apalvaldra
Grenlandia
Velfjord
Roveste
Vara
rz. Namsen
Namsen
Ziemia Regina
5 dni drogą morską na Islandię
Ynge
Ziemia Helgi i Halderd
Austratt
TRONDHEIM (Trondelag)
Frosta
Nidaros
Lade
5 dni drogą morską na Wyspy Brytyjskie
Sogne Fjord
Bergen
Oslo
Sarpsborg
Kaupang
5 dni drogą morską do Trondelagu
ZATOKA VIKEN
Lindesnes
1 dzień drogą morską do Jutlandii
2 dni drogą morską do Lindholm
3 dni drogą morską do Haithabu

SAGA HALDERD

(w przygotowaniu)

Przeklęta Urd z bagien!

Uzależniła mnie od swoich wyroczni! Jeździłam do niej, sypałam srebrem, a ona śmiała się ze mnie, że nie potrafię zrozumieć! Nienawidzę jej śmiechu! Niech ją własne bagno pochłonie!

Dlaczego dla jednych los jest tak łaskawy, a dla innych, niczym psy na uwięzi, trzyma tylko nieszczęścia, poniżenie i łzy?! Starucho Urd, znasz odpowiedź?

A Sigrun, co jej szeptałaś do ucha? Wiem, że chodziła do ciebie, chociaż nie wiem po co! Jak się komuś tak życie układa jak jej, po cóż psuć je wróżbami! A może właśnie dlatego, żeś ty dla niej los na dobre zaklinała, tak jej się wszystko wiodło?

Bzdura. Ona się narodziła z dobrym losem w prezencie. Sama zobacz, komu innemu się tak przydarza? Życie miodem i mlekiem płynące! Wszystko, czego kobieta może zapragnąć, dostała: dobre urodzenie, mężczyzna mądry, waleczny, bogaty, dzieci udane, skrzynie pełne złota. Patrzę na nią i wiem, jak łatwo jest być dobrym, kiedy otacza cię tylko dobro.

Moje życie to nieustające polarne zimy, mrok, co nie chce się rozjaśnić. Tęsknota, której nie można ugasić, miłość trzymana pod kluczem!

Nie skarżę się, mówię, jak było.

Sama siebie stworzyłam. Tak. Moje życie zaczyna się od żałoby, od długiego cienia, od smrodu popiołów Helgiego. Dopiero gdy umarł mój mąż, mogłam zacząć być sobą. Słowo „wdowa" brzmiało dla mnie słodko niczym pieśń weselna. Wcześniej byłam tylko gościem w *jego* domu, panią *jego* ludzi. Byłam brzuchem do rodzenia dzieci, naczyniem, z którego wyjmował kolejnych synów! Traktował mnie jak ozdobę, jak kunsztowną zapinkę świątecznego płaszcza. Kupioną na własność. A więcej dbał o klacz w stajni! Więc narodziłam się ponownie tamtej nocy, gdy Helgi zginął i kiedy powiłam Ragnara.

Tak, to prawda, co mówią, że noc i dzień trzymałam psy przy jego kołysce. Bałam się, że ktoś przyjdzie i mi go odbierze. Więc nie spałam, pilnowałam go jak suka szczenięcia. Nie jadałam, nie piłam, tylko szeptem zaklinałam jego głowę. Modliłam się, by przeżył; życie kołatało w nim nierówno i słabo. Dałam mu swoje siły, wsączyłam w niego tchnienie swoją żarliwością.

Tamtego dnia, gdy przyjechałam prosić ich, żeby wzięli do siebie moich trzech synów, coś we mnie pękło. Nienawidzę siebie za to, że oddałam jej moje dzieci.

Przez jedną chwilę myślałam, że ona mnie zrozumie, ale byłam naiwna. To tak, jakbym chciała, by sarna rozumiała wilczycę!

Po co mi to było?

Zostałam sama, wiatr przewiewał zimne ściany dworu i płakałam nad pustym posłaniem Ragnara. Ale od tylu lat ćwiczona w udawaniu dochodziłam do mistrzostwa.

Myślisz, że nie wiem, co szepczą za moimi plecami? Słyszę: „Halderd zimna jak sopel lodu, twarda jak żelazo!". A przecież jestem jak kocioł przykryty szczelnie, nigdy niezdejmowany z ognia! Dobrze, dobrze, nie mogą wiedzieć, kto wrze we mnie, dla kogo gotuję się nieustannie! Dokładam do ognia i czekam. Oni widzą tylko gładką, błyszczącą powierzchnię. A przecież, żeby żelazo było twarde i zimne, kuje się je w ogniu i hartuje w wodzie. Ja przekuwam sama siebie, bez ustanku. Jestem gorącą kuźnią i spoconym kowalem.

Czekam. Wariuję z tęsknoty. Wszystko, co ukochałam, jest daleko ode mnie.

Ach tak, miałam mówić o Sigrun...

Więc już wiesz, że dzieli nas wszystko, począwszy od tej rzeki, która jest granicą naszych ziem.

Jej życie jest jak kilim tkany równo i pewnie, jednaki z obu stron.

U mnie wszystko, co ważne, spowija mrok. Mam więcej do ukrycia niż do pokazania.

Łączy nas tylko to, że jesteśmy kobietami, urodziłyśmy dzieci i spaliłyśmy mężów. Ale ich popioły dla każdej z nas miały inną woń. I nawet ukochani synowie stanęli między nami.

Więc proszę, nie pytaj mnie dzisiaj o Sigrun.